必 시험에 또 나온다

읽자읽자

우리소설

1

必 시험에 또 나온다

읽자읽자
우리소설 1

엮은이 | 박동규
펴낸이 | 손상목
펴낸곳 | 도서출판 인디북
책임편집 | 민윤식
편집 | 신선균 조혜민
디자인 | 디자인캠프
마케팅 | 이민우 정현철
관리 | 김봉환 길은자

1판1쇄 인쇄 | 2004. 4. 9
1판1쇄 발행 | 2004. 4. 15

등록일자 | 2000. 6. 22
등록번호 | 제 10-1993호
주소 | 서울시 마포구 현석동 105-56 3층
전화번호 | 02 · 3273 · 6895~6
팩스번호 | 02 · 3273 · 6897
홈페이지 | www.indebook.com

ISBN 89-89258-96-0 44810
89-89258-95-2 (세트)
잘못 만들어진 책은 구입처나 본사에서 교환해 드립니다.

必 시험에 또 나온다

읽자읽자 우리소설 1

박동규 엮음

인디북

■ 작가와 작품 선정 근거

이 책에 수록한 작품은 다음의 '필독도서' 리스트를 우선 참고하고, '우리소설 바로읽기' 교사 모임이 추천한 작품을 추가하여 여러 차례 윤독회를 거친 끝에 결정하였다. 서울대학교 선정 필독도서 목록/서울시 · 부산시 국어교사회 추천도서/전라남도 교육청 선정 필독도서/주요 교육관련 인터넷 사이트 고교생 필독도서/제7차 국어 교육과정에 반영된 작가와 작품.

■ 어떤 작품을, 왜 수록하였나?

① 출제빈도 높은 장편소설 대폭 수록

홍명희 〈임꺽정〉, 염상섭 〈삼대〉, 황순원 〈카인의 후예〉, 이광수 〈무정〉, 채만식 〈탁류〉, 박경리 〈토지〉, 조정래 〈태백산맥〉 등 '서울대학교 선정 필독도서' 등 주요 필독도서 리스트에 올라 있는 장편소설을 대폭 수록하였다. 특히 한용운 〈흑풍〉, 황순원 〈카인의 후예〉, 홍명희 〈임꺽정〉, 조정래 〈태백산맥〉 등은 비슷한 성격의 다른 책들이 다루지 못한 작품들이다.

② 시대별 대표 작가의 대표 작품을 균형 있게

제1권은 '1920년대~1940년대'의 작가들을 중심으로, 제2권은 '1940년대~1960년대' 이전 작가를 중심으로, 제3권은 '1960년대 이후 현역 작가'를 중심으로 실었다. 이렇게 각 시대를 대표하는 작가들의 대표작들을 수록함으로써 체계적으로 우리 나라 근현대문학을 훑으며 완독完讀할 수 있도록 하였다.

③ 문학성 높은 월북 작가 작품 발굴

오랫동안 이념의 문제로 작품 이름만 전해 오던 월북 작가들의 작품 중에서 문학적 평가가 높은 작품을 정리하여 실었다. 특히 이태준, 박태원, 조명희, 최명익, 허준, 홍명희, 최서해 등의 작품은 앞으로 수능시험이나 대학입시에서 출제될 가능성이 높은 작품들이다. 이들의 대표작을 모두 수록하였다.

④ 친일작가 작품은 최대한 제외

이제까지 유사본에서 많이 소개되고 있던 친일 혐의가 강한 작가의 작품은 제외하였다. 그 대신 한평생 민족정기를 지킨 작가를 수록하였다. 한용운의 장편 〈흑풍〉이 그러한 작품이다.

■ 통합교과형 해설과 편집 구성

① 학습 효과를 높이는 입체적 구성

정확한 연보를 곁들인 '작가 약력'과, 작품을 한눈에 파악할 수 있는 '미리 보기'에 이어, 작품의 '구조 분석' '등장 인물' '플롯' 등 3가지 '학습 길라잡이'를 붙였고, 그 다음에는 작가와 작품과 관련된 학습 정보 '이것만은 놓치지 말자', 심화深化 학습을 돕기 위한 질문 '깊이 생각하기'를 매 작품마다 곁들였다. 특히 '깊이 생각하기'는 단답형 해답을 지양하는 뜻에서 획일적인 해답을 싣지 않았다. 독자 스스로 자유롭게 연구하고 살펴보면서 창의적으로 작품 해석 능력을 기르도록 하였다.

② 꼼꼼하고 친절한 각주

어려운 단어, 관용구, 사라진 토속어 등은 물론 학습을 돕기 위한 도움말을 작품마다 최소 50개 이상 100여 개에 이르는 각주를 붙였다. 그래서 작품을 읽는 동안 따로 국어사전이나 백과사전을 볼 필요가 없다.

③ 초판본 원본 확인 오류 최소화

작품이 처음 발표된 신문 잡지, 초판 단행본을 일일이 찾아 이를 대조하여 교정하였다. 특히 1940년대 이전 작품의 경우 초판본 텍스트를 사용하지 않으면 원작과 틀린 내용이 되기 쉽다.

이 책을 읽으면서 엮은이의 글

학생 시절에는 좋은 문학 작품을 많이 읽어 두어야 한다. 재미있는 만화와 신나는 게임, 영화와 DVD 등 영상물이 제아무리 흥미진진하고 한순간 짜릿한 즐거움을 준다고 해도, 젊은 날 책장을 넘겨 가면서 읽었던 문학 작품의 어느 한 대목만큼 우리 가슴에 오래오래 감동을 남겨 주는 것은 없다.

제7차 교육 과정이 이런 점을 놓치지 않고 '생활 속의 문학' 탐구를 통하여 문학 교육의 변화를 이룩하려는 방향으로 교과서를 개편하게 되면서, '우리 소설 읽기'에 대한 비중을 높여 준 것은 다행한 일이다.

따라서 대학수학능력시험이나 논술시험이 단순한 '앎'을 테스트하는 데서 한 발짝 벗어나, 학생들로 하여금 '우리 시대와 사회에 대한 종합적인 이해'와 이에 대한 '비판적인 사고 능력'을 기르는 데 초점을 맞추어 출제되는 경향으로 나아가고 있는데, 그것 또한 바람직한 변화이다.

이런 흐름은 국어 교육과 문학 학습의 진보적 변화이다. 그러나 암기 위주 문제에 익숙해 온 학생들이 이런 진보적 변화를 받아들이려면 무엇보다도 폭넓은 독서 훈련이 선행되어야 한다. 이 말은, 작가들이 다루는 시대와 역사적 환경이 다르고 작품의 경향이 다른 작품들을, 체계적으로 읽어야 한다는 뜻이다.

그러나 '문학 작품 바로 읽기'란 쉽지 않다. '되도록 많은 작품을 읽어라'라고 말은 쉽게 할 수 있다.

그러나 안 그래도 해야 할 공부가 많은 학생들에게는 한 덩어리 골칫덩이가 늘어나는 것과 같다.

어느 시대, 어느 작가의, 어떤 작품을 읽어야 할지, 또 그 작품들에서 무엇을 생각해 내고, 비판할 것은 무엇이며, 수용할 점은 무엇인지 찾아내기란 쉽지 않은 일이기 때문이다.

이번에 엮어 내는 '우리 소설 바로 읽기' 시리즈는 이런 고민과 물음에 대한 응답이고 모범답안이다. 이 시리즈는 우리 나라 근대 문학을 연 춘원 이광수의 첫 장편소설 〈무정〉에서부터 조정래의 대하 역사소설 〈태백산맥〉에 이르기까지의 대표적 장편소설들과, 우리 나라 사실주의 문학의 첫 작품인 현진건의 〈운수 좋은 날〉에서부터 서민들의 삶을 독특하게 묘사한 양귀자의 〈원미동 시인〉에 이르기까지의 단편들을 총망라하고 있다.

뿐만 아니라 이 작품들을 가려 뽑는 데는 현직 고등학교 국어 교사 여러분들이 모여 '서울대학교 선정 고교생 필독도서' 등을 비롯한 각종 필독도서 데이터를 근거로 작품을 선정했다.

또한 이들 작품마다 현행 수능시험과 논술시험 스타일을 반영하는 통합교과형 해설과 세밀한 각주脚註를 붙였다.

이런 일련의 작업은 오랫동안 대학(서울대학교)에서 문학을 가르친 내 경험이 바탕이 되었다.

이 시리즈가, 부디 수능시험과 대학입시, 그 밖에 여러 시험을 준비하는 수험생들에게 훌륭한 길잡이가 되어 '합격'이라는 기쁨을 안겨 드리는 도우미가 되었으면 한다.

그래서 모두들 희망찬 미래를 설계하기를 소망한다.

2004년 2월 10일

엮은이

| **추천 목록** |

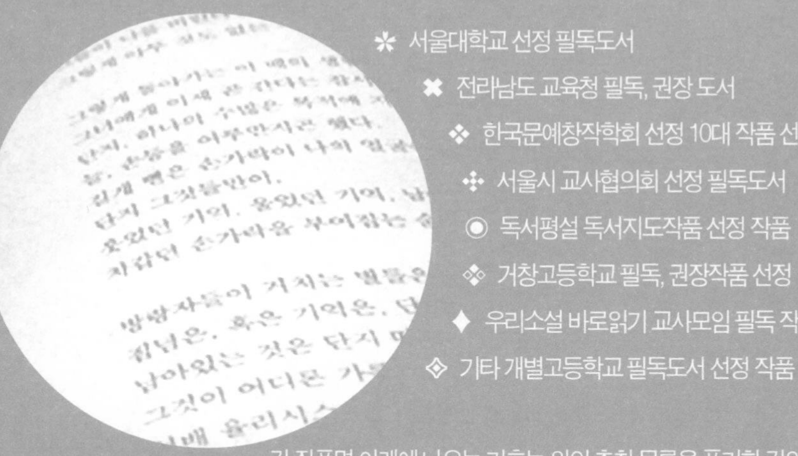

✲ 서울대학교 선정 필독도서

✖ 전라남도 교육청 필독, 권장 도서

❖ 한국문예창작학회 선정 10대 작품 선정

✣ 서울시 교사협의회 선정 필독도서

◉ 독서평설 독서지도작품 선정 작품

❖ 거창고등학교 필독, 권장작품 선정

♦ 우리소설 바로읽기 교사모임 필독 작품

◈ 기타 개별고등학교 필독도서 선정 작품

각 작품명 아래에 나오는 기호는 위의 추천 목록을 표기한 것입니다.

Contents

독서가 정신에 미치는 영향은
운동이 육체에 미치는 영향과
다름이 없다.

- 에디슨

|1892 ~ 1950|

1892년 평안북도 정주定州 돌고지마을 소작농의 외아들로 태어나다. 1905년 일본으로 유학을 가 1910년 메이지학원 중학부를 마치고 1915년 와세다대학 철학과에 들어가다. 1917년 1월 1일부터 한국 최초의 장편소설 〈무정無情〉을 《매일신보》에 연재하여 우리 나라 현대 소설문학의 새로운 역사를 개척하다. 1919년 도쿄 유학생의 '2 · 8독립선언서' 를 기초한 후 중국 상하이로 망명하여 임시정부에서 발행하는 《독립신문》사 사장을 맡았다. 1921년 귀국하여 결혼하고, 1923년 《동아일보》 편집국장, 1933년 《조선일보》 부사장을 거치는 등 언론계에서 활약하면서 〈재생再生〉, 〈마의태자麻衣太子〉, 〈단종애사端宗哀史〉, 〈흙〉 등의 작품을 발표하다. 1937년 수양동우회修養同友會 사건으로 투옥되었다가 병 보석으로 풀려나면서 일제에 회유당해 친일 행위로 기울어진다. 1939년 친일어용단체인 '조선문인협회' 회장을 맡았으며 가야마 미쓰로〔香山光郎〕라고 창씨개명을 하다. 8 · 15광복 후 '반민족행위자특별법' 으로 구속됐으나 병 보석으로 석방되었다가 6 · 25전쟁 때 납북된 후 한동안 생사가 알려지지 않았었는데, 1950년 〈임꺽정〉의 작가 홍명희의 도움으로 만포병원에서 입원 중 병사한 것으로 확인되다. 호는 춘원春園.

대|표|작

〈무정〉(1917), 〈단종애사〉(1929), 〈흙〉(1932), 〈유정〉(1933), 〈사랑〉(1939) 등의 장편과 〈소년의 비애〉(1917), 〈어린 벗에게〉(1917), 〈무명〉(1939) 등의 단편, 그리고 수많은 논문과 수필, 시가 있다.

〈무정〉은 이광수의 첫 장편소설이자 우리 나라 현대문학의 첫 장편소설로서 1917년 1월 1일부터 6월 14일까지 《매일신보》에 126회 연재되었다. 〈무정〉은 이광수가 온 생애를 기울여 이루려 했던 민족주의적 이상과 계몽주의적 정열이 가장 잘 표현된 작품이다. 서울대 김윤식 교수는 〈이광수와 그의 시대〉라는 이광수 평전에서 "〈무정〉은 우리 근대소설의 문을 연 작품"이라고 평가하면서 "이광수의 전 생애의 투영이기에 이광수의 모든 문자 행위 중에서도 기념비적"이라고 했다.

〈무정〉은 많은 문제들을 주제로 다루고 있다. 이를테면 그때까지 사회에 남아 있던 봉건적인 관습의 타파와 계몽의식의 고취, 그리고 자유 연애, 새로운 결혼, 새로운 교육, 기독교적 세계관 같은 것들이다. 이것을 크게 둘로 정리하면 민족주의 고취와 자유연애 사상이다. 이런 주제를 다루면서 작가는 개인보다는 사회적 공리성功利性을 앞세우고 있다. 이 공리성 앞에 모든 개인의 고민과 갈등은 의미를 잃을 수도 있다. 따라서 〈무정〉 속에는 '나'보다는 '우리'가 항상 상위 개념이다. 그래서 사회적 시대적 공리성을 너무 내세웠다는 것이 결점으로 지적되기도 한다. 그러나 민족과 사회를 이끈다는 자부심을 가진 이 당시 엘리트 지식인들 입장에서는 어쩌면 당연한 선택인지도 모른다.

〈무정〉은 봉건적 도덕 의식을 가진 박영채와 근대적 자아에 눈을 뜬 이

형식을 비롯한 여러 유형의 과도기적 인물을 등장시켜 상호 갈등을 전개시킴으로써 시대상에 맞는 가치관이 어떠해야 하는지를 표현하고 있다.

〈무정〉은 또한 사제 관계를 기본 축으로 인물이 맺어진다는 점이 특이하다. 박 진사와 형식, 형식과 선형 그리고 삼랑진에서 형식과 관련을 맺는 세 여자는 모두 사제 관계로 볼 수 있다. 이런 구조는 교육을 통하여 민족을 살려야 한다는 안창호의 '교육 준비' 사상과 일치하고 있다.

〈무정〉은 소설적 기법 면에서도 이인직, 이해조의 신소설들과는 확연히 다르다. 우선 주요 인물들의 내면 의식을 보여 주는 사실적인 심리 묘사와 함께, 생생하고 개성적인 인물의 성격 창조 등이 신소설보다 발전했다는 점이 평가된다. 또한 〈무정〉은 단순한 스토리 중심의 신소설과는 달리 플롯 중심으로 작품이 구성되었다는 점에서 문학사적 위치가 확고하다. 이런 소설의 구성 기법은 1920년대 사실주의 소설의 탄생을 예고하는 것이다.

학습길라잡이

구조분석

- **갈래** 장편소설, 현대소설, 계몽소설.
- **주제** 민족의식과 자유연애 사상의 고취. 세속적 사랑을 계몽적 민족주의로 승화.
- **문체** 구어체, 산문적 묘사체.
- **배경** 시간은 1910년대 후반기. 공간은 서울.
- **시점** 전지적 작가 시점. 작가 개입 부분이 많다.

등장인물

- **이형식** 근대적 자아를 갖춘 인간형. 근대의 전형적인 엘리트 지식인.
- **김선형** 김 장로의 딸. 형식과 결혼.
- **박영채** 박 진사의 딸. 봉건 시대의 낡은 인습에 희생됨.
- **김병욱** 자유연애 사상을 가진 전형적인 신여성.

줄거리따라잡기

경성 영어학교 교사 이형식이 장안의 부호 김 장로의 고명딸 선형의 영어 개인 지도를 부탁받고 방문하는 데서부터 시작된다. 형식은 도쿄 유학을 마친 당대 일류 지식인이나 내성적 성격이라 여성 교제가 거의 없었다. 그러던 중 뛰어난 미모의 선형에게 반한다. 그리고 그날 밤 하숙집에 돌아와서 형식은 뜻밖의 손님인 박영채를 만나게 된다. 영채는 형식이 어릴 때 고아인 형식을 데려다 기르고 자식처럼 대하여 준 은사 박 진사의 딸로서 장차 형식의 아내가 될 사람으로 정혼했었다. 그러나 박 진사의 개화 운동이 개화 문명에 대한 세상 사람들의 이해 부족으로 실패하고 집안이 망하자 형식은 영채와 이별하게 되었는데 7년 만에 해후하는 것이다. 형식은 영채에게서 감옥에 있는 아버지를 돕기 위하여 기생이 되고, 형식을 사모하며 수절해 왔다는 전말을 듣게 된다. 이 사실을 알게 된 형식은 김 장로 딸 선형에 대한 연정과, 은사의 딸이자 지난날 자신의 아내로 정해졌던 영채에 대한 의무 사이에서 고민하고 갈등을 겪게 된다. 형식이 천 원이 없어 영채를 기생 생활에서 구하지 못해 한탄하는 사이에 영채는 지금까지 형식을 위해 지켜 오던 정조를 학감(명식)과 김현수 일당에게 유린당하고 만다. 그리고 유서를 남긴 채 자살하러 평양행 기차에 오른다. 그녀의 유서를 쥐고 눈물을 뿌리며 영채를 만나려고 뒤따라 평양에 간 형식은 소득 없이 돌아오고, 오히려 기생 애인을 두었다는 오해만 사자 이에 격분하여 학교를 그만두고 만다.

이런 판국에 뜻밖에도 김 장로 딸 선형의 결혼 신청이 들어오자 형식은 이를 받아들여 약혼식을 치른 후 함께 미국 유학할 준비를 한다. 한편 자살 길에 오른 영채는 차 안에서 소위 신여성인 병욱을 만나 그녀의 집에 한 달간 머무는 동안 봉건적 사고방식에서 근대적 합리주의로 정신적인 변화를 맞는다. 영채는 병욱의 호의로 함께 도쿄로 가던 중에 기차 안에서 미국 유학을 떠나는 형식과 선형을 만난다. 이리하여 형식은 새삼 애정과 의리 사이에서 갈등하고 선형과 영채 사이에는 삼각 관계가 형성

된다. 기차는 삼랑진 수재 현장에 이르러 연착하게 되고 여기에서 네 젊은이는 고통을 당하는 수재민을 위하여 자선음악회 등 봉사활동에 함께 참가한다. 이 과정에서 네 사람 사이에는 개인적 감정이 사라지고, 그 대신 허물어진 민족의 장래를 담당할 역군으로서 힘을 합쳐 사명을 다하자고 다짐한다.

깊이 생각하기

1. 이 작품의 주인공들—이형식, 박영채, 김선형, 김병욱, 신우선—의 성격과 사상이 어떻게 다른가를 토론해 보자.
2. 신소설과 현대소설의 다른 점이 무엇인지 살펴보자.
3. 이 작품은 구어체로 씌어진 첫 장편이라고 한다. 문어체와 구어체의 다른 점은 무엇인가 알아 두자.

무정

1

경성학교 영어 교사 이형식은 오후 두 시 4년급 영어 시간을 마치고 내리쬐는 6월 볕에 땀을 흘리면서 안동 김 장로의 집으로 간다. 김 장로의 딸 선형善馨이가 명년에 미국 유학을 가기 위하여 영어를 준비할 차로 이형식을 매일 한 시간씩 가정교사로 고빙雇聘[1]하여 오늘 오후 세 시부터 수업을 시작하게 되었음이다.

이형식은 아직 독신이라, 남의 여자와 가까이 교제하여 본 적이 없고 이렇게 순결한 청년이 흔히 그러한 모양으로 젊은 여자를 대하면 자연 수줍은 생각이 나서 얼굴이 확확 달며 고개가 저절로 숙여진다. 남자로 생겨나서 이러함이 못생겼다면 못생겼다고도 하려니와, 여자를 보면 아무러한 핑계를 얻어서라도 가까이 가려 하고, 말 한마디라도 하여 보려 하는 잘난 사람들보다는 나으리라.

형식은 여러 가지 생각을 한다. 우선 처음 만나서 어떻게 인사를 할까.[2] 남자 남자 간에 하는 모양으로, '처음 보입니다. 저는 이형식이올시다' 이렇게 할까.

---

1 예를 갖추어 모셔 오는 것.

2 이형식이 영어 과외 제자 선형과 첫 만남을 앞두고 이런 저런 고민에 휩싸인다. 이런 고민은 선형과 형식이 단순한 스승과 제자가 아니라 중요한 '관계'로 발전하리라는 것을 암시한다.

그러나 잠시라도 나는 가르치는 자요, 너는 배우는 자라, 그러면 미상불[3] 무슨 차별이 있지나 아니할까. 저편에서 먼저 내게 인사를 하거든 그제야 나도 인사를 하는 것이 마땅하지 아니할까. 그것은 그러려니와 교수하는 방법은 어떻게나 할는지.

어제 김 장로에게 그 청탁을 들은 뒤로 지금껏 생각하건마는 무슨 묘방이 아니 생긴다. 가운데 책상을 하나 놓고, 거기 마주앉아서 가르칠까. 그러면 입김과 입김이 서로 마주치렷다. 혹 저편 히사시가미[4]가 내 이마에 스칠 때도 있으렷다. 책상 아래에서 무릎과 무릎이 가만히 마주 닿기도 하렷다.

이렇게 생각하고 형식은 얼굴이 붉어지며 혼자 빙긋 웃었다. 아니 아니, 그러다가 만일 마음으로라도 죄를 범하게 되면 어찌하게. 옳다! 될 수 있는 대로 책상에서 멀리 떠나 앉았다가 만일 저편 무릎이 내게 닿거든 깜짝 놀라며 내 무릎을 치우리라. 그러나 내 입에서 무슨 냄새가 나면 여자에게 대하여 실례라, 점심 후에는 아직 담배는 아니 먹었건마는, 하고 손으로 입을 가리우고 입김을 후 내어 불어 본다. 그 입김이 손바닥에 반사되어 코로 들어가면 냄새의 유무를 시험할 수 있음이다.[5]

형식은, 아뿔싸! 내가 어찌하여 이러한 생각을 하는가, 내 마음이 이렇게 약하던가 하면서 두 주먹을 불끈 쥐고 전신에 힘을 주어 이러한 약한 생각을 떼 버리려 하나, 가슴속에는 이상하게 불길이 확확 일어난다. 이때에,

"미스터 리, 어디로 가는가?"

하는 소리에 깜짝 놀라 고개를 들었다. 쾌활하기로 동료간에 유명한 신우선申友善이가 대팻밥 모자를 갖춰 쓰고 활개를 치며 내려온다. 형식은 자기 마음속을 꿰뚫어보지나 아니하였는가 하여 두 빰이 한 번 더 후끈하는

---

3 아닌 게 아니라.

4 앞머리를 높게 묶은 일본식 머릿단.

5 이형식의 캐릭터가 잘 표현되는 대목이다. 생각이 깊은 반면 결정을 짓지 못하고 망설이는 데서 우유부단함을 엿볼 수 있다. 개화기 인텔리 청년의 전형적인 모습이기도 하다.

것을 겨우 참고 지어서 쾌활하게 웃으면서,

"오래 막혔구려."

하고 손을 잡아 흔들었다.

"오래 막혔구려는 무슨 막혔구려야. 일전에 허교許交하기[6]로 약속하지 않았는가."

형식은 얼마큼 마음에 수치한[7] 생각이 나서 고개를 돌리며,

"아직 그런 말에 익숙지를 못해서……."

하고 말끝을 못 맺는다.

"대관절 어디로 가는 길인가? 급하지 않거든 점심이나 하세그려."

"점심은 먹었는걸."

"그러면 맥주나 한 잔 먹지."

"내가 술을 먹는가."

"그만두게. 사나이가 맥주 한 잔도 못 먹으면 어떡한단 말인가. 자 잡말 말고 가세."

하고 손을 끌고 안동파출소 앞 청국 요릿집[8]으로 들어간다.

"아닐세. 다른 날 같으면 사양도 아니하겠네마는."

하고 다른 날이란 말이 이상하게나 아니 들렸는가 하여 가슴이 뛰면서,

"오늘은 좀 일이 있어."

"일? 무슨 일? 무슨 술 못 먹을 일이 있단 말인가."

다른 사람 같으면 이러한 경우에 다만 '급히 좀 볼일이 있어' 하면 그만이려니와 워낙 정직하고 나약한 형식이라, 조금이라도 거짓말을 못하여 한참 주저주저하다가,

"세 시부터 개인 교수가 있어."

---

6 허물없는 친구처럼 말 놓고 지내기. 당연히 대화는 '해라' 이다.

7 부끄러운

8 중국음식점. 우리 나라에 중국 음식이 들어와 대중음식점을 열기 시작한 것은 조선왕조 말이었고, 그때 중국은 청나라였다. 그래서 청나라 사람들이 먹는 음식이라는 의미로 청요리, 중국음식점을 청요릿집으로 부르게 된 듯하다.

"영어?"

"응."

"어떤 사람인데 개인 교수를 받어?"

형식은 말이 막혔다. 우선은 남의 폐간을 꿰뚫어볼 듯한 두 눈으로 형식의 얼굴을 유심하게 들여다본다. 형식은 눈이 부신 듯이 고개를 숙인다.

"응, 어떤 사람인데 말을 못하고 얼굴이 붉어지나, 응?"

형식은 민망하여 손으로 목을 쓸어 만지고 하염없이 웃으며,

"여자야."

"요一오메데토[9] 이이나즈케(약혼한 사람)가 있나 보에그려. 음 나루호도(그러려니). 그러구도 내게는 아무 말도 없단 말이야. 에, 여보게."[10]
하고 손을 후려친다.

형식은 하도 심란하여 구두로 땅을 파면서,

"아니야. 저, 자네는 모르겠네. 김 장로라고 있느니……."[11]

"옳지, 김 장로의 딸일세그려? 응. 저, 옳지, 작년이지. 정신여학교를 우등으로 졸업하고 명년 미국 간다는 그 처녀로구먼. 베리 굿."

"자네 어떻게 아는가?"

"그것 모르겠나. 이야시쿠모[12] 신문기자가. 그런데 언제 엥게지먼트[13]를 하였는가."

"아니오. 준비를 한다고 날더러 매일 한 시간씩 와 달라기에 오늘 처음 가는 길일세."

"아따, 나를 속이면 어쩔 터인가."

"엑."

---

9 아, 참 좋은 일일세.

10 일본말을 되는 대로 섞어 쓰는 말투만으로도 신우선의 사람됨을 추측할 수 있다.

11 마음이 약한 형식은 우선에게 '해라'를 못한다. 계속 엉거주춤한 말투인 '하오' 체를 쓴다.

12 적어도.

13 engagement. 약혼.

"허허, 그가 유명한 미인이라데. 자네 힘에 웬걸 되겠나마는 잘 얼러 보게. 그러면 또 보세."
하고 대팻밥 벙거지를 벗어 활활 부채질을 하며 교동 골목으로 내려간다. 형식은 이때껏 그의 너무 방탕함을 허물하더니 오늘은 도리어 그 파탈[14] 하고 쾌활함[15]이 부러운 듯하다.

2

미인이라는 말도 듣기 싫지는 아니하거니와 이이나즈케 엥게지먼트라는 말이 이상하게 기쁘게 들린다. 그러나 '자네 힘에 웬걸 되겠는가' 하였다. 과연 형식은 아무 힘도 없다. 황금 시대에 황금의 힘도 없고, 지식 시대에 남이 우러러볼 만한 지식의 힘도 없고, 예수 믿은 지는 오래나 워낙 교회에 뜻이 없으매 교회 내의 신용조차 그리 크지 못하다. 아무 지식도 없고, 아무 덕행도 없는 아이들이 목사나 장로의 집에 자주 다니며 알른알른하는 덕에 집사도 되고 사찰도 되어 교회 내에서 젠 체하는 꼴을 볼 때마다 형식은 구역이 나게 생각하였다. 실로 형식에게는 시체 하이칼라 처자[16]의 애정을 끌 만한 아무 힘도 없다. 이런 생각을 하고 형식은 자연히 낙심스럽기도 하고, 비감스럽기도 하였다.

이럴 즈음에 김광현金光鉉이라 문패 붙은 집 대문에 다다랐다. 비록 두 벌 옷도 가지지 말라는 예수의 사도연마는 그도 개명하면 땅도 사고, 은행 저금도 하고, 주권과 큰 집도 사고 하인도 수십 인 부리는 것이다.

김 장로는 서울 예수교회 중에도 양반이요 재산가로 두셋째에 꼽히는

---

14 일체의 예절이나 구속 따위로부터 벗어나는 행위.

15 신우선과 이형식은 상반되는 성격으로 설정되어 있다. 형식은 '정직하고 나약' 하지만 우선은 '파탈하고 쾌활' 하다.

16 최신 유행의 멋쟁이 처녀.

사람이다. 집도 꽤 크고 줄행랑[17]조차 십여 간이 늘어 있다. 형식은 지위와 재산의 압박을 받는 듯한, 일변 무섭기도 하고 불쾌하기도 하면서 소리를 가다듬어,

"이리 오너라."

하였다. 그러나 그 목소리는 아무리 하여도 뚝 자리가 잡히지 못하고, 시골 사람이 처음 서울 와서 부르는 소리와 같이 어리고 떨리는 맛이 있다.

"안으로 들어오시랍니다."

하는 어멈의 말을 따라 새삼스럽게 가슴을 두근거리면서 중문을 지나 안대청에 올랐다. 전 같으면 외객이 중문 안에를 들어설 리가 없건마는 그만하여도 옛날 습관을 많이 고친 것이다. 대청에는 반양식으로 유리문도 해 달고 가운데는 무늬 있는 책상보 덮은 테이블과 네다섯 개 홍모전 교의[18]가 있고, 북편 벽의 한 길이나 되는 책장에 신구 서적이 쌓였다.

김 장로가 웃으면서 툇마루에 나와 형식이가 구두끈 끄르기를 기다려 손을 잡아 인도한다. 형식은 다시 온공하게 국궁례[19]를 드린 후에 권하는 대로 교의에 앉았다. 김 장로는 이제 45, 6세 되는 깨끗한 중로[20]이다. 일찍 국장도 지내고 감사도 지낸 양반으로서 10여 년 전부터 예수교회에 들어가 작년에 장로가 되었다. 김 장로가 형식에게 부채를 권하며,

"매우 덥구려. 자, 부채를 부치시오."

"네, 금년 두고 처음인가 봅니다."

하고 부채를 들어 두어 번 부치고 책상 위에 놓았다. 장로가 책상 위에 놓인 초인종을 두어 번 울리니 건넌방에서,

---

17 대문 옆으로 양편으로 길게 늘어서 있는 행랑이 줄행랑이다. 그러나 '도망을 친다'는 속어로도 사용된다.

18 홍모鴻毛는 부드러운 기러기 털이다. 그러니까 '기러기 털을 깐 고급 의자'를 말한다.

19 궁중에서 왕에게 절하는 것을 '국궁례'라고 하며 이때 절은 네 번 한다. 여기서는 '국궁례'를 하듯이 정중하게 예를 갖춰 인사를 했다는 뜻으로 사용한 것이다.

20 그 당시 사람들은 평균 수명이 50세 정도였다고 한다. 그러므로 45, 6세를 중로中老 즉 중늙은이라고 표현하는 것도 무리는 아니다.

"네."
하고 열네댓 살 된 예쁜 계집아이가 소반에 유리 대접과 은으로 만든 서양 숟가락을 놓아 내어다가 형식의 앞에 놓는다. 보기만 해도 시원한 복숭아 화채에 한 줌이나 될 얼음을 띄웠다. 손이 오기를 기다리고 미리 만들어 두었던 모양이다.

"자, 더운데 이것이나 마시오."
하고 장로가 친히 숟가락을 들어 형식을 준다. 형식은 사양할 필요도 없다 하여 연해 10여 술을 마셨다. 마음 같아서는 두 손으로 치어들고 죽 들이켜고 싶건마는 혹 남 보기에 체면 없어 보일까 저어하여 더 먹고 싶은 것을 참고 술을 놓았다. 그만하여도 얼마큼 속이 뚫리고 땀이 걷고 정신이 쇄락해진다.

장로는,

"일전에도 말씀하였거니와 내 딸을 위하여 좀 수고를 하셔야 하겠소. 분주하신 줄도 알지마는 달리 청할 사람이 없소그려. 영어를 아는 사람이야 많겠지요마는 그렇게…… 어…… 말하자면…… 노형 같은 이가 드무시니까."
하고 잠시 말을 끊고 '너는 신용할 놈인지' 하는 듯이 형식을 본다.

형식은 남이 젊은 딸을 제게 맡기도록 제 인격을 신용하여 주는 것이 한껏 기쁘고 자랑스러우면서도, 아까 입에 손을 대고 냄새나는 것을 시험하던 생각을 하면 부끄럽고 죄송스러운 마음이 복받쳐 올라온다.

그러나 기실 장로는 여러 사람의 말도 듣고 친히 보기도 하여 형식의 인격을 아주 신용하므로 이번 계약을 맺은 것이다.[21] 여간 잘 알아보지 아니하고야 미국까지 보내려는 귀한 딸을 젊은 교사에게 다만 매일 한 시간씩이라도 맡길 리가 없는 것이다.

---

21 김 장로는 형식을 단순한 가정교사로서가 아니라 사윗감으로 삼으려는 속셈을 은근히 드러낸다.

장로는 다시 말을 이어,

"하니까 노형께서 맡아서 1년 동안에 무엇을 좀 알도록 가르쳐 주시오."

"제가 아는 것이 없어서 그것이 민망하올시다."

"천만 의외. 영어뿐 아니라 노형의 학식은 내가 다 들어 아는 바요."
하고 다시 초인종을 울리니, 아까 나왔던 계집아이가 나온다.

"얘, 이것(화채 그릇) 들여가고 마님께 아씨 데리고 이리 나옵시사고 여쭈어라."

"네."
하고 소반을 들고 들어가더니, 저편 방에서 소곤소곤하는 소리가 들린다.

형식은 장차 일생에 처음 당하는 무슨 큰일을 기다리는 듯이 속이 자못 덜렁덜렁하며 가슴이 뛰고 두 뺨이 후끈후끈한다. 형식은 장로의 눈에 아니 띄리 만큼 가만가만히 옷깃을 바르고, 몸을 바르고, 눈과 얼굴에 아무쪼록 젊지 아니한 위엄을 보이려 한다.

이윽고 건넌방 발이 들리며 나이 40이 될락말락한 부인이 연옥색 모시 적삼, 모시 치마에 그와 같이 차린 여학생을 뒤세우고 테이블 곁으로 온다. 형식은 반쯤 고개를 숙이고 일어나서 공손하게 읍하였다. 부인과 여학생도 읍하고, 장로가 가리키는 교의에 걸어 앉는다. 형식도 앉았다.

3

장로가 형식을 가리키며,

"이 어른이 내가 매양 말하던 이형식 씨요. 젊으시지마는 학식이 도저하고 또 문필도 유명한 어른이오. 이번 선형에게 영어를 가르쳐 주십사 하고 내가 청하였더니, 분주하심도 헤아리지 아니하시고 이처럼 허락을 하여 주셨소. 이제부터 매일 오실 터이니까 내가 출입하고 없더라도 부인께서 잘 접대를 하셔야 하겠소."

하고 다시 형식을 향하여,

"이가 내 아내요, 저 애가 내 딸이오. 이름은 선형인데 작년에 정신학교라고 졸업은 하였지마는 아무것도 모르는 어린애요."

형식은 누구를 향하는지 모르게 고개를 숙였다. 부인과 선형이도 답례를 한다. 부인은 형식을 보며,

"제 자식을 위하여 수고를 하신다니 감사하올시다. 젊으신 이가 언제 그렇게 공부를 많이 하셨는지, 참 은혜 많이 받으셨삽니다."

"천만에 말씀이올시다."

하고 형식은 잠깐 고개를 들어 부인을 보는 듯 선형을 보았다. 선형은 한 걸음쯤 그 모친의 뒤에 피하여 한편 귀와 몸의 반편이 그 모친에게 가리웠다. 고개를 숙였으매 눈은 보이지 아니하나 난 대로 내어 버린 검은 눈썹이 하얗게 널찍한 이마에 뚜렷이 춘산을 그리고, 기름도 아니 바른 까만 머리는 언제 빗었는가 흐트러진 두어 올이 불그레한 복숭아꽃 같은 두 뺨을 가리어 바람이 부는 대로 하느적하느적 꼭 다문 입술을 때리고, 깃 좁은 가는 모시 적삼으로 혈색 좋은 고운 살이 몽롱하게 비추이며, 무릎 위에 걸어 놓은 두 손은 옥으로 깎은 듯 불빛에 대면 투명할 듯하다.

그 부인은 원래 평양 명기 부용이라는, 인물 좋고 글 잘하고 가무에 빼어나 평양 춘향이라는 별명 듣던 사람이러니, 20여 년 전 김 장로의 부친이 평양에 감사로 있을 때 당시 20여 세 풍류 남아이던 책방 도령 이 도령[22]이라. 김 도령의 눈에 들어 10여 년 전 김 장로의 소실로 있다가 본부인이 별세하자 정실로 승차하였다.

양반의 가문에 기생 정실이 망령이어니와, 김 장로가 예수를 믿은 후로 첩 둠을 후회하나 자녀까지 낳고 10여 년 동거하던 자를 버림도 도리어 그르다 하여 매우 양심에 괴롭게 지내다가, 행인지 불행인지 정실이

---

22 여기서 말하는 이 도령은 〈춘향전〉의 이 도령을 가리킨다. 즉 김 도령을 이 도령과 동격으로 비유한 것이다.

별세하므로 재취하라는 일가와 붕우[23]의 권유함도 물리치고 단연히 이 부인을 정실로 삼았음이다. 부인은 40이 넘어서 눈꼬리에 가는 주름이 약간 보이건마는, 옛날 장부의 간장을 녹이던 아리땁고 얌전한 모양을 지금도 볼 수 있다.

선형의 눈썹과 입 언저리는 그 모친과 추호 불차[24]하니, 이 눈썹과 입만 가지고도 족히 미인 노릇을 할 수가 있으리라. 형식은 선형을 자기의 누이라고 생각하였다.[25] 이는 형식이가 남의 처녀를 대할 때마다 생각하는 버릇이니, 형식은 처녀를 대할 때에 누이라고밖에 더 생각할 줄을 모르는 사람이다.

그러면서도 알 수 없는 것은, 가슴속에 이상한 불길이 일어남이니, 이는 청년 남녀가 가까이 접할 때 마치 음전과 양전[26]이 가까워지기가 무섭게 서로 감응하여 불꽃을 날리는 것[27]과 같이 면치 못할 일이며, 하늘이 만물을 내실 때 정한 일이라, 다만 사회의 질서를 유지하기 위하여 도덕과 수양의 힘으로 제어할 뿐이다.

형식이 말없이 앉았는 양을 보고 장로가 선형더러,

"얘, 지금 곧 공부를 시작하지. 아차, 순애는 어디 갔느냐. 그 애도 같이 배워라. 나도 틈 있는 대로는 배울란다."

"네."

하고 선형이가 일어나 저편 방으로 가더니 책과 연필을 가지고 나온다. 그 뒤로 선형과 동년배 되는 처녀가 그 역시 책과 연필을 들고 나와 공순

---

23 친한 친구들.

24 조금도 다르지 않은 모양을 가리킴.

25 형식이 선형을 누이라고 생각하는 심리 상태를 문학평론가 김윤식 교수는 '누이 콤플렉스'라고 규정했다. 〈이광수와 그의 시대〉라는 저서를 보면 김 교수는 이런 누이 콤플렉스는 이광수 자신이 소년 시절을 고아로 자랐기 때문이라고 분석하고 있다. 그리고 이런 누이 콤플렉스가 이형식이라는 인물의 순결성을 상징한다는 것이다.

26 마이너스 전기와 플러스 전기.

27 일게 하는 것.

하게 읍한다. 장로가,

"이 애가 순애인데 내 딸의 친구요. 부모도 없고 집도 없는 불쌍한 아이요."

하는 말을 듣고, 형식은 자기와 자기의 누이의 신세를 생각하고 다시금 순애의 얼굴을 보았다. 의복과 머리를 선형과 꼭 같이 하였으니 두 사람의 정의를 가히 알려니와, 다만 속이지 못할 것은 어려서부터 세상 풍파에 부대낀 빛이 얼굴에 박혔음이다. 그 빛은 형식이가 거울에 자기 얼굴을 볼 때 있는 것이요, 불쌍한 자기 누이를 볼 때 있는 것이다.

형식은 순애를 보매 지금껏 가슴에 설렁거리던 것이 다 스러지고 새롭게 무거운 듯한 감정이 생겨 부지불각에[28] 동정의 한숨이 나오며 또 한 번 순애를 보았다. 순애도 형식을 본다.

장로와 부인은 저편 방으로 들어가고 형식과 두 처녀가 마주 앉았다. 형식은 힘써 침착하게,

"이전에 영어를 배우셨습니까?"

하고, 이에 처음 두 처녀의 목소리를 듣게 되었다. 그러나 두 처녀는 고개를 숙이고 아무 대답이 없다.

형식도 어이없이 앉았다가 다시,

"이전에 좀 배우셨는가요?"

그제야 선형이가 고개를 들어 그 추수같이[29] 맑은 눈으로 형식을 보며,

"아주 처음이올시다. 이 순애는 좀 알지마는."

"아니올시다. 저도 처음입니다."

"그러면 에이, 비, 시, 디도? 그것은 물론 아실 터이지요마는."

여자의 마음이라 모른다기는 참 부끄러운 것이라 선형은 가뜩이나 붉은 빰이 더 붉어지며,

---

28 알지 못하고 느끼지 못하는 사이에.

29 가을 호수같이.

"이전에는 외웠더니 다 잊었습니다."

"그러면 에이, 비, 시, 디부터 시작할까요?"

"네."

하고 둘이 함께 대답한다.

"그러면, 그 공책과 연필을 주십시오. 제가 에이, 비, 시, 디를 써 드릴 것이니."

선형이가 두 손으로 공책에다 연필을 받쳐 형식을 준다. 형식은 공책을 펴 놓고 연필 끝을 조사한 뒤에 똑똑하게 a, b, c, d를 쓰고, 그 밑에다가 언문[30]으로 '에이', '비', '시' 하고 발음을 달아 두 손으로 선형에게 주고 다시 순애의 공책을 당겨 그대로 하였다.

"그러면 오늘은 글자만 외기로 하고 내일부터 글을 배우시지요. 자 한 번 읽읍시다. 에이."

그래도 두 학생은 가만히 있다.

"저 읽는 대로 따라 읽으시오. 자, 에이, 크게 읽으셔요. 에이."

형식은 기가 막혀 우두커니 앉았다. 선형은 웃음을 참느라고 입술을 꽉 물고, 순애도 웃음을 참으면서 선형의 낯을 쳐다본다. 형식은 부끄럽기도 하고 답답하기도 하여 당장 일어나서 나가고 싶은 생각이 난다.

이때 장로가 나오면서,

"읽으려무나, 못생긴 것. 선생님 시키시는 대로 읽지 않고."

그제야 웃음을 그치고 책을 본다. 형식은 하릴없이 또 한 번,

"에이."

"에이."

"비."

"비."

"시."

---

30 예전에 한문에 비해서 한글을 낮추어 부르던 말.

"시."

이 모양으로 '와이', '제트' 까지 3, 4차를 같이 읽은 후에 내일까지 음과 글씨를 다 외기로 하고 서로 경례하고 학과를 폐하였다.

4

형식은 김 장로 집에서 나와서 바로 교동 자기 객주로 들어왔다. 마치 술 취한 사람 모양으로 아무 생각도 없이, 어디로 가는지도 모르고, 다만 1년 넘어 다니던 습관으로 집에 왔다. 말하자면 형식이가 온 것이 아니요, 형식의 발이 형식을 끌고 온 모양이다.

주인 노파가 저녁상을 차리다가 치마로 손을 씻으면서,

"이 선생 웬일이시오?"

하고 이상하게 웃는다. 형식은 눈이 둥그레지며,

"왜요."

"아니, 그처럼 놀라실 것은 없지마는……."

"왜 무슨 일이 생겼어요?"

하고 우뚝 서서 노파를 본다. 노파는 그 시치미 떼고 놀라는 양이 우스워서 혼자 깔깔 웃더니,

"아까 석 점쯤 해서 어떤 어여쁜 아가씨가 선생을 찾아오셨는데 머리는 여학생 모양으로 하였으나 아무리 보아도 기생 같습디다. 선생님도 그런 친구를 사귀는지."

"어떤 아가씨? 기생?"

하고 형식은 고개를 기웃기웃하며 구두끈을 끄르고 마루에 올라서면서,

"서울 안에는 나를 찾아올 여자가 한 사람도 없는데, 아마 잘못 알고 왔던 게로구려."

"에그, 아주 모르는 체하시지. 평양서 오신 이형식 씨라고, 똑똑히 그

러던데."

형식은 멍하니 하늘만 쳐다보고 앉았더니,

"암만해도 모르는 일이외다. 그래 무슨 말은 없어요?"

"이따가 저녁에 또 온다고 하고 매우 섭섭해서 갑데다."

"그래 나를 아노라고 그래요?"

"에그, 모르는 이를 왜 찾을꼬. 자 들어가셔서 저녁이나 잡수시고 기다리십시오. 밥맛이 달으시겠습니다."

형식에게는 그런 말이 귀에 들어오지도 아니한다. 과연 형식을 찾을 여자가 있을 리가 없다. 장차 김선형이나 윤순애가 형식을 찾아오게 될는지는 모르거니와 지금 어느 여자가 형식을 찾으리오. 하물며 기생인 듯한 여자가.

형식은 밥상을 앞에 놓고 아무리 생각하여도 알 수 없어 좀 지나면 온다 하였으니 그때가 되면 알리라 하고 저녁을 먹었다. 저녁을 먹고 나서 신문을 볼 즈음에 대문 밖에 찾는 사람이 있다. 노파가,

"이것 보시오."

하고 눈을 끔쩍하고 나간다.

"이 선생 돌아오셨어요?"

하는 말소리가 들리더니 노파의 뒤를 따라 어떤 젊은 여자가 들어온다. 아까 노파의 말과 같이 모시 치마 저고리에 머리도 여학생 모양으로 쪽쪘다. 형식도 말이 없고 여자도 말이 없고 노파도 어인 영문을 모르고 우두커니 섰다. 여자가 잠깐 형식을 보더니, 노파더러,

"이 선생께서 계셔요?"

"저 어른이 이 선생이시외다."

하고 노파도 매우 수상해 한다.

"네, 내가 이형식이오. 누구시오니까."

여자는 깜짝 놀라는 듯이 몸을 흠칫하고 한 걸음 물러서며 고개를 폭 숙인다. 해가 벌써 넘어가고 집집 광명등이 반짝반짝 눈을 뜬다. 형식은

무슨 까닭이 있음을 알고, 얼른 일어나 램프에 불을 켜고 마루에 담요를 내어 깐 뒤에,

"아무려나 이리 올라오십시오. 아까도 오셨더라는데 마침 집에 없어서 실례하였습니다."

여자는 고개를 들었다. 눈에는 눈물이 고였다.

"저 같은 계집이 찾아와 선생님의 명예에 상관이 아니 되겠습니까."

"천만의 말씀이올시다. 우선 올라오십시오. 무슨 일이신지……."

여자는 은근하게 예하고 올라온다. 데리고 온 계집아이도 올라앉는다. 형식도 앉았다. 노파는 건넌방에서 불도 아니 켜고 담배를 피우면서 이 광경을 본다.

형식은 불빛에 파래 보이는 여자의 얼굴을 이윽히 보더니, 무슨 생각 나는 일이 있는지 고개를 기울이고 눈을 감는다.

"저를 모르시겠습니까."

"글쎄올시다. 얼굴이 혹 뵈온 듯도 합니다마는."

"박응진을 기억하시겠습니까."

"에? 박응진?"

하고 형식은 눈이 둥그레져서 말이 막힌다. 여자도 그만 책상 위에 쓰러져 운다. 형식의 눈에서도 굵은 눈물이 뚝뚝 떨어진다. 형식은 비창한 목소리로,

"아아, 영채 씨로구려. 영채 씨로구려. 고맙소이다. 나같이 은혜 모르는 놈을 찾아 주시니 고맙소이다. 아아."

두 사람은 한참 동안 말이 없고 여자의 흑흑 느끼는 소리뿐이로다. 따라온 계집아이도 주인의 손에 매달려 운다.

5

벌써 10여 년 전이다. 평안남도 안주 읍에서 남으로 10여 리 되는 동네에 박 진사라는 사람이 있었다. 40여 년을 학자로 지내 인근 읍에 그 이름을 모르는 사람이 없었다. 원래 일가가 수십여 호 되고, 양반이요 재산가로 고래로 안주 일읍에 유세력자러니, 신미년 난 역적의 혐의로 일문[31]이 혹독한 참살을 당하고, 어찌어찌하여 이 박 진사의 집만 살아남았다 하더니 거금[32] 15, 6년 전에 청국 지방으로 유람을 갔다가 상해서 출판된 신서적을 수십 종 사 가지고 돌아왔다. 이에 서양의 사정과 일본의 형편을 짐작하고 조선도 이대로 가지 못할 줄을 알고 새로운 문명 운동을 시작하려 하였다.

우선 자기 사랑에 젊은 사람을 모아 데리고 상해서 사 온 책을 읽히며 틈틈이 새로운 사상을 강설하였다. 그러나 당시 사람의 귀에는 철도나 윤선輪船이라는 말이 들어가지 아니하여 박 진사를 가리켜 미친 사람이라 하고, 사랑에 모였던 선배들도 하나씩하나씩 헤어지고 말았다. 이에 박 진사는 공부하려 해도 학자 없어 못하는 불쌍한 아이들을 하나 둘 데려다가 공부시키기를 시작하였다.

이러한 지 3, 4년 후에는 그의 교육을 받은 학생이 2, 30명이나 되게 되었고, 그동안 그 2, 30명의 의식과 지필묵은 온통 자담하였다. 그러할 즈음에 평안도에 새로운 운동이 일어나고 각처에 학교가 울흥하며 눈물 흘리는 사람이 많게 되었다.

박 진사는 즉시 머리를 깎고 검은 옷을 입고 아들 둘도 그렇게 시켰다. 머리 깎고 검은 옷 입는 것이 그때치고는 대대적 대용단이다. 이는 4천여 년 내려오던 굳은 습관을 다 깨뜨려 버리고, 온전히 새것을 취하여 나아간다는 표다.

인해 집 곁에 학교를 짓고 서울에 가서 교사를 연빙[33]하며 학교 소용 제

---

31 한 집안.

32 지금부터.

구[34]를 구하여 왔다. 일변 동네 사람을 권유하며, 일변 아이들과 청년들을 달래어 학교에 와 배우도록 하였다. 1년이 지나매 2, 30명 학생이 모이고, 교사도 두 사람을 더 연빙하였다. 학생은 30 이하, 7, 8세 이상이었다.

이렇게 학교 경비를 전담하는 외에도 여전히 10여 명 청년을 길렀다. 이 이형식도 그 10여 명 중의 하나이다. 그때 형식은 부모를 여의고 의지가지 없이 돌아다니다가 박 진사가 공부시킨다는 말을 듣고 찾아갔던 것이다. 마침 형식은 사람도 영리하고 마음이 곧고 재주가 있고, 또 형식의 부친은 이전 박 진사와 동년지우[35]이므로 특별히 박 진사의 사랑을 받았다. 그때 박 진사의 아들 형제는 다 형식보다 4, 5세 위로되 학력은 형식에게 밀리고 더구나 산술과 일어는 형식에게 배우는 처지였다.

그러므로 여러 동창들은 형식이가 장차 박 선생의 사위가 되리라 하여 농담 삼아, 시기 삼아 조롱하였다. 대개 우리 소견에 박 선생이라 하면 전국에 제일가는 선생인 줄 알았음이다. 그때 박 진사의 딸 영채의 나이 열 살이니 지금 꼭 열아홉 살일 것이다.

박 진사는 남이 웃는 것도 생각지 아니하고 영채를 학교에 보내며 학교에서 돌아온 뒤에는 〈소학〉, 〈열녀전〉 같은 것을 가르치고 열두 살 되던 여름에는 〈시전〉도 가르쳤다. 박 진사의 위인이 점잖고 인자하고 근엄하고도 쾌활하여 어린 사람들도 무서운 선생으로 아는 동시에 정다운 친구로 알았었다. 그는 세상을 위하여 재산을 바치고 집을 바치고 몸과 마음을 다 바치고 목숨까지라도 바치려 하였다. 그러나 그 동네 사람들은 그의 성력을 감사하기는커녕 도리어 미친 사람이라고 비웃었다.

이러한 지 6, 7년에 원래 그리 많지 못하던 재산도 다 없어지고 조석까지 말유하게 되니, 학교를 경영할 방책이 만무하다. 이에 진사는 읍내 모모 재산가를 몸소 방문도 하고 사람도 보내어 자기 경영하는 학교를 맡아

33 연빙=초빙=고빙.

34 학교에서 필요한 여러 가지 용품.

35 동갑 친구.

주기를 간청하였다.

그는 오직 세상을 위하여 자기의 온 재산과 온 정력을 다 들인 학교를 남에게 내맡기려 하건마는 어느 누가 '내가 맡으마' 하고 나서는 이는 없고 도리어 '제가 먹을 것이 없어 저런다' 하고 비웃었다.

60이 다 못 된 박 진사는 거의 백발이 되었다. 먹을 것이 없으매 사랑에 모여 있던 학생들도 사방으로 흩어지고 제일 나이 많은 홍모와 제일 나이 어린 이형식만 남았다. 형식은 그때 열여섯 살이었다.

그해 가을에 거기서 10여 리 되는 어느 부잣집에 강도가 들어 주인의 옆구리를 칼로 찌르고 현금 5백여 원을 늑탈한 사건이 일어났다. 그 강도는 박 진사 집 사랑에 있는 홍모라, 자기의 은인인 박 진사의 곤고함을 보다 못하여, 처음에는 좀 위협이나 하고 돈을 떼어 올 차로 갔더니 하도 주인이 무례하고 또 헌병대에 고소하겠노라 하기로 죽이고 왔노라 하고 돈 5백 원을 내어놓는다. 박 진사는 깜짝 놀라며,

"이 사람아, 왜 이러한 일을 하였는가. 부지런히 일하는 자에게 하늘이 먹고 입을 것을 주나니……. 아아, 왜 이러한 일을 하였는가?"
하고 돈을 도로 가지고 가서 즉시 사죄를 하고 오라 하였더니, 중도에서 포박을 당하고 강도, 살인, 교사 급 공범 혐의로 박 진사의 삼부자는 그날 아침으로 포박을 당하였다. 박 진사의 집에 남은 것은 두 며느리와 영채와 형식뿐, 영채의 모친은 영채를 낳고 두 달이 못 되어 별세하였었다.

그 후에 박 진사의 사랑에 있던 학생도 몇 사람 붙들리고 형식도 증거인으로 불려 갔었으나 이틀 만에 놓였다.

두어 달 후에 홍모와 박 진사는 징역 종신, 박 진사의 아들 형제는 징역 15년, 기타는 혹 7년, 혹 5년의 징역의 선고를 받고 평양 감옥에 들어갔다.

인해 하릴없이 두 며느리는 각각 친정으로 가고, 영채는 외가로 가고, 형식은 다시 의지를 잃고 적막한 천지에 부평같이 표류하였다. 그 후 형식은 두어 번 평양 감옥으로 편지를 하였으나 편지도 아니 돌아오고 회답도 없었다. 작년 하기夏期에 안주를 갔더니 박 진사의 집에는 낯 모를 사

람들이 장기를 두며 웃더라. 이제 7년 만에 서로 만난 것이다.

6

형식은 번개같이 이러한 생각을 하다가 눈물을 거두고 그 앞에 엎드러져 우는 영채를 보았다. 그때—10년 전에 상긋상긋 웃으면서 어깨에도 매달리고 손도 잡아 끌며 오빠, 오빠 하던 계집아이가 벌써 이렇게 어른이 되었다.

그동안 7, 8년에 어떠한 풍상을 겪었는고. 형식은 남자로되 지난 7, 8년을 고생과 눈물로 지냈거든 하물며 연약한 어린 여자로 오죽 아프고 쓰렸으랴.

형식은 그동안 지낸 일을 알고 싶어, 우는 영채의 어깨를 흔들며,

"울지 마시오. 자, 말씀이나 들읍시다. 네, 일어나 앉으세요."

울지 말라 하는 형식이도 아니 울 수가 없거든 영채의 우는 것은 마땅한 일이다.

"자, 일어나시오."

"네, 자연히 눈물이 납니다그려."

"……."

"선생님을 뵈오니 돌아가신 부친님과 오라버님들을 함께 뵈온 것 같습니다."

하고 또 울며 쓰러진다. '돌아가신?' 박 진사 삼부자는 마침내 죽었는가.

집을 없이하고, 재산을 없이하고, 마침내 몸을 없이하였는가. 불쌍한 나를 구원하여 주던 복 있는 집 딸이 복 있던 지 4, 5년이 못 되어 또 불쌍한 사람이 되었는가. 세상일을 어찌 믿으랴. 젊은 사람의 생명도 믿을 수 없거든 하물며 물거품 같은 돈과 지위랴. 박 진사가 죽었다 하면 옥중에서 죽었을 것이니, 같은 옥중에 있으면서 아들들이나 만나 보았는가. 누

가 임종에 물 한 술을 떠 넣었으며, 누가 눈이나 감겼으리오. 외롭게 죽은 몸이 섬 거적에 묶이어 까마귀밥이 되었단 말인가. 그가 죽으매 슬퍼할 이 뉘뇨. 막막하게 북망으로 돌아갈 때 누가 눈물을 흘렸으리오. 그가 위하여 눈물 흘리던 세상은 다시 그를 생각함이 없고, 도리어 그의 혈육을 핍박하고 회롱하도다. 하늘이 뜻이 있다 하면 무정함이 원망스럽고, 하늘이 뜻이 없다 하면 인생을 못 믿으리로다.

"돌아가시다니, 선생님께서 돌아가셨어요?"

"네, 옥에 가신 지 이태 만에 아버님께서 돌아가시고, 아버님 돌아가신 지 보름 만에 오라버니 두 분도 함께 돌아가셨습니다."

"어떻게…… 그렇게?"

"자세한 말은 알 수 없으나 옥에서는 병으로 죽었다 하고 어떤 간수의 말에는, 처음에 아버님께서 굶어 돌아가시고 그 다음에 맏오라버니께서 또 굶어 돌아가시고, 맏오라버니 돌아가신 날 작은오라버니는 목을 매어 돌아가셨다고 합데다."

하고 말끝에 울음이 복받쳐 나온다. 형식도 불식부지간에 소리를 내어 운다.

주인 노파는 처음에는 이형식을 후리려고 나오는 추한 계집으로만 여겼더니 차차 이야기를 들어 보니 본래 양가 여자인 듯하고, 또 신세가 가엾은지라, 자기 방에서 혼자 울다가 거리에 나아가 빙수와 배를 사 가지고 들어와 영채를 흔든다.

"여보, 일어나 빙수나 한 잔 자시오. 좀 속이 시원해질 테니. 이제 울으시면 어짜요? 다 팔자로 알고 참아야지. 나도 젊어서 과부 되고 다 자란 자식 죽고……. 그러고도 이렇게 사오. 부모 없는 것이 남편 없는 것에 비기면 우스운 일이랍니다. 이제 청춘에 전정이 구만리 같은데 왜 걱정을 하겠소. 자 어서 울음 그치고 빙수나 자시오. 배도 자시구."

하며 분주히 부엌에 가서 녹슨 식칼을 가져다가 배를 깎으면서,

"여보시오, 선생께서 좀 위로를 하시는 것이 아니라 당신이 더 우시니……."

"가슴이 터져 오는 것을 아니 울면 어찌하오. 이가 내 4, 5년간 양육받은 은인의 따님이오그려. 그런데 그 은인은 애매한 죄로 옥에서 죽고, 그의 아들 형제는 아버지를 좇아 죽고, 천지간에 은인의 혈육이라고는 이분네 하나뿐이오그려. 7, 8년 동안이나 생사를 모르다가 이렇게 만나니 왜 슬프지를 아니하겠소."

"슬프나 울면 어찌하나요."

하고 배를 깎아 들고 영채를 한 팔로 안아 일으키면서,

"초년 고락은 낙의 본입니다. 너무 서러워 마시고 이 배나 하나 자시오."

영채도 친절한 말에 감격하여 눈물을 닦고 배를 받는다. 형식은 다시 영채의 얼굴을 보았다. 이제 보니 과연 그때의 모양이 있다. 더욱 그 큼직한 눈이 박 진사를 생각나게 한다. 영채도 형식의 얼굴을 본다. 얼굴이 이전보다 좀 길어진 듯하고 코 아래 수염도 났으나 전체 모양은 전과 같다 하였다. 마주 보는 두 사람의 흉중에는 10여 년 전 일이 활동사진 모양으로 휙휙 생각이 난다. 즐겁게 지내던 일, 박 진사가 포박되어 갈 적에 온 집안이 통곡하던 일, 식구들은 하나씩하나씩 다 흩어지고 수십 대 내려오던 박 진사 집이 아주 망하게 되던 일, 떠나던 날 형식이가 영채를 보고,

"이제는 언제 다시 볼지 모르겠다. 네게 오빠란 말도 다시는 못 듣겠다."

할 적에 영채가,

"가지 마세요. 나와 같이 가요."

하고 가슴에 와 안기며 울던 생각이 어제련 듯 역력하게 얼른얼른 보인다. 형식은 영채의 지나온 이야기를 들으려 하여 묻기를 시작한다.

(이하 줄임)

1917년 《매일신보》

한 세대의 독자들이 결국

한 세대의 필자들로 이어질 것이다.

- 스필버그

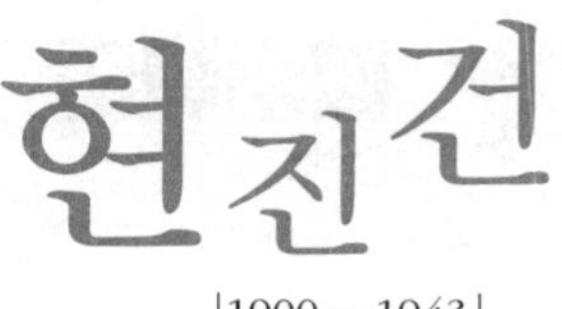

|1900 ~ 1943|

1900년 대구에서 태어나다. 일본 도쿄 독일어학교를 졸업한 후 중국 상하이 외국어학교를 다니다. 1920년 《개벽》지에 단편소설 〈희생자〉를 발표함으로써 작가 활동을 시작하다. 1921년 발표한 〈빈처貧妻〉로 인정을 받다. 《백조白潮》 동인에 참여하여 〈타락자〉, 〈운수 좋은 날〉, 〈불〉 등을 발표함으로써 염상섭과 함께 사실주의를 개척한 작가가 되다. 《시대일보》, 《매일신보》 기자로 근무하였고 《동아일보》 사회부장 재직 때인 1935년에는 '일장기 말살 사건'으로 1년간 복역한 일도 있다. 호는 빙허憑虛.

대|표|작

〈빈처〉(1921), 〈술 권하는 사회〉(1921), 〈할머니의 죽음〉(1923), 〈운수 좋은 날〉(1924), 〈불〉(1925), 〈고향〉(1926), 〈적도〉(1933~34), 〈무영탑〉(1938~39) 등.

〈운수 좋은 날〉은 우리 나라 현대문학 형성기에 발표된 작품 가운데 아주 중요한 위치의 작품이다. '운수 좋은 날' 이라는 작품 제목은 '가장 비극적인 날' 을 반어反語적으로 표현하고 있다. 이것은 '겉으로 나타나는 행운 뒤에 비극적 결말이 준비되어 있다' 는 아이러니컬한 작품 속의 현실을 극적으로 나타낸다.

주인공 김 첨지는 가난한 인력거꾼으로서 일제 강점기의 비참한 하층민의 삶을 생생하게 대변하는 인물이다. 그는 열흘 내내 줄곧 공을 쳤다. 그런데 비가 추적거리며 내리는 어느 날, 병든 아내의 만류에도 불구하고 인력거를 끌고 나간 그에게 뜻하지 않은 행운이 연속으로 찾아온다. 집에는 오랜만에 조밥을 처박질해 먹고 체해 누워 있는 아내가 있다. 아내는 설렁탕을 한 번 먹어 보는 게 소원이라고 말한다. 김 첨지는 아내가 그토록 원하는 설렁탕을 사 주어야겠다고 생각한다. 그런데 이게 웬 횡재인가. 남대문역까지 타고 간 손님에게서 1원 50전 거금을 받는다. 그러나 계속되는 행운에 오히려 불안해진 김 첨지는 집으로 돌아가는 길에 친구 치삼이를 만난다. 그와 함께 술을 마시면서 돈에 대한 억울한 복수심, 아내의 신상에 대한 불길한 예감 때문에 한바탕 푸념을 늘어놓는다. 김 첨지는 설렁탕을 사 가지고 집 안으로 들어선다. 그런데 아내의 기침 소리가 들리지 않는다. 그는 대문에 들어서자마자 "이 난장맞을 년이 남편이 들어오는데 나와 보지도 않아" 라고 고함을 치며 발길로 차기까지 한다.

그러나 아내의 몸은 이미 싸늘하게 식어 버렸고 젖먹이만이 빈 젖꼭지를 빨고 있었다. 김 첨지는 아내의 죽음 앞에서 이렇게 울부짖는다.

"설렁탕을 사다 놓았는데 왜 먹지를 못하니, 왜 먹지를 못하니…… 괴상하게도 오늘은 운수가 좋더니만."

구조분석

- **갈래** 단편소설.
- **주제** 일제 치하 도시 하층민이 겪는 참혹한 생활상.
- **배경** 시간은 1920년대 전반기. 공간은 서울 동소문 남대문역 등 여러 곳.
- **시점** 전지적 작가 시점.

등장인물

- **김 첨지** 주인공. 동소문 안에서 인력거를 끌어 입에 풀칠을 하는 전형적인 하층민. 돈에 대한 지독한 반감을 갖고 있고, 겉으로는 아내를 향해 심한 욕설을 해 대지만 본심은 아내를 사랑하는 선량한 인물.
- **아내** 찢어지는 가난으로 인한 굶주림을 견디다 못해 조밥을 해 먹고 체해서 병들어 죽음.
- **치삼이** 김 첨지의 친구이자 술동무이다. 김 첨지가 하고 싶은 말을 뱉어 낼 때 그것을 들어 주는 인물로 설정되어 있다. 현실감각이 무딘 사람 좋은 인물.

플롯

- **발단** 인력거꾼 김 첨지는 병든 아내를 두고 일을 나간다. 추적추적 진눈깨비가 내린다.
- **전개** 웬일인지 손님이 줄을 잇는다. 여느 날과는 비교가 안 될 정도로 돈을 번다.
- **위기** 계속 행운이 덤벼들자 김 첨지는 오히려 불안해진다. 혹시 아내가?
- **절정** 집으로 돌아오는 길에 친구 치삼을 만난다. 치삼과 함께 술을 마시며 돈 많이 벌었다고 흰소리도 하고, 중대가리에게 팁도 주고, 아내가 죽었다는 건주정도 한다.
- **결말** 집에 돌아오니 아내가 죽어 있다. 젖먹이에게 젖을 물린 채.

이것만은 놓치지 말자

이 작품은 주인공의 행운과 불안을 반복하거나 바꾸며 사건을 이끌어 가는 다음 세 장면으로 구분해서 읽으면 좋다.

세 장면

첫 장면은 '재수가 옴 붙어서' 근 열흘 동안 돈 구경 못한 인력거꾼 김 첨지에게 찾아온 행운의 내용을 보여 준다. 둘째 장면은 이 소설의 가장 탁월한 부분인 '선술집' 장면이다. 친구 치삼이와 나누는 생생한 대화며 살아 움직이는 술집 분위기 묘사가 뛰어나다. 마지막 셋째 장면은 김 첨지가 집에 돌아와 아내의 죽음을 확인하는 장면이다.

추적추적 내리는 비

이 소설에서 추적추적 내리는 비는 내용과 주제를 암시하는 중요한 배경이다. 겨울비는 음산한 분위기와 함께 김 첨지의 불행을 암시한다. 또 추적추적한 배경 분위기는 식민지 도시 변두리 하층민의 열악한 삶의 조건을 그대로 표현한다. 이 작품이 사실주의적 성격이 강렬하게 느껴지는 이유이다.

욕설과 말투

'추적추적'이란 의성어의 독창적인 사용, 김 첨지의 대화에 나타나는 하층민의 꾸밈없는 말투나 욕설 등을 통해 단편소설이 가져야 할 문장의 미학을 완벽하게 구사하고 있다.

1. 이 작품에서 갈등 구조는 김 첨지의 심리를 중심으로 펼쳐지고 있다. 어떻게 나타나는지 살펴본다.
2. 이 작품은 전체 구조가 반어反語로 되어 있다. 그것이 어떻게 표현되어 있는지 살펴본다.
3. 이 작품을 읽으면서 배경의 암시성이 어떻게 표현되어 있는지 살펴본다.

운수 좋은 날

✖❊

새침하게 흐린 품이 눈이 올 듯하더니, 눈은 아니 오고 얼다가 만 비가 추적추적 내리는 날[1]이었다.

이날이야말로 동소문 안에서 인력거꾼[2]노릇을 하는 김 첨지[3]에게는 오래간만에도 닥친 운수 좋은 날[4]이었다. 문[5] 안에(거기도 문 밖은 아니지만) 들어간답시는 앞집 마마님[6]을 전차 길까지 모셔다 드린 것을 비롯으로 행여나 손님이 있을까 하고 정류장에서 어정어정하며 내리는 사람 하나하나에게 거의 비는 듯한 눈길을 보내고 있다가, 마침내 교원인 듯한 양복쟁이를 동광학교東光學校[7]까지 태워다 주기로 되었다.

---

1 작품의 첫 줄부터 '운수 좋은 날' 이라는 제목과 대비되는 배경이 설정되어 있다. 무언가 비극을 암시하는 을씨년스러운 이런 날씨 묘사는 전편의 분위기를 이끌고 있다.

2 1920년대~30년대 사이에 당시의 서울 시민들이 주로 이용한 근거리용 대중교통이다. 2륜이고 인력거꾼이 앞에서 끌었다.

3 본디는 '첨지중추부사' 라는 어엿한 벼슬을 줄여서 부르는 말이지만 보통은 나이 많은 이를 낮추어 부르는 호칭이다.

4 '운수 좋은 날' 이라는 표현이 여러 번 등장한다. 사실은 아내가 죽는 '가장 슬픈 날' 이라는 것을 암시하고 있다.

5 서울의 동, 서, 남, 북 4대 문을 가리키는 말이다. 요즘은 서울을 크게 구분할 때 강남, 강북으로 나누지만 당시에는 문 안, 문 밖으로 나누어 지칭했다.

6 '마마' 는 임금과 그 가족들에게 붙이는, 예를 들면 '중전마마' 처럼 사용하는 존칭이다. 그러나 여기에 나오는 '마마님' 은 주인공인 인력거꾼 입장에서 보면 하늘같이 높은 양반 댁 부인이라서 높여 부른 호칭일 것이다.

7 불교계에서 운영하던 학교로 종로 근처에 있었을 것으로 추측된다. 나중에 보성고보와 합쳐진다. 이 학교 출신 중에는 〈날개〉의 천재시인 이상李箱이 있다.

첫 번에 30전, 둘째 번에 50전[8] ……. 아침 댓바람에 그리 흉치 않은 일이었다. 그야말로 재수가 옴 붙어서 근 열흘 동안 돈 구경도 못한 김 첨지는 10전짜리 백동화 서 푼, 또는 다섯 푼이 찰깍 하고 손바닥에 떨어질 제 거의 눈물을 흘릴 만큼 기뻤었다. 더구나 이날 이때 이 80전이라는 돈이 그에게 얼마나 유용한지 몰랐다. 컬컬한 목에 모주[9] 한 잔도 적실 수 있거니와, 그보다도 앓는 아내에게 설렁탕 한 그릇도 사다 줄 수 있음이다.

그의 아내가 기침으로 쿨룩거리기는 벌써 달포가 넘었다. 조팝[10]도 굶기를 먹다시피 하는 형편이니 물론 약 한 첩 써 본 일이 없다. 구태여 쓰려면 못 쓸 바도 아니로되, 그는 병이란 놈에게 약을 주어 보내면 재미를 붙여서 자꾸 온다[11]는 자기의 신조信條에 어디까지 충실하였다. 따라서 의사에게 보인 적이 없으니 무슨 병인지는 알 수 없으되, 반듯이 누워 가지고 일어나기는커녕 모로도 못 눕는 걸 보면 중증은 중증인 듯. 병이 이대도록 심해지기는 열흘 전에 조팝을 먹고 체한 때문[12]이다. 그때도 김 첨지가 오래간만에 돈을 얻어서 좁쌀 한 되와 10전짜리 나무 한 단을 사다 주었더니 김 첨지의 말에 의지하면, 오라질 년[13]이 천방지축天方地軸[14]으로 냄비에 대고 끓였다. 마음은 급하고 불길은 달지 않아 채 익지도 않은 것을 그 오라질 년이 숟가락은 그만두고 손으로 움켜서 두 뺨에 주먹덩이 같은 혹이 불거지도록 누가 빼앗을 듯이 처박질[15]하더니만 그날 저녁부

8 당시 돈의 가치를 요즈음 돈과 정확하게 비교할 수는 없다. 그러나 당시 황소 한 마리가 100원이었다고 하므로 100원을 300만 원으로 계산하면 1원은 3만 원, 10전은 3천 원 정도로 환산하면 감이 잡힐 것이다.

9 술을 거르고 남은 찌꺼기. 돈이 없는 빈민층들은 이것을 술 대신 마셨다. 값이 아주 쌌다.

10 조밥.

11 약 사 먹을 돈조차 없는 사람들이 스스로를 위안하기 위하여 만들어 낸 속담인 듯하다.

12 김 첨지 아내를 죽게 만드는 직접적인 원인이다.

13 '오라'는 죄인을 묶는 포승. '오라질 년'은 포승으로 묶일 년, 알기 쉽게 말하면 관가에 잡혀갈 년이라는 뜻이겠다. 그러나 부부나 친한 친구처럼 허물이 없는 사이에는 애정 표현을 이처럼 원 뜻과는 반대의 의미로 사용하는 경우도 있다.

14 허둥대고 덤벙거리는 것.

15 함부로 처박다. 얼마나 오랫동안 굶어 허기가 졌으면 별 맛도 없을 조밥을 처박질했을까.

터 가슴이 땅긴다, 배가 켕긴다 하고 눈을 홉뜨고 지랄병을 하였다. 그때 김 첨지는 열화와 같이 성을 내며,

"에이, 오라질 년, 조랑복[16]은 할 수가 없어, 못 먹어 병, 먹어서 병, 어쩌란 말이야! 왜 눈을 바루 뜨지 못해!"

하고 앓는 이의 뺨을 한 번 후려갈겼다. 홉뜬 눈은 조금 바루어졌건만[17]이슬이 맺혔다. 김 첨지의 눈시울도 뜨끈뜨끈하였다.

이 환자가 그러고도 먹는 데는 물리지 않았다. 사흘 전부터 설렁탕 국물이 마시고 싶다고 남편을 졸랐다.

"이런 오라질 년! 조밥도 못 먹는 년이 설렁탕은. 또 처먹고 지랄병을 하게."

라고 야단을 쳐 보았건만, 못 사 주는 마음이 시원치는 않았다.

인제 설렁탕을 사 줄 수도 있다. 앓는 어미 곁에서 배고파 보채는 개똥이(세 살 먹이)에게 죽을 사 줄 수도 있다. 80전을 손에 쥔 김 첨지의 마음은 푼푼하였다.[18]

그러나 그의 행운은 그걸로 그치지 않았다. 땀과 빗물이 섞여 흐르는 목덜미를 기름주머니가 다 된 왜목[19] 수건으로 닦으며, 그 학교 문을 돌아 나올 때였다. 뒤에서 "인력거!" 하고 부르는 소리가 난다.

자기를 불러 멈춘 사람이 그 학교 학생인 줄 김 첨지는 한 번 보고 짐작할 수 있었다. 그 학생은 다짜고짜로,

"남대문[20] 정거장까지 얼마요?"

라고 물었다. 아마도 그 학교 기숙사에 있는 이로 동기 방학을 이용하여

---

16 오래 누릴 수 없는 아주 짧은 동안의 복.

17 바르게 되었건만.

18 넉넉한 상태를 가리킨다.

19 왜솜으로 짠 천.

20 지금의 서울역. 서울역은 1900년 경인선 철도가 개통될 때는 경성역으로 불리다가 1905년에 남대문역으로 바뀌었다. 그 뒤 다시 경성역으로 불리다가 해방 후인 1947년에 현재의 이름인 서울역이 되었다.

귀향하려 함이리라. 오늘 가기로 작정은 하였건만, 비는 오고 짐은 있고 해서 어찌할 줄 모르다가 마침 김 첨지를 보고 뛰어나왔음이리라. 그렇지 않다면 왜 구두를 채 신지 못해서 질질 끌고, 비록 '고꾸라'[21] 양복일망정 노박이로[22] 비를 맞으며 김 첨지를 뒤쫓아 나왔으랴.

"남대문 정거장까지 말씀입니까?"

하고, 김 첨지는 잠깐 주저하였다. 그는 이 우중에 우장도 없이 그 먼 곳을 철벅거리고 가기가 싫었음일까? 처음 것, 둘째 것으로 고만 만족하였음일까? 아니다. 결코 아니다. 이상하게도 꼬리를 맞물고 덤비는 이 행운[23] 앞에 조금 겁이 났음이다. 그리고 집을 나올 제 아내의 부탁이 마음에 켕겼다. 앞집 마마한테서 부르러 왔을 제 병인은 그 뼈만 남은 얼굴에 유일의 생물 같은, 유달리 크고 움푹한 눈에 애걸하는 빛을 띠며,

"오늘은 나가지 말아요. 제발 덕분에 집에 붙어 있어요. 내가 이렇게 아픈데……."

하고 모기 소리같이 중얼거리며 숨을 거르렁거르렁하였다. 그때 김 첨지는 대수롭지 않은 듯이,

"아따, 젠장맞을 년. 별 빌어먹을 소리를 다 하네. 맞붙들고 앉았으면 누가 먹여 살릴 줄 알아."

하고 훌쩍 뛰어나오려니까 환자는 붙잡을 듯이 팔을 내저으며,

"나가지 말라도 그래. 그러면 일찍이 들어와요."

하고 목 메인 소리가 뒤를 따랐다.

정거장까지 가잔 말을 들은 순간에 경련적으로 떠는 손, 유달리 큼직한 눈, 울 듯한 아내의 얼굴이 김 첨지의 눈앞에 어른어른하였다.

"그래, 남대문 정거장까지 얼마란 말이오?"

---

21 소창직小倉織을 가리킨다. 일본의 방직회사 이름에서 나온 듯.

22 붙박이로. 그 자리에 오래 있었다는 것을 나타내는 표현이다.

23 여느 날과 다르게 좋은 일이 연이어 일어나는 것을 작가는 '덤빈다'는 말로 표현했다. 얼마나 큰 불행이 '덤벼들는지'를 귀띔하는 반복이다.

하고 학생은 초조한 듯이 인력거꾼의 얼굴을 바라보며 혼잣말같이,

"인천 차가 열한 점에 있고, 그 다음에는 새로 두 점이던가."

라고 중얼거린다.

"1원 50전만 줍시오."

이 말이 저도 모를 사이에 불쑥 김 첨지의 입에서 떨어졌다. 제 입으로 부르고도 스스로 그 엄청난 돈 액수[24]에 놀랐다. 한꺼번에 이런 금액을 불러라도 본 지가 그 얼마만인가! 그러자 그 돈 벌 욕기慾氣가 병자에 대한 염려를 사르고 말았다. 설마 오늘 안으로 어떠랴 싶었다. 무슨 일이 있더라도 제1, 제2의 행운을 곱친 것보다도 오히려 갑절이 많은 이 행운을 놓칠 수 없다 하였다.

"1원 50전은 너무 과한데."

이런 말을 하며 학생은 고개를 기웃하였다.

"아니올시다. 이수里數로 치면 여기서 거기가 시오 리[25]가 넘는답니다. 또 이런 진 날에는 좀 더 주셔야지요."

하고 빙글빙글 웃는 차부의 얼굴에는 숨길 수 없는 기쁨이 넘쳐흘렀다.

"그러면 달라는 대로 줄 터이니 빨리 가요."

관대한 어린 손님은 그런 말을 남기고 총총히 옷도 입고 짐도 챙기러 제 갈 데로 갔다.

그 학생을 태우고 나선 김 첨지의 다리는 이상하게 가뿐하였다. 달음질을 한다느니보다 거의 나는 듯하였다. 바퀴도 어떻게 속히 도는지 구른다느니보다 마치 얼음을 지쳐 나가는 스케이트 모양으로 미끄러져 가는 듯하였다. 언 땅에 비가 내려 미끄럽기도 하였다.

이윽고 끄는 이의 다리는 무거워졌다. 자기 집 가까이 다다른 까닭이

---

24 엄청난 금액을 부름으로써 손님은 너무 비싸서 다른 인력거를 부른다. 그러면 곧장 아내에게 돌아갈 수 있다. 이런 김 첨지의 본심을 나타냄과 동시에, 엄청난 불행을 암시하는 이중의 효과를 노리는 대목이다.

25 6킬로미터.

다. 새삼스러운 염려가 그의 가슴을 눌렀다.

"오늘은 나가지 말아요. 내가 이렇게 아픈데."

이런 말이 잉잉 그의 귀에 울렸다. 그리고 병자의 움쑥 들어간 눈이 원망하는 듯이 자기를 노려보는 듯하였다. 그러자 엉엉하고 우는 개똥이의 곡성을 들은 듯싶다. 딸꾹딸꾹하고 숨 모으는 소리도 나는 듯싶다.

"왜 이러우? 기차 놓치겠구먼."

하고, 탄 이의 초조한 부르짖음이 간신히 그의 귀에 들려왔다. 언뜻 깨달으니 김 첨지는 인력거 채를 쥔 채 길 한복판에 엉거주춤 멈춰 있지 않은가.

"예, 예."

하고 김 첨지는 또다시 달음질하였다. 집이 차차 멀어갈수록 김 첨지의 걸음에는 다시금 신이 나기 시작하였다. 다리를 재게 놀려야만 쉴 새 없이 자기의 머리에 떠오르는 모든 근심과 걱정을 잊을 듯이…….

정거장까지 끌어다 주고 그 깜짝 놀란 1원 50전을 정말 제 손에 쥐매 제 말마따나 10리나 되는 길을 비를 맞아 가며 질퍽거리고 온 생각은 아니하고, 거저나 얻은 듯이 고마웠다. 졸부나 된 듯이 기뻤다. 제 자식 뻘밖에 안 되는 어린 손님에게 몇 번 허리를 굽히며,

"안녕히 다녀옵시오."[26]

라고, 깎듯이 재우쳤다.

그러나 빈 인력거를 털털거리며 이 우중에 돌아갈 일이 꿈 밖이었다. 노동으로 하여 흐른 땀이 식어지자 굶주린 창자에서, 물 흐르는 옷에서 어슬어슬 한기가 솟아나기 비롯하매 1원 50전이란 돈이 얼마나 괜찮고 괴로운 것인 줄 절실히 느꼈다. 정거장을 떠나는 그의 발길은 힘 하나 없었다. 온몸이 옹송그려지며 당장 그 자리에 엎어져 못 일어날 것 같았다.

"젠장맞을 것! 이 비를 맞으며 빈 인력거를 털털거리고 돌아를 간담.

---

26 '~랍시오', '~줍시오', '~합시오' 등은 하층민들이 흔히 쓰는 말투이다. 하층민들이 자기의 주인, 또는 손님에게 자기 자신을 낮출 수 있는 데까지 낮추는 겸손한 말투로 때로는 비굴하게 들리기도 한다.

이런 빌어먹을, 제 할미를 붙을[27] 비가 왜 남의 상판을 딱딱 때려!"

그는 몹시 화증을 내며 누구에게 반항이나 하는 듯이 게걸거렸다. 그럴 즈음에 그의 머리엔 또 새로운 광명이 비쳤나니, 그것은 '이러구 갈 게 아니라 이 근처를 빙빙 돌며 차 오기를 기다리면 또 손님을 태우게 될는지도 몰라' 란 생각[28]이었다. 오늘 운수가 괴상하게도 좋으니까 그런 요행이 또 한 번 없으리라고 누가 보증하랴. 꼬리를 굴리는 행운이 꼭 자기를 기다리고 있다고 내기를 해도 좋을 만한 믿음을 얻게 되었다. 그렇다고 정거장 인력거꾼의 등살이 무서우니 정거장 앞에 섰을 수는 없었다. 그래 그는 이전에도 여러 번 해 본 일이라, 바로 정거장 앞 전차 정류장에서 조금 떨어지게 사람 다니는 길과 전차 길 틈에 인력거를 세워 놓고, 자기는 그 근처를 빙빙 돌며 형세를 관망하기로 하였다.

얼마 만에 기차는 왔다. 수십 명이나 되는 손이 정류장으로 쏟아져 나왔다. 그 중에서 손님을 물색하던 김 첨지의 눈엔 양머리[29]에 뒤축 높은 구두를 신고 망토까지 두른 기생 퇴물인 듯, 난봉 여학생인 듯한 여편네의 모양이 띄었다. 그는 슬근슬근 그 여자의 곁으로 다가들었다.

"아씨, 인력거 아니 타시랍시오?"

그 여학생인지 뭔지가 한참은 매우 때깔을 빼며 입술을 꼭 다문 채 김 첨지를 거들떠보지도 않았다. 김 첨지는 구걸하는 거지나 무엇같이 연해연방 그의 기색을 살피며,

"아씨, 정거장 애들보담 아주 싸게 모셔다 드리겠습니다. 댁이 어디신가요?"

하고 추근추근하게도 그 여자의 들고 있는 일본식 버들고리짝에 제 손을

---

27 우리 나라 욕에는 근친간의 성행위를 의미하는 욕이 많다. '제 에미 붙을 놈' 이라든지 '니 에미 붙을 놈' 같은 것 따위가 그렇다. 그러나 이 경우 특별한 뜻으로 사용한 것은 아니고 습관처럼 입에 붙은 상스런 표현이다.

28 작가는, 불행을 예감하고 있는 독자를 초조하게 만든다. 그래서 극적 효과를 높인다.

29 양洋머리. 서양식 헤어스타일.

댔다.

"왜 이래? 남 귀찮게."

소리를 벽력같이 지르고는 획 돌아선다. 김 첨지는 어럽쇼 하고 물러섰다.

전차는 왔다. 김 첨지는 원망스럽게 전차 타는 이를 노리고 있었다. 그러나 그의 예감은 틀리지 않았다. 전차가 빡빡하게 사람을 싣고 움직이기 시작하였을 제 타고 남은 손 하나가 있었다. 굉장하게 큰 가방을 들고 있는 걸 보면 아마 붐비는 차 안에 짐이 크다 하여 차장에게 밀려 내려온 눈치였다. 김 첨지는 대어 섰다.

"인력거를 타시랍시오."

한동안 값으로 실랑이를 하다가 60전에 인사동까지 태워다 주기로 하였다.

인력거가 무거워지매 그의 몸은 이상하게도 가벼워졌다. 그러고 또 인력거가 가벼워지니 몸은 다시금 무거워졌건만[30] 이번에는 마음조차 초조해 온다. 집의 광경이 자꾸 눈앞에 어른거리어 이젠 요행을 바랄 여유도 없었다. 나무등걸이나 무엇만 같고 제 것 같지도 않은 다리를 연해 꾸짖으며 갈팡질팡 뛰는 수밖에 없었다. 저놈의 인력거꾼이 저렇게 술이 취해가지고 이 진땅에 어찌 가노 하고, 길 가는 사람이 걱정을 하리만큼 그의 걸음은 황급하였다. 흐리고 비 오는 하늘은 어둠침침한 게 벌써 황혼에 가까운 듯하다. 창경원 앞까지 다다라서야 그는 턱에 닿은 숨을 돌리고 걸음도 늦추 잡았다. 한 걸음 두 걸음 집이 가까워 올수록 그의 마음은 괴상하게 누그러졌다. 그런데 이 누그러짐은 안심에서 오는 게 아니요, 자기를 덮친 무서운 불행을 빈틈없이 알게 될 때가 박두한 것을 두려워하는 마음에서 오는 것이다. 그는 불행이 닥치기 전 시간을 얼마쯤이라도 늘리려고 버르적거렸다. 기적에 가까운 벌이를 하였다는 기쁨을 할 수 있으면

---

30 아내의 죽음을 예고하는 암시가 자주 반복된다.

오래 지니고 싶었다. 그는 두리번두리번 사면을 살폈다. 그 모양은 마치 자기 집, 곧 불행을 향하고 따라가는 제 다리를 제 힘으로는 도저히 어찌할 수 없으니 누구든지 나를 좀 잡아다오, 구해다오 하는 듯하였다.

그럴 즈음에 마침 길가 선술집에서 친구 치삼이가 나온다. 그의 우글우글 살진 얼굴은 주홍이 돋는 듯, 온 턱과 빰을 시커멓게 구레나룻이 덮였거든 노르탱탱한 얼굴이 바짝 말라서 여기저기 고랑이 파이고 수염도 있대야 턱 밑에만, 마치 솔잎 송이를 거꾸로 붙여 놓은 듯한 김 첨지의 풍채하고는 기이한 대상을 짓고 있었다.

"여보게 김 첨지, 자네 문 안 들어갔다 오는 모양일세그려. 돈 많이 벌었을 테니 한 잔 빨리게."

뚱뚱보는 말라깽이를 보던 맡에[31] 부르짖었다. 그 목소리는 몸짓과 딴판으로 연하고 싹싹하였다. 김 첨지는 이 친구를 만난 게 어떻게 반가운지 몰랐다. 자기를 살려 준 은인이나 무엇같이 고맙기도 하였다.

"자네는 벌써 한 잔 한 모양일세그려. 자네도 재미가 좋았나 보이."
하고 김 첨지는 얼굴을 펴서 웃었다.

"아따. 재미 안 좋다고 술 못 먹을 낸가. 그런데 여보게, 자네 왼 몸이 어째 물독에 빠진 새앙쥐 같은가? 어서 이리 들어와 말리게."

선술집은 훈훈하고 뜨뜻하였다. 추어탕을 끓이는 솥뚜껑을 열 적마다 뭉게뭉게 떠오르는 흰 김, 석쇠에서 빠지짓빠지짓 구워지는 너비아니 구이며, 제육이며, 간이며, 콩팥이며, 북어며, 빈대떡…….[32]

이 너저분하게 늘어놓인 안주 탁자, 김 첨지는 갑자기 속이 쓰려서 견딜 수 없었다. 마음대로 할 양이면 거기 있는 모든 먹음 먹이[33]를 모조리

---

31 '맡'은 옛말로서 '마당'이라는 뜻이 있다. 그러나 이 '맡'은 '머리-맡' '베개-맡' 처럼 사용되었다고 보여진다. 뜻은 '끝' 또는 '발치'로 해석하면 무리가 없다.

32 당시 서울의 선술집 풍경을 마치 화가가 스케치하듯 묘사하고 있다. 지금 독자가 현장에 있는 듯한 술집 분위기, 차려진 음식, 소품들……. 그래서 현진건은 훌륭한 사실주의 작가라는 평가를 받는다.

깡그리 집어삼켜도 시원치 않았다. 하되, 배고픈 이는 우선 분량 많은 빈대떡 두 개를 쪼이기로 하고 추어탕을 한 그릇 청하였다. 주린 창자는 음식 맛을 보더니 더욱더욱 비어지며 자꾸자꾸 들이라들이라 하였다. 순식간에 두부와 미꾸리 든 국 한 그릇을 그냥 물같이 들이켜고 말았다. 셋째 그릇을 받아 들었을 제 데우던 막걸리 곱빼기 두 잔이 더웠다. 치삼이와 같이 마시자 원원이[34] 비었던 속이라 찌르르 하고 창자에 퍼지며 얼굴이 화끈하였다. 눌러 곱빼기 한 잔을 또 마셨다.

김 첨지의 눈은 벌써 개개 풀리기 시작하였다. 석쇠에 얹힌 떡 두 개를 쭝덕쭝덕 썰어서 볼을 볼록거리며 또 곱빼기 두 잔을 부어라 하였다.

치삼은 의아한 듯이 김 첨지를 보며,

"여보게 또 붓다니, 벌써 우리가 넉 잔씩 먹었네. 돈이 40전일세."

"아따 이놈아, 40전이 그리 끔찍하냐? 오늘 내가 돈을 막 벌었어. 참 오늘 운수가 좋았느니."

"그래 얼마를 벌었단 말인가?"

"30원을 벌었어, 30원을! 이런 젠장맞을, 술을 왜 안 부어……. 괜찮다, 괜찮아. 막 먹어도 상관이 없어. 오늘 돈 산더미같이 벌었는데."

"어, 이 사람 취했군, 그만두세."

"이놈아, 이걸 먹고 취할 내냐? 어서 더 먹어."

하고는 치삼의 귀를 잡아 치며 취한 이는 부르짖었다. 그리고 술을 붓는 열다섯 살 됨직한 중대가리에게로 달려들며

"이놈, 오라질 놈, 왜 술을 붓지 않아.[35]"

라고 야단을 쳤다. 중대가리는 희희 웃고 치삼을 보며 문의하는 듯이 눈짓을 하였다. 주정꾼이 이 눈치를 알아보고 화를 버럭 내며,

"네미를 붙을[36] 이 오라질 놈들 같으니. 이놈 내가 돈이 없을 줄 알고."

---

33 먹음직한 먹이.

34 본디부터.

35 이때부터 주인공은 아내의 죽음을 기정사실로 받아들이는 행동을 하기 시작한다.

하자마자 허리춤을 훔칫훔칫 하더니 1원 짜리 한 장을 꺼내어 중대가리 앞에 펄쩍 집어던졌다. 그 사품에[37] 몇 푼 은전이 잘그랑하며 떨어진다.

"여보게 돈 떨어졌네. 왜 돈을 막 끼얹나."

이런 말을 하며 일변 돈을 줍는다. 김 첨지는 취한 중에도 돈의 거처를 살피는 듯이 눈을 크게 떠서 땅을 내려다보다가 불시에 제 하는 짓이 너무 더럽다는 듯이 고개를 소스라치자 더욱 성을 내며,

"봐라 봐! 이 더러운 놈들아, 내가 돈이 없나. 다리 뼉다구를 꺾어 놓을 놈들 같으니."

하고 치삼이 주워 주는 돈을 받아,

"이 원수엣 돈! 이 육시를 할[38] 돈!"

하면서 팔매질을 친다. 벽에 맞아 떨어진 돈은 다시 술 끓이는 양푼에 떨어지며 정당한 매를 받는다는 듯이 쨍하고 울었다.

곱빼기 두 잔은 또 부어질 겨를도 없이 말려 가고 말았다. 김 첨지는 입술과 수염에 붙은 술을 빨아들이고 나서 매우 만족한 듯이 그 솔잎 송이 수염을 쓰다듬으며,

"또 부어, 또 부어."

라고 외쳤다.

또 한 잔 먹고 나서 김 첨지는 치삼의 어깨를 치며 문득 깔깔 웃는다. 그 웃음소리[39]가 어찌나 컸던지 술집에 있는 이의 눈이 모두 김 첨지에게로 몰렸다. 웃는 이는 더욱 웃으며,

"여보게 치삼이, 내 우스운 이야기 하나 할까? 오늘 손을 태우고 정거장에까지 가지 않았겠나."

"그래서?"

---

36 네 에미를 붙을. 지독한 욕이다.

37 (어떤 행동이 진행되는) 마침 그때.

38 육시戮屍는 이미 죽은 사람의 목을 베는 형벌의 하나.

39 고통을 잊으려는 김 첨지의 오버 행동이 시작된다.

"갔다가 그저 오기가 안됐데그려. 그래 전차 정류장에서 어름어름하며 손님 하나를 태울 궁리를 하지 않았나. 거기 마침 마마님이신지 여학생님이신지(요새야 어디 논다니[40]와 아가씨를 구별할 수가 있던가) 망토를 잡수시고 비를 받고 서 있겠지. 슬근슬근 가까이 가서 인력거를 타시랍시오 하고 손가방을 받으랴니까 내 손을 탁 뿌리치고 홱 돌아서더니만 '왜 남을 이렇게 귀찮게 굴어!' 그 소리야말로 꾀꼬리 소리지, 허허!"

김 첨지는 교묘하게도 정말 꾀꼬리 같은 소리를 냈다. 모든 사람은 일시에 웃었다.

"빌어먹을 깍쟁이 같은 년, 누가 저를 어쩌나. '왜 남을 귀찮게 굴어!' 어이구 소리가 체신도 없지, 허허."

웃음소리들은 높아졌다. 그런 그 웃음소리들이 사라지기도 전에 김 첨지는 훌쩍훌쩍 울기 시작하였다.

치삼은 어이없이 주정뱅이를 바라보며,

"금방 웃고 지랄을 하더니 우는 건 무슨 일인가?"

김 첨지는 연해 코를 들이마시며,

"우리 마누라가 죽었다네."

"뭐, 마누라가 죽다니, 언제?"

"이놈아 언제는. 오늘이지."

"예끼 미친 놈, 거짓말 말아."

"거짓말은 왜, 참말로 죽었어……. 참말로. 마누라 시체를 집에 뻐들쳐 놓고 내가 술을 먹다니, 내가 죽일 놈이야, 죽일 놈이야."

하고 김 첨지는 엉엉 소리내어 운다.

치삼은 흥이 조금 깨어지는 얼굴로,

"원, 이 사람이 참말을 하나, 거짓말을 하나. 그러면 집으로 가세, 가."

하고 우는 이의 팔을 잡아당겼다.

---

40 노는 계집. 매음녀.

치삼의[41] 끄는 손을 뿌리치더니 김 첨지는 눈물이 글썽글썽한 눈으로 싱그레 웃는다.

"죽기는 누가 죽어."

하고 득의양양.

"죽기는 왜 죽어, 생떼같이 살아만 있단다. 그 오라질 년이 밥을 죽이지. 인제 나한테 속았다."[42]

하고 어린애 모양으로 손뼉을 치며 웃는다.

"이 사람이 정말 미쳤단 말인가. 나도 아주먼네가 앓는단 말은 들었었는데."

하고 치삼이도 어떤 불안을 느끼는 듯이 김 첨지에게 또 돌아가라고 권하였다.

"안 죽었어. 안 죽었대도 그래."

김 첨지는 화증을 내며 확신 있게 소리를 질렀으되 그 소리엔 안 죽은 것을 믿으려고 애쓰는 가락이 있었다. 기어이 1원어치를 채워서 곱빼기를 한 잔씩 더 먹고 나왔다. 궂은비는 의연히 추적추적 내린다.

김 첨지는 취중에도 설렁탕을 사 가지고 집에 다다랐다. 집이라 해도 물론 셋집이요, 또 집 전체를 세든 게 아니라 안과 뚝 떨어진 행랑방 한 칸을 빌어 든 것인데, 물을 길어 대고 한 달에 1원씩 내는 터이다. 만일 김 첨지가 주기를 띠지 않았던들 한 발을 대문에 들여놓았을 제 그곳을 지배하는 무시무시한 정적靜寂, 폭풍우가 지나간 뒤의 바다 같은 정적에 다리가 떨렸으리라. 쿨룩거리는 기침 소리도 들을 수 없다. 그르렁거리는 숨소리조차 들을 수 없다. 다만 이 무덤 같은 침묵을 깨뜨리는, 깨뜨린다

---

41 '치삼의'에서 '의'는 '이'의 일본식 어법이다. 이 당시 작가들은 본인들도 모르는 사이에 일본어식 표현을 잘못 쓰는 경우가 많았다. 유명한 동요 '나의 살던 고향'도 '내가 살던 고향'이 맞다.

42 이런 행동을 가리켜 건주정한다고 말한다. 건주정은, 사실은 술에 취하지 않았으면서도 마치 술에 취한 양 거짓 행동을 하는 것이다.

느니보다 한층 더 침묵을 깊게 하고 불길하게 하는 빡빡하는 그윽한 소리, 어린애의 젖 빠는 소리가 날 뿐이다. 만일 청각이 예민한 이 같으면, 그 빡빡 소리는 빨 따름이요 꿀떡꿀떡 하고 젖 넘어가는 소리가 없으니, 빈 젖을 빤다는 것도 짐작할는지 모르리라.

혹은 김 첨지도 이 불길한 침묵을 짐작했는지도 모른다. 그렇지 않으면 대문에 들어서자마자 전에 없이,

"이 난장[43] 맞을 년, 남편이 들어오는데 나와 보지도 않아. 이 오라질 년."

이라고 고함을 친 게 수상하다. 이 고함이야말로 제 몸을 엄습해 오는 무시무시한 증을 쫓아 버리려는 허장성세虛張聲勢인 까닭이다.

하여간 김 첨지는 방문을 왈칵 열었다. 구역을 나게 하는 추기, 떨어진 삿자리 밑에서 나온 먼지 내, 빨지 않은 기저귀에서 나는 똥 내와 오줌 내, 가지각색 때가 켜켜이 앉은 옷 내, 병인의 땀 섞은 내가 섞인 추기가 무딘 김 첨지의 코를 찔렀다.

방 안에 들어서며 설렁탕을 한구석에 놓을 사이도 없이 주정꾼은 목청을 있는 대로 다 내어 호통을 쳤다.

"이 오라질 년, 주야장천晝夜長川[44] 누워만 있으면 제일이야! 남편이 와도 일어나지를 못해."

라는 소리와 함께 발길로 누운 이의 다리를 몹시 찼다. 그러나 발길에 채이는 건 사람의 살이 아니고 나무등걸과 같은 느낌이 있었다. 이때에 빽빽 소리가 응아 소리로 변하였다. 개똥이가 물었던 젖을 빼어 놓고 운다. 운대도 온 얼굴을 찡그려 붙어서 운다는 표정을 할 뿐이다. 응아 소리도 입에서 나는 게 아니고, 마치 뱃속에서 나는 듯하였다. 울다가울다가 목도 잠겼고 또 울 기운조차 쇠진한 것 같다.

발로 차도 그 보람이 없는 걸 보자 남편은 아내의 머리맡으로 달려들

---

43 신체 부위를 가리지 않고 마구 때리는 형벌.

44 밤낮으로 쉬지 않고 계속.

어 그야말로 까치집 같은 환자의 머리를 꺼들어 흔들며,

"이년아, 말을 해, 말을! 입이 붙었어, 이 오라질 년!"

"……."

"으응, 이것 봐. 아무 말이 없네."

"……."

"이년아, 죽었단 말이냐. 왜 말이 없어?"

"……."

"으응, 또 대답이 없네. 정말 죽었나 보이."

이러다가 누운 이의 흰 창이 검은 창을 덮은, 위로 치뜬 눈을 알아보자 마자,

"이 눈깔! 이 눈깔! 왜 나를 바루 보지 못하고 천장만 바라보느냐, 응." 하는 말끝엔 목이 메었다. 그러자 산 사람의 눈에서 떨어진 닭똥 같은 눈물이 죽은 이의 뻣뻣한 얼굴을 어룽어룽 적신다. 문득 김 첨지는 미친 듯이 제 얼굴을 죽은 이의 얼굴에 한데 비벼 대며 중얼거렸다.

"설렁탕을 사다 놓았는데 왜 먹지를 못하니, 왜 먹지를 못하니……. 괴상하게도 오늘은 운수가 좋더니만……."

1924년 6월호 《개벽》

독서는 다만 지식의 재료를 줄 뿐이다.

그것을 자신의 것으로 만드는 것은 사색의 힘이다.

- 로크

|1900~1951|

평양에서 태어나다. 1919년 주요한, 전영택 등과 함께 최초의 순수 문예 동인지 《창조》를 간행하는 한편, 처녀작 〈약한 자의 슬픔〉을 발표했으나 출판법 위반으로 체포되어 4개월간 감옥에서 살다. 출옥 후 〈목숨〉(1921), 〈배따라기〉(1921), 〈감자〉(1925), 〈광염狂炎 소나타〉(1929) 등 역작을 잇따라 발표하면서 본격적인 작가 활동을 시작하다. 이광수의 계몽주의적 경향에 맞서 사실주의적 수법을 사용하였으며, 1925년대를 풍미하던 신경향파와 프로 문학에 맞서 예술지상주의를 표방하고 순수문학 운동을 벌이다. 1933년 《조선일보》 학예부장으로 입사했다가 곧 사직하다. 1935년 야담사野談社를 설립하여 월간지 《야담》을 발간하는 한편, 극심한 생활고를 해결하기 위하여 소설 쓰기에 몰두하다가 몸이 쇠약해지는 바람에 마약 중독에 빠지고 만다. 병마에 시달리다 못해 자포자기 심경으로 1939년 '성전종군작가'로 이른바 황군 위문을 떠났으나 1942년 불경죄로 서대문 감옥에서 옥고를 치르다. 1943년 조선문인보국회 간사를 지냈고, 1948년 장편 역사소설 〈을지문덕〉을 쓰다가 생활고로 중단하다. 1951년 6·25전쟁 중에 숙환으로 서울에서 작고하다.

대|표|작

〈배따라기〉(1921), 〈감자〉(1925), 〈광염소나타〉(1929), 〈젊은 그들〉(1930), 〈발가락이 닮았다〉(1932), 〈붉은 산〉(1932), 〈광화사〉(1935), 〈김연실전〉(1939), 〈대수양〉(1941) 등 한국 문학사에 빛나는 많은 작품이 있고 평론집으로 〈춘원 연구〉가 있다.

〈감자〉는 김동인의 자연주의 경향 작품 가운데 하나이며 작가의 위치를 확고하게 해 준 작품이다. 이 작품은 '복녀' 라는 이름을 가진, 가난하지만 정직하게 살던 농민의 아내가 환경의 영향으로 타락해 가는 과정을 그리고 있다.

〈감자〉는 이른바 자연주의 작품의 특징인 '환경이 인간을 결정한다' 는 관점에서 씌어진 작품이다. 이것을 '환경 결정론' 이라고 하는데, 주인공의 운명은 주인공이 처한 환경에 의해 이미 결정되어 있다는 이론이다. 평범하고 정숙한 여인 복녀가 타락하고 죽음에 이르는 과정은 '보이지 않는 어떤 힘' 이 몰고 간 일종의 숙명인 셈이고, 이 무서운 힘은 '환경' 이라는 것이다.

복녀는 게으르고 무능한 데다 나이까지 스무 살이나 많은 남자에게 시집을 간다. 그녀는 칠성문 밖 빈민굴에 살면서 송충이 잡기 등 고된 일을 해 가며 입에 풀칠을 하던 중, 중국인 왕 서방네 채마밭에 감자를 훔치러 갔다가 들켜 몸을 팔게 된다. 그 뒤부터 왕 서방은 수시로 복녀를 찾는다. 그런데 왕 서방이 어떤 처녀에게 장가를 들게 되자 복녀는 질투심에 불탄다. 칼을 품고 신방에 뛰어드는 복녀, 그러나 왕 서방 손에 죽고 만다.

〈감자〉에 대하여 문학평론가 조연현趙演鉉은 "아름다운 현실보다는 추악한 현실을, 긍정적인 인간성보다는 부정적인 인간성을 폭로한 점에서 현실 폭로의 전형적인 자연주의 수법을 적용한 작품"이라고 평가했다.

학습길라잡이

구조분석

- **갈래** 단편소설. 자연주의 소설.
- **주제** 환경 때문에 도덕적으로 타락하는 인간의 모습.
- **배경** 시간은 1920년대. 공간은 평양 칠성문 밖 빈민굴.
- **시점** 전지적 작가 시점(부분적으로 작가가 개입하기도 함).
- **경향** 자연주의 경향, 사실주의적 표현 기법.

등장인물

- **복녀** 환경 때문에 도덕성을 잃고 타락과 파멸의 길을 걷는 여인.
- **남편** 아내의 매춘을 알면서도 이를 방조하는 악질 인간.
- **왕 서방** 돈이면 다 된다는 배금주의자이며 호색한. 중국인 지주.

플롯

- **발단** 칠성문 밖 빈민굴에 사는 복녀.
- **전개** 복녀에게 닥쳐온 환경의 변화와 점진적인 타락. 매춘의 시작.
- **위기** 처녀에게 새 장가를 드는 왕 서방과 복녀의 질투심.
- **절정** 복녀가 칼을 들고 왕 서방 신방에 뛰어들지만 오히려 살해됨.
- **결말** 복녀의 주검을 둘러싼 파렴치한 돈 거래.

이것만은 놓치지 말자

김동인 소설의 표현상의 세 가지 특징

1. 문장이 간략하다. 군더더기 말이나 화려한 수식어가 보이지 않는다. 그리고 문체도 간결하다.
2. 소설 구성이 평면적이다. 이런 이유로 김동인의 작품은 장편보다는 단편이 뛰어나다.
3. 수사修辭의 내용이 충격적이다. 참신하고 독창적인 평가를 받는 이유이다.

깊이 생각하기

1. 주인공(복녀)의 성격과 생활 환경이 어떤 상관 관계를 갖는지 살펴보자.
2. 이 작품에서 작가가 개입하는 시점의 예를 찾아본다.
3. 전지적 작가 시점과 작가 관찰자 시점은 어떻게 다른가?

감자

✻✖❖

싸움, 간통, 살인, 도둑, 징역.[1] 세상의 모든 비극과 활극의 근원지인 칠성문[2] 밖 빈민굴로 오기 전까지는 복녀[3]의 부처는 (사농공상[4]의 제2위에 드는) 농민이었다.

복녀는 원래 가난은 하나마 정직한 농가에서 규칙 있게 자라난 처녀였었다. 예전 선비의 엄한 규율은 농민으로 떨어지자부터 없어졌다 하나, 그러나 어딘지는 모르지만 딴 농민보다는 좀 똑똑하고 엄한 가율이 그의 집에 그냥 남아 있었다. 그 가운데서 자라난 복녀는 물론 다른 집 처녀들같이 여름에는 벌거벗고 개울에서 멱감고, 바짓바람으로 동네를 돌아다니는 것을 예사로 알기는 알았지만, 그러나 그의 마음속에는 막연하나마 도덕이라는 것에 대한 저품[5]을 가지고 있었다.

---

1 이 소설의 스토리를 형성하는 단어 다섯 개를 들머리에서 한 단어 한 단어씩 예시함으로써 강렬한 인상을 주고 있다. 이런 소설 기법을 '서두 강조법'이라고 한다.

2 '칠성문'이라는 성 이름과 바로 그 성 밖에 빈민굴이 있다는 것은 절묘한 설정이다. 본디 '칠성七星은 북두칠성에서 연유하기도 하지만, 여기서는 장례식 때 사용하는 관棺에 쓰이는 '칠성판'의 이미지가 더 강하게 느껴진다. 이것으로 작가는 소설의 결말을 암시하고 있는 것이다.

3 복녀는 복이 있는 여자라는 뜻의 이름이지만 이 이름 자체가 반어적이다. 복은커녕 생활력이 전혀 없는 무능한 남편 때문에 복녀는 아무런 도덕적 죄의식도 없이 매음까지 하게 되는 부도덕한 삶을 살다가 결국 비참하게 죽는다.

4 조선 시대의 유교적 신분 질서를 이르는 말이다. 사士는 선비, 농農은 농민, 공工은 기술자, 상商은 상인. 유교는 돈과 물질을 천하게 여겨 상인을 '장사치'라고 비하했다.

5 '두려움'의 옛말이다. '젛다'가 기본형.

그는 열다섯 살 나는 해에 동네 홀아비에게 80원에 팔려서 시집이라는 것을 갔다. 그의 새서방(영감이라는 편이 적당할까)이라는 사람은 그보다 20년이나 위로서, 원래 아버지의 시대에는 상당한 농민으로 밭도 몇 마지기가 있었으나 그의 대로 내려오면서는 하나 둘 줄기 시작하여서 마지막에 복녀를 산 80원이 그의 마지막 재산이었다. 그는 극도로 게으른 사람이었다. 동네 노인의 주선으로 소작 밭깨나 얻어 주면 종자만 뿌려 둔 뒤에는 후치질[6]도 안 하고 김도 안 매고 그냥 내버려 두었다가는 가을에 가서는 되는 대로 거둬서 '금년에 흉년입네' 하고 전주[7]집에는 가져도 안 가고 혼자 먹어 버리곤 하였다. 그러니까 그는 한 밭을 이태를 연하여 부쳐 본 일이 없었다. 이리하여 몇 해를 지내는 동안 그는 그 동네에서는 밥을 못 얻으리만큼 인심과 신용을 잃고 말았다.

복녀가 시집을 간 뒤 한 3, 4년은 장인의 덕으로 이렁저렁 지내 갔으나 예전 선비의 꼬리인 장인도 차차 사위를 밉게 보기 시작하였다. 그들은 처가에까지 신용을 잃게 되었다.

그들 부처는 여러 가지로 의논하다가 하릴없이 평양성 안으로 막벌이로 들어왔다. 그러나 게으른 그에게는 막벌이나마 역시 되지 않았다. 하루 종일 지게를 지고 연광정에 가서 대동강만 내려다보고 있으니, 어찌 막벌이인들 될까. 한 서너 달 막벌이를 하다가 그들은 요행 어떤 집 막간(행랑)살이로 들어가게 되었다.

그러나 그 집에서도 얼마 안 되어 쫓겨 나왔다. 복녀는 부지런히 주인 집 일을 보았지만 남편의 게으름은 어찌할 수가 없었다. 맨날 복녀는 눈에 칼을 세워 가지고 남편을 채근하였지만 그의 게으른 버릇은 개를 줄 수는 없었다.

"뱃섬 좀 치워 달라우요."

---

6 사이갈이. 농사가 끝나고 다음 해 농사를 위한 준비로 전답을 갈아엎는다.
7 땅 주인.

"남 졸음 오는데, 남자[8] 치우시관."

"내가 치우나요."

"20년이나 밥을 처먹고 그걸 못 치워!"

"에이구, 칵 죽구나 말디."

"이년, 뭘!"

이러한 싸움이 그치지 않다가 마침내 그 집에서도 쫓겨 나왔다.

이젠 어디로 가나? 그들은 하릴없이 칠성문 밖 빈민굴로 밀리어 나오게 되었다. 칠성문 밖을 한 부락으로 삼고 그곳에 모여 있는 모든 사람들의 정업은 거러지요, 부업으로는 도둑질과(자지네끼리의) 매음, 그밖에 이 세상의 모든 무섭고 더러운 죄악이었다. 복녀도 그 정업으로 나섰다.

그러나 열아홉 살의 한창 좋은 나이의 여편네에게 누가 밥인들 잘 줄까.

"젊은 거이 거랑질은 왜."

그런 소리를 들을 때마다 그는 여러 가지 말로 남편이 병으로 죽어 가거니 어쩌거니 핑계는 대었지만, 그런 핑계에는 단련된 평양 시민의 동정은 역시 살 수가 없었다. 그들은 이 칠성문 밖에서도 가장 가난한 사람 가운데 드는 편이었다. 그 가운데서 잘 수입되는 사람은 하루에 5리짜리 돈푼으로 1원 7, 80전의 현금을 쥐고 돌아오는 사람까지 있었다. 극단으로 나가서는 밤에 돈벌이를 나갔던 사람은 그날 밤 40원을 벌어 가지고 그 근처에서 담배 장사를 하기 시작한 사람까지 있었다.

복녀는 열아홉 살이었다.[9] 얼굴도 그만하면 빤빤하였다. 그 동네 여인들의 보통 하는 일을 본받아서, 그도 돈벌이 좀 잘하는 사람의 집에라도 간간 찾아가면 매일 5, 60전은 벌 수가 있었지만 선비의 집안에서 자라난

8 친한 사람끼리 상대방을 부를 때 '자네' 라는 뜻으로 조금 높이어 부르는 호칭. 반대로 상대방을 낮추는 의미로 부르는 호칭은 '이녁' 이다.

9 이 대목부터 플롯의 '전개' 단계로 접어든다. 복녀의 과거가 열거되기 시작한다.

그는 그런 일은 할 수가 없었다.

그들 부처는 역시 가난하게 지냈다. 굶는 일도 있었다.

기자묘 솔밭에 송충이가 끓었다. 그때 평양 '부'[10]에서는 그 송충이를 잡는 데(은혜를 베푸는 뜻으로) 칠성문 밖 빈민굴의 여인들을 인부로 쓰게 되었다.

빈민굴 여인들은 모두가 자원을 하였다. 그러나 뽑힌 것은 겨우 50명쯤이었다. 복녀도 그 뽑힌 사람 가운데 한 사람이었다.

복녀는 열심으로 송충이를 잡았다. 소나무에 사다리를 놓고 올라가서는 송충이를 집게로 집어서 약물에 잡아넣고, 또 그렇게 하고 그의 통은 잠깐 사이에 차곤 하였다. 하루에 32전씩의 품삯이 그의 손에 들어왔다.

그러나 대엿새 하는 동안에 그는 이상한 현상을 하나 발견하였다. 그것은 다른 것이 아니라, 젊은 여인부 한 여남은 사람은 언제든 송충이는 안 잡고 아래서 지절거리며 웃고 날뛰기만 하고 있는 것이었다. 뿐만 아니라 그 놀고 있는 인부의 품삯은 일하는 사람의 삯전보다 8전이나 더 많이 내어 주는 것이다. 감독은 한 사람뿐이었는데, 감독도 그들의 놀고 있는 것을 묵인할 뿐만 아니라 때때로 자기까지 섞여서 놀고 있었다. 어떤 날 송충이를 잡다가 점심때가 되어서 나무에서 내려와서 점심을 먹고 다시 올라가려 할 때에 감독이 그를 찾았다.

"복네! 얘, 복네!"

"왜 그릅네까?"

"좀 오나라."

그는 말없이 감독 앞에 갔다.

"얘, 너 음…… 데 뒤 좀 가 보디 않갔니?"

"뭘 하레요?"

10 부府. 일제 강점기에 평양은 평양부로 불리기도 했다.

"글쎄, 가야……."

"가디요. 형님!"

그는 돌아서면서 부인들 모여 있는 데로 고함쳤다.

"형님두 갑세다가레."

"싫다 얘, 둘이서 재미나게 가는데 내가 무슨 맛에 가갔니?"

복녀는 얼굴이 새빨갛게 되면서 감독에게로 돌아섰다.[11]

"가 보자."

감독은 저편으로 갔다. 복녀는 머리를 숙이고 따라갔다.

"복네 도캈구나."

뒤에서 이런 소리가 들렸다. 복녀의 숙인 얼굴은 더욱 빨갛게 되었다.

그날부터 복녀도 '일 안 하고 품삯 많이 받는 인부'의 한 사람으로 되었다.

복녀의 도덕관 내지 인생관은 그때부터 변하였다.

그는 여태껏 딴 사내와 관계를 한다는 것을 생각하여 본 일도 없었다. 그것은 사람의 일이 아니요 짐승의 하는 짓쯤으로만 알고 있었다. 혹은 그런 일을 하면 탁 죽어지는지도 모를 일로 알았다.

그러나 이런 이상한 일이 다시 있을까. 사람인 자기도 그런 일을 한 것을 보면 그것은 결코 사람으로 못 할 일도 아니었다. 게다가 일 안 하고도 돈 더 받고, 긴장된 유쾌가 있고 빌어먹는 것보다 점잖고…….

일본 말로 하자면 '삼박자三拍子' 같은 좋은 일은 이것뿐이었다. 이것이야말로 삶의 비결이 아닐까. 뿐만 아니라 이 일이 있은 뒤부터 그는 처음으로 한 개 사람이 된 것 같은 자신까지 얻었다.

그 뒤부터는 그의 얼굴에 조금씩 분도 발리게 되었다.

1년이 지났다.

---

11 복녀의 얼굴이 새빨갛게 상기되었다. 이것은 감독과 여자 인부들 사이에 이루어지는 성性 관계 사실을 복녀가 알고 있다는 의미이다.

그의 처세의 비결은 더욱더 순탄히 진척되었다.[12] 그의 부처는 인제는 그리 궁하게 지내지는 않게 되었다.

그의 남편은 이것이 결국 좋은 일이라는 듯이 아랫목에 누워서 벌신벌신 웃고 있었다.

복녀의 얼굴은 더욱 이뻐졌다.

"여보, 아즈바니. 오늘은 얼마나 벌었소?"

복녀는 돈 좀 많이 벌은 듯한 거지를 보면 이렇게 찾는다.

"오늘은 많이 못 벌었쉐다."

"얼마?"

"도무지 열서너 냥."

"많이 벌었쉐다가레. 한 댓 냥 꿰주소고래."

"오늘은 내가……."

어쩌고어쩌고 하면 복녀는 곧 뛰어가서 그의 팔에 늘어진다.

"나한테 들킨 댐에는 뀌구야 말아요."

"난, 원, 이 아즈마니 만나문 야단이더라. 자 꿰주디. 그 대신 응? 알아 있디?"

"난 몰라요, 해해해해."

"모르문, 안 줄 테야."

"글쎄, 알았대두 그른다."

그의 성격은 이만큼 진보되었다.[13]

가을이 되었다.

칠성문 밖 빈민굴의 여인들은 가을이 되면 칠성문 밖에 있는 중국인의 채마밭에 감자(고구마)[14]며 배추를 도둑질하러 밤에 바구니를 가지고 간다. 복녀도 감자깨나 도둑질하여 왔다.

---

12 복녀가 부도덕하게 변해 가는 모습을 비판하는 반어적 표현이다.

13 복녀의 행동이 '순탄히 진척되었다'에서 '진보되었다'로 바뀌었다. 차츰 부도덕한 삶에 빠져드는 복녀를 반어적 표현으로 비판한다.

어떤 날 밤 그는 감자를 한 바구니 잘 도적질하여 가지고 이젠 돌아가려고 일어설 때에, 그의 뒤에 시커먼 그림자가 서서 그를 꽉 붙들었다. 보니 그것은 그 밭의 주인인 중국인 왕 서방이었다. 복녀는 말도 못하고 멀찐멀찐 발 아래만 내려다보고 있었다.

"우리 집에 가!"

왕 서방은 이렇게 말하였다.

"가재문 가디. 원, 것도 못 갈까."[15]

복녀는 엉덩이를 한번 휙 두른 뒤에 머리를 젖히고 바구니를 저으면서 왕 서방을 따라갔다.

한 시간쯤 뒤에 그는 왕 서방의 집에서 나왔다. 그가 밭고랑에서 길로 들어서려 할 때에 문득 뒤에서 누가 그를 찾았다.

"복네 아니야?"

복녀는 홱 돌아서 보았다. 거기는 자기 곁집 여편네가 바구니를 끼고 어두운 밭고랑을 더듬더듬 나오고 있었다.

"형님이댔쉐까? 형님도 들어갔댔쉐까?"

"님자두 들어갔댔나?"

"형님은 뉘 집에?"

"나? 눅陸 서방네 집에, 님자는?"

"난 왕 서방네……. 형님 얼마 받았소?"

"눅 서방 그 깍쟁이놈, 배추 세 페기……."

"난 3원 받았다."

복녀는 자랑스러운 듯이 대답하였다.[16]

---

14 일부 지방에서는 감자와 고구마를 혼동해서 부른다. '감자' 라는 제목은 이 대목에서 나왔다.

15 예전 같으면 상상할 수 없는 행동이다. 복녀는 이미 왕 서방이 무엇을 원하는지 알고 있다.

16 이쯤 되면 빈민굴 여인들의 매음은 은밀한 비밀이 아니라 사뭇 공개적이라는 것을 알 수 있다. 복녀뿐만 아니라 곁집 여인도 매음이 하나의 생활 수단으로 '진보' 한 것이다.

10분쯤 뒤에 그는 자기 남편과, 그 앞에 돈 3원을 내놓은 뒤에 아까 그 왕 서방의 이야기를 하면서 웃고 있었다.

그 뒤부터 왕 서방은 무시로 복녀를 찾아왔다.

한참 왕 서방이 눈만 멀찐멀찐 앉아 있으면, 복녀의 남편은 눈치를 채고 밖으로 나간다. 왕 서방이 돌아간 뒤에는 그들 부처는 1원 혹은 2원을 가운데 놓고 기뻐하곤 하였다.[17]

복녀는 차차 동네 거지들한테 애교를 파는 것을 중지하였다. 왕 서방이 분주하여 못 올 때가 있으면 복녀는 스스로 왕 서방의 집까지 찾아갈 때도 있었다.

복녀의 부처는 이젠 이 빈민굴의 한 부자였다.

그 겨울도 가고 봄이 이르렀다.

그때 왕 서방은 돈 100원으로 어떤 처녀를 하나 마누라로 사 오게 되었다.[18]

"흥."

복녀는 다만 코웃음만 쳤다.

"복녀, 강짜하갔구만."

동네 여편네들이 이런 말을 하면 복녀는 '흥' 하고 코웃음을 웃곤 하였다.

내가 강짜를 해? 그는 늘 힘있게 부인하고 하였다. 그러나 그의 마음에 생기는 검은 그림자는 어찌할 수가 없었다.

"이놈 왕 서방, 네 두고 보자."

왕 서방이 색시를 데려오는 날이 가까웠다. 왕 서방은 여태껏 자랑하

---

17 매음을 하는 아내와 이를 눈감아 주는 남편. 이런 설정은 훗날 발표되는 이상李箱의 소설에 그대로 반복되는 설정이다.

18 여기서부터 '위기'로 전개된다.

던 기다란 머리를 깎았다. 동시에 그것은 새색시의 의견이라는 소문이 퍼졌다.

"흥."

복녀는 역시 코웃음만 쳤다.

마침내 새색시가 오는 날이 이르렀다. 칠보 단장에 사인교[19]를 탄 색시가 칠성문 밖 채마밭 가운데 있는 왕 서방의 집에 이르렀다. 밤이 깊도록 왕 서방의 집에는 중국인들이 모여서 별한 악기를 뜯으며 별한 곡조로 노래하며 야단하였다.

복녀는 집 모퉁이에 숨어 서서 눈에 살기를 띠고 방 안의 동정을 듣고 있었다.

다른 중국인들은 새벽 두 시쯤 하여 돌아갔다. 그 돌아가는 것을 보면서 복녀는 왕 서방의 집 안에 들어갔다. 복녀의 얼굴에는 분이 하얗게 발리어 있었다.[20]

신랑 신부는 놀라서 그를 쳐다보았다. 그것을 무서운 눈으로 흘겨보면서 그는 왕 서방에게 가서 팔을 잡고 늘어졌다. 그의 입에서는 이상한 웃음이 흘렀다.

"자, 우리 집으로 가요."

왕 서방은 아무 말도 못하였다. 눈만 정처 없이 두룩두룩하였다. 복녀는 다시 한 번 왕 서방을 흔들었다.

"자, 어서."

"우리, 오늘은 일이 있어 못 가."

"일은 밤중에 무슨 일."

"그래두 우리 일이……."

복녀의 입에 여태껏 떠돌던 이상한 웃음은 문득 없어졌다.

---

19 앞뒤 각 2명이 메는 가마. 그래서 사인교四人轎이다. 혼례식 때 신랑 신부가 타고 간다.
20 이야기는 '절정'으로 치닫는다.

"이까짓 것!"

그는 발을 들어서 치장한 신부의 머리를 찼다.

"자, 가자우, 가자우."

왕 서방은 와들와들 떨었다. 왕 서방은 복녀의 손을 뿌리쳤다.

복녀는 쓰러졌다. 그러나 곧 일어섰다. 그가 다시 일어설 때는 그의 손에 얼른얼른하는 낫이 한 자루 들리어 있었다.

"이 되놈, 죽어라. 이놈, 나 때렸디! 이놈아, 아이구, 사람 죽이누나."

그는 목을 놓고 처울면서 낫을 휘둘렀다. 칠성문 밖 외따른 밭 가운데 홀로 서 있는 왕 서방의 집에서는 일장의 활극이 일어났다. 그러나 그 활극도 곧 잠잠하게 되었다. 복녀의 손에 들리어 있던 낫은 어느덧 왕 서방의 손으로 넘어가고 복녀는 목으로 피를 쏟으며 그 자리에 고꾸라져 있었다.

복녀의 송장은 사흘이 지나도록 무덤으로 못 갔다. 왕 서방은 몇 번을 복녀의 남편을 찾아갔다. 복녀의 남편도 때때로 왕 서방을 찾아갔다. 둘의 사이에는 무슨 교섭하는 일이 있었다.

사흘이 지났다.

밤중에 복녀의 시체는 왕 서방의 집에서 남편의 집으로 옮겨졌다. 그리고 시체에는 세 사람이 둘러앉았다. 한 사람은 복녀의 남편, 한 사람은 왕 서방, 또 한 사람은 어떤 한방 의사. 왕 서방은 말없이 돈주머니를 꺼내어 10원짜리 지폐 석 장을 복녀의 남편에게 주었다. 한방 의사의 손에도 10원짜리 두 장이 갔다.

이튿날 복녀는 뇌일혈로 죽었다는 한방의의 진단으로 공동묘지로 실려갔다.

1925년 1월호 《조선문단》

〈배따라기〉는 김동인의 낭만주의적 · 유미주의적 성향을 보여 주는 작품이다. 소설 구성의 기법으로는, 이야기 속에 또 이야기가 들어 있는 액자형 플롯을 채택하고 있다. 그것도 '3중 액자' 형식이다. 그(형)를 방랑하게 만드는 계기가 되는 대목, 그의 방랑 과정, 그리고 화자話者가 서술하는 대목……. 이 중에서 가장 비중이 큰 대목은 방랑의 계기를 설명한 대목이다. 그가 아우를 만나는 대목도 너무 극적이다. 이와 같은 소설 기법은 새로운 작품을 쓰려는 끊임없는 실험 정신이 있기에 가능하다. 김동인은 처녀작 〈약한 자의 슬픔〉을 발표하면서 선배 작가인 이광수와는 달리 '새로운 묘사법'을 주장하기도 했다. 또 이 작품이 구성상 탁월하다는 평가를 받는 이유는 주인공들을 마치 인형 조종하듯이 작가의 의도대로 움직인다는 점이다. 주인공인 '그의 아내'와 '아우' 사이에 의심이 가는 여러 가지 단서들을 여기저기 장치해 둠으로써 두 사람에 대한 '그'의 오해가 충분히 '그럴 만하게' 스토리를 이끈다. 그러니까 작가는 의도한 바대로 주인공들의 운명을 마음대로 조종하는 것이다.

〈배따라기〉는 운명 앞에 선 나약한 인간의 모습과 끝없는 회한, 바다를 배경으로 한 서정적 비극미가 주조를 이루고 있다. 서도 잡가 가운데 하나인 '영유 배따라기'를 제재로 하여 한 많은 인물의 내력이 펼쳐지는 것이다. 〈배따라기〉는 이들이 운명과 마주쳐 생기는 한恨의 정서를 품고 있다. 의처증과 오해가 증오로 표출되면서, 행복하게 살아가던 가족 관계가 와해된다. 전편에 걸쳐 애조 띤 노래가 들리는 듯하고 짜임새가 완벽한 작품이다. 작가 김동인도 이 소설이 "조선에서 조선 글, 조선 말로 된 최초의 단편소설일 것이다"라고 자부하고 있다.

학습길라잡이

구조분석

- **갈래** 단편소설, 액자소설.
- **주제** 질투와 오해로 빚어지는 삶의 비극.
- **배경** 현실 공간은 대동강, 을밀대, 모란봉 등 낭만적인 곳. 상상의 공간은 온갖 애환이 서린 비극의 공간 영유 배따라기.
- **시점** 외부 이야기는 1인칭 관찰자 시점. 화자인 '나'는 뱃사공이 겪은 이야기를 충실하게 전달한다. 내부 이야기는 3인칭 전지적 작가 시점.

등장인물

- **나** 작중 화자(관찰자). 우연히 만난 뱃사공의 안타까운 사연을 독자에게 이야기한다.
- **형** 아내를 사랑하나 질투심이 많고 급한 성격. 아우와 함께 영유에서 배따라기를 잘 부르는 대표적인 사람이었으나 의처증 때문에 자신의 삶을 망치게 되고 한을 갖고 동생을 찾아 헤맴.
- **동생** 형의 오해와 형수의 죽음에 충격을 받아 집을 나가 뱃사람이 되어 떠돌아다니나 행방이 묘연함.
- **아내** 젊고 아름다우며 친절하고 밝은 성격. 남편의 의심을 받고 바다에 투신 자살함.

플롯

- **작품 전체** 3중 액자 구성.
- **도입** '나'가 '그'를 만남.
- **발단** '그'의 형제가 영유에서 살게 됨.
- **전개** 시동생에게 친절한 아내를 자주 괴롭힘.
- **위기** 아내의 부정을 의심하고 아내를 때려서 내쫓음.
- **절정** 아내는 투신자살, 동생도 고향을 떠남.
- **결말** 동생을 찾아 방랑함.

이것만은 놓치지 말자

김동인은 액자소설의 보물창고

김동인은 어느 작가보다도 소설 구성이 〈배따라기〉처럼 액자식 구조로 된 작품이 많다. 그것도 단순한 액자소설이 아니라 '외부 이야기'와 '내부 이야기'가 결합된 단일 구조로 된 것이 많다. 김동인의 액자소설 중에서 특히 〈붉은 산〉, 〈배따라기〉는 액자소설의 모델이라고 할 수 있는 명작이다.

1. 외부 이야기→내부 이야기→외부 이야기로 이어지는 '3중 액자 구성' 전체 줄거리 구조를 살펴보자.
2. 아내를 의심하도록 만드는 소설적 장치는 무엇무엇이 있는지 살펴보자.
3. 민족주의 경향, 유미주의 경향, 자연주의 경향 등 실제 김동인 작품 경향에 대하여 이야기해 보자.

배따라기

✖◉

좋은 일기이다.

좋은 일기래도, 하늘에 구름 한 점 없는—우리 '사람'으로서는 감히 접근치 못할 위엄을 가지고, 높이서 우리 조그만 '사람'을 비웃는 듯이 내려다보는 그런 교만한 하늘은 아니고, 가장 우리 '사람'의 이해자인 듯이 낮게 뭉글뭉글 엉키는 분홍빛 구름으로서 우리와 서로 손목을 잡자는 그런 하늘이다. 사랑의 하늘이다.

나는, 잠시도 멎지 않고 푸른 물을 황해로 부어 내리는 대동강을 향한 모란봉 기슭 새파랗게 돋아나는 풀 위에 뒹굴고 있었다.

이날은 3월 삼질[1] 대동강에 첫 뱃놀이하는 날이다. 까맣게 내려다보이는 물 위에는, 결결이 반짝이는 물결을 푸른 놀잇배들이 타고 넘으며, 거기서는 봄 향기에 취한 형형색색의 선율이 우단羽緞보다도 보드라운 봄 공기를 흔들면서 내려온다.[2]

그리고 거기서는 기생들의 노래와 함께 날아오는 조선 아악雅樂은 느리게, 길게, 유창하게, 부드럽게 그리고 또 애처롭게—모든 봄의 정다움과 끝까지 조화하지 않고는 안 두겠다는 듯이 대동강에 흐르는 시커먼 봄물, 청류벽에 돋아나는 푸르른 풀 어음[3], 심지어 사람의 가슴속에 봄에

---

1 3월 3일. 강남 갔던 제비가 돌아온다는 봄날이다.

2 대동강 뱃놀이를 제재로 쓴 작품에는 〈불놀이〉라는 제목의 주요한의 시가 있다. 1919년, 《창조》 잡지.

뛰노는 불붙는 핏줄기까지라도, 습기 많은 봄 공기를 다리 놓고 떨리지 않고는 두지 않는다.

봄이다. 봄이 왔다.

부드럽게 부는 조그만 바람이 시커먼 조선 솔을 꿰며, 또는 돋아나는 풀을 스치고 지나갈 때의 그 음악은, 다른 데서는 듣지 못할 아름다운 음악이다.

아아, 사람을 취케 하는 푸른 봄의 아름다움이여! 열다섯 살부터의 동경東京 생활에 마음껏 이런 봄을 보지 못하였던 나는, 늘 이것을 보는 사람보다 곱 이상의 감명을 여기서 받지 않을 수 없다.

평양 성내에는 겨우 툭툭 터진 땅을 헤치며 파릇파릇 돋아나는 나무새기와 돋아나려는 버들의 어음으로 봄이 온 줄 알 뿐, 아직 완전히 봄이 안 이르렀지만, 이 모란봉 일대와 대동강을 넘어 보이는 가나안[4] 옥토를 연상시키는 장림長林에는 마음껏 봄의 정다움이 이르렀다.

그리고 또 꽤 자란 밀보리들로 새파랗게 장식한 장림의 그 푸른빛, 만족한 웃음을 띠고 그 벌에 서서 내다보는 농부의 모양은 보지 않아도 생각할 수가 있다.

구름은 자꾸 하늘을 날아다니는 모양이다. 그 밀 위에 비치었던 구름의 그림자는 그 구름과 함께 저편으로 몰려가며, 거기는 세계를 아까 만들어 놓은 것 같은 새로운 녹빛이 퍼져 나간다. 바람이나 조금 부는 때는, 그 잘 자란 밀들은 물결과 같이 누웠다 일어났다, 일록일청一綠一靑으로 춤을 춘다. 그리고 봄의 한가함을 찬송하는 솔개들은 높은 하늘에서 동그라미를 그리며 더욱더 아름다운 봄의 향기로운 정취를 더한다.

"다스한 봄 정에 솟아나리다. 다스한 봄 정에 솟아나리다."

나는 두어 번 소리나게 읊은 뒤에 담배를 붙여 물었다. 담배 내는 무럭

---

3 움. 새로 돋는 싹이나 어린 줄기.

4 성경에 나오는 지명이다. 여호와가 아브라함에게 약속한 이상향으로서 "젖과 꿀이 흐르는 땅"이라고 묘사되어 있다.

무럭 하늘로 올라간다.

하늘에도 봄이 왔다.

하늘은 낮았다. 모란봉 꼭대기에 올라가면, 넉넉히 만질 수가 있으리만큼 낮다. 그리고 그 낮은 하늘보다는 오히려 더 높이 있는 듯한 분홍빛 구름은 뭉글뭉글 엮히면서 이리저리 날아다닌다.

나는 이러한 아름다운 봄 경치에, 이렇게 마음껏 봄의 속삭임을 들을 때는 언제든 유토피아를 생각지 않을 수 없다. 우리가 시시각각으로 애를 쓰며 수고하는 것은—그 목적은 무엇인가? 역시 유토피아 건설에 있지 않을까? 유토피아를 생각할 때는 언제든 그 '위대한 인격의 소유자' 며 '사람의 위대함을 끝까지 즐긴' 진나라 시황秦始皇 을 생각지 않을 수 없다.

우리가 어찌하면 죽지를 아니할까 하여, 동남 3백을 배를 태워 불사약을 얻으러 떠나 보내며, 예술의 사치를 다하여 아방궁을 지으며, 매일 신하 몇천 명과 잔치로써 즐기며, 이리하여 여기 한 유토피아를 세우려던 시황은 몇만의 역사가가 어떻다고 욕을 하든 그는 참말로 인생의 향락자며, 역사 이후의 제일 큰 위인이라고 할 수가 있다. 그만한 순전한 용기 있는 사람이 있고야 우리 인류의 역사는 끝이 날지라도 하나의 사람을 가졌었다고 할 수 있다.

'큰 사람이었었다.'

하면서 나는 머리를 들었다.

이때다. 기자묘 근처에서 이상한 슬픈 소리가 들리면서 봄 공기를 진동시키며 날아오는 것이 들렸다. 나는 무심중 귀를 기울였다.

'영유 배따라기' 다. 그것도 웬만한 광대나 기생은 발꿈치에도 미치지 못하리만큼—그만큼 그 배따라기[5]의 주인은 잘 부르는 사람이었다.

---

5 황해도와 평안도 지방에서 불리던 서도 잡가西道雜歌 가운데 하나. 본디 곡목은 이선가離船歌 라고 하며 이를 우리말로 풀어쓰면 '배 떠나기 노래' 이다.

비나이다, 비나이다.

산천후토 일월성신 하나님전 비나이다.

실낱같은 우리 목숨 살려 달라 비나이다.

에—야, 어그여지여.

여기까지 이르렀을 때에 저편 아래 물에서 장고 소리와 함께 기생의 노래가 울리어 오며 배따라기는 그만 안 들리게 되었다.

나는 2년 전 한여름을 영유서 지내 본 일[6]이 있다. '배따라기'의 본고장인 영유를 몇 달 있어 본 사람은 그 배따라기에 대하여 언제든 한 속절없는 애처로움을 깨달을 터이다.

영유. 이름은 모르지만, ×산에 올라가서 내려다보면 앞은 망망한 황해이니, 거기 저녁때의 경치를 한 번 본 사람은 영구히 잊을 수가 없으리라. 불덩어리 같은 커다란 시뻘건 해가 남실남실 넘치는 바다에 도로 빠질 듯, 도로 솟아오를 듯 춤을 추며, 때때로 보이지 않는 배에서 '배따라기'만 슬프게 날아오는 것을 들을 때면 눈물 많은 나는 때때로 눈물을 흘렸다. 이로 보아서 어떤 원[7]의 아내가 자기의 모든 영화를 낡은 신과 같이 내어 던지고, 뱃사람과 정처 없는 물길을 떠났다 함도 믿지 못할 말이랄 수가 없다.

영유서 돌아온 뒤에도 그 배따라기는 내 마음에 깊이 새겨져 잊으려야 잊을 수가 없었고, 언제 한 번 다시 영유를 가서 그 노래를 한 번 더 들어 보고, 그 경치를 다시 한 번 보고 싶은 생각이 늘 떠나지를 않았다.

장고 소리와 기생의 노래는 멎고, 배따라기만 슬프게 날아온다. 곁곁

---

6 이 작품에는 이중의 액자가 활용되는 액자소설이다. 이 대목에서 '나'는 2년 전의 액자 속으로 들어간다. 이 액자 속에서 '나'는 다시 '영유 사람'이 이야기하는 액자 속으로 들어간다. 소설의 결말 부분에 이르면 '이중의 액자 속에 들어가 있던 나'는 '현재의 나'로 돌아온다.

7 원님. 조선 시대 때 각 고을을 맡아 다스리는 관리를 뜻함.

이 부는 바람으로 말미암아 때때로는 들을 수가 없으되, 나의 기억과 곡조를 부합하여 들은 배따라기는 이 대목이다.

강변에 나왔다가
나를 보더니만,
혼비백산하여
꿈인지 생시인지
생시인지 꿈인지
와르륵 달려들어
섬섬옥수로 부쳐잡고
호천망극[8]
하는 말이
'하늘로서 떨어지며
땅으로서 솟아났다
바람결에 묻어 오고
구름길에 싸여 왔나'
이리 서로 붙들고 울음 울 제,
인리 제인[9]이며
일가 친척이 모두 모여…….

여기까지 들은 나는 마침내 참지 못하고 벌떡 일어서서 소나무 가지에 걸었던 모자를 내려쓰고 그곳을 찾으러 모란봉 꼭대기에 올라섰다. 꼭대기는 좀더 노랫소리가 잘 들린다. 그는 배따라기의 맨 마지막, 여기를 부른다.

---

8 호천망극昊天罔極. '하늘이 넓고 끝이 없다' 는 뜻이다. '부모님의 은혜는 끝이 없다' 는 뜻으로 사용한다.
9 인리 제인隣里諸人. 이웃 마을 모든 사람.

밥을 빌어서
죽을 쑬지라도
제발 덕분에
뱃놈 노릇은 하지 마라
에—야 어그여지여…….

그의 소리로써 방향을 찾으려던 나는 그만 그 자리에 섰다.

'어딘가? 기자묘, 혹은 을밀대?'

그러나 나는 오래 서 있을 수가 없었다. 어떻든 찾아보자 하고 현무문으로 가서 문밖에 썩 나섰다. 기자묘의 깊은 솔밭은 눈앞에 쫙 퍼진다.

"어딘가?"

나는 또 물어보았다.

이때에 그는 또다시 배따라기를 시초부터 부른다. 그 소리는 왼편에서 온다.

왼편이구나 하면서, 소리나는 곳을 더듬어 소나무 틈으로 한참 돌다가, 겨우 기자묘 치고는 그 중 하늘이 넓고 밝은 곳에, 혼자서 뒹굴고 있는 그를 찾아내었다. 나의 생각한 바와 같은 얼굴이다. 얼굴, 코, 입, 눈, 몸집이 모두 네모나고, 그의 이마의 굵은 주름살과 시커먼 눈썹은 고생 많이 함과 순진한 성격을 나타낸다.

그는 어떤 신사가 자기를 들여다보는 것을 보고, 노래를 그치고 일어나 앉는다.

"왜? 그냥 하지요."

하면서, 나는 그의 곁에 가 앉았다.

"머……."

할 뿐, 그는 눈을 들어서 터진 하늘을 쳐다본다.

좋은 눈이었다. 바다의 넓고 큼이 유감 없이 그의 눈에 나타나 있다. 그는 뱃사람이다. 나는 짐작하였다.

"고향이 영유요?"

"예. 머, 영유서 나기는 했디만 한 20년 영유를 가 보디두 않았시요."

"왜, 20년씩 고향엔 안 가요?"

"사람의 일이라니 마음대로 됩데까?"

그는 왜 그러는지 한숨을 짓는다.

"거저 운명이 제일 힘 셉데다."[10]

운명의 힘이 제일 세다는 그의 소리엔 삭이지 못할 원한과 뉘우침이 섞여 있다.

"그래요?"

나는 다만 그를 쳐다볼 뿐이었다.

한참 잠잠하니 있다가 나는 다시 말하였다.

"자, 노형[11]의 경험담이나 한번 들어 봅시다. 감출 일이 아니면 한번 이야기해 보소."

"뭐 감출 일은……."

"그럼 어디 한번 들어 봅시다그려."

그는 다시 하늘을 쳐다보았다. 그러나 좀 있다가,

"하디요."

하면서 내가 담배를 붙이는 것을 보고, 자기도 담배를 붙여 물고 이야기를 꺼낸다.

"닞히디두 않는 19년 전 8월 열하루 날 일인데요……."

하면서 그가 이야기한 바는 대략 이와 같은 것이다.[12]

그의 살던 마을은 영유 고을서 한 20리 떠나 있는, 바다를 향한 조그만 동리이다. 그의 살던 그 조그만 마을(서른 집쯤 되는)[13]에서 그는 꽤 유명

---

10 인간의 한계에 대한 운명론적인 단정이다. 이 운명론은 이 작품의 주제이기도 하다.

11 (별로 가깝지 않은 사이인) 상대방을 대접하여 부르는 호칭.

12 여기서부터 이중의 액자 속으로 들어간다.

한 사람이었다.

그의 부모는 모두 열댓에 났을 때 없었고, 남은 친척이라고는 곁집에 딴살림하는 그의 아우 부처와 자기 부처뿐이었다. 그들 형제가 그 마을에서 제일 부자이고, 또 제일 고기잡이를 잘하였고, 그중 글이 있었고, '배 따라기' 도 그 마을에선 빼나게 그 형제가 잘하였다. 말하자면 그 형제가 그 동리의 대표적 사람이었다.

8월 보름은 추석 명절이다. 8월 열하루 날, 그는 명절에 쓸 장도 볼 겸 그의 아내가 늘 부러워하는 거울[14] 도 하나 사올 겸 장으로 향하였다.

"당손네[15] 집에 있는 것보다 큰 거이요. 닞디 말구요."

그의 아내는 길까지 따라나오면서 잊지 않도록 부탁하였다.

"안 닞어."

하면서 그는 떠오르는 새빨간 햇빛을 앞으로 받으면서 자기 마을을 나섰다.

그는 아내를(이렇게 말하기는 우습지만)[16] 고와했다. 그의 아내는 촌에는 드물도록 연연하고도 이쁘게 생겼었다(그는 나에게 이렇게 말하였다).

"성내(평양) 덴줏골(갈보촌)을 가두 그만한 거 쉽진 않갔시요."

그러니까 촌에서는, 그리고 그 당시에는 남에게 우습게 보이도록 그 부처의 사이는 좋았다. 늙은이들은 계집에게 혹하지 말라고 흔히 그에게 권고하였다.

부처의 사이는 좋았지만—아니, 오히려 좋으므로 그는 아내에게 시기를 많이 하였다. 품행이 나쁘다는 것이 아니라, 그의 아내는 대단히 쾌활

13 영유 사람이 이야기하는 부분은 전형적인 액자소설 형식이다. 그러나 중간중간 괄호가 있는데, 이것은 '나' 라는 관찰자가 '나' 의 시점으로 영유 사람의 이야기에 끼어드는 부분이다. 그러니까 '나' 는 영유 사람의 이야기를 그저 듣기만 하는 것이 아니라 그 이야기에 개입하는 것이다.

14 거울은 이 부부가 파경할 것이라는 암시를 주고 있다. 거울에는 '사랑의 상징' 과 동시에 '항상 깨질 수 있다' 는 양면성이 있다.

15 장손長孫 네.

16 '나' 라는 관찰자는 영유 사람의 이야기를 비판적으로 해석하고 있다.

한 성질로서 아무에게나 말 잘하고 애교를 잘 부렸다.

그 동리에서는 무슨 명절이나 되면, 집이 그중 정결함을 핑계삼아 젊은이들은 모두 그의 집에 모이곤 하였다. 그 젊은이들은 모두 그의 아내에게 '아즈마니' 라 부르고, 그의 아내는 아내대로 '아즈바니, 아즈바니' 하며 그들과 지껄이고 즐기며, 그 웃기 잘하는 입에는 늘 웃음을 흘리고 있었다. 그럴 때마다 그는 한편 구석에서 눈만 흘근거리며 있다가, 젊은이들이 돌아간 뒤에는 불문곡직하고 아내에게 덤벼들어 발길로 차고 때리며 이전에 사다 주었던 것을 모두 거두어 올린다.[17] 싸움을 할 때에는 언제든 곁집 있는 아우 부처가 말리러 오며, 그렇게 되면 언제든 그는 아우 부처까지 때려 주었다.

그가 아우에게 그렇게 구는 데는 이유가 있었다. 그의 아우는 촌사람에게는 다시 없도록 늠름한 위엄이 있었고, 맨날 바닷바람을 쐬었지만 얼굴이 희었다. 이것뿐으로도 시기가 된다 하면 되지만, 특별히 아내가 그의 아우에게 친절히 하는 데는 그는 속이 끓어 못 견디었다.

그가 영유를 떠나기 반년 전쯤, 다시 말하자면 그가 거울을 사러 장에 갈 때부터 반년 전쯤, 그의 생일날이었다. 그의 집에서는 음식을 차려서 잘 먹었는데, 그에게는 한 버릇이 있어서 맛있는 음식은 남겨 두었다가 좀 있다 먹곤 하는 것을 예사로 하였다. 그의 아내도 그 버릇은 잘 알 터인데, 그의 아우가 점심때쯤 오니까 아까 그가 아껴서 남겨 두었던 그 음식을 아우에게 주려 하였다. 그는 눈을 부릅뜨고 '못 주리라' 고 암호를 하였지만, 아내는 그것을 보았는지 못 보았는지 그의 아우에게 주어 버렸다. 그는 마음속이 자못 편치 못하였다. 트집만 있으면 이년을……. 그는 마음먹었다.

그의 아내는 시아우에게 상을 준 뒤에 물러오다가 그만 그의 발을 조

---

17 아내는 명랑하고 활달해서 친구가 많다. 그런데 남편은 내성적인 성격에다 소심한 인물로 설정되어 있다. 아내를 의심하는 남편의 이런 행태는 돌이킬 수 없는 의처증으로 발전하고 만다.

금 밟았다.

"이년!"

그는 힘껏 발을 들어서 아내를 냅다 찼다. 그의 아내는 상 위에 거꾸러졌다가 일어난다.

"이년! 사나이 발을 짓밟는 년이 어디 있어!"

"거 좀 밟아서 발이 부러뎃쉐까?"

아내는 낯이 새빨개져서 울음 섞인 소리로 고함친다.

"이년! 말대답이……."

그는 일어서서 아내의 머리채를 휘어잡았다.

"형님! 왜 이러십니까?"

아우가 일어서면서 그를 붙잡았다.

"가만 있거라. 이놈의 자식!"

하며 그는 아우를 밀친 뒤에 아내를 되는 대로 내려찧었다.

"죽일 년, 이년. 나가거라!"

"죽여라, 죽여라! 난 죽어도 이 집에선 못 나가."

"못 나가?"

"못 나가디 않구, 뉘 집이게……."

이때다. 그의 마음에는 그 '못 나가겠다' 는 아내의 말이 푹 들이박혔다. 그 이상 때리기가 싫었다. 우두커니 눈만 흘기고 있던 그는,

"망할 년, 그럼 내가 갈라."

하고 그만 문밖으로 뛰어나가서,

"형님 어디 갑니까?"

하는 아우의 말에는 대답도 아니하고 곁동리 탁주집으로 뒤도 안 돌아보고 가서, 거기 있는 술 파는 계집과 술상 앞에 마주앉았다.

그날 저녁 얼근히 취한 그는 아내를 위하여 떡을 한 돈어치 사 가지고 집으로 돌아왔다. 이리하여 또 서너 달은 평화가 이르렀다. 그러나 이 평화가 언제까지든 연속할 수는 없었다. 그의 아우로 말미암아 또 평화가

짜개져 나갔다.

5월 초승부터 영유 고을 출입이 잦던 그의 아우는 5월 그믐께부터는 고을서 며칠씩 묵어 오는 일이 많았다. 함께 고을에 첩을 얻어 두었다는 소문이 퍼졌다. 이 소문이 있은 뒤로 아내는 아우가 고을 들어가는 것을 벌레보다도 싫어하고, 며칠 묵어 나오는 때면 곧 아우의 집으로 가서 그와 담판을 하며, 심지어 동서 되는 아우의 처에게까지 못 가게 하지 않는다고 싸우는 일이 있었다. 7월 초승께, 그의 아우는 고을에 들어가서 열흘쯤 묵어 온 일이 있었다. 이때도 전과 같이 그의 아내는 그의 아우와 제수와 싸우다 못하여, 마침내 그에게까지 와서 아우가 그런 못된 데를 다니는 것을 그냥 둔다고 해 보자 한다. 그 꼴을 곱게 보지 않았던 그는 첫마디로 고함을 쳤다.

"네게 상관이 무에가? 듣기 싫다."

"못난둥이. 아우가 그런 델 댕기는 걸 말리지두 못하구!"[18]

분김에 이렇게 그의 아내는 고함쳤다.

"이년, 무얼?"

그는 벌떡 일어섰다.

"못난둥이!"[19]

그 말이 채 끝나기 전에 그의 아내는 악 소리와 함께 그 자리에 거꾸러졌다.

"이년! 사나이에게 그 따웃 말버릇 어디서 배완!"[20]

"에미네[21] 때리는 건 어디서 배왔노! 못난둥이!"

---

18 아내가 시동생에게 품은 감정이 심상치 않음을 나타내는 대목이다. 자기의 남자라는 생각이 있기 때문에 아내는 시동생이 화류계에 드나들며 노는 꼴을 보지 못하는 것이다.

19 남편의 가장 큰 약점을 찌르는 한마디이다. 남편은 항상 '늠름하고 위엄 있는 외모와 살결이 흰 아우'에게 주눅들어 있었다.

20 아내와 남편의 말다툼에는 생생한 평안도 사투리가 거침없이 튀어나온다. 김동인이 평양 태생이기에 이런 표현이 가능했을 것이다. 김동인은 대화 속에서 이런 사투리와 비속어를 자유자재로 사용함으로써 사실감을 높인다. 이런 대담한 대화체 구사가, 교양 넘치는 문어체 대화를 고수한 이광수와 다른 장점이다.

그의 아내는 울음소리로 부르짖었다.

"상년, 그냥? 나갈! 우리 집에 있디 말구 나갈!"

그는 내리찧으면서 부르짖었다. 그리고 아내를 문을 열고 밀쳤다.

"나가디 않으리!"

하고 그의 아내는 울면서 뛰어나갔다.

"망할 년!"

토하는 듯이 중얼거리고 그는 그 자리에 주저앉았다.

그의 아내는 해가 지고 어두워져도 돌아오지 않았다. 일단 내쫓기는 하였지만 그는 아내의 돌아옴[22]을 기다리고 있었다. 어두워져서도 그는 불도 안 켜고 성이 나서 우들우들 떨면서, 아내의 돌아오기를 기다렸다. 그러나 그의 아내의 참 기쁜 듯이 웃는 소리가 그의 아우의 집에서 밤새도록 울리었다. 그는 움쩍도 않고[23] 고 자리에 앉아서 밤을 새운 뒤에, 새벽 동터 올 때 아내와 아우를 죽이려고 부엌에 들어가 식칼을 가지고 들어와서 문을 벌컥 열었다.

그의 아내로서 만약 근심스러운 얼굴을 하고 그 문밖에 우두커니 서서 문을 들여다보고 있지 않았더라면 그는 아내와 아우를 죽이고야 말았으리라.

그는 아내를 보는 순간, 마음에 가득 차는 사랑을 깨달으면서 칼을 내어 던지고 뛰어나가서 아내의 머리채를 휘어잡고, 이년! 하면서 들어오더니 빰을 물어뜯으면서 함께 이리저리 자빠져서 뒹굴었다. 이리하여 평화는 또 이르렀다.

---

21 여자. 여기에서는 '자기 여자' 또는 '자기 마누라' 라는 뜻이 강하다.

22 정확한 문장은 '아내가 돌아오기를' 이 맞다. 김동인은 어문일치 문장을 쓰려고 노력했고 상당한 성과를 올리기도 했다. 그러나 이런 일본식 표현이 간간이 튀어나와 옥에 티가 되고 있다.

23 이 대목 역시 정확한 한글 표현은 '움쩍도 하지 않고' 라야 한다. 김동인뿐만 아니라 이광수, 현진건 등 이 시대 작가들의 글에는 이런 잘못된 표현이 많다. 예를 들면 '안 하다' 는 '하지 않다' 로, '못하다' 는 '하지 못하다' 로 써야 맞다.

그런 이야기를 하려면 끝이 없으되, 다만 '그', '그의 아내', '그의 아우' 세 사람의 삼각 관계는 대략 이와 같았다.

각설.[24]

거울은 마침 장에 마음에 맞는 것이 있었다. 지금 것과 대보면 어떤 때는 코도 크게 보이고 입이 작게도 보이는 것이지만, 그 당시에는, 그리고 그런 촌에서는 둘도 없는 귀물이었다. 거울을 사 가지고 장을 본 뒤에 그는 이 거울을 아내에게 주면 그 기뻐할 모양을 생각하면서 새빨간 저녁 햇빛을 받은, 넘치는 듯한 바다를 안고 자기 집으로, 늘 들러오던 탁주집에도 안 들르고 돌아왔다.

그러나 그가 그의 집 안방에 들어설 때에는 뜻도 안 하였던 광경이 그의 눈앞에 벌어져 있었다.

방 가운데는 떡 상이 있고, 그의 아우는 수건이 벗어져서 목 뒤로 늘어지고, 저고리 고름이 모두 풀어져 가지고 한편 모퉁이에 서 있고, 아내도 머리채가 모두 뒤로 늘어지고 치마가 배꼽 아래 늘어지도록 되어 있으며, 그의 아내와 아우는 그를 보고 어찌할 줄을 모르는 듯이, 움쩍도 안 하고서 있었다.

세 사람은 한참 동안 어이없이 서 있었다. 그러나 좀 있다가 마침내 그의 아우가 겨우 말했다.

"그놈의 쥐 어디 갔니?"

"흥! 쥐? 훌륭한 쥐 잡댔구나!"

그는 말을 끝내지 않고 짐을 벗어 버리고 뛰어가서 아우의 멱살을 그러쥐었다.

"형님, 정말 쥐가!"

---

24 지금까지 진행하던 이야기를 잠깐 중단하고 새로운 이야기로 들어갈 때 사용하는 소설 기법이다. 이 대목부터 이 작품은 '절정'의 단계로 접어든다.

"쥐? 이놈! 형수와 그런 쥐 잡는 놈이 어디 있니?"

그는 아우의 따귀를 몇 번 때린 뒤에 등을 밀어서 문밖에 집어 던졌다. 그런 뒤에 이제 자기에게 이를 매를 생각하고 우들우들 떨면서 아랫목에 서 있는 아내에게 달려들었다.

"이년! 시아우와 그런 쥐 잡는 년이 어디 있어?"

그는 아내를 거꾸러뜨리고 함부로 내리찧었다.

"정말 쥐가……, 아이, 죽갔다!"

"이년! 너두 쥐? 죽어라."

그의 팔다리는 함부로 아내의 몸 위에 오르내렸다.

"아이 죽갔다. 정말 아까 적은이(시아우)가 왔기에 떡 먹으라구 내놓았더니……."

"듣기 싫다. 시아우 붙은 년이 무슨 잔소리!"

"아이, 아이, 정말이야요. 쥐가 한 마리 나……."

"그냥 쥐?"

"쥐 잡을래다가……."

"상년! 죽어라! 물에래두 빠데 죽얼……."

그는 실컷 때린 뒤에 아내도 아우와 같이 등을 밀어내어 쫓았다. 그 뒤에 그의 등으로,

"고기 배때기에 장사해라!"[25]

고 토하였다.

분풀이는 실컷 하였지만, 그래도 마음속이 자못 편치 못하였다. 그는 아랫목으로 가서 바람벽을 의지하고 실신한 사람같이 우두커니 서서 떡상만 들여다보고 있었다.

한 시간…… 두 시간…….

서편으로 바다를 향한 마을이라, 다른 곳보다는 늦게 어둡지만, 그래

---

25 바다에 나가서 죽으라는 저주 섞인 욕이다.

도 술시戌時 쯤[26] 되어서는 깜깜하니 어두웠다. 그는 불을 켜려고 바람벽에서 떠나 성냥을 찾으려고 돌아갔다. 성냥은 늘 있던 자리에 있지 않았다. 그래서 여기저기 뒤적이노라니까 어떤 낡은 옷 뭉치를 들칠 때에 쥐소리가 나면서 무엇이 후닥닥 뛰어나온다. 그리하여 저편으로 기어서 도망한다.

"역시 쥐댔구나!"

그는 조그만 소리로 부르짖었다. 그리고 그만 그 자리에 맥없이 털썩 주저앉았다.

아까 그가 보지 못한 때의 광경이 활동사진과 같이 그의 머리에 지나갔다.[27]

아우가 집에를 온다. 아우에게 친절한 아내는 떡을 먹으라고 아우에게 떡 상을 내어놓는다. 그때에 어디선가 쥐가 한 마리 뛰어나온다. 둘이서는 쥐를 잡느라고 돌아간다. 한참 성화시키던[28] 쥐는 어느 구석에 숨어 버린다. 그들은 쥐를 찾느라고 두리번거린다. 그때에 그가 들어선 것이다.

"상년, 좀 있으문 안 들어오리……."

그는 억지로 마음먹고 그 자리에 드러누웠다.

그러나 그의 아내는 밤이 가고 밝기는커녕 해가 중천에 올라도 돌아오지를 않았다. 그는 차차 걱정이 나서 찾아보러 나섰다.

아우의 집에도 없었다. 동리를 모두 찾아보아도 본 사람도 없다 한다.

그리하여, 낮쯤 한 3, 40리 내려간 바닷가에서 겨우 아내를 찾기는 찾았지만, 그 아내는 이전과 같은 생기로 찬 산 아내가 아니요, 몸은 물에 불어서 곱이나 크게 되고, 이전에 늘 웃음을 흘리던 예쁜 입에는 거품을 잔뜩 물은 죽은 아내였다.[29]

---

26 오후 7시부터 9시 사이.

27 이성을 되찾은 후 조금 전 상황을 다시 되돌려 생각한다.

28 성가시게 하던.

그는 아내를 업고 집에 오기까지 정신이 없었다.

이튿날 간단하게 장사를 하였다. 뒤에 따라오는 아우의 얼굴에는,

"형님 이게 웬일이오니까?"

하는 듯한 원망이 있었다.

장사를 지낸 이튿날부터 아우는 그 조그만 마을에서 없어졌다. 하루 이틀은 심상히 지냈지만, 닷새 엿새가 지나도 아우는 돌아오지 않았다. 그래서 알아보니까 꼭 그의 아우와 같이 생긴 사람이 5, 6일 전에 멧산자 봇짐[30]을 하여 진 뒤에 새빨간 저녁 해를 등으로 받고 더벅더벅 동편으로 가더라 한다. 그리하여 열흘이 지나고 스무 날이 지났지만 한번 떠난 그의 아우는 돌아올 길이 없고, 혼자 남은 아우의 아내는 맨날 한숨으로 세월을 보내게 되었다.

그도 이것을 잠자코 보고 있을 수가 없었다. 그 불행의 모든 죄는 죄다 그에게 있었다.

그도 마침내 뱃사람이 되어, 적으나마 아내를 삼킨 바다와 늘 접근하며, 가는 곳마다 아우의 소식을 알아보려고, 어떤 배를 얻어 타고 물길을 나섰다.

그는 가는 곳마다 아우의 이름과 모양을 물었으되, 아우의 소식은 알 수가 없었다.

이리하여 꿈결같이 10년을 지내서 9년 전 가을, 탁탁히 낀 안개를 꿰며 연안 바다를 지나가던 그의 배는 몹시 부는 바람으로 말미암아 파선을 하여 벗 몇 사람은 죽고, 그는 정신을 잃고 물 위에 떠돌고 있었다.

그가 겨우 정신을 차린 때는 밤이었다. 그리고 어느덧 그는 뭍 위에 올라와 있었고, 그를 말리느라고 새빨갛게 피워 놓은 불빛으로 자기를 간호하는 아우를 보았다.

---

29 작품은 '절정'을 지나 '파국'에 이르고 '결말'을 향하여 숨가쁘게 진행한다.
30 뫼 산山 자 모양의 봇짐. 봇짐을 꾸린 모양을 한자에 빗대어 표현했다.

그는 이상하게 놀라지도 않고 천천히 물었다.

"너! 어딯게 여기 완?!"

아우는 잠자코 한참 있다가 겨우 대답하였다.

"형님, 거저 다 운명이외다."

따뜻한 불기운에 잠이 들려다가 그는 화닥닥 깨면서 또 말하였다.

"10년 동안에 되게 파리했구나."

"형님, 나두 변했거니와, 형님두 되게 늙으셨쉐다!"

이 말을 꿈결같이 들으면서 그는 또 혼혼히 잠이 들었다. 그리하여 두어 시간, 꿀보다도 단 잠을 잔 뒤에 깨어 보니 아까같이 새빨간 불은 피워 있지마는 아우는 어디로 갔는지 없어졌다. 겨우 사람에게 물어보니까, 아까 아우는 그의 얼굴을 물끄러미 한참 들여다보고 있다가 새빨간 불빛을 등으로 받으면서 더벅더벅 아무 말 없이 어두움 가운데로 스러졌다 한다.

이튿날 아무리 알아보아야 그의 아우는 종적이 없어지고 알 수 없으므로, 그는 할 수 없이 다른 배를 얻어 타고 또 물길을 나섰다. 그리하여 그의 배가 해주에 이르렀을 때, 그는 해주 장에 들어가서 무엇을 사려다가 저편 가게에 얼핏 그의 아우와 같은 사람이 있으므로 뛰어가서 보니 그는 벌써 없어졌다. 배가 해주에는 오래 머무르지 않으므로, 그는 마음을 해주에 남겨 두고 또다시 바닷길을 떠났다.

그 뒤에 3년을 이리저리 돌아다녀서도 아우는 다시 볼 수가 없었다.

그리하여 3년을 지나서 지금부터 6년 전에, 그의 탄 배가 강화도를 지날 때에 바다로 향한 가파로운 메 켠에서 바다로 향하여 날아오는 '배따라기'를 들었다. 그것도 어떤 구절과 곡조는 그의 아우 특색으로 변경된—그의 아우가 아니면 부를 사람이 없는 그 '배따라기'였다.

배가 강화도에는 머물지 않아서 그저 지나갔으나, 인천서 열흘쯤 머물게 되었으므로, 그는 곧 내려서 강화도로 건너갔다. 거기서 여기저기 찾아다니다가 어떤 조그만 객주 집에서 물어보니, 이름도 그의 아우요, 생긴 모양도 그의 아우인 사람이 묵어 있기는 하였으나, 사나흘 전에 도로 인천으로 갔다 한다. 그는 곧 돌아서서 인천으로 건너가서 찾아보았지만, 그 조그만 인천서도 그의 아우는 찾을 바가 없었다.

그 뒤에 눈 오고 비 오며 6년이 지났지만, 그는 다시 아우를 만나보지 못하고 아우의 생사까지 알 수 없었다.

말을 끝낸 그의 눈에는 저녁 해에 반사하여 몇 방울의 눈물이 번득인다.

나는 한참 있다가 겨우 물었다.[31]

"노형의 데수는?"

"모르디오. 20년을 영유는 안 가 봤으니깐요."

"노형은 이제 어디루 갈 테요?"

"것두 모르디요. 덩처가 있나요. 바람 부는 대루 몰려 댕기디요."

그는 다시 한 번 나를 위하여 '배따라기'를 불렀다. 아아! 그 속에 잠겨 있는 삭이지 못할 뉘우침! 바다에 대한 애처로운 그리움!

노래를 끝낸 다음에 그는 일어서서 시뻘건 저녁 해를 잔뜩 등으로 받고, 을밀대로 향하여 더벅더벅 걸어갔다. 나는 그를 말릴 힘이 없어서 눈이 멀거니 그의 등만 바라보고 앉아 있었다.

그날 밤, 집에 돌아와서도 그 '배따라기'와 그의 숙명적 경험담이 귀에 쟁쟁히 울리어 한잠도 못 이루고, 이튿날 아침 깨어서 조반도 안 먹고 기자묘로 뛰어가서 또다시 그를 찾아보았다. 그가 어제 깔고 앉았던 풀은, 모두 한편으로 누워서 그가 다녀감을 기념하되, 그는 그 근처에 보이지 않았다.

그러나, 그러나 '배따라기'는 어디선가 쟁쟁히 울리어서 모든 소나무들을 떨리지 않고는 안 두겠다는 듯이 날아온다.

"모란봉이다. 모란봉에 있다!"

하고, 나는 한숨에 모란봉으로 뛰어갔다. 모란봉에는 사람이 하나도 없

---

31 이야기는 비로소 이중의 액자에서 빠져나온다.

다. 부벽루에도 없다.

"을밀대다!"

하고 나는 다시 을밀대로 갔다. 을밀대에서 부벽루로 연한, 지옥까지 연한 듯한 구렁텅이에 물 한 방울도 안 새리라고 빽빽이 난 소나무의 그 모든 잎잎은 떨리는 '배따라기'를 부르고 있지만 그는 여기에도 있지 않다. 기자묘의, 하늘을 향하여 펴져 나간 그 모든 소나무의 천만의 잎잎도, 그 아래쪽 퍼진 천만의 풀들도, 모두 그 '배따라기'를 슬프게 부르고 있지만, 그는 이 조그만 모란봉 일대에선 찾을 수가 없었다.

강가에 나가서 알아보니 그의 배는 오늘 새벽에 떠났다 한다.

그 뒤에, 여름과 가을이 가고 1년이 지나서 다시 봄이 이르렀으되, 잠깐 평양을 다녀간 그는 그 숙명적 경험과 슬픈 '배따라기'를 남겨 둘 뿐 다시 조그만 모란봉엔 나타나지 않는다.

모란봉과 기자묘에 다시 봄이 이르러서, 작년에 그가 깔고 앉아서 부러졌던 풀들도 다시 곱게 대가 나서 자줏빛 꽃이 피려 하지만, 끝없는 뉘우침을 다만 한낱 '배따라기'로 하소연하는 그는, 이 조그만 모란봉과 기자묘에서 다시 볼 수가 없었다. 다만 그가 남기고 간 '배따라기'만 추억하는 듯이, 기념하는 듯이 모든 잎잎이 속삭이고 있을 따름이다.

1921년 5월호 《창조》

'나'는 의학을 연구하기 위하여 만주를 순회하고 있다. '나'는 가난한 조선 출신 소작인들이 모여 사는 마을에서 '삵'이라는 이상한 별명을 가진 정익호를 만난다. 정익호는 별명처럼 하고많은 날 망나니짓을 하는 이 마을의 애물단지요 망나니였다. 그래서 너나 할 것 없이 그를 몹시 미워하고 싫어했다. 이렇게 〈붉은 산〉은 전체의 약 절반 분량을 '삵'의 인간 됨됨이에 대하여 서술하고 있다. 이것은 작품 후반부에서 '삵'이 보여 주는 돌발적이고 충격적인 사건의 의미를 더욱 뚜렷이 부각시키는 효과를 지닌다.

어느 날 소작료를 적게 냈다는 이유로 만주인 지주에게 송 첨지 노인이 얻어맞아 죽는다. 흥분한 마을 사람들은 모여 대책을 의논한다. 그러나 누구 하나 직접 행동에 나서지 못한다. 그런데 그 이튿날 아침, 동구 밖에 '삵'이 피투성이가 되어 쓰러져 있는 것이 발견된다. '삵'은 혼자서 그 만주인 지주를 찾아가 그와 싸워 그를 살해한다. 그로 인해 자신 또한 반주검이 되어 버려진 것이다. 임종 직전 '삵'은 '나'에게 "붉은 산과 흰 옷이 보고 싶다"고 말한다. '삵'은 마침내 마을 사람들이 들려주는 애국가를 들으며 운명하고 만다.

〈붉은 산〉에는 일제 치하 나라를 빼앗긴 망국민의 뼈저린 슬픔과 치욕과 분노가 녹아 있다. 민족애를 고취하고 죽음의 비장미가 잘 표현되어 있다. 1인칭 관찰자인 '나'의 눈을 통하여 주인공인 '삵'을 묘사함으로써 사실성을 강조하는 사실주의적 기법도 돋보인다.

구조분석

- **갈래** 단편소설.
- **주제** 일제 강점기, 만주 이주민들의 고통스런 생활상과 한 인간이 보여 준 민족애.
- **배경** 시간은 1920년대 식민지 시대. 공간은 만주 ××촌. 마을 이름은 복자伏字 처리.
- **시점** 1인칭 관찰자 시점.
- **표현** 사실주의적 기법.

등장인물

- **여余** 관찰자적 서술자. 의사. 의학 연구하러 만주 순례 중이다. 가난한 소작인이 모여 사는 조선인 마을에 들러 '삵'의 행위를 지켜보게 된다. '삵'이 마음속으로 존경하는 인물.
- **정익호** '삵'은 별명. 망나니 같은 인물. 그러나 조선인을 죽인 만주인 지주를 살해함.
- **송 첨지** 만주인 땅을 소작하는 조선인 농민.

플롯

- **도입** '여余'가 만주 ××촌에서 겪은 일을 적음.
- **발단** 정익호('삵')가 ××촌에 나타남.
- **전개** 마을 사람들은 '삵'을 싫어하여 내쫓고 싶어한다. 그러나 어찌하지 못함.
- **위기** 송 첨지가 만주인 지주에게 죽어서 돌아옴.
- **절정** 지주에게 항의하러 갔던 '삵'이 피투성이로 발견됨.
- **결말** 애국가를 부르는 가운데 '삵'이 죽음.

이것만은 놓치지 말자

김동인 소설의 다양한 작품 경향

1920년대부터 1930년대 사이에 쓰인 김동인의 작품을 읽어 보면, 여러 가지 다양한 작품 경향들이 눈에 띈다. 〈감자〉나 〈명문〉 같은 작품들에서는 '자연주의'를, 〈배따라기〉나 〈광화사〉, 〈광염소나타〉 등에서는 '탐미주의'를, 〈붉은 산〉에서는 '민족주의' 경향을 볼 수 있다. 이 밖에도 '낭만주의'나 '인도주의' 등의 경향이 나타나는 작품들도 있다. 이러한 상반되는 각종 경향은 작품에 따라 엄격히 구분되기도 하지만, 같은 작품 속에도 서로 상반되는, 또는 이질적인 요소가 공존하는 경우가 적지 않다. 예를 들면 〈광화사〉나 〈광염소나타〉 같은 작품은 탐미주의적인 경향을 띠는 작품이면서도 주인공들의 인생관은 자연주의적이다. 또 〈발가락이 닮았다〉 같은 작품은 인도주의적인 경향의 작품이면서도 자연주의적인 요소가 강하게 풍긴다. 그래서 김동인의 작품을 읽을 때는 작품 경향까지 알아 두는 것이 중요하다.

깊이 생각하기

1. 이 작품의 모티브가 된 '만보산 사건'이 어떤 사건인지 당시 신문 기사 등 자료를 수집해서 알아본다.
2. 여余는 '나'를 가리키는 1인칭 호칭이다. 김동인 작품에 나오는 호칭을 열거해 보고 어떻게 사용되고 있는지 알아보자.
3. 흰옷과 붉은 산이 우리 나라를 상징한다고 한다. 왜일까?

붉은 산

♦

그것은 여余[1]가 만주를 여행할 때 일이었다. 만주의 풍속도 좀 살필 겸 아직껏 문명의 세례를 받지 못한 그들 사이에 퍼져 있는 병病을 조사할 겸해서 1년의 기한을 예산하여 가지고 만주를 시시콜콜히 다 돌아온 적이 있었다. 그때는 ××촌[2]이라 하는 조그만 촌에서 본 일을 여기에 적고자 한다.[3]

××촌은 조선 사람 소작인만 사는 한 20여 호 되는 작은 촌이었다. 사면을 둘러보아도 한 개의 산도 볼 수가 없는 광막한 만주의 벌판 가운데 놓여 있는, 이름도 없는 작은 촌이었다.

몽고 사람 종자從者를 하나 데리고 노새를 타고 만주의 농촌을 돌아다니던 여가 그 ××촌에 이른 때는 가을도 다 가고 어느덧 광포한 북극의 겨울이 만주를 찾아온 때였다.

만주의 어느 곳이나 조선 사람이 없는 곳은 없지만, 이러한 오지奧地에서 한 동리가 죄[4] 조선 사람뿐으로 되어 있는 곳을 만나니 반가웠다. 더구

1 '나'를 가리키는 한자어. '여'는 1인칭이다. 그러니까 이 작품의 시점은 1인칭 관찰자 시점이다.

2 이런 식으로 사람 이름이나 지명을 밝히지 않는 것을 복자伏字라고 한다. 작가가 이름을 밝히고 싶지 않을 때나 검열에서 삭제당한 경우에 복자 처리를 한다.

3 여기서부터 액자소설 형식으로 들어간다.

나 그 동리는 비록 모두가 만주국인의 소작인이라 하나, 사람들이 비교적 온량하고 정직하여, 장성한 이들은 그래도 모두 천자문 한 권쯤은 읽은 사람이었다. 살풍경한 만주—그 가운데서 살풍경한 살림을 하는 만주국인이며 조선 사람의 동네를 근 1년이나 돌아다니다가 비교적 평화스런 이런 동네를 만나면, 그것이 비록 외국인의 동네라 하여도 반갑겠거늘, 하물며 우리 같은 동족임에랴.

여는 그 동네에서 한 10여 일 이상을 일없이 매일 호별 방문을 하며 그들과 이야기로 날을 보내며, 오래간만에 맛보는 평화적 기분을 향락하고 있었다.

'삵'[5]이라는 별명을 가지고 있는 '정익호'라는 인물을 본 곳이 여기서였다.

익호라는 인물의 고향이 어디인지는 ××촌에서 아무도 몰랐다. 사투리로 보아서 경기 사투리인 듯하지만 빠른 말로 죄죄거리는 때에는 영남 사투리가 보일 때도 있고, 싸움이라도 할 때는 서북 사투리가 보일 때도 있었다. 그런지라 사투리로써 그의 고향을 짐작할 수가 없었다. 쉬운 일본 말도 알고, 한문 글자도 좀 알고, 중국 말은 물론 꽤 하고, 쉬운 러시아 말도 할 줄 아는 점 등등, 이곳저곳 숱하게 주워먹은 것은 짐작이 가지만 그의 경력을 똑똑히 아는 사람은 없었다.

그는 여余가 ××촌에 가기 1년 전쯤 빈손으로 이웃이라도 오듯 후닥닥 ××촌에 나타났다 한다. 생김생김으로 보아서 얼굴이 쥐와 같고 날카로운 이빨이 있으며 눈에는 교활함과 독한 기운이 늘 나타나 있으며, 발룩한 코에는 코털이 밖으로까지 보이도록 길게 났고, 몸집은 작으나 민첩하게 되었고[6] 나이는 스물다섯에서 사십까지 임의로 볼 수 있으며, 그 몸

4 '죄다'의 준말. 모조리, 모두.
5 삵 살쾡이. 중국 북동부, 시베리아, 우리 나라 등지의 숲 속에 사는 맹수의 하나.

이나 얼굴 생김이 어디로 보든 남에게 미움을 사고 근접치 못할 놈이라는 느낌을 갖게 한다.

그의 장기長技는 투전이 일쑤며, 싸움 잘하고, 트집 잘 잡고 칼부림 잘하고, 색시에게 덤벼들기 잘하는 것이라 한다.

생김생김이 벌써 남에게 미움을 사게 되었고, 거기다 하는 행동조차 변변치 못한 일뿐이라, ××촌에서도 아무도 그를 대접하는 사람이 없었다. 사람들은 모두 그를 피하였다. 집이 없는 그였으나 뉘 집에 잠이라도 자러 가면 그 집 주인은 두말없이 다른 방으로 피하고 이부자리를 준비하여 주고 하였다. 그러면 그는 이튿날 해가 낮이 되도록 실컷 잔 뒤에 마치 제집에서 일어나듯 느직이 일어나서 조반을 청하여 먹고는 한마디의 사례도 없이 나가 버린다.

그리고 만약 누구든 그의 이 청구에 응치 않으면 그는 그것을 트집으로 싸움을 시작하고, 싸움을 하면 반드시 칼부림을 하였다.

동네 처녀들이며 젊은 여인들은 익호가 이 동네에 들어온 뒤부터는 마음놓고 나다니지를 못하였다. 철없이 나갔다가 봉변을 당한 사람도 몇이 있었다.

'삵.'

이 별명은 누가 지었는지 모르지만 어느덧 ××촌에서는 익호를 익호라 부르지 않고 '삵' 이라고 부르게 되었다.

"삵이 뉘 집에서 묵었나?"

"김 서방네 집에서."

"다른 봉변은 없었다나?"

---

6 익호의 외모는 삵의 외모와 거의 같다. 작가는 의도적으로 익호를 '위험한 인물' 로 이끌어 가고 있다.

"요행히 없었다네."

그들은 아침에 깨면 서로 인사 대신으로 '삵'의 거취를 알아보고 '삵'은 이 동네에는 커다란 암종癌腫이었다. '삵' 때문에 아무리 농사에 사람이 부족한 때라도 젊고 튼튼한 몇 사람은 동네의 젊은 부녀를 지키기 위하여 동네 안에 머물러 있지 않을 수가 없었다. '삵' 때문에 부녀와 아이들은 아무리 더운 여름 저녁에라도 길에 나서서 마음 놓고 바람을 쏘여 보지를 못하였다. '삵' 때문에 동네에서는 닭의 가리며 돼지 우리를 지키기 위하여 밤을 새지 않을 수가 없었다.

동네 노인이며 젊은이들은 몇 번을 모여서 '삵'을 이 동리에서 내어쫓기를 의논하였다. 물론 합의는 되었다. 그러나 내어쫓는 데 선착할 사람이 없었다.

"첨지가 선착하면 뒤는 내 담당하마."

"뒤는 걱정 말고 형님 먼저 말해 보시오."

제각기 '삵'에게 먼저 달려들기를 피하였다.

이리하여 동리에서는 합의는 되었으나 '삵'은 그냥 태연히 이 동네에 묵어 있게 되었다.

"며늘 년들이 조반이나 지었나?"

"손주 놈들이 잠자리나 준비했나?"

마치 그 동네의 모두가 자기의 집안인 것같이 '삵'은 마음대로 이 집 저 집을 드나들었다.

××촌에서는 사람이라도 죽으면 반드시 조상 대신으로,

"삵이나 죽지 않고."

하는 한마디의 말을 잊지 않고 하였다. 누가 병이라도 나면,

"에익! 이놈의 병 '삵' 한테로 가거라."

고 하였다.

암종, 누구나 '삵'을 동정하거나 사랑하는 사람이 없었다.

'삵'도 남의 동정이나 사랑은 벌써 단념한 사람이었다. 누가 자기에게

아무런 대접을 하든 탓하지 않았다. 보이는 데서 보이는 푸대접을 하면 그 트집으로 반드시 칼부림까지 하는 그였지만, 뒤에서 아무런 말을 할지라도, 그리고 그것이 '삵'의 귀에까지 갈지라도 탓하지 않았다.

"훙!"

이 한마디는 그의 가장 큰 처세 철학이었다.

흔히 곁동네 만주국인들의 투전판에 가서 투전을 하였다. 때때로 두들겨 맞고 피투성이가 되어서 돌아오는 일도 있었다. 그러나 그는 그 하소연을 하는 일이 없었다. 한다 할지라도 들을 사람도 없거니와, 아무리 무섭게 두들겨 맞은 뒤라도 하루만 샘물에 상처를 씻고 절룩절룩한 뒤에는 또 이튿날은 천연히 나다녔다.

여余가 ××촌을 떠나기 전날이었다.

송 첨지라는 노인이 그해 소출을 나귀에 실어 가지고 만주국인 지주가 있는 촌으로 갔다. 그러나 돌아올 때는 송장이 되었다. 소출이 좋지 못하다고 두들겨 맞아서 부러져 꺾어진 송 첨지는 나귀 등에 몸이 결박되어서 겨우 ××촌에 돌아왔다. 그리고 놀란 친척들이 나귀에서 몸을 내릴 때에 절명하였다.

××촌에서는 왁자하였다.

"원수를 갚자!"

명 아닌 목숨을 끊은 송 첨지를 위하여 동네의 젊은이는 모두 흥분하였다. 제각기 이제라도 들고 일어설 듯하였다.

그러나 그뿐이었다. 누구든 앞장을 서려는 사람이 없었다. 만약 이때에 누구든 앞장을 서는 사람만 있었더면 그들은 곧 그 지주에게로 달려갔을지 모른다. 그러나 제가 앞장을 서겠노라고 나서는 사람은 없었다. 제각기 곁사람을 돌아보았다.

연해 발을 굴렀다. 부르짖었다. 학대받는 인종의 고통을 호소하며 울었다. 그러나 그저 그뿐이었다. 남의 일로 지주에게 반항하여 제 밥자리까지 떼이기를 꺼림인지, 용감히 앞서 나가는 사람은 없었다.

여는 의사라는 여의 직업상 송 첨지의 시체를 검시하였다. 돌아오는 길에 여는 '삵' 을 만났다. 키가 작은 '삵' 을 여는 내려다보았다. '삵' 은 여를 쳐다보았다.

'가련한 인생아. 인종의 거머리야. 가치 없는 인생아. 밥 버러지야. 기생충아!'

여는 '삵' 에게 말하였다.

"송 첨지가 죽은 줄 아나?"

여의 말에 아직껏 여를 쳐다보고 있던 '삵' 의 얼굴이 아래로 떨어졌다. 그리고 여가 발을 떼려는 순간에 얼핏 '삵' 의 얼굴에 나타난 비장한 표정을 여는 넘길 수가 없었다.

고향을 떠난 만 리 밖에서 학대받는 인종의 가엾음을 생각하고 그 밤은 여도 잠을 못 이루었다.

그 억울함을 호소할 곳도 못 가진 우리의 처지를 생각하고, 여도 눈물을 금치를 못하였다.

이튿날 아침이었다.

여를 깨우러 오는 사람의 소리에 여는 반사적으로 일어났다.

'삵' 이 동구洞口 밖에서 피투성이가 되어 죽어 있다는 것이었다. 여는 '삵' 이라는 말에 눈살을 찌푸렸다. 그러나 의사라는 직업상 곧 가방을 수습하여 가지고 '삵' 이 넘어진 데까지 달려갔다. 송 첨지의 장례식 때문에 모였던 사람 몇은 여의 뒤를 따라왔다.

여는 보았다. '삵' 의 허리가 기역자로 뒤로 부러져서 밭고랑 위에 넘어져 있는 것을. 여는 달려가 보았다. 아직 약간의 온기는 있었다.

"익호! 익호!"

그러나 그는 정신을 못 차렸다. 여는 응급 수단을 취하였다. 그의 사지는 무섭게 경련되었다. 이윽고 그가 눈을 번쩍 떴다.

"익호! 정신 드나?"

그는 여의 얼굴을 보았다. 끝이 없이 한참을 쳐다보았다. 그의 눈동자가 움직이었다.

겨우 처지를 깨달은 모양이었다.

"선생님, 저는 갔었습니다."

"어디를?"

"그놈, 지주 놈의 집에."

"무얼?"

여는 눈물 나오려는 눈을 힘있게 닫았다. 그리고 덥석 그의 벌써 식어가는 손을 잡았다. 잠시의 침묵이 계속되었다. 그의 사지에서는 무서운 경련이 끊임없이 일었다. 그것은 죽음의 경련이었다. 듣기 힘든 작은 그의 소리가 또 그의 입에서 나왔다.

"선생님."

"왜?"

"보고 싶어요. 전 보고 시……."

"뭐이?"

그는 입을 움직였다. 그러나 말이 안 나왔다. 기운이 부족한 모양이었다.

잠시 뒤에 그는 또다시 입을 움직였다. 무슨 소리가 그의 입에서 나왔다.

"무얼?"

"보고 싶어요. 붉은 산[7]이……. 그리고 흰 옷[8]이!"

아아, 죽음에 임하여 그의 고국과 동포가 생각난 것이었다. 여는 힘있게 감았던 눈을 고즈넉이 떴다. 그때에 '삵'의 눈도 번쩍 뜨이었다. 그는

---

7 나무가 없고 헐벗은 민둥산은 곧 조국의 산의 이미지이다. 다시 말하면 붉은 산은 일제 강점기 식민지 압제 속에서 신음하는 우리 민족의 슬픈 현실을 우회적으로 보여 주는 것이다.

8 이것 역시 흰옷을 즐겨 입는 우리 민족을 상징하고 있다.

손을 들려고 하였다. 그러나 이미 부러진 그의 손은 들리지 않았다. 그는 머리를 돌이키려 하였다. 그러나 그럴 힘이 없었다.

그는 마지막 힘을 혀끝에 모아 가지고 입을 열었다.

"선생님!"

"왜?"

"저것……. 저것……."

"무얼?"

"저기 붉은 산이……. 그리고 흰 옷이……. 선생님 저게 뭐예요?"

여는 돌아보았다. 그러나 거기는 황막한 만주의 벌판이 전개되어 있을 뿐이었다.

"선생님 노래를 불러 주세요. 마지막 소원……. 노래를 해 주세요. 동해물과 백두산이 마르고 닳도록[9]……."

여는 머리를 끄덕이고 눈을 감았다. 그리고 입을 열었다. 여의 입에서는 창가가 흘러나왔다.

여는 고즈넉이 불렀다.

동해물과 백두산이…….

고즈넉이 부르는 여의 창가 소리에 뒤에 둘러섰던 다른 사람의 입에서도 숭엄한 코러스는 울리어 나왔다.

무궁화 삼천리
화려 강산…….

광막한 겨울의 만주벌 한편 구석에서는 밥 버러지 익호[10]의 죽음을 조

9 애국가 가사. 지금 우리가 부르는 애국가와 곡조는 달라도 가사는 같다.

상하는 숭엄한 노래가 차차 크게 엄숙하게 울리었다. 그 가운데 익호의 몸은 점점 식었다.

1933년 4월호 《삼천리》

---

10 익호를 '삵' 이라느니 하면서 필요 이상으로 나쁜 사람으로 그린 것은 검열을 피하기 위하여 설정한 캐릭터이다. 만약 주인공 익호가 평소에도 예의범절이 바르고 지도력이 있는 인물로 설정되었다면 애국가를 부른다든지 하는 표현은 검열을 피할 수 없었을 것이다. 이런 경우는 나운규의 영화 '아리랑' 도 같다. 주인공 영진이의 캐릭터는 미치광이이다.

|1901～1932|

1901년 함경북도 성진에서 소작농의 아들로 태어나다. 성진보통학교 5학년 중퇴가 학력의 전부. 불우한 가정환경 때문에 어려서부터 각지로 전전하며 날품팔이, 나무장수, 두부장수, 막노동 등 밑바닥 생활을 뼈저리게 체험하다. 이 같은 체험이 문학적 자산이 되다. 1918년 가족과 함께 만주 간도 연변 용성으로 이주하다. 이때 겪은 체험으로 〈탈출기〉를 쓰다. 1923년 귀국, 1924년 단편소설 〈토혈〉이 《동아일보》에, 〈고국故國〉이 《조선문단朝鮮文壇》에 소개되면서 문단에 나오다. 이어서 〈탈출기〉, 〈기아와 살육〉을 발표하면서 신경향파문학의 기수로서 각광을 받다. 《중외일보》, 《매일신보》 기자로 있으면서 빈궁한 하층민의 삶을 그려 내는 계급적인 작품을 계속 발표하다. 가난과 병고에 시달리면서 발표한 만년 작품에서는 시대 의식과 역사 의식을 실감 있게 다룬, 현실적이고 낭만적인 작품 경향을 보이다.

대|표|작

〈토혈〉(1924), 〈고국〉(1924), 〈탈출기〉(1924), 〈기아와 살육〉(1925), 〈금붕어〉(1925). 〈홍염〉(1925), 〈호외 시대〉(1930) 등이 있다.

〈탈출기〉는, 작가가 1918년경 온 가족을 이끌고 간도 땅(지금의 중국 연변 용정시 성동마을)으로 이주해서 살면서 실제 겪은 체험을 토대로 쓴 것이다. 그런 만큼 작가의 자전적 요소가 짙다. 소설 스타일 면에서도 특이하다. 전편이 서간문체이다. '나'는 왜 가정을 탈출했는가 하는 이유를 주인공(박군)이 김군에게 편지를 보내면 김군이 박군에게 답장하는 형태이다. 나(박군)는 김군에게 보내는 편지에서 만주 탈출을 변명하고 있다.

〈탈출기〉는 1920년대 우리 민족의 비참한 삶의 모습을 묘사한 가장 대표적인 '빈궁문학貧窮文學' 작품이다. 대다수 평론가들은 이 작품을 프로문학사상 가장 성공한 작품으로 손꼽는다. 다른 작가들이 쓴 소설들이 그저 빈궁한 삶을 사실적으로 묘사하는 데 머무는 데 비해 이 작품은 이런 빈궁에 항거하는 반항적 주제를 강력히 내세우고 있다는 점에서 눈길을 끈다. 주인공은 자신이 열심히 일해도 가난할 수밖에 없는 이유를 '세상탓'으로 돌린다. 이른바 신경향파문학의 특성이 잘 나타나 있다. 줄거리는 다음과 같다.

'나(박군)'는 5년 전 어머니와 아내를 데리고 간도間島 땅으로 갔다. 농사를 지어 배불리 먹고 농민들을 가르쳐 이상촌을 건설하리라는 꿈이 있었다. 그러나 듣던 바와 달랐다. 노는 땅도 없었고 소작을 하려고 해도 빚갚을 길이 막막했다. 이틀 사흘 굶는 건 다반사였다. 임신한 아내가 귤껍질을 주워 먹기도 했다. 아무리 열심히 힘들게 일해도 배고픔을 벗어날 수 없었다. 그래도 성실하게 살려고 무진 애를 썼다. 그런데도 세상은 우리를 계속 멸시하고 학대하였다. 이런 원인을 바로잡으려면 내 개인의 힘으로는 안 된다는 것을 알게 되었다. 그래서 마침내 '나'는 어머니와 아내와 자식을 희생하면서까지 ××단에 가담하게 된 것이다.

구조분석

- **갈래** 단편소설. 빈궁소설.
- **주제** 가난한 삶의 고발과 부조리한 현실에 대한 저항.
- **배경** 시간은 일제 시대. 공간은 만주의 간도 지방.
- **시점** 1인칭 주인공 시점.

등장인물

- **나(박군)** 주인공이자 화자. 고향을 떠나 간도에서 생활고에 시달리다가 탈가하는 가난한 지식인. 현실의 모순을 개혁하기 위하여 ××단에 가입한다.
- **어머니** 전통적인 모성母性을 소유한 여인.
- **아내** 나의 아내. 수줍음을 잘 타는 순박한 시골 여인.
- **김군** 나의 편지의 수신인이자 나의 친구. 나의 탈가脫家를 반대한 인물.

플롯

- **발단** 간도로 떠나게 된 이유.
- **전개** 간도에서의 비참한 생활(일정한 직업이 없음. 아내가 귤껍질을 주워 먹음).
- **위기 · 절정** 생활고의 극한 상황(두부 장사를 하며 겪는 고초).
- **결말** 가난에 대한 분노를 사회 참여로 전환시킴.

이것만은 놓치지 말자

신경향파문학

최서해처럼 빈궁하게 사는 지식인, 노동자, 농민의 비참한 생활을 다룬 작품들을 한데 묶어 '신경향파문학' 이라고 부른다. 이 흐름은 얼마 후 '프롤레타리아문학' 혹은 '무산계급문학' 으로 변모한다. 이는 곧 노동자와 농민 해방을 주제로 할 뿐만 아니라 민족 해방을 위한 투쟁의식을 묘사한 작품들을 말한다. 그러나 최서해는 이러한 문단의 파당과는 관계하지 않았다. 그는 빈궁의 참상을 보고하되 그것을 계급 의식으로 처리하지 않은 것이다.

적극적 참여

주인공 '나' 가 사상적으로 전환하는 이유에서 꼭 가족을 버려야 했느냐 하는 논리적 필연성이 미흡해서 구성이 실패했다는 비판도 있다. 그러나 전형적인 '신경향파' 작가들이 살인, 방화 등으로 결말을 처리하는 데 비해 '××단에 가입' 하는 것으로 끝나는 점은, 다시 말해서 조직적인 사회 운동에 뛰어드는 것은 좀더 현실적이고 적극적인 작가 의식을 느낄 수 있는 점이다.

〈탈출기〉 무대는 간도 용정 비전동 마을

최서해의 대표작 〈탈출기〉의 배경 마을이자, 그가 정착했던 중국 현지 마을이 확인되었다. '최서해 문학' 연구자로 현장을 확인하고 돌아온 소설가 강준용姜俊龍 씨에 따르면 최서해가 고향 성진을 떠나 〈탈출기〉를 쓰며 정착해 살았던 곳은 중국 연변 용정시 성동촌의 비전동 마을이라고 밝혔다. 1987년 문학과지성사에서 나온 〈최서해전집〉에는 "1918년 간도로 들어가 유랑 생활 시작, 1923년 봄 간도로부터 귀국" 이라고만 적혀 있었다. 비전동의 지금 호칭은 성동1대. 10여 호 정도가 살고 있는 자그마한 마을이다. 아쉬운 것은 중국의 문화혁명 이후 대대적인 사업으로 당시 건물이나 자료가 남아 있지 않다는 점이다. 최근 설치된 '안내게시판' 에는 '소설가 최서해 〈탈출기〉의 고향 비전동' 이라고 적었다.

1. 1930년대 몇몇 작가들이 조직했던 카프와 신경향파문학이 우리 문학에 끼친 영향을 이야기해 보자.
2. 최서해가 〈탈출기〉를 쓸 무렵 우리 나라 사회 환경은 어땠는지 살펴 보자.

탈출기

✖⁘

1

김군! 수삼 차 편지는 반갑게 받았다. 그러나 한 번도 회답치 못하였다. 물론 군의 충정에는 나도 감사를 드리지만 그 충정을 나는 받을 수 없다.

박군! 나는 군의 탈가脫家[1]를 찬성할 수 없다. 음험한 이역에 늙은 어머니와 어린 처자를 버리고 나선 군의 행동을 나는 찬성할 수 없다.

박군! 돌아가라. 어서 집으로 돌아가라. 군의 부모와 처자가 이역 노두[2]에서 방황하는 것을 나는 눈앞에 보는 듯싶다. 그네들의 의지할 곳은 오직 군의 품밖에 없다. 군은 그네들을 구하여야 할 것이다.

군은 군의 가정에서 동량棟梁[3]이다. 동량이 없는 집이 어디 있으랴? 조그마한 고통으로 집을 버리고 나선다는 것이 의지가 굳다는 박군으로서는 너무도 박약한 소위이다. 군은 ××단[4]에 몸을 던져 ×선[5]에 섰다는 말을 일전 황군에게서 듣기는 하였으나 그렇다 하여도 나는 그것을 시인

---

1 집을 뛰쳐나가는 것.

2 노두路頭. 길거리.

3 마룻대와 대들보.

4 작가가 굳이 이름을 밝히지 않고 싶은 경우에는 이와 같은 복자伏字 처리를 한다. 복자는 ××로 하는 경우도 있고 ○○로 하는 경우도 있다.

5 복자 처리한 ×는 최전선, 해방전선, 통일전선, 투쟁전선 등으로 추측해 볼 수 있다.

할 수 없다. 가족을 못 살리는 힘으로 어찌 사회를 건지랴.

박군! 나는 군이 돌아가기를 충정으로 바란다. 군의 가족이 사람들 발 아래서 짓밟히는 것을 생각할 때 군의 가슴인들 어찌 편하랴.

김군! 군은 이러한 말을 편지마다 썼지? 나는 군의 뜻을 잘 알았다. 사랑하는 나의 가족을 위하여 동정하여 주는 군에게 어찌 감사치 않으랴? 정다운 벗의 충고에 나는 늘 울었다. 그러나 그 충고를 들을 수 없다. 듣지 않는 것이 군에게는 고통이 될는지? 분노가 될는지? 나에게 있어서는[6] 행복일는지도 알 수 없는 까닭이다.

김군! 나도 사람이다. 정애情愛가 있는 사람이다. 나의 목숨 같은 내 가족이 유린받는 것을 내 어찌 생각지 않으랴? 나의 고통을 제삼자로서는 만 분의 일이라도 느낄 수 없는 것이다.

나는 이제 나의 탈가한 이유를 군에게 말하고자 한다. 여기에 대하여 동정과 비난은 군의 자유이다. 나는 다만 이러하다는 것을 군에게 알릴 뿐이다. 나는 이것을 군이 아니면 다른 사람에게라도 알리지 않고는 견딜 수 없는 충동을 받는 까닭이다.

그러나 나는 단언한다. 군도 사람이어니 나의 말하는 것을 부인치는 못하리라.

2

김군! 내가 고향을 떠난 것은 5년 전이다. 이것은 군도 아는 사실이다. 나는 그때에 어머니와 아내를 데리고 떠났다. 내가 고향을 떠나 간도로 간 것은 너무도 절박한 생활에 시들은 몸에 새 힘을 얻을까 하여 새 희망을 품고 새 세계를 동경하여 떠난 것도 군이 아는 사실이다.

---

6 '~있어서는' 같은 표현도 일본식 말투이다. 그냥 '나에게는' 하는 것이 맞다.

간도는 천부금탕[7]이다. 기름진 땅이 흔하여 어디를 가든지 농사를 지을 수 있고 농사를 지으면 쌀도 흔할 것이다. 삼림이 많으니 나무 걱정도 될 것이 없다. 농사를 지어서 배불리 먹고 뜨뜻이 지내자. 그리고 깨끗한 초가나 지어 놓고 글도 읽고 무지한 농민들을 가르쳐서 이상촌理想村을 건설하리라. 이렇게 하면 간도의 황무지를 개척할 수 있다.

이것이 간도 갈 때의 내 머릿속에 그리었던 이상이었다. 이때에 나는 얼마나 기뻤으랴! 두만강을 건너고 오랑캐령[8]을 넘어서 망망한 평야와 산천을 바라볼 때, 청춘의 내 가슴은 이상의 불길에 탔다. 구수한 내 소리와 헌헌한[9] 내 행동에 어머니와 아내도 기뻐하였다. 오랑캐령을 올라서니 서북으로 쏠려 오는 봄 세찬 바람이 어떻게 뺨을 갈기는지,

"에그 춥구나! 여기는 아직도 겨울이구나."

하고 어머니는 수레 위에서 이불을 뒤집어썼다.

"무얼요, 이 바람을 많이 마셔야 성공이 올 것입니다."

나는 가장 씩씩하게 말하였다. 이처럼 나는 기쁘고 활기로웠다.

3

김군! 그러나 나의 이상은 물거품으로 돌아갔다. 간도[10]에 들어서서 한 달이 못 되어서부터 거칠은 물결은 우리 세 생령生靈의 앞에 기탄없이

---

7 천부금탕天賦金湯은 하늘이 준 금싸라기같이 귀한 땅을 가리킨다.

8 함경북도와 간도 사이에 있는 고개. 간도로 들어가려면 이 고개를 넘어야 했다.

9 풍채가 좋고 이목구비가 반듯하다.

10 간도間島는 중국 동북 3성의 하나인 길림성吉林省의 동남쪽 지명이다. 현재는 연변 조선인자치주에 해당되는 지역이다. 1910년 일제가 한반도를 무력으로 강점하자 국내에서 활동하던 항일무장 의병들이 독립운동의 새로운 거점을 마련하기 위하여 간도로 들어간다. 그 후 식민지 당국에 농토를 탈취당한 농민들이 간도지방으로 이주하게 됨으로써 간도에 거주하는 우리 동포의 인구는 급격히 늘어난다.

몰려왔다.

나는 농사를 지으려고 밭을 구하였다. 빈 땅은 없었다. 돈을 주고 사기 전에는 한 평의 땅이나마 손에 넣을 수 없었다. 그렇지 않으면 지나인支那人[11]의 밭을 도조나 타조[12]로 얻어야 한다. 1년 내 중국 사람에게서 양식을 꾸어 먹고 도조나 타조를 얻는대야 1년 양식 빚도 못 될 것이고, 또 나 같은 '시로도'[13]에게는 밭을 주지 않았다. 생소한 산천이요, 생소한 사람들이니, 어디 가 어쩌면 좋을는지 의논할 사람도 없었다. H라는 촌 거리에 셋방을 얻어 가지고 어름어름하는 새에 보름이 지나고 한 달이 넘었다. 그새에 몇 푼 남았던 돈은 다 불어먹고 밭은 고사하고 일자리도 못 얻었다. 나는 팔을 걷고 나섰다. 이리저리 돌아다니면서 구들도 고쳐 주고 가마도 붙여 주었다. 이리하여 호구하게[14] 되었다. 이때 H장에서는 나를 '온돌쟁이(구들 고치는 사람)'라고 불렀다. 갈아입을 의복이 없는 나는 늘 숯검정이 꺼멓게 묻은 의복을 벗을 새가 없었다.

H장은 좁은 곳이다. 구들 고치는 일도 늘 있지 않았다. 그것으로 밥 먹기가 어려웠다. 나는 여름 불볕에 삯김도 매고 꼴도 베어 팔았다. 그리고 어머니와 아내는 삯방아 찧고 강가에 나가서 부스러진 나뭇개비를 주워서 겨우 연명하였다.

김군! 나는 이때부터 비로소 무서운 인간고人間苦를 느꼈다. 아아, 인생이란 과연 이렇게도 괴로운 것인가, 하는 것을 나는 생각하게 되었다. 나는 나에게 닥치는 풍파 때문에 눈물 흘린 일은 이때까지 없었다. 그러나 어머니가 나무를 줍고 젊은 아내가 삯방아를 찧을 때 나의 피는 끓었으며 나의 눈은 눈물에 흐려졌다.

---

11 중국을 부른 또 다른 이름. '진秦'이 와전되어 '지나'가 되었다는 설이 있다.

12 지주가 농지를 빌려 주고 추수기에 그 대가로 수확량의 절반을 징수하던 소작 제도가 타조打租이다. 일명 타작법打作法이라고도 한다. 이에 비해서 도조賭租는 소작료를 사전에 미리 정해 놓는 제도이다.

13 아마추어. 비전문가를 가리키는 일본 말이다.

14 겨우 입에 풀칠하는 정도.

"에구, 차라리 내가 드러누워 앓고 있지, 네 괴로워하는 꼴은 차마 못 보겠다."

이것은 언제 내가 병들어 신음할 때에 어머니가 울면서 하신 말씀이다. 이것을 무심히 들었던 나는 이때에야 이 말의 참뜻을 느꼈다.

"아아, 차라리 나의 고기가 찢어지고 뼈가 부서지는 것은 참을 수 있으나, 내 눈앞에서 사랑하는 늙은 어머니와 아내가 배를 주리고 남의 멸시를 받는 것은 참으로 견디기 어렵구나."

나는 이렇게 여러 번 가슴을 쳤다. 나는 밤이나 낮이나, 비 오나 바람이 치나 헤아리지 않고 삯김, 삯심부름, 삯나무, 무엇이든지 가리지 않았다.

"오늘도 배고프겠구나, 아침도 변변히 못 먹고……. 나는 너 배 주리지 않는 것을 보았으면 죽어도 눈을 감겠다."

내가 삯일을 하다가 늦게 돌아오면 어머니는 우실 듯이 말씀하셨다. 그러나 나는 흔연하게,

"배가, 무슨 배가 고파요."

하고 대답하였다.

내 아내는 늘 별말이 없었다. 무슨 일이든지 시키는 대로 다소곳하고 아무 소리 없이 순종하였다. 나는 그것이 더욱 불쌍하게 생각된다. 나는 어머니보다도 아내 보기가 퍽 부끄러웠다.

"경제의 자립도 못 되는 내가 왜 장가를 들었누?"

이것이 부모의 한 일이었지만[15] 나는 이렇게도 탄식하였다. 그럴수록 아내에게 대하여 황공하였고 존경하였다.

어떻게 하면 살 수 있을까? 이러한 생각은 이때 내 머리를 몹시 때렸다. 이때 나에게 부지런한 자에게 복이 온다, 하는 말이 거짓말로 생각되었다. 그 말을 지상의 격언으로 굳게 믿어 온 나는 그 말에 도리어 일종의 의심을 품게 되었고 나중은 부인까지 하게 되었다.

---

15 본인의 의사보다는 부모의 강권으로 결혼했음을 밝히는 대목이다.

부지런하다면 이때 우리처럼 부지런함이 어디 있으며 정직하다면 이때 우리 식구같이 정직함이 어디 있으랴? 그러나 빈곤은 날로 심하였다. 이틀 사흘 굶은 적도 한두 번이 아니었다. 한번은 이틀이나 굶고 일자리를 찾다가 집으로 들어가 보니 부엌 앞에서 아내가(아내는 이때에 아이를 배어서 배가 남산만하였다) 무엇을 먹다가 깜짝 놀란다. 그리고 손에 쥐었던 것을 얼른 아궁이에 집어넣는다. 이때 불쾌한 감정이 내 가슴에 떠올랐다.

'……무얼 먹을까? 어디서 무엇을 얻었을까? 무엇이길래 어머니와 나 몰래 먹누? 아! 여편네란 그런 것이로구나! 아니 그러나 설마……. 그래도 무엇을 먹던데…….'

나는 이렇게 아내를 의심도 하고 원망도 하고 밉게도 생각하였다. 아내는 아무런 말 없이 어색하게 머리를 숙이고 앉아 씩씩하다가 밖으로 나간다. 그 얼굴은 좀 붉었다. 아내가 나간 뒤에 나는 아내가 먹다 던진 것을 찾으려고 아궁이를 뒤지었다. 싸늘하게 식은 재를 막대기에 뒤져 내니 벌건 것이 눈에 띄었다. 나는 그것을 집었다. 그것은 귤껍질이다. 거기는 베먹은 잇자국이 있다. 귤껍질을 쥔 나의 손은 떨리고 잇자국을 보는 내 눈에는 눈물이 괴었다.

김군! 이때 나의 감정을 어떻게 표현하면 적당할까?

'오죽 먹고 싶었으면 길바닥에 내던진 귤껍질을 주워 먹을까. 더욱 몸 비잖은[16] 그가! 아아, 나는 사람이 아니다. 그러한 아내를 나는 의심하였구나! 이놈이 어찌하여 그러한 아내에게 불평을 품었는가. 나 같은 잔악한 놈이 어디 있으랴. 내가 양심이 부끄러워서 무슨 면목으로 아내를 볼까?'

이렇게 생각하면서 나는 느껴 가며 눈물을 흘렸다. 귤껍질을 쥔 채로 이를 악물고 울었다.

---

16 몸 비지+않은. 임신한 몸을 말한다.

"야, 어째서 우느냐? 일어나거라. 우리도 살 때 있겠지, 늘 이렇겠느냐."
하면서 누가 어깨를 친다. 나는 그것이 어머니인 것을 알았다.

"아이구 어머니, 나는 불효자외다."
하면서 어머니의 팔을 안고 자꾸자꾸 울고 싶었다. 그러나 나는 아무 소리 없이 가슴을 부둥켜안고 밖으로 나갔다.

'내가 왜 우노? 울기만 하면 무엇 하나? 살자! 살자! 어떻게든지 살아 보자! 내 어머니와 내 아내도 살아야 하겠다. 이 목숨이 있는 때까지는 벌어 보자!'

나는 이를 갈고 주먹을 쥐었다. 그러나 눈물은 여전히 흘렀다. 아내는 말없이 울고 섰는 내 곁에 와서 손으로 치마끈을 만지작거리며 눈물을 떨어뜨린다. 농삿집에서 자라난 아내는 지금도 어찌 수줍은지 내가 울면 같이 울기는 하여도 어떻게 말로 위로할 줄은 모른다.

4

김군! 세월은 우리를 위하여 여름을 항시 주지는 않았다.

서풍이 불고 서리가 내리기 시작하였다. 찬 기운은 벗은 우리를 위협하였다. 가을부터 나는 대구어大口魚 장사를 하였다. 3원을 주고 대구 열 마리를 사서 등에 지고 산골로 다니면서 콩大豆과 바꾸었다. 난 대구 열 마리는 등에 질 수 있었으나 대구 열 마리를 주고 받은 콩 열 말은 질 수 없었다. 나는 하는 수 없이 3, 40리나 되는 곳에서 두 말씩 두 말씩 사흘 동안이나 져 왔다. 우리는 열 말 되는 콩을 자본 삼아 두부장사를 시작하였다.

아내와 나는 진종일 맷돌질을 하였다. 무거운 맷돌을 돌리고 나면 팔이 뚝 떨어지는 듯하였다.

내가 이렇게 괴로울 적에 해산한 지 며칠 안 되는 아내의 괴로움이야 어떠하였으랴? 그는 늘 낯이 부석부석하였다. 그래도 나는 무슨 불평이 있는 때면 아내를 욕하였다. 그러나 욕한 뒤에는 곧 후회하였었다. 콧구멍만한 부엌방에 가마를 걸고 맷돌을 놓고 나무를 들이고 의복가지를 걸고 하면 사람은 겨우 비비고 들어앉게 된다. 뜨김에 문 창은 떨어지고 벽은 눅눅하다. 모든 것이 후줄근하여 의복을 입은 채 미지근한 물 속에 들어앉은 듯하였다. 어떤 때는 애써 갈아 놓은 비지가 이 뜨김 속에서 쉬어 버렸다. 두부 물이 가마에서 몹시 끓어 번질 때에 우윳빛 같은 두부 물 위에 버터 빛 같은 노란 기름이 엉기면(그것은 두부가 잘될 징조다) 우리는 안심한다. 그러나 두부 물이 희멀끔해지고 기름기가 돌지 않으면 거기만 시선을 쏘고 있는 아내의 낯빛부터 글러 가기 시작한다. 초를 쳐 보아서 두부 발이 서지 않게 매캐지근하게 풀려질 때에는 우리의 가슴은 덜컥한다.

"또 쉰 게로구나! 저를 어쩌누?"

젖을 달라고 빽빽 우는 어린아이를 안고 서서 두부 물만 들여다보시는 어머니는 목 메인 말씀을 하시면서 우신다. 이렇게 되면 온 집안은 신산하여[17] 말할 수 없는 울음, 비통, 처참, 소조蕭條한[18] 분위기에 싸인다.

"너 고생한 게 애닯구나! 팔이 부러지게 갈아서 그거(두부)를 팔아서 장을 보려고 태산같이 바랐더니……."

어머니는 그저 가슴을 뜯으면서 우신다. 아내도 울듯울듯 머리를 숙인다. 그 두부를 판대야 큰돈은 못 된다. 기껏 남는대야 20전이나 30전이다. 그것으로 우리는 호구를 한다. 20전이나 30전에 어머니는 운다. 아내도 기운이 준다. 나까지 가슴이 바짝바짝 조인다.

그날은 하는 수 없이 쉰 두부 물로 때를 메우고 지낸다. 아이는 젖을 달라고 밤새껏 빽빽거린다. 우리의 살림에 어린애도 귀치는 않았다.

---

17 맵고 신 맛처럼 세상살이가 고된 것을 가리킨다.

18 고요하고 조용하다.

5

울면서 겨자 먹기로 괴로운 대로 또 두부를 하지 않으면 안 된다. 그러나 이번에는 땔나무가 없다. 나는 낫을 들고 떠난다. 내가 낫을 들고 떠나면 산후 여독으로 신음하는 아내도 낫을 들고 말없이 나를 따라나선다. 어머니와 나는 굳이 만류하나 아내는 듣지 않는다. 내 손으로 하는 나무이언만 마음 놓고는 못한다. 산 임자에게 들키면 여간한 경을 치지 않는다. 그러므로 우리는 황혼이면 산에 가서 나무를 하여 지고 밤이 깊어서 돌아온다.

아내는 이고 나는 지고 캄캄한 밤에 산비탈로 내려오다가 발이 미끄러지거나 돌에 채이면 곤두박질을 하여 나뭇짐 속에 든다. 아내는 소리 없이 이었던 나무를 내려놓고 나뭇짐에 눌려서 버둑거리는 나를 겨우 끄집어 일으킨다. 그러나 내가 나뭇짐을 지고 일어나면 아내는 혼자 나뭇짐을 이지 못한다. 또 내가 나뭇짐을 벗고 아내에게 이어 주면 나는 추어 주는 이 없이는 나뭇짐을 질 수가 없었다. 하는 수 없이 나는 어떤 높은 바위에 벗어 놓고 아내에게 이어 준다. 이리하여 산비탈을 내려오면 언제 왔는지 어머니는 애를 업고 우둘우둘 떨면서 산 아래서 기다리다가도,

"인제 오니? 나는 너 또 붙들리지나 않은가 하여 혼이 났다."

하신다. 이때마다 내 가슴은 저렸다. 나는 이렇게 나무를 하다가 중국 경찰서까지 잡혀 가서 여러 번 맞았다.

이때 이웃에서는 우리를 조소하고 경찰에서는 우리를 의심하였다.

흥, 신수가 멀쩡한 연놈들이 그 꼴이야. 어디 가 일자리도 구하지 않고 그 눈이 누래서 두부장사 하는 꼬락서니는 참 더러워서 못 보겠네. 알을 달고 나서 그렇게야 살리?

이것은 이웃 남녀가 비웃는 소리였다. 그리고 어떤 산 임자가 나무 잃고 고발을 하면 경찰서에서는 불문곡직하고 우리 집부터 수색하고 질문하면서 나를 때린다. 그러나 나는 호소할 곳이 없다.

6

김군! 이러구러[19] 겨울은 점점 깊어 가고 기한은 점점 박두하였다. 일자리는 없고, 그렇다고 손을 털고 앉았을 수도 없었다. 모든 식구가 퍼러퍼레서 굶고 있는 꼴을 나는 그저 볼 수 없었다. 시퍼런 칼이라도 들고 하루라도 괴로운 생을 모면하도록 쿡쿡 찔러 없애고 나까지 없어지든지, 나가서 강도질이라도 하여서 기한을 면하든지 하는 수밖에는 더 도리가 없게 절박하였다.

나는 일이 없으면 없느니만큼, 고통이 닥치면 닥치느니만큼 내 번민은 크다. 나는 어떤 날은 거의 얼빠진 사람처럼 눈을 감고 깊은 생각에 잠긴 일도 있었다. 이때 머릿속에서는 머리를 움실움실 드는 사상이 있었다(오늘날에 생각하면 그것은 나의 전 운명을 결정할 사상이었다).

그 생각은 누구의 가르침에 의해 일어난 것도 아니려니와 일부러 일으키려고 애써서 일어난 것도 아니다. 봄 풀 싹같이 내 머릿속에서 점점 머리를 들었다.

나는 여태까지 세상에 대하여 충실하였다. 어디까지든지 충실하려고 하였다. 내 어머니, 내 아내까지도……. 뼈가 부서지고 고기가 찢기더라도 충실한 노력으로써 살려고 하였다. 그러나 세상은 우리를 속였다. 우리의 충실을 받지 않았다. 도리어 충실한 우리를 모욕하고 멸시하고 학대하였다.

우리는 여태까지 속아 살아왔다. 포악하고 허위스럽고 요사한 무리를 용납하고 옹호하는 세상인 것을 참으로 몰랐다. 우리뿐 아니라 세상의 모든 사람들도 그것을 의식치 못하였을 것이다. 그네들은 그러한 세상의 분위기에 취하였었다. 나도 이때까지 취하였었다. 우리는 우리로서 살아온 것이 아니라 어떤 험악한 제도의 희생자로서 살아왔었다.

---

19 세월이 그럭저럭 지나가는 것을 가리킴.

김군! 나는 사람들을 원망치 않는다. 그러나 마주魔酒에 취하여 자기의 피를 짜 바치면서도 깨지 못하는 사람을 그저 볼 수 없다. 허위와 요사와 표독標毒과 게으른 자를 옹호하고 용납하는 이 제도는 더욱 그저 둘 수 없다.

이 분위기 속에서는 아무리 노력하여도 우리의 생의 만족을 느낄 날이 없을 것이다. 어찌하여 겨우 연명을 한다 하더라도 죽지 못하는 삶이 될 것이요, 그 영향은 자식에게까지 미칠 것이다. 나는 어미 품속에서 빽빽하는 어린것의 장래를 생각할 때면 애잡짤한[20] 감정과 분함을 금할 수 없다. 내가 늘 이 상태면(그것은 거의 정한 이치다) 그에게는 상당한 교양은 고사하고, 다리 밑이나 남의 집 문간에 버리게 될 터이니, 아! 삶을 받을 만한 생명을 죄 없이 찌그러지게 하는 것이 어찌 애닯지 않으랴? 그렇다면 그것을 나의 죄라 할까?

김군! 나는 더 참을 수 없었다. 나는 나부터 살려고 한다. 이때까지는 최면술에 걸린 송장이었다. 제가 죽은 송장으로 남(식구들)을 어찌 살리랴. 그러려면 나는 나에게 최면술을 걸려는 무리를, 험악한 이 공기의 원류를 쳐부수어야 하는 것이다.

나는 이것을 인간의 생의 충동이며 확충이라고 본다. 나는 여기서 무상의 법열法悅을 느끼려고 한다. 아니 벌써부터 느껴진다. 이 사상이 나로 하여금 집을 탈출케 하였으며, ××단에 가입케 하였으며, 비바람 밤낮을 헤아리지 않고 벼랑 끝보다 더 험한 ×선에 서게 한 것이다.

김군! 거듭 말한다. 나도 사람이다. 양심을 가진 사람이다. 내가 떠나는 날부터 식구들은 더욱 곤경에 들 줄로 나는 안다. 자칫하면 눈 속이나 어느 구렁에서 죽는 줄도 모르게 굶어 죽을 줄도 나는 잘 안다. 그러므로 나는 이곳에서도 남의 집 행랑어멈이나 아범이며, 노두에 방황하는 거지를 무심히 보지 않는다.

---

20 가슴이 미어지듯 안타까운.

아! 나의 식구도 그럴 것을 생각할 때면 자연히 흐르는 눈물과 뿌직뿌직 찢기는 가슴을 덮쳐 잡는다. 그러나 나는 이를 갈고 주먹을 쥔다. 눈물을 아니 흘리려고 하며 비애에 상하지 않으려고 한다. 울기에는 너무도 때가 늦었으며 비애에 상하는 것은 우리의 박약을 너무도 표시하는 듯싶다. 어떠한 고통이든지 참고 분투하려고 한다.

김군! 이것이 나의 탈가한 이유를 대략 적은 것이다. 나는 나의 목적을 이루기 전에는 내 식구에게 편지도 하지 않으려고 한다. 그네가 죽어도, 내가 또 죽어도…….

나는 이러다가 성공 없이 죽는다 하더라도 원한이 없겠다. 이 시대, 이 민중의 의무를 이행한 까닭이다.

아아, 김군아! 말은 다 하였으나 정은 그저 가슴에 넘치누나!

1925년 3월호 《조선문단》

|1902 ~ 1927|

본명은 경손慶孫 이지만 호 도향稻香 으로 더 많이 알려져 있다. 필명은 빈彬. 처음에는 감상과 낭만주의 작품을 주로 발표했으나 차츰 현실 문제를 파헤치는 사실주의 계열의 소설을 쓴 작가이다. 1914년 기독교청년회관 안에 있던 공옥보통학교를 거쳐 1918년 배재고보를 졸업하다. 1919년 한의사 할아버지의 권유로 경성의학전문학교에 입학했으나 의학보다는 문학에 뜻을 두고 가족들 몰래 일본으로 건너가 와세다 대학 영문과에 들어가려고 하다가 학비를 마련하지 못해서 귀국하다. 1922년 홍사용 · 현진건 · 이상화 · 박영희 등과 함께 《백조》 동인으로 참여하다. 1924년 가족의 생계를 맡았던 할아버지가 독립운동에 연루되어 투옥되었다가 풀려나 죽자 이때부터 경제적으로 몹시 빈곤해지다. 1923년 조선도서, 1924년 《시대일보》 기자로 취직하지만 생활은 여전히 궁핍했다. 여관방과 친구 하숙방을 전전하며 무절제한 방랑 생활을 계속하다. 1925년 다시 공부하려고 일본으로 건너갔으나 뜻대로 되지 않아 귀국하다. 1927년 8월, 급성 폐렴으로 24세의 나이로 요절하다.

대|표|작

〈별을 안거든 우지나 말걸〉(1922), 〈환희〉(1922), 〈벙어리 삼룡이〉(1925), 〈물레방아〉(1925), 〈뽕〉(1925).

〈벙어리 삼룡이〉는 못생긴 용모와 신체적인 불구 때문에 멸시를 받는 한 인간의 순수하고 강렬한 사랑을 통하여 고결하고 가치 있는 사랑이 무엇인지를 일깨우는 작품이다.

특히 이 작품은 인물의 성격화가 돋보인다. 주인공 삼룡이는 소극적인 인물에서 자신의 사랑을 표현하기 위하여 방화防火를 저지르는 적극적인 인물로 변화하고 있다. 다시 말하면 삼룡이는 주인에게 순종하는 하인으로 그려진 전형적 인물이지만, 마침내 자아에 눈을 뜨고 적극적인 행동으로 변하는 입체적 인물로 발전하는 것이다.

이 작품에서 가장 돋보이는 장면은 삼룡이가 위험을 무릅쓰고 불 속에 뛰어들어 고결한 사랑을 확인하는 장면이다. 이것은 죽음으로써 삶의 모든 고뇌가 사라지고, 주인과 하인이라는 종속적인 관계도 함께 청산된다는 극한적 결말이다. 삼룡이가 그토록 사모하던 주인 아씨를 안은 채 웃으면서 죽는, 현실에서는 이룰 수 없는 사랑을 타오르는 불꽃 속에서 순간이나마 이루는 것이다. 이 결말 처리 때문에 〈벙어리 삼룡이〉는 낭만적인 소설로 자리매김하게 된다.

〈벙어리 삼룡이〉를 발표하면서 비로소 나도향은 초기의 감상주의를 극복하고 인간의 진실한 애정과 인간을 구원하는 것의 의미를 다룰 줄 아는 작가라는 평판을 얻는다. 돈과 신분주의가 판치는 세상의 잣대로 보면 결정적인 약점 투성이인 벙어리 삼룡이란 인물이 상전의 아씨에게 품은 연모의 정이 노출되면서 이 작품은 불가피한 방향으로 전환되고 갈등이 고조되면서 파국으로 달린다.

이 작품은 특히 '벙어리 삼룡이' 라는 바보스러운 주인공의 외모 속에 숨겨진 진실함이 독자를 더욱 감동시킨다. 이런 작품을 가리켜 '바보 문학' 이라고도 부른다. 이런 바보스러움은 그 당시 일제 강점기의 어두운 시대적 상황을 정면으로 대결할 수 없는 작가들이 의도적으로 택한 일종의 위장된 장치일 수도 있다.

구조분석

■ **갈래** 단편소설.

■ **주제** 못생기고 무식하지만 인간성을 잃지 않은 벙어리 삼룡이의 강렬하고 특이한 사랑.

■ **배경** 시간은 일제 시대. 공간은 서울 남대문 밖 연화봉 마을.

■ **시점** 앞은 1인칭 관찰자 시점, 뒤는 3인칭 전지적 작가 시점.

등장인물

■ **삼룡이** 말 못하는 벙어리. 충직한 머슴. 새아씨에 대한 사랑을 방화 행위로 표출한다.

■ **오 생원** 이웃 사람들에게 존경은 받지만 자식을 잘못 키웠다고 자책하는 인물.

■ **오 생원의 아들** 포악하고 무모한 성격. 새아씨와 삼룡이를 학대한다.

■ **새아씨** 영락한 양반 가문 딸. 돈에 팔려 시집을 와 남편에게 학대받는다.

플롯

■ **발단** 인심이 후해서 이웃 사람들한테 존경받는 오 생원.

■ **전개** 삼룡이를 괴롭히는 오 생원 아들. 삼룡이는 학대를 참는다.

■ **위기** 삼룡이에게 새아씨가 부싯돌 쌈지를 만들어 준다. 이것이 남편에게 알려져 삼룡이는 내쫓긴다.

■ **절정** 불길 속으로 뛰어든 삼룡이. 주인을 구출해 낸다.

■ **결말** 새아씨를 가슴에 안은 삼룡이. 타오르는 불길 속에서 평화롭고 행복한 미소를 짓는다.

이것만은 놓치지 말자

'불'의 상징성

이 작품에서 '불'은 여러 가지 상징이 되고 있다. 벙어리 삼룡이의 가슴속에 타오르는 열정을 불로 비유하고 있고, 이것은 언젠가 폭발할지도 모르는 휴화산 같은 연정으로 잠재한다. 그러다가 이 불길이 걷잡을 수 없는 연모의 감정으로 변하고, 사랑을 불가능하게 하는 현실에 절망한 끝에 모든 것을 태워 버리겠다는 파괴 본능이 꿈틀거린다. 마침내 삼룡이는 불을 통해 현실의 삶을 청산한다. 그러므로 불은 연정과 분노의 의미와 함께 완전 소멸을 통한 재생, 죽음 다음으로 이어지는 부활, 삶의 청산을 통한 평화, 슬픔을 태워 버리는 행복 등으로 이중적 의미를 띠고 있다.

깊이 생각하기

1. 작가가 이 작품의 주인공으로 불구자인 삼룡이를 내세운 의도가 무엇이라고 생각하는가?
2. 삼룡이와 주인 아씨는 서로 닮은 인물이다. 어떤 점에서 같은지, 그리고 이 점이 두 사람의 관계에 어떤 영향을 미쳤는지 말해 보자.
3. 불이 상징하는 이중적 의미가 무엇인지 알아보자.

벙어리 삼룡이

1

내가 열 살이 될락말락한 때이니까 지금으로부터 14, 5년 전 일이다.

지금은 그곳을 청엽정青葉町[1]이라 부르지만 그때는 연화봉漣花峰이라고 이름하였다. 즉 남대문南大門에서 바로 내려다보면 오정포午正砲[2]가 놓여 있는 산등성이가 있으니 이쪽이 연화봉이요, 그 새에 있는 동네가 역시 연화봉이다. 지금은 그곳에 빈민굴貧民窟이라고 할 수밖에 없는 지저분한 촌락이 생기고 노동자들밖에 살지 않는 곳이 되어 버렸으나, 그때에는 자기네만은 행세한다는 사람들이 있었다.

집이라고는 10여 호밖에 있지 않았고, 그곳에 사는 사람들은 대개 과목밭을 하고, 또는 채소를 심거나 아니면 콩나물을 길러서 생활을 해 갔었다.

여기에 그 중 큰 과목밭을 갖고 그 중 여유 있는 생활을 해 가는 사람이 하나 있었는데, 그의 이름은 잊어버렸으나 동네 사람들이 부르기를 오생원吳生員[3]이라고 불렀다.

---

1 일제 시대 명칭. 해방이 된 후 청파동으로 이름이 바뀌었다.

2 오시午時는 오전 11시에서 오후 1시 사이. 오정午正은 그 한가운데이므로 낮 12시를 가리킨다. 그 당시에는 낮 12시에 오정포를 쏘아서 백성들에게 시간을 알려 주었다.

3 '생원'은 나이 많은 선비를 대접하여 부르는 호칭이다.

얼굴이 동탕하고 목소리가 마치 여름에 버드나무에 앉아서 길게 목 늘여 우는 매미 소리같이 저르렁저르렁하였다.

그는 몹시 부지런한 중년 늙은이로 아침이면 새벽 일찍이 일어나서 앞뒤로 뒷짐을 지고 돌아다니며 집안일을 보살피는데, 그 동네에는 그가 마치 시계와 같아서 그가 일어나는 때가 동네 사람이 일어나는 때였다. 만일 그가 아침에 돌아다니며 잔소리를 하지 않으면 동네 사람들은 이상히 여겨 그의 집으로 가 본다. 그러면 그는 반드시 몸이 불편하여 누워 있었다. 그러나 그와 같은 때는 1년 360일에 한 번 있기가 어려운 일이요, 이태나 3년에 한 번 있거나 말거나 하였다.

그가 이곳으로 이사를 온 지는 얼마 되지는 아니하나 언제든지 감투를 쓰고 다니므로 동네 사람들은 양반이라고 불렀고, 또 그 사람도 동네 사람들에게 그리 인심을 잃지 않으려고 섣달이면 북어 쾌, 김 톳을 동네 사람에게 나눠주며, 농사 때 쓰는 연장도 넉넉히 장만한 후 아무 때나 동네 사람들이 쓰게 하므로, 그 동네에서는 가장 인심 후하고 존경받는 집인 동시에 세력 있는 집이다.

그 집에는 삼룡이라는 벙어리 하인 하나가 있으니 키가 몹시 크지 못하여 땅딸보이고 고개가 달라붙어 몸뚱이에 대강이를 갖다가 붙인 것 같다. 거기다가 얼굴이 몹시 얽고 입이 크다. 머리는 전에 새 꼬랑지 같은 것을 주인의 명령으로 깎기는 깎았으나 불밤송이 모양으로 언제든지 푸하고 일어섰다. 그래 걸어다니는 것을 보면 마치 옴두꺼비가 서서 다니는 것같이 숨차 보이고 더디어 보인다.[4] 동네 사람들이 부르기를 삼룡이라 부르는 법이 없고 언제든지 '벙어리', '벙어리' 라고 하든지, 그러지 않으면 '앵모', '앵모' 한다. 그렇지만 삼룡이는 그 소리를 알지 못한다.

그도 이 집 주인이 이사를 올 때 데리고 왔으니 진실하고 충성스러우

4 신체적인 불구(벙어리)뿐만 아니라 외모마저 옴두꺼비 같다. 이것은 벙어리 삼룡이의 인생이 얼마나 가련할 것인가를 암시하는 장치이다.

며 부지런하고 세차다. 눈치로만 지내 가는 벙어리지만 말하고 듣는 사람보다 슬기로운 적이 있고 평생 조심성이 있어서 결코 실수한 적이 없다.

아침에 일어나면 마당을 쓸고, 소와 돼지의 여물을 먹이며, 여름이면 밭에 풀을 뽑고 나무를 실어 들이고 장작을 패며, 겨울이면 눈을 쓸며 장심부름과 진 일, 마른 일 할 것 없이 못하는 일이 없다.

그럴수록 이 집 주인은 벙어리를 위해 주며 사랑한다. 혹시 몸이 불편한 기색이 있으면 쉬게 하고, 먹고 싶어하는 듯한 것은 먹이고, 입을 때 입히고 잘 때 재운다.

그런데 이 집에는 3대 독자로 내려오는 아들이 있다. 나이는 열일곱 살이나 아직 열네 살도 되어 보이지 않고 너무 귀엽게 길렀기 때문에 누구에게든지 버릇이 없고 어리광을 부리며 사람에게나 짐승에게 포악한 짓을 많이 한다.

동네 사람들은, "후레자식![5] 아비 속상하게 할 자식! 저런 자식은 없는 것만 못해" 하고 욕들을 한다. 그래서 그의 어머니는 아들이 잘못할 때마다 그의 영감을 보고,

"그 자식을 좀 때려 주구려. 왜 그런 것을 보고 가만 두?"

하고 자기가 대신 때려 주려고 나서면,

"아뇨. 아직 철이 없어 그렇지. 저도 지각이 나면 그렇지 않을 것이 아뇨."

하고 너그럽게 타이른다. 그러면 마누라는 왜가리처럼 소리를 지르며

"철이 없긴 지금 나이가 몇이요. 낼 모레면 스무 살이 되는데, 또 며칠 아니면 장가를 들어서 자식까지 날 것이 그래 가지고 무엇을 한단 말이오."

하고 들이대며,

"자식은 꼭 아버지가 버려 놓았습니다. 자식 귀여운 것만 알았지 버릇 가르칠 줄은 모르니까……."

이렇게 싸움만 시작하면 영감은 아무 말도 하지 않고 바깥으로 나가

---

5 배운 데 없이 막되게 자라서 버릇이 없는 놈이라는 말. 후레아들.

버린다.

그 아들은 더구나 벙어리를 사람으로 알지도 않는다. 말 못하는 벙어리라고 오고 가며 주먹으로 허구리[6]를 지르기도 하고 발길로 엉덩이를 찬다.

그러면 그 벙어리는 어린것이 그러는 것이 도리어 귀엽기도 하고 또 힘없는 팔과 힘없는 다리로 자기의 무쇠 같은 몸을 건드리는 것이 우습기도 하고 앙증맞기도 하여 돌아서서 툭툭 털고 다른 곳으로 몸을 피해 버린다.

어떤 때는 낮잠 자는 벙어리 입에다가 똥을 먹인 일도 있었다. 또 어떤 때는 자는 벙어리 두 팔, 두 다리를 살며시 동여매고 손가락 발가락 사이에 화승불을 붙여 놓아, 질겁을 하고 일어나다가 발버둥질을 하고 죽으려는 사람처럼 괴로워하는 것을 보고 기뻐하였다.

이러한 때마다 벙어리의 가슴에는 비분한 마음이 꽉 들어찼다. 그러나 그는 주인의 아들을 원망하는 것보다도 자기가 병신인 것을 원망하였으며, 주인의 아들을 저주한다는 것보다 이 세상을 저주하였다.

그러나 그는 결코 눈물을 흘리지 않았다. 그의 눈물은 나오려 할 때 아주 말라붙어 버린 샘물과 같이, 나오려 하나 나오지 아니하였다. 그는 주인의 집을, 버릴 줄 모르는 개 모양으로 자기가 있어야 할 곳은 여기밖에 없는 줄 알았다. 여기서 살다가 여기서 죽는 것이 자기의 운명인 줄밖에 알지 못하였다. 자기의 주인 아들이 때리고 지르고 꼬집어 뜯고 모든 방법으로 학대할지라도 그것이 자기에게 으레 있을 줄밖에 알지 못하였다. 아픈 것도 그 아픈 것이 으레 자기에게 돌아올 것이요, 쓰린 것도 자기가 받지 않아서는 안 될 것으로 알았다. 그는 이 마땅히 자기가 받아야 할 것을 어떻게 해야 면할까 하는 생각을 한 번도 하여 본 일이 없었다.

그가 이 집에서 떠나가려거나 또는 그의 생활 환경에서 벗어나려는 생

6 허리, 곧 양쪽 갈비 아래의 잘쏙한 부분을 가리키는 말.

각은 한 번도 해 보지 않았다 할지라도 그는 언제든지 그 주인 아들이 자기를 학대하고 또는 자기를 못살게 굴 때 자기의 주먹과 또는 자기의 힘을 생각하여 보았다.

주인 아들이 자기를 때릴 때 그는 주인 아들 하나쯤은 넉넉히 제지할 힘이 있는 것을 알았다.

어떠한 때는 아픔과 쓰림이 자기의 몸으로 스며들 때면 그의 주먹은 떨리면서 어린 주인의 몸을 치려 하다가는 그것을 무서운 고통과 함께 꾹 참았다. 그는 속으로 '아니다. 그는 나의 주인의 아들이다. 그는 나의 어린 주인이다' 하고 참았다.

그러고는 그것을 얼른 잊어버렸다. 그러다가도 동넷집 아이들과 혹시 장난을 하다가 주인 아들이 울고 들어올 때는 그는 황소같이 날뛰면서 주인을 위하여 싸웠다. 그래서 동네에서도 어린애들이나 장난꾼들이 벙어리를 무서워하여 감히 덤비지를 못하였다. 그리고 주인 아들도 위급한 경우에는 언제든지 벙어리를 찾았다. 벙어리는 얻어맞으면서도 기어드는 충견 모양으로 주인의 아들을 위하여 싫어하지 않고 힘을 다하였다.

2

벙어리가 스물세 살이 될 때까지 그는 물론 이성과 접촉할 기회가 없었다. 동네 처녀들이 저를 '벙어리', '벙어리' 하며 괴상한 손짓과 몸짓으로 놀림할 적에 분하고 골나는 중에도 느긋한 즐거움을 느껴 본 일은 있었으나 그가 결코 사랑으로써 어떠한 여자를 대해 본 일은 없었다.

그러나 정욕을 가진 사람인 벙어리도 그의 피가 차디찰 리는 없었다. 혹 그의 피는 더욱 뜨거웠을는지도 알 수 없었다. 만일 그에게 볕을 주거나 다시 뜨거운 열을 준다면 그의 피는 다시 녹을는지도 알 수 없었다.

그가 깜박깜박하는 기름 등잔 아래서 밤이 깊도록 짚신을 삼을 때면 남모르는 한숨을 아니 쉬는 것도 아니지만, 그는 그것을 곧 억제할 수 있을 만큼 정욕에 대하여 벌써부터 단념을 하고 있었다.

마치 언제 폭발이 될는지 알지 못하는 휴화산休火山 모양으로 그의 가슴속에는 충분한 정열을 깊이 감추어 놓았으나 그것이 아직 폭발될 시기가 이르지 못한 것이었다. 비록 폭발이 되려고 무섭게 격동함을 벙어리 자신도 느끼지 않는 바는 아니지만 그는 그것을 폭발시킬 조건을 얻기 어려웠으며, 또한 자기가 이때까지 능동적으로 그것을 나타낼 수가 없을 만큼 외계의 압축을 받았으며, 그것으로 인한 이지理智가 너무 그에게 자제력自制力을 강대하게 해 주는 동시에 또한 너무 그것을 단념만 하게 하여 주었다.

속으로 '나는 벙어리다' 자기가 생각할 때 그는 몹시 원통함을 느끼는 동시에, 다른, 말하는 사람들과 똑같은 자유와 똑같은 권리가 없는 줄 알았다. 그는 이와 같은 생각에서 언제든지 단념 않을래야 단념하지 않을 수 없는 그 단념이 쌓이고 쌓여 지금에는 다만 한 개의 기계와 같이, 이 집에 노예가 되어 있으면서도 그것을 자기의 천직으로 알고 있을 뿐이요, 다시는 자기가 살아갈 세상이 없는 것같이밖에 알지 못하게 된 것이다.

3

그해 가을이다. 주인의 아들이 장가를 들었다. 색시는 신랑보다 두 살 위인 열아홉 살이다. 주인은 본시 자기가 언제든지 문벌이 얕은 것을 한탄하여 신부를 구할 때 첫째 조건이 문벌이 높아야 할 것이었다. 그러나 문벌이 있는 집에서는 그리 쉽게 색시를 내놓을 리가 없었다. 그러므로 하는 수 없이 그 어떠한 영락한 양반의 딸을 돈을 주고 사오다시피 하였으니, 무남독녀 외딸을 둔 남촌 어떤 과부를 꿀을 발라서 약혼을 하고 혹시나 무슨 딴소리가 있을까 하여 부랴부랴 혼례식을 올려 버렸다.

혼인할 때의 비용도 그때 돈으로 3만 냥을 썼다. 그리고 아들의 처갓집에 며느리 뒤보아주는, 바느질삯, 빨래삯이라는 명목으로 한 달에 2천 5백 냥씩을 대어 주었다.

신부는 자기 아버지가 돌아가기 전까지만 해도 상당히 견디기도 하고 또는 금지옥엽같이 기른 터이라, 구식 가정에서 배울 것 배우고 읽힐 것 읽혀 못하는 것이 없고, 게다가 본래 인물이라든지 행동거지에 조금도 구김이 있지 아니하다.

신부가 오자 신랑이 흠절이 생기기 시작하였다.

"신부에게 대면 두루미와 까마귀지."

"아직도 철딱서니가 없어."

"색시에게 쥐어 지내겠지."

"신랑에겐 과하지."

동넷집 말 좋아하는 여편네들이 모여 있으면 이렇게 비평들을 한다. 어떠한 남의 걱정 잘하는 마누라님은 간혹 신랑을 보고는 그대로 세워 놓고,

"글쎄, 이제는 어른이 되었으니 셈이 좀 나요. 저러구 어떻게 색시를 거느려 가누. 색시 방에 들어가기가 부끄럽지 않남."

하고 들이대다시피 하는 일이 있다.

이럴 적마다 신랑의 마음은 그 말하는 이들이 미웠다. 일부러 자기를 부끄럽게 하려고 하는 것 같아 그 후에 그를 만나면 말도 안 하고 인사도 하지 아니한다.

또 그의 고모되는 이가 와서 자기 조카를 보고,

"인제는 어른이야. 너도 그만하면 지각이 날 때가 되지 않았니. 네 처가 부끄럽지 아니하냐."

하고 타이를 적마다 그의 마음은 말하는 사람이 부끄럽다는 것보다도 자기를 이렇게 하게 한 자기 아내가 더욱 밉살머리스러웠다.

"여편네가 다 무엇이냐? 빌어먹을 년이 들어오더니 나를 이렇게 못 살게들 굴지."

혼인한 지 며칠이 못 되어 그는 색시 방에 들어가지를 않았다. 집안에서는 야단이 났다. 마치 돼지나 말 새끼를 혼례시키려는 것같이 신랑을 색시 방으로 집어넣으려 하나 막무가내였다.

그럴 때마다 신랑은 손에 닥치는 대로 집어 때려서 자기의 외사촌 누이의 이마를 뚫어서 피까지 나게 한 일이 있었다.

집안 식구들은 하는 수가 없어 맨 나중으로 아버지에게 밀었다. 그러나 그것도 소용이 없을뿐더러 풍파를 더 일으키게 하였다. 아버지께 꾸중을 듣고 들어와서는 다짜고짜로 신부의 머리채를 쥐어 잡아 마루 한복판에 태질을 쳤다.

그러고는,

"이년, 네 집으로 가거라. 보기 싫다. 눈앞에는 보이지도 마라."

하였다. 밥상을 가져오면 그 밥상이 마당 한복판에서 재주를 넘고, 옷을 가져오면 그 옷이 쓰레기통으로 나간다.

이리하여 색시는 시집오던 날부터 팔자 한탄을 하며 날마다 밤마다 우는 사람이 되었다.

울면 요사스럽다고 때린다. 또 말이 없으면 빙충맞다[7]고 친다. 이리하여 그 집에는 평화스러운 날이 하루도 없었다.

이것을 날마다 보는 사람 가운데 알 수 없는 의혹을 품게 된 사람이 하나 있으니 그는 곧 벙어리 삼룡이였다.

그렇게 예쁘고 유순하고 그렇게 얌전한, 벙어리의 눈으로 보아서는 감히 손도 대지 못할 만큼 선녀 같은 색시를 때리는 것은 자기의 생각으로도 도저히 풀 수 없는 의심이다.

보기에도 황홀하고 건드리기도 황송할 만큼 숭고한 여자를 그렇게 학대한다는 것은 너무나 세상에 있지 못할 일이다. 자기는 주인 새서방에게 개나 돼지같이 얻어맞는 것이 마땅한 이상으로 마땅하지만, 선녀와 짐승

7 (사람이) 똘똘하지 못하고 어리석다.

의 차가 있는 색시가 자기와 똑같이 얻어맞는 것은 너무 무서운 일이다. 어린 주인이 천벌이나 받지 않을까 두렵기까지 하였다.

어떠한 달밤, 사면은 고요 적막하고 별들은 드문드문 눈들만 깜박이며 반달이 공중에 뚜렷이 달려 있어 수은으로 세상을 깨끗하게 닦아 낸 듯이 청명한데, 삼룡이는 검둥개 등을 쓰다듬으며 바깥마당 멍석 위에 비슷이 드러누워 하늘을 쳐다보며 생각하여 보았다.

주인 색시를 생각하면 공중에 있는 달보다도 더 곱고 별들보다도 더 깨끗하였다. 주인 색시를 생각하면 달이 보이고 별이 보였다. 삼라만상을 씻어 내는 은빛보다도 더, 흰 달이나 별의 광채보다도 그의 마음이 아름답고 부드러운 듯하였다. 마치 달이나 별이 땅에 떨어져 주인 새아씨가 된 것도 같고, 주인 새아씨가 하늘에 올라가면 달이 되고 별이 될 것 같았다.

더구나 자기를 어린 주인이 때리고 꼬집을 때, 감히 입 벌려 말은 하지 못하나 측은하고 불쌍히 여기는 정이 그의 두 눈에 나타나는 것을 다시 생각할 때, 그는 부들부들한 개 등을 어루만지면서 감격을 느꼈다. 개는 꼬리를 치며 자기를 귀여워하는 줄 알고 벙어리의 손을 핥았다.

삼룡이의 마음은 주인 아씨를 동정하는 마음으로 가득 찼다. 또는 그를 위하여서는 자기의 목숨이라도 아끼지 않겠다는 의분에 넘쳤다. 그것이 마치 살구를 보면 입속에 침이 도는 것같이 본능적으로 느껴지는 감정이었다.

4

새댁이 온 뒤에 다른 사람들은 자유로운 안 출입을 금하였으나 벙어리는 마치 개가 맘대로 안에 출입할 수 있는 것같이 아무 의심 없이 출입할 수가 있었다.

하루는 어린 주인이, 먹지 않던 술에 잔뜩 취하여 무지한 놈에게 맞아서 길에 자빠진 것을 업어다가 안으로 들여다 눕힌 일이 있었다. 그때 아무도 안에 있지 않고 다만 새색시 혼자 방에서 바느질을 하고 있다가 이 꼴을 보고 벙어리의 충성된 마음이 고마워서, 그 후에 쓰던 비단 헝겊 조각으로 부시 쌈지[8] 하나를 만들어 준 일이 있었다.

이것이 새서방님의 눈에 띄었다. 그래서 색시는 어떤 날 밤, 자던 몸으로 마당 복판에 머리를 푼 채 내동댕이쳐졌다. 그리고 온몸에 피가 맺히도록 얻어맞았다.

이것을 본 벙어리는 또다시 의분의 마음이 뻗쳐 올라왔다. 그래서 미친 사자와 같이 뛰어들어 가 새서방님을 내던지고 새색시를 둘러메었다. 그러고는 나는 수리와 같이 바깥 사랑 주인 영감 있는 곳으로 뛰어가 그 앞에 내려놓고 손짓과 몸짓을 열 번, 스무 번 거푸 하며 하소연하였다.

그 이튿날 아침에 그는 주인 새서방님에게 물푸레로 얼굴을 몹시 얻어맞아서 한쪽 뺨이 눈을 얼러서 피가 나고 주먹같이 부었다.

그 때릴 적에 새서방의 입에서 나오는 말은,

"이 흉측한 벙어리 같으니, 내 여편네를 건드려!"

하며 부시 쌈지를 빼앗아 갈가리 찢어 뒷간에 던졌다.

"그리고 이놈아! 인제는 주인도 몰라보고 막 친다. 이런 것은 죽여야 해!"

하고 채찍으로 그의 뒷덜미를 갈겨서 그 자리에 쓰러지게 하였다.

벙어리는 다만 두 손으로 빌 뿐이었다. 말은 못하고 고개를 몇백 번 코가 닿도록 그저 용서해 달라고 빌기만 하였다. 그러나 그의 가슴에는 비로소 숨겨 있던 정의감正義感이 머리를 들기 시작하였다. 그는 아픈 것을 참아 가면서도 복받치는 분노(심술)를 억제하였다.

그때부터 벙어리는 안방에 들어가지 못하였다. 이 들어가지 못하는 것이 더욱 벙어리로 하여금 궁금증이 나게 하였다. 그 궁금증이라는 것이

---

8 부시를 붙일 때 필요한 물건들, 예를 들면 부싯깃이나 부싯돌 따위를 넣는 쌈지. 쌈지는 작은 지갑같이 생긴 것.

묘하게 빛이 변하여 주인 아씨를 뵈옵고 싶은 심정으로 변하였다. 뵈옵지 못하므로 가슴이 타올랐다. 몹시 애상哀傷의 정서가 그의 가슴을 저리게 하였다. 한 번이라도 아씨를 뵈올 수가 있으면 하는 마음이 나더니, 그의 마음의 넋은 느끼기를 시작하였다. 센티멘털한 가운데에서 느끼는 그 무슨 정서는 그에게 생명 같은 희열을 주었다. 그것과 자기의 목숨이라도 바꿀 수 있을 것 같았다. 어떤 때는 그대로 대강이로 담을 뚫고 들어가고 싶도록 주인 아씨를 뵈옵고 싶은 것을 꾹 참을 때도 있었다.

그 후부터는 밥을 잘 먹을 수가 없었다. 일도 손에 잡히지 않았다. 틈만 있으면 안으로 들어가고 싶었다.

주인이 전보다 많이 밥과 음식을 주고 더 편하게 하여 주었으나 싫었다. 그는 밤에 잠을 자지 않고 집 가장자리로 돌아다녔다.

5

하루는 주인 새서방이 술이 취하여 들어오더니 집안이 수선수선해지며, 계집 하인이 약을 사러 갔다 들어오는 것을 보고 그 계집 하인을 붙잡았다. 그리고 무엇이냐고 물었다.

계집 하인은 주먹을 뒤통수에 대고 얼굴을 쓰다듬으며, 둘째 손가락은 새서방이라는 뜻이요, 주먹을 뒤통수에 대는 것은 여편네라는 뜻이요, 얼굴을 문지르는 것은 예쁘다는 뜻으로 벙어리에게 쓰는 암호다.

그런 뒤에 다시 혀를 내밀고 눈을 뒤집어쓰는 형상을 하고 두 팔을 착 벌리고 뒤로 자빠지는 꼴을 보이니, 그것은 사람이 죽게 되었거나 앓을 적에 하는 말 대신의 손짓이다.

벙어리는 눈을 크게 뜨고 계집 하인에게 한 발짝 가까이 들어서며 놀라는 듯이 한참이나 있었다.

그의 가슴은 무섭게 격동하였다. 자기의 그리운 주인 아씨가 죽었다는 말이 아닌가. 그는 두 주먹을 마주치며 한숨을 쉬었다. 그러고는 자기 방에서 무엇을 생각하는 것처럼 두어 시간이나 두 눈만 껌벅껌벅하고 앉았었다.

그는 밤이 깊어 갈수록 궁금증 나는 사람처럼 일어섰다 앉았다 하더니 두 시나 되어서 바깥으로 나가서 뒤로 돌아갔다.

그는 도둑놈처럼 조심스럽게 바로 건넌방 뒤 미닫이 앞 담에 서서 주저주저하더니 담을 넘었다. 가까이 창 앞에 서서 문틈으로 안을 살피다가 그는 진저리를 치며 물러섰다.

어두운 밤에 그의 손과 발이 마치 그 뒤에 서 있는 감나무 잎같이 떨리더니 그대로 문을 박차고 뛰어들어 갔을 때, 그의 팔에는 주인 아씨가 한 손에 길다란 명주 수건을 들고서 한 팔로 벙어리의 가슴을 밀치며 뻗댕기었다. 벙어리는 다만 눈이 뚱그래서 '에헤' 소리만 지르고 그 수건을 뺏으려 애쓸 뿐이다.

집안이 야단났다.

"집안이 망했군!"

"어디 사내가 없어서 벙어리를!"

"어떻든 알 수 없는 일이야!"

하는 소리가 이 구석 저 구석에서 수군댄다.

6

그 이튿날 아침에 벙어리는 온몸이 짓이긴 것이 되어 마당에 거꾸러져 입에서 피를 토하며 신음하고 있었다. 그 곁에서는 새서방이 쇠줄 몽둥이를 들고서 문초를 한다.

"이놈!"

하고는, 음란한 흉내는 모조리 해 가며 건넌방을 가리킨다. 그러나 벙어리는 손을 내저을 뿐이다. 또 몽둥이에는 살점이 묻어 나왔다. 그리고 피가 흘렀다.

벙어리는 타들어 가는 목으로 소리도 못 내며 고개만 내젓는다. 그는 피를 토하며 거꾸러지며 이마를 땅에 비비며 고개를 내흔든다. 땅에는 피가 스며든다. 새서방은 채찍 끝에 납 뭉치를 달아서 가슴을 훔쳐 갈겼다가 힘껏 잡아 뽑았다. 벙어리는 그대로 거꾸러지며 말이 없었다.

새서방은 그래도 시원치 못하였다. 그는 벙어리가 새로 갈아 놓은 낫을 들고 달려왔다. 그는 그 시퍼렇게 날 선 낫을 번쩍 들었다. 그러나 벙어리를 찌르려 할 때 벙어리는 한 팔로 그것을 받았고 집안 사람들은 달려들었다. 벙어리는 낫을 뿌리쳐 저리로 내던졌다.

주인은 집안이 망하였다고 사랑에 누워서 모든 일을 들은 체 만 체 문을 닫고 나오지를 아니하며, 집안에서는 색시를 쫓는다고 야단이다. 그날 저녁에 벙어리는 다시 끌려 나왔다. 그때는 주인 새서방이 그의 입던 옷과 신을 주며 눈을 부릅뜨고 손을 멀리 가리키며,

"가! 인제는 우리 집에 있지 못한다."

하였다. 이 소리를 듣는 벙어리는 기가 막혔다. 그에게는 이 집 외에 다른 집이 없다. 살 곳이 없었다. 자기는 언제든지 이 집에서 살고 이 집에서 죽을 줄밖에 몰랐다. 그는 새서방님의 다리를 끼어 안고 애걸하였다. 말도 못하는 것을 몸짓과 표정으로 간곡한 뜻을 표하였다.

그러나 새서방님은 발길로 지르고 사람을 불렀다.

"이놈을 좀 내쫓아라."

벙어리는 죽은 개 모양으로 끌려 나갔다. 그리고 대갈빼기를 개천 구석에 들이박히면서 나가 곤드라졌다가 일어서서 다시 들어오려 할 때는 벌써 문이 닫혀 있었다. 그는 문을 두드렸다. 그의 마음으로는 주인 영감을 찾았으나 부를 수가 없었다. 그가 날마다 열고 날마다 닫던 문이, 자기가 지금은 열려고 하나 자기를 내쫓고 열리지를 않는다. 자기가 건사하고 자기가 거두던 모든 것이 오늘에는 자기의 말을 듣지 않는다. 어려서부터

지금까지 모든 정성과 힘과 뜻을 다하여 충성스럽게 일한 값이 오늘에는 이것이다.

그는 비로소 믿고 바라던 모든 것이 자기의 원수란 것을 알았다. 그는 모든 것을 없애 버리고 자기도 또한 없어지는 것이 나을 것을 알았다.

그날 저녁, 밤은 깊었는데 멀리서 닭 우는 소리와 함께 개 짖는 소리만이 들린다. 난데없는 화염이 벙어리 있던 오 생원 집을 에워쌌다. 그 불을 미리 놓으려고 준비하여 놓았는지 집 가장자리 쪽을 돌아가며 흩어 놓은 풀에 모조리 달라붙어 공중에서 내려다보는 집의 윤곽이 선명하게 보일 듯이 타오른다.

불은 마치 피 묻은 살을 맛있게 잘라 먹는 요마妖魔의 혓바닥처럼 날름날름 집 한 채를 삽시간에 먹어 버렸다. 이와 같은 화염 속으로 뛰어들어 가는 사람이 하나 있으니, 그는 다른 사람이 아니라 낮에 이 집을 쫓겨난 삼룡이다. 그는 먼저 사랑에 가서 문을 깨뜨리고 주인을 업어다가 밭 가운데 놓고 다시 들어가려 할 제, 그의 얼굴과 등과 다리가 불에 데어 쭈그러져 드는 것을 알지 못하였다.

그는 건넌방으로 뛰어들었다. 그러나 색시는 없었다. 다시 안방으로 뛰어들었다. 그러나 또 없고 새서방이 그의 팔에 매달려 구원하기를 애원하였다. 그러나 그는 그것을 뿌리쳤다. 다시 서까래에 불이 붙어 시뻘겋게 타면서 그의 머리에 떨어졌다. 그러나 그는 그것을 몰랐다. 부엌으로 가 보았다. 거기서 나오다가 문설주가 떨어지며 왼팔이 부러졌다. 그러나 그것도 몰랐다. 그는 다시 광으로 가 보았다. 거기도 없었다. 그는 다시 건넌방으로 들어갔다. 그때야 그는 색시가 타 죽으려고 이불을 쓰고 누워 있는 것을 보았다. 그는 색시를 안았다. 그러고는 길을 찾았다. 그러나 나갈 곳이 없었다. 그는 하는 수 없이 지붕으로 올라갔다. 그는 비로소 자기의 몸이 자유롭지 못한 것을 알았다. 그러나 그는 자기가 여태까지 맛보지 못한 즐거운 쾌감을 자기의 가슴에 느끼는 것을 알았다. 색시를 자기 가슴에 안았을 때 그는 이제 처음으로 살아난 듯하였다. 그가 자기의 목숨이 다한 줄 알았을 때, 그 색시를 내려놓을 때는 그는 벌써 목숨이 끊어진 뒤였다. 집은 모조리 타고 벙어리는 색시를 무릎에 뉘고 있었다.

그의 울분은 그 불과 함께 사라졌을는지! 평화롭고 행복스러운 웃음이 그의 입 가장자리에 엷게 나타났을 뿐이다.

1925년《여명》

1888년 충북 괴산에서 태어나다. 이광수와 함께 일본 도쿄 타이세이大成 중학을 다니다. 1910년 귀국하여 휘문고보 교사, 오산고보 교장, 연희전문 교수, 중앙불교 전문 교수 등을 역임하다. 1927년 《시대일보》 사장에 취임한 후 '신간회新幹會'가 결성되자 부회장을 맡다. 1930년 '신간회' 이름으로 민중대회를 열다가 일본 경찰에 검거되다. 1928년부터 1939년까지 《조선일보》에 〈임꺽정〉을 연재하다. 여러 차례 중단 위기를 넘겨 가며 10년 이상 연재하다가 결국 일제의 탄압으로 완결짓지 못하다. 〈임꺽정〉 단 한 편의 작품으로 작가로서의 지위를 확보하다. 이광수, 최남선과 함께 조선의 3대 천재라고 일컬어지다. 해방 직후 조선문학가동맹 중앙위원장 자격으로 남북 정당 사회단체 연석회의에 참석하러 평양에 갔다가 그대로 북에 남아 부수상, 조평통위원장 등 요직을 두루 거치다. 필명은 가인假人, 호는 벽초碧初.

대|표|작

〈임꺽정〉(1928~1939).

〈임꺽정〉은 장편 대하소설의 맥을 연 첫 봉우리이자 큰 산이다. 〈임꺽정〉이 있었기에 박경리의 〈토지〉, 황석영의 〈장길산〉, 조정래의 〈태백산맥〉으로 이어지는 우리 문학의 대간大幹을 이을 수 있었다.

〈임꺽정〉은 조선 왕조 명종 시절 황해도 지방을 근거지로 활동하던 화적패들 이야기인데, 일제 강점기 때 발표된 소설 중에서 가장 규모가 방대한 작품이다. 봉단편, 피장편, 양반편, 의형제편, 화적편 등 전 5편으로 구성되어 있고, 앞부분에 해당하는 봉단편, 피장편, 양반편에서는 화적패가 출몰하지 않을 수 없는 조선 왕조의 사회 혼란상을 폭넓게 다루고 있다. 물론 스토리는 양주 백정 아들 임꺽정을 중심으로 전개된다. 책장을 넘기면 그와 관련이 있는 이장곤, 금동이, 갖바치, 이봉학, 박유복, 배돌석, 황천왕동이, 곽오주, 길막동이, 서림 등 수많은 인물들의 이력이 줄줄이 꼬리를 물고 이어진다. 그리고 후반부로 넘어가 의형제편에서는 여러 지역에 흩어져 살던 사람들이 하나의 뜻을 품고 의형제를 맺고는 청석골에 둥지를 틀기까지의 과정을 그리고 있다. 화적편은 그 후 이 그룹 인물들이 벌이는 파노라마 같은 일련의 활동상을 좇는 이야기이다.

〈임꺽정〉은 '살아 있는 최고의 우리말 사전'이라고 불릴 만큼 토속어 구사가 뛰어난 작품이다. 번역한 외국소설 투의 문체가 아니라 마치 옆에서 이야기를 들려주는 듯한 구어체 문체인 것이다. 이 작품을 읽노라면 이건 마치 박학다식한 재사才士가 구수한 입담으로 구연口演하는 길고 긴 이야기나 다름없다. 특히 작가는 18, 9세기에 널리 퍼져 있던 야담野談과 민담民譚 · 민간풍속 · 전래설화 · 속담 등을 풍부하게 살리고 있다.

'봉단편', '피장편', '양반편'에서는 임꺽정을 중심으로 한 무장 집단이 활동하기 전의 사회상을 샅샅이 그린다. 이 속에서 작가는 사회지도층이라고 할 수 있는 상류사회 인간들의 도덕적 타락상, 부패상과 함께 짐승 같은 삶을 사는 하층사회 인간들의 눈물겨운 생활상을 대조적으로 보여 준다. '의형제편'에서는 임꺽정 패의 두령들이 민간으로는 도저히 살 수 없어서 청석골에 모여 무장집단을 조직하기까지의 과정이 나온다. 작가는 이들이 필연적으로 청석골에 모일 수밖에 없는 사회적 당위성과 배경을 사실적으로 묘사한다. 아울러 각 인물들의 성격을 신분과 경력에 맞게 개성적으로 그림으로써 생동감을 갖게 한다. '화적편'에서는 임꺽정을 중심으로 한 무장집단의 대대적인 활동상을 보여 준다. 지방관리를 타격하고 봉산군수를 혼내기 위하여 싸움을 벌이거나 또 자기 자신들을 소탕하려는 '관군'과의 전투를 위하여 자모산성에서 준비를 갖추는 등의 활약을 묘사하고 있다. 이 작품은 관군, 즉 남치근의 '토벌군'과의 싸움 전야까지 쓰다가 중단된다.

학습길라잡이

구조분석

- **갈래** 장편소설. 역사소설. 세태소설.
- **주제** 최하층 신분에 놓여 신음하던 하층민들이 신분 타파의 이념으로 뭉쳐 저항하는 민중의식.
- **배경** 시간은 조선 왕조 중종, 인종, 명종 시대. 공간은 서울, 황해도(청석골) 등.
- **시점** 전지적 작가 시점.

등장인물

- **임꺽정** 백정 임돌이의 아들. 힘이 세고 직선적, 즉흥적 성격이다. 보스 기질이 강하고 사회개선 의지가 높다. 신분 차별을 넘으려 하나 덕이나 학식이 부족하다. 하층민을 대표하는 전형적인 인물.
- **이장곤** 양반 신분이나 유배지 거제도를 탈출하여 함흥 고리백정 집에 안착하여 최하층의 생활을 경험하고 천민의 삶을 이해하는 인물. 당대 사회 모순의 근거가 계급의 모순에 있음을 깨닫는다. 이 자각은 작품 구성상 중요한 역할을 한다. 임꺽정이라는 대도가 출현하는 사회적 필연성을 부여하는 인물.
- **양주팔(갖바치)** 백정치고는 상당한 지식인. 묘향산에서 스승 이천년에게 도를 깨우친다. 세상일을 꿰뚫어보는 능력이 있다.
- **박유복** 유복자답게 고지식하고 효성스럽다. 창던지기 명수.
- **이봉학** 활을 잘 쏜다. 도덕적이고 총명하다.
- **곽오주** 머슴 출신 총각 장사. 무지하고 단순하다.
- **길막동** 소금장수인 천하 장사. 성격이 급하고 단순하다.
- **황천왕동** 백두산 태생이라 걸음이 날랜 임꺽정의 처남.
- **배돌석** 돌팔매 명수. 김해 역졸의 아들로 이곳저곳을 전전하다 청석골로 들어온다.
- **서림** 이방 출신. 교활한 인물. 구변이 좋아 청석골의 책사 역할을 담당하나 배신한다.

■ **오가** 청석골 터줏대감으로 끝까지 청석골에 남기를 원하는 인물.

이것만은 놓치지 말자

역사소설의 유형

하나는 실록이나 역사를 근거로 한 '과거 재현형' 역사소설이요, 또 다른 하나는 역사적 특정 사실만을 바탕 삼아 이를 허구화(픽션)하는 유형이다. 그러나 홍명희 이전에 이광수, 김동인 등이 쓴 역사소설은 한결같이 특수 귀족이나 장군 등을 주인공으로 하였다는 점에서 같다. 이와 달리 〈임꺽정〉은 봉건 지배층이 바라보는 시각에서 역사를 파악하려는 왕조사 중심의 역사소설은 아니다. 과거의 재현이 아니라 지나간 시대를 현재의 시각에서 진실하게 묘사하려는 사실주의적 역사소설인 것이다. 그러니까 〈임꺽정〉은 역사적 기록보다는 허구성(창조)이 많은, 기록 자체가 별로 없는 소재로서 '역사'보다는 '소설'에 비중을 두고 있다.

〈임꺽정〉의 전편 스토리는 최일규 선생님(갈산고)이 요약한 것을 일부 인용하거나 참고하였다.

봉단편

연산군 때 이장곤李長坤이란 유명한 사람이 있었다. 그는 일찍이 등과하여 홍문관 교리 벼슬을 지내고 있었다. 그는 하찮은 일에 연루되어 거제도로 귀양 가게 되지만 유배지를 탈출하여 신분을 감춘 채 함흥 사는 고리백정의 사위가 된다. 그는 평민 처녀 봉단을 아내로 맞아 금실 좋은 부부 생활을 한다. 그러던 중 중종 반정이 일어나자 그는 상경하여 동부승지 가 되고 왕의 특별 명령으로 봉단은 이장곤의 정실이 된다. 원래부터 학식이 높은 백정으로서 이장곤의 청을 받아 함께 상경한 봉단의 숙부 양주팔(갖바치)은 묘향산 구경을 갔다가 그곳에서 도인 이천년을 만나 천문 지리와 음양 술수를 전수받는다. 그리고 이장곤의 주선으로 재취하여 서울에서 가정을 이루고 갖바치 일을 하게 된다. 뒤따라 상경한 봉단의 외사촌 임돌이도 양주팔의 주선으로 양주 소백정의 데릴사위가 되어 그곳에 눌러 살게 된다.

피장편

이장곤의 연줄로 당대 개혁인사인 대사헌 조광조 등과 교유하게 된 갖바치는 정변을 예견하고 조광조에게 낙향할 것을 권유한다. 마음을 정하지 못하고 망설이던 조광조는 결국 을사사화를 당해 사약을 받아 죽는다. 임돌이의 딸(섭섭이)이 갖바치의 아들(금동이)과 혼인하게 되자, 누이를 따라 상경한 소년 장사 임꺽정은 한 동네에 사는 이봉학 박유복과 더불어 의형제를 맺고 갖바치를 스승으로 모신다. 이봉학은 활쏘기에 비상한 재능이 있고 박유복은 창던지기의 명수이며 임꺽정은 검술을 배워 뛰어난 검객이 된다. 그 뒤 임꺽정은 입산하여 병해대사가 된 갖바치를 따라 전국 각지를 유람하고, 백두산에 이르러 야성으로 자란 운총과 혼인을 한 뒤 양주로 돌아온다. 그리고 병해대사는 죽산 칠장사를 찾아간다. 병해대사는 칠장사에서 생불 대접을 받으며 지낸다.

양반편

동궁의 외삼촌인 윤임은 중전을 곱게 생각지 아니하고 중전의 오라버니 되는 윤원형 형제는 동궁을 미워하여 두 윤가의 집에서 알력이 생기면서부터 차차로 유언비어가 세상에 돌기 시작하고, 마침내 시비의론이 조정에까지 나타나게 되었다. 중종이 승하하자 즉위한 인종은 1년도 못 되어 의문 속에 죽고 이복동생 경원대군이 즉위하여 명종이 되는데, 대왕대비 문정왕후가 수렴청정을 한다. 이에 실권을 장악한 외척 윤원형 일파는 을사사화를 일으키는 등 계속 정계에 파란을 초래한다. 한편 중 보우는 불교를 신봉하는 대왕대비의 신임을 빙자하여 불사를 크게 일으킨다. 양주 회암사에서 재를 올리던 그의 앞에 홀연히 병해대사가 임꺽정을 거느리고 나타나 꾸짖고 사라진다. 이미 장년이 된 임꺽정은 이봉학에게서 을묘왜변의 소식을 듣고 출전하려고 하나, 백정이라는 신분 때문에 군문에 뽑히지 못한다. 할 수 없이 그는 홀로 전장으로 향하고, 뛰어난 활 솜씨로 군문에서 두각을 나타낸 이봉학이 상관을 구하려다 위기에 빠진 순간 이들을 구출하고 사라진다.

의형제편

- 박유복은 부친을 무고하게 죽게 한 노 첨지를 살해하여 원수를 갚고 관가에 쫓기게 된다. 그는 덕적산 최영 장군 사당의 장군 마누라로 뽑힌 최씨 처녀와 인연을 맺는다. 함께 도주하던 그들은 도둑 오가의 수양딸 내외가 되어 청석골에 눌러앉아 살게 된다.
- 총각 장사 곽오주는 장꾼들을 털던 오가를 때려눕힌 뒤, 보복하러 나온 박유복과 힘 자랑을 하다가 화해하고 의형제를 맺는다. 그 뒤 주인집의 주선으로 이웃 마을의 젊은 과부에게 장가를 들게 된다. 아내가 해산 끝에 죽자 동냥젖으로 아기를 키운다. 그러나 배고파 밤새 보채는 아기를 달래다 못해 순간적으로 태질을 쳐 죽이고 청석골 화적패에 합류하게 된다.
- 소금장수 길막동은 자형을 불구로 만든 청석골 도둑 곽오주를 때려잡아 관가에 넘기려 한다. 그러나 평소 길막동과 안면이 있는 임꺽정이 청석골에 와 이들을 화해시킨다. 다시금 소금장수 길에 나선 길막동은 안성 처녀 귀련과 정을 통하여

그 집안의 데릴사위로 들어간다. 그러나 장모의 구박이 심하여 처가를 떠나 청석골에 들어온다.

- 백두산 태생 황천왕동은 매부인 임꺽정의 집에서 장기로 소일한다. 어느 날 장기의 명수라는 봉산의 백 이방을 찾아 나섰다가, 천하일색인 딸의 배필을 구하려는 백 이방의 까다로운 사위 취재를 통과하여 장가를 들게 된다. 그리고 그 덕분에 봉산에서 장교가 된다.
- 김해 역졸의 아들 배돌석은 뛰어난 솜씨의 돌팔매로 호랑이를 잡은 덕분에 경천역 역졸이 된다. 그는 호환虎患으로 과부가 된 여자를 재취로 맞게 되고, 황천왕동과 친해져 자주 내왕을 하게 된다. 그러던 중 부정한 아내를 살해하고 도망하다가 체포되었으나, 때마침 황천왕동에게 와 있던 박유복이 구해 청석골로 도피한다.
- 이봉학은 왜선을 퇴치하는 등의 공로로 현감으로 승진하게 된다. 그는 전주에서 사랑을 맺은 기생 계향을 부실로 맞아들여 행복한 나날을 보내게 된다. 뿐만 아니라 한성 부윤이 된 이윤경의 주선으로 상경하여 오위부장이 된다. 그러나 우여곡절 끝에 결국은 임진별장으로 좌천되고 만다.
- 아전 출신 서림은 평양 감영 수지국 장사로서 진상품을 관장하고 있었다. 그는 본래 교활한 위인이어서 자주 포흠을 내다가 들키자 도주하던 끝에 청석골 화적패를 만난다. 그들에게 평양 진상 봉물의 내막을 알리고 계책을 내어 이를 탈취하게 하여 그 공로로 청석골에서 두령이 된다.
- 양주 임꺽정은 자기 집에 평양 진상 봉물을 숨겨 놓았다가 탄로 나는 통에 가족들이 투옥된다. 임꺽정은 청석골 두령들과 함께 이를 고변한 이웃집 최 서방 일가를 참살하고 감옥을 부순 뒤 식솔들을 이끌고 청석골에 들어온다. 뒤이어 사건에 연루된 임진별장 이봉학과 귀양에서 풀려난 황천왕동도 이에 가담하게 된다. 청석골에 모인 일당은 아내를 데리러 간 길막동이 투옥되자 그를 구해 낸다. 그리고 칠장사를 찾아가 세상을 떠난 병해대사의 불상 앞에서 의형제를 맺는다.

화적편

- 이때 조선 팔도에 도적 없는 곳이 없었지만 그 중에서 황해도가 가장 심하였다.

황해도 청석골 화적패 대장으로 추대된 임꺽정은 상경하여 서울 한온의 집에 머문다. 그는 여기서 기생 소흥과 정을 맺는 한편, 빚에 몰린 양반의 딸 박씨를 구해 첩으로 삼는다. 또한 원판서의 딸을 훔쳐내 둘째 첩으로 삼고, 이웃의 사나운 과부 김씨와 싸운 끝에 그녀 역시 첩으로 삼고 지낸다. 그러다가 처자의 성화에 못 이겨 청석골 집으로 돌아간다.

- 송도 송악산 단오굿 구경을 간 청석골 두령들은 그곳에서 납치 당한 황천왕동의 아내를 구해 낸 끝에 살인을 저지르게 되어 관군에게 쫓김을 받게 된다. 그러나 서림의 계책으로 치성하러 와 있는 상궁을 인질로 삼고 시간을 끌다가, 부하들을 거느리고 기세도 당당하게 진군한 임꺽정의 구원을 받아 위기를 모면하게 된다.
- 임꺽정 일당은 가짜 금부도사 행세를 하며 봉산 군수를 체포하려고 하고, 신임 군수의 도임 승차를 습격하기도 하며, 황해 감사의 사촌을 자처하고 각 읍을 돌며 사기 행각을 벌이는 등 지방 관원들을 괴롭힌다. 그 후 상경한 임꺽정은 기생 소흥의 집으로 습격해 온 포교들을 물리치고 무사히 서울을 탈출한다. 그러나 그의 첩들은 체포되어 관비가 되고, 다만 임꺽정을 따르려는 소흥은 그의 첩이 되어 청석골에서 지낸다.
- 청석골을 지나가다가 화적패에게 붙들린 종실 서자 단천령이 신기에 가까운 솜씨로 피리를 불어 그들을 감동시킨다. 이에 임꺽정은 그 보답으로 단천령에게 자신의 신표를 주어 다른 화적패의 습격을 받지 않도록 보호해 준다.
- 청석골 두령들은 신임 봉산 군수를 살해하기 위하여 평산 이춘동의 집에 머물면서 기회를 엿본다. 그러나 체포된 서림이 목숨을 보전하기 위해 그 계획을 자백하는 바람에 군사 5백여 명의 습격을 받는다. 임꺽정 일당은 접전 끝에 이를 물리치고 무사히 청석골에 돌아오게 된다.
- 청석골 화적패를 소탕하기 위하여 조정에서 관군을 파견한다는 소식이 전해졌다. 임꺽정 일당은 오가와 졸개들만을 남겨두고 해주와 재령 등지로 도피한다. 그러나 거처가 옹색하여 다시 자모산성에 근거를 마련하고 지내게 된다. 한편 고집을 피워 청석골에 남은 오가는 죽은 아내만을 생각하며 지내게 된다. 임꺽정에게 버림을 받은 데다가 관군의 습격 소식까지 전해 듣게 된 졸개들은 동요하여 하나하나 청석골을 버리고 떠난다.

1. 홍명희는 '진보적 민주주의자'로 재평가되고 있다. 그의 생애에 대하여 좀더 깊이 알아보고 왜 '진보적 민주주의자'라고 하는지 이야기해 보자.
2. 〈임꺽정〉에서 양반 신분인 이장곤(이교리)의 역할은 무엇인가? 임꺽정과는 어떻게 연결고리가 가능한가?
3. 〈임꺽정〉을 쓴 작가의 의도가 무엇이라고 생각하는가?

임꺽정

✻✖✣◈

이 때[1] 양주의 돌이[2]의 집에서는 대사 준비에 분주하였다. 대사에는 음식이 주장이고 음식에는 고기가 주장인데 관 푸주[3]의 집이라서 고기 걱정은 없지만은, 고기도 먹게 만들려니 손이 돌아가야 하고 더구나 신랑 신부의 옷을 새로 짓노라니까 자연히 분주할밖에 없었다. 동리 여편네로 와서 일하여 주는 사람이 없지 않지만은 먹새 보탬과 떠드는 보탬이 절반이라[4] 안팎으로 드나들며 입방아를 찧지 않을 수 없었다. 동리 여편네 중에 자살 궂은 사람이 안으로 들어오는 돌이를 보고

"사위를 보다가 나무신 굽이 달겠네."

하고 조롱하니 돌이는 짚신 신은 발을 내밀어 보이면서

"왜 나무신은? 멀쩡하니 짚신이요."

하고 너털웃음을 웃는데, 그 여편네는 지지 아니하려고

"짚신이면 날이 낮으리요."

하고 야죽거렸다.

---

1 〈임꺽정〉 전 10권 내용 중에서 여기 소개하는 부분은 제2권에 해당하는 〈피장皮匠〉편 앞부분이다. 꺽정의 어린 시절, 집안 사정, 의형제 맺는 친구들 이야기 등이 펼쳐진다.

2 임꺽정의 아버지. 천인賤人 신분인 백정이다.

3 소나 돼지를 잡아서 그 고기를 파는 가게. 푸줏간 또는 정육점이라고도 함.

4 왜 이 작품이 '우리말의 보물창고'라는 평가를 받고 있는지 보여 주는 하나의 멋진 표현이다. 동네 잔치에 도우미로 모여 드는 여자들이 정작 일은 돕지 않고 수다 떨며 먹어 대는 모습을 그리고 있다. 그러나 밉지 않은 모습이다.

"여보, 밉상 부리지 마오."

"내가 밉상을 부려? 참말로 밉상을 부려 볼까?"

"그래 보지. 누가 말리오?"

그 여편네가 돌이의 발을 가리키며

"저 발도 무던히 크지만 신랑의 발은 엄청나게 큰 게야."

하고 부지런히 밖으로 들어가 자루같이 큰 진솔 버선 한 짝을 가지고 나와서 돌이를 보이며

"이것이 신랑의 보선이라며? 이것이 자루지 보선이요? 소도적놈을 첫 사위로 얻어오는 게지."

"여보, 그게 무엇이 크오? 우리 사촌 누이의 남편 이판서의 보선을 보았드면 기함하겠구려."

"발이 크다고 판서하나?"[5]

"만수받이[6]하고 있을 새가 없소. 내가 지겠소."

하고 돌이는 다시 너털웃음을 웃으며 밖으로 나가더니 얼마 아니 있다가 다시 들어와서

"내가 처음 장가들러 올 때 양주의 이쁜 색씨를 훔친다고 양주대적[7]이란 말을 들었더니 사위 놈이 대를 잇는가."

하고 소도둑 소리에서 생각이 났던 말을 하고

"제기 발서 30년이 가까웠어."

하고 턱 아래에 수북이 난 수염을 쓰다듬었다.

하루 이틀 지나가는 동안에 대사 날이 당도하여 갖바치[8] 가 금동이[9] 를

---

5 '책가방 끈 길다고 공부 잘하나' 와 비슷한 표현.

6 이런 저런 말과 행동으로 귀찮게 구는 것을 잘 받아 주는 것.

7 '신랑은 신부를 훔쳐 가는 도둑놈' 이라는 속설이 있었다. 예쁜 신부를 빼앗기는(?) 서운함이 배어 있는 말이다. 그러나 이 말 속에 악의는 없다.

8 돈을 받고 갖신을 만들어 파는 사람. 그러나 이 작품에 나오는 갖바치 양주팔은 본래 학식이 높아 세상 돌아가는 형국이며 천분 지리에 통달한 인물이다. 개혁 정치를 외치는 조광조와도 교유를 갖는다. 임꺽정의 스승.

데리고 내려와서 대사를 지냈다. 누가 보든지 색시의 인물이 신랑보다 훨씬 나았다. 색시는 얼굴이 이쁘장스럽고도 사람이 만만치 않아 보였다. 색시는 이름이 이쁜이요, 별명이 섭섭이[10]였다. 그러나 본 이름보다도 별명이 쓰여서 집안에서는 고사하고 동리 사람까지도 모두 섭섭이라고 불렀었다. 그 별명은 색시의 아버지 되는 돌이가 아들을 바라다가 딸을 낳아서 섭섭하였다고 우연히 지어 부른 것이 이내 이름으로 쓰이게 된 것이다.

돌이의 아내는 첫딸을 낳은 뒤에 두서너 번 연거푸 낙태하고 그 뒤에 아들 하나를 낳았는데, 그 아들을 낳을 때 난산이 되어서 모자가 모두 위태할 뻔하였다가 갖바치의 방문[11]을 얻어 약을 먹고 다행히 무사하였었다. 그러나 그 뒤에는 다시 생산하지 못하였으므로 이번에 금동이와 혼인한 섭섭이가 단지 남매인데, 그 사나이 동생이 섭섭이보담 나이 10여 살이 처지었다.

섭섭이의 사내 동생이 꺽정이니, 꺽정이도 섭섭이와 같이 별명이 이름이 된 것이다. 처음의 이름은 '놈'이었던 것인데 그때 살아 있던 외조모가 장래의 걱정거리라고

"걱정아 걱정아."

하고 별명 지어 부르는 것을 섭섭이가 외조모의 흉내를 잘못 내어 꺽정이[12]라고 되게 붙이기 시작하여 꺽정이가 놈이 대신 이름이 되고 만 것이다. 꺽정이가 어릴 때부터 사납고 심술스러워서 아래위의 앞니가 갓 났을 때, 무엇에 골이 나서 우는 것을 그 어머니가

"성가시다, 우지 마라."

하고 꾸짖으며 젖을 물렸더니 꺽정이가 젖을 이로 물어서 젖꼭지를 자위

---

9 갖바치의 아들. 꺽정이 누이인 섭섭이와 결혼한다.

10 뿌리 깊은 남존여비 사상을 나타내는 한 예이다. 조선 시대에는 결혼한 여자가 아들을 낳지 못하면 시집에서 쫓겨나곤 했다.

11 처방.

12 우리말 중에는 된소리로 바뀐 경우가 적지 않다. 소주가 '쏘주'로, 자장면이 '짜장면'으로 사용되는 경우 따위가 그런 예라고 할 수 있다.

가 돌도록 상한 일이 있었고, 불과 너덧 살 되었을 때 그 아버지와 겸상하여 밥을 먹는데, 저의 아버지에게만 국그릇을 놓았더니 꺽정이가 아무 말도 없이 뜨거운 국그릇을 들어서 저의 앞으로 옮겨 놓은 일이 있었다. 이와 같은 일이 비일비재라

"저것이 장래 크면 무엇이 될라노."

"저것이 커서도 저러면 참말 걱정거리다."

하고 장래를 걱정하는 것이 그 외조모뿐이 아니었다. 그러나 아버지 돌이만은 아들이 귀여워서

"사내자식이 그래야지 계집애 같아서야 무엇에 쓴담."

하고 걱정은 고사하고 도리어 칭찬하였다. 그리하여 집안에서 꺽정이를 꺾을 사람이 없어서 어린 꺽정이의 기가 자랄 대로 자랐었다. 꺽정이의 나이 7, 8세쯤 된 때 어느 날 꺽정이의 어머니가 방에 앉아 바느질하다가 옆에 너부죽이 엎드려 발장구치는 꺽정이를 보고

"네가 커서 무엇이 될래?"

하고 물은즉 꺽정이가

"아버지처럼 소 잡지."

하고 선뜻 대답하더니 다시 그 어머니의 얼굴을 쳐다보며 장래 될 것을 의논하듯이 말하여 그 어머니도 웃으며 말대꾸하였다.

"목사[13] 가 소 잡는 것보다 나을까?"

"나으면 어떻게 할래?"

"그러면 목사하지, 목사보다도 나은 것이 있소?"

"그럼 있고말고. 참판 영감도 있고 판서 대감도 있고 대장도 있고 정승도 있지, 많지."

"그 중 제일 꼭대기가 무어요?"

"정승이란다."

---

13 목牧을 다스리는 원님을 가리킨다. 꺽정이네가 사는 동네는 양주목.

"정승 위에는 아무것도 없소?"

"그 위에 상감이 계실 뿐이다."

"그러면 상감이란 게 꼭대기이구료. 내가 크거든 상감 할라오."

"그런 소리 남 들으면 큰일난다."

하고 그 어머니가 임금께 대하여 말씀 한 마디만 불공스럽게 하여도 역적으로 몰려 죽는 것과 백정은 천인인 까닭에 조그마한 벼슬도 못한다는 것을 말하고서

"네 말대로 소 잡는 게나 잘 배워라."

하고 타이르니

"나 싫소. 사람 잡는 것이나 배우지 소 잡는 건 안 배울라오."[14]

하고 꺽정이의 볼이 부었다. 그 어머니가

"사람 잡는 것을 가르치는 데가 어디 있니?"

하고 웃으니

"없으면 혼자 배우지."

하고 꺽정이는 더 말하기 싫다는 듯 벌떡 일어나 나갔었다. 그때 마침 돌이가 들어와서 꺽정이의 어머니가 남편을 보고 꺽정이의 말을 그대로 옮기고 나서

"좀 다잡아 이르시오. 그대로 자랐다간 큰일 내겠소."

하고 말하니 돌이가 고개를 끄덕이고 앉았다가 밖으로 나가서 꺽정이를 불러 가지고 들어왔다.

"이애, 내 이야기 좀 들어라."

하고 사촌누이 봉단[15]이가 사람이 잘나서 지금 정경부인이 된 것을 이야기하고 그 뒤에 조상이 최 장군을 길러내서 세상에 대접받았다는 것을 이야기하니 꺽정이는 최 장군의 범 잡는 이야기가 재미가 나서

---

14 꺽정이가 장래 어떤 어른이 될는지를 암시하고 있다.

15 천민 신분임에도 홍문관 교리 이장곤과 결혼하고 정실 부인이 된다.

"아버지, 그래."
하고 이야기의 뒤를 재촉하였다. 돌이가 아내를 돌아보고
"그 활을 좀 찾아 오우."
하고 말하여 활을 갖다 놓은 뒤에, 이 활이 최 장군이 쓰던 것인데 집에 전하여 오는 보배라고 말하여 활을 내서 보인즉 꺽정이가 손을 내밀어서 활을 받아들고
"이까짓 게 보배야."
하고 두 손으로 양끝을 잡아 휘니 꺽정이가 아이라도 힘이 세찰 뿐 아니라 활이 삭았던 까닭에 딱 하고 분질러졌다. 돌이가
"저놈이!"
하고 놀라 소리치고는 어이가 없어서 말을 못하고 앉았더니 꺽정이는 잘한 듯이 웃었다. 돌이가 그 웃는 것을 보고 화가 더 났던지 꺽정이의 팔죽지를 끌고 마당으로 나와서 사매질[16]을 하여 꺽정이의 몸에 구렁이를 감아 놓았다.[17] 꺽정이는 이를 악물고 매를 맞는데 꺽정이의 어머니는 아들의 장래가 무섭기도 하고 아들이 당장 맞는 것이 애처롭기도 하여서 눈물을 흘리고, 섭섭이는 그 아버지의 팔에 매달려 가며 동생 맞는 것을 말렸다. 꺽정이가 속으로 보배될 것도 없는 활을 좀 꺾었다고 때리는 그 아버지가 옳지 않게 생각하였으나 이렇게 몹시 맞은 뒤로 그 아버지 앞에서는 기를 펴고 심술부리는 일이 적어졌다.

돌이가 동리 글방 선생에게 애걸하다시피 간청하여 꺽정이를 글방에 보내게 되었다. 꺽정이가 처음 글방에 가던 날 돌이가 데리고 가는 길에까지 다른 아이들과 싸우지 말고 선생님 말을 잘 들으라고 신신당부하였더니 불과 며칠 안에 당부한 보람이 없어지게 되었다. 글방 아이들이 백정의 자식이라고 넘보고 업수이 여겨서 꺽정이를 외톨로 돌리고 같이 놀

---

16 사사로이 때리는 매질. 린치, 사형私刑.
17 매 맞은 자국이 구렁이 모양으로 남아 있을 만큼 매질이 가혹했다.

지 아니하는데 꺽정이가 심술이 났지만은 하루 참고 이틀 참고 하여 며칠을 참아 왔다. 어느 날 선생이 어디 나간 틈에 여러 아이들이 밖에 나와서 장난을 치는데 꺽정이가 혼자 따로 서서 구경하다가 그 글방 아이들 중에서 거수 노릇하는 열댓 살 된 반명[18]의 아들아이에게로 와서

"이애 나하고 같이 고누 두자."

하고 짓궂이 걸어 보았더니 그 양반 아이가 대번에

"백정 놈의 자식이."

하고 욕을 내놓았다. 꺽정이가 두말 아니하고 주먹다짐을 시작하여 싸움이 되었다. 꺽정이가 나이로는 그 아이보다 훨씬 아래지만 기운이 세기는 그 아이 네다섯이 함께 덤벼도 당치 못할 만하던 까닭에 그 아이는 대가리도 얻어맞고 볼퉁이도 쥐어 질렀다. 선생이 돌아온 뒤에 다른 아이가 고자질하여 선생이 꺽정이를 불러 세우고

"양반의 댁 도련님에게 손찌검을 하다니, 너 이놈 매 좀 맞아라."

하고 종아리 채를 해 오라고 야단을 쳤다. 꺽정이는 선생의 층하하는[19] 것이 아이들의 업신여기는 것보다 더 분하게 생각하여 책을 들어서 선생의 면상에 내던지고[20]

"글을 안 배우면 고만이다."

하고 횡하게 집으로 돌아왔다. 돌이가 이것을 알고 꺽정이를 걱정할 뿐 아니라 꺽정이 대신으로 선생에게 사죄까지 갔었으나 꺽정이는 다시 글방에 다니지 못하게 되었다.

갖바치가 위요로 와서 꺽정이를 보았다. 열 한두 살 먹은 아이가 열 대여섯 되었다고 하여도 곧이 들릴 만큼 숙성하였다. 살빛이 거무스름한 네모 번듯한 얼굴에 가로 찢어진 입도 좋고 날이 우뚝한 코도 좋거니와 시커먼 눈썹 밑에 열기가 흐르는 큼직한 눈이 제일 좋았다. 인물이 그릇답

---

18 그래도 명색이 양반. 양반을 비아냥대는 표현.

19 (공평하지 않고) 소홀히 대하는.

20 꺽정이의 성깔을 보여 주는 첫 모습. 어릴 때부터 운명에 맞서는 꺽정이.

게 생겼다. 갖바치가

"대장감으로 생겼구나."

하고 칭찬하고 빙그레 웃으니 돌이는

"우리네 자식이 잘생기면 무엇하오."

하고 한숨을 지었다. 갖바치가 2, 3일 새사돈 집에서 묵었는데, 하룻밤에는 돌이가 갖바치를 보고 꺽정이의 성질이 사나운 것을 걱정하다가

"우리 아버지가 위하고 위하던 조상님[21]을 그 자식이 꺾어 버렸소. 우리 아버지가 살아서 보았더면 그 자식을 죽여 놓거나 자기가 죽거나 했을 것이오."

하고 말하고

"글이나 좀 가르치면 성질이 고쳐질까 하고 글방에를 보냈더니 백정놈의 자식이라고 하고 하대한다고 반명의 자식과 싸울 뿐 아니라 선생까지 욕을 보여서 글방에도 다니지 못하게 되었어요. 그래서 될 대로 되라고 가만히 내버려두었는데 그 자식이 기운이 장사요. 8, 9세 때부터 몽근벼[22] 한 섬을 예사로 드날랐소. 기운이 이런 데다가 성질이 불 같아서 아이들은 고사하고 어른도 섣불리 건드리지를 못하였소. 저의 어머니가 죽을 때 운명하기 전 정신기 있어서까지 성질을 좀 고치라고 중언부언하더니 요 몇 해 동안 전보다는 훨씬 나아졌으나 그렇지만 천생이야 어디 가요. 지금도 저의 비위에 틀리는 일만 있으면 물불을 헤아리지 아니하오. 내가 이르는 말이나 저의 누이의 달래는 말을 좀 듣는 것이 저의 누이까지 가고 보면 더 걱정이오."

하고 걱정을 삼아 말하였다. 갖바치가 다 듣고 나서

"내가 맡아다 가르쳐 볼까?"

하고 실없는 말 비슷하게 말을 하자, 돌이는 들었다 보았다 하고

---

21 활을 이르는 말이다. 활은 아버지에게 조상님과 동격이다.

22 까끄라기 하나 없는 벼를 가리킴.

"그렇게 해 주시면 작히나 좋겠소. 그렇지 않아도 청을 하고 싶은 맘이 있던 차요."

하고 기뻐하니 갖바치는 웃으며

"생마 길들이는 값은 무엇인가?"

하고 묻고서 돌이의 대답은 기다리지 않고

"백정 설치인가."

하고 허허 웃었다. 하여간 당자의 의향을 물어보아서 정하기로 하고 그날 밤을 지난 뒤에 이튿날 갖바치가 꺽정이를 보고

"너의 아버지가 너를 내게 맡긴다고 하니 네가 날 따라 서울 가려느냐?"

하고 물으니 꺽정이는 간다 안 간다는 말 하기 전에

"서울 가서 무어하오?"

하고 도리어 물었다.

"글공부하지."

"글공부는 싫소. 그렇지만 서울은 갈라오."

"아무려나. 너 싫은 것은 고만두지. 어려울 것이 무엇 있니."

하고 갖바치는 웃었다.

갖바치가 금동이를 데리고 서울로 올라올 때, 꺽정이도 같이 왔다. 돌이가

"딸년 신부례[23] 한 뒤에나 꺽정이를 보내리다."

하고 말하는 것을 갖바치가

"가만 있게. 그것도 저더러 물어보세."

하고 꺽정이를 불러서 의향을 물어보니 하루라도 일찍이 서울 오고 싶어 하는 말이라 돌이를 보고

"제가 일찍이 가고자 하니 이번에 내가 데리고 가겠네."

하고 말하여 곧 같이 오게 된 것이다. 갖바치가 꺽정이를 집에 데려다 둔

---

23 결혼한 신부가 시집에 와서 처음으로 올리는 예식.

뒤에 지각없는 어린아이로 보지 않고 점잖게 대접하는 까닭에, 꺽정이는 갖바치를 어려워하면서도 따르게 되었다.

꺽정이는 금동이 모자와 심 선생이 맘에 조금 마땅치 못하였으나 봉학이와 유복이 같은 맘에 맞는 동무가 있어서 좋아하였다. 봉학이는 동갑이나 생일이 아래요, 유복이는 한 살 아래라 꺽정이가 두 아이의 맏형과 같았다. 봉학이와 유복이가 글을 읽을 때 꺽정이 혼자서 심심하여 글공부를 시작하고 싶은 생각도 없지 않았으나, 동생 같은 두 아이가 소학을 첫 권, 둘째 권 읽고 있는데 '하늘 천 따 지' 하는 천자문을 시작하기가 창피하여 말을 내지 아니하였다.

꺽정이가 글을 읽지 아니하는 까닭으로 두 아이까지 차차로 글공부를 싫어하고 달음질, 뛰엄질 같은 장난에만 맘이 팔리게 되었으나, 갖바치는 한번 꾸짖지도 아니하고 저희들 하는 대로 내버려두다시피 하였다.

어느 날 세 아이가 안 뒤껼 담 밑에서 공기를 놀리다가 꺽정이가 공기가 적어 재미없다고 말하여 큼직한 돌덩이를 가지고 공기를 놀리기 시작하였다. 꺽정이는 돌덩이를 높이 치뜨리고 왼손으로 선뜻선뜻 받았지만, 봉학이는 치뜨릴 생각조차 못하고 유복이는 간신히 치뜨리기는 하나 두 손을 가지고도 잘 받지 못하였다. 나중에 유복이가 한번 높이서 떨어지는 것을 받아본다고 허리를 굽히고 힘껏 치뜨린다는 것이 돌덩이가 빗나가서 담 너머로 넘어가며 와지끈 소리가 났다. 담 너머 이웃집 장독대의 장독이 깨어진 것이다. 유복이는 얼굴빛이 파래졌다. 꺽정이는

"깨졌으면 고만이지 겁낼 것 없다."

하고 장독 주인이 된 것처럼 말하는데 봉학이가

"여기 있지 말고 어서 빨리 밖으로 나가자."

하고 말하여 세 아이가 밖으로 몰려 나와서 바깥마당에서 뛰엄질을 하고 있었다. 얼마 동안 아니 되어서 이웃집 주인이 갖바치를 찾아왔다. 그 사람이 방으로 들어간 뒤에 봉학이가 유복이를 보고

"탈방망이가 왔다."

하고 말하니 꺽정이는

"탈방망이는 무슨 탈방망이?"

하고

"가만 있거라. 내 들어가 보고 오마."

하고 방문을 여니 갖바치가

"들어오지 마라."

하고 말하였다. 이웃 주인의 불공스러운 말소리와 주인 선생의 온공스러운 말소리가 한동안 섞여 나고, 심 선생의 말소리가 몇 마디 들린 뒤에 이웃집 주인이 나오더니 유복이와 봉학이보다도 꺽정이를 많이 흘겨보며 돌아갔다.

갖바치가 세 아이를 불러서 앞에 나란히 앉히고

"누가 이웃집 장독을 깼느냐?"

하고 묻는데 말소리는 높지 아니하나 말하는 모양은 전에 없이 엄숙하게 보였다. 봉학이는 뱅글뱅글 웃고 유복이는 고개를 숙이고 있는데 꺽정이가

"선생님, 제가 깼습니다."

하고 똑똑하게 말하였다.

"왜 깨었느냐?"

"공기를 받다가 돌이 빗나갔습니다."

"힘에 겨운 큰 돌을 가지고 공기를 받다가 남의 장독을 깨인 것이 잘한 일이냐?"

꺽정이는 고개를 숙이고 한참 말이 없다가

"힘에 넘치는 공기는 다시 받지 않겠습니다."

하고 대답하였다. 꺽정이가 선생의 묻는 말에 대답하는 동안에 봉학이는 여전히 뱅글뱅글하고 유복이는 줄곧 고개를 숙였다. 갖바치가 세 아이를 나가서 놀라고 밖으로 내보낸 뒤에 심의가

"꺽정이가 깨인 것을 숨기지 않는 것이 사내다워."

하고 말하니 갖바치는

"꺽정이가 제가 깨인 것도 아닌 모양이오."
하고 웃었다.

"그러면 어느 놈이 깨었을까?"

"고개를 들지 못하던 유복인 게지요."

"꺽정이가 유복이 죄를 가로맡은 모양이군."

"그런 모양이지요."

"대체 이웃 사람의 말로 보면 돌덩이가 물박같이 크다더니 엄청나지. 그런 것을 가지고 공기를 받다니."

"세 놈이 모두 힘에 겨운 공기를 받을 감들이오."
하고 갖바치는 잠깐 미간에 주름을 잡았다.

꺽정이가 글공부는 아니할망정 배우는 것과 익히는 것이 없지 아니하였으니 배우기는 대개 주인 선생의 이야기를 듣는 데서 배우고 익히기는 주장 두 동무와 장난하는 데서 익혔다. 갖바치가 밤저녁이면 여러 가지 이야기를 들려주는데 꺽정이가 제일 재미있어 하기는 옛날 명장의 싸움 싸우던 이야기였고 꺽정이가 두 동무와 갖은 장난을 다하는데 셋이 다같이 좋아하기는 높이 뛰고 널리 뛰고 하는 뛰엄질이었다. 꺽정이가 낮이면 두 동무와 장난하고 밤이면 갖바치에게 이야기를 듣는 외에 별일이 없이 한 해를 보냈다.

이듬해 봄에 금동이 어머니의 재촉으로 섭섭이를 신부례하여 왔다. 금동이는 사람이 별미쩍고 무식스러우나 아내만은 부모보다도 더 각별히 위하여서 별 탈이 없었지만, 금동이 어머니가 며느리에게 까다로워서 섭섭이의 시집살이가 고되었다. 처음에는 섭섭이가 무무하다[24]고 잔소리쯤 하던 것이 날이 갈수록 차차 심하게 되어서

"반찬 한 가지 똑똑히 맨들지 못하고 옷 한 가지 반반히 꿰매지 못하니 나이 20여 살 되도록 배운 것이 무엇이냐?"

---

24 교양이 없어 말과 하는 행동이 형편없다.

"며느리를 얻어 온 게 아니라 상전을 얻어 왔다."
하고 소리가 커지기 시작하였고, 정히 심하게 되면서 섭섭이가 웃으면
"미쳤니? 시시거리게."
하고 꾸짖고 섭섭이가 골을 내면
"주둥이를 뾰르퉁하고 다니면 누가 겁을 내니."
하고 야단치고, 또 섭섭이가 조금 말대답이나 할 때는
"백정의 딸자식이라서 할 수 없다."
하고 근본 하자까지 하여 섭섭이는 남모르게 눈물 줄기를 좋이 흘렸다. 금동이는 저의 어머니가 아내를 구박하는 것이 맘에 좋지 아니하여 저의 어머니가 야단치는 것을 보게 되면
"어머니 그만두세요."
하고 말리기도 하였지만
"잔뼈가 굵어지니까 계집밖에 모르느냐?"
이와 같은 말에 우박을 맞을 뿐이었다. 금동이가 섭섭이의 쓰는 건넌방에 들어가는 것을 금동 어머니가 밉게 보아서 자고 나가는 이튿날이면 금동이에게는 까닭없이 화를 내고 섭섭이는 공연히 들볶았다. 이런 날 섭섭이가 혹시 무엇을 묻게 되면
"너는 잘 아는 것이 한 가지뿐이냐?"
하고 사람이 괴탄스럽게까지 말하였다. 이 까닭에 금동이가 방에 들어오는 것을 섭섭이는 반갑게 알지 아니하지만, 금동이는 화받이하는 것을 대사로 여기지 아니하고 쇠귀신같이 줄기차게 들어왔다. 나중에는 어머니가
"나무 흔한 시골도 아니고 백사지 땅 서울에서 군불나무를 대기도 힘이 키인다."
하고 건넌방을 폐하고 안방 한 방을 쓰게 하여 금동이는 낭패 보았으나 섭섭이는 맘의 송구스러운 것이 덜하여서 다행으로 여겼다.

섭섭이는 꺽정이의 얼굴을 하루 한두 번씩 못 보지 않지만은 조용히 이야기할 틈이 적을 뿐이 아니라 성질 사나운 동생이 혹시 괴악을 부릴까

무서워서 고된 시집살이를 이야기로는 고사하고 내색으로도 알리지 아니하려고 속으로 애를 썼다. 그러나 한 집에 있는 까닭으로 꺽정이가 자연히 알게 되었다. 하루는 섭섭이가 저녁밥을 지을 때 꺽정이가 부엌 뒤로 돌아와서

"누님."

하고 불러 놓고는 첫마디에

"시골집으로 가시오."

하고 말하니 섭섭이는

"그건 무슨 소리냐? 왜 가라니?"

하고 물었다.

"이놈의 집에서 구박받고 있을 것 없지 않소."

"이애 지각없이 지껄이지 마라."

"그래 누님, 아니 갈라오?"

"가긴 어딜 간단 말이냐?"

"누님이 안 간다면 그년[25]을 죽여 없애기라도 해야지."

섭섭이는 부지깽이를 내던지고 뛰어나와서 동생을 붙들고 갖은 말을 다하여 달래고

"내가 견디기 어려운 일이 있을 때 너더러 말을 하마. 그 전에는 아무 소리도 말고 가만 있거라."

하고 말하며 꺽정이가

"아무리나 하오."

하고 돌아서 나가려고 할 즈음에 금동이가 저의 어머니 몰래 아내에게 말마디 해보는 재미로 가만히 부엌 뒤로 오다가 꺽정이와 마주쳤다. 꺽정이가

'대체 저 못난 자식 때문에 우리 누님이 고생하는 게렷다.'

하고 생각하며 별안간에 나는 골을 걷잡지 못하여 금동이의 뺨을 한 번

---

25 섭섭이 시어머니.

보기 좋게 후려쳤다. 금동이는 영문도 모르는 뺨을 맞고

"이 자식 미쳤나!"

하고 침을 뱉고

"이 자식, 나가거라!"

"나가지 말래도 나갈 테여."

하고 꺽정이가 나간 뒤에 섭섭이게로 와서 동생을 시켜 뺨 때리게 하였다고 당치않게 시비하니 섭섭이는 가엾단 말 한마디 아니하고

"요량 없는 소리 작작하오."

하고 핀둥이를 주었다.

꺽정이가 누이의 고생을 안 뒤에는 실상 죄 없는 금동이를 밉게 볼 뿐이 아니라 갖바치에게도 전과 같이 따르지 아니하였다. 금동어머니가 시어미 노릇 못되게 하는 것을 갖바치가 전혀 모를 리 없을 것인즉 알면서도 짐짓 그대로 내버려두는 것이니 이것이 곧 시아비 노릇을 잘못하는 것이라고 생각하였다.

어느 날 밤에 심의는 자기 집에 가고 갖바치와 꺽정이가 단둘이 앉아 있었는데, 갖바치가 장감將鑑[26]이란 책을 펴서 놓고 새겨 이야기하여 가르쳐주다가 꺽정이의 얼굴에 딴생각하는 빛이 있는 것을 보고

"고만 듣기가 싫으냐?"

하고 물은즉 꺽정이는

"아니오."

하고 고개를 흔들고

"안에서 무슨 말소리가 나는 것 같아서요."

하고 맘이 갈린 까닭을 말하였다. 갖바치가 책을 덮고

"사람 있는 데 말소리 나기가 예사이지."

하고 빙그레 웃으면서

---

26 병서 가운데 하나.

"꺽정아, 너의 누이 고생하는 것이 맘에 걱정이냐?"
하고 다정하게 물으니 꺽정이는 속으로
'저것 보아. 뻔히 알고도 모른 체한 것 아닌가.'
하고 생각하며
"당신이라구 걱정도 아니하겠소."
하고 불쾌히 대답하였다. 갖바치는 다시 빙그레 웃고
"시집살이란 본래 그만 고생은 하는 것이다."
하고 이르고 뒤를 이어서
"너의 누이 시집살이가 동안이 오래지 아니할 게니 걱정 마라."[27]
하고 따로 짐작하는 일이 있는 것같이 말한 뒤에
"책 이야기나 더 듣지 아니하려느냐? 이 책을 다 들려 준 뒤에는 이 책보다 더 좋은 육도삼략[28]을 차례로 이야기하며 들려주마."
하고 말하였다. 그 다정한 어조가 사람의 뼛속에 사무칠 것 같아서 꺽정이는 불쾌하던 생각이 사라 없어지고 침착히 책 이야기를 들었었다.
그해 초가을에 금동 어머니가 토사병으로 급작스럽게 죽었다. 그 초상이 간단하였다. 승새 굵은 북포北布로 수의를 짓고 닷 푼 널로 관을 짜서 송연松煙을 칠하고 택일도 아니하고 입관 성복[29]하던 이튿날, 두 방망이 상여[30]로 수구문 밖 북망산[31]에 장사하였다. 초상난 뒤 열흘이 채 못 되어서 안마루 한구석에 있는 상청 명색과 건정[32]으로 지내는 조석 상식 외에는 초상난 집 같지 아니하였다.

---

27 갖바치는 자기 아내(섭섭이 시어머니)가 곧 죽게 되리라는 것을 예견하고 있다.
28 고대 중국의 유명한 병서《육도》와《삼략》을 아울러 이르는 말.《육도》의 도韜는 화살을 넣는 주머니를 싸는 것을 말하며, 변하여 깊이 감추고 나타내지 않는다는 뜻에서 병법의 비결을 의미한다.
29 성복成服. 상복을 입는 일.
30 방망이 하나에 두 명씩, 총 네 명이 메는 상여를 말한다. 아주 초라한 상여를 이르는 말.
31 고유명사가 아니라 사람이 죽으면 묻는 곳을 이르는 말.
32 대강대강.

갖바치는 한 번도 눈물을 흘린 일이 없었으니 말할 것도 없고, 금동이가 오직 하나 서러워할 사람인데 그 미련한 위인이 아내가 안방 차지하게 된 것만 다행으로 여기는지 저의 어머니 죽은 것을 서러워하지 아니하였다.

갖바치 집의 안살림이 섭섭이의 소임이 된 뒤로는 꺽정이는 한걱정이 없어져서 맘이 편하였다. 꺽정이가 안방에 드나들며 갖바치의 심부름을 하게 되었다. 꺽정이가 원식구 같고 갖바치는 도리어 손님 같았다. 꺽정이가 안방에 있을 때는 봉학이와 유복이도 안방으로 들어왔다. 처음에 봉학이와 유복이는 섭섭이를 아주머니라 불렀는데, 어느 날 꺽정이가 두 아이를 보고

"이애들, 우리 결의형제[33]하자."

하고 발론하여 세 아이가 형제의를 맺으며 두 아이도 꺽정이를 따라서 누님이라고 부르게 되었다.

금동이는 세 아이가 안방에 와서 등쌀 놓는 것을 성가시게 여겨서 안방에 있다가도 세 아이들의 기척이 나면

"저것들 또 들어온다."

하고 상을 찡그리고 일어서 나가는 때가 많았다. 꺽정이가 매부라고 부르는 것은 싫어도 대답하지만 봉학이나 유복이가

"여보, 매부!"

하고 부르면

"경칠 자식, 매부는 무슨 매부냐?"

하고 볼 메인 소리를 하는 까닭에 두 아이는 그것이 우스워서 부르지 아니하여 좋을 때도

"매부, 매부."

하고 불렀다. 금동이가 그 전만 같으면 그들 머리에 꿀밤깨나 솟쳐 줄 것이지만, 그들이 열 두서너 살씩 먹은 아이랄 뿐이지 억세기가 어른 볼 쥐

33 이들은 의형제를 맺은 후 평생 의리를 지키며 배반하지 않는다.

어지기를 만하여 호락호락하게 꿀밤을 받지 않게 되었고, 더욱이 장사 꺽정이가 뒤에 있는 까닭에 금동이는 손댈 생의를 못하고 입으로만

"오라질 자식, 고랑 찰 자식."

하고 욕할 뿐이었다. 꺽정이는 이것을 알고 두 아이를 부추기는 때가 많았다.

하루는 세 아이가 안방에 들어오며 금동이가 나가려고 일어서니 꺽정이가

"매부, 나가지 말고 거기 앉으시오."

하고 붙잡아 앉혔다. 꺽정이가 두 아이와 같이 북새를 놓고 놀다가

"너희들 매부하고 팔씨름해 보아라."

하고 말을 내어 두 아이가 매부 매부 하고 조르다시피 하여 금동이와 팔씨름을 하게 되었는데, 봉학이는 대번에 졌지만 유복이는 한참을 맞섰었다. 꺽정이가

"매부 세구려, 나하고 한번 해 봅시다."

하고 대드니 금동이가

"너는 싫다."

하고 자빠졌다.

봉학이와 유복이가 금동이의 골을 질렀다. 유복이가

"꺽정이 언니는 못 당할 것 같지?"

하고 입을 비쭉하고 봉학이는

"꺽정이 언니가 세다고 해도 아이는 아이지요. 매부가 못 대들고 자빠져서야 남부끄럽지 아니하오?"

하고 깔깔 웃었다. 아니나다를까 금동이가 골이 났다. 꺽정이를 보고

"어디 한번 해 보자."

하고 팔을 내미는데 꺽정이는 웃으면서

"회목[34] 잡아 주리다."

하고 금동이의 손목을 쥐려고 하였다.

"주제넘은 소리 마라."

"두 팔 걸어도 아니 될 터인데 회목잡이를 주제넘다고? 어디 해 봅시다."

꺽정이가 힘도 들이지 않고 넘겼다. 금동이는 힘쓰기 전에 넘겼다고 탈을 잡고 고쳐 하여 보았으나 별수 없이 지고 왼팔 씨름도 해 보았으나 역시 할 수 없이 지고 나서

"참말로 세다."

하고 나앉으니 꺽정이가

"그것 보시오. 회목 잡아도 좋지 않을까? 내가 힘만 쓴다면 회목 잡은 외에 왼팔을 더 걸어도 매부에게는 질 것 같지 않소."

하고 웃으니

"흰소리 마라. 설마 그렇기야 하랴?"

"흰소리가 아니지요."

"어디 해 보자."

하고 금동이가 다시 덤벼 바른 손목을 잡힌 위에 왼손까지 더 걸었다. 꺽정이의 팔뚝은 쇠막대 세운 것 같았다. 금동이가 얼굴에 핏대를 올리며 넘기려고 힘을 써도 넘어가지 아니하였다. 나중에 금동이가

"못 이기겠다."

항복하고 나앉는 것을 봉학이와 유복이는 저희들이 항복받은 이나 다름없이 좋아하였다.

세 아이가 형이니 동생이니 하기 전에도 맘이 맞아 잘 지내던 것이 형제를 맺은 뒤로는 의가 자별하여 서로 말다툼 한 번 아니할 뿐 아니라 봉학이나 유복이가 혹시 다른 아이들과 싸움을 주고받다가 형세에 몰릴 때는 꺽정이가 반드시 역성하러 나서게 되고, 두 아이는 꺽정이 같은 역성꾼이 뒤에 있는 것을 든든하게 생각하여 같은 아이들은 고사하고 여간 어른까지도 무서워하지 아니하였다.

---

34 손목이나 발목의 잘록한 부분.

그리하여 조석 먹을 때와 잠잘 때 외에는 세 아이가 잠시를 서로 떨어지지 아니하였는데, 그중에 봉학이가 몇 달 동안 갈려 지내지 않을 수 없게 된 일이 있었다. 봉학이의 외조모가 속앓이 본병이 있어 친한 중이 있는 것을 연줄 삼아 서문 밖 진관으로 복약하러 나가는데 봉학이를 데리고 가게 되었다. 불과 몇 달 동안이 아니지만은 세 아이는 각기 다 섭섭하였다. 봉학이가 진관 가서 있는 동안 꺽정이가 유복이를 데리고 하루돌이로 찾아 나갔다. 그 덕에 섭섭이의 안방이 조용해져서 금동이는 이외에 더 다행이 없이 생각하였다. 절에 와서 있는 봉학이는 동무를 떨어져서 심심하였다. 꺽정이와 유복이가 자주 놀러 나와서 같이 놀 때뿐이지 놀다 들어가면 더욱 심심한 것을 못 견뎌 하였다. 심심한 끝에 싸리나무로 활을 만들고 빼앙대로 살을 만들어 활 장난을 시작한 것이 하루하루 재미가 들기 시작하여 며칠 뒤에는 밥 먹을 것을 잊고 활을 쏘게 되었다. 나중에는 한두 칸 앞에 나무쪽 과녁을 세우고 맞히기 시작하여 맞는 데서 재미가 더 생겼다. 봉학이가 꺽정이를 보고

"언니, 활이 재미납니다."

하고 빼앙대 살로 나무쪽 과녁을 맞혀 보이니 꺽정이는

"한량 아우가 생겼구나."

하고 웃고 유복이는

"그러면 나는 한량 언니라고 할까?"

하고 따라 웃었다. 봉학이는

"태조대왕이 활 잘 쏘았다고 선생님이 이야기하신 일이 있지 않소? 태조대왕의 핏줄을 받은 내가 태조대왕만큼 활을 쏘고야 말 터이니까 언니 두고 보시오."

"그래, 활을 잘 쏘아서 둘째 태조대왕이 되어 보렴."

"그러면 우리는 한량 언니의 신하가 되게."

하고 세 아이가 다 같이 웃었다. 봉학이는 참으로 활에 열성이었다. 중이 조석 예불할 때 뒤에 가 서서

"부처님, 제가 태조대왕같이 활을 잘 쏘게 하여 줍소서."
하고 가만히 빌기까지 하였다. 열성이란 것이 무서웠다. 봉학이의 활 재주가 나날이 늘어서 활 장난 시작한 지 한 달 안에 굵은 싸리나무 활에 끝을 깎은 싸리나무 살로 참새를 쏘아 맞힌 일이 있었다. 봉학이가 외조모와 같이 절에서 겨울을 나고 이듬해 봄에 문안으로 들어오게 되었는데, 그때는 봉학이의 활 솜씨가 처음에 장난으로 보고 웃던 것이 꺽정이까지 칭찬할 만큼 되었었다.

봉학이가 전과 같이 셋 동무로 섭쓸려 다니지만은 꺽정이와 유복이가 뛰엄질 같은 장난을 할 때, 봉학이는 그 틈에 끼이지 않고 혼자 따로 서서 활을 쏘았다. 유복이가 심사가 나면

"한량은 사정[35]으로 가시오."
하고 비꼬아 말하는 일도 있었으나 이런 때는 꺽정이가

"조롱 말고 가만두어라."
하고 유복이를 눌러서 그리 못하게 하였다. 그러나 꺽정이는 가다가는 혹시 웃으면서

"우리 한량 활을 잘은 쏜다."
하고 조롱 반 칭찬할 때가 없지 않았다. 그리하여 한량이 봉학이의 별명이 되어서 꺽정이와 유복이는 고사하고 다른 사람의 입에서라도 한량이란 말이 나오면 봉학이도 저의 말을 하거니 하고 무심결에 돌아보게 되었다.

봉학이가 원래 손이 재고 눈이 빠른 데다가 천생 타고난 궁재가 보여서 장난감 활일망정 쏘는 살이 겨냥에 틀리는 법이 없었다. 봉학이는 여러 가지 활에 여러 가지 살을 만들어 가졌다. 뽕나무 활에 조릿대 살도 있고, 앵두나무 활에 수숫대 살도 있고, 또 댓가지 활에 새꽤기 살도 있었다. 그 중에 댓가지 활은 대쪽을 깎아서 활 모양을 만든 것이니, 작기가 장 뼘 한 뼘이 될락말락 하였다. 봉학이는 새꽤기 살에 바늘 촉을 박아서

---

35 활터에 세운 정자. 활을 쏘지 말고 정자에 가서 놀기나 하라는 뜻.

파리를 쏘아 잡는 까닭에 이 활을 파리 활이라고 이름 지었다. 봉학이가 파리 활로 앉은 파리를 쏘아서 백발백중 맞힐 뿐이 아니라 복치로만 쏘는 것을 재미 적게 여겨 일부러 파리를 쫓아 날리고 날치로 쏘기를 공부하여 얼마 뒤에는 나는 파리를 놓치지 않게 되었다.

조그만 날개에 힘이 많은 것을 자랑하듯이 날개 치는 무당파리가 살을 맞아 떨어지게 되니 몸집이 큰 쉬파리는 천생이 과녁감이었다.

봉학이의 파리 사냥이 동리에서 다 알도록 유명해졌다. 갖바치가 심의와 공론하고 남촌에서 명수로 치는 궁장에게 부탁하여 자그마하고 이쁘장스러운 숙각궁熟角弓을 만들려고 엿돈쭝 유엽전柳葉箭[36]을 극상으로 구하여 이쁜 전통에 넣고 활 소용에 당한 제구를 가추가추 장만하여 세 아이의 눈에 뜨이지 않게 벽장 안에 넣어둔 뒤 어느 날 낮에 갖바치가

"오늘 우리 파적으로 한량의 시재[37]를 보입시다."

말하고 봉학이를 불러서 파리를 쏘이었다. 심 선생과 주인 선생이 아랫목에 나란히 앉아 있고, 꺽정이 형과 유복이 아우가 윗목에 느런히 서 있다. 봉학이가 그 중간에 들어서서 재주를 다하여 보였다. 처음에 서너 마리는 벽에 앉은 채로 꿰어 박아놓고, 그 다음에 너덧 마리는 일변 날리며 일변 쏘아 떨어뜨리고, 나중에 두어 마리는 일시에 날리고 연발로 쏘아 맞히었다. 앉은 파리를 쏘아 꿸 때부터 '허허' 하고 감탄하던 심 선생이 날치에다 연발까지 하는 것을 보고

"저것 보아, 저것 보아."

하다가 나중에

"귀신 같은 재주다!"

하고 칭찬하여 갖바치를 돌아보니 갖바치는

"태조대왕 같은 명궁이 되겠다."

---

36 살촉이 버들잎 같은 고급 화살.

37 활솜씨.

하고 웃고 봉학이에게

"심 선생님께서 좋은 상급을 주실 터이다."

말하며 벽장문을 열고 활과 전통과 및 다른 제구를 모두 내놓았다. 심 선생이 낱낱이 집어서 봉학이를 주니 봉학이는 좋아서 싱글벙글하며 절하고 받은 뒤에 팔찌를 매고 각지를 끼고 살 수건은 고사하고 노루발까지 달려 있는 전통을 메고, 그리하고 활을 들고 방에서 나와서 겅중거리며 집으로 돌아갔다.

얼마 뒤에 봉학이의 외조모가 봉학이를 데리고 와서 심의와 갖바치를 보고 외손자를 그와 같이 사랑하여 주니 감사하다고 인사하고

"이놈이 돌날 돌상에서 활을 맨 처음에 쥐더니 지금 보면 활로 입신할 것 같소이다."

말하고 또

"저의 아버지가 뼈는 근본이 있던 사람이고 죽기도 의리로 죽었으니까, 이놈이 다음날 속신贖身[38]하여 호반으로 출세하면 만호, 첨사[39]쯤이야 얻어 하겠습지요."

말하며 좋아하였다. 봉학이가 정말 활을 얻은 뒤에는 궁방에 가서 궁장이를 친하여 활 먹이는 것을 보고 시위 누이는 것도 보고, 또 활을 점화하여 버릇 고치는 것도 보아서 혼자서 활을 다루게 되었고, 사정에 가서 한량을 친하여 하삼지下三指로 줌통 쥐는 법도 배우고 상삼지上三指로 시위 그읏는 법도 배우고 각지 손 떼는 법도 배우고, 또 비정비팔[40]에 흉허복실[41]로 서는 법을 배워서 궁체를 얌전히 가지게 되었다. 아기 한량의 색시활을 메고 다니는 것이 동소문 안의 명물이 되었다. 봉학이가 사실로 명무名武에 지나가는 재주를 가졌지만은, 사정에 가서 활 쏠 잡이가 못

---

38 종의 신분에서 풀려나 양민이 되는 것.

39 호반은 무관을 말한다. 만호와 첨사는 여러 진鎭에 배치되었던 하급 무관 벼슬.

40 왼발은 앞에 두고 오른발은 뒤에 두는 자세.

41 가슴은 비우고 배에 힘을 주는 자세로 명궁의 조건이라고 한다.

되는 까닭에 삼언평에 나가서 먼장질[42]을 하거나 그렇지 아니하면 성균관 뒷산에 올라가서 새 사냥을 하였다. 새 사냥할 때에는 꺽정이와 유복이도 반드시 따라다니며 구경하였다.

어느 날 봉학이가 활을 메고 동소문 밖으로 나가려고 하는데 유복이가 뒷산으로 새 잡으러 가자고 붙잡으니

"새가 있어야지 잡지."

하고 봉학이가 뒷산으로 가지 아니하려는 것을 꺽정이가

"없거나 있거나 가 보자꾸나."

하고 우겨서 세 동무가 성균관 뒷산에를 올라왔다. 그윽한 곳에 있는 성한 나무숲에 새들이 없을 리 없지만은, 아기 한량 활 그림자에 놀란 새들이 높이 날아 멀리 피하고 아기 한량이 홍풀이하라고 남아 있지 아니하였다. 아기 한량까지 세 아이가 숲 속으로 이리저리 헤매는 동안에 산비둘기나 종새 같은 큰 것은 고사하고 솔새나 굴뚝새같이 작은 것도 한 마리 만나지 못하고 홍이 없이 도로 내려오는 길에 봉학이가 가죽나무 가지에 뒤로 앉은 까치를 보고 한 번 시위를 당겼다. 그 까치는 꽁지 밑에 살을 맞고 푸드득하고 날아서 옆가지 위에 있는 숲 속으로 들어갔다. 살대는 까치집 밖으로 내다보이나 까치가 나오지 아니하니 그 살 한 대는 잃어버리지 않을 수 없이 되었다. 봉학이가 살이 아까워서

"저것을 어찌하나?"

하고 걱정하니 유복이가

"가만 있소."

하고 잔돌을 주워 가지고 와서 팔매를 치기 시작하였다. 팔매가 까치집에 맞기도 하였지만, 꽁지 밑에 박힌 살을 주둥이로 뽑아 보려고도 못하고 죽은 듯 엎드려 있는 까치가 겉팔매를 겁내서 나올 까닭이 없었다. 봉학이가 팔매질이 소용없는 것을 보고 활과 전통을 유복이에게 맡기고 나무

---

42 사대射臺에서 쏘지 못하고 먼발치로 활을 쏘는 것.

에를 올라가려고 하니 꺽정이가 나무 밑으로 와서 나무의 위아래를 눈으로 재어 보며

"가만 있거라."

하고 봉학이를 올라가지 못하게 한 뒤에 나무를 두 손으로 흔들었다. 그 가죽나무가 크기는 얼마 되지 아니하여 밑동이 두 손으로 싸서 쥘 만하였다. 나무가 흔들흔들하였다. 그러나 까치는 종시 나오지 아니하였다. 봉학이가

"언니 소용없소."

하고 말하니 저의 하는 일이 소용없다는 데 꺽정이가 골이 나서 저고리를 벗어부치고 나무를 뽑으려고 대들었다. 유복이가 이것을 보고

"땅에 박힌 생나무가 그렇게 쉽게 뽑히오? 언니, 소용없는 짓 마오."

하고 웃으니 저의 하려는 일이 소용없다는 데 꺽정이가 골이 더 올랐다.

"가만, 있거라, 어디 보자."

하고 꺽정이는 허리를 구부려서 밑동을 아래로 껴안고 힘을 썼다. 한두 차례 힘쓰는데 나무가 우쭉우쭉하여 뽑힐 것 같았다. 봉학이가 유복이에게서 활과 전통을 찾아서 전통은 메고 활은 살을 먹여 들었다. 꺽정이가 눈을 부릅뜨고 입을 악물고 한번 응 소리를 크게 질렀다. 그리하고 허리를 폈다. 가죽나무가 뽑혀 넘어지며 까치가 날았다. 간신히 목숨만 붙어 있던 까치가 미처 멀리 날지 못하여 살 한 대가 대가리를 꿰뚫어서 허무하게 떨어졌다. 꺽정이는 저고리를 집어서 안섶으로 얼굴의 땀을 씻고서

"인제도 소용없니?"

하고 두 아이를 돌아보았다. 두 아이의 눈에는 꺽정이가 사람 같아 보이지 아니하였다.

유복이는 봉학이가 두 선생에게 상급을 받을 때 재주가 부러웠고, 꺽정이가 뒷산에서 생나무를 뽑을 때 힘이 부러웠다. 힘은 부럽지만 천생이라 할 수 없고 재주는 한 가지 배워 보려고 생각하였다. 그러나 활만은 배워야 봉학이만 못할 것이라고 생각하여

'무슨 재주를 배워 볼까?'
하고 혼자서 궁리하였다. 그리하여 유복이는 댓가지로 창을 만들어 가지고 수법도 모르면서 두르기며 찌르기며 던지기를 공부하였다. 유복이가 사람이 의뭉한 까닭에 낮이면 선생의 집에 와서 전과 같이 장난하고, 밤에만 집에 가서 창 쓰기를 공부하는데 저녁때 조금 일찍이 돌아가는 것 외에 꺽정이는 고사하고 약은 봉학이도 눈치채지 못할 만큼 몰래몰래 공부하였다. 유복이는 창을 어지간히 쓰게 된 뒤에 의형들을 놀래줄 작정이었다. 심 선생의 집 앞마당이 넓기는 하지만 긴 창을 내두르기 어려울 때가 많고, 유복 어머니가 글공부 아니하고 장난 공부한다고 대창을 분지르기까지 한 까닭으로 유복이는 그 어머니 몰래 조그만큼씩한 대창들을 만들어 두고 꾀꾀로 틈을 타서 물건을 던져 맞히기를 공부하였다. 하루이틀 지나는 동안에 차차로 손이 익숙하여 처음에 가까운 거리에 큰 물건이나 맞히던 것이 거리가 조금씩 멀어지고 물건이 조금씩 작아져도 능히 맞히게 되어서 두서너 간 밖에 있는 참새를 노릴 만큼 되었다. 그러나 참새는 잡지 못하고 털만 뽑아 놓을 때가 많아서 제일로 귀신 같은 한량 형에게 재주라고 보이기가 부끄러웠다. 그러한데 유복이가 던지는 것이 버릇이 되어서 아무것도 아니 가진 맨손을 가지고도 던지는 시늉을 내는 것이 봉학이 눈에 띄어서
"너 왜 손짓을 그렇게 하니?"
하고 괴상히 여기는 때도 한두 번이 아니었지만, 그런 때마다 유복이는
"어깨가 아파서 그러오."
하고 천연덕스럽게 대답하여 대창 던지는 공부를 숨겼다.

유복이가 창 던지는 공부를 동무들에게까지는 숨겼지만, 그 어머니는 속일래야 속일 수 없었다. 처음에는 그 어머니 눈에 들킬 때마다 사설을 듣고 또 야단을 맞았다. 그러나 그 어머니가 무어라고 사설을 하거나 또는 야단을 치거나 말거나 유복이는 꾸준히 창을 던졌었다. 한번은 그 어머니가 유복이를 붙들고

"하라는 글은 아니하고 말라는 장난만 하니 어찌할 셈이냐? 너의 나이도 인제는 셈들 때가 되지 않았느냐? 너 하나를 바라고 사는 어미 생각을 좀 하려무나."

하고 사정을 하다가 유복이의 입에서 시원한 대답이 떨어지지 아니하여서

"네가 어미 생각을 아니한다면 나는 오늘이라도 죽는다."

하고 발악하다시피 말하였다. 고개를 숙이고 앉아 듣기만 하던 유복이가

"어머니, 왜 그러오? 내가 아버지의 원수를 갚자면 칼도 쓸 줄 알고 창도 쓸 줄 알아야 할 것 아니오? 소학 대학[43]을 가지고 원수를 갚을 수 있소, 어머니?"

하고 고개를 들고 어머니의 얼굴을 바라보니 그 어머니의 눈에는 눈물이 돌았다.

"네가 그게 잘못 생각이다. 네가 글 잘 읽어 가지고 이담에 강령 원님이 되어 가면 그까짓 원수는 하루아침에 갚을 수 있지만 네가 창 질을 잘한다고 창으로 원수를 갚을 터이냐?"

"글 잘 읽으면 강령 원님해 가오? 그러면 우리 선생님은 황해 감사도 해 갔게."

"너의 선생님[44]은 백정이니까 벼슬을 못했지."

"상놈의 자식은 백정보다 낫답디까? 어머니 알지 못하거든 가만히 계시오. 별수 없어요. 아버지 원수 갚으려면 꺽정이같이 힘이 장사거나 그렇지 않으면 봉학이의 활재주 같은 재주가 있어야지. 내가 댓가지 창으로 원수 놈의 대가리를 꿰놓을 날이 있으니 어머니 두고 보시오."

유복 어머니는 유복이가 생각을 고쳐먹도록 말을 하다하다 지쳐서 그만두었다. 유복 어머니가 그 아들의 장래를 걱정스럽게 여기지만은 그 뒤로는 장난 공부한다고 유복이를 사설하거나 야단치거나 하지 아니하였

---

43 《소학小學》《대학大學》은 상당한 기간 글공부를 한 후에야 배우게 되는 책이다.

44 갖바치를 가리킴.

다. 그뿐이 아니라 달밤에 유복이가 혼자 마당에 나와서 '쉬, 쉬' 하고 소리를 질러가며 대창을 던질 때 뒤에 따라나와서 웃으며 구경하고 유복이의 던지는 창이 겨냥하는 과녁에 벗어나가지 아니하고 꼭꼭 들어가 맞는 것을 보고는

"신통하게는 맞는다."

하고 칭찬까지 하게 되었다. 유복 어머니의 칭찬이 안으로 들어가서 심의의 입을 거쳐 갖바치의 집으로 굴러왔다. 꺽정이가 이것을 듣고

"재주를 배우면 드러내 놓고 배우지 숨길 것이 무엇이냐?"

하고 유복이를 나무라니 유복이는 못된 일을 하다가 별안간 남에게 들킨 사람과 같이 얼굴이 붉어지며,

"끝끝내 숨기려고 한 것도 아니오. 한번 언니들을 놀래 보려고 했더니 고만 들켰소."

하고 발명하였다.

"어림없는 것 같으니, 네가 하늘의 별을 따기로 놀라기는 누가 놀라겠니? 대체 댓가지 창을 가지고 얼마나 잘 던지나 내 앞에서 한번 해 보아라."

"아직 언니에게 보일 만큼 되지 못했으니 조금 더 참으시오."

"네가 참으란다고 보고 싶은 것을 참는단 말이냐? 오늘 한번 해 보아라."

유복이는 꺽정이의 말을 어기지 못하여 저의 집에 가서 댓가지 창들을 가져왔다. 두어 간 밖에 세운 손바닥만한 나무쪽에 댓가지 창 다섯 개를 내리꽂아 보였다. 꺽정이가

"용하다."

한 마디 칭찬하고 바로 갖바치에게로 가서

"선생님, 유복이도 한번 시재 보이십시오."

하고 말하니 갖바치는 웃으며 고개를 끄덕였다. 이튿날 갖바치의 집 안마당에서 여러 사람들 보는 데서 유복이가 댓가지 창을 던지게 되었는데, 갖바치와 심의는 바깥방에 앉아서 문을 열고 내다보고 꺽정이와 봉학이 외에 금동이까지 유복이 좌우에 둘러서고 섭섭이는 안마루 끝에 서서 바

라보았다. 유복이 입에서 쉿쉿 소리가 나며 댓가지 창들이 빨랫줄같이 건너편으로 건너가서 담에 붙은 나무쪽 과녁에 들어가 박혔다. 맛없는 금동이가 유복이를 툭툭 치며

"가는 창을 만들어 가지고 봉학이처럼 파리나 잡아라."

하고 말하니

"지금 하나 잡아 보리까? 매부 상투에 한 마리가 붙었소그려."

하고 별안간에 쉿 소리를 하며 댓가지 창 하나를 던져서 금동이의 상투를 가로 꿰었다. 가까이서 던진 것이 빗나갈 까닭이 없었다. 이것을 보고 봉학이는 손뼉을 치고 꺽정이와 심의는 허허 소리를 내고, 섭섭이는 입을 막고 갖바치까지 빙그레하였다. 금동이가 내다보는 갖바치를 꺼려서 맘대로 골을 부리지 못하나마 유복이에게 목자[45]를 부라리며 상투에 꽂힌 댓가지 창을 뽑아서 분질러 버렸다.

심의가 봉학이는 상급을 주고 유복이는 아니 줄 수 없다고 대장장이를 시켜서 조그만 제물자루 창 다섯 개를 치이어서 상급으로 유복이를 주었다. 그것이 명색만 창이지 크기는 손 작은 사람의 집게뼘 한 뼘쯤밖에 아니 되고 모양은 조그만 댓잎에 굵은 줄기가 붙은 것 같았다. 그리하여 유복이는 댓잎이라고 이름을 짓고 봉학이는 뼘 창이라고 이름을 지었는데, 봉학이의 지은 이름이 여럿에게 쓰이게 되었다. 그 뒤에 어느 날 꺽정이 남매가 조용히 안방에 앉아서 이야기하는 중에 섭섭이가

"너도 무슨 재주든지 재주 한 가지 배우려무나. 봉학이의 활은 고사하고 유복이 뼘 창 잘 쓰는 것도 보기 부럽더라."

하고 동생의 눈치를 보니 꺽정이는 탐탁하게 듣지 않고

"부럽거든 배우구려."

하고 문동답서[46]로 대답하였다.

---

45 눈깔, 또는 눈알을 유식하게 부르는 말.

46 동문서답.

"내야 여편네 사람이 그런 것을 배워서 무어 하겠나. 네나 배우란 말이지. 너 같은 장사가 신통한 재주까지 배워 두면 좀 좋겠니."

"언짢을 것은 없겠지요."

"그래야. 언짢을 것만 없어? 배워 두면 이담에 잘 써먹게 될지 누가 아니?"

"잘 써먹지 못할 것 내가 아는걸. 그리고 쓸 데가 있으면 봉학이나 유복이 같은 놈 불러다 쓰지 걱정이오?"

"무엇이든지 남의 손을 비는 것이 내가 하는 것만 하냐?"

"누나 말대로 하면 옷도 내 손으로 지어 입어야지, 누나 손을 빌어서는 못 쓰겠구려."

"그렇게 할 말이 아니야. 도적질도 하지는 않을망정 알아는 두란다고 무엇이든지 배워 두면 좋지, 언짢을 것이 무어 있니?"

"글쎄, 언짢을 건 없다니까 그러오?"

"그렇다면 무엇이든지 배워야지."

"차차 배우지요."

"내가 사내 같으면 너더러 배우라기 전에 내가 나가서 배우겠다만."

"여편네는 배워 두면 어떻소?"

"그럼 여편네가 활이나 창 같은 것을 배워 두어서 무엇에 쓰니?"

"쓰기는 무엇에 써요, 그저 배워 두는 것이지."

"여편네가 벼슬하는 나라 같으면 나도 배워 두다뿐이야."

"누나가 쓴다 못 쓴다 하는 것이 벼슬을 두고 하는 말이라면 누나의 여편네나 나의 사나이가 못 쓰기는 일반이오."

"신령님이 인물을 점지할 때는 장래에 반드시 쓰일 곳이 있을 것인데 너 같은 큰 인물을 왜 우리네 백정의 집으로 점지하셨을까?"

"신령님이란 다 무엇이오? 그런 것이 있는지 없는지는 모르지만 있다고 해도 내가 그 따위 것의 점지를 받아서 태어났을 리 만무하오."

남매의 문답이 그칠 줄을 모를 때 금동이가 밖에서 뛰어 들어오며

"너 여기 있구나. 나는 봉학이하고 새 잡으러 간 줄로 알았지. 어서 나

가 보아라."
하고 미처 나가 보라는 까닭을 말하지 못하여 꺽정이는
"왜 나가라오?"
하고 까닭을 묻는데 순하지 아니한 어조가 듣기에 시비하려는 사람의 말 같기도 하였다. 금동이가 대번에 골을 내며
"나가기 싫거든 고만두려무나."
하고 변덕스럽게 고개를 흔드니 꺽정이가 웃으면서
"고만두지, 낭패될 일 없소."
하고 앉은 자리에서 일어나지 아니하였다.. 금동이가 골이 조금 풀리며 섭섭이를 향하여
"장인님이 오셨어. 꺽정이 어디 갔느냐고 물으시기에 새 잡으러 갔는가 보다고 말씀했지."
하고 꺽정이더러 나가 보라던 까닭을 말하자, 꺽정이는
"매부는 똑똑하오. 버선 수눅[47]은 바꾸어 신지 않겠소."
하고 벌떡 일어나 나갔다.
"자식이 고분고분치도 못하다."
"그애 고분고분치도 못한 것 걱정 말고 당신이 좀 변변하게 구시오."
하고 섭섭이도 일어나서 방을 쓸어 놓으려고 비를 찾았다.
얼마 아니 있다가 꺽정이 부자가 같이 들어왔다. 섭섭이가 그 아버지를 이따금 보지만 아버지의 얼굴을 보는 것이 반갑지 않을 리 없었다. 방에 들어앉은 뒤에
"아버지, 이번에 어째 오셨소?"
하고 섭섭이가 정답게 물으니 그 아버지는 턱으로 금동이를 가리키며
"저애 아버지[48]하고 좀 의논할 일이 있어서."

47 버선등의 꿰맨 솔기. 이것이 오른쪽 버선인가 왼쪽 버선인가 구분하는 표시이다.
48 갖바치를 가리킨다.

하고 의논할 일이 무엇인 것은 말하지 아니하였다.

돌이가 이번에 서울 온 것은 아들딸도 보려니와 데리고 사는 여편네가 태중에 학질로 죽을 지경이 되어서 약을 물으러 온 것이었다. 그날 밤에 두 사돈이 병 이야기, 약 이야기를 하고 앉았는 중에 심의가 어디를 갔다가 돌아와서 중전이 지금 태중이라는 소문을 전하였다. 갖바치가

"임금 한 분이 탄생하시려는 게지."

하고 적이 웃으니 심의는

"중전이 생남을 합신대도 동궁이 계옵신데 임금은 무슨 임금, 한껏해야 대군이지."

하고 허허 웃고 돌이는

"우리 집에도 이번에 무슨 군君이나 나려는지."

하고 너털웃음을 웃었다.

그 뒤에 돌이의 여편네가 병에 부대끼다 못하여 여덟 달에 사내아이 하나를 지어 낳았다. 어린아이는 조막만한 것이 간신히 사람의 모양만 가졌을 뿐이지 손톱 발톱도 변변히 생기지 못하였었다. 꺽정이는 동생 하나가 생겼다는 소식을 듣고 집으로 내려왔다. 갓난아이를 보고 동기가 귀엽다느니보다 인생이 불쌍하였다. 아버지는 고사하고 아이의 어머니까지 며칠 못 살고 죽을 것으로 셈을 치고 죽으라고 내버려두다시피 하는 까닭에 더욱이 불쌍하였다. 꺽정이는 아이가 울면 젖을 먹이라고 재촉에 재촉을 더할 때가 많을 뿐 아니라 곰살궂지 못한 손으로 조심하여 살 깃을 바꾸어 줄 때도 적지 아니하였다. 꺽정이가 서울은 집 같고 집은 객지 같아서 서울로 가고 싶은 생각이 많지만은 어린 동생을 아이 어머니에게만 맡겨 두면 참말로 죽일 것 같아서 완구히 살 것을 보고 가려고 며칠 동안 집을 떠나지 못하였다. 아이가 꼴보다 병은 없어서 몇 달 지나는 동안에 손톱 발톱도 생기고 살점도 붙어서 비로소 사람의 아이같이 반반해지니 아이 어머니는 울기가 무섭게 젖을 물리고 아버지도

"인제는 사람 같다. 형이 애쓴 보람이 있다."

하고 들여다보게 되었다.

꺽정이가 내일모레면 서울로 간다고 작정하였을 때 그 아버지의 심부름으로 어물도가에를 갔더니 어떤 손 하나를 중간에 앉히고 여러 사람이 둘러서서 이야기들을 듣고 있었다. 꺽정이도 무슨 이야기인가 하고 뒤에 가서 들었다. 그 손이 이야기한다.

"그래 구술원에서 잤더면 아무 일도 없을 것을 공연히 객기로 나섰소그려. 해가 다 저물어 갈 때 그 외딴 주막에를 오지 않았겠소. 과연 늙은이 하나가 삼태기를 겯고 앉았습디다. 그래서 그 늙은이를 보고 '이 근처에 칼 잘 쓰는 이가 있다는데 그가 어디 사는지 아시오. 당신더러 물어보면 알리라고 말하는 사람이 있습디다.' 하고 물은즉, 그 늙은이가 대번에 '나는 모릅니다.' 하고 고개를 설레설레 흔들더니 한참 있다가 '칼 잘 쓰는 사람은 찾아 무얼 하실라오' 하고 묻는 것이 다소간 묘맥[49]이 있어 보이기에 검술을 배울 욕심으로 찾아왔노라고 바로 말했지요. 그랬더니 그 늙은이가 웃으면서 '이 앞 숲 속에서 가끔 화적[50]이 납니다. 아마 그 화적이 칼을 잘 쓰는갑디다. 그렇지만 화적을 만나면 물건 빼앗기고 잘못하면 목숨까지 빼앗기기만 하지 검술 배울 수가 있겠소. 생각 마시오.' 하고 말립디다. 그 화적이 어디 사는 사람이냐고 물으니까, '그걸 알 수가 있소? 화적 사는 곳을 알면 관가에 가서 고발하고 상을 탔겠소.' 하고 대답합디다. 화적 난다는 숲이 거기서 얼마나 되고 또 화적이 흔히 어느 때 나느냐고 자세히 물어 가지고 늙은이 주막에서 5리나 착실히 되는 숲 속에를 오지 않았겠소. 그때 해 저문 지가 한참 된 때라 어두운 데다가 숲 속이라 옆의 사람도 알아보지 못할 만큼 캄캄하였소. 화적이 인기척을 들으면 나오려니 하고 일부러 큰기침을 해 가면서 차츰차츰 걸어 나오는데 숲

49 일의 실마리.

50 임꺽정이 살던 시대에는 유난히 화적이 많았다. 본래 화적은 양민들인데 가뭄이나 홍수로 농사를 짓지 못하게 되거나 힘있는 양반, 고을 원들에게 가혹하게 수탈을 당해 고향을 등진 이들이 많았다. 이는 조정이 부패 관리로 심하게 썩었다는 걸 말한다.

을 거의 다 나와서 뒤에서 새가 날아오는 것 같은 기척이 나며 별안간에 '칼 받아라.' 소리가 납디다그려. 나는 무망결[51] 주저물러 앉았지요. 간신히 정신을 가다듬어 가지고 '칼을 배우러 왔습니다.' 한 마디 말했더니, 깔깔 웃는 소리가 들리는데 그 웃음소리가 올빼미의 우는 소리 같습디다. 웃음소리가 끝난 뒤에는 아무 소리가 없습디다그려. 그날 밤에 숲에서 한 5리 떨어져 있는 동네에 와서 자는데 그 동네 사람들의 말이 어둔 뒤에 그 숲을 지나오다니 목숨이 붙어 온 것이 천행이라고 말합디다그려. 나중에 아니까 갓이 모자가 없어지고 상투까지 잘렸습디다. '칼 받아라.' 할 때 머리 위가 선뜻하더니 그때 그렇게 된 모양인데 나는 까맣게 몰랐었소. 이것 보오."

하고 갓을 벗고 솔잎상투를 보이면서

"인제 겨우 당 줄을 동여맬 만큼 되었소.[52] 그래 내가 검술을 배우려다가 혼만 나 본 일이 있소."

하고 이야기를 마쳤다. 꺽정이는 검술 이야기에 귀가 뜨여서 앞으로 나서서 그 손에게

"구술원이 어느 땅인가요?"

하고 물은즉 그 손은 꺽정이를 쳐다보더니

"부평 땅이다. 그것은 왜 묻니? 네가 나처럼 혼이 나 보고 싶으냐?"

하고 껄껄 웃었다. 꺽정이가 심부름 왔던 일을 다 마치고 집으로 돌아오는 길에

'그 손의 이야기대로 보면 외딴 주막의 늙은이가 수상한 사람이다. 내가 한번 찾아가 보겠다.'

하고 생각하였다. 꺽정이는 떠나려던 날 집을 나서 서울로 오지 않고 부평 구술원을 찾아갔다.

---

51 무심코. 무의식 중에.

52 머리가 조금 자랐다는 뜻.

꺽정이가 초행이라 물어 가며 길을 걸었다. 서울을 비켜 놓고 한강 하류를 건너 김포 땅에서 남으로 내려오는데, 구술원 길을 물어 나오기는 양주서 떠나던 이튿날이었다. 무인지경 숲 속 길에를 들어섰다. 숲이 크거나 길지는 아니하지만 나무가 빽빽이 들어선 까닭에 대낮에도 길이 어둠침침하였다.

'이 숲이 그 손의 상투 잘린 곳이구나.'

하고 꺽정이는 생각하며 그 숲을 지나 곧은 길로 한 5리를 와서 본즉 과연 외딴 주막이 하나 있다. 삼간 초가가 까치집같이 엉성한데 넓지 못한 앞마당에 늙은이 하나가 맷방석[53]을 틀고 앉았다.

'이 늙은이가 바로 수상한 늙은이구나.'

하고 꺽정이가 속으로 생각하며 늙은이의 앞으로 나가서

"다리가 아프니 좀 쉬어 갑시다."

하고 말을 붙였다. 그 늙은이가 한 번 흘긋 쳐다보더니 고개를 돌이켜서 턱으로 봉당을 가리키며

"저기 앉아 쉬어 가게."

하고 손에 잡은 일거리를 놓지 않는 것이 일에 재미를 붙인 모양이다. 꺽정이가 봉당 위에 올라앉아서 늙은이의 뒷모양을 바라보며 생각하였다.

'머리에 검은 털 하나 없는 늙은이가 눈의 열기는 어찌 그리 매서울까. 이 늙은이가 확실히 수상하지.'

꺽정이가 늙은이와 말을 하고 싶으나 말거리가 없어서

"구술원이 여기서 먼가요?"

하고 물어볼 것도 없는 말을 물었더니 늙은이는

"멀지 않아."

간단하게 대답하고 돌아다보지도 아니하였다. 꺽정이가

"물어 볼 말씀이 있소."

---

53 맷돌 밑에 까는, 짚으로 엮어 만든 둥근 방석.

하고 말을 붙이니 늙은이가

"무어?"

하고 돌아보는데

"검술 배우려고 왔다가 이 앞 숲 속에서 상투만 잘리고 간 사람이 있소?"

"나는 몰라. 듣지도 못했어."

하고 늙은이는 일 방해하는 것이 재미없다는 듯이 현저히 불쾌한 내색으로 고개를 흔들고 손에 잡은 일을 계속하였다. 꺽정이가

'이 늙은이 보아라. 얼마나 재미있게 일을 하나 보자.'

하고 속으로 생각하며 봉당 위에까지 뻗치어 올라온 맷방석 날을 두서넛 함께 집어 매듭을 지은 뒤에 봉당 중간에 선 기둥을 들어 매듭이 들어갈 만한 틈을 내고 그 매듭을 틈에 끼워 놓았다. 늙은이가 맷방석 테를 들어 올리다가 뒤에 걸리는 것을 알고 아이가 손으로 붙잡았나 의심하고 돌아다보는데 꺽정이는 두 손으로 턱을 괴고 먼 산을 바라보고 있었다. 늙은이가 날을 잡아당기다가 기둥 밑에 끼인 것을 알았다. 늙은이가 일어나서 몸에 붙은 검부적을 떨고 봉당 위로 올라왔다. 한 번 기웃이 기둥 밑을 들여다보고 다시 물끄러미 꺽정이를 바라다보았다. 아무리 초가집의 약한 기둥이라도 한 손으로 기둥을 들고 한 손으로 물건을 끼자면 여간 장사로는 되지 못할 일이니 아직 몇 살 되어 보이지 아니하는 아이가 이런 일을 할 수 있을까? 맷방석이 저절로 기둥 밑에 돌아 끼었을 리도 없고 대낮에 도깨비가 장난쳤을 리도 없고 본즉 아이의 짓인 것은 틀림이 없다. 늙은이는 한참 생각하고 섰다가 꺽정이 옆으로 와서 붙어 앉으며

"이애?"

하고 부르니 이때껏 시침을 떼고 앉았던 꺽정이가

"네."

하고 대답하며 돌아보았다.

"너 어디 사니?"

"양주 사오."

"양주? 너의 아버지가 관 푸주하니?"[54]

"그렇소. 어떻게 아오?"

늙은이가 꺽정이의 어깨를 툭 치며

"참말 장사다. 내가 너의 장사란 말을 듣고 한번 보러 가려고 했더니 잘 만났다. 지금 어디 가는 길이냐?"

"어디 가는 길이 아니라 여기까지 왔소."

늙은이는 이 말을 듣고 빙긋이 웃더니

"네가 상투 잘린 사람의 이야기를 듣고 상투 자른 사람을 찾아온 모양이냐?"

"그렇소."

"그 사람은 찾아 무엇하니? 힘 겨룸해 보려냐?"

"아니오. 그 사람에게 검술을 배워 보려고 왔소."

"다른 사람 같으면 일러 줄 수가 없지만 너니까 내가 일러주마. 내가 그 사람을 안다. 내게서 며칠만 묵으면 자연히 그 사람을 만나 보게 될 것이다."

하고 늙은이는 연하여 싱글싱글 웃었다. 꺽정이 만난 것을 진정으로 반가워하는 모양이었다.

"이애, 맷방석을 꺼내 놓아라. 치워 버리게."

꺽정이가 한 번 웃고 나서 한 손으로 기둥을 들고 한 손으로 매듭을 잡아당겨 눌렸던 기둥 밑에서 떼어 놓았다. 보고 있던 늙은이는

"하늘이 내신 장사다."

하고 칭찬을 마지 아니하였다.

(이하 줄임)

1928년 《조선일보》

---

54 이 늙은이도 관 푸주하는 집 아들(꺽정이)이 힘이 장사라는 소문은 들어서 알고 있다.

절대로 배반하지 않는 친구를 사귀고 싶은가?

그렇다면 책과 사귀어라.

- 발로

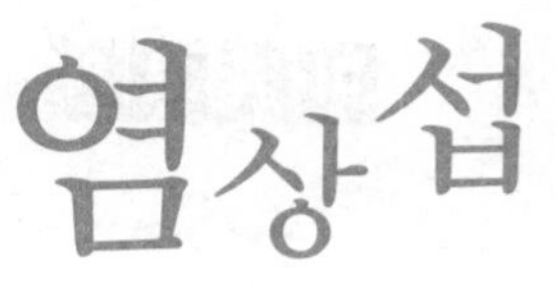

|1897 ~ 1963|

1897년 서울에서 태어나다. 1912년 보성중학 2학년 1학기를 마치고 일본으로 건너가 교토 부립 제2중학교를 졸업하고 1918년 게이오 대학 사학과에 입학하다. 그러나 오사카 텐노지天王寺 공원 만세운동으로 투옥되어 학교를 중퇴하다. 1920년 창간한《동아일보》정치부 기자, 1921년 오산학교 교사가 되다. 1921년《폐허》동인에 참가,《개벽》지에 데뷔작〈표본실의 청개구리〉를 발표하다.〈표본실의 청개구리〉는 한국 최초의 자연주의적인 소설로 평가되며, 그 후 전형적인 사실주의 계열의 작품들을 계속 발표하다. 1922년 최남선 주재 종합주간지《동명》편집을 하다가 현진건 등과 함께《시대일보》로 직장을 옮기다. 1926년 결혼하고《조선일보》학예부 기자, 1937년《만선일보》편집국장으로 초빙되어 만주로 이사하다. 1945년 만주에서 해방을 맞고 거류민단을 조직하여 부회장이 되다. 1946년《경향신문》창간 편집국장, 6 · 25전쟁이 일어나자 해군 정훈국에 근무하다. 1953년 해군 중령으로 예편하고 1954년 예술원 종신회원에 추대되다. 1955년 서라벌예대 학장이 되다. 호는 횡보橫步.

대|표|작

〈표본실의 청개구리〉(1921), 〈만세전〉(1922), 〈삼대〉(1931), 〈무화과(삼대 속편)〉(1931), 〈두 파산〉(1949), 〈취우〉(1952) 등이 있다.

미리보기

〈삼대〉는 1930년대 당시의 시대상을 잘 구현하고 있어서 한국 근대 문학사상 대표적인 리얼리즘 소설로 평가받는 작품이다. 작가는 식민지 시대 서울에 사는 만석꾼 조씨 일가를 대상으로 식민지 현실을 바라보는 각 세대의 세계관이 서로 어떻게 다르고 충돌하는지를 아주 사실적으로 잘 그리고 있다.

조선왕조 시대의 봉건주의자인 조의관은 자신의 재산을 어떻게 지켜 나가고 가부장적 권위를 어떻게 유지해 나갈 것이며, 자기가 죽은 후 조씨 가문의 사당을 어떻게 지켜 나갈 것인가에 관심을 집중한다. 개화기 세대인 조상훈은 신교육도 받고 우국 충정도 있는 개화주의자이지만 식민지 시대가 되면서 축첩, 노름 등 비생산적인 일에만 빠져든다. 작가가 가장 힘을 쏟아 비판하고 있는 계층이 바로 이 개화기 세대 지식인이다. 식민지 세대인 조덕기는, 할아버지의 고집불통의 전통적 가치관에도 문제가 있지만 이 전통적 가치관을 전면 부정하는 아버지에게도 문제가 있다고 생각하고 새로운 삶의 활로를 모색한다.

이런 3대의 갈등은 전통 사회에서 새로운 근대 사회로 이행하는 과정에서 나타나는 불가피한 현상이기도 하다. 하지만 전통과 과거를 전면 부정하고 서구식 가치관을 도입하는 것은 혼란만을 가져올 것이다. 따라서 전통에 바탕을 둔 새로운 가치관의 모색이 시급히 요청된다. 이런 시대적 요청을 이해하고 실천하려는 인물이 바로 조덕기이며 이것이 작가가 조덕기 세대에 따뜻한 눈길을 주는 이유이다. 그러나 이 식민지 세대 또한 세대 안으로는 횡적 갈등이 존재한다. 이 횡적 갈등의 문제를 덕기와 병화를 등장시켜 첨예하게 보여 주고 있다.

〈삼대〉의 배경이 된 1930년대 우리 사회는 서로의 지향과 가치관이 다른 이런 세 세대가 공존했던 시기이다. 조의관, 조상훈, 조덕기는 각 세대를 대표하는 인물이며 작품에서 그려지는 인물간의 갈등은 그 당시 우리 사회의 갈등을 반영한 것으로 볼 수 있다. 그러나 세대적으로는 갈등을 보이면서도 '돈'에 대해서만은 똑같이 집착한다. 작가는 '돈'을 둘러싼 이야기를 통해서 1920년대 자본주의적 현실을 상징적으로 나타낸다.

학습길라잡이

구조분석

- **갈래** 장편 세태소설 및 가족사소설.
- **주제** 식민지 시대 중산층 가문의 세대간, 계층간의 갈등과 몰락.
- **배경** 시간은 일제 시대 1930년대. 공간은 서울.
- **시점** 3인칭 전지적 작가 시점(각 장면에서 주요 인물들이 시점의 주체가 됨).

등장인물

- **조의관** 1대 할아버지. 조씨 가문의 가장. 낡은 유교 사상과 가부장적 가족관을 고집하는 봉건주의자. 가문과 재산에 대한 집착이 강하다. 전형적인 구시대 인물.
- **조상훈** 2대 아버지. 조의관의 아들. 덕기의 아버지. 미국 유학을 다녀온 기독교도. 개화주의자. 축첩과 도박을 일삼는 무책임하고 쾌락만을 추구하는 이중적 인물. 전형적인 개화기 과도기적 지식인.
- **조덕기** 3대 손자. 조상훈의 아들. 일본 유학생. 할아버지와 아버지 사이에서 중립적 입장을 취한다. 할아버지가 권하는 가족주의는 승계하고, 아버지를 이해는 하면서도 비판한다. 사회주의 운동에 심정적 동조자. 우유부단한 성격을 가진 일제 식민지 세대의 전형적인 지식인.
- **김병화** 덕기의 친구. 사회주의자. 인간다운 삶을 추구하기 위하여 신념과 의지를 가지고 행동한다. 극단적인 개화기의 전형적 인물.
- **홍경애** 조상훈에게 몸을 망치는 여인. 타고난 미모와 재능으로 인해 불행해진다.
- **덕기의 처** 인내를 최대의 미덕으로 알고 있는 여인. 그러나 인내와 복종이 맹목적이고, 경제적 능력과 독립심이 없다.
- **이필순** 소극적인 듯하지만 적응력이 강한 여인. 보기에는 약하나 이성에 대한 자제력으로 타락에 빠지지 않는다. 절제와 금욕 생활로 거친 사회를 잘 헤쳐 나가는 인물.
- **김의경** 조상훈에 의해 희생된 여인. 영락한 양반집 딸로, 낮에는 일하고 밤에는 매춘을 한다. 신식 교육을 받았으면서도 허영심 때문에 타락의 길을 걷

는 의식 없는 여인.

■ **수원집** 작은 이해 관계 때문에 의리도 무엇도 저버리는 인물. 자기 자신의 이익을 위해서라면 못할 것이 없는 여인.

플롯

■ **발단** 유학생 덕기가 방학을 보내기 위하여 다니러 왔다가 떠난다. 조부, 아버지와 첩, 병화 등이 등장함.

■ **전개** 집안의 얽히고설킨 복잡한 인간 관계를 알게 되는 덕기.

■ **위기** 사경을 헤매는 조의관과 수원집의 음모.

■ **절정** 조의관이 사망한 후 집안의 갈등이 깊어진다. 세상도 어수선해져서 주요 인물들이 계속 체포당함.

■ **결말** 무혐의로 풀려난 덕기는 앞으로 살아갈 길을 모색한다.

줄거리따라잡기

발단

• 23세의 일본 교토 삼고보 학생인 덕기가 방학을 이용하여 귀국했다가 다시 떠나려고 하는데 증조할아버지 제사로 인해 출발을 미룬다. 할아버지 조의관, 덕기의 친구인 병화가 등장한다.

- 덕기의 아버지 조상훈과 그 첩인 홍경애가 소개된다. 조의관 집안의 대가족을 구성하는 여러 인물들이 차례차례 묘사된다.
- 김병화를 자세하게 소개한다. 아버지(목사)와 불화 관계에 놓인 병화는 마르크스주의 실천을 위하여 일부러 가난한 집 하숙생활을 감내한다. 하숙집 딸 필순과 필순의 아버지(지난날 사회주의자였던 인물)가 등장한다.
- 조상훈과 홍경애 사이에 난 딸 이야기가 나오며, 덕기와 홍경애의 소학교 동창 시절 이야기가 묘사된다.

전개

- 증조할아버지 제사로 출발을 미룬 덕기는 문중 회의를 통하여 남자들의 갈등을 알게 된다. 덕기의 모친과 덕기의 처, 수원집 사이에 일어나는 여인들의 대립과 갈등, 첩 홍경애로 인한 덕기와 부친(상훈)과의 갈등상이 펼쳐진다.
- 덕기가 교토로 간 후 홍경애를 사이에 두고 김병화와 조상훈이 만난다. 상훈은 홍경애를 만나 김병화와 어떤 관계인가를 따진다.
- 덕기에게서 편지가 온다. 병화는 필순을 향한 덕기의 관심이 순수한 것인지 아닌지 생각해 본다.
- 조상훈이 병화와 타협하기 위하여 새로 사 준 외투 때문에 상훈의 새 첩인 김의경이 탄로나고, 이를 알게 된 홍경애는 질투와 증오심으로 괴로워한다.
- 매당(뚜쟁이)이 등장하면서 중산층 인간들의 타락한 실상이 드러난다. 매당과 김의경, 홍경애 사이의 갈등이 노골화된다.
- 매당을 통해 조의관의 첩이 된 수원집이 감기로 앓아 누운 조의관을 감싸고 돌며 덕기를 비롯한 다른 가족들을 헐뜯고 모략하면서 자신의 입지를 강화시켜 나간다.
- 사회주의 활동가인 피혁이 홍경애의 집에 잠입하여 탈출할 준비를 한다. 피혁은 자신을 대신하여 국내 활동을 할 동지인 김병화와 접촉한다.

위기

- 피혁은 국외로 탈출한다. 할아버지 조의관이 위독하다는 연락을 받고 덕기는 서둘러 귀

국한다.

- 덕기는 조부에게서 유학을 포기하고 가문의 상징인 사당과 금고 열쇠를 받으라는 명을 받고, 처음에는 유학을 마치고 와서 받겠다고 말하나 할아버지의 엄명으로 금고 열쇠를 건네받는다.
- 이 사이에 할아버지는 병세가 급속도로 위독해져서 대학병원에 입원한다. 덕기는 금고 속의 재산을 확인하고, 이를 수원집과 최참봉 등 다른 인물들이 의혹의 눈으로 감시한다.

절정

- 조의관은 수술을 받으나 독약(비소) 중독으로 사망한다. 덕기는 이 사실을 알고 부검을 하여서라도 범인을 잡으려고 하지만 주위의 만류로 포기한다.
- 병화는 경애와 반찬 가게를 차려 일제 경찰의 눈을 피하려고 한다. 그러나 사회주의자 장훈의 패들로부터 피습을 당한다.
- 상훈은 더욱 방탕한 생활에 빠진다. 본처를 쫓아내고 김의경과 매당을 자신의 집으로 끌어들이고 더욱 심해진 노름과 사치로 가산을 탕진한다.
- 조의관의 사망과 병화를 둘러싼 사회주의자들의 동향을 주시해 온 일제 경찰은 이것을 하나의 사건으로 엮어 모든 관련 인물들을 대대적으로 검거한다.

결말

- 할아버지 살해 사건과 사상 관련 혐의가 무혐의 처리되고 덕기는 풀려 나온다. 일제와 적절한 타협을 통해서 다른 인물들도 모두 석방되지만 병화만은 감옥에 남는다.

삼대

✻✖❖

두 친구

덕기[1]는 안마루에서 내일 가지고 갈 새 금침[2]을 아범을 시켜서 꾸리게 하고 축대 위에 섰으려니까 사랑에서 조부가 뒷짐을 지고 들어오며 덕기를 보고,

"애, 누가 찾아왔나 보다. 그 누구냐? 대가리 꼴하고……. 친구를 잘 사귀어야 하는 거야. 친구라고 찾아온다는 것이 왜 모두 그 따위뿐이냐?"
하고 눈살을 찌푸리며 못마땅하다는 잔소리를 하다가 아범이 꾸리는 이불로 시선을 돌리며 놀란 듯이,

"애, 애, 그게 뭐냐? 그게 무슨 이불이냐?"
하며 만져 보다가,

"당치 않은! 삼동주 이불[3]이 다 뭐냐? 주속紬屬[4]이란 내 낫세[5]나 되어야 몸에 걸치는 거야. 가외可畏[6] 저런 것을 공부하는 애가 외국으로 끌고

---

1 이 작품의 주인공 가운데 한 명. 할아버지(조의관), 아버지(조상훈) 그리고 조덕기 3대에 걸친 가족들 사이에 벌어지는 갈등과 분열 구조가 이 장편소설의 주제이다.

2 이부자리와 베개.

3 겨울을 보내는 이불. '삼동三冬'은 한겨울을 말하며 '주'는 비단을 가리킨다.

4 명주실로 짠 여러 가지 피륙.

5 나쎄. 그 사람 정도의 나이.

6 두려워할 만한.

나가서 더럽혀 버릴 테란 말이냐? 사람이 지각머리가…….”

하며 부엌 속에 쪽지고 있는 손주며느리를 쏘아본다.

덕기는 조부의 꾸지람이 다른 데로 옮아 간 틈을 타서 사랑으로 빠져 나왔다.

머리가 텁수룩하고 꼴이 말이 아니라는 조부의 말눈치로 보아서 김병화[7]가 온 것이 짐작되었다.

“야아, 그러지 않아도 저녁 먹고 내가 가려 하였었네.”

덕기는 이틀 만에 만나는 이 친구를 더욱이 내일이면 작별하고 말 터인 만큼 반갑게 맞았다.

“자네 같은 부르주아[8]가 내게까지! 자네가 작별하러 다닐 데는 적어도 조선은행 총재나…….”

병화는 부옇게 먼지가 앉은 외투 주머니에 두 손을 찌른 채 딱 버티고 서서 이렇게 비꼬는 수작을 하고서는 껄껄 웃어 버린다.

“만나는 족족 그렇게도 짓궂이 한마디씩 비꼬아 보아야만 직성이 풀리겠나? 그 성미를 좀 버리게.”

덕기는 병화에게 ‘부르주아, 부르주아’ 하는 소리가 듣기 싫었다. 먹을 게 있는 것은 다행하다고 속으로 생각지 않은 게 아니나, 시대가 시대인 만큼 그런 소리가—더구나 비꼬는 소리는 듣고 싶지 않았다.

“들어가세.”

“들어가선 무얼 하나. 출출한데 나가세그려. 수 좋아야 하루에 한 끼 걸리는 눈칫밥 먹으러 하숙에 기어들어 가고도 싶지 않은데……. 군자금만 대게. 내 좋은 데 안내를 해 줄게!”

---

7 덕기와 가장 친한 친구. 사회주의 사상에 물든 청년.

8 근대 사회에서 사람의 신분을 이야기할 때 자본가 계급에 속하는 사람을 가리킨다. 부르주아의 반대말은 프롤레타리아. 이 소설의 시대 배경이 된 1930년대는 어느 때보다도 암울한 일제 식민지 통치 시절. 상당히 많은 젊은이들이 사회주의에 깊이 빠져 민족의 활로를 개척하려고 힘쓰고 있었다.

"시원한 소리한다. 내 안내할게, 자네 좀 내 보게."

"여보게, 담배부터 하나 내게. 내 턱은 그저 무어나 들어오라는 턱일세."
하며 병화는 방 안을 들여다보고 손을 내밀었다.

"나 없을 땐 소통 담배를 굶데그려."

덕기는 책상 위에 놓인 피죤[9] 갑을 들어 내던지며 웃다가,

"그저 담배 한 개라도 착취를 해야 시원하겠나? 자네와 나는 착취와 피착취의 계급적 의식을 전도시키세."
하며 조선옷을 훌훌 벗는다.

"담배 하나에 치를 떠는—천생 그 할아버지의 그 손자다!"

병화는 담배를 천천히 피워서 맛이 나는 듯이 흠빽 빨아 후우 뿜어 내면서,

"여보게, 난 먼저 나가서 기다림세. 영감님이 나와서 흰동자로 위아랠 훑어보면[10] 될 일도 안 될 테니까!"
하고 뚜벅뚜벅 사랑문 밖으로 나간다.

아닌게 아니라 덕기도 조부가 나오기 전에 얼른 빠져나가려던 참이다. 덕기는 병화의 말에 혼자 픽 웃으며 벽에 걸린 학생복을 부리나케 떼어 입고 외투를 들쓰며 나왔다. 조부는 병화가 누군지도 모르면서 다만 양복 꼴이나 머리를 텁수룩하게 하고 다니는 것으로 보아 무어나 뜯으러 다니는 위인일 것이요, 그런 축과 어울려서 술을 배우고 돈을 쓰러 다닐까 보아서 걱정을 하는 것이었다.

"내일 몇 시에 떠나나?"

"글쎄, 대개 저녁이 되겠지."

덕기도 유한 계급인[11]의 가정에서 자라나니 만큼 몇 시 차에 갈지 분명히 작정도 안 하였거니와 내일 못 가면 모레 가고, 모레 못 가면 글피

---

9 일본제 담배 상표. 지금도 있다.

10 무엇인가 의심에 가득 찬 시선으로 살펴보는 모습.

11 생산적인 사회 활동은 하지 않고, 소유한 재산으로 비생산적인 소비 활동만 하는 계층.

가지 하는 흐리멍덩한 예정이었다.

"언제 떠나든 상관 있나마는 상당히 탔겠네그려?"

"영감님 솜씨에 주판질 안 하시고 내놓으시겠나?"

"우는 소리 말게. 누가 기대일까 봐 그러나?"

"기대면 줄 것은 있구……."

"앗! 그래두 한 달치는 해 주어야 떠나보낼 텔세. 있는 놈 집 같으면 그대로 먹여 주겠지만, 주인 딸이 공장에를 다녀서 요새 그 흔한 쌀값에 되되이 팔아먹네그려.[12] 차마 볼 수가 있어야지……."

"흥……."

하고 덕기는 동정하는 눈치더니,

"자네 따위를 두기가 불찰이지."

하고 웃어 버린다.

"그러기에 세상은 살라는 마련 아닌가?"

"딴은 그래!"

"하지만 '자네 따위는 사귀기가 불찰'이란 말은 차마 아니 나오나 보이그려?"

병화는 여전히 비꼬아 본다.

"그런 줄은 자네가 먼저 아네그려."

덕기도 지지 않고 대거리를 한다.

"내니까 자네 따위를 줄줄 쫓아다니며 토주[13]라도 해서 먹어 주는 줄은 모르구……."

"왜 안 그렇겠나. 일세의 혁명가가 이제 중학교나 면한 어린애를 친구라기는 창피도 할 걸세. 대단 광영일세."

1년에 한두 번 방학 때만 오래간만에 만나는 터이나, 이 두 청년은 입

---

12 병화가 하숙하는 하숙집 딸 이름은 필순이고 공장 직공이다. 그러나 필순이가 버는 돈으로는 입에 풀칠도 하기 힘들다. 겨우 양식을 됫박(되되이)으로 사다 먹는 형편.

13 토주 討酒. 억지로 술을 달라고 하여 마심.

심 자랑이나 하듯이 주고받는 말끝마다 서로 비꼬는 수작밖에 없건만 그래도 한 번도 정말 노해 본 일은 없는 사이다.

중학에서 졸업할 때까지 첫째 둘째를 겯고틀던 수재고 비슷비슷한 가정 사정에서 자랐기에, 어린 우정일망정 어느덧 깊은 이해와 동정은 버릴래야 버릴 수가 없는 것이었다.

이지적이요 이론적이기는 둘이 더하고 덜할 것이 없지만, 다만 덕기는 있는 집 자식이요, 해사하게 생긴 그 얼굴 모습과 같이 명쾌한 가운데도 안존하고 순편한 편이요, 병화는 거무튀튀하고 유들유들한 맛이 있느니만큼 남에게 좀처럼 머리를 숙이지 않는 고집이 있어 보인다.

그 수작 붙이는 것을 보아도 덕기는 역시 넉넉한 집안에 파묻혀서 곱게 자란 분수 보아서는 명랑하지 못한 성미이나, 병화는 이 2, 3년 동안에 더욱이 성격이 뒤틀어진 것을 덕기도 냉연히 바라보고 지내는 터이다.

"헌데, 좋은 데 있다더니 어딘가? 자네 말눈치 같아서는 기껏해야 청요릿집에나 오뎅집에나 가는 것이 불평인 모양이니 오늘은 어디 ××관에 가서 기생이라두 불러 볼까?"

덕기는 사실 이때껏 가 보지 못한 요릿집에 가 보고 싶은 생각도 있었다.

"흥, 이건 누구를 병정으루 아는 게로군. 있는 놈의 꽁무니나 따라다니며 등쳐먹는 병정두 아니지만, 그런 데는 내 주제에는 어울리지두 않으니까."

"흥, 토주를 하는 것만 고마운 줄 알라고 생색을 내더니 기껏 선술집인가?"

"응, 선술집 밑천이라두 내놓고 자넬랑은 기생집으로 가게그려."

또 비꼬기 시작이다.

두 청년은 아무래도 발길이 진고개[14]로 향하였다.

"그러지 말구 여기 들어가서 저녁이나 먹세. 하루에 한 끼니라는 굶은

---

14 지금의 서울 충무로. 일본인들이 경영하는 상점가였다.

배를 채워야지."

술을 좋아 아니하는 덕기는 몇 번 가 본 양요릿집 문 앞에 멈칫하며 끌었다.

"아냐. 저기 좀더 가면 좋은 데가 있어. 정체는 모르겠지만 놀라 자빠질 미인이, 조촐한 미인이 둘이나 있구……."

병화는 먹는 것보다는 술 생각이 더 간절하였다.

"이제 알았더니 숨은 난봉꾼일세그려. 어디, 자네 가는 데가 오죽할라구. 허허허."

덕기는 비로소 웃으며 따라섰다.

"어제 끌려가 보았지만 바커스〔酒神〕라구—그 이름이 좋지 않은가—조촐한 데가 있어. 웬일인지 이런 룸펜[15]을 대환영이거든. 원체 잘생겨 그런지, 서울 장안에서 내가 그만큼 대접받기는 처음이야."

병화는 아까와는 딴판으로 신기가 좋아서 기고만장이다.

"흠……."

하고 덕기는 바커스로 따라선다.

있는 사람을 따라다니며 얻어먹기도 싫다, 화려한 좌석에서 어울리지 않게 놀기도 싫다는 병화의 말이 옳지 않은 것은 아니요, 그 기분을 아주 이해하지 못하는 것은 아니나 덕기는 자기를 빗대 놓고서나 하는 말 같아서 듣기 싫었다. 그뿐 아니라 언제든지 빼어 먹고 쓰고 할 것은 다 하면서 게걸대고 입바른 소리를 툭툭 하는 것이 밉살맞기도 하였다. 있는 사람의 통성으로 자기에게 좀 고분고분하게 굴어 주었으면 좋았다.

그러나 없는 사람이 있는 친구와 어울리면 병정 노릇이나 하는 것 같은 일종의 굴욕을 느끼는 것도 사실이겠고, 또 그렇게 구칙칙하거나 더럽게 굴지 않고 자기의 자존심을 더럽히지 않으려는 것이 취할 모라고, 아직 경력 없는 덕기건만 돌려 생각도 하는 것이다.

---

15 무직자. 요즈음 하는 말로 하면 백수.

주부가 술상을 차려 왔다. 술상이라야 고뿌[16]에 담은 노란 술과 김이 무럭무럭 나는 오뎅 접시뿐이다.

술을 좋아하지 않는 덕기는 더구나 그 유착한 고뿌 찜을 보고 눈이 저절로 찌푸려졌다. 모든 것이 그 소위 고상한 취미에 맞지 않았다.

마담은 꼭 째인 얼굴판이 좀 검은 편이었으나 어딘지 교육 있는 여자 같고 맑은 눈 속이라든지 인사성 있는 미소를 띤 입술을 빼뚜름히 꼭 다문 표정이 몹시 이지적인 걸 알 수 있다.

"놀라 자빠질 지경이라던 여자가 지금 그 여잔가?"

덕기는, 병화가 주부가 들어가기도 전에 그 큰 고뿌를 들고 벌떡벌떡 다 켜기를 기다려 물어보았다.

병화는 오뎅을 반이나 덤뻑 떼 물어서 우물우물 씹느라고 미처 대답을 못하다가 반씩반씩 씹는 말로,

"아니 ― 참 물어볼걸."

하고 입으로는 여전히 씹으면서 손뼉을 친다. 병화는 먹기에 정신이 팔린 것은 아니나, 덕기에게 말은 그렇게 하였어도 실상 이 집에 미인이 있고 없는 데 그리 마음이 쓰이는 것이 아닌지라 이때껏 무심하였던 것이다.

주부가 오니까 병화는 씹던 것을 이제야 삼키고,

"그 사람 어디 갔소?"

하고 묻는다.

"예, 지금 막 목욕 갔어요. 곧 오겠지요."

하며 중턱에 서서 상긋 웃고는 시선을 덕기에게 준다.

주부의 눈에 비친 덕기는 해끄무레하고 예쁘장스러운 똑똑한 청년이었다. 이 여자에게는 조선이라는 경멸하는 마음은 그리 없으나 그 해끄무레하고 예쁘장스러운데다가 학생복이나마 값진 것을 조촐하게 입은 양으로 보아서 어느 부잣집 아기거니 하는 생각이 들어서 약간 얕잡아보는 마

16 유리컵.

음이 들었다. 그러나 한편 손님(병화)이 그동안 두어 번 보았어도 허술한 위인은 아닌 모양인데, 그런 사람하고 추축[17]이 되면 저 청년(덕기)도 그런 부잣집 귀동아기로만 자란 모던 보이 같지 않다는 생각도 들었다. 이 여자는 올 가을에 처음으로 이 장사를 벌인 터라, 드나드는 손님이 하도 많지만, 이런 장사에 찌들어서 여간 것은 눈에 띄지 않을 만큼 신경이 굳어지지 못한 탓이라 할까, 여하간 여염집 여편네의 호기심으로 처음 보는 남자마다 유난히 호기심을 가지고 인금 나름[18]을 하는 것이다.

그러면서도 어쩐 일인지 별안간 머릿속에 정자 생각이 떠올랐다. 정자란 조선에 와 있는 ××지방 재판소 오 판사의 맏딸이다. 성은 오가라도 일본 말로 '구레'[19]라고 하는 일본 사람이다. 이 주인 여편네가 ××시에서 도 자혜병원에서 간호부장 노릇을 할 때 오정자가 무슨 병으로든가 입원한 후로 자연히 가까워졌던 것이다.

그러나 왜 지금 그 정자의 생각이 났는가? 어쩐지 덕기에게서 받은 인상이 그 정자와 남매 같다고 생각하는 것이었다. 남매—가당치도 않은 생각이다. 민족이 다른 사람이다.

그러나 그보다도 정자가 퍽 새로운 생각을 가지고 사회 비평이나 정치 비평을 도도히 할 때마다 이 집 주인은 늘 웃으면서 다만 귀엽게 들어주기도 하고 장단을 맞추어 주기도 한 일이 있었던 만큼 자기 역시 비교적 신지식에 어둡지 않다고 생각하는 터라, 머리 텁수룩한 청년(병화)이 친구들과 와서 일본 말로 저희끼리 떠드는 소리를 귓결에 들을 때도 소위 '마르크스 보이'[20]로구나 하고 반은 비웃음 섞인 친근한 감정을 느꼈었기 때문에, 지금 보는 덕기도 한 종류려니 하는 생각도 부지중에 나서 '마르크스 걸'[21]인 정자가 불시에 연상된 듯도 싶다.

---

17 벗이 되어 사귀는 것.
18 사람의 됨됨이를 파악하는 것을 말함.
19 오吳는 일본 말로 '구레'이다.
20 사회주의를 신봉하는 청년을 가리키는 애칭.

홍경애

주인 여편네는 손님이 심심해하는 양을 보고 가까이 교의를 끌어다 놓고 두 사람을 타서 앉으며,

"오늘도 주정허시랍니까, 주정허시면 내쫓습니다."

"내가 주정을?"

하고 깜짝 놀란다. 사실 그날도 점심, 저녁 다 굶고 술을 과히 먹었기 때문에 그런 생각이 지금 어렴풋도 하지만, 혹시는 평시에 계집에게 담백한 만큼 일시 희롱했는지도 모르겠다고 혼자 생각을 하여 보았다.

"시치미 딱 떼고 딴전을 붙이시는군요. 약주 취한 체하고!"

주부는 이야깃거리를 만들려고 여전히 병화의 주정부리던 이야기를 계속한다. 그러나 병화는 재미없었다.

"사실 그런 게 아닌데……. 당신 같으면 붙들고 시달렸을지 모르지만—하하……."

"호…… 그랬더면 큰일났게!"

주부가 이런 소리를 하려니까,

"다다이마(지금 옵니다)."

하고 역시 일복한[22] 여자가 목욕 대야를 들고 들어오다가 손님이 있는 걸 보고 오뚝 서 버린다.

무심코 건너다보던 덕기는 얼음장을 목덜미에 넣는 듯이 모가지를 움츠러뜨리며 눈을 술잔으로 보냈다. 들어오던 여자도 주춤하고 서는 기척이더니 소리 없이 살며시 돌쳐 나간다.

'경애!'

덕기는 속으로 이렇게 불러 보고는 두 눈이 확 달면서 더운 것이 흐르

---

21 사회주의를 좋아하는 여자.

22 일본 옷을 입은.

는 것 같았다. 그러나 눈물이 날 지경은 아니었다.

다만 칠 분쯤 남은 술 고뿌가 위아래로 춤을 추는 것 같고, 술을 아무리 못 먹어도 그만 술에 취할 리가 없겠는데 머리가 아찔하고 앉은 자리가 휘휘 둘리는 것 같았다.

"어떤가? 놀라 자빠지지는 않겠나? 허허허……. 내 눈도 자네 눈만큼은 높지?"

하며 남의 속은 모르고 취기가 돈 병화는 껄껄 웃는다.

"그야 미인 보고 예쁘다 하지. 그렇지만 놀라 자빠질 지경이야……."

주부는 여자 본능으로 엷은 시기를 느끼는 눈친지 병화에게 이런 핀잔을 준다.

"오바상! 술을 또……. 그리고 아이꼬상더러 어서 나오라고 해 주슈."

'아이꼬상' 이라는 것은 이 집에서 경애라는 '애愛' 자를 일본 말로 부르는 이름이다. 주부는 발딱 일어나서 들어갔다.

"여보게! 그것 누군 줄 아나?"

주부가 안으로 들어간 뒤에 병화가 웃으며 묻는다.

"누구라니?"

덕기는 위아래 어금니가 맞닿는 소리로 대꾸를 하며, 무엇에 놀란 표정으로 친구의 얼굴을 멀뚱히 쳐다보았다. 이 친구가 그 여자의 내력을 빤히 아는가 싶어 무서웠던 것이다.

"아아니, 지금 그 애가 일녀日女인 줄 아나?"

병화는 또다시 싱글싱글 웃는다.

"그럼 조선 여자란 말인가?"

덕기는 역시 자기의 눈이 틀리지 않았다는 생각을 하면서 가슴이 한층 더 무거워졌다.

"허허허……. 나도 처음 봤을 때는 못 알아보았네만 알고 보니 수원 나그네—가 아니라 수원 여자라네! 이름은 홍경애……."

친구의 입에서 홍경애라는 이름까지 듣고 나니 덕기는 새삼스레 가슴이 두근거리기까지 하였다. 아무 말도 못하였다.

병화는 덕기가 깜짝 놀라리라고 생각하였던 것과 달리 아무 대답도 없이 한 모금 술에 발개졌던 얼굴이 해쓱하여지는 것을 보고 무슨 의민지 해석할 수 없다는 듯이 머쓱한 낯빛으로 친구를 한참 바라보다가,

"자네 그 여자를 아나?"

하고 물어보았다.

"몰라!"

덕기는 약간 떨리는 듯하면서 침통한 소리로 간단히 대답을 하면서도 자기의 낯빛이 친구에게 이상히 보일까 보아 술 고뿌를 선뜻 들어서 입에 댄다.

껄떡껄떡……. 반 이상이나 한숨에 켰다.

병화는 덕기가 술을 이렇게 단김에 켜는 것을 처음 보았다.

'웬일일까?'

병화는 혼자 의아하였다.

손뼉을 쳤다. 그러나 '아이꼬' 가 술을 가지고 나오는 게 아니라 주부가,

"미안합니다."

하고 소리를 치며 나온다.

"아이상은 왜 안 나오우?"

병화가 물었다.

"머리 빗어요. 이제 나오겠지요."

주부는 술을 덕기에게도 따랐다. 한 고뿌 다 마셨으니, 다른 때 같으면 덕기는 싫다고 할 터인데 잠자코 있다. 덕기는 어떻게 할지 속으로 망설였다. 어서 병화를 일어나게 해서 그대로 가 버리고도 싶고 이왕이면 좀더 앉았다가 그 미인을 다시 한 번 만나 보고 가고 싶은 충동도 없지는 않다.

"여보게, 그만하고 저녁을 먹으러 가세."

덕기는 암만 생각하여도 자리를 뜨는 것이 옳겠다고 생각하며 발론發論하여 보았다. 그러나 뒤숭숭한 마음은 조금 안정된 것 같기도 하였다.

"왜 그러나? 모처럼 왔다가 미인도 안 보고 가려나?"

병화는 둘째 잔을 반이나 한숨에 마시고 움직일 생각도 없이 매우 유쾌한 모양이다.

"자네두 어서 좀 먹게. 오늘은 좀 취하세그려. 오래 또 못 만날 텐데……."

"왜 이 양반 어디 가시나요?"

주부는 병화의 말에 덕기를 아까보다도 친숙한 눈치로 쳐다본다.

"아직 공부하는 어린 자식놈이 보구 싶기에 동기 방학에 불러왔다가 내일 떠나보내는데, 지금 송별연을 차린 거라우."

하며 병화는 껄껄 웃었다.

"호호호……. 부자분이 아주 의취가 좋으십니다그려."

하며 주부가 웃으려니까,

"미친 사람!"

하고 그제야 덕기가 픽 웃는다.

"학교는 어디시게요?"

"경도 삼고."[23]

덕기가 딴생각에 팔려서 잠자코 앉았으니까 역시 병화가 대꾸를 하였다.

"예에, 경도? 경도에 오래 계세요?"

하고 주부는 경도라는 데 반색을 하면서 덕기의 얼굴을 들여다본다.

"예에, 한 이태쯤!"

덕기는 얼빠진 사람처럼 앉았다가 대꾸를 해 주고,

"어서 일어서게."

하고 또 재촉을 한다.

"왜 그러세요? 오시자마자."

주부는 장사치의 인사로만이 아니라 어쩐지 이 젊은 사람들을 더 붙들고 이야기하고 싶은 눈치다.

---

23 교토京都 삼고三高. 일본 학교 이름에는 일, 이, 삼이라는 숫자가 들어-있는 경우가 많다.

"떠날 준비도 있고 어디 가서 밥을 먹어야지."

덕기는 경애를 단연코 만나지 않고 가리라고 생각하였다. 그 여자에게 자기로서는 아무 감정이 있는 것은 아니나 어쩐지 만나기가 가슴 아팠다. 더구나 이런 자리에서 술집 작부로 떨어진 경애와 만난다는 것은 의외라도 이런 의외가 있을 리 없고, 자기인들 아무리 타락하였기로 만나려고 할 리가 없을 것이니 얼른 피해 주는 것이 옳다고도 생각하였다.

"이 사람아, 밥은 밤낮 먹는 거 아닌가? 좀 가만 앉았게그려."

"술이라면 떨어질 줄을 모르니, 어쩌잔 말야. 자네 그 유명한 청년의 머리를 술에 절여 버리려나?"

덕기는 좌석이 거북한 만큼 거의 노기를 품은 소리로 이렇게 비꼬아 본다.

"사실은 나는 밤낮 먹는 그 밥도 없네만 술도 못 얻어먹으면 냉수나 마시고 살라는 말인가? 대관절 나 같은 놈에게서 술마저 뺏으면 무에 남겠나? 그래도 술을 먹지 말라는 말인가?"

"암 그렇고말고요! 퍽 유쾌하신 모양입니다그려?"

별안간 이런 소리를 치면서 '아이꼬상'이란 여자가 내달아서 주부 옆에 와 서며 덕기에게는 눈도 거들떠보지 않고,

"긴상(김씨), 저런 도련님과 무얼 그렇게 설교를 하고 앉으셨소? 자아 술이나 잡수세요."

하고 주부 앞에 놓은 술통을 들고 달려든다.

"사실 아이상 말이 옳지? 자아 당신부터 한 잔……."

하고 병화는 의기양양하여 빈 고뿌를 내민다.

"나두 먹죠."

하고 경애는 선뜻 잔과 술통을 바꾸어 받는다.

병화는 선 채 내미는 경애의 잔에 술을 따랐다.

경애가 고뿌 술을 받아서 마시는 것을 보고 덕기는 외면을 하였다. 처음에 소리를 치며 해롱해롱하며 내닫는 그 꼴에도 가슴이 내려앉듯이 놀랐지만 그 술 마시는 데 한층 더 놀랍고 밉고 더럽고 가엽고 한 복잡한 감

정을 참을 수가 없었다.

부친에게 이 꼴을 뵈었으면 좋겠다고 생각하였다. 부친에게 대하여 이때껏 느껴 보지 못한 반항심이 부쩍 머리를 들어 오는 것을 깨달았다.

그러나 경애가 술을 이렇게 마구 먹는 것을 보고 놀란 사람은 덕기만이 아니었다.

"어쩌자구 이래? 오늘이 무슨 일 났나?"

주부는 경애가 장난으로 대객 삼아 그러는 줄만 알고 웃으며 바라보다가 정말 반 고뿌 턱이나 흘러들어 가는 것을 보자 질겁을 하면서 경애의 입에서 술잔을 빼앗아 버렸다.

"에구, 이에 얼마야! 이러구두 사람이 배기나!"
하며 주부는 내려놓은 고뿌의 술 대중을 본다.

그 말이, 지나는 인사거나 주인으로서 부리는 사람을 꾸짖는 어투가 아니라 주책없는 어린 동생이나 나무라는 것같이 다정스러이 들렸다. 두 청년은 그것이 자기에게나 당한 일같이 고마운 생각이 들었다.

"나두 이만한 술은 먹어요."

경애는 언제 들으나 도리어 얄미울 만큼 혀끝이 도는 일본 말로 이런 소리를 하고 무슨 대담한 장난이나 한 뒤의 어린아이처럼 엉너리치는 웃음[24]을 생글 웃어 보이다가 거기 놓인 피죤 한 개를 꺼내 붙인다.

덕기는 담뱃불을 붙이는 동안에 경애의 얼굴을 잠깐 엿보았다. 그렇게 보아서 그런지 새빨간 눈에 성냥불이 어려서 눈물이 글썽글썽한 것 같다.

'그래도 우는구나!'
하고 덕기는 도리어 가엾은 생각이 났다.

예전에 같이 보통학교에 다니고 교당에 다니던 생각을 하면 이렇게도 변하였으랴—이렇게도 타락하였으랴 싶건만, 지금 이렇게 술을 먹는 것도 화풀이 술이요, 하등 카페의 여급 모양으로 무람없이[25] 손님의 담배를

---

24 환심을 사려고 얼렁뚱땅 서두르며 웃는 웃음.

제 마음대로 피워 무는 것도 화풀이로 그러려니 하는 생각이 들었지만, 그보다도 눈물을 머금는 것을 보니 그래도 아직 타락하지 않은 곳이 남아 있는 것같이 보이고 그렇게 생각할수록 측은하여 보였다.

"그 술잔을 내게 돌려보내 주어야지! 괜히들 술 못 먹게 하는군! 아이상! 어서 그 잔을 마시고 내줘."

병화는 가만히 앉아서 이 사람 저 사람 눈치만 보다가 남은 술을 또 경애에게 권한다.

"난 그만해요. 우리 합환주[26] 하십시다. 부잣댁 도련님 술은 얻어먹어두 나 먹던 술은 더러워 못 자시겠에요?"

어느 틈에 병화와 덕기의 새에 돌아와 앉은 경애는 이런 소리를 거침없이 하며 자기가 먹던 술잔을 들어다가 병화의 앞으로 밀어 놓는다.

덕기는 경애의 시치미 뚝 떼고 비꼬는 말을 듣고 또 한 번 가슴이 선뜩하면서 무심코 놀란 눈을 경애에게로 보냈다.

대관절 이 여자의 정체를 알 수 없다고 도리어 무서운 생각이 들었다.

"자아, 마시세요!"

하고 경애는 제가 먹던 잔 위에 더 부어 가득 채운다.

병화는 기다렸다는 듯이 선뜻 들어서 벌떡벌떡 켠다.

"이젠 가세."

덕기는 병화가 안주도 들 새 없이 재촉을 하였다. 도깨비에게 홀린 것 같아서 이제는 더 앉았을 수가 없었다.

"가만있게! 아이꼬상 말마따나 부잣댁 도련님 술을 얻어먹자니 힘도 무척 드네. 먹을 것 먹어야 가지 않나?"

하고 병화는 주기가 차차 도니 만큼 불쾌스럽게 대꾸를 하고 오뎅을 어귀

---

25 예의를 지키지 않고 버릇없이.

26 '합환주合歡酒'란 전통 혼례식 때 신랑신부가 서로 잔을 바꾸어 마시는 술이다. 홍경애는 덕기의 아버지 조상훈의 첩이다. 그 사실을 알고 있는 덕기 앞에서 홍경애는 의도적으로 덕기에게 흐트러진 모습을 보인다.

어귀 먹는다.

주부가 깔깔 웃으려니까 덕기는 좀 머쓱해졌다. 실상 주부가 웃는 것은 병화가 게걸스럽게 먹는 것을 보고 웃는 것이나, 덕기 생각에는 병화나 경애가 비꼬는 듯이 주부 역시 자기를 우스꽝스럽게 보고서 비웃는 것인가 하여 열적었던 것이다. 덕기는 잠자코 앉아서 세 사람의 눈치만 보는 수밖에 없었으나 아무리 보아도 그 세 사람이 자기와는 딴 세상 사람 같았다. 세 사람이 입을 모으고 자기만 따돌려 센 것같이 섭섭한 생각도 들었다.

"참, 이 양반도 약주를 좀 잡수세요. 색시처럼……."

주부가 인사성스럽게 다시 덕기에게 알은 체하고 술을 권하려니까 경애가,

"아직 도련님을 술을 먹여 되나요. 내나 먹지!"
하고 덕기 앞에 놓인 술잔을 얼른 들어오면서 조선 말로 덕기만 알아들을 만큼,

"빨아먹을 수만 있다면 부자의 피를 다 빨아먹겠는데."[27]
하고는 바로 앉는다. '부자'라는 말은 '아비 아들'이란 말인지 돈 있는 부자란 말인지 알 수 없다.

경애는 그 술잔을 들어서 입에 대려고는 아니하였다. 다만 부자의 피라도 빨아먹겠다는 한마디가 하고 싶어서 일부러 덕기의 술잔을 빼앗아 온 것이다. 그리고 이 말을 일부러 한 것은 내가 너를 몰라본 것이 아니라는 예기 지름[28]을 하고 싶었던 까닭이었다.

—이 술잔은 조상훈趙相勳의 아들 조덕기의 술잔이거니 하는 생각을 잊어버리지는 않았기 때문이다.

상훈은 누구요 덕기는 누구냐? ……어쨌든 한때는 내 남편이요, 따라

---

27 홍경애가 부자들에 대하여 품고 있는 증오심이 얼마나 큰지를 알 수 있다.
28 남의 예기를 꺾는 행동.

서 아무리 연상 약한 어릴 때의 학교 동무라 하여도 아들이라는 이름이 지어 있던 사람이다!

이런 생각이 앞을 서기 때문에 경애는 덕기의 술잔을 끌어다가는 놓았어도 입에 대려고는 아니하였던 것이다.

덕기는 모든 것이 어이가 없어서 가만히 죽치고 앉았을 뿐이었다.

도리어 경애가 술이 취해서 괴둥괴둥 제 내력을 이야기할까 보아 속으로 애가 씌었다.

"아이꼬상! 왜 이래? 또 애인 생각이 나는 게로군?"

주부가 경애를 웃으며 바라보다가 놀리는 듯하면서 이렇게 타일렀다.

'애인 생각!'

하며 덕기는 가슴이 찌르르하는 것을 깨달았다.

"실없는 소리 마슈! 오늘은 유쾌해서 죽을 지경이니까 좀 먹을 테야."

하고 경애는 앞에 놓인 술잔(덕기의 술잔)을 들어서 가운데 놓인 재떨이에 조르르 쏟더니 다시 술잔을 병화에게 내밀며 따르라고 한다.

이번에는 병화가 반 잔만 따랐다.

"저게 무슨 짓이야! 손님 잔을……."

하고 주부가 또 나무라니까 경애는 거기에는 대꾸도 아니하고 덕기에게로 향하여,

"각세이상(학생 양반)! 당신은 안 자시니까 그래두 상관없지?"

하고 보통 손님에게 대하듯이 상냥스럽게 묻는다.

덕기는 얼떨결에 얼굴이 새빨개지며 '응'이라고 하였는지 '예에'라고 하였는지 자기도 알 수 없는 대답을 얼버무려 들었다.

"내가 이렇게 술을 먹는다고 누구든지 타락하였다고 하겠지? 허지만 타락하였으니까 술을 먹는다는 말도, 술을 먹으니까 타락하였다는 말도 안 될 말이지. 또 여자가 술을 먹는다고 타락하였다면 술 먹는 남자는 모두 타락하고 술 안 먹는 목사님 같은 사람은 모두 천당 가신다는 말이지? 네? 긴상(김씨) 정말 그런가요?"

하고 병화의 무릎을 탁 친다.

경애는 술이 도니까 점점 웅변이 되고 하느작거리는 교태가 여자의 눈에도 한층 더 아름다워 보였다.

그러나 경애가 목사를 끌어내는 말에 병화는 하려던 말을 멈칫하고 고개를 끄덕거리며 덕기를 쳐다보았다.

병화의 아버지가 현재 장로요, 덕기의 아버지도 목사, 장로는 아니나 교회 사업을 하고 있는 터이다. 물론 경애가 병화나 덕기의 부친을 알 리 없으니 빗대 놓고 한 말은 아니라고 생각하였지만 병화는 현재 자기가 장로인 부친과 사상 충돌로 집을 뛰쳐나와서 떠돌아다니는 신세인 만큼 평범한 그 말이 몹시 가슴에 찔렸다. 그러나 덕기는 경애의 말을 결코 무의미한 말로 듣지는 않았다. 무의미는 고사하고 자기더러 들어 보라고 한 말임을 짐작하자 뒤달아 또 무슨 소리가 나올지 몰라 이제는 정말 일어서 버려야 하겠다고 속이 달았다.

"난 결단코 타락하지 않았어요! 설사 내가 타락하였더라도 그것이 남의 탓이라고 청원을 하지는 않지만, 내가 타락하였다면 이 세상 연놈은 어떻게 하게요? 난 천당에 자리를 비워 놓았대도 가지 않겠지만……."

경애는 점점 더 취기가 돌아서 가다가다 혀 꼬부라진 소리를 내지만 목사니 천당이니 하는 소리를 연발하는 것을 보면 이 여자가 어떤 교회 학교 출신인가 하는 생각을 병화는 하였다.

"그렇구말구요. 그런 소리는 마시우. 우리는 우리의 할 일이 있으니까……. 당신은 언제든지 그런 생각으로 굳세게 살아가시기를 바랍니다!"

병화도 얼굴이 시뻘개져서 맞장구를 치고 공연히 흥분이 되었다.

"헌데 당신은 대관절 무얼 하는 양반요?"

경애가 별안간 병화에게 이렇게 묻고 이야기판을 차리려는 듯이 달려든다.

"나? 나요? 흐흥……. 당신 눈에는 무얼 하는 사람같이 뵈우?"
하고 병화는 여전히 웃는다.

그러나 문이 훽 열리면서 다른 손님 한 축이 서넛 몰려 들어오는 바람에 말허리가 잘렸다.

이튿날

"어서 일어나요. 어머니 오셨어요."

아내가 건넌방 창으로 달려와서 깨우는 바람에 덕기는 그제야 우뚝 일어나 앉았다.

"어제 늦은 게로구나? 그래 오늘 떠나니?"

모친은 들어오면서 말을 건다. 아들이 떠난다니까 보러 온 것이었다.

"봐서 내일 떠나지요……."

덕기는 일어서며 하품 섞인 소리로 대답을 한다.

아내도 뒤따라 들어와 부리나케 자리를 개 얹는다.

안방 식구는 내다보지도 않는다. 안방 식구란 덕기의 서조모 식구다. 말하자면 서시어머니가 안방에 있을 터이나 덕기의 모친은 건너가 보려고도 아니하고 또 나어린 서시어머니는 조를 차려서 들어와 보려니 하고 버티고 앉았는지 내다보지도 않는다.

서시어머니가 안방을 차지한 지가 5년, 따라서 덕기의 부모가 따로 나간 지도 5년이다. 자기보다도 다섯 살이나 아래인 서시어머니하고 한솥의 밥을 먹기가 싫었다. 싫기는 피차 일반이었다.

부자간에도 역시 그러하였다. 노영감은 손주는 귀애하여도 아들은 못마땅하였다. 게다가 귀한 젊은 첩을 들어앉히자니 아들 식구는 밀어냈던 것이다. 또 피차에 난편도 하였던 것이다.

70 당년에 첩의 몸에서 고명딸 겸 막내딸을 낳았다. 지금 네 살, 이름은 귀순이다.

덕기의 부모가 따로 날 때 중학에 다니던 덕기도 물론 부모를 따라 나갔었다. 그러나 중학교 4년 때 장가를 들자 반년쯤 부모 앞에서 지내다가 이 할아버지 집으로 옮아왔다. 어머니는 내놓으려고 아니하였다. 색시의 친정에서도 젊은 시서조모 밑에 두기를 싫어했다. 그러나 조부의 엄명을 거역하는 수는 없었다. 조부의 엄명은 서조모의 엄명이다. 서조모가 만만한 어린 내외를 데려다 두고 휘두르며 부려먹기에도 알맞고, 또 한 가지는 나이 먹은 며느리—눈 안 맞는 며느리를 고독하게 만들자는 것이었다.

그래도 노영감으로서는 손주 내외가 귀여워서 데려온 것일지 모른다. 또 덕기도 제 아버지보다는 조부를 따랐던 것이다. 게다가 재산이 아직도 조부의 수중에 있고 단돈 한 푼이라도 조부가 차하[29]를 하는 터라 조부의 뜻을 맞추어야 하겠다는 다짐도 있었다.

혼인한 이듬해에는 건넌방에서도 아이 우는 소리가 나게 되었다. 첫아들이었다. 집안이 경사났다고 떠들었다. 그러나 입으로만이었다. 서조모는 소견이 좁고 보고 배운 것이 없었다. 공연히 건넌방 아이, 증손자를 시기하는 것이었다. 네 살짜리의 할머니와 세 살 먹은 손자가 자랄수록 손이 맞아서 일을 일리고 어른 싸움이 벌어지게 하였다.[30] 증조부가 간혹 건넌방 아이를 좀 안아 주면 안방마마의 눈, 귀가 가로 째지는 것이었다.

노영감도 불공평하자는 것은 아니나 몸이 괴로웠다. 결국에는 자기 딸이 귀엽고 젊은 첩에게로 쏠리건만.

"아버지 지금 계세요?"

덕기는 마루로 나와서 또 한 번 커다랗게 하품을 하고 건넌방에다 대고 물었다. 부친에게 길 떠나는 문안을 갈 생각이다.

"몰라! 사랑에 계신지 나가셨는지."

---

29 윗사람이 아랫사람에게 금전 따위를 베푸는 것.

30 3대가 한 집에 어울려 사는 어려운 형편을 짐작할 수 있다. 할아버지(조의관)와 할아버지의 젊은 첩(서조모)는 어머니(조상훈의 아내)보다 다섯 살이나 어리지만 서열상으로 시어머니이기 때문에 안방 차지를 한다. 또 할아버지는 목사가 되고 제사를 지내지 않는 아들을 못마땅해 하고 손자(덕기)를 귀여워한다. 권력의 원천인 경제권은 아직도 할아버지에게 있고…….

모친의 대답은 냉담하였다. 원체 이 중늙은이 내외는 이름만 걸린 내외였다.

식사도 사랑, 잠도 사랑, 세수까지도 사랑에서 내다가 하는 것이었다. 남편의 코빼기도 못 보는 날이 많다. 그래도 남 보기에는 그리 의가 좋지 않은 것 같지도 않다. 검다 희다 말이 도대체 없기 때문이다. 그가 특별히 하느님의 아들 노릇[31]을 하기 때문에 세속 일에 대범하고 초연해서 그런지? 도를 닦아서 여인에게는 근접을 아니하느라고 그런지는 몰라도 어쨌든 40에 한둘 넘은 이 중년 부인은 얼굴을 잊어버리게 된 남편을 미워하고 원망하는 것이었다.

"이 애는 어디 갔니?"

모친은 손주 새끼의 얼굴이 보고 싶었다.

"업고 나갔어요. 사랑 마당에서 노는지요."

하고 어린 며느리는 안방 애 보는 년을 불러내서 나가 보라고 이른다.

"얘, 얘, 사랑에 나가건 영감님께 화개동 마님께서 오셨다고 여쭈어라."

며느리는 안방 아이를 업고 마루로 내려가는 계집애년에게 소곤소곤 일렀다. 자기 시어머니가 시할아버지께 문안드릴 기회를 만들자는 분별이다.

아이년이 나가자 노영감이 곧 들어왔다. 며느리가 그리 급히 보고 싶은 것이 아니라 온종일 할 일이 없어서 하루에도 몇십 번씩 들락날락하는 것이 유일한 소일인데, 성미가 급해서 듣기가 무섭게 들어온 것이다.

사랑문에서부터 기침을 칵 하는 소리에 건넌방에서 며느리가 나왔다.

"음……."

며느리를 쳐다보고는 이렇게 한마디 하고 마루 끝에서 자리옷을 입고 세수를 하다가 일어서는 손자를 보고,

"무슨 옷을 저렇게 헤갈을 해 입었니?"

---

31 목사라는 걸 우회적으로 밝히고 있다.

하고 우선 한 번 쏜 뒤에,

"어제는 어디를 갔다가 몇 시에 들어왔단 말이냐?"

하고 역정을 낸다. 몇 시에 들어온 것은 오늘 아침에 벌써 안방마마의 보고로 알고 있으면서 묻는 것이다.

덕기는 물 묻은 얼굴로 가만히 비켜섰을 수밖에 없었다. 영감이 안방으로 들어가니까 며느리도 따라 들어가서 절을 하였다. 비로소 시서모와 대면을 하였다.

"응, 별고 없지?"

영감이 출입이 별로 없고 며느리도 이 집에를 여간한 일이 아니면 오기를 싫어하니까 시아버지 문안이 한 달에 한 번도 될까말까 하다.

"내일 모레 제사까지 묵어갈 테냐?"

며느리는 천만 의외의 소리를 시아버지에게 들었다. 잠자코 섰을 뿐이다.

생각해 보니 모레가 바로 시할아버지 제사—이 영감에게는 친기親忌인 것을 깜박 잊어버렸던 것이다.

"급한 일 없거든 왔다갔다 하느니 아주 묵으려무나. 어린것들만 맡겨두어두 안 될 것이고 하니……."

며느리 입에서는 '네' 소리가 좀처럼 아니 나왔다. 시아버지는 못마땅하였다.

"그럼! 좀 있어서 차려 주어야지. 나 혼자서는 어린것을 데리고 이 짧은 해에……."

한옆에 모로 앉았던 젊은 시서모가 비로소 말참견을 했다. 어린것들에게만 내맡겨둘 수 없다는 영감의 말이 며느리 앞에서 자기에게 모욕이나 준 것 같아 못마땅해서 슬쩍 이렇게 돌려 댄 것이다. 며느리는 꿀 먹은 벙어리처럼 여전히 입을 봉하고 섰다.

첫째 그 반말이 듣기 싫었다. 마주 반말을 해도 좋으나 그래도 밑지는 수밖에 없는 것이 분하다.

'첩 노릇은 할지언정 원 바닥이 있고 얌전하다면서 소대상을 차리니 말인가 무슨 장한 제사를 차린다고 엄두를 못 내는 것이람! 어린애 핑계를 하니, 아이 기르는 사람은 제사도 못 지내던감.'

이런 생각도 하여 보았다.

"너희는 예수곤지 난장인지 한다고 조상 봉제사[32]가 무엇인지도 모르나 보더라만 내가 살아 있는 동안에는 막무가내다!"

며느리가 끝끝내 잠자코 섰는 것이 못마땅하니까 연년이[33] 제사 지낼 때마다 부자간에 충돌이 생기던 것을 생각하고 주름살 많은 얼굴이 발끈 상기가 되며 치미는 화를 참는다. 며느리는 좀 선뜻하였으나 무어라고 입을 벌릴 수는 없었다.

"그래 너두 이제는 천주학쟁이가 되었니? 내가 죽은 뒤에는 물 한 방울 떠 놓겠니?"

시아버지의 언성은 점점 더 높아 갔다.

수원집(시서모는 수원 태생이다)은 영감이 며느리를 꾸짖는 것을 보고 까닭 없이 시원하였다. 며느리가 무어라고 말대답이나 한마디 하였으면 좋겠다고 생각하였다.

"아녜요. 재 떠나는 것도 보고 아주 제사까지 치르고 가겠어요. 그렇지 않어두 그럴 생각으로 왔어요."

며느리의 말이 의외로 온순하여지니까 영감은 도리어 김이 빠지는 것을 깨달으면서도 마음이 적이 풀렸다. 그러나 수원집은 마치 불구경 나갔다가 연기만 모락모락 나고 그만두는 것을 보고 돌아올 때와 같은 싱거운 생각이 들었다.

"예수교 아니라 예수교보다 더한 것을 믿기로 그래, 조상 정사—부모 제사 지내는 게 무에 틀린다 말이냐? 예수는 아버지를 모른다더라만 어쨌든 예수도 부모가 있었기에 태어나지 않았겠니? ……덕기도 잘 들어

---

32 조상 제사를 모시는 것. 봉제사奉祭祀.

33 해마다.

두어라."

하고 영감은 마루 편으로 소리를 치고 나서 또 밤낮 듣는 잔소리를 꺼낸다.

예수교 논래—뒤따라서 아들의 논래를 한참 늘어놓고 나서는,

"덕기야!"

하고 제 방으로 들어가서 수건질을 하고 섰는 손주를 불렀다.

"네……."

하고 건너왔다.

"그 일복 좀 벗어 버려라. 사람이 의관을 분명히 하고 있어야지!"

하고 우선 꾸지람을 한 뒤에,

"너도 제사 지내고서 떠나거라!"

하고 엄명을 하였다.

"네……."

덕기는 고단도 하고 어제 의외에 만난 경애를 그대로 내버려 두고 가기가 좀 마음에 걸리던 차에 도리어 잘되었다고 생각하였다. 경애 일에 몸달 일이야 없고 그것으로 출발을 연기까지 할 묘리는 없으나 이래저래 잘된 셈이다.

그러나 덕기는 조부가 부친에게 대하여 육장 줄로 친 듯이[34] 꾸지람을 하는 것이 듣기 싫었다. 누구 편은 더 들고 누구 편은 덜 드는 것이 아니지만 조부의 결은 잔소리—그거나마 어려서부터 귀에 못이 박히도록 들은 예수교 논래에는 시비는 하여간에 이제는 머리가 띵하였다. 1년에 몇 차례씩 되는 제사 때면 한층 심한 것이다.

더구나 자기 마님 제사—즉 덕기에게는 조모 제사요 부친에게는 친기가 되지만 그때가 되면 연년이 난가[35]가 되는 것이다.

"에미도 모르는 자식!"

---

34 육장六場은 한 달에 여섯 번 서는 장을 가리킨다. 그러니까 '육장 줄로 친듯이'는 '장날마다'라는 뜻이고, '한 번도 빠짐없이'라는 뜻이다.

35 화목하지 못하고 어수선한 집안.

이 소리가 사랑으로 안으로 들락거리는 노영감의 입에서 몇십 번 몇백 번이나 나오는지, 파제삿날 저녁때나 되어서 눈에 띄는 사람이 없어져야 간정[36]이 되는 것이었다.

"대체는 영감마님이 의는 퍽 좋으셨던 게야."

젊은 여편네들이 수원집더러 들어 보라고 짓궂이 이런 소리를 하면 덕기 모친은,

"내외분의 의가 좋으셨기나 했기에 혼쭐나게 얌전하고 유명짜한 그런 아드님을 나셨지."
하고 자기 남편을 비웃는 것이었다.

그러나 부친은 끝끝내 자기 어머님 제사 참례도 아니하고 영감님 분별로 덕기 모자와 일가에서 모여드는 동항렬[37]끼리만 지내는 것이었다.

게다가 할머니 제사에 또 한 가지 겹치는 것은 수원집이 까닭도 없이 방구석에만 죽치고 들어앉아서 꽈리주둥이가 되어 아이들만 들볶는 것이었다. 여편네들은 영 그 꼴이 미워서 잔칫집처럼 깔깔대고 법석을 하면서 영감님이 친기보다도 마님 제사는 더 위하신다는 둥―하는 소리를 수원집 턱밑에서 주거니받거니 하고 밤새도록 떠드는 것이었다.

덕기는 조부의 제사에 정성이 부족하다는 훈계를 들으면서도 지끈지끈하는 무거운 머리로,

'오늘 저녁때 바커스에 다시 한 번 가 볼까?'
하고 생각이 떠오를 뿐이요, 조부의 쓴 안경알이 꺼멓게 어른거리는 것조차 멀리 어렴풋이 바라다보였다.

어제 왔던 그런 좋지 못한 친구하고 어울려서 밤 늦도록 나다니지 말라는 훈계가 끝나자 덕기 모자는 겨우 안방에서 풀려서 건넌방으로 건너왔다.

---

36 간신히 진정이 되다.
37 같은 항렬. 아버지 형제는 아버지 형제끼리, 아들 형제는 아들 형제끼리.

덕기는 밥상을 받고, 화롯가에 담배를 피워 물고 가만히 앉았는 모친을 바라보고는 또다시 어제 만난 경애 생각이 났다.

'어머니는 대관절 그 일을 아시나? 아신다면 그 당시에 어쨌을꾸?…… 그러나 어떻게 돼서 언제 헤지구 말았는구? ……분명히 소생—내게는 누이동생이나 코빼기도 보지 못한 고마울 것도 없는 누이동생이 하나 있다는 말을 들었는데…….'

덕기는 혓바닥이 헤어지고 머릿속에서 그저 지진이 나는 것 같은 것을 참고 물말이[38]를 정신없이 퍼 넣으며 혼자 생각을 하였다.

'어머니께 여쭈어 볼까?'

이런 생각도 하여 보았다. 그러나 모친에게 묻기가 너무 잔인한 것 같기도 하고 알든 모르든 가엾은 생각이 나서 그만두리라고 돌려 생각하였다.

그러나 이 수수께끼 같은 일을 뉘게 물어보나? 하고 공연히 갑갑증이 났다. 부친에게 직통대고 묻는 수도 없고 집안에서도 물어볼 사람이 없다. 시급히 알아보아야 할 일은 아니건만 그래도 궁금하였다.

부친의 친구를 찾아가서 물으면 알리라 하는 생각이 들자 물어봄 직한 사람을 속으로 골라 보았다. 몇 사람 머리에 떠오르기도 하나 부친은 혼자만 속에 넣어 두는 일생의 비밀일 터인데, 섣부른 짓을 하다가 덧드러나게 되면 큰일이라고 이것도 돌려 생각을 하였다. 교회 속 일인 만큼, 그리고 아직도 부친이 교회의 신임을 받고 그 사회 속에서는 그래도 웬만큼 알려 있느니 만큼 부친의 전비는 어쨌든지 명예를 위하여 함부로 발설 못할 일이었다.

그러나 부친을 위하는 마음이 생길수록 이상하게도 한옆에서 부친을 미워하는 마음이 머리를 들었다. 부자의 정리보다도 부친에게 대한, 인격적으로 존경할 수 없는 불쾌한 감정이 불현듯이 떠올라 왔다.[39] 그와 동

---

38 물에 만 밥.

39 조덕기가 아버지에 대하여 품은 애증愛憎이 교차하고 있다.

시에, 혹은 그와 같은 정도로 옆에 앉았는 모친과 경애가 가엾이 생각되었다. 죽었는지 살았는지도 알 수 없는 경애가 낳은 딸—보지 못한 누이동생, 그리고 자기 남매까지 불행하고 측은히 생각되었다.

부친이 그리 잘난 인물은 못 되더라도 인격으로 아들에게만이라도 숭배를 받았던들 얼마나 자기는 행복하였을까?

덕기는 부친에게 인격적으로 경의를 표할 수 없는 것을 몹시 괴로워하였다. 그렇지 않았다면 설혹 부친이 자기에게 냉담하더라도 자기가 진심으로 섬겨 보고 싶었다.

'할아버지께서 이해가 없으신 것도 사실이지만 아버지만 그러시지 않아도 어머니도 행복이시고 우리도 행복이었을 것이다. 경애도 제대로 올곧게 제 운명 제 길을 찾아 나갔을 것이 아닌가?'

이번 양력설을 쇠고는 스물세 살이 된 그다. 세상의 못된 물이 들지 않고 지각도 들 만큼 들어갈 때다.

"어머니! 요새두 아버지께서 약주 잡수세요?"

덕기는 숭늉을 천천히 마시다 말고 옆으로 앉은 모친을 쳐다보았다.

"누가 아니! 약주를 잡숫든 기생방에 가든!"

하고 모친은 핀잔을 주다가 자기 말이 너무 몰풍스러운[40]것을 뉘우친 듯이,

"술상 보아 내오라는 말씀이 없으니 안 잡숫는 게지."

하고 다시 웃는 낯을 지어 보였다.

그러나 모친의 나중 말도 덕기에게는 부친을 비웃는 말로밖에 아니 들렸다.

"아버님께서 잡숫는 걱정은 말고 당신이나 주의를 해요!"

시어머니와 화로를 격해서 윗목에 쪼그리고 앉았던 아내가 오금을 박는다.

---

40 태도가 부드럽지 못하고 차가운.

"잔소리 말어!"[41] 하고 핀잔을 주고 덕기는 담배를 들고 가만히 화롯불에 꾹꾹 눌러 붙인다.

"너두 술 먹니?"

하며 모친은 얼마쯤 놀란 듯이 아들을 쳐다본다.

"어제두 곤드레만드레가 되어서 오밤중에나 들어왔습니다."

며느리는 남편이 행여 무어랄까 보아 얼른 고자질을 하고는 밥상을 번쩍 들고 나가 버렸다.

"내력 술이니까 하는 수 없지만 벌써부터 술을 배워 되겠니?"

모친은 가볍게 나무라 두었다.

"친구에게 끌려서 부득이……. 몇 잔 먹구 취하나요. 하지만……."

하고 덕기가 말을 끊으려니까 모친은 덕기의 뒷말을 기다리고 앉았다가,

"너 아버지 말이냐? 너 아버지야 그저 그런 이로 돌리려니와……."

하고 말을 미리 받는다.

"글쎄 금주 선전 신문인가 무엇엔가 글이나 쓰지 말으셨으면 좋지 않아요! 도무지 교회도 나와 버리시구 그런 데 간섭을 마셨으면 좋을 게 아니에요. 밤 열 시까지는 설교를 하시고 그리고 열 시가 지나면 술집으로 여기저기 갈 데 안 갈 데 돌아다니시니 그러면 세상이 모르나요. 언제든지 알리고 말 것이요……. 그것도 거기다가 목숨을 매달고 서양 사람의 돈푼이나 얻어먹어야 살 형편이면 모르겠지만……."[42]

덕기는 일전에 병화가 세문 밖 냉동 근처의 좋지 못한 술집에서 자기 부친을 분명히 만나 보았다고 신야 넋이야 하며 싫은 소리를 주절대던 것을 생각하며 분해 못 견디겠다는 듯이 이런 소리를 조용조용히 하였다.

"그런 소리를 왜 날더러 하니? 너 아버지한테 가서 무슨 소리든 시원

---

41 조덕기는 일본 유학 중인 신식 청년. 조덕기의 아내는 신식 학문을 배우지 않은 평범한 구식 여자이다. 조덕기가 무심코 뱉은 이런 말 한마디 속에는 무의식중에 아내를 '밥이나 짓는 무식한 마누라'라는 의식이 깔려 있다.

42 아버지에 대하여 품고 있던 불만이 하나하나 열거된다.

스럽게 하렴!"
하고 모친은 핀잔을 주었다.

'그러는 어머니도, 당신 그러면 그러지, 뉘 아나! 하고 남남끼리처럼 하시지 말고 지성껏 아버지를 받들고 그렇게 못하시게 하시면 자연히 아버지 신상이나 집안 꼴이나 나아가지 않아요!'

덕기는 이런 말을 하려다가 참아 버렸다.

말은 그쳤다. 모자는 담배만 피우며 싸운 사람들같이 가만히 앉았다.

중문간에서 아이 우는 소리가 엉엉 난다. 모친은 앞창을 열고 내다보며,

"추운데 어디를 이렇게 싸지르는 거냐?"

하며 애년을 나무라고 나서,

"어 우지 마라, 어어 울지 마라!"

하고 건너다보고 어른다.

며느리가 얼른 가서 우는 아이를 받아 안고 들어왔다. 할머니가 손을 내밀어 보았으나 아이는 어머니 겨드랑이만 파고 울음을 그치지 않는다.

"이게 무슨 짓이야? 할머니께 안녕 안녕—하는 게 아니라."

하고 어미는 나무라면서 그래도 시어머니 앞에서 젖통이를 내놓기가 부끄러운지 머뭇머뭇하니까,

"어서 젖을 물리렴!"

하고 시어미니는 그래도 귀한 손주 새끼를 넘겨다본다.

어린애는 젖을 물자 눈을 감아 버린다.

"잠이 와서 그러는구나."

"새벽같이 깨어서 바스락거리니까요……."

고식도 더 말할 게 없는 사람처럼 다시는 입을 아니 벌렸다. 이 방(건넌방)의 아이 보는 계집애년은 세 식구가 잠잠히 앉았는 것을 보고 심심해서 스르르 마루로 나가 버렸다. 그 바람에 시어머니는 말을 꺼낸다.

"이 추위에 얼마나 고생이냐? 손등에 얼음이 들었구나!"

하며 시어머니는 아이를 안고 앉은 며느리의 새빨간 두 손을 바라보고 눈

을 찌푸렸다.

"무어 그저 그렇지요."

며느리는 예사롭게 대답을 하며 상끗 웃었다.

"안방에서는 여전히 쓸어 맡기고 모른 척하니?"

"그러믄요!"

하고 어린 며느리는 시어머니의 다정한 말에 눈물이 글썽해진다.

"밤낮 그 아이 하나로 온종일 헤어나지를 못하고 방문 밖이나 나오시나요."

하고 하소연을 한다.

"계집애년두!"

"그럼요. 버릇을 애초에 잘못 가르치셨으니까요."

"행랑것은 새로 들어왔다더니 어떠냐?"

"밥이나 짓지요마는 온 지 며칠 안 된 것이 능글능글하게 엉너리만 치고 안방에만 들락날락거리고 가관이죠."

"지시는 누가 했는데?"

"모르겠어요. 할아버지께서 사랑에서 데리고 들어오셔서 오늘부터 두게 된 것이라고 하셨으니까, 아마 사랑 손님이 지시한 것이지요."

"어쨌든 그래서 안됐구나."

"무어요?"

"아니, 글쎄 말이다. 안방에만 긴한 듯이 달라붙어 버리면 어지중간에[43] 너만 괴롭잖겠니?"

"……."

며느리는 시어머니의 동정에 감격해서인지 고개를 숙이고 콧등을 훌쩍 들이마신다.

"어리다고 하속배라도 넘볼 것이요 윗사람이라고 그 모양이니…….

43 어중간하게.

네 고생도 다 안다. 내가 너희들만 데리고 있다면야 낸들 무슨 걱정이 되고 불평이 있겠니! 그것두 모두 내 팔자 소관이니까."

시어머니는 이런 소리도 하였다. 이 부인은 야소교인이 아닌지라 '그것두 모두 하느님의 뜻' 이라 하지 않고 내 팔자 소관이라고 한다.

덕기는 더 듣고 앉았기가 싫어서 벌떡 일어났다. 쓸데없는 소리 말라고 핀잔을 주려다가 모친 앞이라 참아 버렸다. 덕기는 사랑으로 나오면서 혼자 한숨을 쉬었다. 집안이 어찌되려고 이러는고 싶었다.

사랑 댓돌 위에는 고무신 경제화가 네댓 켤레 놓여 있다. 할아버지의 그 쌀쌀한 규모로 사랑에도 60먹은 지 주사 한 사람 외에는 군식구를 두지 않건만 그래도 놀 데 없고 먹을 것 없는 노인들은 모여드는 것이었다. 덕기는 제 방으로 들어가 누우면서 지금 안에서 듣던 말을 생각해 보았다.

지체 보아서 한다고 할아버지가 야단야단 치고 얻어 맡긴 아내는 또 그것도 처음에는 좋다가 일본 갈 때쯤은 싫증도 났던 아내이건만 시서모 앞에서 남편도 없는 동안에 고생하는 생각을 하면 가엾기도 하였다.

사실 소학교밖에 졸업하지 못하고 구식 가정에서 자랐기에 이 속에서 배겨 있지 요새의 신여성 같으면야 풍파가 나도 몇 번 났을지 모를 거라는 생각을 하면 신지식 없다고 싫어하던 것이 이제는 도리어 잘되었다고 생각되는 것이다. 어느덧 한잠 푹 들어 버렸다.

"덕기도 제사까지 지내고 가라고 하였다……."

덕기는 분명히 조부의 이런 목소리를 들은 법하다. 꿈이 아니었던가 하며 소스라쳐 깨어 눈을 떠 보니 머리맡 창에 볕이 쨍쨍히 비친 것이 어느덧 저녁때가 된 것 같다. 벌써 새로 세 시가 넘었다. 아침 먹고 나오는 길로 따뜻한 데 누웠으려니까 잠이 폭폭 왔던 것이다. 어쨌든 머리를 쳐드니, 작취가 이제야 깨인 듯이 거뜬하고 몸도 풀린 것 같다.

"네 처두 묵으라고 하였다만 모레는 너두 들를 테냐? 들르면 무얼 하느냐만……."

조부의 못마땅해 하는—어떻게 들으면 말을 만들어 보려고 짓궂이 비꼬는 강강한 어투가 또 들린다.

덕기는 부친이 왔나 보다 하고 가만히 유리 구멍으로 내다보았다. 수달피 깃을 댄 검정 외투를 입은 홀쭉한 뒷모양이 뜰을 격하여 큰 마루 앞에 보이고 조부는 창을 열고 내다보고 앉았다. 덕기는 일어서려다가 조부가 문을 닫은 뒤에 나가리라 하고 주저앉았다.

"저야 오지요마는 덕기는 붙드실 게 무엇 있습니까. 공부하는 애는 그보다 더한 일이 있더라도 하루바삐 보내야지요……."

이것은 부친의 소리다. 부친은 가냘프고 신경질적인 체격 보아서는 목소리라든지 느리게 하는 어조가 퍽 딴판인 인상을 주는 것이었다. 그 부드러운 목소리와 느린 말투는 젊었을 때도 그랬는지는 모르겠으나 아마 예수교 속에서 얻은 수양인가 보다고 덕기는 늘 생각하는 것이다. 거기다가 비하면 조부의 목소리와 어투는 자기 생긴 거와 같이 몹시 신경질적이요 강강하였다.

"그보다 더한 일이라니?"

시비를 차리는 사람이 저편의 말끝을 잡은 것만 다행이라는 듯이 조부의 목소리는 긴장하였다.

부친은 잠자코 섰는 모양이다.

"계집 자식이 붙드는 게 그보다도 더한 일이냐? 에미애비가 숨을 몬다면 그보다 더한 일이냐?"

"왜 불관한 일에 그렇게 말씀을 하세요?"

똑같이 부드럽고 똑같이 1분간에 50마디밖에 아니 되는 듯한 말소리다. 그러나 노영감은 아들의 그 말소리가 추근추근히 골을 올리려는 것같이 들려서 더 못마땅하였다.

"그래 무어 어쨌단 말이냐? 에미애비 제사도 모르는 놈이 당장 내가 숨을 몬다기로 눈 하나 깜짝이나 할 터이냐? 그런 놈을 공부는 시키면 무얼 하니?"

영감은 입에 물었던 담뱃대로 재떨이를 땅땅 친다. 방 안에 좌우로 늘어앉은 노인 축들은 두 손을 쓱쓱 비비며 꾸뻑꾸뻑 조는 사람처럼 고개들을 파묻고 앉았을 뿐이다. 이 사람들은 주인 영감의 말이 꼭 옳은지 안 옳은지 뚜렷이 판단할 수는 없으나 어쨌든 일리 있다고 생각하는 것이다.

"종교가 달라서 제사 안 지낸다고 반드시 부모의 임종까지 안 하리라고야 할 수가 있겠습니까?"

'아들의 말을 들으면 그도 그래!'

하는 생각을 노인들은 하였으나 그래도 제사 안 지낸다고 야단치는 점만은 주인 영감이 옳다고 속으로 시비를 가리는 것이었다.

"무슨 잔소리를 그래도 뻔뻔히 서서 하는 것이냐? 어서 가거라! 네 자식도 너 따위를 만들 작정이냐? 덕기는 내가 기르고 내가 공부를 시키는 터이다. 너는 낳았달 뿐이지 네 손으로 밥 한 술이나 먹이고 학비 한 푼이나 대 주었니? 내가 아무러면 너만큼 못 가르쳐 놓겠니! 잔소리 말고 어서 가거라! 도덕이니 박애니 구원이니 하면서 제 자식 하나 못 가르치는 놈이 입으로만 허울 좋은 소리를 떠들면 세상이 잘될 듯싶으냐!"

이것도 이 영감에게서 한두 번 들은 말이 아니다. 옳은 말이라고 노인들은 생각하였다.

"영감, 고정하지요. 영감 말씀이 저저히 옳으신 말씀이지만 저 사람도 사회에 나가서 일을 하려니까 제사 참례만 안 한다는 것이지 어디 누가 반대를 하는 건가요."

저녁때가 되어서 사람이 비어 식구가 줄면 술상이 나올까 하고 배를 축이고 앉았던 제일 연장되는 노인 한 분이 중재를 하는 것이었다.

덕기는 더 참을 수가 없어서 아랫방에서 나왔다.

"오늘 가 뵈려고 하였어요. 글피쯤 떠날까 봅니다."

덕기는 부친 앞에 가서 이런 소리를 하고,

"안으로 들어가시지요."

하고 재촉을 하였다.

부친은 잠자코 아들을 바라보다가 모자를 벗고 방 안에다 대고 인사를 한 뒤에 안에는 아니 들르고 대문 편으로 나가 버렸다.

조부가 창문을 후닥닥 닫았다.[44] 올 적마다 조부에게 꾸중만 맞고 안에도 들르거나 말거나 하고 훌쩍 가 버리는 부친의 뒷모양을 바라보고 덕기는 민망한 생각이 들었다.

자기 부친에게 잘못이 없다는 것은 아니나 그렇다고 남에 없는 위선자거나 악인은 아니다. 이 세상 사람을 저울에 달아 본다면 한 돈도 못 되는 한 푼 내외의 차이밖에 없건만, 부친이 어떤 동기로이었든지—어떤 동기라느니보다도 2, 30년 전 시대의 신청년이 봉건 사회를 뒷발길로 차 버리고 나서려고 허비적거릴 때에 누구나 그리하였던 것과 같이, 그도 젊은 지사로 나섰던 것이요, 또 그러노라면 정치적으로는 길이 막힌 그들이 모여드는 교단 아래 밀려가서 무릎을 꿇었던 것이 오늘날의 종교 생활의 첫 발길이었던 것이다. 그것도 만일 그가 요샛말로 자기 청산을 하고 어떤 시기에 거기에서 발을 빼냈더라면 그가 사상으로도 더 새로운 시대에 나오게 되었을 것이요, 실생활에 있어서도 자기의 성격대로 순조로운 길을 나아가는 동시에 그러한 위선적 이중 생활 속에서 헤매지는 않았을 것이다.

"나도 너희들이 생각하는 것이나 기분을 이해하지 못하는 것은 아니다. 사회의 현실상 앞에 눈이 어두운 것은 아니다. 그러나 나는 내가 살아온 시대상과 너희의 시대상의 귀일점을 찾으려는 것이다. 쉽게 말하자면 네 사상과 내 사상이 합치되는 소위 '제3제국'을 바라는 것이다. 너희들은 한 걸음 나아갔고 나는 그만큼 뒤떨어진 것은 사실이다. 그러나 너의 시대에서 또 한 걸음 다시 나아가면 그때에는 도리어 내 시대의 사상, 즉 지금 내가 가지고 있는 사상의 어떠한 일부분이라도 필요하게 될지 누가 아니? 나는 그것을 믿고 그것을 찾는다……."

이번에 덕기가 돌아와서 부친과 병화의 이야기를 하다가 사회 사상 문

---

44 할아버지가 아버지를 어떻게 생각하는지, 그리고 손자인 조덕기를 어떻게 생각하는지 3대의 관계가 단순 명료하게 묘사된 대목이다.

제와 실제 운동 문제에까지 화제가 돌아갔을 때 덕기가 부친에게 종교를 내던지라고 하니까 부친은 이와 같은 대답을 하였던 것이다.

덕기는 부친의 이러한 의견에 반대하고 싶지 않은 것은 아니었으나, 역시 구습상 부친에게 반대할 수도 없고 또 제 주제에 길게 논란할 수도 없는 터여서 그만두었다. 그뿐 아니라 부친이, 생각하였던 것보다는 현대 사상 경향이나 사회 현상에 대하여 아주 어둡고 무관심한 것이 아닌 것을 발견한 것이 반갑기도 하고 부자간의 이런 토론은 처음이었으나 그로 말미암아 부친과 자기 사이가 좀 가까워진 것 같은 기쁜 생각이 들어서 그대로 웃고만 말았지만, 어쨌든 부친은 봉건 시대에서 지금 시대로 건너 조부와 덕기 자신의 중간에 끼여서 조부 편이 될 수도 없고 아들인 덕기 자신의 편도 못 되는 것과 같은 어지중간에 선 처지라고 새삼스러이 생각하였다. 따라서 그만큼 사회적으로나 가정적으로나 또는 자기의 사상 내용으로나 가장 불안정한 번민기에 있는 것이 사실이라고 보고 있다.

그러므로 덕기는 부친에게 대하여 가다가다 반감이 불끈 치밀다가도 한편으로는 가엾은 생각, 동정하는 마음이 나는 것이었다.

안으로 들어온 덕기는 제 방에서 어젯밤에 들어와 벗어 건 양복을 주섬주섬 갈아입었다. 웬 셈인지 오늘은 더욱이 사랑에 나가서 혼자 오뚝이 앉았기도 맥없고, 안에 들어와서 고식이 마주 앉아 안방 논래나 부친 논래를 하고들 있는 것을 듣기도 싫었다.

"저녁두 안 먹고 지금 어디를 가니?"

모친은 나무라듯이 물었다.

"잠깐 바람 쐬고 들어와요."

"아버지 뵈러 가지 않니?"

"아버진 지금 다녀가셨는데요."

"응?"

모친은 놀라는 소리를 하다가 입을 꼭 다물고 말았다. 자기가 와 있어서 안에는 안 들러 갔구나—고 생각한 것이었다.

"그럼, 안에 어쩌면 좀 안 들어오시고 그대로 가셨어요?"

아내도 섭섭한 듯이 시어머니 대신에 묻는다.

"바쁘시니까 그런 게지!"

하고 덕기는 핀잔을 주었다.

덕기는 잔소리를 길게 늘어놓기가 싫어서 그런 것이지만 모친은 속으로 아들도 못마땅하였다.

'너두 네 아비 편만 드는구나!'

하는 약속한 생각으로.

"어머니—그런데 오늘 묵어 가세요?"

덕기는 다시 온유한 낯빛으로 물었다.

"그럼 어쩌니! 나는 40을 먹어도 호된 시집살이다!"

모친은 이렇게 자탄을 하다가 나가는 길에 화개동 집에 가서 자기가 묵는다는 말을 이르고 누이동생을 데리고 오라고 한다.

"글쎄—갈 새가 있을라구요. 아무쪼록 가겠습니다마는 누구든지 보내십쇼그려."

덕기는 정처가 있어서 나가는 것은 아니지만 여기서 화개동 막바지까지 가기가 싫어서 이렇게 일러 놓고 나오면서 지갑 속에 든 돈 요량을 하여 보았다. 아직 노비와 학비를 분명히 타지 않았기 때문에 병화의 밥값 한 달치를 주기는 어려웠다.

(이하 줄임)

1931년 《조선일보》

전력을 다하지 않으면
훌륭한 독서는 불가능하다.
- 베네트

|1904 ~ ? |

1904년 강원도 철원에서 태어나다. 1921년 휘문고보에 입학했으나 1924년 동맹휴학을 주도하다가 퇴학당하다. 1927년 일본 죠치 대학에 입학하나 1년 만에 중퇴하다. 《시대일보》에 〈오몽녀五夢女〉를 발표하면서 문단에 나와 1930년대부터 작가활동을 활발하게 벌이다. '구인회' 에 가담하는 한편 1939년에는 문예동인지 《문장》을 주관하다. 이후 이화여전 강사, 《조선중앙일보》 학예부장을 지내다. 1941년 '조선예술상' 을 수상한 후 1945년 고향 철원에서 칩거 중 해방을 맞다. 이 해 '문화건설협의회' 를 만들고 '조선문학가동맹' 부회장이 되어 사회주의 노선 작가들의 조직 활동에 힘을 쏟다. 1946년 10월경 방소문화사절단으로 소련을 여행하고 그대로 북한에 남다. 6 · 25 전쟁 중에는 종군 작가로 낙동강 전선까지 내려오다. 1952년 사상 검토 후 1956년 숙청당하다. 이후 행적은 알려지지 않고 사망 연도도 불확실하다. 호는 상허尙虛.

대|표|작

〈달밤〉(1933), 〈까마귀〉(1936), 〈복덕방〉(1937), 〈해방전후〉(1946) 등이 있다.

1930년대의 서울 성북동을 배경으로 펼쳐지는 풍속소설이다. '나'와 '못난이'라고 불리는 황수건 사이에 벌어지는 사소하고 일상적인 몇 가지 에피소드를 중심으로 잔잔한 사연이 펼쳐지는 작품이다. 이 작품에서 작가는 변해 가는 각박한 세태 속에서도 사람과 사람의 인정미가 소중하다는 것을 아름답고 서정적인 필치로 그리고 있다. 바보스럽지만 순박한 심성을 지닌 황수건이 세상에 잘 적응하지 못하고 실패를 거듭하는 이야기를 서술하면서 작가는 인간적인 정이 사라져 메마른 세태를 조용히 꼬집고 있다.

작가 이태준의 작품 속에는 인생에 실패하는 인물이 자주 등장한다. 그래서 그런가 소설의 배경도 달밤이 제법 많다. 이 작품에 그려진 '달밤'은 작품의 전체적인 분위기는 물론 주제 의식과도 연결된다. 어쩌면 달밤이라는 우울한 분위기 속에 나오는 황수건은 우리 민족을 암시하는지도 모른다. 그렇다면 천진하고 바보 같은 심성을 지닌 황수건(우리 민족)을 감싸고 있는 '달밤'은 식민지 치하의 우울한 상황을 드러내는 것이다. 그래서일까, 작품 결말 부분에서 보여 주는 '달밤'의 여운은 황수건이라는 인물의 성격과 어우러져 우울함을 극대화시키고 있다.

다시 정리하자면, 각박한 세상살이에 부딪혀 고통을 겪는 천진한 남자 황수건은 식민지 시대를 살아가는 힘없는 민중의 모습이라고 할 수 있다.

더구나 황수건은 정상인이 아니다. 순진하지만 지능도 모자란다. 하는 일마다 실패를 하고 아내마저 도망갔다. 이런 모습의 황수건이 휘적거리며 부르는 노랫소리가 가슴을 친다. '술은 눈물이냐 한숨이냐'는 노래 속에는 바로 식민지 시대를 살아가는 민중들의 눈물과 한숨이 스며 있다. 그리고 그 눈물과 한숨을 달밤이 덮고 있는 것이다.

학습길라잡이

구조 분석

- **갈래** 단편소설. 풍속소설.
- **주제** 각박한 현실에 부딪혀 아픔을 겪는 삶의 모습.
- **배경** 서울 성북동.
- **시점** 1인칭 관찰자 시점.

등장인물

- **나** 황수건을 동정 어린 눈길로 바라보는 인물. 소설 속의 화자.
- **황수건** 어리숙하고 순박한 심성을 지닌 인물. 학교 급사, 신문 배달원 보조, 참외 장사 등을 하지만 제대로 하는 것이 없어 모두 실패한다.

이것만은 놓치지 말자

월북 작가

우리 나라는 이념적으로 남북이 갈린 불행한 과거를 갖고 있다. 그래서 문학사를 공부하다 보면 '월북 작가' 들을 심심치 않게 만난다. 〈달밤〉을 쓴 이태준뿐만 아니라 〈낙동강〉의 조명희, 〈고향〉의 이기영, 〈인간문제〉의 강경애, 〈임꺽정〉의 홍명희 등 헤아리자면 한두 명이 아니다. 오랫동안 이들 월북 작가들의 작품은 공식적으로 출판되거나 읽는 것이 금지되었었지만 1980년대 이후 월북 작가들의 작품을 자유롭게 접할 수 있게 되어 그나마 다행한 일이다.

1. 이 작품에서 '달밤'은 식민지 시대의 우울한 시대적 분위기를 비유한다고 한다. '달밤'을 묘사한 구절을 구체적으로 짚어 가며 작가가 어떻게 묘사하고 있는지 살펴보자.

달밤

◆

성북동城北洞으로 이사 나와서[1] 한 대엿새 되었을까, 그날 밤 나는 보던 신문을 머리맡에 밀어 던지고 누워 새삼스럽게,

"여기도 정말 시골이로군!"

하였다.

무어 바깥이 컴컴한 걸 처음 보고 시냇물 소리와 쏴아 하는 솔바람 소리를 처음 들어서가 아니라 황수건이라는 사람을 이날 저녁에 처음 보았기 때문이다.

그는 말 몇 마디 사귀지 않아서 곧 못난이란 것이 드러났다. 이 못난이는 성북동의 산들보다 물들보다, 조그만 지름길들보다 더 나에게 성북동이 시골이란 느낌을 풍겨 주었다.

서울이라고 못난이가 없을 리야 없겠지만 대처에서는 못난이들이 거리에 나와 행세를 하지 못하고, 시골에선 아무리 못난이라도 마음 놓고 나와 다니는 때문인지, 못난이는 시골에만 있는 것처럼 흔히 시골에서 잘 눈에 뜨인다. 그리고 또 흔히 그는 태고 때 사람처럼 그 우둔하면서도 천진스런 눈을 가지고, 자기 동리에 처음 들어서는 손에게 가장 순박한 시골의 정취를 돋워 주는 것이다.

그런데 그날 밤 황수건이는 열 시나 되어서 우리 집을 찾아왔다.

---

1 '나왔다'는 표현으로 미루어 이사 오기 전에는 사대문 안에 살았다는 것을 암시한다.

그는 어두운 마당에서 꽥 지르는 소리로,

"아, 이 댁이 문 안 서……."

하면서 들어섰다. 잡담 제하고 큰일이나 난 사람처럼 건넌방 문 앞으로 달려들더니,

"저, 저 문 안 서대문 거리라나요, 어디선가 나오신 댁입쇼?"

한다.

보니 합비는 안 입었으되 신문을 들고 온 것이 신문 배달부다.

"그렇소, 신문이오?"

"아, 그런 걸 사흘이나 저, 저 건너 쪽에만 가 찾았습죠. 제기……."

하더니 신문을 방에 들이뜨리며,

"그런뎁쇼, 왜 이렇게 죄꼬만 집을 사구 와 겝쇼. 아, 내가 알았더면 이 아래 큰 기와집도 많은 걸입쇼……."

한다. 하, 말이 황당스러워 유심히 그의 생김을 내다보니 눈에 얼른 두드러지는 것이 빡빡 깎은 머리로되, 보통 크다는 정도 이상으로 골이 크다. 그런데다 옆으로 보니 짱구 대가리다.

"그렇소? 아무튼 집 찾느라고 수고했소."

하니 그는 큰 눈과 큰 입이 일시에 히죽거리며,

"뭘입쇼, 이게 제 업인뎁쇼."

하고 날래 물러서지 않고 목을 길게 빼어 방 안을 살핀다. 그러더니 묻지도 않는데,

"저는입쇼, 이 동네 사는 황수건이라 합니다……."

하고 인사를 붙인다. 나도 깍듯이 내 성명을 대었다. 그는 또 싱글벙글하면서,

"댁엔 개가 없구먼입쇼."[2]

한다.

---

2 전형적인 서울 하층민의 말씨. 말씨만 보아도 머리를 조아리며 굽실거리는 모습이 연상된다.

"아직 없소."

하니,

"개 그까짓 거 두지 마십쇼."

한다.

"왜 그렇소?"

물으니, 그는 얼른 대답하는 말이,

"신문 보는 집엔입쇼, 개를 두지 말아야 합니다."

한다. 이것 재미있는 말이다 하고 나는,

"왜 그렇소?"

하고 또 물었다.

"아, 이 뒷동네 은행소에 댕기는 집엔입쇼, 망아지만한 개가 있는뎁쇼. 아, 신문을 배달할 수가 있어얍죠."

"왜?"

"막 깨물랴고 덤비는 걸입쇼."

한다. 말 같지 않아서 나는 웃기만 하니 그는 더욱 신을 낸다.

"그 눔의 개 그저, 한 번, 양떡[3]을 멕여대야 할 텐데……."

하면서 주먹을 부르대는데 보니, 손과 팔목은 머리에 비기어 반비례로 작고 가느다랗다.

"어서 곤할 텐데 가 자시오."

하니 그는 마지못해 물러서며,

"선생님, 참 이 선생님 편안히 주무십쇼. 저이 집은 여기서 얼마 안 되는 걸입쇼."

하더니 돌아갔다.

그는 이튿날 저녁, 집을 알고 오는데도 아홉 시가 지나서야,

---

3 양떡의 사전적인 뜻은 '서양 케이크'를 가리킨다. 그러나 황수건이 말한 양떡은 '떡이나 먹어라' 처럼 개를 크게 곯려 준다는 의미이다.

"신문 배달해 왔습니다."
하고 소리를 치며 들어섰다.

"오늘은 왜 늦었소?"
물으니,

"자연 그럽죠."
하고 다른 이야기를 꺼냈다.

자기는 워낙 이 아래 있는 삼산학교에서 일을 보다 어떤 선생하고 뜻이 덜 맞아 나왔다는 것, 지금은 신문 배달을 하나 원 배달이 아니라 보조 배달이라는 것, 저희 집엔 양친과 형님 내외와 조카 하나와 저희 내외까지 식구가 일곱이라는 것, 저희 아버지와 저희 형님의 이름은 무엇무엇이며, 자기 이름은 황가인데다가 목숨 수壽자 하고 세울 건建자로 황수건이기 때문에, 아이들이 노랑수건이라고 놀리어서 성북동에서는 가가호호에서 노랑수건 하면 다 자긴 줄 알리라고 자랑스럽게 이야기하다가 이날도,

"어서 그만 다른 집에도 신문을 갖다 줘야 하지 않소?"
하니까 그때서야 마지못해 나갔다.

우리 집에서는 그까짓 반편[4]과 무얼 대꾸를 해 가지고 그러느냐 하되, 나는 그와 지껄이기가 좋았다.

그는 아무것도 아닌 것을 가지고 열심스럽게 이야기하는 것이 좋았고, 그와는 아무리 오래 지껄이어도 힘이 들지 않고, 또 아무리 오래 지껄이고 나도 웃음밖에는 남는 것이 없어 기분이 거뜬해지는 것도 좋았다. 그래서 나는 무슨 일을 하는 중만 아니면 한참씩 그의 말을 받아 주었다.

어떤 날은 서로 말이 막히기도 했다. 대답이 막히는 것이 아니라 무슨 말을 해야 할까 하고 막히었다. 그러나 그는 늘 나보다 빠르게 이야깃거리를 잘 찾아냈다. 오뉴월인데도 '꿩고기를 잘 먹느냐?' 고도 묻고, '양복은 저고리를 먼저 입느냐 바지를 먼저 입느냐?' 고도 묻고, '소와 말과 싸

4 반편이. 지능이 보통 사람보다 현저히 낮은 사람.

움을 붙이면 어느 것이 이기겠느냐?' 는 둥, 아무튼 그가 얘깃거리를 취재하는 방면은 기상천외로 여간 범위가 넓지 않은 데는 도저히 당할 수가 없었다.

하루는 나는 '평생 소원이 무엇이냐?' 고 그에게 물어보았다. 그는 '그까짓 것쯤 얼른 대답하기는 누워서 떡 먹기' 라고 하면서 평생 소원은 자기도 원 배달이 한번 되었으면 좋겠다는 것이었다.

남이 혼자 배달하기 힘들어서 한 20부 떼어 주는 것을 배달하고, 월급이라고 원 배달에게서 한 3원 받는 터이라 월급을 20여 원을 받고, 신문사 옷을 입고, 방울을 차고 다니는 원 배달이 제일 부럽노라 하였다. 그리고 방울만 차면 자기도 뛰어다니며 빨리 돌 뿐만 아니라 그 은행소에 다니는 집 개도 조금도 무서울 것이 없겠노라 하였다.

그래서 나는 '그럴 것 없이 아주 신문사 사장쯤 되었으면 원 배달도 바랄 것 없고 그 은행소에 다니는 집 개도 상관할 바 없지 않겠느냐?' 한즉 그는 뚱그래지는 눈알을 한참 굴리며 생각하더니 '딴은 그렇겠다' 고 하면서, 자기는 경황이 없어 거기까지는 바랄 생각도 못하였다고 무릎을 치듯 가슴을 쳤다.

그러나 신문사 사장은 이내 잊어버리고 원 배달만 마음에 박혔던 듯, 하루는 바깥마당에서부터 무어라고 떠들어 대며 들어왔다.

"이 선생님? 이 선생님 겝쇼? 아, 저도 내일부턴 원 배달이올시다. 오늘 밤만 자면입쇼……."

한다. 자세히 물어보니 성북동이 따로 한 구역이 되었는데, 자기가 맡게 되었으니까 내일은 배달복을 입고 방울을 막 떨렁거리면서 올 테니 보라고 한다. 그리고 '사람이란 게 그러게 무어든지 끝을 바라고 붙들어야 한다' 고 나에게 일러 주면서 신이 나서 돌아갔다. 우리도 그가 원 배달이 된 것이 좋은 친구가 큰 출세나 하는 것처럼 마음속으로 진실로 즐거웠다. 어서 내일 저녁에 그가 배달복을 입고 방울을 차고 와서 쫄럭거리는 것을 보리라 하였다.

그러나 이튿날 그는 오지 않았다. 밤이 늦도록 신문도 그도 오지 않았다. 그 다음날도 신문도 그도 오지 않다가 사흘째 되는 날에야, 이날은 해도 지기 전인데 방울 소리가 요란스럽게 우리 집으로 뛰어들었다.

'어디 보자!'

하고 나는 방에서 뛰어나갔다.

그러나 웬일일까, 정말 배달복에 방울을 차고 신문을 들고 들어서는 사람은 황수건이가 아니라 처음 보는 사람이다.

"왜 전엣 사람은 어디 가고 당신이오?"

물으니 그는,

"제가 성북동을 맡았습니다."

한다.

"그럼, 전엣사람은 어디를 맡았소?"

하니 그는 픽 웃으며,

"그까짓 반편을 어딜 맡깁니까? 배달부로 쓸랴다가 똑똑지가 못하니까 안 쓰고 말았나 봅니다."

한다.

"그럼 보조 배달도 떨어졌소?"

하니,

"그럼요, 여기가 따루 한 구역이 된 걸이오."

하면서 방울을 울리며 나갔다.

이렇게 되었으니 황수건이가 우리 집에 올 길은 없어지고 말았다. 나도 가끔 문 안엔 다니지만 그의 집은 내가 다니는 길옆은 아닌 듯 길가에서도 잘 보이지 않았다.

나는 가까운 친구를 먼 곳에 보낸 것처럼, 아니 친구가 큰 사업에나 실패하는 것을 보는 것처럼, 못 만나는 섭섭함뿐만이 아니라 마음이 아프기도 하였다. 그 당자와 함께 세상의 야박함이 원망스럽기도 하였다.

한데 황수건은 그의 말대로 노랑수건이라면 온 동네에서 유명은 하였다. 노랑수건 하면 누구나 성북동에서 오래 산 사람이면 먼저 웃고 대답하는 것을 나는 차츰 알았다.

내가 잠깐씩 며칠 보기에도 그랬거니와 그에겐 우스운 일화도 한두 가지가 아니었다.

삼산학교에 급사로 있을 시대에 삼산학교에다 남겨 놓고 나온 일화도 여러 가지라는데, 그 중에 두어 가지를 동네 사람들의 말대로 옮겨 보면, 역시 그때부터도 이야기하기를 대단 즐기어 선생들이 교실에 들어간 새 손님이 오면 으레 손님을 앉히고는 자기도 걸상을 갖다 떡 마주 놓고 앉는 것은 물론, 마주 앉아서는 곧 자기류의 만담 삼매로 빠지는 것인데, 한번은 도 학무국에서 시학관이 나온 것을 이 따위로 대접하였다. 일본말을 못하니까 만담은 할 수 없고 마주 앉아서 자꾸 일본말을 연습하였다.

"센세이 히히, 오하요 고자이마스카(선생님, 안녕하세요)? 히히 아메가 후리마스(비가 옵니다), 유키가 후리마스카(눈이 옵니까)? 히히……."

시학관도 인정이라 처음엔 웃었다. 그러나 열 번 스무 번을 되풀이하는 데는 성이 나고 말았다. 선생들은 아무리 기다려도 종소리가 나지 않으니까, 한 선생이 나와 보니 종 칠 것도 잊어버리고 손님과 마주 앉아서 '오하요 유키가 후리마스카……' 하는 판이다.

그날 수건이는 선생들에게 단단히 몰리고 다시는 안 그러겠노라고 했으나 그 버릇을 고치지 못해서 그예 쫓겨 나오고 만 것이다.

그는,

"너의 색시 달아난다."

하는 말을 제일 무서워했다 한다. 한번은 어느 선생이 장난말로,

"요즘 같은 따뜻한 봄날엔 옛날부터 색시들이 달아나기를 좋아하는데 어제도 저 아랫마을에서 둘이나 달아났다니까 오늘은 이 동리에서 꼭 달아나는 색시가 있을걸……."

했더니 수건이는 점심을 먹다 말고 눈이 휘둥그레졌다 한다. 그리고 그날

오후에는 어서 바삐 하학을 시키고 집으로 갈 양으로 50분 만에 치는 종을 20분 만에, 30분 만에 함부로 다가서 쳤다는 이야기도 있다.

하루는 나는 거의 그를 잊어버리고 있을 때,

"이 선생님 겝쇼?"

하고 수건이가 찾아왔다. 반가웠다.

"선생님, 요즘 신문이 거르지 않고 잘 옵쇼?"

하고 그는 배달 감독이나 되어 온 듯이 묻는다.

"잘 오오, 왜 그류?"

한즉 또,

"늦지도 않굽쇼, 일쯕이 제때마다 꼭꼭 옵쇼?"

한다.

"당신이 돌 때보다 세 시간은 일찍이 오고 날마다 꼭꼭 오오."

하니 그는 머리를 벅적벅적 긁으면서,

"하루라도 거르기만 해라. 신문사에 가서 대뜸 일러바치지."

하고 그 빈약한 주먹을 부르댄다.

"그런뎁쇼, 선생님?"

"왜 그류?"

"삼산학교에 말씀예요, 그 제 대신 들어온 급사가 저보다 근력이 세게 생겼습죠?"

"나는 그 사람을 보지 못해서 모르겠소."

하니 그는 은근한 말소리로 히죽거리며,

"제가 거길 또 들어가 볼랴굽쇼. 운동을 합죠."

한다.

"어떻게 운동을 하오?"

"그까짓 거 날마다 사무실로 갑죠. 다시 써 달라고 졸라댑죠. 아, 그랬더니 새 급사란 녀석이 저보다 크기도 무척 큰뎁쇼, 이 녀석이 막 불근댑니다그려. 그래 한번 쌈을 해야 할 텐뎁쇼, 그 녀석이 근력이 얼마나 센지 알아야 뎀벼들 텐뎁쇼……. 허."

"그렇지, 멋모르고 대들었다 매만 맞지."

하니 그는 한 걸음 다가서며 또 은근한 말을 한다.

"그래서입죠, 엊저녁엔 큰 돌멩이 하나를 굴려다 삼산학교 대문에다 놨습죠. 그리구 오늘 아침에 가 보니깐 없어졌는뎁쇼. 이 녀석이 나처럼 억지루 굴려다 버렸는지, 번쩍 들어다 버렸는지 그만 못 봤거든입쇼, 제길……."

하고 머리를 긁는다. 그러더니 갑자기 무얼 생각한 듯 손뼉을 탁 치더니,

"그런뎁쇼, 제가 온 건입쇼. 댁에선 우두를 넣지 마시라구 왔습죠."

한다.

"우두를 왜 넣지 말란 말이오?"

한즉,

"요즘 마마가 다닌다구 모두 우두들을 넣는뎁쇼, 우두를 넣으면 사람이 근력이 없어지는 법인뎁쇼."

하고 자기 팔을 걷어 올려 우두 자리를 보이면서,

"이걸 봅쇼. 저두 우두를 이렇게 넣기 때문에 근력이 줄었습죠."

한다.

"우두를 넣으면 근력이 준다고 누가 그럽디까?"

물으니 그는 싱글거리며,

"아, 제가 생각해 냈습죠."

한다.

"왜 그렇소?"

하고 캐니,

"뭘……. 저 아래 윤금보라고 있는데 기운이 장산뎁쇼. 아 삼산학교 그 녀석두 우두만 넣었다면 그까짓 것 무서울 것 없는뎁쇼. 그걸 모르겠거든입쇼……."

한다. 나는,

"그렇게 용한 생각을 하고 일러 주러 왔으니 아주 고맙소."

하였다. 그는 좋아서 벙긋거리며 머리를 긁었다.

"그래 삼산학교에 다시 들기만 기다리고 있소?"

물으니 그는,

"돈만 있으면 그까짓 거 누가 고스카이(용인) 노릇을 합쇼. 밑천만 있으면 삼산학교 앞에 가서 뻐젓이 장사를 할 텐뎁쇼."

한다.

"무슨 장사?"

"아, 방학될 때까지 참외 장사도 하굽쇼, 가을부턴 군밤 장사, 왜떡 장사, 습자지, 도화지 장사 막 합죠. 삼산학교 학생들이 저를 어떻게 좋아하겝쇼. 저를 선생들보다 낫게 치는뎁쇼."

한다.

나는 그날 그에게 돈 3원을 주었다. 그의 말대로 삼산학교 앞에 가서 뻐젓이 참외 장사라도 해 보라고, 그리고 돈은 남지 못하면 돌려오지 않아도 좋다 하였다.

그는 3원 돈에 덩실덩실 춤을 추다시피 뛰어나갔다. 그리고 그 이튿날,

"선생님 잡수시라굽쇼."

하고 나 없는 때 참외 세 개를 갖다 두고 갔다. 그러고는 온 여름 동안 그는 우리 집에 얼른 하지 않았다. 들으니 참외 장사를 해 보긴 했는데 이내 장마가 들어 밑천만 까먹었고, 또 그까짓 것보다 한 가지 놀라운 소식은 그의 아내가 달아났단 것이다. 저희끼리 금실은 괜찮았건만 동서가 못 견디게 굴어 달아난 것이라 한다. 남편만 남 같으면 따로 살림나는 날이나 기다리고 살 것이나 평생 동서 밑에 살아야 할 신세를 생각하고 달아난 것이라 한다.

그런데 요 며칠 전이었다. 밤인데 달포 만에 수건이가 우리 집을 찾아

왔다. 웬 포도를 큰 것으로 대여섯 송이를 종이에 싸지도 않고 맨손에 들고 들어왔다. 그는 벙긋거리며,

"선생님 잡수라고 사 왔습죠."

하는 때였다. 웬 사람 하나가 날쌔게 그의 뒤를 따라 들어오더니 다짜고짜로 수건이의 멱살을 움켜쥐고 끌고 나갔다. 수건이는 그 우둔한 얼굴이 새하얗게 질리며 꼼짝 못하고 끌려 나갔다.

나는 수건이가 포도원에서 포도를 훔쳐 온 것을 직각하였다. 좇아나가 매를 말리고 포도 값을 물어 주었다. 포도 값을 물어 주고 보니 수건이는 어느 틈에 사라지고 보이지 않았다.

나는 그 다섯 송이의 포도를 탁자 위에 얹어 놓고 오래 바라보며 아껴 먹었다. 그의 은근한 순정의 열매를 먹듯 한 알을 가지고도 오래 입 안에 굴려 보며 먹었다.

어제다. 문 안에 들어갔다 늦어서 나오는데 불빛 없는 성북동 길 위에는 밝은 달빛이 깁[5]을 깐 듯하였다. 그런데 포도원께를 올라오노라니까 누가 맑지도 못한 목청으로,

"사……케……와 나……미다카 다메이……키……카……."[6]

를 부르며 큰길이 좁다는 듯이 휘적거리며 내려왔다. 보니까 수건이 같았다. 나는,

"수건인가?"

하고 아는 체하려다 그가 나를 보면 무안해 할 일이 있는 것을 생각하고 획 길 아래로 내려서 나무 그늘에 몸을 감추었다.

그는 길은 보지도 않고 달만 쳐다보며, 노래는 그 이상은 외우지도 못하는 듯 첫 줄 한 줄만 되풀이하면서 전에는 본 적이 없었는데 담배를 다

---

5 명주실로 좀 거칠게 짠, 무늬 없는 비단.

6 우리말로 번역하면 '술은 눈물인가, 한숨인가' 이다.

퍽퍽 빨면서 지나갔다.

달밤은 그에게도 유감한 듯하였다.

1933년 11월호 《중앙》

〈해방전후〉는 반성과 희망이 교차하는 민족사의 갈림길을 배경으로 작가 이태준이 자신의 과거 행적을 기록한 자전적 작품이다. 주인공인 소설가 '현'은 일제의 압력에 못 이겨 대동아전기大東亞戰記의 번역에 참여했던 일을 두고 괴로워하다가 강원도 어느 산읍으로 내려가 칩거 생활을 시작한다. 이곳에서 현은 향교 직원인 선비 '김 직원'을 만나 시국담을 주고받으며 울분을 나누기도 한다. 일제라는 공통의 적을 두고서는 의견이 일치했던 두 사람은 막상 해방과 함께 그 적이 사라지자 시국에 대해 현격한 견해 차이를 보이게 된다. 철저한 왕정주의자인 김 직원과 반봉건 근대화론자인 현은 해방 조국의 미래 설계를 놓고 갈라서는 것이다. 해방 정국 최대의 쟁점이었던 신탁통치에 대한 평가도 상반된다. 김 직원은 완강하게 반대하고 현은 신탁통치야말로 '가장 과학적이요 세계사적인 확실한 견해'라고 믿는다.

줄거리나 감상 가이드 대신, 존경받는 시인 김규동이 〈해방전후〉를 젊은이들에게 권하는 글을 소개한다. 이 작품에 대한 이해를 돕는 데 이보다 더 좋은 글은 없을 것이다.

고통스러울 때, 쓸쓸할 때 나는 이태준의 단편소설을 즐겨 읽는다. 그 중에서도 〈해방전후〉는 언제 읽어도 마음의 위안이 되고 있다. 30년대 작가 가운데서 가장 잊을 수 없는 사람은 역시 이태준이 아닐까 싶다…….
〈해방전후〉는 세상이 어렵고 험난해서 내가 과연 어떻게 처신해야 할까를 고민하고 있을 때 읽으면 참으로 이상한 마음의 힘이 생기는 것이었다. 현이라는 주인공은 바로 작자 자신이다. 해방 전후의 작자 자신의 삶, 그것이 현을 통하여 솔직히 고백되는 곳에 이 책의 품격과 문학성 혹은 사상성이 훌륭히 나타나 있다. 그 진실이 감동을 자아낸다. 한 지식인이 일제 식민지 아래서, 또 좌우로 분단되는 민족의 비극 앞에서 행동과 사유를 어떻게 하며 무엇을 가장 아프고 고통스럽게 체험해 가고 있는가를 〈해방전후〉는 말하고 있다. 작가가 있는 그대로의 자기 자신을 그려 내는 경우란 드물다. 작가란 흔히 자기 자신을 감추는 탓일까. 솔직하게 자신의 잘못까지도 드러내 고백한 작가란 과문한 탓인지는 몰라도 신문학 1백 년 가운데 채만식과 이태준 정도 아닐까. 이런 뜻에서라도 〈해방전후〉에 흐르고 있는 민족 정기에 새삼 접해 볼 만한 것이다……. 이 작품에는 문장 쓰는 법과 작가가 나아갈 길, 어떻게 살며 또 행동해야 할 것까지 다 적혀 있다. 오늘날의 침체 속에서 우리는 각기 양심과 행동의 문제를 잠시 고찰해 봄직도 하거니와 이런 시기에 선배들이 딛고 간 피 어린 길을 한번 돌아다보는 일이 결코 무익하지 않을 터이다.

학습길라잡이

구조 분석

- **갈래** 중편소설.
- **주제** 해방 직후 혼란한 시국 속에서 지식인이 겪는 이념적 갈등.
- **배경** 시간은 해방을 전후한 1, 2년. 공간은 서울→철원(산읍)→서울.
- **시점** 전지적 작가 시점.

등장인물

- **현** 순수문학파 작가였으나 해방 후에는 좌익 계열에 가담하는 작가.
- **김 직원** 유학자. 해방이 되자 영친왕을 모셔야 한다고 주장하는 근왕주의자.

플롯

- **발단** 호출장을 받고 현은 경찰서에 출두하여 시국을 위해 협력할 것을 강요당한다.
- **전개** 강원도 산읍으로 낙향해서 칩거하며 낚시 따위로 소일하던 어느 날 김 직원을 만난다.
- **위기** 해방이 되자마자 친구의 연락을 받고 급히 상경한다.
- **절정** 현은 좌익 계열이 조직하는 '조선문화건설중앙협의회'에 참여한다.
- **결말** 김 직원과는 서로 이념적으로 상반된 입장 때문에 화해할 수 없다는 것을 확인한다.

깊이생각하기

1. 해방 전과 해방 후 현과 김 직원의 관계가 어떻게 변했는지, 현이 결국 김직원을 어떤 인물로 평가하는지를 살펴보자.
2. 〈해방전후〉 외에도, 일제에 협력한 과거를 반성하는 내용의 소설작품이 더 있다. 어떤 작품이 있는지 알아보자.
3. 일제는 작중 인물 같은 작가 지식인을 어떻게 평가하는지 작품에서 찾아보자.

해방전후

호출장呼出狀이란 것이 너무 자극적이어서 시달서示達書라고 이름을 바꾸었다고는 하나, 무슨 이름의 쪽지이든, 그 긴치 않은 심부름이란 듯이 파출소 순사가 거만하게 던지고 간, 본서本署에의 출두 명령은 한결같이 불쾌한 것이었다. 현玄 자신보다도 먼저 얼굴빛이 달라지는 안해[1]에게는 의례 건으로 심상한 체하면서도 속으로는 정도 이상 불안스러워, 오라는 것이 내일 아침이지만 이 길로 가 진작 때이고 싶은 것이, 그래서 이날은 아무 일도 손에 잡히지 않고, 밥맛이 없고, 설치는 밤잠에 꿈자리조차 뒤숭숭한 것이 소심한 편인 현으로는 '호출장' 때나 '시달서' 때나 마찬가지곤 했다.

현은 무슨 사상가도 주의자도, 무슨 전과자도 아니었다. 시골 청년들이 어떤 사건으로 잡히어서 가택 수색을 당할 때 그의 저서가 한두 가지 나온다든지, 편지 왕래한 것이 한두 장 불거진다든지, 서울 가서 누구를 만나 보았느냐는 심문에 현의 이름이 끌려든다든지 해서, 청년들에게 제법 무슨 사상 지도나 하고 있지 않나 하는 혐의로 가끔 오너라 하기 시작한 것이 이젠 저들의 수첩에 준요시찰인準要視察人 정도로는 오른 모양인데, 구금拘禁을 할 정도라면 당장 데려갈 것이지 호출장이니 시달서니가 아닐 것은 짐작하면서도 번번이 불안스러웠고, 더욱 이번에는 은근히 마

1 '아내'의 옛말. 일제 시대는 물론 해방 직후 소설과 시에 '안해'가 많이 등장한다.

음 쓰이는 것이 없지도 않았다. 일반지원병 제도와 학생특별지원병 제도 때문에 뜻 아닌 죽음이기보다, 뜻 아닌 살인, 살인이라도 내 민족에게 유일한 희망을 주고 있는 중국이나 영미나 소련의 우군友軍을 죽여야 하는, 그리고 내 몸이 죽되 원수 일본을 위하는 죽음이 되어야 하는, 이 모순된 번민으로 행여나 무슨 해결을 얻을까 해서 더듬고 더듬다가는 한낱 소설가인 현을 찾아와 준 청년도 한둘이 아니었다.

현은 하루 이틀 동안에 극도의 신경쇠약이 된 청년도 보았고 다녀간 지 한 주일 뒤에 자살하는 유서를 보내온 청년도 있었다. 이런 심각한 민족의 번민을 현은 제 몸만이 학병 자신이 아니라 해서 혼자 뒷날을 사려해 가며 같은 불행한 형제로서의 울분을 절제할 수는 없었다. 때로는 전혀 초면들이라 저 사람이 내 속을 떠보려는 밀정이나 아닌가 의심하면서도, 그런 의심부터가 용서될 수 없다는 자책으로 현은 아무리 낯선 청년에게라도 일러 주고 싶은 말은 한 마디도 굽히거나 남긴 적이 없는 흥분이곤 했다. 그들을 보내고 고요한 서재에서 아직도 상기된 얼굴은 그에 무슨 일을 저지르고 만 불안이었고 이왕 불안일 바엔, 이왕 저지르는 바엔 이 한 걸음 절박해 오는 민족의 최후에 있어 좀더 보람 있는 저지름을 하고 싶은 충동도 없지 않았으나 그 자신 아무런 준비도 없었고 너무나 오랫동안 굳어 버린 성격의 껍데기는 여간 힘으로는 제 자신이 깨뜨리고 솟아날 수가 없었다.[2]

그의 최근작인 어느 단편 끝에서,

'한 사조思潮의 밑에 잠겨 사는 것도 한 물 밑에 사는 넋일 것이다. 상전벽해桑田碧海[3]라 일러는 오나 모든 게 따로 대세의 운행이 있을 뿐 처음

---

2 생각은 있으나 행동으로 옮기지 못하는 유약한 지식인 현의 심경이다. 이 글을 발표할 당시 이태준은 철원 지방에 칩거하고 있었는데, 이 작품에 등장하는 현은 작가의 분신으로 보여진다.

부터 자갈을 날라 메꾸듯 할 수는 없을 것이다.'
라고 한 구절을 되뇌면서 자기를 헐값으로 규정해 버리는 쓴웃음을 지을 뿐이었다.

"당신은 메칠 안 남았다고 하지만 특공댄지 정신댄挺身隊지 고 악지[4] 센 것들이 끝까지 일인일함一人一艦[5]으로 뻗댄다면 아모리 물자 많은 미국이라도 일본 병정 수효만치야 군함을 만들 수 없을 거요. 일본이 망하기란 하늘에 별 따기 같은 걸 기다리나 보오!"

현의 안해는 이 날도 보송보송해 잠들지 못하는 남편더러 집을 팔고 시골로 가자 하였다. 시골 중에도 관청에서 동뜬 두메로 들어가 자농自農이라도 하면서 하루라도 마음 편하게 살다 죽자 하였다. 그런 생각은 안해가 꼬드기기 전에 현도 미리부터 궁리하던 것이다. 지금 외국으로는 나갈 수 없고 어디고 하늘 밑인 바에야 그야말로 민불견리民不見吏 야불구폐夜不狗吠의 요순堯舜[6] 때 농촌이 어느 구석에 남아 있을 것인가? 그런 도원경桃源境이 없다 해서 언제까지나 서울서 견딜 수 있느냐 하면 그런 것도 아니요 소위 시국물時局物[7]이나 일문日文[8]에의 전향이라면 차라리 붓을 꺾어 버리려는 현으로는 이미 생계에 꿀리는 지 오래며 앞으로 쳐다볼 것은 집밖에 없는데, 집을 건드릴 바에는 곶감 꼬치로 없애기보다 시골로 가 다만 몇 마지기라도 땅을 잡아야 한다는 것이 상책이긴 하다. 그러나 성격의 껍데기를 깨치기처럼 생활의 껍데기를 갈아 본다는 것도 그

3 뽕나무 밭이 변하여 바다가 되는 것처럼 세상 일이 덧없이 바뀌는 것을 이르는 말이다.
4 못된 행동을 억지로 해내는 고집.
5 가미가제 특공대를 가리킴. 패망 직전 일본 군국주의는 젊은 군인들에게 폭탄을 안겨 적함으로 내몰았다.
6 고대 중국의 요 임금과 순 임금이 다스리던 시절을 가리키며, 태평성대를 이르는 말이다.
7 일제는 작가들에게 전쟁 막바지에 이른바 '대동아전쟁을 예찬한다' 든지 '학도병 출정을 축하한다' 든지 하는 글을 쓰기를 강요했다.
8 《동아일보》, 《조선일보》를 폐간 조치한 후로 우리말 신문 잡지는 자취를 감추었다. 남은 건 일본어 매체뿐이었다. 뜻있는 시인, 작가들은 절필하고 글을 아예 쓰지 않았지만 일부 친일 문인들은 신문 잡지에 일문으로 글을 썼다.

리 쉬운 일이 아니었다.

"좀더 정세를 봅시다."

이것이 가족들에게 무능하다는 공격을 1년이나 두고 받아 오는 현의 태도였다.

동대문서 고등계의 현의 담임인 쓰루다 형사는 과히 인상이 험한 사나이는 아니다. 저희 주임만 없으면 먼저 조선말로 '별일은 없습니다만 또 오시래 미안합니다' 쯤 인사도 하곤 하는데, 이 날은 뒷박이마에 옴팡눈인 주임이 딱 뻗치고 앉아 있어 쓰루다까지도 현의 한참이나 수그리는 인사는 본 체 안하고 눈짓으로 옆에 놓은 의자만 가리키었다.

현의 모자가 아직 그들과 같은 국방모國防帽 아님을 민망히 주무르면서 단정히 앉았다. 형사는 무엇 쓰던 것을 한참 만에야 끝내더니 요즘 무엇을 하느냐 물었다. 별로 하는 일이 없노라 하니 무엇을 할 작정이냐 따진다. 글쎄요 하고, 없는 정을 있는 듯이 웃어 보이니 그는 힐끗 저희 주임을 돌려 보았다. 주임은 무엇인지 서류에 도장 찍기에 골똘해 있다. 형사는 그제야 무슨 뚜껑 있는 서류를 끄집어내어 뚜껑으로 가리고 저만 들여다보면서 이렇게 물었다.

"시국을 위해 왜 아무것도 안 하십니까?"

"나 같은 사람이 무슨 힘이 있습니까?"

"그러지 말구 뭘 좀 허십시오. 사실인즉 도 경찰부에서 현 선생 같으신 몇 분에게, 시국에 협력하는 무슨 일 한 것이 있는가? 또 하면서 장차 어떤 방면으로 시국 협력에 가능성이 있는가? 생활비가 어디서 나오는가? 이런 걸 조사해 올리란 긴급 지시가 온 겁니다."

"글쎄올시다."

하고 현은 더욱 민망해 쓰루다의 얼굴만 쳐다보는 수밖에 없었다.

"그래두 뭘 하신다고 보고가 돼야 좋을걸요. 그 허기 쉬운 창씨創氏[9] 왜 안 허시나요?"

수속이 힘들어 못하는 줄로 딱해 하는 쓰루다에게 현은 이것에 관해서도 대답할 말이 없었다.

"우리 따위 하층 경관이야 뭘 알겠습니까만 인젠 누구 한 사람 방관적 태도는 용서되지 않을 겁니다."

"잘 보신 말씀입니다."

현은 우선 이번의 호출도 그 강압 관념에서 불안해 하던 구금이 아닌 것만 다행히 알면서 우물쭈물하던 끝에

"그렇지 않아도 쉬 뭘 한 가지 해 보려던 참입니다. 좋도록 보고해 주십시오."

하고 물러나왔고, 나오는 길로 그는 어느 출판사로 갔다. 그 출판사의 주문이기보다 그곳 주간主幹을 통해 나온 경무국의 지시라는, 그뿐만 아니라 문인 시국강연회에서[10] 혼자 조선말로 했고 그나마 마지못해 춘향전 한 구절만 읽은 것이 군軍에서 말썽이 되니 이것으로라도 얼른 한 가지 성의를 보여야 좋으리라는 대동아전기大東亞戰記의 번역을 현은 더 망설이지 못하고 맡은 것이다.[11]

심란한 남편의 심정을 동정해 안해는 어느 날보다도 정성 들여 깨끗이 치운 서재에 일본 신문의 기리누끼[12]를 한 뭉텅이 쏟아 놓을까? 현은 일찍 자기 서재에서 이처럼 지저분함을 느껴 본 적이 없었다.

'철 알기 시작하면서부터 굴욕만으로 살아온 인생 40, 사랑의 열락도 청춘의 영광도, 예술의 명예도 우리에겐 없었다. 일본의 패전기라면 몰라 일본에 유리한 전기를 내 손으로 주무르는 건 무엇 때문인가?'[13]

현은 정말 살고 싶었다. 살고 싶다기보다 살아 견디어 내고 싶었다. 조

---

9 일제는 1939년경부터 식민지 통치를 강화하기 위하여 우리 나라 사람 이름을 일본식으로 고치게 했다. 이것이 '창씨개명'이다.

10 말이 좋아 시국강연이지 이건 숫제 전쟁에 협력하라는 일방적인 선전 모임 같은 것이었다.

11 소극적이기는 하지만 친일 행위에 가담하고 만다.

12 번역할 부분을 오려 낸 것.

13 친일 행위를 참회하는 고백이자 한탄이다.

국의 적일 뿐 아니라 인류의 적이요 문화의 적인 나치스의 타도打倒를 오직 사회주의에 기대하던 독일의 한 시인은 몰로토프가 히틀러와 악수를 하고 독소중립조약獨蘇中立條約이 성립되는 것을 보고는 그만 단순한 생각에 절망하고 자살하였다 한다.

'그 시인의 판단은 경솔하였던 것이다. 지금 독소는 싸우고 있지 않은가! 미영중美英中도 일본과 싸우고 있다. 연합군의 승리를 믿자! 정의와 역사의 법칙을 믿자! 정의와 역사의 법칙이 인류를 배반한다면 그때는 절망하여도 늦지 않을 것이다!'

현은 집을 팔지는 않았다. 구라파에서 제2전선[14]이 아직 전개되지 않았고 태평양에서 일본군이 아직 라바울[15]을 지킨다고는 하나 멀어야 2, 3년이겠지 하는 심산으로 집을 최대한도로 잡혀만 가지고 서울을 떠난 것이다. 그곳 공의公醫를 아는 것이 발련으로 강원도 어느 산읍[16]이었다. 철도에서 80리를 버스로 들어오는 곳이요 예전엔 현감縣監이 있었던 곳이나 지금은 면소와 주재소[17]뿐의 한적한 구읍이다. 어느 시골서나 공의는 관리들과 무관하니 무엇보다 그 덕으로 징용徵用이나 면할까 함이요, 다음으로 잡곡의 소산지니 식량 해결을 위해서요, 그리고는 가까이 임진강 상류가 있어 낚시질로 세월을 기다릴 수 있음도 현이 그곳을 택한 이유의 하나였다.

그러나 와서 실정에 부딪쳐 보니 이 세 가지는 하나도 탐탁한 것은 아니었다. 면사무소엔 상장賞狀이 십여 개나 걸려 있는 모범면장으로 나라에선 상을 타나 백성에겐 그만치 원망을 사는 이 시대의 모순을 이 면장

---

14 1944년 6월, 미영 연합군이 노르망디에 상륙함으로써 제2전선이 형성된다. 제2전선은 소련과 싸우는 독일군의 세력을 분산시킴으로써 연합군이 전쟁에 승리하는 발판이 된다.

15 일본군 기지가 있던 남태평양 파푸아뉴기니의 한 섬.

16 이태준은 철원에서 해방될 때까지 숨어 지낸다.

17 경찰 파출소. 그 당시 일본 경찰을 '순사'라고 불렀다.

이라고 예외일 리 없어 성미가 강직해 바른말을 잘 쏘는 공의와는 사이가 일찍부터 틀린데다가, 공의는 6개월이나 장기간 강습으로 이내 서울 가 버리고 말았으니 징용 면할 길이 보장되지 못했고, 그 외에 아는 사람이라고는 공의의 소개로 처음 지면한[18] 향교 직원鄕校職員 으로 있는 분인데, 1년에 단 두 번 군수 제향[19] 때나 고을 사람들의 기억에서 살아나는 '김 직원님' 으로는 친구네 양식은커녕 자기 식구 때문에도 손이 휜, 현실적으로는 현이나 마찬가지의 아직도 상투가 있는 구식 노인인 선비였다.

낚시터도 처음 와 볼 때는 지척 같더니 자주 다니기엔 거의 10리나 되는 고달픈 길일 뿐만 아니라 하필 주재소 앞을 지나야 나가게 되었다. 부장님이나 순사 나리의 눈을 피하려면 길도 없는 산등성이 하나를 넘어야 되는데, 하루는 우편국 모퉁이에서 넌지시 살펴보니까 '가네무라' 라는 조선 순사가 눈에 띄었다. 현은 낚시도구부터 질겁을 해 뒤로 감추며 한 걸음 물러서 바라보니 촌사람들이 무슨 나무껍질 벗겨 온 것을 면서기들과 함께 점검하는 모양이다. 웃통은 속옷 바람이나 다리는 각반[20]을 차고 칼을 차고 회초리를 들고 이 사람 저 사람에게 거드름을 부리고 있었다. 날래 끝날 것 같지 않아 현은 이번도 다시 돌아서 뒷산 등을 넘기로 하였다.

길도 없는 가닥숲을 젖히며 비 뒤에 미끄러운 비탈을 한참이나 헤매어서 비로소 펑퍼짐한 중턱에 올라설 때다. 멀지 않은 시야에 곰처럼 시커먼 것이 우뚝 마주 서는 것은 순사부장이다. 현은 산짐승에게보다 더 놀라 들었던 두 손의 낚시도구를 이번에는 펄썩 놓아 버리었다.

"당신 어데 가오?"

현의 눈에 부장은 눈까지 부릅뜨는 것으로 보였다.

"네. 바람 좀 쏘이러요."

그제야 현은 대팻밥모자[21]를 벗으며 인사를 하였으나 부장은 이미 팔

---

18 만나서 서로 알게 됨.

19 나라에서 올리는 제사. 군 단위로 군수가 제주가 되어 올렸다.

20 무릎부터 발목에 이르기까지 감는 보호 띠.

뚝을 바라보는 때였다. 부장이 바라보는 쪽에는 면장도 서 있었고 자세히 보니 남향하여 큰 정구庭球 코트만큼 장방형으로 새끼줄이 치어져 있는데 부장과 면장의 대화로 보아 신사神社 터를 잡는 눈치였다.

현은 말뚝처럼 우뚝히 섰을 뿐 어찌해야 좋을지 몰랐다. 놓아 버린 낚시도구를 집어 올릴 용기도 없거니와 집어 올린댔자 새끼줄을 두 번이나 넘으면서 신사터를 지나갈 용기는 더욱 없었다. 게다가 부장도 무어라고 수근거리며 가끔 현을 돌아다본다. 꽃이라도 있으면 한 가지 꺾어 드는 체하겠는데 패랭이꽃 한 송이 눈에 띄지 않는다. 얼마 만에야 부장과 면장이 일시에 딴 쪽을 향하는 틈을 타서 수갑에 채였던 것 같던 현의 손은 날쌔게 그 시국에 태만한 증거물[22]들을 집어 들고 허둥지둥 그만 집으로 내려오고 만 것이다.

"아버지 왜 낚시질 안 가구 도로 오슈?"

현은 아이들에게 대답할 말이 미처 생각나지도 않았거니와 그보다 먼저 현의 뒤를 따라온 듯한 이웃집 아이 한 녀석이,

"너이 아버지 부장한테 들켜서 도루 온단다."

하는 것이었다.

낚시질을 못 가는 날은 현은 책을 보거나 그렇지 않으면 김 직원을 찾아갔고 김 직원도 현이 강에 나가지 않았음직한 날은 으레 찾아왔다. 상종한다기보다 모시어 볼수록 깨끗한 노인이요 이 고을에선 엄연히 존경을 받아야 옳을 유일한 인격자요 지사였다. 현은 가끔 기인여옥其人如玉[23] 이란 이런 이를 가리킴이라 느끼었다. 기미년 3.1운동 때 감옥살이로 서울에 끌려왔을 뿐, 조선이 망한 이후 한 번도 자의로는 총독부가 생긴 서울엔 오기를 피한 이이다. 창씨를 안 하고 견디는 것은 물론, 감옥에서 나

21 대팻밥처럼 얇은 나뭇조각을 이어 만든 모자. 여름에 햇빛을 차단하기 위해 쓰던 모자이다.
22 낚시도구.
23 옥과 같은 사람. 다시 말하면 고귀한 품성을 지닌 사람을 이르는 말.

오는 날부터 다시 상투요 갓이었다. 현과는 워낙 수십 년 연장年長인데다 현이 한문이 부치어 그분이 지은 시를 알지 못하고 그분이 신문학에 무심하여 현대문학을 논담하지 못하는 것이 서로 유감일 뿐 불행한 족속으로서 억천[24] 암흑 속에 일루의 광명을 향해 남몰래 더듬는 그 간곡한 심정의 촉수만은 말하지 않아도 서로 굳게 합하고도 남아 한두 번 만남으로 서로 간담을 비추는 사이[25]가 되었다.

하루 저녁은, 주름 잡히었으나 정채 돋는 두 눈에 눈물이 마르지 않은 채 찾아왔다. 현은 아끼는 촛불을 켜고 맞았다.

"내 오늘 다 큰 조카 자식을 행길에서 매질을 했소."

김 직원은 그저 손이 부들부들 떨며 있었다. 조카 하나가 면서기로 다니는데 그의 매부, 즉 이분의 조카사위 되는 청년이 일본으로 징용당해 가던 도중에 도망해 왔다. 몸을 피해 처가에 온 것을 이곳 면장이 알고 처남더러 잡아 오라 했다. 이 기미를 안 매부 청년은 산으로 뛰어 올라갔다. 처남 청년은 경방단[26]의 응원을 얻어 산을 에워싸고 토끼 잡듯 붙들어다 주재소로 넘기고 있다는 것이다.

"강박한 처남이로군!"

현도 탄식하였다.

"잡아 오지 못하면 네가 대신 가야 한다고 다짐을 받었답디다만 대신 가기루서 제 집으로 피해 온 명색이 매부 녀석을 경방단들이 끌구 올라가 돌팔매질을 하면서꺼정 붙들어다 함정에 넣어야 옳소? 지금 젊은 놈들은 쓸개가 없음네다!"

"그러니 지금 세상에 부모기로니 그걸 어떻게 공공연히 책망하십니까? 분해 견딜 수가 있소! 면소에서 나오는 놈을 노상이면 어떻소. 잠자

24 억천만겁億千萬劫의 줄임말. 불교에서 쓰는 말로 '끝을 알 수 없는 오랜 시간'을 말한다. '억겁'으로 줄여 쓰기도 한다.

25 속내를 완전히 털어놓고 말하는 사이.

26 일제가 전쟁 막바지 주민들을 통제하기 위하여 만든 조직. 의용소방대 같은 역할을 했다.

코 한참 대실대가 끊어져 나가도록 패 주었지요. 맞는 제 놈도 까닭을 알겠고 보는 사람들도 아는 놈은 알었겠지만 알면 대수요."

이 날은 현도 우울한 일이 있었다. 서울 문인보국회文人報國會[27] 에서 문인궐기대회가 있으니 올라오라는 전보가 온 것이다. 현에게는 엽서 한 장이 와도 먼저 알고 있는 주재소에서 장문 전보가 온 것을 모를 리 없고, 일본 제국의 흥망이 절박한 이때 문인들의 궐기대회에 밤낮 낚시질만 다니는 이 자가 응하느냐 안 응하느냐는 주재소뿐만 아니라 일본인이요 방공 감시 초장인 우편국장까지도 흥미를 가진 듯, 현의 딸아이가 저녁때 편지 부치러 나갔더니, 너희 아버지 내일 서울 가느냐 묻더라는 것이다.

김 직원은 처음엔 현더러 문인궐기대회에 가지 말라 하였다. 가지 말라는 말을 들으니 현은 가지 않기가 도리어 겁이 났다. 그랬는데 다음날 두 번째, 또 그 다음날 세 번째의 좌우간 답전을 하라는 독촉 전보를 받았다. 이것을 안 김 직원은 그날 일찍이 현을 찾아왔다.

"우리 따위 늙은 것들이야 새 세상을 만난들 무슨 소용이리까만 현공 같은 젊은이는 어떡하든 부지했다가 그에 한몫 맡아 주시오. 그러자면 웬만한 일이건 과히 뻗대지 맙시다. 징용만 면헐 도리를 해요."

그리고 이 날은 가네무라 순사가 나타나서, 이틀밖에 안 남았는데 언제 떠나느냐, 떠나면 여행 증명을 해 가지고 가야 하지 않느냐, 만일 안 떠나면 참석 안 하는 이유는 무엇이냐, 나중에는, 서울 가면 자기의 회중시계 수선을 좀 부탁하겠다 하고 갔다. 현은 역시,

'살고 싶다!'

또 한 번 비명悲鳴을 하고 하루를 앞두고 가네무라 순사의 수선할 시계를 맡아 가지고 궂은 비 뿌리는 날 서울 문인보국회로 올라온 것이다.

현에게 전보를 세 번씩이나 친 것은 까닭이 있었다. 얼마 전에 시국 협

---

27 1943년 4월 17일에 탄생한 이 단체의 정식 명칭은 '조선문인보국회'이다. 일본 제국주의 황도문학皇道文學의 수립을 목적으로 결성한 반민족적 친일문학단체로서 친일문학 강연회, 천황 찬양시 낭독회, 출정학도 격려대회 등 갖은 친일활동을 했다.

력을 달갑게 여기지 않는 중견층 7, 8인을 문인보국회 간부급 몇 사람이 정보과장과 하루 저녁의 합석을 알선한 일이 있었는데, 그날 저녁에 현만은 참석되지 못했으므로 이번 대회에 특히 순서 하나를 맡기게 되면 현을 위해서도 생색이려니와 그 간부급 몇 사람의 성의도 드러나는 것이었다. 현더러 소설부를 대표해 무슨 진언眞言을 하라는 것이었다. 현은 얼마 앙탈해 보았으나 나타난 이상 끝까지 뻗대지 못하고 이튿날 대회 회장으로 따라 나왔다. 부민관[28]인 회장의 광경은 어마어마하였다. 모두 국민복에 예장禮章을 찼고 총독부 무슨 각하, 조선군 무슨 각하, 예복에 군복에 서슬이 푸르렀고 일본 작가에 누구, 만주국 작가에 누구, 조선문단이 생긴 이후 첫 어마어마한 집회였다.

현은 시골서 낚시질 다니던 진흙 묻은 윗저고리에 바지만은 플란넬을 입었으나 국방색도 아니요, 각반도 차지 않아 자기의 복장은 시국 색조[29]에 너무나 무감각했음이 변명할 여지가 없게 되었다. 그러나 갑자기 변장할 도리도 없어 그대로 진행되는 절차를 바라보는 동안 현은 차차 이 대회에 일종 흥미도 없지 않았다. 현이 한동안 시골서 붕어나 보고 꾀꼬리나 듣던 단순해진 눈과 귀가 이 대회에서 다시 한 번 선명하게 느낀 것은 파쇼 국가의 문화 행정의 야만성이었다. 어떤 각하 자리는 심지어 히틀러의 말 그대로 문화란 일단 중지했다가도 필요한 때엔 일조일석에 부활시킬 수 있는 것이니 문학이건 예술이건, 전쟁 도구가 못되는 것은 아낌없이 박멸하여도 좋다 하였고, 문화의 생산자인 시인이며 평론가며 소설가들도 이런 무장각하武裝閣下들의 웅변에 박수갈채할 뿐만 아니라 다투어 일어서서, 쓰러져 가는 문화의 옹호이기보다는 관리와 군인의 저속한 비위를 핥기에만 혓바닥의 침을 말리었다. 그리고 현의 마음을 측은케 한 것은 그 핏기 없고 살 여윈 만주국 작가의 서투른 일본말로의 축사[30]였

28 서울 시청 옆에 있는데, 현재는 서울시의회 건물로 사용되고 있다.
29 이른바 국민 총동원령이 내려진 전쟁통이니 시국에 맞는 색조라면 '국방색' 이다.
30 일본말로 하는 축사. 일본식 번역투를 벗어나지 못한 표현이다.

다. 그 익지 않은 외국어에 부자연하게 움직이는 얼굴은 작고 슬프게만 보였다.

조선 문인들의 일본말은 대개 유창하였다. 서투른 것을 보다 유창한 것을 보니 유쾌해야 할 터인데 도리어 얄미운 것은 무슨 까닭일까. 차라리 제 소리 외에는 옮길 줄 모르는 개나 도야지가 얼마나 명예스러우랴 싶었다. 약소 민족은 강대 민족의 말을 배우기 시작하는 것부터가 비극의 감수甘受였던 것이다. 그렇다고 해서 그러면 일본 작가들의 축사나 주장은 자연스럽게 보이고 옳게 생각되었느냐 하면 그것도 아니었다. 현의 생각엔 일본인 작가들의 행동이야말로 이해하기 곤란하였다. 한때는 유종열柳宗悅[31] 같은 사람은,

"동포여 군국주의를 버려라. 약한 자를 학대하는 것은 일본의 명예가 아니다. 끝까지 이 인륜人倫을 유린할 때는 세계가 일본의 적이 될 것이니 그때는 망하는 것이 조선이 아니라 일본이 아닐 것인가?"
하고 외치었고 한때는 히틀러가 조국이 없는 유태인들을 추방하고 진시황秦始皇처럼 번문욕례繁文褥禮[32]를 빙자해 철학, 문학을 불지를 때 이전에 제법 항의를 결의한 문화인들이 일본에도 있지 않았는가? 그들은 지금 무엇을 하고 찍소리도 없는 것인가? 조선인이나 만주인의 경우보다는 그래도 조국이나 저희 동족에의 진정한 사랑과 의견을 외칠 만한 자유와 의무는 남아 있지 않은 것인가? 진정한 문화인의 양심이 아직 일본에 있다면 조선인과 만주인의 불평을 해결은커녕 위로조차 아니라 불평할 줄 아는 그 본능까지 마비시키려는 사이비似而非 종교가 많이 쏟아져 나오고 저희 민족 문화의 발원지發源地라고도 할 수 있는 조선의 문화나 예술을 보호는 못할망정, 야만적 관료의 앞잡이가 되어 조선어의 말살과 긴치 않은 동조론同調論이나 국민극國民劇의 앞잡이 따위로나 나와 돌아다니는

---

31 일본 발음으로는 야나기 무네요시. 조선의 도자기와 조선의 미술을 사랑한 일본 학자.
32 글을 농락하고 예를 욕되게 하다.

꼴들은 반세기의 일본 문화란 너무나 허무한 것이 아닌가? 물론 그네들도 양심 있는 문화인은 상당한 수난受難일 줄은 안다. 그러나 너무나 태평 무사하지 않은가?

이런 생각에서 퍼뜩 박수 소리에 놀라는 현은, 차츰 자기도 등단해야 될, 그 만주국 작가보다 더 비극적으로 얼굴의 근육을 경련시키면서 내용이 더 구린 일본어를 배설해야 될 것을 깨달을 때, 또 여태껏 일본 문화인들을 비난하며 있던 제 속을 들여다볼 때 '네 자신은 무어냐? 네 자신은 무엇하러 여기 와 앉아 있는 거냐?' 현은 무서운 꿈속이었다. 뛰어도 뛰어도 그 자리에만 있는 꿈속에서처럼 현은 기를 쓰고 뛰듯 해서 겨우 자리를 일어섰다. 일어서고 보니 걸음은 꿈과는 달리 옮겨지었다. 모자가 남아 있는 것도 인식 못하고 현은 모든 시선이 올가미를 던지는 것 같은 회장을 슬그머니 빠져나오고 말았다.

'어찌 될 것인가? 의장 가야마 선생[33]은 곧 내가 나설 순서를 지적할 것이다. 문인보국회 간부들은 그 어마어마한 고급 관리와 고급 군인들의 앞에서 창씨 안한 내 이름을 외치면서 찾을 것이다!'

위에서 누가 내려오는 소리가 난다. 우선 현은 변소로 들어섰다. 내려오는 사람은 절거덕절거덕 칼 소리가 났다. 바로 이 부민관 식장에서 언젠가 한번 우리 문인들에게, 너희가 황국 신민[34]으로서 충성하지 않을 때는 이 칼이 너희 목을 용서하지 않을 것이니 하던 그도 우리 동포인 무슨 중쇠인가 그 자인지도 모르는데 절거덕 소리는 변소로 들어오는 눈치다.

현은 얼른 대변소 속으로 들어섰다. 한참 만에야 소변을 끝낸 칼 소리의 주인공은 나가 버리었다. 그러나 그 뒤를 이어 이내 다른 구두 소리가 들어선다. 누구이든 이 속을 엿볼 리는 없을 것이다. 현은, 그 시골서 낚시질을 가던 길 산등성이에서 순사부장과 맞닥뜨리었을 때처럼 꼼짝 못

---

33 창씨명 가야마(香山)는 이광수이다.

34 이른바 '천황이 있는 나라의 영광스러운 국민'이라는 뜻이다.

하겠다. 변기便器는 씻겨 내려가는 식이나 상당한 무더위와 독하도록 불결한 데다. 현은 담배를 꺼내 피워 물었다. 아무리 유치장이나 감방 속이기로 이다지 좁고 이다지 더러운 공기는 아니리라 싶어 사람이 드나드는 곳 치고 용무用務 이외에 머무르기 힘든 곳은 변소 속이라 느낀 때, 현은 쓴웃음도 나왔다.

먼 3층 위에선 박수 소리가 울려왔다. 그리고는 조용하다. 조용해진 지 얼마 만에야 현은 밖으로 나왔다. 그리고 맨머리 바람인 채, 다시 한 번 될 대로 되어라 하고 시내에서 그 중 동뜬 성북동에 있는 친구에게로 달려오고 만 것이다.

(이하 줄임)

1946년 8월호 《문학》

책을 읽는 데에

어찌 장소를 가릴소냐?

- 이퇴계

김정한

|1908 ~ 1996|

경상남도 동래에서 태어나다. 어려서 서당을 다니며 한학을 깨우치다. 1928년 동래고보를 마친 후 대원보통학교 교사가 되다. 교사 재직 중 조선인교원동맹을 조직하려다 검거되다. 교사를 그만두고 1929년 일본 와세다대학 부속학원 고등부 문과를 다니다. 1931년 조선유학생 학우회가 펴내는《학지광》의 편집을 맡다. 1936년 일제 식민지 통치 아래서 신음하는 궁핍한 농촌의 현실과 친일파 승려들의 폐해를 그린 〈사하촌〉이《조선일보》에 당선되어 문단에 데뷔하다. 그 후 〈항진기〉, 〈기로〉 등의 작품을 발표하다. 1943년 일제가 친일행위를 강요하자 붓을 꺾고 글쓰기를 중단하다. 1966년 〈모래톱 이야기〉를 발표하면서 20여 년 만에 집필 활동을 재개하다. 1974년 자유실천문인협의회, 1987년 민족문학작가회의 설립에 힘을 쏟다.

대|표|작

〈낙일홍〉(1940), 〈모래톱 이야기〉(1966), 〈인간단지〉(1970), 〈수라도 · 인간단지〉(1973), 〈삼별초〉(1977) 등이 있다.

〈사하촌〉은 사찰 소유 전답을 소작으로 농사지으며 살아가는 사하촌(절 밑 마을) 소작 농민들의 궁핍하고 고통스런 삶을 그리고 있다. 농민들은 지주로서 군림하고 있는 사찰의 횡포에 시달리며 살고 있고, 사찰의 중들은 본래의 할 일을 제쳐 놓고 권력과 결탁하여 농민들을 착취한다. 여기에 '가뭄' 이라는 자연 재난까지 덮친다.

〈사하촌〉은 한 농촌 마을의 수난사를 통해 일제의 식민지 통치의 모순과 함께 자연 재해를 극복하려는 농민들의 의지를 생생하게 그린 작품이다. 특히 이 작품은 일제가 불교를 식민지 정책에 악용한 실상과 이에 야합한 일부 사찰의 반민족적 행위까지 암시하고 있다. 또한 농민들이 스스로 현실에 눈을 뜨고 이를 고치기 위하여 행동하는 모습을 그렸다는 점에서 다른 계몽주의 농촌소설들과 길을 달리하고 있다.

성동리에 혹심한 가뭄이 들었다. 들깨의 부친 치삼 노인은 3년 전 논 두 마지기를 보광사에 시주한 일로 아들에게 항상 미안하다. 성동리 농민들이 밤낮으로 몰려가서 애원도 하고, 저수지 물을 빼내려고 소동을 벌인 덕택에 마침내 저수지 물을 터놓게 되었다. 그러나 중들의 행패로 소작인들은 물도 제대로 댈 수 없게 된다. 분노에 가득 찬 들깨는 노승이 가로막는 물길을 힘으로 터놓는다. 절 사람들 때문에 물을 대지 못하던 고 서방도 물꼬를 터놓았다가 경찰 앞잡이 시봉에게 얻어맞는다. 들깨와 철한이는 남몰래 보광리 중 마을의 논둑을 동강 내나 고 서방이 혐의를 뒤집어 쓰고 갇힌다. 농민들의 간절한 기우제도 소용없이 하늘은 가물기만 한다. 학교에 다니던 아이들은 하나 둘 퇴학을 한다. 추석이 왔지만 먹을 것도 없고 웃음도 없다. 보광사 뒤에서 나무하던 아이들이 절 산지기에 쫓겨 달아나다 상한이가 벼랑에서 떨어져 죽는다. 군청에서 주사가 나와서 조사를 했지만 아무런 소식이 없다. 그런데 간평을 나온다. 그들은 소작인들의 진정은 듣는 둥 마는 둥 논들을 훑어보고 가더니 예년과 다름 없는 소작료를 매긴다. 들깨, 고 서방, 또줄이, 구장 등이 세를 깎아 주고 연기해 달라고 애걸했으나 소용없었다. 고 서방은 드디어 입도차압을 당하고 야간도주를 해 버린다. 농민들은 밤마다 야학당에 모여들었다. 농민들은 손에 빈 짚단과 콩대, 메밀대를 들고 모였다. 이들은 차압 취소와 소작료 면세를 탄원하러 줄을 이어 떠난다.

학습길라잡이

구조분석

- **갈래** 단편소설. 농촌소설.
- **주제** 일제 치하 피폐한 농촌의 부조리한 현실과 농민들의 저항.
- **배경** 시간은 1930년대 일제 강점기. 공간은 경상남도 어느 농촌 지역.
- **시점** 3인칭 전지적 작가 시점.

등장인물

이 작품은 특정한 주인공이 없는 대신 작품에 등장하는 인물들이 모두 주인공이라고 할 수 있다.

- **성동리 농민 편** 들깨, 철한이, 봉구, 또줄이, 치삼 노인 등 성동리 주민들.
- **성동리 지주 편** 쇠다리 주사, 이시봉, 진수, 보광사 중들.

플롯

- **발단** 혹심한 가뭄 때문에 피폐해진 농촌 묘사.
- **전개** 가뭄과 지주들의 횡포로 인한 농민과 농민, 지주와 소작인의 갈등.
- **위기 · 절정** 간평원 심사를 악용한 지주의 횡포와 농민들의 높아지는 불만.
- **결말** 농민들의 저항이 소작쟁의로 발전한다.

이것만은 놓치지 말자

농촌 소설 유형

일제 때 발표된 농촌소설은 ①농민들을 교육시키고 계몽시켜 농촌을 잘살게 해야 한다는 내용을 바탕으로 하는 작품들. 이광수의 〈흙〉, 심훈의 〈상록수〉가 대표작. ②순박한 농촌 사람을 해학적으로 그린 김유정의 〈동백꽃〉, 〈봄 · 봄〉 같은 작품. ③일제 강점기 모순된 농촌 현실을 직시하고 극복하기 위해 투쟁하는 사람들의 모습을 다룬 작품. 예를 들면 〈사하촌〉 같은 작품. ④농민들의 모습을 사실적으로 묘사하는 작품. 박영준의 〈모범 경작생〉, 이무영의 〈제1과 제1장〉 등.

깊이 생각하기

1. 이 작품에는 ①현실 순응형 소극적 인간 ②관습에 충실한 보수적 인간 ③민감한 현실주의 인간 ④현실의 모순을 타파하려는 인간 등으로 묘사된 인간형이 있다. 각각 그 인간형이 누구인지 찾아내 바람직한 인간형에 대하여 토론해 보자.
2. 당시 불교계가 어떤 형태로 농민들을 착취하고 일제 앞잡이 노릇을 했는지 찾아보자.

사하촌

1

타작마당 돌가루 바닥같이 딱딱하게 말라붙은 뜰 한가운데, 어디서 기어들었는지 난데없는 지렁이가 한 마리 만신에 흙고물 칠을 해 가지고 바동바동 굴고 있다. 새까만 개미 떼가 물어 뗄 때마다 지렁이는 한층 더 모질게 발버둥질을 한다. 또 어디선지 죽다 남은 듯한 쥐 한 마리[1]가 튀어나오더니 종종걸음으로 마당 복판을 질러서 돌담 구멍으로 쏙 들어가 버린다.

군데군데 좀구멍이 나서 썩어 가는 기둥이 비뚤어지고, 중풍 든 사람의 입처럼 문조차 돌아가서, 북쪽으로 사정없이 넘어가는 오막살이[2] 앞에는, 다행히 키는 낮아도 해묵은 감나무가 한 주 서 있다. 그러나 그게라야, 모를 낸 후 비 같은 비 한 방울 구경 못한 무서운 가뭄에 시달려, 그렇지 않아도 쪼그라졌던 고목 잎이 볼 모양 없이 배배 틀려서 잘못하면 돌배나무로 알려질 판이다. 그래도 그것이 90도가 넘게 쪄 내리는 8월의 태양을 가리어, 누더기 같으나마 밑둥치에는 제법 넓은 그늘을 지웠다. 그

---

1 말라붙은 뜰에서 살려고 바둥거리는 지렁이와 죽어 가는 쥐 한 마리는 지독한 가뭄과 곤궁한 형편을 상징적으로 나타낸다. 이것이 이 소설의 배경이다.

2 폐가가 되어 가는 이 오막살이의 묘사는 이곳에 사는 사람들의 살림살이가 얼마나 곤궁한지를 보여 주고 있다.

걸 다행으로 깔아 둔 낡은 삿자리 위에는 발가벗은 어린애가 파리똥 앉은 얼굴에 땟물을 조르르 흘리며 울어 댄다. 언제부터 울었는지 벌써 기진맥진해서 울음소리조차 잘 아니 나왔다. 그 곁에 퍼뜨리고 앉은 치삼 노인은, 신경통으로 퉁퉁 부어오른 두 정강이 사이에 깨어진 뚝배기를 끼우고 중얼거려 댄다.

"요게 왜 이렇게 안 죽을까? 요리조리 매끈거리기만 하고……. 예끼!"

그는 식칼 자루로 뚝배기 밑바닥을 탁 내려 찧었다. 빽! 하고 미꾸라지는 또 가장자리로 튀어 내뺀다. 신경통에 찧어 바르면 좋다고 해서, 딸애 덕아가 아침 일찍부터 나가서 잡아 온 미꾸라지다.[3]

그것이 남의 정성도 모르고!

"요 망할 놈의 짐승!"

치삼 노인은 다시 식칼로 겨누었으나, 갑작스레 새우처럼 몸을 꼽치고는 기침만 연거푸 콩콩한다. 그럴 때마다 부어오른 다리의 관절이 쥐어뜯는 듯이 아프며, 명줄이 한 치씩이나 줄어드는 것 같았다. 그예 그의 허연 수염 사이에서 커다란 핏덩어리가 하나 툭 튀어나왔다.

"에구 가슴이야……. 귀신도 왜 이다지 잡아가지 않을꼬?"

노인은 물 붙은 콩껍질같이 쪼그라진 눈에 괸 눈물을 뼈다귀 손으로 씩 씻었다. 곁에 누운 손자 놈은 땀국에 쭉 젖어 있다. 노인은 손자 놈의 입이며 콧구멍에 벌떼처럼 모여드는 파리 떼를 쫓아 버리면서, 말라붙은 고추를 어루만진다.

"응, 그래, 울지 말아. 자장 자장 우리 애기……. 네 에미는 왜 여태 오잖을까? 입 안이 이렇게 바싹 말랐고나. 그놈의 집에서는 무슨 일을 끼니 때도 모르고 시킬꼬 온! 에헴, 에헴……."

노인은 억지 힘을 내 가지고, 어린 걸 움켜 안고는 게다리처럼 엉거주

3 울다가 지쳐서 기진맥진한 어린아이와 신경통 약에 쓰려고 미꾸라지를 잡으려는 노인의 대비를 통해 이곳 삶이 얼마나 고통스러운가를 암시하고 있다.

춤 뺃디디고 일어섰다. 그럴 때, 마침 아들이 볕살에 얼굴을 벌겋게 구워 가지고[4] 들어왔다. 들어서면서부터 퉁명스럽게,

"다들 어디 갔어요?"

"일 나갔지."

"무슨 일요?"

"진수네 무명밭 매러 간다고 했지, 아마."

들깨는 잠자코 웃통을 훨쩍 벗어서 감나무 가지에 걸쳐 놓고는 늙은 아버지로부터 어린것을 받아 안았다. 치삼 노인은 뽕나무 잎이 반이나 넘게 섞인 담배를 장죽에 한 대 피워 물면서 아들을 위로하듯이 그러나 대답은 두려워하며 물었다.

"논은 어떻게 돼 가니?"

"어떻게라니요. 인젠 다 틀렸어요. 풀래야 풀 물도 없고, 병아리 오줌만한 봇물도 중들이 죄다 가로막아 넣고, 제에기……."

"꼭 기사년 모양 나겠군 그래."

"기사년은 그래도 냇물은 조금 안 있었나요."

"그랬지. 지금은 그놈의 수돗바람에……."

"그것도 원래 약속을 할 때는 농사철에는 냇물은 아니 막아 가기로 했다는데, 제에기, 면장 녀석은 색주가 갈보 놀릴 줄이나 알았지, 어디 백성 죽는 건 알아야죠."

들깨는 열을 바짝 더 냈다.

"할 수 없이 이곳엔 인제 사람 못 살 거여."

"참 아니꼽지요. 더구나 전과 달라 중놈들[5]까지 덤비는 꼴을 보면……."

아들의 불퉁스러운 어조에는, 거칠 대로 거칠어진 농민의 성미가 뚜렷이 엿보였다. 가뭄은 그들의 신경을 더욱 날카롭게 하였던 것이다.

---

4 하루 종일 땡볕이 내려 쪼이는 들일을 하고 들어왔다는 것을 알 수 있는 표현이다.

5 '스님'이라고 부르지 않고 '중' 또는 '중놈'들이라고 호칭하는 것으로 봐서 이곳 농민들이 평소 스님들에 대한 감정이 좋지 않다는 사실을 암시하고 있다.

치삼 노인은 '중놈' 이란 바람에 가슴이 섬뜩하였다. 그것은 자기들이 부치고 있는 절논 중에서 제일 물길 좋은 두 마지기가, 자기가 젊었을 때, 자손 대대로 복 많이 받고 또 극락 가리라는 중의 꾐에 속아서 그만 불전에, 아니 보광사普光寺에 시주한 것이기 때문이다. 멀쩡한 자기 논을 괜히 중에게 주어 놓고 꿍꿍 소작을 하게 되고 보니, 싱겁기도 짝이 없거니와, 딱한 살림에 아들 보기에 여간 미안스러운 일이 아니었다.

"뭘 허구 인제 와? 소 같은 년!"[6]

들깨는 화살을 방금 돌아오는 아내에게로 돌렸다. 그리고 이꼴 보라는 듯이 물에서 막 건져 낸 듯한, 그러나 울어울어 입 안이 바싹 마른 어린것을 아내의 젖가슴에 쑥 내던지듯 했다. 아내는 잠자코 그것을 받아 안기가 바쁘게 부엌으로 들어가더니, 머리에 쓴 수건을 벗어 물에 축여 가지고 어린것의 얼굴을 닦으면서 일변 젖을 물렸다.

"소 같은 년, 어서 밥 안 가져와?"

남편의 벼락 같은 소리다. 아내는 부지중 눈물이 핑 돌았다. 들깨는 아내의 귀퉁이라도 한번 올려붙일 듯이 더펄더펄 부엌으로 들어갔으나 한 팔로 애기를 부둥켜안고 허둥대는 아내의 울상에 그만 외면을 하고는 미처 다 차리지도 않은 밥상을 얼른 들고 나왔다. 그러나 다른 때 같으면 곧잘 넘어가는 보리밥도 그날은 첫술부터 목에 탁 걸렸다.

2

우르르르, 쐐

이글이글 달아 있는 폭양 아래 난데없는 홍수 소리다. 물벌레, 고기 새

6 들깨의 이런 퉁명한 말투는 오래 지속되는 가뭄으로 인간성마저 황폐해진 것을 단적으로 나타낸다.

끼가 죄다 말라져 죽고, 땅거미가 줄을 치고, 개미 떼가 장을 벌였던 봇도랑에, 둔덕이 넘게 벌건 황토 물이 우렁차게 쏟아져 내린다. 빨갛게 타져 죽은 곡식이야 인제 와서 물인들 알랴마는, 그래도 타다 남은 벼와 시든 두렁 콩들은 물소리만 들어도 생기를 얻은 듯이 우줄우줄 춤을 추는 것 같다. 행길 양 옆을 흘러가는 봇도랑가에는 흰 옷, 누른 옷, 혹은 검정 치마가 미친 듯이 부산하게 떠들며 오르내린다.

수도 저수지貯水池의 물을 터놓은 것이다. 성동리 농민들이 밤낮없이 떼를 지어 몰려가서 애원에, 탄원에 두 손발이 닳도록 빌기도 하고, 불평도 하고, 나중에는 밤중에 수원지水源池 울 안에까지 들어가서 물을 달리 돌려 내려고 했기 때문에, T시 수도 출장소에서도 작년처럼 또 폭동이나 일어날까 두려워서, 저수지 소제도 할 겸 제2 저수지의 물을 터놓게 된 것이다.

그러나 고까짓 저수지의 물로써 넓은 들을 구한다는 건 되지도 않는 말이고, 물을 보게 된 것이 차라리 없을 때보다 더 한층 시끄럽고, 싸움만 벌어질 판이다.

들깨는 논이 보 꼬리에 달렸기 때문에 몇 번이나 저수지 물구멍까지 올라가지 않으면 아니 되었다. 그러나 그렇게 봇머리까지 가서 물을 조금 달아 가지고 오면, 도중에서 이리저리 다 떼이고 자기 논까지는 잘 오지도 않았다.

이렇게 수삼 차 오르내리고 보니, 꾹 눌러 오던 화가 그만 불끈 치밀었다.

"여보, 노장님!"[7]

들깨는 오던 걸음을 되돌려서, 소리를 치며 비탈길을 더위잡았다.

"제에기, 논을 떼었으면 떼였지, 인젠 할 수 없다!"

그는 급기야 이를 악물었다. 어느 앞이라고, 만약 한 번이라도 점잖은 중에게 섣불리 반항을 했다가는 두말없이 절논이라고는 뚝딱 떼이고 마

7 노장老長. 늙은 중을 가리킨다. 대부분의 가면극에서 중으로 등장하는 인물이 노장이다. 봉산탈춤에서는 제4마당, 양주 별산대놀이에서는 제6마당, 강령 탈춤에서는 제10마당에 등장한다. 가면극에서 '노장'이 맡은 역할은 부정적인 면이 강하다.

는 것이다.

노승은 들은 체 만 체, 들깨가 가까이 가도 양산을 받은 그대로 물을 가로막고 있었다.

"여보, 이게 무슨 짓이요. 밑엣사람은 굶어 죽어도 좋단 말이요?"

들깨는 커다란 셔블[8]로써 노승의 장난감 같은 삽가래를 뗏장과 함께 찍어 당겼다. 물은 다시 쐐 하고 밑으로 흘러내린다.

"이 사람이 버릇없이 왜 이럴까?"

노승은 짐짓 점잖은 체하고 나무라면서도, 눈에는 시뻐하는 빛과 독기가 얼씬거린다.

"살고 봐야 버릇도 있겠지요."

"아하, 이 사람이 아주 환장을 했군. 아서라 그렇게 하는 법이 아니다."[9]

노승은 다시 물을 막으려고 들었다.

"천만에요! 우리도 살아야겠어요. 물을 좀 가릅세다. 노장님까지 이래서야……."

들깨는 제 손으로 갈랐다. 그리고 몇 걸음 못 가서, 또 어떤 논 귀퉁이에서 조그마한 애새끼 한 놈이 쏙 나오더니 물을 가로막고는 언덕 밑으로 숨어 버린다.

"예끼, 쥐새끼 같은 놈!"

들깨는 골 안이 울리도록 고함을 내지르며 쫓아가서, 그놈의 물꼬에다 아름이 넘는 돌을 하나 밀어다 붙이었다.

길 저편에서도 싸움이 벌어졌다. 갈가리 낡아 미어진 헌옷에, 허리 짬만 남은, 남방 토인들의 나무 껍데기 치마 같은 몽당치마를 걸친 가동 할멈이 봇도랑 한복판에 펑퍼져 앉아서 목을 놓고 울어 댄다.

"에구 날 죽여 놓고 물 다 가져가오."

---

8 '셔블'은 삽이다. 삽은 흙을 파고 움직이는 데 사용하는 농기구 가운데 하나이다.

9 노승의 말투는 점잖지만 자기 것을 잃지 않으려는 속된 이기심이 숨어 있다.

"이 망할 놈의 늙은이, 남이 일껏 끌고 온 물만 대고 앉았네. 어디 아가리만 벌리고 앉았지 말구 너도 한 번 물이나 끌고 와 봐!"[10]

경찰관 주재소의 고자쟁이[11]로 알려져 있는 이시봉이란 젊은 놈의 괭이는 더펄머리를 풀어헤치고 악을 쓰는 늙은 과부 할멈의 허벅살에 시퍼런 멍울을 남겨 놓고 갔다.

들깨는 보릿대모자를 부채 삼아 내흔들면서, 쥐꼬리만한 물을 달고 내려가다가, 철한이란 놈하고 봉구란 놈이 아주 논 가운데서, 곰처럼 별로 말도 없이 이리 밀치락 저리 밀치락 싸움을 하고 있는 것을 보았으나, 말려 볼 생각도 않고 제 논으로만 갔다. 그의 논으로 뚫린 물꼬는 으레 또 꽉 봉해져 있었다.

"어느 놈이 이렇게 지독허게……."

막힌 물꼬를 냉큼 터놓고서, 막 논두덕 위에 올라서자니까, 자기 논 아래로 슬그머니 피해 가는 오촌 아저씨가 보인다. 아저씨도 환장이 되었구나 싶었다. 새벽부터 나돌며 날뛰어도 반 마지기도 채 적시지 못한 것을 돌아보고는 들깨는 그만 낙심이 되어서 논두덕 위에 털썩 주저앉았으나, 그 쥐꼬리만한 물줄기가 끊어지자 그는 다시금 그곳을 떠났다.

철한이와 봉구란 놈은 아직도 싸우고 있었다.

"이, 이, 이놈의 자식이 사람을 아주 낮보고서."

봉구란 놈이 번니를 내물고서 악을 쓴다.

"글쎄, 정말 이걸 못 놓겠니?"

철한이란 놈이 아무리 제비 손을 넣으려고 애를 써도, 워낙 떡심 센 놈이 돼서 봉구는 달싹도 않고, 되레 철한이란 놈의 턱밑을 쥐고 자꾸 밀기만 했다.

그러던 놈들이, 들깨가 한 번 소리를 치자, 서로 잡았던 손을 흐지부지

10 부족한 물을 제 논부터 끌어다 쓰려는 농민들의 이런 싸움에서 '아전인수我田引水'라는 고사성어도 탄생했다.

11 고자질을 잘하는 사람.

놓고서 논두덕 위로 올라왔다.

"예끼 싱거운 녀석들! 물도 없애 놓고 무슨 물싸움들이야! 분풀이할 곳이 그렇게도 없던가 온!"

들깨의 이 말에, 그들은 쥐꼬리만한 봇물조차 끊어지고 만 빈 도랑만 내려다볼 뿐이었다.

이윽고 세 사람은 봇목을 향해서 나란히 발을 떼어 놓았다. 대사봉大師峰 위로 해가 뉘엿뉘엿 기울고, 네 시를 아뢰는 보광사의 큰 종소리가 꽝꽝 울려 왔다. 절에 있는 사람들은 제각기 저녁 밥쌀을 낼 때다. 그러나 그 절 밑 마을—성동리 앞 들판에 나도는 농민들은 해가 기울수록 마음이 더욱 달떴다. 게다가 모처럼 터놓은 저수지의 봇목에 논을 가지고서도, '유아독존' 식으로 날뛰는 절 사람들의 세도[12]에 눌려 흘러오는 물조차 맘대로 못 대인 곰보 고 서방은 마침내 딴은 큰맘을 먹고 자기 논 물꼬를 조금 더 터놓았다. 그러자 그걸 본 한 양반이 빽 소리를 내지르며 달려왔다. 오더니 다짜고짜로,

"왜 또 손을 대요?"

"인제 물도 다 돼 가고 하니 나두 좀 대야지요."

하다가 고 서방은 자기 말이 너무 비겁한 것 같아 한마디 더 보태었다.

"그리고 당신 논에는 물이 철철 넘고 있지 않소."

"뭐? 넘어? 어디 넘어? 이 양반이 눈이 있나 없나?"

하며 그는 곰보 논 물꼬를 봉하려고 들었다.

"안 돼요!"

곰보는 물꼬를 아까보다 더 크게 열면서,

"위에 있는 논은 한 번 적시지도 못하게 하고 아랫논만 두렁이 넘게 물을 실으려는 건 너무 심하잖소?"

---

12 이 절 밑 마을의 세력 형편을 잘 표현한 대목이다. 스님들이 절대 강자이고 농민들은 약자이다. 이 절 스님들은 부처님의 제자라기보다는 '절논'을 소유한 '지주'로서 항상 소작농을 무시하고 구박하고 있는 것이다.

"무어?"

"그렇게 노려보면 어쩔 테요?"

"야, 이 친구가 밥줄이 제법 톡톡한 모양이로군!"

그는 비쭉 냉소를 했다.

"이 친구? 네 집에는 그래 애비도 삼촌도 없니? 누굴 보고 이 친구 저 친구 해?"

"뭐가 어째? 야, 이 녀석이 제법 꼴값을 하는군. 어디 상판대기에 빵꾸를 좀 내 줄까?"

"이놈, 개 같은 놈! 아무리 세상이 뒤바뀌었기로서니……."

"야, 이 녀석 좀 봐. 세상이 뒤바뀌었다구? 하, 하, 하……."

그는 다른 사람도 다 들으라는 듯이 소리를 높이더니,

"예끼 건방진 녀석!"

그리고 제보다 몸피가 훨씬 큰 곰보의 빰을 한 대 갈겼다.

"이게 뭘 믿고서……."

곰보가 하도 어처구니가 없어서, 그자의 멱살을 불끈 졸라 쥐니깐, 그 근방에 있던 같은 패들이 벌 떼처럼 우 몰려왔다. 그러자 아까 가동 늙은이를 상해 놓던 고자쟁이 이시봉이가 풋볼 차던 형식으로 곰보의 아랫배짬을 콱 질렀다. 곰보는 악! 하며 그 자리에 쓰러졌다. 쓰러진 놈을 여러 놈들이 밟고 치고……. 그러다가 나중에는 뻗어져 누운 놈을 끌고 주재소에까지 가자고 야단이다. 곰보는 그 말이 무엇보다도 무서워서, 잘못했다고 빌지 않을 수가 없었다.[13]

들깨가 곁에 가도, 곰보는 넋 잃은 사람처럼 논두렁에 멍하니 앉아 있었다. 왼편 눈 밑이 퍼렇게 부어올랐다.

저수지의 물은 그예 끊어졌다. 물 끊어진 수문을 우두커니 들여다보는

13 '주재소'가 공평한 중재자 역할을 해야 함에도 불구하고 지주와 중들 편에 서 있음을 암시하는 대목이다.

농민들은 하도 억울해서 말도 욕도 아니 나오고, 그만 그곳에 주저앉았다. 그와 동시에 온종일 수캐처럼 쫓아다닌 피로까지 엄습해서 일어날 생각이 없었다.

그러나 한편, 물을 흐뭇이 대인 보광리[14] 사람들은 제 논물이 행여 아랫논으로 넘어 흐를세라 돋우어 둔 물꼬와, 논두렁 낮은 짬을 한층 더 단단히 단속하느라고 몹시 바빴다.

고 서방은 분도 분이지만, 그보다 내년 봄엔 영락없이 그 절논 두 마지기가 떨어지고 말 것을 생각하면, 앞으로 살아 나갈 일이 꿈같이 암담하였다. 아무런 흠이 없어도 물길 좋은 봇목 논은 살림하는 중들[15]에게 모조리 떼이는 이즈음에, 아무리 독농가로 신임을 받아 오던 고 서방일지라도 오늘 저지른 일로 보아서, 논은 의례 빼앗긴 논이라고, 실망하지 않을 수가 없었다.

그는 문득 지난봄의 허 서방이 생각났다. 부쳐 오던 절논을 무고히 떼이고 살길이 막혀서, 동네 뒤 소나무 가지에 목을 매어, 시퍼런 혀를 한 자나 빼물고 늘어져 죽은 허 서방이 별안간 눈에 선하였다. 곰보는 몸서리를 으쓱 쳤다. 이왕 못 살 판이면 제에기 처자야 어떻게 되든지 자기도 그만 그렇게 죽어 버릴까……. 자기가 앉은 논두렁이 몇천 길이나 땅속으로 쾅 둘러 꺼졌으면 싶었다.

이튿날 아침 들깨와 철한이는 오랜만에 논에 물을 한 번 실어 놓고는, 허출한 속에 식은 보리밥이나마 맘 놓고 퍼 넣었다. 그때까지도 저수지 밑 봇목 들녘과 내 건너 보광리—최근에 생긴 중 마을—에는, 빌어서 얻은 계집이라도 잃어버린 듯이, 중들의 아우성 소리가 끊이지 않았다. 그

14 중 마을이다. 논에 물 끌어대기 싸움은 이 중 마을(보광리)과 소작농(절 밑 마을, 사하촌)의 싸움이다.

15 절의 재산을 관리하고 사무를 맡아 처리하는 이런 중을 가리켜 사판事判승이라고 부른다.

도 그럴 것이 지난 하룻밤 동안에 논두렁을 몇 토막이나 내이고 물 도둑을 맞은 사람이 많았기 때문이다.

고 서방은 중들의 발악 소리를 속시원하게 들으면서, 군데군데 커다란 콩 낟이 박힌 보리밥, 아니 보릿겨 밥을 맛나게 먹었다.

"누가 간 크게 그랬을까요?"

아내는 숭늉을 떠 오며 짜장 통쾌한 듯이 물었다.

"그야 알 놈이 있을라구, 사람이 하두 많은데."

고 서방은 궁둥이를 툭툭 털면서 일어나 섰다. 담배 한 대 재어 물 여가도 없이 고동 바로 허리춤을 졸라매고 이 주사 댁 논을 매러 막 집을 나서려고 할 즈음에 뜻밖에도 주재소 순사 하나가 게딱지만한 뜰 안에 썩 들어섰다.

"당신이 고 서방이오?"

눈치가 수상하다.

"예, 그렇소."

"잠깐 주재소까지 좀 갑시다."

"무슨 일입니까?"

고 서방은 금방 상이 노래졌다.

"가면 알 테지."

말이 차차 험해진다.

"난 주재소 불려 갈 일이 없습니다. 죄지은 일은 없습니다."

고 서방이 뒤로 물러서니깐,

"이놈이 무슨 잔소리냐? 가자면 암말 말고 가지 그저."

순사는 고 서방의 어깻죽지를 한 대 갈기더니, 어느새 포승을 꺼내 가지고 묶는다.

"아이구 이게 무슨 일유? 나리 제발 그러지 마세요. 이분은 죄지은 일 없읍네다. 나구서 개구리 한 마리도 죽인 일 없다는데, 지난밤에는 새두룩 이 마당에서 같이 잤는데[16]……. 아이구 이게 무슨 일유?"

학질에 시난고난[17]하면서도, 미친 듯이 매달리는 고 서방네를 몰강스럽게 떠밀어 버리며 순사는 기어이 고 서방을 끌고 갔다.

3

한 포기가 열에 벌여,
에이여허 상사뒤야.
한 자국에 열 말씩만,
에이여허 상사뒤야.

앞 노래에 응해 가며 성동리 농군들은 보광리 앞뜰에서 쇠다리 주사댁 논을 매고 있다.

백 도[18]가 넘게 끓는 폭양 밑! 암모니아 거름[19]을 얼마나 많이 넣었는지 사람이 아니 보이게 자란 볏 속! 논바닥에서는 불길 같은 더운 김이 확확 솟아오르고, 게다가 썩어 가는 밑거름 냄새까지 물컥물컥 치미는 바람에는 두말없이 그저 질색이다. 그래도 숨이 아니 막힌다면 그놈은 항우項羽다.

몽둥이에 맞아 죽다 남은 개새끼처럼 혀를 빼물고 하—하— 하는 놈, 벼 잎사귀에 찔려 한쪽 눈을 못 쓰고 꽈악 감은 놈 그들은 마치 기계와 같다. 다른 점이 있다면 앞잡이의 노래에 맞춰서 '에이여허 상사뒤야'를, 속이 시원해지는 듯이 가슴이 벌어지게 내뿜는 것쯤일까.

---

16 지난밤에 '마당에서 함께 있었다'고 하면서 알리바이를 대며 물 사건과 고 서방이 관계없음을 변호한다.

17 병이 오래 끌면서 점점 악화되는 것.

18 화씨 온도. 물이 어는 온도는 화씨 32도, 물 끓는 온도는 212도이다. 화씨 100도면 섭씨 40도에 가까울 듯.

19 요소 비료나 질소 비료 같은 화학 비료에는 암모니아 성분이 들어 있다.

한 놈이 슬쩍 봉구의 머리에다 궁둥이를 돌려 대더니, 아기 낳는 산모 모양으로 힘을 쭉 준다.

"예, 예끼, 추, 추한 자식!"

봉구는 그놈의 종아리를 썩 긁어 버린다.

"아따, 이놈아, 약값이나 내놔!"

그놈이 되레 봉구를 놀리려고 드니까, 곁에 있던 철한이란 놈이 얼른 그 말을 받는다.

"약값? 야 이놈아 참 네가 약값을 내놔야겠다. 생무 먹은 트림 냄새도 분수가 있지 온……."

"아닌 게 아니라, 냄새가 좀 이상한걸. 이 사람, 자네 똥구멍 썩잖았나?"

또 한 놈이 욱대긴다.

"여, 역놈의 대발에 마, 말다리 썩는 냄새도 부, 부, 분수가 있지!"

봉구란 놈이 제법 큰소리를 친다. 그러면서도 자기는 입은 그대로 제 옷에 오줌을 질질 싸고 있다.

하—하—끙—끙……!

"어이구 이놈 죽는다!"

철한이란 놈이 속이 답답해서 앞으로 몇 걸음 쑥 빠져나간다.

"쉬잇! 쇠다리 온다."

들깨란 놈이 주의를 시킨다.

쇠다리 주사가 뒤에서 논두렁을 타고 왔다. 한 손에는 양산, 한 손으론 부채를 흔들면서, 쇠다리 주사가 뭐냐고? 그렇다. 옳게 부르면 이 주사다. 그러나 속에 똥만 든 그가 돈냥 있던 덕분으로 이조 말년에 그 고을 원님에게 쇠다리 하나 올리고서 얻은 '주사'란 것이 오늘날 와서는 세상이 달라진 만큼 그만 탄로가 나고 말았기 때문에, 모두들 그를 그렇게 불렀다. 물론 안 듣는 데서만이지만.

"모두들 욕보네. 허, 날이 자꾸 끓이기만 하니 온!"

어느새 쇠다리가 뒤에 와 선다.

"그런데 조금 늦더래도 이 논배미는 마자 매고 참을 먹어야겠군. 자, 바짝 팔대에 힘을 넣어서. 저런, 봉구 뒤에는 벼가 더러 부러졌군, 아뿔싸!"

쇠다리 주사는 혀를 쯧쯧 차며 부채를 방정맞게 흔들어 댔다.

일꾼들은 잠자코 풀 죽은 팔에 억지 힘을 모았다. 거친 볏줄기에 스친 팔뚝에는 금방 핏방울이 배어 나올 듯했다. 그러나 그들은 눈을 질끈 감고, 대고동을 해 낀 갈퀴 같은 손으로, 어지러운 벼 포기 사이를 썩썩 긁어 댔다.

흐—흐—끙—끙……!

얼굴마다 콩 난 같은 땀방울이 뚝뚝 떨어지고, 놀란 메뚜기 떼들이 파드닥파드닥 줄도망질을 친다. 노래는 간 곳 없고! 나머지 열 자국! 그들은 아주 숨 쉴 새도 없이 서둘렀다.

"요놈의 짐승!"

제일 먼저 맨 철한이란 놈이, 뒤쫓겨 나온 뱀 한 마리를 냉큼 잡아 올려 가지고는 핑핑 서너 번 내두르더니 훌쩍 저편으로 날려 버린다.

고대하던 쉴 참이 왔다. 농부들은 어서 목을 좀 축여 보겠다고 포플러 나무 그늘에 갖다 둔 막걸리통 곁으로 모여 갔다.

우선 쇠다리 주사부터 한 잔 했다.

"어, 그 술맛 좋군!"

쇠다리 주사는 잔을 일꾼들에게 돌려 주고, 구레나룻을 휘휘 틀어 올리더니,

"그런데 참 술이 한 잔씩밖에 안 돌아갈는지 모르겠군. 그저 점심때 쌀밥(쌀이 사분지 일 될까?) 먹은 생각하구 좀 참지. 그놈의 건 잘못 먹으면 일 못하기보다 괜히 사람 축나거든. 더군다나 오늘같이 더운 날에는……."[20]

---

20 막걸리를 과음하면 건강에 좋지 않다고 농민들 걱정을 하는 것처럼 이 주사는 말한다. 그러나 사실은 이 한마디 속에 막걸리 한 통이라도 아끼려는 이 주사의 인색한 성품이 숨겨져 있다.

그러나 농부들은 사발 바닥이 마르도록 빨아 넘기고는, 고추장이 벌겋게 묻은 시래기 덩어리를 넙죽넙죽 집어넣는다. 목도 말랐거니와 배도 허출했다.

그럴 때 마침 뿡 하고, 자동차 한 대가 그들이 쉬는 데까지 먼지를 뒤집어씌우고 달아나더니 보광리 앞에서 덜컥 머물렀다. 거기서 내린 것은 해수욕을 갔다 오는 보광리 젊은 사람들이었다. 일본으로, 서울로 유학을 하고 있는 팔자 좋은 젊은이들이었다. 물론 계집애들도 섞여 있었다. 성동리 농부들은 한참 동안 그들을 바라보았다.[21] 그들 가운데 섞여 있던 고자쟁이 이시봉이 웬일인지 차에서 내리자 바른총으로[22] 주재소로 들어갔다.

술을 잘 못하기 때문에 식은 밥만 두어 술 뜨고 난 들깨는 눈이 주재소 문에 가 박혔다. 얼마 뒤에 시봉이가 나왔다.

"고 서방은 어찌 됐을까?"

부지중 중얼거린 들깨. 묵묵히 이마에 석 삼三자를 깊게 지우는 철한이. 우리 때문에 무고한 고 서방이……! 그들은 그대로 가만히 있는 자기들이 그지없이 부끄럽고 맘이 괴로웠다.

세상을 모르는 봉구란 놈은 제 발바닥의 상처만 풀어헤쳐 놓고, 그 속에 들어간 뻘을 꺼내고 있다. 다른 농군들은 행려行旅의 시체처럼, 거무데데한 뱃가죽을 내놓고 길바닥 위로, 잔디 위로 그늘을 찾아서 여기저기 나자빠졌다. 어떤 친구는 어느새 코까지 쿨쿨 골고, 어떤 친구는 불개미한테 거기라도 물렸는지 지렁이처럼 자던 몸을 꿈틀꿈틀한다.

매미란 놈들이, 잎사귀 하나 까딱 아니하는 높다란 포플러나무에서, 그 밑에 누워 있는 농군들을 비웃는 듯 구성지게 매암매암매— 한다.

---

21 가뭄과 궁핍한 생활 속에서 고통을 당하는 농민들과 서울, 일본 등지로 유학하고 돌아온 팔자 좋은 보광리 젊은이들은 바로 이웃이다. 작가는 부유한 이와 가난한 이들을 바로 이웃 주민으로 설정해서 갈등 효과를 높이고 있다.

22 아주 재빠르게. 예컨대 '총알 택시' 같은 표현이다.

모기 속에서 저녁을 치르고 나면 마을 사람들은 게딱지 같은 집을 떠나서 모두 냇가로 나온다.

아무런 가뭄이라도 바위틈에서 새어 나오는 물이 군데군데 제법 웅덩이를 만들었다. 냇가의 달밤은 시원하였다.

먼동이 트면 곧 죽고 싶은 마음
저녁밥 먹고 나니 천 년이나 살고 싶네.[23]

어느새 벌써 달려 나와서 반석 위에 번듯 누워 하늘을 쳐다보며 읊조리는 쇠다리 주사 댁 머슴 강 도령의 노래다.

반달같이 생긴 다리 아래편 백사장에는 애새끼들이 송사리처럼 모여서, 노래로 장난으로 혹은 반딧불 쫓기로 부산하게 떠들고 뛴다. 비를 기다리는 하늘에서는 구름 한 점 없이 달만 밝고, 달빛 속에 묻힌 성동리 집집에서는, 구름인듯 다투어 모기 연기만 피워, 산으로 기어오르고 들로 내려 깔려 연긴가 달빛인가 알 수도 없다.

남자들의 뒤를 이어 여자들도 떼를 지어 다리를 건너왔다.

다리 위 편이 남자들의 자리다. 그들은 나오는 대로 멱을 감고는 여기저기 반석을 찾아가기가 바쁘다. 가는 곳이 그들의 그날 밤 잠자리다. 그리도 못하는 놈은, 행인지 불행인지 아직도 제 논에 풀 물이 있어서 봇목으로 물 푸러 가는 놈! 그러나 물푸개 석유통을 옆에 둔 채 어느새 지쳐 한잠이 든 봉구는, 밤중이 넘어서 공동묘지 입구까지 물 푸러 갈 것인지 코만 쿨쿨 골아 댄다.

그래도 남은 놈들은 이야기에 꽃이 핀다.

"들깨, 자네 누이동생은 어쩔 텐가?"

---

23 단 하루 동안에도 죽고 싶은 마음과 천 년을 살고 싶은 마음이 교차한다. 고단한 머슴 생활을 노래한 것.

"어쩌긴 무얼 어째?"

"키 보니 넉넉히 시집갈 때가 됐던걸."

"키는 그래도, 나인 인제 겨우 열일곱이야. 열일곱에 혼사 못 될 건 없지만 어디 알맞은 자리가 쉬 있어야지."

"아따 이 사람 염려 말라구. 그만한 인물이면야 정승의 집 며느리라도 버젓하겠는데. 자리가 왜 없을라구!"

"이 사람이 왜 또……. 괜히 얼굴만 믿고 지나친 데 보냈다가 사흘도 못 돼서 쫓겨오게! 천한 사람은 그저 천한 사람끼리 맞춰야지……."[24]

"암 그렇구말구!"

가만히 듣고만 있던 철한이란 놈이 뜻밖에 한마디 보태었다.

그럴 때 마침 다리 아랫목에서 멱을 감고 있던 여자들이 킥킥거리며, 또는 욕설을 하면서, 남자들이 노는 위 편으로 자리를 옮겨 간다. 그걸 본 강 도령, "위에 가면 안 되오. 왜 밑에서 허잖구?"

"보광리 새끼들 때문에 밑에선 못하겠다우."

아낙네들의 대답이다. 남자들의 시선은 일제히 다리 아래 편으로 쏠렸다. 하늘 높게 백양목이 줄지어 선 곳.

사랑으로 여위었느니 어쨌느니 하는 레코드에 맞춰서 반벙어리 축문 읽는 듯한 노랫소리가 들려왔다.

"유성기는 또 누구를 홀리려고 가지고 다닐까. 저것들이 곧잘 여자들이 멱 감는 곳만 찾아다닌단 말야."

강 도령이 남 먼저 욕지거리를 내놓는다.

"예끼, 더런 자식들! 듣기 싫다. 집어치우고 가거라, 가!"

동네 젊은 녀석들은 모두 바위에서 일어나서 욕을 한바탕씩 해 주고는 얼른 논두렁으로 올라가서 진흙을 가득가득 움켜 냇물 속에 핑핑 내던졌다.

---

24 농민들이 연대의식을 이런 방법으로 표현하고 있다. 이 작품에는 이런 연대의식이 바탕에 흐르고 있다.

보광리 만무방[25]들이 돌아간 뒤, 농부들은 머리에서 수건을 풀어 제각기 얼굴을 가리기가 바쁘게 너럭바위 위에 휘뚝휘뚝 쓰러졌다. 쓰러지자 곧 쿨쿨.

적막한 농촌의 밤이다. 다만 어디선지 놋그릇을 땅땅 두드리며 '남의 집 며느리 낮에는 잠자고 밤에는 일하네' 하고 학질 주문呪文을 외고 다니는 소리만 그쳤다 이었다 할 뿐. 길쌈하는 아낙네들의 노란 등잔불도 꺼지기가 바쁘다.

4

가뭄은 오래오래 계속되었다. 아침저녁으로는 제법 거무스름한 구름장이 모여들다가도, 해만 지면 그만 어디로 사라져 버렸다. 꼭 거짓말같이……. 보광사 절골을 살며시 넘어다보는 그놈도 알고 보면 얄미운 가뭄 구름. 뒷 산성 용구렁에 안개가 자욱해도 헛일. 아침놀, 물밑 갈바람[26]은 더군다나 말도 안 되고.

어쨌든 농부들은 수백 년째 전해 오고 믿어 오던 골짜기 천기조차 온통 짐작을 못할 만큼 되었다. 날마다 불볕만 쨍쨍, 그들의 속을 태웠다. 콧물만한 물이라도 있는 곳에는 아직도 환장한 사람들이 와글거리고, 풀물도 없어진 곳에는 강아지 새끼도 한 마리 안 보였다. 물 좋던 성동들도 3년 전 소위 수도 수원지가 생기고는 해마다 이 모양— 여기저기 탱고리 수염 같은 벼 포기가 벌써 발갛게 모깃불감이 되고, 마을 앞 정자나무 밑에는 떡심 풀린 농부들의 보람 없는 걱정만이 늘어갈 뿐이었다.

걱정 끝에 하룻밤에는, 작년에도 속은 그놈의 기우제祈雨祭를 또다시

25 예의와 염치가 도무지 없는 사람을 가리키는 말.

26 구름을 의인화했다. 작품의 전체 분위기가 무겁고 어두운 데 비해 비를 뿌릴 것 같은 거짓말 같은 구름장, 얄미운 가뭄 구름, 안개, 아침놀, 갈바람 등이 동원된 이 대목은 아주 서정적이고 유머러스하다.

벌였다. 앞산 봉우리에다 장작불을 피워 놓고 성동리 사람들은 목욕재계를 하고 어떤 위인은 낡은 두루마기, 또 어떤 위인은 제법 몽당도포까지를 걸치고서 쭉 늘어섰다. 구장, 들깨, 갓이 비뚤어진 봉구……. 옛날 훈장 노릇을 하던 노인이 쥐꼬리보다 작은 상투를 숙이고서 제문을 읽자 농부들은 일제히 하늘을 우러러보고 절을 하며 비를 빌었다.

"만인간을 지켜 주시는 천상의 옥황상제님이시여……."

그들은 몇 번이나 코가 땅에 닿도록 절을 하였다. 이글이글 타오르는 불길을 따라 그들의 축원도 천상에 통하는 듯하였다.

기우제는 끝났다.

"깽무깽깽 쿵덕쿵덕, 깽무깽깽 쿵덕쿵덕……."

농부들은 풍물을 울리면서 산을 내려왔다.

동네 앞 타작마당에서 그들은 짐짓 태평성대를 맞이한 듯 소고를 내두르며 한바탕 멋지게 놀았다.[27] 조그만 아이놈들도 호박꽃에 반딧불을 넣어 들고서 어른들을 따라 우쭐거렸다.

"구, 구, 구장 어른, 저, 저, 구름 좀 봐요!"

봉구란 놈이 무슨 엄청난 발견이라도 한 듯이 엉덩춤을 추면서 외쳤다. 아닌 게 아니라 거무스름한 구름장 하나가 달을 향해서 둥실둥실 떠왔다.

"얼씨구 좋다! 쿵덕쿵덕!"

농부들은 마치 벌써 비나 떨어진 듯이 껑충껑충 뛰어 댔다. 그러나 그것도 모두 헛일 하루, 이틀, 비는커녕 안개도 내리지 않고, 되레 마음만 졸였다. 불안은 각각으로 커져만 갔다.

그러한 하룻날 보광사 농사 조합에서 성동리의 유력자—쇠다리 주사와 면서기며 농사 조합 평의원인 진수를 청해 갔다. 그래서 그들이 저쪽

---

27 아무리 어려운 지경으로 몰렸어도 함께 춤을 추고 흥겹게 논다. 절망을 절망으로 그대로 두지 않고 희망으로 돌리는 우리 민족만의 독특한 생활의 지혜이다. 여기서 두레 놀이, 두레 문화라는 연대가 형성되는 것이다.

의 의논에 응하고 가져온 소식—그것은, 오는 백중날 보광사에서 기우 불공을 아주 크게 올릴 예정이니까, 성동리에서는 한 집에 한 사람씩 참례를 하는 것이 좋겠다고. 기우 불공이라니 고마운 일이다.

"허지만 우리 같은 것 그리 많이 모아서 뭘 헌담? 불공은 중들이 헐 텐데……."

농민들은 무슨 영문인지 잘 몰랐다. 그러나 안 갔으면 가만히 안 갔지, 보광사의 논을 부쳐 먹고 사는 그들이라 싫더라도 반대는 할 수 없는 처지였다. 이왕이면 괘불掛佛[28]까지 내걸어 달라고 마을 사람 측에서도 한 가지 청했다. 괘불을 내어 달면 아무리 어려운 일이라도 소원 성취된다는 말을 어릴 때부터 종종 들어온 그들이었다.

하지만 절 측에서는 경비가 너무 많이 든다고 첨에는 뚝 잡아떼었다. 고까짓 일에 무슨 경비가 그리 날 겐가? 어디, 과연 영험이 있나 없나 보자! 마을 사람들은 꽤 큰 호기심을 품고서 간곡히 청했다. 구장이 두어 번 헛걸음을 한 뒤, 쇠다리 주사가 나가서 겨우 승낙을 얻어 왔다. 그래서 7월 백중날! 보광사에서는 새벽부터 큰 종이 꽝꽝 울렸다.

성동리 사람들은—농사 조합 평의원인 진수와 구장과 그 다음 몇 사람 빼놓고는 대개 중년이 넘은 아낙네들과 쓸데없는 아이들 놈뿐이었지만—장꾼같이 떼를 지어 절로 절로 올라갔다.

천여 년의 역사를 가지고 무려 백여 명의 노소승老少僧이 우글거리는 선찰 대본산 보광사에는 벌써 백중 불공차 이곳저곳에서 모여든 여인들이 들끓었다.

오색 단청이 찬란한 대웅전을 비롯하여, 풍경 소리 그윽한 명부전, 팔상전, 오백나한전……. 부처 모신 방마다 웬만한 따위는 발도 잘 못 들여놓을 만큼 사람들이 꽉꽉 들어찼다. 그들은 엉덩이 혹은 옆구리를 서로 맞대고 비비대기를 치며, 두 손을 높게 들어 머리 위에서부터 합장을 하

28 부처님 상을 그려 내거는 것.

고 나붓이 중절을 하였다. 아들딸 복 많이 달라는 둥, 허리 아픈 것 어서 낫게 해 달라는 둥……. 제각기 소원들을 은근히 빌면서. 잠자리 날개보다 더 얇은 생노방주 옷에 모두 제가 잘난 체 부처님 무릎 앞에 놓인 커다란 희사함喜捨函에 아낌없이 돈들을 척척 넣고 가는 그들! 얼핏 보면 죄다 만석꾼의 부인, 알고 보면 태반은 빚내어 온 이들.

성동리 아낙네들은 명부전 뒤 으슥한 구석에서 잠깐 땀을 거두고서, 대웅전 앞으로 슬슬 나왔다. 자기들 딴에는 기껏 차려 봤겠지만, 앉으려는 겐지 섰는 겐지 분간을 못할 만큼 풀이 빳빳한 삼베치마 따위[29]로선 그런 자리에 어울릴 리가 만무하였다. 다른 분들과 엄청나게 차가 있는 자기들의 몸차림을 못내 부끄러워하는 듯, 어름어름 차례를 기다리고 섰다.

그러자, 며칠 전부터 와 있던 진수 어머니가 어디서 봤는지 쫓아왔다. 아주 반가운 듯한 얼굴을 하고,

"여태 어디들 처박혀 있었어? 아까부터 아무리 찾아두 온……. 다들 부처님 참배는 했나?"

자기는 벌써 보살님이나 된 셈 치는 어투였다.

"아직 못 봤수. 웬걸 돈이 있어야지!"

이 얼마나 천부당만부당한 대답일까?

"그럼, 시줏돈도 없이 절에는 뭘 하러들 왔수?"

진수 어머니는 입을 삐쭉하더니, '이것들 곁에 있다가는 괜히 큰 망신하겠군!' 할 듯한 표정을 하고는 어디론지 핑 가 버린다.

베치마 패들은 잠깐 주저주저하다가,

"돈 적으면 복 적게 받지 뭐."

하고는, 남편이나 아들들이 끼니를 굶어 가며 나뭇짐이나 팔아서 마련한 돈들을, 빚의 끝돈도 못 갚게 알뜰살뜰히도 부처님 앞에 바치고 나온다.

---

29 가난한 서민들은 입고 갈 의복이래야 고작 삼베치마다. 삼베치마는 시원하기는 하지만 착용감이 좋지 않다. 반대로 부자들은 모시, 비단, 면 등으로 갖가지 옷을 지어 입는다.

더러는 내고 보니 꽤 아까운 듯이 돌아다보기도 했다.[30]

법당 뒤 조그마한 칠성각 안에는, 아기 배려고 백일기도한다는 젊은 아낙네. 지리하지도 않은지 밤낮으로 바깥 난리는 본체만체하고, 곁에 선 중의 목탁 소리에 맞춰 무릎이 닳도록 절만 하고 있다. 자기 말만 잘 들으면 틀림없다는 그 중의 말이 영험할진대 하마나 아기도 뱄을 것이다.

꽝! 뗑뗑, 둥둥둥, 똑똑, 솨르르!

종각의 큰북 소리를 따라 각 전 각 방의 종, 북, 바라며 목탁들이 한꺼번에 모조리 발광을 하자, 뚱뚱보 허 주지의 지휘를 좇아 이 빠진 노화상老和尙의 독경 소리와 함께 엄숙하게 불문이 삑삑삑 열리고, 새빨간 가사의 서른 두 젊은 중의 어깨에 고대하던 괘불이 메여 나와, 대웅전 앞 넓은 뜰 한가운데 의젓이 세워졌다. 30여 장의 비단에 그려진 커다란 석가 불상!

장삼 가사를 펄럭이는 중들은 말할 것도 없고, 모여든 구경꾼들까지 상감님 잔치에라도 참례한 듯이 놀라울 만큼 엄숙해졌다.

공양 상이 나오자, 주지를 비롯하여 각 방 노승들이 참배를 드리고, 다음으로 젊은 중, 강당 학인學人, 그 밖에 애기중들, 그리고 중 마누라와 보살계에 든 여인들, 맨 나중이 일반 손님들의 차례였다. 중들을 빼놓고는 모두 앞을 다투어 돈들을 내걸고 절을 하며 소원 성취를 빌었다.[31]

"어서 물러나와요. 다른 사람도 좀 보게."

진수 어머니는 다 같은 보살 계원을 밀어내고 들어서더니, 자기는 돈을 얼마나 냈는지 절을 열 번도 더 했다. 주지 부인을 보고, 어머니 어머니하고 섰던 진수도, 남 먼저 쫓아 나가서 대가리를 땅에 처박았다.

성동리 아낙네들은 이미 주머니가 빈지라, 부러운 듯이 곁에서 남이 하는 구경만 하고 있었다.

---

30 오죽 가난했으면 부처님께 시주한 돈이 아까웠을까.

31 보광사의 중들은 지금으로 말하면 대처승, 즉 결혼한 스님들이다.

이러한 거추장스런 일이 다 끝난 뒤에야 겨우 기우 불공이 시작되었다. 괘불 앞에는 큰북이 나오고, 바라가 나오고, 목탁이 나오고……. 성동리 구장이 동네서 긁어 온 돈을 내걸자 기도는 비로소 시작되었다.

"딱딱 딱딱, 나무아미타— 불, 관세음보— 살, 꽝, 둥, 촬, 딱다글!"

목탁 소리와 함께 독경 소리가 높아지고 경문의 구절마다 꽹과리, 북, 바라, 큰 목탁이 언제나 꼭 같은 장단을 짚는다.

성동리 사람들은 중들의 기도를 따라서 자기들도 절을 하였다. 중들의 궁둥이를 향해서. 어떤 중은 이리저리 돌아다니면서 무지막지한 촌뜨기들의 가지각색의 절들을 통일시키기 위하여, 불가 절을 모르는 위인들의 몸에 함부로 손을 대 가며 합장 절을 가르쳤다. 이번에는 물론 삼베치마들도 한몫 들었다. 그러나 그들의 절이란 어울리기는커녕 우습기가 한량없었다.

기도의 한 토막이 끝나려 할 즈음 잦은 고개를 넘는 경문, 신이 나서 어깨를 우쭐거리는 장단꾼, 청천백일 아래서 이마를 땅에 대고 제발 덕분에 비 오기를 비는 농부들과 그들의 어머니며 아내들…….[32]

기도가 쉴 참에 성동리 사람들은 어마어마한 강당 안을 버릇없이 들여다보았다. 아마 여든도 훨씬 넘었을 듯한, 수염까지 허연 법사法師가 높다란 법탑 위에 평좌를 하고 앉아서, 옹이가 툭툭 불거진 법장法杖을 울리면서 방 안이 빽빽하게 들어앉은, 한다한 보살 계원들을 앞에 두고 방금 설법의 삼매경三昧境에 빠진 모양이었다.

"보광산하 십자로, 무설노고 호손귀."

라고, 맑은 목청으로 외더니, 가만히 눈을 감는다. 눈썹 하나 까딱 안 하는 모습이 마치 산 부처 같았다. 뒷벽에는 '합장의 생활'이라고 어마어마하게 쓴, 설교 제목이 걸려 있었다. 방 안은 죽은 듯이 조용하다.

---

32 기우 불공 의식을 진행하는 중들의 모습과, 백일기도를 드리거나 시줏돈을 내는 신도들의 갖가지 행태를 통해서 작가가 종교의 허례허식에 대해 비판적인 시각을 갖고 있음을 알 수 있다.

"꽝!"

법사는 마침내 법장[33]을 들어 법탑을 여무지게 울리면서 다시 눈을 번쩍 뜨더니, 청중을 한 번 휘둘러보고는 설법을 계속한다.

"……보광산 밑 네 갈래 길에서, 혀 없는 늙은 할머니가 손자를 부르며 돌아간다는 말씀입니다. 혀 없는 할머니가 어떻게 손자를 부를까요? 얼핏 생각하면 말도 아닌 것 같지만, 여기에 정작 우리 불교의 깊은 진리[34]가 숨어 있거든요. 알고 보면 무궁무진한 뜻이 있지요……."

청중은 무슨 소린지 알 바 없어 그저 장바닥에 갖다 둔 촌닭처럼 눈만 끔벅끔벅할 뿐이었다. 하기야 진수 어머니처럼 몰라도 아는 체하는 여걸이 없는 바는 아니지만, 그러나 그건 보통 사람이 못할 짓, 어떤 이는 벌써 방앗공이 마냥 끄덕끄덕 졸고만 있다.

다시 바깥 기도가 시작되었다. 기도 중들은 장삼 가사가 담빡 젖도록 땀을 흘려 가며 경문을 외고, 목탁, 꽹과리를 때려 치며, 북, 바라를 요란스럽게 울려 댔다. 괘불과 불경 영험이 있어야 할 테니까. 그래서 기도는 꽤 장시간, 경문이 늦은 고개, 잦은 고개를 오르내린 다음에 마침내 엄숙한 긴장 속으로 들어갔다. '나무아미타불'의 느린 합창 소리에 대웅전 앞 넓은 뜰은 모래알까지 소르르 떨리는 듯싶었다.

5

최후로 믿었던 괘불조차 영험이 없고 가뭄은 끝끝내 계속됐다. 들판에는 반 이상 모가 뽑히고 메밀 등속의 댓곡식이 뿌려졌으나, 끓는 폭양 아래서는 싹도 잘 아니 날뿐더러, 설령 났더라도 말라지기 바쁠 지경이었다.

---

33 스님의 지팡이. 법회, 법사, 법요식 등 불교와 관련된 이름에는 '법' 자가 붙는다.

34 스님이 말하는 '깊은 진리'는 농민들의 삶과는 관계가 없다. 농민들은 생존 문제가 그 어떤 진리보다 우선한다.

빨리 쌀밥 맛 좀 보자고 심었던 올벼도 말라져 버리고, 남은 놈이래야 필 염도 안 먹고, 새벽마다 성동리 골목골목에는 보리 능그는 절구질 소리만 힘없이 들렸다. 학교라고 갔던 놈들은 수업료를 못 내서 떼를 지어 쫓겨 왔다. 쫓겨 오지 않고 끌려오기로서니 없는 돈이 어디서 나오랴! 부모들의 짜증이 무서워서 오다가 되돌아서는 놈은, 만일 탄로만 나고 보면, 거짓말은 도둑놈 될 장본이라고, 여린 뺨이 터지도록 얻어맞곤 하였다.

"없는 놈의 자식이 먹는 것도 장하지 학교는 무슨 학교야?"

이 집에서도 퇴학, 저 집에서도 퇴학이다. 이런 처지에는 추석도 도리어 원수다. 해마다 보광리 새 장터에서 열리는 소위 면민 대운동회에 출장은커녕, 쇠다리 주사나 진수네 집사람, 그 밖에는 간에 바람 든 계집애나 나팔에 미친 불강아지 같은 애새끼들밖에는 성동리에서는 구경도 잘 아니 나갔다. 그러나, 그래도 명절이라 해서, 사내들은 낡은 두루마기들을 꺼내 입고서 이 집 저 집 늙은이들을 뵈러 다니면서, 오래간만에 시금텁텁한 밀주密酒 잔이나 얻어 마시고는 아무 데나 툭툭 나자빠져 잤다.

쇠다리 주사 댁 안뜰에는 제법 널뛰기까지 벌어졌으나, 아낙네들은 별로 보이지 않고 거의 다 마을의 젊은 처녀들이었다. 들깨의 누이동생 덕아도 저녁에는 한바탕 뛰었다. 그러나 그들도 마치 무슨 의논이나 한 듯이 죄다 곧 흐지부지 흩어졌다. 중추 명월이야 옛날과 조금도 다를 바 없고, 네 활개를 활짝 펴고 높이 솟아 보는 아찔한 재미야 잊었을 리 만무하되, 원수의 가난과 흉년은 이 동네로부터 청춘의 기쁨과 풍속의 아름다움마저 빼어 가고 말았다.

싱거운 추석이 지난 뒤, 성동리 사람들은 모두 산으로 올라가기 시작했다. 남자는 지게를 지고, 여자들은 바구니를 들고서.

그러한 어느 날, 성동리 여자들은 보광사의 대사봉 중턱에서 버섯을 따고 있었다. 가동 늙은이를 비롯하여 화젯댁, 곰보네, 들깨 마누라, 덕아……. 그 중 제일 익숙한 것은 역시 가동댁이었다. 그는 어릴 적부터 까투리처럼 그 산을 싸다닌 만큼, 어디는 어떻고, 어디는 무슨 버섯이 난다는 것을 환히 알기 때문에 언제든지 남의 앞장을 서 다니면서 값나가는 송이라든가, 참나무 버섯 따위부터 쏙쏙 곧잘 뽑아 담았다. 다른 여자들은 부러운 듯이 그의 뒤를 따라다니며, 한 광주리 가득 채워 이고 20리나 넘어 걸어야 겨우 한 20전 받을 둥 말 둥한, 소케버섯, 싸리버섯 등속을 딸 뿐이었다.

하늘을 가리운 소나무와 늙은 잡목 그늘은 음침하고도 축축하였다. 지나간 이백십일 풍에 부러진 느티나무 가지는 위태롭게 머리 위에 달려 있고, 이따금 솔잎에서는 차디찬 물방울이 뚝뚝 떨어졌다. 억새랑 인동덩굴이 우거진 짬은 발 한 번 잘못 들여놓다간 고놈의 독사 바람에 또 순남네처럼 억울하게 죽을 판. 하지만 가동 늙은이의 말이 옳지, 가뭄 탓으로 그해는 버섯조차 귀했다.

덕아와 같은 젊은 계집애들은 악착스럽게 무서운 절벽 끝에 붙어 있었다. 아찔아찔 내둘려서 밑을랑 내려다보지도 못하고, 놀란 참새처럼 가슴만 볼록거렸다. 석양 받은 단풍잎에 비쳐 얼굴은 한층 더 붉어 오나 밉도록 부지런히 썩어 빠진 버섯만 보살피고 있는 것이었다. 재 너머 나무 터에서는 초군들[35]의 긴 노래가 구슬프게 들려왔다.

지리산천 가리갈가마귀야,
이내 속 그 뉘 알꼬……!

낫을 들면 으레 나오는 노래다.

그러자 얼마 지나지 않아서, 여자들이 싸대던 비탈 위에서 갑자기 사람 소리가 나고 조그마한 애새끼 놈들이 까치집만큼씩한 삭정이를 해서 지고는, 선불 맞은 산돼지 새끼처럼 혼을 잃고 쫓겨 왔다. 맨 처음에 선 놈이 차돌이, 그 다음은 개똥이……. 제일 꽁무니에 처져서 밑 빠진 고무신을 벗어 들고 허둥대는 놈은 그해 가을에 퇴학당한 상한이란 놈이다.

---

35 나무꾼.

"예끼 요놈의 새끼들! 가면 몇 발이나 갈 줄 아니?"

악치듯한 소리와 함께 보광사 산지기 수염쟁이가 뒤따라 나타났다.

"아이구머니!"

여자들도 겁을 먹고 도망질이다. 잡히면 버섯을 빼앗기고 혼이 날 판. 그루터기에 걸려서 넘어지는 이, 솔가지에 치마폭을 찢기는 이, 그러나 바구니만은 버리지 않고 내달린다.

화젯댁은 제 도망질보다 쫓겨 가는 아이들의 뒤를 따르느라고, 몇 번이나 바구니를 내던질 뻔하면서 곤두박질을 쳤다.

"아이구 차돌아, 그만 잡히려무나!"

그래도 아이들은 돌아보지도 않고 달아만 난다. 자갈비탈에서 지게를 진 채 자빠지는 놈, 엎어지는 놈, 그러다가 갑자기 옴츠리고 앉는 놈은 응당 날카로운 그루터기에 발바닥을 찔렸을 것이다.

산지기는 그 애의 나뭇짐을 공 치듯이 차서 굴리어 버리고는, 다시 벚나무 몽둥이를 내두르며 앞엣놈을 쫓는다. 그러자 의상대사의 공부 터라는 바위 밑으로 쫓겨 가던 아이들은 갑자기 무춤 하고 발을 멈췄다. 동무 하나가 헛디디어 헌 누더기 날리듯 낭떠러지 아래로 떨어졌기 때문이다.

아이들이 놀라고 선 영문을 알게 된 산지기는 부릅떴던 눈을 별안간 가늘게 욱이며,

"예끼 이놈들, 왜 있으라니까 듣지 않고 자꾸만 달아나더니 결국 이런 변을 일으키지 않나?"

마치 그들이 동무를 밀어뜨리기나 한 듯이 나무랐다.

화젯댁이 미친 듯이 날아왔다. 다행히 차돌이가 있는 것을 보고는 다소 마음이 놓이는 모양이었다.

"어머니, 상한이가 떨어졌어요!"

화젯댁은 대답도 않고서, 번개같이 비탈 아래로 미끄러지듯이 내려갔다. 모두 그의 뒤를 따랐다.

상한이는 망태기를 진 양으로 험한 바위틈에 내려 박혀 있었다. 화젯

댁은 바구니를 내던지고서, 상한이를 안아 내었다. 숨은 벌써 그쳐 있었다. 얼굴은 알아보지 못하게 부서져서 피투성이가 된 위에, 한쪽 광대뼈가 불쑥 튀어나와 있었다. 그리고 그가 죽은 자리에는, 이상하게도 그때까지 지니고 있었던 밑 빠진 고무신이 한 짝 엎어져 있었다.

화젯댁은 한동안 넋을 잃었다. 그러나 우두커니 서 있는 산지기의 얼굴을 노려본 그녀의 눈에는 점점 살기가 떠올랐다.

"당신은 자식이 없소?"

칼로 찌르듯 뺘물었다.

"있든 없든 무슨 상관이야. 흐! 참! 없다면 하나 낳아 줄 건가?"

산지기는 뻔뻔스럽게, 털에 싸인 입만 비쭉할 뿐이었다.

"뭐라구요? 액 여보, 절에 있다구 너무하오. 아무리 산이 중하기로서니 남의 자식의 목숨을 그렇게 안단 말유?"

화젯댁은 그자의 거만스러운 상판대기에 똥이라도 집어 씌우고 싶었다.

"야, 이 여편네 좀 봐! 아, 아주 누굴 막 살인죄로 몰려구 드는군. 건방진 년 같으니, 천지를 모르고서 괜히. 왜 이따위 새끼 도둑놈들을 빠뜨렸느냐 말야? 이년이 저부터 요런 도둑질을 함부로 하면서 뻔뻔스럽게……."

산지기는 화젯댁의 버섯 바구니를 힘대로 걷어찼다. 그러고는 어디론지 핑 가 버렸다. 초동들의 죄는, 결코 그 산지기의 핑곗말과 같이, 돈 주고 사지 않은 구역에서 땔나무를 한 것이 아니었다. 그들은 그 까치집만큼씩한 삭정이 한 꾸러미를 목표로, 식은 밥 한 덩어리씩을 싸들고는 어른들을 따라 20리도 더 되는, 동네서 사 놓은 나무터까지 정말 갔던 것이다. 구태여 트집을 잡는다면, 돌아오던 길에 철부지한 마음으로 떨어진 밤을 주우려고 길가 잡목 숲 속에 잠깐 발을 들여놓은 것뿐이었다.

얼마 뒤에 죽은 아이의 할머니가 파랗게 되어 달려왔다. 가동 할머니다. 그녀는 곁엣사람은 본체만체, 바보처럼 우두커니 서서, 늘어진 손자만을 눈이 빠지도록 노려보더니, 그만 '하하하!' 웃어 댔다.

"정말 죽었구나! 너가 정말 죽었구나! 죽인 중놈은 어딜 갔니……?"

그녀는 넋두리를 하는 무녀巫女처럼 한바탕 떠들더니 또다시 '하하하!' 한다.

가동 늙은이는 완전히 실신을 하였다. 물 건너로 품팔이 간 아들은 죽었는지 살았는지 10년이 가깝도록 이렇단 소식이 없고, 며느리조차 달아난 뒤로는, 그 손자 하나만을 천금같이 믿고 살아온 것이었다.

이윽고 산지기는 보광사 파출소에서 순사 한 사람을 데리고 왔다.

가동 할멈은 한참 동안 산지기를 노려보더니,

"예끼 모진 놈!"

하고 이를 덜덜 갈며 발악을 시작했다.

"고라 고랏! 안 대겠소. 나무 산에 도둣지리 보낸 단신 자리 몬 했소. 이 얀반 사라미 아니 주깃소!"[36]

순사는 와락 덤벼드는 가동 할멈을 우악스럽게 물리쳤다. 그러나 밀리면서도,

"아이구 이 모진 놈아, 천벌을 맞을 놈아! 내 자식 살려 내라, 살려 내."

"고론 마리 하문 안 대겠소!"

순사는 눈을 잔뜩 부릅뜨고 노파를 막아섰다.

"여보 나리까지도 그러시우?"

가동 할멈은 장승같이 눈을 흘기더니 갑자기 또 '하하하!' 미친 웃음을 친다.

"아이구 상한아! 상한아! 귀신도 모르게 죽은 내 새끼야."

하고 할머니는 마치 노래나 하는 듯이,

"어허야 상사뒤여. 지리산 갈가마귀 그를 따라 너 갔느냐? 잘 죽었다. 내 손자야, 명산 대지에서 너 잘 죽었구나. 하하하……!"

이렇게 가동 늙은이는 그만 영영 미쳐 버리고 말았다.

---

36 주재소 순사는 이미 보광사 산지기 말만을 일방적으로 믿고 있다.

6

은하수가 남북으로 돌아져도 성동 들은 가을답지 않았다. 전 같으면 들이 차게 익어 가는 누른 곡식에, 농부들의 입에서도 저절로 너털웃음이 흘러나오고, 아낙네들은 가끔 햅쌀 되나 마련해서 장 출입도 더러 할 것이로되, 그해는 거친 들을 싱겁게 지키는 허수아비처럼 모두들 맥없이 말라 빠졌다.

보광사로부터 산 땔나무터에도 인제는 더 할 것이 없고, 또 기한이 지나자, 사내들은 별반 할 일이 없었다. 간혹 도둑 나무를 하러 다니는 사람이 있지만 붙잡히면 혼이 나곤 했다.

첫여름에 무단히 경찰서로 끌려간 고 서방은, 남의 논두렁을 잘랐다는 얼토당토않은 죄에 몰려 괜히 몇 달간 헛고생을 하다가 추석 지난 뒤에 겨우 놓여 나왔으나, 분풀이는커녕 타고난 천성이라 도둑 나무도 못 해오고 꼬박꼬박 사방 공사 품팔이나 다녔다. 길이 워낙 멀고 보니, 그나마 닭 울면 집을 나서야 되고, 삯이라곤 또 온종일 허둥대야 겨우 30전 될락 말락. 그러나 이렇게 다니는 것은 물론 고 서방만이 아니었다.

아낙네들은 버섯 철이 지나자 인젠 멧도라지나 캐고, 그렇지 않으면 콩잎 따기가 일이었다. 그것도 자기 산 없고, 자기 밭 적은 그들은 욕 얻어먹기가 일쑤였다.

마침내 군청에서 주사 나리까지 출장을 나와서, 소위 가뭄으로 인한 피해 상태의 실지 조사를 하고 가더니, 달포가 지나도록 아무런 소식이 없고, 동네 안에는 다만 주림과 불안만이 떠돌 뿐이었다. 그래도 보광사에서는 갑자기 간평看坪[37]을 나왔다. 고자쟁이 이시봉과 본사 법무원法務院에서 셋—도합 네 사람이 나왔다.

---

37 지주가 도조를 매기기 위하여 추수 전에 직접 논밭에 나와 농작물 상태를 살펴보는 일.

간평! 소작료! 농민들에게는 이 말이 무엇보다도 무섭고 또 분했다. 그러나 그날 절논 소작인으로서는 물론 하나도 출타를 않고 기다렸다. 농사조합의 평의원이 되어 있는 진수도 그날은 면소 일을 제쳐 놓고 중들을 맞이하였다.

그래서, 진수의 집 사랑에서는 일찍부터 술상이 벌어졌다. 미리 마련해 두었던 밀주와 술안주가 이내 모자랐던지, 머슴 놈이 보광리 상점으로 종종걸음을 치고 쇠고기 굽는 냄새가 흐뭇이 새어 나오는 통에, 대문 밖에 죄인처럼 쭈그러뜨리고 앉은 소작인들은, 괜히 헛침만 꿀떡꿀떡 삼키었다.

작인들은 간평원들의 미움이나 받을까 저어했음인지 차례로 안으로 들어가서는, 오시느라고 수고했다고 공손히 수인사를 하고 나왔다. 고 서방은 지난 여름 당한 일을 생각하면 이가 절로 갈렸지만 그래도 시봉이 앞에 무릎을 꿇지 않을 수가 없었다.

"에헴, 에헴, 에—헴!"

치삼 노인도, 듣는 사람의 가슴까지 걸릴 기침 소리를 연거푸 뽑으면서 기다란 지팡이를 끌고 대문 안으로 들어갔다. 그리고 자식 같은 사람들 앞에 절을 하고서는, 그러지 말라던 아들의 말을 듣지 않고서, 그예 자기 집 농사 사정을 여쭈어 보려고 했다.

"여보 노인, 그런 소리는 할 필요 없소. 메밀을 갈았으면 메밀을 간 세만 내면 되지 않겠소?"

이시봉은 거만스런 반말로써 사정없이 쏘았다.

치삼 노인은 다시 말해 볼 여지가 없었다.

"여보, 그런 말은 이런 데서 하는 법이 아니오. 괜히 남 술맛 떨어지게!"

곁에 앉은 중 하나가 뒤를 따라 핀잔을 하는 바람에, 화가 더 치밀었으나 진수의 권하는 말에 치삼 노인은 다행히(!) 무사하게 밖으로 나왔다. 그러나,

"허 참, 복 받겠다고 멀쩡한 자기 논 시주해 놓고 저런 설움을 받다니

온!" 하는 젊은 사람들의 말도 들은 체 만 체, 뼈만 왈왈 떨리는 다리를 끌고 자기 집으로 돌아갔다.

다른 사람들은 그래도 진수네 집 대문 밖에, 노 우거지상을 하고 앉아서 어서 술이 끝나기를 기다렸다. 그러다가 더러는 투덜거리며 돌아가고, 잡담이나 하고 고누[38]나 두던 늙은 친구들도 나중에는 역시 불평이 나왔다.

"제에기, 간평을 나온 겐가, 술을 먹으러 나온 겐가? 아무 작정을 모르겠군."

머리끝이 희끔희끔한 친구가 이렇게 불퉁하니깐, 곁에 있던 까만딱지[39]가,

"글쎄 말야, 이것들이 또 논을랑 둘러보지도 않고 앉아서만 소작료를 정할 것 아닌가?"

"제에기, 우, 우리 논에는 또 안 가겠군. 자, 작년에도 앉아서 세만 자, 자, 잔뜩 매더니……."

봉구란 놈도 한마디 보태었다.

"설마 자기들도 사람인 이상 금년만은 무슨 생각이 있을 테지!"

한 시절 보천교[40]에 미쳐서 정감록[41]이 어떠니 하고 다니던 최 서방의 말이다. 삼십을 겨우 지난 놈이 아직도 상투를 달고, 거짓말 싱거운 소리라면 소진장의蘇秦張儀[42]라도 못 따를 것이고, 한동안 보천교에 반했을 때는 '육조판서'[43]가 곧 된다고 허풍을 치던 위인이다.

---

38 땅이나 종이 위에 말판을 그려 하는 유희의 하나. 서로 상대방 말을 많이 따는 사람이 이긴다.

39 '주근깨'의 경상도 지방 사투리.

40 증산교甑山敎. 강일순 교주의 제자인 차경석이 전북 정읍에서 창시한 유사 종교.

41 『정감록鄭鑑錄』. 조선 중기 이후 민간에 성행하였던 예언서. 조선 왕조의 조상이라는 이심李沁과 조선 멸망 후 일어설 정씨의 조상이라는 정감이 금강산에서 마주 앉아 대화를 나누는 형식으로 엮어져 있는데, 조선 이후의 흥망 대세를 예언하여 이씨의 한양 도읍 몇백 년 다음에는 정씨의 계룡산 도읍 몇백 년이 있다는 식의 허무맹랑한 내용이다.

42 소진과 장의는 중국 춘추전국 시대의 유명한 세객說客. 여기서는 소진과 장의처럼 말 잘하는 사람을 이름.

"이 사람 판서, 설마가 사람 죽이는 걸세. 생각은 무슨 생각! 자네 판서나 마찬가지지 뭐."

툭 쏘는 놈은, 일본서 탄광밥 먹다 온 까만딱지 또쭐이었다.

이윽고 술이 끝났다. 모가지 짬까지 벌겋도록 취해서 나서는 간평원들! 금테 안경을 쓴 진수 아내가 사립 밖까지 나와서 배웅을 하자, 그들은 인도하는 진수의 뒤를 따라서 단장과 함께 비틀거렸다. 그러한 그들의 뒤에는, 얼굴이 노랗고 여윈 소작인들이 마치 유형수流刑囚처럼 묵묵히 따랐다.

술 취한 양반들에게 옳은 간평이 될 리 없었다. 그저 작인들의 말은 마이동풍 격으로, 논두렁에도 바특이 들어서 보는 법도 없이 다만 진수하고 알아듣지도 못할 왜말을 주절거리면서, 그야말로 처삼촌 산소 벌초하듯이 흐지부지 지나갈 뿐이었다. 그러면서도 짐짓 성실한 듯이 이따금 단장을 쳐들어 여기저기를 가리키기도 하고, 혹은 수첩에 무엇인가를 적어 넣으면서.

그렇게 허수아비처럼 흐느적거리며 들깨의 논 곁을 지날 때였다.

"왜 메밀을 갈았소?"

시봉은 들깨의 수인사 대답으로 이렇게 물었다.

"헐 수 있어야죠. 마른 모 포기 기다렸댔자 열음 않을 게고……."

들깨는 한 손에는 콩대, 한 손에는 낫을 든 채 열적게 대답했다.

"메밀은 잘 됐구먼."

"뭘요. 이것도 늦게 뿌려서……."

들깨는 시봉의 다음 말을 두려워하는 태도였다.

다른 사람들은 슬금슬금 앞두렁으로 걸어갔다. 거기서는 아기를 등에

---

43 조선왕조 시대 때 정부는 6조(이조, 호조, 예조, 형조, 병조, 공조)로 구성되어 있었고, 각 조의 우두머리 관직명이 판서이다. 지금으로 치면 장관이다. 판서 다음은 참판, 지금으로 치면 차관이다.

업은 들깨의 아내와 누이동생이 바쁘게 두렁 콩을 베고 있었다. 덕아는 열일곱의 처녀로서는 놀랄 만큼 어깻죽지가 벌어지고, 돌아앉은 뒷모습이 한결 탐스러웠다. 자기 뒤에 가까이 낯선 사내들이 와 선 것을 깨닫자, 푹 눌러쓴 수건 밑으로 엿보이는 두 볼이 적이 붉어진 듯은 하나, 낫을 든 손은 여전히 쉴 새가 없었다.

"오빠! 왜 암말도 못했소?"

간평꾼들이 물러가자, 덕아는 시무룩해 가지고 돌아오는 들깨를 안타까운 듯이 쳐다보았다.

"말은 무슨 말을 해?"

"세 좀 매기지 말라구……."

"그놈들 제멋대로 매기는 걸 어떻게."

"그럼 오빠는 이까짓 메밀 간 세도 바치려네?"

덕아는 자못 서글퍼하는 말씨였다.

"글쎄, 먹고 남으면 바치지!"

들깨는 픽 웃었다. 그는 최근에 와서 갑자기 무던히 배짱이 커졌다.

덕아는 오빠의 말에 확실히 일종의 미더움을 느꼈다. 그러나 허리에 낫을 여전히 꽂은 채 담배만 빡빡 피우고 앉은 오빠의 마음속은 결코 그리 후련한 것은 아니었다. 그렇다고 해서 메밀밭 위를 바삐 나는 고추잠자리처럼 조급하지도 않았지만.

이튿날 저녁, 동네 사람들은 진수의 집 사랑에 불려 가서, 진수의 입으로부터 제각기 소작료를 들어 알았다. 그리고 그 무서운 결정에 다들 놀랐다.

그러나 가장 현대적 마름인 소위 평의원 앞에서, 버릇없이 덤벡 불평을 늘어놓다가는 어느 수작에 어떻게 될지 모르는 형편이라, 작인들은 내남없이,

"허 참! 톡톡 다 떨어 봐두 그렇게 될 둥 말 둥한데……?"

따위의 떡심 풀린 걱정 말이나 중얼거릴 뿐 모두 맥없이 돌아갔다.

들깨와 철한이들—이 동네 교풍회장인 쇠다리 주사의 말을 빌면 동네서 제일 콧등이 세고 어긋한 놈들은, 벌써 버릇이 되어서, 미리 의논이라도 한 듯이, 그날 밤에도 진수의 집에서 나오자 슬슬 야학당으로 모여들었다. 어느새 왔는지 곰보 고 서방도 작은 방 한쪽 구석에 다른 때보다 한 풀 더 힘없이 쭈그리고 앉아 있었다. 이윽고 불강아지 새끼 같은 야학생들을 죄 돌려보내고는, 까만딱지 또쭐이가 큰 방으로부터 돌아왔다. 더펄더펄 자란 머리털 위에 분필 가루를 허옇게 쓰고, 서른세 살로는 엄청나게 늙어 보이는 얼굴이었다.

이렇게 소위 콧등이 센 놈들은 저녁마다 야학당에 모여서, 그날그날의 피로를 잊어 가며 잡담도 하고 농담들도 하다가는, 또쭐이로부터 일본의 탄광 이야기도 듣고, 또 이곳저곳에서 일어나는 소작쟁의 얘기도 들었다. 더구나 소작쟁의에 관한 이야기는 마치 자기들의 일같이 눈을 꿈벅거리며, 혹은 입을 다물고 들었다.

그날 밤에도 그들은 이슥토록 거기 모여서 놀았다. 그러다가 마침내, 나올 곳 없는 그해 소작료를 어떻게 할까 하는 말이 누구의 입에선지 나오게 되었다.

7

쇠다리 주사 댁 감나무에 알감이 주렁주렁 달리고, 여물어진 박들이 희뜩희뜩 드러난 잿빛 지붕들에 고추가 발갛게 널리자 가을은 깊을 대로 깊었다.

그러나 농민들 생활은 서리 맞은 나뭇잎같이 점점 오그라져서, 밤이면 야학당에 모여드는 친구가 부쩍 늘어 갔다. 하룻밤에는 몇 사람이 쇠다리 주사 댁 감을 따 왔다.

"빨리들 먹게!"

또쭐이는 뒷일이 떠름했지만, 다른 친구는 오히려 고소한 듯한 표정을 하였다.

"아따, 개똥이 저놈, 나무 재주는 아주 썩 잘해! 그저 이 가지 저 가지 휘뚝휘뚝 타고 다니는 것이 꼭 귀신 같대."

철한이는 먹기보다 감 따던 이야기를 더 재미있게 했다.

"먹고 싶어 먹었다. 체하지는 말아라!"

한 놈이 벌써부터 두 가슴을 두드린다. 그러면서도 또 한 개를 골라 든다. 사실, 퍼런 콩잎이랑 고춧잎 따위에 물린 그들의 입에, 감은 확실히 일종의 별미였다.

"제에기, 또 연설 마디나 있겠지?"

또쭐이가 담배를 피워 물며 두덜대니깐, 바로 곁에 있던 고 서방이,

"연설 아니라, 무릎을 꿇고 빌어도 하는 수 없지!"

자칫하면 동네 집회소—이 야학당에다 사람들을 모아 놓고, 소위 사상 선도의 연설이 있곤 하였다. 그러나, 연설만으로써 어떻게 될 리는 만무하였다. 더구나 속이 빤히 들여다보이는 교풍회장[44] 쇠다리 주사나 진흥회장 진수 따위가 씨부렁대는 설교에는 인제 속을 사람은 없었다.

지금은 누가 뭐라고 하더라도, 농민들은 결국 자기들대로 하는 수밖에 없었다. 소작료도, 빚도 인젠 전과 같이는 두렵지가 않았다. 그저 제가 지은 곡식이면 모조리 떨어다 먹었다. 뿐만 아니라 가다가는 남의 것에도 손이 갔다. 그러할수록 동네의 소위 유산자인 쇠다리 주사와 진수의 신경은 극도로 날카로워졌다.

이튿날 아침, 철한이는 안골 논에서 콧노래를 흥얼거리면서 바쁘게 낫

---

44 교풍회장矯風會長. 일제가 만든 친일파 농민 단체. 3.1운동 이후 일제는 한일합방 때 이용한 친일파만으로는 식민 통치가 어렵다고 판단했다. 그래서 일제는 친일 세력을 보다 확대 양성하여 식민 통치에 이용했다. 교풍회도 이런 식민 통치 구상으로 탄생한 단체이다. 교풍회는 농민을 통제하고 조종하기 위하여 그 지방 유지를 앞잡이로 내세웠다. 지역 교풍회장들에게는 국유림의 일부를 불하해 주는 한편 수목 채취권 같은 특혜를 주었다.

을 휘둘렀다. 찬물 내기가 되어서 거기만은 겨우 가뭄을 덜 타고, 제법 벼이삭이 고개를 숙였다. 그는 잇달아 홍타령을 부르면서, 지난밤 어머니에게서 처음으로 들은 자기의 혼삿말을 문득 생각하였다. 상대자는 성동리에서 제일 얌전하다는 덕아였다. 한동안 치삼 노인이 쇠다리 주사의 꿀떡 같은 말에 꾀였을 때는, 쇠다리의 첩으로 가게 되느니 어쩌느니 하는 소문이 퍼져서 울고불고하던 덕아가 결국 자기에게 오련다는 것이었다. 물론 그 이면에는 오빠 들깨의 숨은 힘이 크리라는 것을 생각하면, 오빠가 한없이도 고마웠다.

철한이의 머릿속에는 자꾸만 덕아가 떠올랐다. 한동네에 살면서도 자기와 마주치면 곧잘 귀밑을 붉히며 지나가던 덕아! 또렷한 콧잔등에 무엇을 노 생각는 듯한 두 눈! 그리고……. 그렇다. 지난봄 덕아가 바로 그 논에 모내기를 왔을 때 본 그 희고 건강한 팔다리! 예까지 생각하다가 철한이는 혼자서 픽 웃으며 머리를 절절 흔들어 공상을 흩어 버리고는, 베어 둔 볏단을 주섬주섬 안아서 지게에 얹었다.

그걸 해 지고, 총총히 자기 집 돌담을 돌아올 때, 그는 갑자기 발을 무춤 멈추었다.

안에서 뜻밖에 아버지의 고함 소리가 새어 나왔기 때문이다.

"미친 소리 말어! 이런 엉세판에 뭐 자식 장가?"

철한이는 그 말에, 일껏 가졌던 희망이 덜컥 무너지는 것 같았다. 그리고 그 자리에 서 있는 것이 행여 누가 볼까 부끄럽기도 했지만, 잠깐 더 어름댔다.

"자식을 두었으면 으레 장가를 들여야지, 그럼 살기 딱하다고 언제까지나……."

어머니의 눈물겨운 대꾸가 들렸다.

"그래도 곧 잘했다는 게로군. 앙큼한 년 같으니!"

"어디 종년으로 아시우? 늙어 가며 툭하면 이년 저년 하게."

"저런 죽일 년 좀 봐!"

"죽일려든 죽여 줘요. 나도 임자에게 와서 스무 해가 넘도록 종노릇도 무던히 해 주고 자식도 장가들 나인데, 인젠 이년 저년 하는 소린 더 듣기 싫어요."

"저년이 누구 앞에서 곧장 대꾸를 종종거리는 거야! 예끼, 미친년, 죽어라 죽어!"

아버지의 벼락같은 호통과 함께 질그릇 부서지는 소리가 나더니, 이내 어머니의 외마디 소리까지 들렸다.

철한이는 부리나케 집으로 들어갔다. 아버지는 어느새 어머니의 머리채를 움켜쥐고 있었다.

"제발, 이것 좀 놔요. 잘못했소. 내 잘못했소."

어머니는 머리를 얼싸쥐고 빌었다.

"아버지! 이거 노세요. 아무리 짜증이 나시더라도 이게 무슨 꼴이여요. 이웃 사람 웃으리다."

아들이 뒤에서 안고 말리니까, 아버지는 못 이기는 듯이 떨어졌다. 허나 분을 못 참고서,

"이 죽일 년아, 나는 여태 누구 종노릇을 해 왔기에? 너희들이 들어서 내 뼉다귀까지 깎아 먹지 않았나? 응, 이 소견머리 없는 년아!"

그러면서 부들부들 떨었다.

싸움 바람에 식겁[45]을 한 막내아들놈은 아침밥도 얻어먹지 못하고서 눈물만 그렁그렁해 가지고 학교로 떠났다.

어머니는 한참 동안 넋 잃은 사람처럼 되어서 뒤껻 치자나무 앞에 앉아 있었다. 외양간 앞으로 돌아가 혼자 울가망하게 서서 홧담배만 피워 대는 아버지의 손아귀에는, 바칠 기한이 지난 세금 고지서와 함께 농사 조합에서 빌려 쓴 비료 대금 독촉장이 꾸겨져 들려 있었다. 그는 문득 외양간 안으로 쑥 들어가더니, 순순히 서 있는 쇠등을 슬쩍 쓰다듬어 본다. 그것이

45 '혼이 나다'의 경상도 지방 사투리.

마치 악착한 생활에 함께 부대낀 자기의 아내나 되는 듯이……. 긴 눈썹 사이로 움푹 들어간 그의 눈에는 어느새 웬 눈물까지 고여 있었다.

철한이의 결혼은, 그리고 약 한 달 뒤에 행례가 있었다.

8

"아이고, 어느 도둑놈이 그 벼를 베어 갔을까? 생벼락을 맞아 죽을 놈! 그 벼를 먹고 제가 살 줄 알아……. 창자가 터질 거여 터져!"

하며 봉구 어머니가 몽당치마 바람으로 이 골목 저 골목 외고 다니고, 호세[46] 징수를 나온 면서기가 그녀를 찾아다니던 날, 성동리에서는 구장 이외 고 서방, 들깨, 또쭐이들 4, 5인이 대표가 되어 보광사 농사 조합으로 나갔다. 그들의 하소연은, 자기들이 봄에 빌려 쓴 소위 저리자금低利資金의 대부분은 비료 대금이지만 지불 기한을 조금 더 연기해 달라는 것이었다.

보광사 소작인들은 해마다 소작료와 또 소작료 매석에 대해서 너 되씩이나 되는 조합비와 비료 대금과 그것에 따른 이자를 바쳐야만 되었다. 그리고 비료 대금은 갚는 기한이 해마다 호세와 같았다.

의젓하게 교의에 기댄 채 인사도 받는 양 마는 양 하는 이사理事님은 빌 듯이 늘어놓는 구장의 말일랑 귀 밖으로, 한참 '시키시마'[47] 껍데기에 낙서만 하고 있더니, 문득 정색을 하고는,

"그런 귀치 않은 논은 부치지 않는 게 어때요?"[48]

해 던졌다.

"……."

"해마다 이게 무슨 짓들이요? 나두 인젠 그런 우는 소리는 듣기만이라

---

46 호별세의 준말. 살림살이하는 가구를 기준으로 집집마다 징수하던 지방세의 하나.

47 색지마色紙麻.

48 그렇게 군말을 하려거든 논을 지주에게 반납하면 되지 않느냐고 겁박하는 말.

도 귀찮소. 호세만 내고 버티겠거든 어디 한번 버티어들 보시구려!"

"누가 어디 조합 돈은 안 내겠다는 겁니까. 조금만 연기를 해 달라는 거지요."

이번에는 또쭐이가 말을 받았다.

"내든 안 내든 당신들 입맛대로 해 보시오. 난 이 이상 더 당신들과는 이야기 않겠소."

이사님은 살결 좋은 얼굴에 적이 노기를 띠더니, 그들 틈에 끼어 있는 곰보를 힐끗 보고는,

"고 서방 당신은 또 뭘 하러 왔소? 작년 것도 못 다 내고서 또 무슨 낯으로 여기 오우?"

매섭게 꼬집었다. 그리고 그는 다시 장부를 뒤적거리면서, 하던 일을 계속했다. 일행은 허탕을 치고 밖으로 나왔다.

그리고 며칠 뒤, 저수지 밑 고 서방의 논을 비롯하여 여기저기에, 그예 입도차압立稻差押[49]의 팻말이 붙기 시작했다.

농민들은 알아보지도 못하는 그 차압 팻말을 몇 번이나 들여다보고, 또 들여다보았다. 피땀을 흘려 가면서 지은 곡식에 손도 못 대다니? 그들은 억울하고 분하기보다, 꼼짝없이 인젠 목숨을 빼앗긴다는 생각이 앞섰다.

고 서방은 드디어 야간도주를 하고 말았다.

"이렇게 비가 오는데, 그 어린것들을 데리고 어디로 갔을까?"[50]

이튿날 아침, 동네 사람들은 애터지는 말로써 그들의 뒤를 염려했다.

무심한 가을비는 진종일 고 서방이 지어 두고 간 벼 이삭과 차압 팻말을 휘두들겼다.

무슨 불길한 징조인지 새벽마다 당산 등에서 여우가 울어 대고, 외상 술도 먹을 곳이 없어진 농민들은 저녁마다 야학당[51]이 터지게 모여들었다.

---

49 논에 심어 놓은 벼를 추수할 때까지 기다렸다가 차압하겠다는 조치.

50 이런 작은 동정 한마디에도 연대의식이 나타난다.

그리하여 하루아침, 깨어진 징 소리와 함께 성동리 농민들은 일제히 야학당 뜰로 모였다. 그들의 손에는 열음 못한 빈 짚단이며 콩대, 메밀대가 잡혀 있었다.[52]

이윽고 그들은 긴 줄을 지어 가지고 차압 취소와 소작료 면제를 탄원해 보려고 묵묵히 마을을 떠났다. 아낙네들은 전장에나 보내는 듯이 돌담 너머로 고개를 내 가지고 남정들을 보냈다. 만약 보광사에서 들어주지 않는다면…… 하고 뒷일을 염려했다.

그러나 또쭐이, 들깨, 철한이, 봉구 이들 장정을 선두로 빈 짚단을 든 무리들은 어느새 벌써 동네 뒤 산길을 더위잡았다. 철없는 아이들도 행렬의 꽁무니에 붙어서 절 태우러 간다고 부산히 떠들어 댔다.

1936년 《조선일보》

---

51 근대문학 초창기 소설에는 농민들이 연대의식을 깨우치고 연대 행동으로 들어가는 장소로 야학당이 자주 등장한다. 이 작품에서도 그렇다. 야학당에 모인 농민들은 입도차압 조치에 대해 분노하고 농민의 권리를 찾아야 한다는 데 의견을 모은다.

52 농민의 권리를 되찾기 위하여 농민을 수탈하는 본산지인 절에 불을 지르자는 결의가 있었음을 알 수 있다.

|1908 ~ 1937|

1908년 강원도 춘성군 신동면 실레 마을에서 8남매 중 막내로 태어나다. 1929년 휘문고보를 마치고 연희전문 문과에 입학했으나 가정 형편이 어려워 중퇴하다. 1930년 약 1년 동안 전국 각지를 방랑하다. 1931년 실레 마을에 내려와 야학을 개설하고 농촌 계몽 운동을 펼치다. 그 후 한때 금광에 들어가 일확천금을 꿈꾸기도 하다. 1933년부터 소설을 쓰기 시작해서 1935년 단편 〈소낙비〉가 《조선일보》 신춘문예에, 〈노다지〉가 《중외일보中外日報》에 각각 당선됨으로써 화려하게 문단에 데뷔하다. 문단 데뷔 후에는 '구인회'에 가입하고 천재시인 이상과도 깊은 친교를 맺다. 1937년 오랜 지병인 폐결핵으로 광주 누님 댁에서 29세의 나이로 요절하다. 죽을 때까지 불과 2년 남짓한 기간 병고에 시달리면서 왕성한 작가 활동을 하다. 데뷔작 〈소낙비〉를 비롯하여 농촌을 배경으로 한 30여 편의 주옥같은 작품을 남기다.

대|표|작

〈산골 나그네〉(1933), 〈만무방〉(1934), 〈소낙비〉(1935), 〈노다지〉(1935), 〈봄 · 봄〉(1935), 〈금따는 뽕밭〉(1935), 〈동백꽃〉(1936), 〈따라지〉(1937), 〈땡볕〉(1937).

〈봄·봄〉은 머슴으로 일하는 데릴사위와 장인이 밀고 당기는, 희극적인 갈등을 유머러스하고 해학적으로 그린 농촌소설이다. 김유정의 다른 소설과 마찬가지로 〈봄·봄〉 역시 과장되고 익살맞게 그려진 희극적 인물들이 갈등하는 양상이 매우 우스꽝스럽게 펼쳐진다. 사위 삼아 준다는 것을 미끼로 일만 시키는 장인과 그러한 장인에게 반발하면서도 자신도 모르게 이용당하는 순박하고 어수룩한 머슴인 '나'의 갈등이 전편의 줄거리이다. 농촌을 배경으로, 순수하고 소박한 사람들의 삶의 모습이 구수하고 토속적인 대화와 이야기 속에 드러나 있다.

작중 화자인 주인공 '나'는 점순이와 혼인을 시켜 준다는 말만 믿고 3년 7개월을 새경 한 푼 안 받고 머슴살이하는 인물이다. 장인 봉필은 딸을 미끼로 자기 잇속만 차리는 못된 인간성을 지닌 인물인데, 그의 딸 점순이는 은근히 '나'에게 적극적인 행동을 종용한다. 주요 사건은 '나'와 장인 사이에서 일어난다. 주변 인물인 이장이나 친구 뭉태 등은 사건의 핵심을 제대로 파악하지 못하거나 일부러 모른 체한다. 주인공의 심리 묘사를 친근감 있게 표현하는 1인칭 주인공 시점의 기법으로 '나'의 순수하고 우직한 행동을 생생하게 드러낸다. 여기에 상대 인물로 등장하는 장인과 벌이는 갈등을 희극적으로 과장되게 표현함으로써 전편에 웃음이 넘쳐흐른다. 강원도 산골의 순박하고 해학적인 분위기와 개성적인 인물상의 부각이 훌륭한 성공을 거두는 것은 독특한 문체의 힘이다.

〈봄 · 봄〉에서도 김유정의 특징인 해학성과 풍자성을 만끽할 수 있다. 다듬지 않은 강원도 사투리, 속어를 활용해서 인물을 생생하게 그려 내는 것이 김유정 소설의 장점이다.

학습길라잡이

구조분석

■ **갈래** 단편소설.
■ **주제** 순박한 시골 남녀의 사랑. 의뭉하고 교활한 장인과 어리숙한 데릴사위 사이에 벌어지는 갈등과 대립.
■ **배경** 시간은 1930년대. 공간은 강원도 어느 산골 마을.
■ **시점** 1인칭 주인공 시점.
■ **문체** 토착어를 사용한 간결한 문체.

등장인물

■ **나** 주인공. 작중 화자. 순박한 인물이나 어리숙하다. 장가들기 위하여 점순이네 집에서 데릴사위 머슴살이를 하고 있다.
■ **장인님** 이름은 봉필. 직업은 마름. 혼인을 핑계로 데릴사위를 속이려 하는 교활하고 몰인정한 인물.
■ **점순** '나'의 장래 신부감. 나이 16세. 키가 작다. 당돌하고 아무지다. 장인님(아버지) 몰래 '나'를 꼬드겨서 장인과 싸움을 붙인다.
■ **뭉태** '나'의 행동을 충동질하고 부채질하는 인물.

플롯

■ **발단** '나'와 장인 사이의 갈등이 무엇인지 제시된다.
■ **전개** '나'와 장인 사이의 갈등이 차차 심각해져 감.
■ **절정** '나'와 장인 사이의 활극에 가까운 대결 장면. 사타구니를 서로 잡아당기고, '나'는 머리가 터진다.
■ **위기** '나'는 데릴사위로 왔다가 새경 한 푼 못 받고 쫓겨난 머슴들이 많았다는 사실을 알게 된다.
■ **결말** 희극적 싸움이 끝나고 화해가 이루어짐. 그러나 갈등은 완전히 해소되지 않은 채 마무리된다.

역순행적 소설의 묘미

〈봄 · 봄〉은 시간적 순서대로 차례차례 이야기가 진행되지 않는다. 부분적으로 시간이 뒤바뀐다. 이것을 가리켜 역순행적逆順行的 구성이라고 한다. 이런 이야기 흐름을 통해서 '장인님'과 '나' 사이의 갈등이 더욱 긴장감 있게 그려진다. 긴장을 한껏 고조시켰다가 갑작스런 반전으로 화해를 이끄는 결말은 읽는 묘미를 준다. 이런 것은 역순행적 구성이기 때문에 가능하다. 〈봄 · 봄〉을 읽을 때는 이 점을 특히 눈여겨 볼 만하다.

깊이 생각하기

1. '나'와 장인의 화해로 작품이 끝났지만 완전한 매듭은 아닌 것처럼 보인다. 왜 그럴까? 그렇다면 앞으로 두 사람의 관계는 어떻게 이어질까? 자유롭게 토론해 본다.
2. 이 작품에 등장하는 강원도 토박이말(사투리)을 모두 표준말로 바꾸어 본다.
3. 이 작품의 갈래는 '농촌소설'이다. 이 밖에 농촌소설에는 어떤 작품들이 있는지 알아 두자. 예를 들면 이광수의 〈흙〉, 심훈의 〈상록수〉, 이무영의 〈제1과 제1장〉, 박영준의 〈모범 경작생〉, 김정한의 〈사하촌〉, 이기영의 〈고향〉 등.

봄·봄

"장인님! 인젠 저……."

내가 이렇게 뒤통수를 긁고 나이가 찼으니 성례[1]를 시켜 줘야 하지 않겠느냐고 하면 대답이 늘,

"이 자식아! 성례구 뭐구 미처 자라야지!"

하고 만다.

이 자라야 한다는 것은 내가 아니라 내 아내가 될 점순이의 키 말이다.

내가[2] 여기에 와서 돈 한 푼 안 받고 일하기를 3년 하고 꼬박 일곱 달 동안을 했다. 그런데도 미처 못 자랐다니까 이 키는 언제야 자라는 겐지 짜장 영문 모른다. 일을 좀더 잘해야 한다든지, 혹은 밥을 (많이 먹는다고 노상 걱정이니까) 좀 덜 먹어야 한다든지 하면 나도 얼마든지 할 말이 많다. 허지만 점순이가 아직 어리니까 더 자라야 한다는 여기에는 어째 볼 수 없이 그만 벙벙하고 만다.

이래서 나는 애초에 계약이 잘못된 걸 알았다. 이태면 이태, 3년이면 3년, 기한을 딱 작정하고 일을 해야 원할 것이다. 덮어 놓고 딸이 자라는 대로 성례를 시켜 주마, 했으니 누가 늘 지키고 섰는 것도 아니고 그 키가 언제 자라는지 알 수 있는가. 그리고 난 사람의 키가 무럭무럭 자라는 줄

1 혼인 예식을 치름.

2 이 작품은 1인칭 주인공 시점이다.

만 알았지 붙박이 키에 모로만 벌어지는 몸도 있는 것을 누가 알았으랴.[3]

때가 되면 장인님이 어련하랴 싶어서 군소리 없이 꾸벅꾸벅 일만 해 왔다. 그럼 말이다, 장인님이 제가 다 알아차려서,

"어참, 너 일 많이 했다. 고만 장가들어라."

하고 살림도 내주고 해야 나도 좋을 것이 아니냐. 시치미를 딱 떼고 도리어 그런 소리가 나올까 봐서 지레 펄펄 뛰고 이 야단이다. 명색이 좋아 데릴사위[4]지 일하기에 싱겁기도 할 뿐더러 이건 참 아무것도 아니다.

숙맥이 그걸 모르고 점순이의 키 자라기만 까맣게 기다리지 않았나.

언젠가는 하도 갑갑해서 자를 가지고 덤벼들어서 그 키를 한번 재 볼까 했다마는 우리는 장인님이 내외를 해야 한다고 해서 마주 서 이야기도 한마디 하는 법 없다. 우물 길에서 언제나 마주칠 적이면 겨우 눈어림으로 재 보고 하는 것인데, 그럴 적마다 나는 저만침 가서

"제에미 키두!"

하고 논둑에다 침을 퉤, 뱉는다. 아무리 잘 봐야 내 겨드랑(다른 사람보다 좀 크긴 하지만) 밑에서 넘을락 말락 밤낮 요 모양이다.

개 돼지는 푹푹 크는데 왜 이리도 사람은 안 크는지, 한동안 머리가 아프도록 궁리도 해 보았다. 아하, 물동이를 자꾸 이니까 뼉다귀가 움츠러드나 보다, 하고 내가 넌지시 그 물을 대신 길어도 주었다. 뿐만 아니라 나무를 하러 가면 서낭당에 돌을 올려놓고 '점순이의 키 좀 크게 해 줍소사. 그러면 담엔 떡 갖다 놓고 고사드립죠니까' 하고 치성도 한두 번 드린 것이 아니다. 어떻게 돼 먹은 킨지 이래도 막무가내니……. 그래 내 어저께 싸운 것이지 결코 장인님이 밉다든가 해서가 아니다.

모를 붓다가 가만히 생각을 해 보니까 또 싱겁다. 이 벼가 자라서 점순이가 먹고 좀 큰다면 모르지만 그렇지도 못한 걸 내 심어서 뭘 하는 거냐.

---

3 김유정의 작가적 진가眞價 가운데 하나는 토속적이고 은근한 유머 감각이다. 점순이의 몸매를 설명하는 이런 대목을 읽으면 저절로 미소가 지어진다.

4 결혼 후 아예 처가에서 사는 사위. 처가가 부자거나 아들이 없는 경우 데릴사위를 들인다.

해마다 앞으로 축 불거지는 장인님의 아랫배(너무 먹는 걸 모르고 냇병이라나, 그 배)를 불리기 위하여 심고는 조금도 싶지 않다.

"아이구 배야!"

난 몰 붓다 말고 배를 쓰다듬으면서도 그대로 논둑으로 기어올랐다. 그리고 겨드랑에 꼈던 벼 담긴 키를 그냥 땅바닥에 털썩 떨어치며 나도 털썩 주저앉았다. 일이 암만 바빠도 나 배 아프면 그만이니까. 아픈 사람이 누가 일을 하느냐. 파릇파릇 돋아 오른 풀 한 숲을 뜯어 들고 다리의 거머리를 쑥쑥 문대며 장인님의 얼굴을 쳐다보았다.

논 가운데서 장인님도 이상한 눈을 해 가지고 한참 날 노려보더니,

"너 이 자식, 왜 또 이래 응?"

"배가 좀 아파서유!"

하고 풀 위에 슬며시 쓰러지니까 장인님은 약이 올랐다. 저도 논에서 철벙철벙 둑으로 올라오더니 잡은 참 내 멱살을 움켜잡고 뺨을 치는 것이 아닌가.

"이 자식. 일 허다 말면 누굴 망해 놀 속셈이냐. 이 대가릴 까놀 자식!"

우리 장인님은 약이 오르면 이렇게 손버릇이 아주 못됐다. 또 사위에게 이 자식 저 자식 하는 이놈의 장인님은 어디 있느냐. 오죽해야 우리 동리에서 누굴 물론하고 그에게 욕을 안 먹는 사람은 명이 짜르다 한다. 조그만 아이들까지도 그를 돌려 세워 놓고 욕필이(본 이름이 봉필이니까) 욕필이 하고 손가락질을 할 만치 두루 인심을 잃었다. 허나 인심을 정말 잃었다면 욕보다 읍의 배 참봉 댁 마름으로 더 잃었다. 번히 마름이란 욕 잘하고, 사람 잘 치고, 그리고 생김 생기길 호박개[5] 같애야 쓰는 거지만 장인님은 외양이 똑 됐다. 작인[6]이 닭 마리나 좀 보내지 않는다든가 애벌논[7] 때 품을 좀 안 준다든가 하면 그해 가을에는 영락없이 땅이 뚝뚝 떨어진

---

5 살찌고 털북숭이 지저분한 개.

6 소작인.

7 맨 처음 매는 논. 지방에 따라 다르지만 벼농사를 지으면 대개 세 번 정도 모를 매 줌.

다. 그러면 미리부터 돈도 먹이고 술도 먹이고 안달재신[8]으로 돌아치던 놈이 그 땅을 슬쩍 돌라 안는다. 이 바람에 장인님 집 외양간에는 눈깔 커다란 황소 한 놈이 절로 엉금엉금 기어들고, 동리 사람들은 그 욕을 다 먹어 가면서도 그래도 굽실굽실 하는 게 아닌가…….

그러나 내겐 장인님이 감히 큰소리할 계제가 못 된다.

뒷생각은 못하고 빰 한 개를 딱 때려 놓고는 장인님은 무색해서 덤덤히 쓴 침만 삼킨다. 난 그 속을 퍽 잘 안다. 조금 있으면 갈도 꺾어야 하고 모도 내야 하고 한참 바쁜 때인데, 나 일 안 하고 우리 집으로 그냥 가면 그만이니까. 작년 이맘때도 트집을 좀 하니까 늦잠 잔다구 돌멩이를 집어 던져서 자는 놈의 발목을 삐게 해 놨다. 사날씩이나 건숭 끙끙 앓았더니 종당에는 거반 울상이 되지 않았는가 …….

"얘, 그만 일어나 일 좀 해라. 그래야 올 갈에 벼 잘되면 너 장가들지 않니?"

그래 귀가 번쩍 뜨여서 그날로 일어나서 남이 이틀 품 들일 논을 혼자 삶아 놓으니까 장인님도 눈깔이 커다랗게 놀랐다. 그럼 정말로 가을에 와서 혼인을 시켜 줘야 원 경우가 옳지 않겠나. 볏섬을 척척 들여 쌓아도 다른 소리는 없고 물동이를 이고 들어오는 점순이를 담배통으로 가리키며,

"이 자식아, 미처 커야지. 조걸 무슨 혼인을 한다구 그러니 원!"
하고 남 낯짝만 붉게 해 주고 그만이다. 골김에 그저 이놈의 장인님, 하고 댓돌에다 메다꽂고 우리 고향으로 내뺄까 하다가 꾹꾹 참고 말았다.

참말이지 난 이 꼴 하고는 집으로 차마 못 간다. 장가를 들러 갔다가 오죽 못났어야 그대로 쫓겨 왔느냐고 손가락질을 받을 테니까…….

논둑에서 벌떡 일어나 한풀 죽은 장인님 앞으로 다가서며,

"난 갈 테야유. 그동안 사경[9]쳐 내슈."

---

8 속을 태우며 조급하게 구는 것.
9 새경. 머슴이 한 해 동안 일하고 받는 돈이나 물건.

"너 사위로 왔지 어디 머슴 살러 왔니?"

"그러면 얼찐 성례를 해 줘야 안 하지유. 밤낮 부려만 먹구 해 준다, 해 준다……."

"글쎄, 내가 안 하는 거냐, 그년이 안 크니까."
하고 어름어름 담배만 담으면서 늘 하는 소리를 또 늘어놓는다.

이렇게 따져 나가면 언제든지 늘 나만 밑지고 만다. 이번엔 안 된다, 하고 대뜸 구장님한테로 판단 가자고 소맷자락을 내끌었다.

"아, 이 자식이 왜 이래 어른을."

안 간다구 뻗디디구 이렇게 호령은 제 맘대로 하지만 장인님 제가 내 기운은 못 당한다. 막 부려먹고 딸은 안 주고, 게다 땅땅 치는 건 다 뭐야…….

그러나 내 사실 참 장인님이 미워서 그런 것은 아니다. 그 전날, 왜 내가 새고개 맞은 봉우리 화전 밭을 혼자 갈고 있지 않았느냐. 밭 가생이로 돌 적마다 야릇한 꽃내가 물컥물컥 코를 찌르고 머리 위에서 벌들은 가끔 붕붕 소리를 친다. 바위 틈에서 샘물 소리밖에 안 들리는 산골짜기니까 맑은 하늘의 봄볕은 이불 속같이 따스하고 꼭 꿈꾸는 것 같다. 나는 몸이 나른하고 몸살(을 아직 모르지만 병)이 나려구 그러는지 가슴이 울렁울렁하고 이랬다.

"어러이! 말이! 맘 마 마……."

이렇게 노래를 하며 소를 부리면 여느 때 같으면 어깨가 으쓱으쓱한다. 웬일인지 밭을 반도 갈지 않아서 온몸이 맥이 풀리고 대구 짜증만 난다. 공연히 소만 들입다 두들기며…….

"안야! 안야! 이 망할 자식의 소(장인님의 소니까) 다리를 꺾어 줄라."

그러나 내 속은 정말 안야 때문이 아니라 점심을 이고 온 점순이의 키를 보고 울화가 났던 것이다.

점순이는 뭐 그리 썩 이쁜 계집애는 못된다. 그렇다구 또 개떡이냐 하면 그런 것도 아니고, 꼭 내 아내가 돼야 할 만치 그저 툽툽하게 생긴 얼굴이다. 나보다 10년이 아래니까 올해 열여섯인데 몸은 남보다 두 살이나 덜 자랐다. 남은 잘도 훤칠히들 크건만 이건 위아래가 뭉툭한 것이 내 눈에는 헐없이[10] 감참외 같다. 참외 중에는 감참외가 제일 맛 좋고 예쁘니까 말이다. 둥글고 커다란 눈은 서글서글하니 좋고, 좀 지쳐 찢어졌지만 입은 밥술이나 톡톡히 먹음직하니 좋다. 아따, 밥만 많이 먹게 되면 팔자는 그만 아니냐. 헌데 한 가지 파가 있다면 가끔가다 몸이(장인님이 이걸 채신이 없이 들까분다고 하지만) 너무 빨리빨리 논다. 그래서 밥을 나르다가 때없이 풀밭에서 깨빡을 쳐서 흙투성이 밥을 곧잘 먹인다. 안 먹으면 무안해할까 봐서 이걸 씹고 앉았노라면 으적으적 소리만 나고 돌을 먹는 겐지 밥을 먹는 겐지…….

그러나 이날은 웬일인지 성한 밥째로 밭머리에 곱게 내려놓았다. 그리고 또 내외를 해야 하니까 저만큼 떨어져 이쪽으로 등을 향하고 웅크리고 앉아서 그릇 나기를 기다린다.

내가 다 먹고 물러섰을 때, 그릇을 챙기는데 난 깜짝 놀라지 않았느냐. 고개를 푹 숙이고 밥 함지에 그릇을 포개면서 날더러 들으라는지, 혹은 제 소린지,

"밤낮 일만 하다 말 텐가!"

하고 혼자서 쫑알거린다. 고대 잘 내외하다가 이게 무슨 소린가, 하고 난 정신이 얼떨떨했다. 그러면서도 한편 무슨 좋은 수가 있나 없는가 싶어서 나도 공중을 대고 혼잣말로,

"그럼 어떡해?"

하니까,

"성례시켜 달라지 뭘 어떡해."

하고 되알지게 쏘아붙이고 얼굴이 빨개져서 산으로 그저 도망친다.

나는 잠시 동안 어떻게 되는 심판인지 맥을 몰라서 그 뒷모양만 덤덤히 바라보았다.

---

10 영락없이.

봄이 되면 온갖 초목이 물이 오르고 싹이 트고 한다. 사람도 아마 그런가 보다, 하고 며칠 내에 부쩍(속으로) 자란 듯싶은 점순이가 여간 반가운 것이 아니다. 이런 걸 멀쩡하게 아직 어리다구 하니까…….

우리가 구장님을 찾아갔을 때 그는 싸리문 밖에 있는 돼지우리에서 죽을 퍼 주고 있었다. 서울엘 좀 갔다 오더니 사람은 점잖아야 한다구 웃수염이(얼른 보면 지붕 위에 앉은 제비 꼬랑지 같다) 양쪽으로 뾰죽이 뻗치고 그걸 에헴, 하고 늘 쓰담는 손버릇이 있다.

우리를 멀뚱히 쳐다보고 미리 알아챘는지,

"왜 일들 허다 말구 그래?"

하더니 손을 올려서 그 에헴을 한 번 후딱 했다.

"구장님! 우리 장인님과 처음에 계약하기를……."

먼저 덤비는 장인님을 뒤로 떠다밀고 내가 허둥지둥 달려들다가 가만히 생각하고, '아니 우리 빙장님과 처음에' 하고 첫 번부터 다시 말을 고쳤다. 장인님은 빙장님 해야 좋아하고 밖에 나와서 장인님 하면 괜스리 골을 내려고 든다. 뱀두 뱀이래야 좋으냐구 챙피스러우니 남 듣는 데는 제발 빙장님, 빙모님 하라구 일상 당조짐[11]을 받아 오면서 난 그것두 자꾸 잊는다.

당장도 장인님, 하다 옆에서 내 발등을 꾹 밟고 곁눈질을 흘기는 바람에야 겨우 알았지만…….

구장님도 내 이야기를 자세히 듣더니 퍽 딱한 모양이었다. 하기야 구장님뿐만 아니라 누구든지 다 그럴 게다. 길게 길러 둔 새끼손톱으로 코를 후벼서 저리 탁 튀기며,

"그럼 봉필 씨! 얼른 성례를 시켜 주구려, 그렇게까지 제가 하구 싶다는 걸……."

하고 내 짐작대로 말했다. 그러나 이 말에 장인님이 삿대질로 눈을 부라

---

11 단단히 조여 정신을 차리게 함.

리고,

"아, 성례구 뭐구 계집애년이 미처 자라야 할 게 아닌가?"
하니까 그만 멀쑤룩해서 입맛만 쩍쩍 다실 뿐이 아닌가.

"그것두 그래!"

"그래, 거진 4년 동안에도 안 자랐더니 그 킨 언제 자라지유? 다 그만 두구 사경 내슈……."

"글쎄, 이 자식! 내가 크질 말라구 그랬니. 왜 날 보구 떼냐?"

"빙모님은 참새만한 것이 그럼 어떻게 앨 낳지유?(사실 빙모님은 점순이 보다도 귓배기가 작다)"

장인님은 이 말을 듣고 껄껄 웃더니(그러나 암만해도 돌 씹은 상이다) 코를 푸는 척하고 날 은근히 곯리려고 팔꿈치로 옆 갈비께를 퍽 치는 것이다. 더럽다. 나두 종아리의 파리를 쫓는 척하고 허리를 구부리며 그 궁둥이를 콱 떼밀었다. 장인님은 앞으로 우찔근하고 싸리문께로 쓰러질 듯하다 몸을 바로 고치더니 눈총을 몹시 쏘았다. 이런 쌍년의 자식, 하곤 싶으나 남의 앞이라니 차마 못하고 섰는 그 꼴이 보기에 퍽 쟁그러웠다.

그러나 이 말에는 별반 신통한 귀정을 얻지 못하고 도로 논으로 돌아와서 모를 부었다. 왜냐하면 장인님이 뭐라구 귓속말로 수군수군하고 간 뒤다. 구장님이 날 위해서 조용히 데리고 아래와 같이 일러 주었기 때문이다 (뭉태의 말은 구장님이 장인님에게 땅 두 마지기 얻어 부치니까 그래 꾀었다고 하지만 난 그렇게 생각 않는다).

"자네 말두 하기야 옳지. 암 나이 찼으니 아들이 급하다는 게 잘못된 말은 아니야. 허지만 농사가 한창 바쁜 때 일을 안 한다든가 집으로 달아난다든가 하면 손해죄루 그것두 징역을 가거든!(여기에 그만 정신이 번쩍 났다) 왜 요전에 삼포말서 산에 불 좀 놓았다구 징역간 거 못 봤나. 제 산에 불을 놓아도 징역을 가는 이땐데 남의 농사를 버려 두니 죄가 얼마나 더 중한가. 그리고 자넨 정장[12]을(사경 받으러 정장 가겠다 했다) 간대지만 그러면 괜스리 죄를 들쓰고 들어가는 걸세. 또 결혼두 그렇지. 법률에 성

년이란 게 있는데 스물하나가 돼야지 비로소 결혼을 할 수가 있는 걸세. 자넨 물론 아들이 늦을 걸 염려하지만 점순이루 말하면 이제 겨우 열여섯이 아닌가. 그렇지만 아까 빙장님의 말씀이 올 갈에는 열 일을 제치고라두 성례를 시켜 주겠다 하시니 좀 고마울 겐가. 빨리 가서 모 붓던 거나 마저 붓게, 군소리 말구 어서 가."

그래서 오늘 아침까지 끽소리 없이 왔다.

장인님과 내가 싸운 것은 지금 생각하면 전혀 뜻밖의 일이라 안 할 수 없다.

장인님으로 말하면 요즈막 작인들에게 행세를 좀 하고 싶다고 해서,

"돈 있으면 양반이지 별 게 있느냐!"

하고 일부러 아랫배를 쑥 내밀고 걸음도 뒤틀리게 걷고 하는 이판이다. 이까짓 나쯤 두들기다 남의 땅을 가지고 모처럼 닦아 놓았던 가문을 망친다든가 할 어른이 아니다. 또 나로 논지면 아무쪼록 잘 봬서 점순이에게 얼른 장가를 들어야 하지 않느냐…….

이렇게 말하자면 결국 어젯밤 뭉태네 집에 마슬 간 것이 썩 나빴다. 낮에 구장님 앞에서 장인님과 내가 싸운 것을 어떻게 알았는지 대구 빈정거리는 것이 아닌가.

"그래 맞구두 그걸 가만 둬?"

"그럼 어떡허니?"

"임마, 봉필일 모판에다 거꾸로 박아 놓지 뭘 어떡해?"

하고 괜히 내 대신 화를 내 가지고 주먹질을 하다 등잔까지 쳤다. 놈이 본시 괄괄은 하지만 그래 놓고 날더러 석유 값을 물라고 막 찌다우[13]를 붙는다. 난 어안이 벙벙해서 잠자코 앉았으니까 저만 연신 지껄이는 소리가,

---

12 정장 呈狀이란 억울한 일이 있을 때 관가에 고소장을 내는 것을 말함.

13 남에게 떼를 쓰는 짓. 또는 허물을 남에게 전가하는 짓.

"밤낮 일만 해 주구 있을 테냐?"

"……."

"영득이는 1년을 살구두 장갈 들었는데 넌 4년이나 살구두 더 살아야 해?"

"……."

"네가 세 번째 사윈 줄이나 아니? 세 번째 사위."

"……."

"남의 일이라두 분하다. 이 자식, 우물에 가 빠져 죽어."

나중에는 겨우 손톱으로 목을 따라고까지 하고, 제 아들같이 함부로 훅닥이었다. 별의별 소리를 다해서 그대로 옮길 수는 없으나 그 줄거리는 이렇다.

우리 장인님 딸이 셋이 있는데, 맏딸은 재작년 가을에 시집을 갔다. 정말은 시집을 간 것이 아니라 그 딸도 데릴사위를 해 가지고 있다가 내보냈다. 그런데 딸이 열 살 때부터 열아홉, 즉 10년 동안에 데릴사위를 갈아들이기를, 동리에선 사위 부자라고 이름이 났지마는 열네 놈이란 참 너무 많다. 장인님이 아들은 없고 딸만 있는 고로 그 다음 딸을 데릴사위를 해 올 때까지는 부려먹지 않으면 안 된다. 물론 머슴을 두면 좋지만 그건 돈이 드니까, 일 잘하는 놈을 고르느라고 연방 바꿔 들였다. 또 한편 놈들이 욕만 줄창 퍼붓고 심히도 부려먹으니까 밸이 상해서 달아나기도 했겠지.

점순이는 둘째딸인데 내가 일테면 그 세 번째 데릴사위로 들어온 셈이다. 내 다음으로 네 번째 놈이 들어올 것을, 내가 일도 잘하고 그리고 사람이 좀 어수룩하니까 장인님이 잔뜩 붙들고 놓질 않는다. 셋째딸이 인제 여섯 살, 적어도 열 살은 돼야 데릴사위를 할 터이므로 그동안은 죽도록 부려먹어야 된다. 그러니 인제는 속 좀 차리고 장가를 들여 달라고 떼를 쓰고 나자빠져라, 이것이다.

나는 겉으로 엉, 엉, 하며 귓등으로 들었다. 뭉태는 땅을 얻어 부치다가 떨어진 뒤로는 장인님만 보면 공연히 못 먹어서 으릉거린다. 그것도 장인님이 저 달라고 할 적에 제 집에서 위한다는 그 감투(예전에 원님이 쓰던 것이라나, 옆구리에 뽕뽕 좀먹은 걸레)를 선뜻 주었더면 그럴 리도 없었던 걸…….

그러나 나는 뭉태란 놈의 말을 전수히 곧이 듣지 않았다. 꼭 곧이 들었다면 간밤에 와서 장인님과 싸웠지 무사히 있었을 리가 없지 않은가. 그러면 딸에게까지 인심을 잃은 장인님이 혼자 나빴다.

실토이지 나는 점순이가 아침상을 가지고 나올 때까지는 오늘은 또 얼마나 밥을 담았나, 하고 이것만 생각했다. 상에는 된장찌개하고 간장 한 종지, 조밥 한 그릇, 그리고 밥보다 더 수부룩하게 담은 산나물이 한 대접, 이렇다. 나물은 점순이가 틈틈이 해 오니까 두 대접이고 네 대접이고 멋대로 먹어도 좋으나 밥은 장인님이 한 사발 외엔 더 주지 말라고 해서 안 된다. 그런데 점순이가 그 상을 내 앞에 내려놓으며 제 말로 지껄이는 소리가,

"구장님한테 갔다 그냥 온담 그래!"

하고 엊그제 산에서와 같이 되우 쫑알거린다. 딴은 내가 더 단단히 덤비지 않고 만 것이 좀 어리석었다, 속으로 그랬다.

나도 저쪽 벽을 향하여 외면하면서 내 말로,

"안 된다는 걸 그럼 어떡헌담!"

하니까,

"쉼[14]을 잡아채지 그냥 둬, 이 바보야!"

하고 또 얼굴이 빨개지면서 성을 내며 안으로 샐쭉하니 튀들어가지 않느냐. 이때 아무도 본 사람이 없었게 망정이지 보았다면 내 얼굴이 에미 잃은 황새 새끼처럼 가엾다 했을 것이다.

사실 이때만치 슬펐던 일이 또 있었는지 모른다. 다른 사람은 암만 못생겼다 해도 괜찮지만 내 아내 될 점순이가 병신으로 본다면 참 신세는

---

14 수염.

따분하다. 밥을 먹은 뒤 지게를 지고 일터로 가려 하다 도로 벗어 던지고 바깥마당 공석[15] 위에 드러누워서 나는 차라리 죽느니만 같지 못하다 생각했다.

내가 일 안 하면 장인님 저는 나이가 먹어 못하고 결국 농사 못 짓고 만다. 뒷짐으로 트림을 꿀꺽 하고 대문 밖으로 나오다 날 보고서,

"이 자식아, 너 또 왜 이러니?"

"관격[16]이 났어유, 아이구 배야!"

"기껀 밥 처먹구 무슨 관격이야. 남의 농사 버려 주면 이 자식 징역 간다 봐라!"

"가두 좋아유, 아이구 배야!"

참말 난 일 안 해서 징역 가도 좋다 생각했다. 일후 아들을 낳아도 그 앞에서 바보, 바보, 이렇게 별명을 들을 테니까 오늘은 열 쪽이 난대도 결정을 내고 싶었다.

장인님이 일어나라고 해도 내가 안 일어나니까 눈에 독이 올라서 저편으로 휭하게 가더니 지게 막대기를 들고 왔다. 그리고 그걸로 내 허리를 마치 돌 떠넘기듯이 쿡 찍어서 넘기고 넘기고 했다. 밥을 잔뜩 먹어 딱딱한 배가 그럴 적마다 퉁겨지면서 밸 창이 꼿꼿한 것이 여간 켕기지 않았다. 그래도 안 일어나니까 이번에는 배를 지게 막대기로 위에서 쿡쿡 찌르고 발길로 옆구리를 차고 했다.

장인님은 원체 심성이 궂어서 그러지만 나도 저만 못하지 않게 배를 채였다. 아픈 것을 눈을 꽉 감고 넌 해라 난 재밌단 듯이 있었으나 볼기짝을 후려갈길 적에는 나도 모르는 결에 벌떡 일어나서 그 수염을 잡아챘다만, 내 골이 난 것이 아니라 정말은 아까부터 벽 뒤 울타리 구멍으로 점순이가 우리들의 꼴을 몰래 엿보고 있었기 때문이다. 가뜩이나 말 한마디

---

15 빈 멍석. 멍석은 곡식을 말리는 데 쓰는 자리임.

16 급하게 체하여 가슴이 막히고 호흡도 곤란해지는 위급한 증세.

톡톡히 못한다고 바라보는데, 매까지 잠자코 맞는 걸 보면 짜장 바보로 알 게 아닌가. 또 점순이도 미워하는 이까짓 놈의 장인님하곤 아무것도 안 되니까 막 때려도 좋지만 사정 보아서 수염만 채고(제 원대로 했으니까 이때 점순이는 퍽 기뻤겠지) 저기까지 잘 들리도록

"이걸 까셀라부다!"

하고 소리를 쳤다.

장인님은 더 약이 바짝 올라서 잡은 참 지게막대기로 내 어깨를 그냥 내려 갈겼다. 정신이 다 아찔하다. 다시 고개를 들었을 때 그때엔 나도 온 몸에 약이 올랐다. 이 녀석의 장인님을, 하고 눈에서 불이 퍽 나서 그 아래 밭 있는 넝알로 그대로 떠밀어 굴려 버렸다.

"부려만 먹구 왜 성례 안 하지유!"

나는 이렇게 호령했다. 허지만 장인님이 선뜻 오냐 낼이라두 성례시켜 주마, 했으면 나도 성가신 걸 그만두었을지 모른다. 나야 이러면 때린 건 아니니까 나중에 장인 쳤다는 누명도 안 들을 터이고 얼마든지 해도 좋다.

한번은 장인님이 헐떡헐떡 기어서 올라오더니 내 바짓가랭이를 요렇게 노리고서 단박 움켜잡고 매달렸다. 악, 소리를 치고 나는 그만 세상이 다 팽그르 도는 것이,

"빙장님! 빙장님! 빙장님!"

"이 자식! 잡아먹어라, 잡아먹어!"

"아! 아! 할아버지! 살려 줍쇼, 할아버지!"

하고 두 팔을 허둥지둥 내저을 적에는 이마에 진땀이 쭉 내솟고 이젠 참으로 죽나 보다 했다. 그래도 장인님은 놓질 않더니 내가 기어이 땅바닥에 쓰러져서 거진 까무러치게 되니까 놓는다. 더럽다, 더럽다. 이게 장인님인가? 나는 한참을 못 일어나고 쩔쩔 맸다. 그러나 얼굴을 드니(눈엔 참 아무것도 보이지 않았다) 사지가 부르르 떨리면서 나도 엉금엉금 기어가 장인님의 바짓가랭이를 꽉 움키고 잡아 낚았다.

내가 머리가 터지도록 매를 얻어맞은 것이 이 때문이다. 그러나 여기

가 또한 우리 장인님이 유달리 착한 곳이다. 여느 사람이면 사경을 주어서라도 당장 내쫓았지, 터진 머리를 불 솜으로 손수 지져 주고, 호주머니에 희연 한 봉을 넣어 주고 그리고,

"올 갈엔 꼭 성례를 시켜 주마. 암말 말구 가서 뒷골의 콩밭이나 얼른 갈아라."

하고 등을 뚜덕여 줄 사람이 누구냐. 나는 장인님이 너무나 고마워서 어느덧 눈물까지 났다.

점순이를 남기고 이젠 내쫓기려니 하다 뜻밖의 말을 듣고,

"빙장님! 인제 다시는 안 그러겠어유!"

이렇게 맹세를 하며 부랴부랴 지게를 지고 일터로 갔다. 그러나 이때는 그걸 모르고 장인님을 원수로만 여겨서 잔뜩 잡아당겼다.

"아! 아! 이놈아! 놔라, 놔."

장인님은 헛손질을 하며 솔개미에 챈 닭의 소리를 연해 질렀다. 놓긴 왜, 이왕이면 호되게 혼을 내주리라 생각하고 짓궂게 더 당겼다마는 장인님이 땅에 쓰러져서 눈에 눈물이 피잉 도는 것을 알고 좀 겁도 났다.

"할아버지! 놔라, 놔, 놔, 놔, 놔라."

그래도 안 되니까,

"얘, 점순아! 점순아!"

이 악장에, 안에 있었던 장모님과 점순이가 헐레벌떡하고 단숨에 뛰어나왔다. 나의 생각에 장모님은 제 남편이니까 역성을 할는지도 모른다. 그러나 점순이는 내 편을 들어서 속으로 고소해 하겠지……. 대체 이게 웬 속인지(지금까지도 난 영문을 모른다) 아버질 혼내 주기는 제가 내래 놓고 이제 와서는 달려들며,

"에그머니! 이 망할 게 아버지 죽이네!"

하고, 귀를 뒤로 잡아당기며 마냥 우는 것이 아니냐. 그만 여기에 기운이 탁 꺾여 나는 얼빠진 등신이 되고 말았다. 장모님도 덤벼들어 한쪽 귀마저 뒤로 잡아채면서 또 우는 것이다.

이렇게 꼼짝도 못하게 해 놓고 장인님은 지게 막대기를 들어서 사뭇 내리조졌다. 그러나 나는 구태여 피하려지도 않고 암만 해도 그 속 알 수 없는 점순이의 얼굴만 멀거니 들여다보았다.

"이 자식! 장인 입에서 할아버지 소리가 나오도록 해?"

1935년 12월호 《조광》

친구를 고르듯이
저자를 고르라

- 로스코몬

〈동백꽃〉은 향토색 짙은 농촌을 배경으로 인생의 봄을 맞이하는 어린 청춘 남녀의 애정을 해학적으로 그리고 있다. 특히, 여러 번의 닭싸움을 통하여 두 사람의 갈등 · 화해 관계가 이루어지는 심리적 전개가 소설 읽는 재미를 더해 주며, 마름의 딸(점순이)과 소작인의 아들(나)이라는 신분적 차이를 해학적으로 처리하는 기법이 돋보인다. 〈동백꽃〉은 토속성이 물씬 풍기는 생생한 토박이말을 사용함으로써 향토적이고 서정적인 분위기로 독자를 이끈다. '동백꽃'이라는 제목에서 이미 때묻지 않은 자연적인 원색 배경 속에서 순수한 사랑이 펼쳐질 것임을 암시하고 있다. 김유정의 어떤 작품보다도 해학적 묘사와 따스한 인간애가 물씬 풍기는 작품이다.

〈동백꽃〉은 닭싸움하는 장면으로 시작한다. 사건이 전개되어 절정을 향해 치닫는 과정에서 가장 중요한 포인트가 닭싸움인데, 이는 첫 장면에서부터 나온다. 닭싸움은 '나'와 '점순이'의 갈등의 한 표현이고 애증의 상징이기도 하다. 따라서 순행적 구성으로 보면 닭싸움은 전개 부분에 와야 할 사건이지만, 이것이 첫머리에 나오고 그 다음에 닭싸움이 생기게 된 원인으로 거슬러 올라간다. 이 작품은 이런 구성 방법으로 과거와 현재를 교묘하게 오고 가면서 이어진다. 과거와 현재가 인과관계를 따라 자연스럽게 어울림으로써 인물의 성격과 행위의 동기가 밝혀지는 한편 사건의 필연성을 획득하게 된다. '나'는 소작인의 아들과 마름의 딸은 쉽게 어울릴 수 없다는 소극적인 생각을 갖고 있으며 아직 성적性的으로도 미숙하다. 그러나 점순이는 남녀간의 애정에 일찍 눈을 떠서 '나'에 대한 관심도 은근하다. 이런 감정은 닭싸움을 매개로 갈등이 고조되다가 점순이의 닭이 죽음으로써 절정을 맞게 된다. 이 죽음을 계기로 대립적 관계에 있던 두 사람은 화해한다.

학습길라잡이

구조분석

■ **갈래** 단편소설. 농촌소설.
■ **주제** 사춘기 산골마을 남녀의 순수하고 목가적인 사랑.
■ **배경** 시간은 1930년대 봄, 공간은 강원도 산골 마을.
■ **시점** 1인칭 주인공 시점.
■ **문체** 간결체, 향토적 사투리를 사용한 토속적 문체.

등장인물

■ **나** 소작인의 아들. 순박하고 천진하며, 어리숙하고 우직한 인물.
■ **점순이** 마름의 딸. 성적으로 조숙하며 영악하다. 활달하며 도전적.

플롯

과거와 현재가 교차하는 역순행적 복합 구성이다.
■ **발단** 닭싸움으로 인한 감정 싸움. (현재)
■ **전개** 나흘 전의 사건을 회상함. (과거)
■ **위기** 나의 분풀이 행동. (과거)
나의 닭에 고추장을 먹여 점순네 닭에게 도전시켰으나 실패.
■ **절정** 점순네 닭을 때려 죽임. (현재)
■ **결말** 점순과의 화해 및 애정 확인. (현재)

이것만은 놓치지 말자

〈동백꽃〉의 시간 구조 살펴보기

이 작품은 시간 구조 측면에서 볼 때, 사건의 인과 관계를 설명하기 위하여 현재와 과거를 역전시키는 특별한 구성으로 되어 있다. 즉 현재→과거→현재의 순으로 진행되는데, 이는 닭싸움을 매개로 한 갈등 구조를 중심으로 연결시킨 것이다. 발단에 해당하는 소설 맨 앞부분은 작품의 갈등이 무엇인지를 현재 시점에서 제시하는 데 그치고는 다시 과거로 되돌아가 정작 그 갈등이 어떻게 발단되었고 심화되어 왔는지를 보여 준다. 그리고 다시 현재로 돌아와 갈등이 정점에 이르렀다가 화해의 대단원으로 종결되고 있는 것이다.

깊이 생각하기

1. 이 작품에서 '동백꽃'이 암시하고 상징하는 것은 무엇인가?
2. '나'가 점순에게 주눅이 들어 있는 이유를 예를 들어 설명하고, 점순 아버지 직업인 '마름'과 소작인의 관계를 자세하게 알아보자.
3. 이 작품에서 닭싸움이 갈등에서 화해로 어떻게 표현되어 있는지, 그 과정을 설명해 보자.

동백꽃

◆

오늘도 또 우리 수탉이 막 쫓기었다. 내가 점심을 먹고 나무를 하러 갈 양으로 나올 때였다. 산으로 올라서려니까 등 뒤에서 푸드득푸드득 하고 닭의 횃소리가 야단이다. 깜짝 놀라서 고개를 돌려 보니 아니나 다르랴 두 놈이 또 얼리었다.[1] 점순네 수탉(대강이[2]가 크고 똑 오소리같이 실팍하게 생긴 놈)이 덩저리[3] 작은 우리 수탉을 함부로 해내는 것이다. 그것도 그냥 해내는 것이 아니라 푸드득 하고 면두[4]를 쪼고 물러섰다가 좀 사이를 두고 푸드득 하고 모가지를 쪼았다. 이렇게 멋을 부려 가며 여지없이 닦아 놓는다. 그러면 이 못생긴 것은 쪼일 적마다 주둥이로 땅을 받으며 그 비명이 킥, 킥, 할 뿐이다. 물론 미처 아물지도 않은 면두를 또 쪼이며 붉은 선혈은 뚝뚝 떨어진다. 이걸 가만히 내려다보자니 내 대강이가 터져서 피가 흐르는 것 같이 두 눈에서 불이 번쩍 난다. 대뜸 지게막대기를 메고 달려들어 점순네 닭을 후려칠까 하다가 생각을 고쳐먹고 헛매질[5]로 떼어만 놓았다.

이번에도 점순이가 쌈[6]을 붙여 놨을 것이다. 바짝바짝 내 기를 올리느

---

1 서로 얽히었다.
2 '머리' 의 속된 말.
3 '덩치' 의 속된 말.
4 '벼슬' 또는 '볏' 의 강원도 사투리.
5 때리는 시늉만 하는 것.
6 닭싸움은 '나' 와 '점순이' 의 갈등과 애증의 교차를 보여 주는 이야기의 핵심 사건이다.

라고 그랬음에 틀림없을 것이다. 고놈의 계집애가 요새로 들어서 왜 나를 못 먹겠다고 고렇게 아르릉거리는지 모른다.

나흘 전 감자 쪼간[7]만 하더라도 나는 저에게 조금도 잘못한 것은 없다. 계집애가 나물을 캐러 가면 갔지 남 울타리 엮는 데 쌩이질[8]을 하는 것은 다 뭐냐. 그것도 발소리를 죽여 가지고 등 뒤로 살며시 와서,

"얘! 너 혼자만 일하니?"

하고 긴치 않은[9] 수작을 하는 것이다.

어제까지도 저와 나는 이야기도 잘 않고 서로 만나도 본체만척하고 이렇게 점잖게 지내던 터이련만 오늘로 갑작스레 대견해졌음은 웬일인가. 항차[10] 망아지만한 계집애가 남 일하는 놈보구…….

"그럼 혼자 하지 떼루 하디?"

내가 이렇게 내뱉는 소리를 하니까,

"너 일하기 좋니?"

또는,

"한여름이나 되거든 하지 벌써 울타리를 하니?"

잔소리를 두루 늘어놓다가 남이 들을까 봐 손으로 입을 틀어막고는 그 속에서 깔깔댄다. 별로 우스울 것도 없는데 날씨가 풀리더니 이놈의 계집애가 미쳤나 하고 의심하였다. 게다가 조금 뒤에는 제 집께를 할끔할끔 돌아보더니 행주치마 속으로 꼈던 바른손[11]을 뽑아서 나의 턱밑으로 불쑥 내미는 것이다. 언제 구웠는지 더운 김이 확 끼치는 굵은 감자 세 개가 손에 뿌듯이 쥐였다.

"느 집엔 이거 없지?"

---

7 건수, 사건.

8 한창 바쁠 때 남을 쓸데없는 일로 귀찮게 만드는 것. 씨양이질.

9 필요 없는.

10 하물며.

11 '오른손'이 맞는 말이다.

하고 생색 있는 큰소리를 하고는 제가 준 것을 남이 알면은 큰일날 테니 여기서 얼른 먹어 버리란다. 그리고 또 하는 소리가,

"너 봄감자가 맛있단다."

"난 감자 안 먹는다. 너나 먹어라."

나는 고개도 돌리지 않고 일하던 손으로 그 감자를 도로 어깨 너머로 쑥 밀어 버렸다. 그랬더니 그래도 가는 기색이 없고, 뿐만 아니라 쌔근쌔근하고 심상치 않게 숨소리가 점점 거칠어진다. 이건 또 뭐야 싶어서 그때에야 비로소 돌아다보니 나는 참으로 놀랐다. 우리가 이 동네에 들어온 것은 근 3년째 되어 오지만 여태껏 가무잡잡한 점순이의 얼굴이 이렇게까지 홍당무처럼 새빨개진 법이 없었다. 게다 눈에 독을 올리고 한참 나를 요렇게 쏘아보더니 나중에는 눈물까지 어리는 것이 아니냐. 그리고 바구니를 다시 집어 들더니 이를 꼭 악물고는 엎어질 듯 자빠질 듯 논둑으로 횡하게 달아나는 것이다.

어쩌다 동리 어른이,

"너 얼른 시집을 가야지?"

하고 웃으면,

"염려 마서유. 갈 때 되면 어련히 갈라구!"

이렇게 천연덕스레 받는 점순이었다. 본시 부끄럼을 타는 계집애도 아니거니와 또한 분하다고 눈에 눈물을 보일 얼병이[12]도 아니다. 분하면 차라리 나의 등허리를 바구니로 한번 모질게 후려쌔리고 달아날지언정.

그런데 고약한 그 꼴을 하고 가더니 그 뒤로는 나를 보면 잡아먹으려 기를 복복 쓰는 것이다.

설혹 주는 감자를 안 받아 먹은 것이 실례라 하면, 주면 그냥 주었지 '느 집엔 이거 없지' 는 다 뭐냐. 그렇잖아도 저희는 마름이고 우리는 그 손에서 배재[13]를 얻어 땅을 부치므로 일상 굽실거린다. 우리가 이 마을에

---

12 다부지지 못하고 얼뜬 행동을 하는 사람.

처음 들어와 집이 없어서 곤란으로 지낼 제 집터를 빌리고 그 위에 집을 또 짓도록 마련해 준 것도 점순네의 호의였다. 그리고 우리 어머니 아버지도 농사 때 양식이 딸리면 점순이네한테 가서 부지런히 꾸어다 먹으면서 인품 그런 집은 다시 없으리라고 침이 마르도록 칭찬하곤 하는 것이다. 그러면서도 열일곱씩이나 된 것들이 수군수군하고 붙어 다니면 동네의 소문이 사납다고 주의를 시켜 준 것도 또 어머니였다. 왜냐하면 내가 점순이하고 일을 저질렀다가는 점순네가 노할 것이고, 그러면 우리는 땅도 떨어지고 집도 내쫓기고 하지 않으면 안 되는 까닭이었다.

그런데 이놈의 계집애가 까닭 없이 기를 복복 쓰며 나를 말려 죽이려고 드는 것이다.

눈물을 흘리고 간 담날 저녁 나절이었다. 나무를 한 짐 잔뜩 지고 산을 내려오려니까 어디서 닭이 죽는 소리를 친다. 이거 뉘집에서 닭을 잡나, 하고 점순네 울 뒤로 돌아오다가 나는 그만 두 눈이 똥그랬다. 점순이가 저희 집 봉당에 홀로 걸터 앉았는데 이게 치마 앞에다 우리 씨암탉을 꼭 붙들어 놓고는,

"이놈의 씨닭! 죽어라, 죽어라."

요렇게 암팡스레 패 주는 것이 아닌가. 그것도 대가리나 치면 모른다마는 아주 알도 못 낳으라고 그 볼기짝께를 주먹으로 콕콕 쥐어박는 것이다.

나는 눈에 쌍심지가 오르고 사지가 부르르 떨렸으나 사방을 한번 휘둘러보고야 그제서야 점순이 집에 아무도 없음을 알았다. 잡은 참 지게막대기를 들어 울타리의 중턱을 후려치며,

"이놈의 계집애! 남의 닭 알 못 낳으라구 그러니?"

하고 소리를 빽 질렀다.

---

13 패지牌旨. 배지, 배재. 조선왕조 때 지위가 높은 사람이 아랫사람에게 토지나 가옥 등의 매매를 명령하는 위임 문서. 여기서는 마름과 소작인 사이에 맺어진 '소작권'을 뜻한다.

그러나 점순이는 조금도 놀라는 기색이 없고 그대로 의젓이 앉아서 제 닭 가지고 하듯이 또 죽어라, 죽어라, 하고 패는 것이다. 이걸 보면 내가 산에서 내려올 때를 겨냥해 가지고 미리부터 닭을 잡아 가지고 있다가 네 보라는 듯이 내 앞에서 쥐지르고 있음이 확실하다.

그러나 나는 그렇다고 남의 집에 뛰어들어가 계집애하고 싸울 수도 없는 노릇이고 형편이 썩 불리함을 알았다. 그래 닭이 맞을 적마다 지게막대기로 울타리를 후려칠 수밖에 별 도리가 없다. 왜냐하면 울타리를 치면 칠수록 울섶이 물러앉으며 뼈대만 남기 때문이다. 허나 아무리 생각하여도 나만 밑지는 노릇이다.

"야, 이년아! 남의 닭 아주 죽일 터이야?"

내가 도끼눈을 뜨고 다시 꽥 호령을 하니까 그제서야 울타리께로 쪼르르 오더니 울 밖에 섰는 나의 머리를 겨누고 닭을 내팽개친다.

"예이 더럽다! 더럽다!"

"더러운 걸 널더러 입때 끼고 있으랬니? 망할 계집애년 같으니."

하고 나도 더럽단 듯이 울타리께를 휑하게 돌아내리며 약이 오를 대로 다 올랐다, 라고 하는 것은, 암탉이 풍기는 서슬에 나의 이마빼기에다 물찌똥을 찍 갈겼는데 그걸 본다면 알집만 터졌을 뿐만 아니라 골병은 단단히 든 듯싶다. 그리고 나의 등 뒤를 향하여 나에게만 들릴 듯 말 듯한 음성으로,

"이 바보 녀석아!"

"……."

"애! 너 배냇병신[14]이지?"

그만도 좋으련만,

"애! 너 느 아버지가 고자라지?"

'뭐 울 아버지가 그래 고자야?' 할 양으로 열벙거지가 나서 고개를 홱

---

14 선천적으로, 태어날 때부터 신체 장애자인 사람을 비하하는 말.

돌리어 바라봤더니 그때까지 울타리 위로 나와 있어야 할 점순이의 대가리가 어디 갔는지 보이지를 않는다. 그러다 돌아서서 오자면 아까에 한 욕을 울 밖으로 또 퍼붓는 것이다. 욕을 이토록 먹어 가면서도 대거리 한마디 못하는 걸 생각하니 돌부리에 채이어 발톱 밑이 터지는 것도 모를 만큼 분하고 급기야는 두 눈에 눈물까지 불끈 내솟는다.

그러나 점순이의 침해는 이것뿐이 아니다.

사람들이 없으면 틈틈이 제 집 수탉을 몰고 와서 우리 수탉과 쌈을 붙여 놓는다. 제 집 수탉은 썩 험상궂게 생기고 쌈이라면 홰를 치는 고로 으레 이길 것을 알기 때문이다. 그래서 툭하면 우리 수탉이 면두며 눈깔이 피로 흐드르하게 되도록 해 놓는다. 어떤 때에는 우리 수탉이 나오지를 않으니까 요놈의 계집애가 모이를 쥐고 와서 꾀어 내다가 쌈을 붙인다.

이렇게 되면 나도 다른 배차를 차리지 않을 수 없었다. 하루는 우리 수탉을 붙들어 가지고 넌지시 장독께로 갔다. 쌈닭에게 고추장을 먹이면 병든 황소가 살모사를 먹고 용을 쓰는 것처럼 기운이 뻗친다 한다. 장독에서 고추장 한 접시를 떠서 닭 주둥아리께로 들여밀고 먹여 보았다. 닭도 고추장에 맛을 들였는지 거스르지 않고 거진 반 접시 턱이나 곧잘 먹는다. 그리고 먹고 금시는 용을 못 쓸 터이므로 얼마쯤 기운이 돌도록 횃속에다 가두어 두었다.

밭에 두엄을 두어 짐 져 내고 나서 쉴 참에 그 닭을 안고 밖으로 나왔다. 마침 밖에는 아무도 없고 점순이만 저희 울 안에서 헌옷을 뜯는지 혹은 솜을 터는지 웅크리고 앉아서 일을 할 뿐이다.

나는 점순네 수탉이 노는 밭으로 가서 닭을 내려놓고 가만히 맥을 보았다. 두 닭은 여전히 얼리어 쌈을 하는데 처음에는 아무 보람이 없었다. 멋지게 쪼는 바람에 우리 닭은 또 피를 흘리고 그러면서도 날갯죽지만 푸드득푸드득 하고 올라 뛰고뛰고 할 뿐으로 제법 한 번 쪼아 보지도 못한다.

그러나 한번엔 어쩐 일인지 용을 쓰고 펄쩍 뛰더니 발톱으로 눈을 하비고 내려오며 면두를 쪼았다. 큰 닭도 여기에는 놀랐는지 뒤로 멈씰하며 물러난다. 이 기회를 타서 작은 우리 수탉이 또 날쌔게 덤벼들어 다시 면두를 쪼니 그제서는 감때 사나운 그 대강이에서도 피가 흐르지 않을 수 없다.

옳다 알았다. 고추장만 먹이면 되는구나 하고 나는 속으로 아주 쟁그러워 죽겠다. 그때에는 뜻밖에 내가 닭쌈을 붙여 놓는 데 놀라서 울 밖으로 내다보고 섰던 점순이도 입맛이 쓴지 눈쌀을 찌푸렸다.

나는 두 손으로 볼기짝을 두드리며 연방,

"잘한다! 잘한다!"

하고, 신이 머리끝까지 뻗치었다.

그러나 얼마 되지 않아서 나는 넋이 풀리어 기둥같이 묵묵히 서 있게 되었다. 왜냐하면 큰 닭이 한번 쪼인 앙갚음으로 호들갑스레 연거푸 쪼는 서슬에 우리 수탉은 찔끔 못하고 막 곯는다. 이걸 보고서 이번에는 점순이가 깔깔거리고 되도록 이쪽에서 많이 들으라고 웃는 것이다.

나는 보다 못하여 덤벼들어서 우리 수탉을 붙들어 가지고 도로 집으로 들어왔다. 고추장을 좀더 먹였더라면 좋았을걸, 너무 급하게 쌈을 붙인 것이 퍽 후회가 난다. 장독께로 돌아와서 다시 턱밑에 고추장을 들이댔다. 흥분으로 말미암아 그런지 당최 먹질 않는다.

나는 하릴없이 닭을 반듯이 눕히고 그 입에다 궐련 물부리를 물리었다. 그리고 고추장 물을 타서 그 구멍으로 조금씩 들여 부었다. 닭은 좀 괴로운지 킥킥하고 재채기를 하는 모양이나 그러나 당장의 괴로움은 매일같이 피를 흘리는 데 댈 게 아니라 생각하였다.

그러나 한두어 종지가량 고추장 물 먹이고 나서는 나는 그만 풀이 죽었다. 싱싱하던 닭이 왜 그런지 고개를 살며시 뒤틀고는 손아귀에서 빼드러지는 것이 아닌가. 아버지가 볼까 봐서 얼른 홰에다 감추어 두었더니 오늘 아침에서야 겨우 정신이 든 모양 같다.

그랬던 걸 이렇게 오다 보니까 또 쌈을 붙여 놓으니 이 망할 계집애가 필연 우리 집에 아무도 없는 틈을 타서 제가 들어와 홰에서 꺼내 가지고 나간 것이 분명하다.

나는 다시 닭을 잡아다 가두고 염려는스러우나 그렇다고 산으로 나무를 하러 가지 않을 수도 없는 형편이었다.

소나무 삭정이를 따며 가만히 생각해 보니 암만해도 고년의 목쟁이를 돌려 놓고 싶다. 이번에 내려가면 망할 년 등줄기를 한번 되게 후려치겠다 하고 싱둥겅둥 나무를 지고는 부리나케 내려왔다.

거지반 집에 다 내려와서 나는 호드기 소리를 듣고 발이 딱 멈추었다. 산기슭에 널려 있는 굵은 바윗돌 틈에 노란 동백꽃이 소보록하니 깔리었다. 그 틈에 끼어 앉아서 점순이가 청승맞게스리 호드기[15]를 불고 있는 것이다. 그보다도 더 놀란 것은 고 앞에서 또 푸드득 푸드득, 하고 들리는 닭의 횃소리다. 필연코 요년이 나의 약을 올리느라고 또 닭을 집어 내다가 내가 내려올 길목에다 쌈을 시켜 놓고 저는 그 앞에 앉아서 천연스레 호드기를 불고 있음에 틀림없으리라.

나는 약이 오를 대로 올라서 두 눈에서 불과 함께 눈물이 퍽 쏟아졌다. 나뭇지게도 벗어 놀 새 없이 그대로 내동댕이치고는 지게막대기를 뻗치고 허둥허둥 달려들었다.

가까이 와 보니 과연 나의 짐작대로 우리 수탉이 피를 흘리고 거의 빈사 지경에 이르렀다. 닭도 닭이려니와 그러함에도 불구하고 눈 하나 깜짝 없이 그대로 앉아서 호드기만 부는 그 꼴에 더욱 치가 떨린다. 동네에서도 소문이 났거니와 나도 한때는 걱실걱실히[16] 일 잘하고 얼굴 예쁜 계집애인 줄 알았더니 시방 보니까 그 눈깔이 꼭 여우 새끼 같다.

나는 대뜸 달려들어서 나도 모르는 사이에 큰 수탉을 단매로 때려 엎었다. 닭은 푹 엎어진 채 다리 하나 꼼짝 못하고 그대로 죽어 버렸다. 그리고 나는 멍하니 섰다가 점순이가 매섭게 눈을 홉뜨고 닥치는 바람에 뒤

---

15 봄에 버들가지를 이용한 일종의 피리 같은 것.

16 서글서글하고 활발하게.

로 벌렁 나자빠졌다.

"이놈아! 너 왜 남의 닭을 때려 죽이니?"

"그럼 어때?"

하고 일어나다가,

"뭐 이 자식아! 누 집 닭인데?"

하고 복장[17]떼미는 바람에 다시 벌렁 자빠졌다. 그러고 나서 가만히 생각을 하니 분하기도 하고 무안도스럽고, 또 한편 일을 저질렀으니, 이젠 땅이 떨어지고 집도 내쫓기고 해야 될는지 모른다.[18]

나는 비슬비슬 일어나며 소맷자락으로 눈을 가리고는, 얼김에 엉 하고 울음을 놓았다. 그러나 점순이가 앞으로 다가와서,

"그럼 너 이담부텀 안 그럴 테냐?"

하고 물을 때에야 비로소 살길을 찾은 듯싶었다. 나는 눈물을 우선 씻고 뭘 안 그러는지 명색도 모르건만,

"그래!"

하고 무턱대고 대답하였다.

"요담부터 또 그래 봐라, 내 자꾸 못살게 굴 테니."

"그래, 그래 이젠 안 그럴 테야!"

"닭 죽은 건 염려 마라, 내 안 이를 테니."

그리고 뭣에 떠다 밀렸는지 나의 어깨를 짚은 채 그대로 퍽 쓰러진다. 그 바람에 나의 몸뚱이도 겹쳐서 쓰러지며, 한창 피어 퍼드러진 노란 동백꽃[19] 속으로 폭 파묻혀 버렸다.

알싸한, 그리고 향긋한 그 냄새[20]에 나는 땅이 꺼지는 듯이 온 정신이

---

17 앞가슴 한가운데.

18 점순(마름)과 나(소작인)의 신분의 차이가 장애가 되고 있음을 암시한다.

19 이 작품에 나오는 동백꽃은 우리가 흔히 알고 있는, 이른 봄철 남해안에 피는 동백꽃이 아니고 강원도 산간 지방에서 자라는 '생강나무' 라는 학명의 동백나무에서 피는 꽃이다.

20 '나' 가 처음으로 '점순' 에게서 사랑의 감정을 느끼는 순간이다.

그만 아찔하였다.

"너 말 마라!"

"그래!"

조금 있더니 요 아래서,

"점순아! 점순아! 이년이 바느질을 하다 말구 어딜 갔어?"

하고 어딜 갔다 온 듯싶은 그 어머니가 역정이 대단히 났다.

점순이가 겁을 잔뜩 집어먹고 꽃 밑을 살금살금 기어서 산 아래로 내려간 다음 나는 바위를 끼고 엉금엉금 기어서 산 위로 치빼지 않을 수 없었다.

1936년 5월호 《조광》

사람은 책을 만들고

책은 사람을 만든다.

- 신용호

|1910 ~ 1937|

1910년 서울 사직동에서 태어나다. 1917년 신명학교, 1921년 동광학교를 다니다. 교내 미술전람회에 유화 〈풍경〉이 입상. 1926년 경성고등공업학교 건축과 입학, 1929년 졸업 후 조선총독부 내무국 건축과 기수로 취직하다. 1931년 처녀시 〈이상한 가역반응〉, 〈파편의 경치〉를 발표하다. 그해 서양화 〈자화상〉이 '선전鮮展'에 입선하다. 1932년 이상李箱이란 필명으로 시 〈건축무한 육면각체〉를 발표하다. 1933년 심한 각혈 때문에 총독부를 사직하고 배천 온천으로 요양하러 가서 기생 금홍과 만나다. 그해 7월 서울 종로 1가에 다방 '제비'를 개업하고 금홍과 동거하다. 1934년 '구인회'에 가입하다. 난해한 시 〈오감도〉를 《조선중앙일보》에 연재하던 중 물의를 빚어 중단하다. 1935년 경영난으로 다방 '제비'를 폐업하고 금홍과 헤어지다. 인사동에서 카페 '쓰루鶴'를 인수했으나 실패하다. 계속된 다방 경영 실패로 궁핍해지다. 1936년 단편 〈지주회시〉, 〈날개〉 등을 발표하고 이화여전 출신 변동림과 결혼하고 재기를 꿈꾸며 일본 도쿄로 떠나다. 도쿄에서 〈종생기〉, 〈권태〉, 동화 〈황소와 도깨비〉 등을 발표하다. 1937년 사상이 불온하다는 이유로 일본 경찰에 구금, 건강이 악화되자 보석으로 출감하다. 1937년 4월 17일, 도쿄제대 부속병원에서 객사하다. 본명은 김해경金海卿.

대|표|작

〈산촌여정〉(1935), 〈지비〉(1935), 〈지주회시〉(1936), 〈권태〉(1937), 〈환시기〉(1938), 〈실화〉(1939) 등이 있다.

〈날개〉는 1936년 9월호 〈조광朝光〉에 작가가 직접 그린 삽화와 함께 발표된 단편소설이다. 난해한 내용과 파격적인 형식 때문에 지금까지도 논란이 계속되고 있다. 그러나 1930년대 모더니즘 소설의 최고 문제작이라는 데는 이의가 없다. 주인공인 '나'의 성격에 대해서도 여러 가지 주장과 관점이 있지만 대체로 '분열된 자아의 인간형'이라는 해석이 정평이다. 이 작품의 마지막 대목에서는 주인공이 "날자. 날자꾸나" 하는 비상飛翔의 의지를 보임으로써 분열된 자아를 결합하고 자기 구원을 위한 행동을 준비하는 실존적 의지를 뒷받침하고 있다.

'나'는 구조가 흡사 유곽과도 같은 33번지에서 매춘부인 아내와 함께 산다. 아내에게 손님이 있으면 나는 윗방에서 이불을 뒤집어쓰고 잠을 잔다. 손님이 가면 아내는 내게 돈을 주지만 나는 돈을 쓸 줄을 모른다. 어느 날 나는 바지 주머니에서 돈 5원을 꺼내 아내 손에 쥐어 주고 처음으로 아내와 동침한다. 이런 일도 심심해지자 외출한다. 두 번째 외출에서 비에 흠뻑 젖어 돌아온 나에게 아내는 약을 먹였고 나는 깊은 잠에 빠진다. 어느 날 거울을 보다가 아달린 갑을 발견하다. 나는 아뜩해진다. 지금까지 아달린을 먹어 온 것이다. 인간 세상 모두 보기 싫다. 나는 집을 나와 산으로 향한다. 아달린 여섯 알을 씹어 먹는다. 나는 깊은 잠이 든다. 일주일을 자고 일어난 나는 오해일 거라는 생각에 미치자 아내에게 사죄하기 위하여 급히 집으로 향한다. 그러나 아내의 방문을 열다 못 볼 걸 보게 된다. 달음박질쳐 나와 버린 나는 미쓰꼬시 옥상에 올라간다. 아무 데나 주저앉아 내가 자라 온 스물여섯 해를 회고한다. 그때 뚜우하고 정오 사이렌이 운다. 그때 겨드랑이가 가려워지고 갑자기 이렇게 외쳐 보고 싶었다. 날자, 날자. 한 번만 더 날아 보자꾸나.

학습길라잡이

구조분석

- **갈래** 단편소설.
- **주제** 아내와 남편의 역할이 뒤바뀐 생활로 인한 자아 분열의 의식 속에서 본디의 자아를 지향하는 인간의 내면.
- **배경** 시간은 1930년대 일제 식민 통치 기간. 공간은 서울—18가구가 살고 있는 33번지 유곽遊廓—가상의 거리.
- **시점** 1인칭 주인공 시점.

등장인물

- **나** 경제적 능력이 없는 인물. 사회 활동을 전혀 못하고 성적性的으로도 무기력하며 아내에 대한 콤플렉스가 있는 남편. 아내의 부정을 알게 되어 심한 갈등 때문에 극히 불안한 심리적 자의식을 보이는 인물.
- **아내** 남편보다 우월한 존재로 설정된 인물. 직업은 매음녀. 종속 상태로 동거하는 남편 위에 군림한다.

플롯

- **도입** '나'의 독백. 풍자적이며 기지에 넘치는 짧은 경구警句들로 이어진다. 지적知的 패러독스로 자아를 표현한다.
- **발단** 33번지 유곽. 해가 들지 않는 '나'의 방 정경.
- **전개** 내객來客이 있는 아내. 일찍 귀가한 '나'와 아내가 조우한다.
- **위기** 감기약 아스피린 대신 수면제 아달린을 먹인 아내의 의도가 무엇인지 파악하기 위하여 '나'는 거듭 고민하고 생각한다.
- **절정** 정상적인 삶에 대한 모색을 시작한다.
- **결말** 빌딩에 올라가 세상을 내려다보며 비상을 꿈꾼다.

1. 무기력한 주인공 '나'가 보여 주는 모습은 '분열된 자아'의 모습이라고 하는데, 이에 대한 토론을 해 보자.
2. 아내는 '나'에게 돈을 주곤 하는데, 아내의 이런 행동은 무엇을 뜻하는지 살펴보자.
3. 도입부에 나오는 '박제된 천재'의 의미는 무엇인가?
4. '패러독스'에 대하여 아는 대로 설명해 보자.

날개

✖✣❖

'박제가 되어 버린 천재'[1]를 아시오? 나는 유쾌하오. 이런 때 연애까지가 유쾌하오.[2]

육신이 흐느적흐느적하도록 피로했을 때만 정신이 은화銀貨처럼 맑소.[3] 니코틴이 내 횟배 앓는 뱃속으로 스미면 머릿속에 으레 백지가 준비되는 법이오. 그 위에다 나는 위트와 패러독스를 바둑 포석처럼 늘어놓소.[4] 가공할 상식의 병이오.

나는 또 여인과 생활을 설계하오. 연애 기법에마저 서먹서먹해진 지성의 극치를 흘깃 좀 들여다본 일이 있는, 말하자면 일종의 정신분일자精神奔逸者 말이오. 이런 여인의 반—그것은 온갖 것의 반이오—만을 영수領收하는 생활을 설계한다는 말이오. 그런 생활 속에 한 발만 들여놓고 흡

---

1 '박제가 되어 버린 천재'는 작품 속의 주인공 '나'일 수도 있고 작가 이상 자신일 수도 있다. 천재이기는 하지만 움직이지 못하는 박제가 되었으므로 천재일 수 없다는 이중 부정을 하고 있다. '나'는 그런 불완전한 천재인 자기 자신을 유쾌하게 생각한다.

2 작가는 서두에서 작품의 주제를 암시하고 있다.

3 육체가 피곤할 때 정신은 맑다. 이것은 '박제가 된 천재'의 정신 상태를 말하는 반어적인 표현이다.

4 담배를 한 모금 깊이 빨아들인 상태, 이것이 바로 니코틴이 뱃속으로 스며드는 상태이다. 몽롱하고 텅 빈 백지 같은 이런 상태에서 위트와 패러독스가 머릿속에서 바둑알처럼 놓여지는 것이다. 보는 사람의 시각에 따라 여러 가지 다른 해석이 가능한 이런 표현이 줄을 잇는다. 1930년대 돌연변이 같은 이상 문학의 등장을 알리는 선전포고 같은 구절들이다.

사 두 개의 태양처럼 마주 쳐다보면서 낄낄거리는 것이오. 나는 아마 어지간히 인생의 제행諸行이 싱거워서 견딜 수가 없게끔 되고 그만둔 모양이오. 굿바이.

굿바이. 그대는 이따금 그대가 제일 싫어하는 음식을 탐식하는 아이러니를 실천해 보는 것도 좋을 것 같소. 위트와 패러독스와…….

그대 자신을 위조하는 것도 할 만한 일이오. 그대의 작품은 한 번도 본 일이 없는 기성품에 의하여 차라리 경편輕便하고 고매高邁하리다.[5]

19세기는 될 수 있거든 봉쇄하여 버리오. 도스토예프스키 정신이란 자칫하면 낭비일 것 같소. 위고를 불란서의 빵 한 조각이라고는 누가 그랬는지 지언至言[6]인 듯싶소.[7] 그러나 인생 혹은 그 모형에 있어서 '디테일' 때문에 속는다거나 해서야 되겠소? 화를 보지 마오. 부디 그대께 고하는 것이니…….

(테이프가 끊어지면 피가 나오. 상채기도 머지않아 완치될 줄 믿소. 굿바이.)

감정은 어떤 포즈. (그 포즈의 소素[8]만을 지적하는 것이 아닌지 나도 모르겠소.) 그 포즈가 부동자세에까지 고도화할 때 감정은 딱 공급을 정지합네다.

---

5 이 대목은 작품 주인공 '나'의 말이기보다는 작가인 이상이 자기의 작품을 이해하지 못하는 기성 문단을 향하여 퍼붓는 비판으로 이해하는 게 좋겠다. 이상은 1934년에 《조선중앙일보》에 20회 예정으로 시 〈오감도〉를 발표했는데, "도대체 이게 무슨 시냐"는 독자 항의 때문에 도중에 연재를 중단한 일이 있었다.

6 지당한 말씀.

7 19세기 — 도스토예프스키 — 위고…… 이런 기성 관념을 봉쇄하고 버리자는 작가 이상의 계속되는 메시지이다.

8 원소. 세상 물질을 구성하는 요소.

나는 내 비범한 발육을 회고하여 세상을 보는 안목을 규정하였소.

여왕봉과 미망인[9] — 세상의 하고많은 여인이 본질적으로 이미 미망인이 아닌 이가 있으리까? 아니, 여인의 전부가 그 일상에 있어서 개개 '미망인' 이라는 내 논리가 뜻밖에도 여성에 대한 모험이 되오? 굿바이.[10]

그 33번지라는 것이 구조가 흡사 유곽[11]이라는 느낌이 없지 않다. 한 번지에 18가구[12]가 죽 어깨를 맞대고 늘어서서 창호가 똑같고 아궁이 모양이 똑같다. 게다가 각 가구에 사는 사람들이 송이송이 꽃과 같이 젊다. 해가 들지 않는다. 해가 드는 것을 그들이 모른 체하는 까닭이다. 턱살 밑에다 철 줄을 매고 얼룩진 이부자리를 널어 말린다는 핑계로 미닫이에 해가 드는 것을 막아 버린다. 침침한 방 안에서 낮잠들을 잔다. 그들은 밤에는 잠을 자지 않나? 알 수 없다. 나는 밤이나 낮이나 잠만 자느라고 그런 것을 알 길이 없다. 33번지 18가구의 낮은 참 조용하다.[13]

조용한 것은 낮뿐이다. 어둑어둑하면 그들은 이부자리를 걷어들인다. 전등불이 켜진 뒤의 18가구는 낮보다 훨씬 화려하다. 저물도록 미닫이 여닫는 소리가 잦다. 바빠진다. 여러 가지 냄새가 나기 시작한다. 비웃 굽는 내, 탕고도란내, 뜨물내, 비눗내…….[14]

그러나 이런 것들보다도 그들의 문패가 제일로 고개를 끄덕이게 하는 것이다. 이 18가구를 대표하는 대문이라는 것이 일각이 져서 외따로 떨

---

9 여왕봉과 교미한 수벌은 모두 죽는다. 그러니까 당연히 여왕벌은 미망인이 된다. 이상이 즐겨 사용하는 '유머스럽고 패러독스' 한 비유법이다.

10 여기까지는 도입부로써, 소설의 서두라고 하기에는 문학론 같고 창작론 같은 난해한 문장의 연속이다. 이 작품이 발표된 지 70년이 지났는데도 이 부분은 항상 연구와 논란의 대상이 되고 있다.

11 매춘부가 있는 집.

12 18이라는 숫자는 남녀 사이의 어떤 행위를 암시하고 있다.

13 낮과 밤이 뒤바뀐 유곽촌 특유의 분위기를 잘 묘사하고 있다.

14 시각(전등불)과 청각(문 여닫는 소리), 후각(여러 가지 냄새)을 모두 동원한 절묘한 묘사이다. 독자가 마치 지금 유곽촌에 들어와 있는 것 같다.

어지기는 했으나, 있다. 그러나 그것은 한 번도 닫힌 일이 없는, 한길이나 마찬가지 대문인 것이다. 온갖 장사치들은 하루 가운데 어느 시간에라도 이 대문을 통하여 드나들 수 있는 것이다. 이네들은 문간에서 두부를 사는 것이 아니라, 미닫이를 열고 방에서 두부를 사는 것이다. 이렇게 생긴 33번지 대문에 그들 18가구의 문패를 몰아다 붙이는 것은 의미가 없다. 그들은 어느 사이엔가 각 미닫이 위 백인당百忍堂이니 길상당吉祥堂이니 써 붙인 한결에다 문패를 붙이는 풍속을 가져 버렸다.

내 방 미닫이 위 한곁에 칼표 딱지를 넷에다 낸 것만한 내, 아니! 내 아내의 명함이 붙어 있는 것도 이 풍속을 좇은 것이 아닐 수 없다.

나는 그러나 그들의 아무와도 놀지 않는다.[15] 놀지 않을 뿐만 아니라 인사도 않는다. 나는 내 아내와 인사하는 외에 누구와도 인사하고 싶지 않았다. 내 아내 외의 다른 사람과 인사를 하거나 놀거나 하는 것은 내 아내 낯을 보아 좋지 않은 일인 것만 같이 생각이 되었기 때문이다.[16] 나는 이만큼까지 내 아내를 소중히 생각한 것이다. 내가 이렇게까지 내 아내를 소중히 생각한 까닭은 이 33번지 18가구 속에서 내 아내가 내 아내의 명함처럼 제일 작고 제일 아름다운 것을 안 까닭이다. 18가구에 각기 별러 든 송이송이 꽃들 가운데서도 내 아내가 특히 아름다운 한 떨기의 꽃으로 이 함석지붕 밑 볕 안 드는 지역에서 어디까지든지 찬란하였다. 따라서 그런 한 떨기 꽃을 지키고, 아니 그 꽃에 매달려 사는 나라는 존재가 도무지 형언할 수 없는 거북살스러운 존재가 아닐 수 없었던 것은 물론이다.

나는 어디까지든지 내 방이—집이 아니다. 집은 없다—마음에 들었

---

15 이 작품의 화자인 '나'가 소외된 인물임을 밝혀 준다.

16 '나'가 소외되는 이유를 밝히고 있다. '아내' 때문이라고 '나'는 생각하는 것이다.

다. 방 안의 기온은 내 체온을 위하여 쾌적하였고, 방 안의 침침한 정도가 또한 내 안력眼力을 위하여 쾌적하였다. 나는 내 방 이상의 서늘한 방도 또 따뜻한 방도 희망하지 않았다. 이 이상으로 밝거나 이 이상으로 아늑한 방은 원하지 않았다. 내 방은 나 하나를 위하여 요만한 정도를 꾸준히 지키는 것 같아 늘 내 방에 감사하였고, 나는 또 이런 방을 위하여 이 세상에 태어난 것만 같아서 즐거웠다.[17]

그러나 이것은 행복이라든가 불행이라든가 하는 것을 계산하는 것은 아니었다. 말하자면 나는 내가 행복되다고도 생각할 필요가 없었고, 그렇다고 불행하다고도 생각할 필요가 없었다. 그냥 그날을 그저 까닭 없이 펀둥펀둥 게으르고만 있으면 만사는 그만이었던 것이다.

내 몸과 마음에 옷처럼 잘 맞는 방 속에서 뒹굴면서, 축 처져 있는 것은 행복이니 불행이니 하는 그런 세속적인 계산을 떠난 가장 편리하고 안일한, 말하자면 절대적인 상태인 것이다. 나는 이런 상태가 좋았다.

이 절대적인 내 방은 대문간에서 세어서 똑 일곱째 칸이다. 럭키 세븐의 뜻이 없지 않다. 나는 이 일곱이라는 숫자를 훈장처럼 사랑하였다.[18] 이런 이 방이 가운데 장지로 말미암아 두 칸으로 나뉘어 있었다는 그것이 내 운명의 상징이었던 것을 누가 알랴?

아랫방은 그래도 해가 든다. 아침결에 책보만한 해가 들었다가 오후에 손수건만해지면서 나가 버린다. 해가 영영 들지 않는 윗방이 즉 내 방인 것은 말할 것도 없다. 이렇게 볕 드는 방이 아내 방이요, 볕 안 드는 방이 내 방이요 하고 아내와 나 둘 중에 누가 정했는지 나는 기억하지 못한다.

---

17 '나' 가 살기에는 모든 환경 조건이 완벽하다. 그러나 온실 속 같다. 자연의 생기가 없는 것이다. '나' 가 알 수 없는 힘에 의해서 통제되고 길들여지고 있다는 것을 추측하게 만든다. 그 힘이 무엇인지는 곧 알게 된다.

18 행운을 뜻하는 '럭키 세븐' 의 방이지만 사실은 햇볕이 잘 들지 않고 눅눅한 방이다. 반대로 아내 방은 화려하다. 이 방의 모습을 비교하는 데서 '나' 는 '아내' 에게 어떤 존재인가를 설명하는 단서가 가려져 있다.

그러나 나에게는 불평이 없다.

아내가 외출만 하면 나는 얼른 아랫방으로 와서 그 동쪽으로 난 들창을 열어 놓고, 열어 놓으면 들이비치는 햇살이 아내의 화장대를 비쳐 가지각색 병들이 아롱이 지면서 찬란하게 빛나고, 이렇게 빛나는 것을 보는 것은 다시없는 내 오락이다. 나는 조그만 '돋보기'[19]를 꺼내 가지고 아내만이 사용하는 지리가미(휴지)를 꺼내 가지고 그을려 가면서 불장난을 하고 논다. 평행 광선을 굴절시켜서 한 초점에 모아 가지고 그 초점이 따끈따끈해지다가, 마지막에는 종이를 그슬리기 시작하고, 가느다란 연기를 내면서 드디어 구멍을 뚫어 놓는 데까지 이르는, 고 얼마 안 되는 동안의 초조한 맛이 죽고 싶을 만큼 내게는 재미있었다.

이 장난이 싫증이 나면 나는 또 아내의 손잡이 거울을 가지고 여러 가지로 논다. 거울이란 제 얼굴을 비칠 때만 실용품이다. 그 외의 경우에는 도무지 장난감인 것이다. 이 장난도 곧 싫증이 난다.

나의 유희심은 육체적인 데서 정신적인 데로 비약한다. 나는 거울을 내던지고 아내의 화장대 앞으로 가까이 가서 나란히 늘어놓인 그 가지각색의 화장품 병들을 들여다본다. 고것들은 세상의 무엇보다도 매력적이다. 나는 그 중의 하나만을 골라서 가만히 마개를 빼고 병 구멍을 내 코에 가져다 대고 숨죽이듯이 가벼운 호흡을 하여 본다. 이국적인 센슈얼한 향기가 폐로 스며들면 나는 저절로 스르르 감기는 내 눈을 느낀다. 확실히 아내의 체취의 파편이다.

나는 도로 병마개를 막고 생각해 본다. 아내의 어느 부분에서 요 냄새가 났던가를……. 그러나 그것은 분명하지 않다. 왜? 아내의 체취는 여기 늘어섰는 가지각색 향기의 합계일 것이니까.

아내의 방은 늘 화려하였다. 내 방이 벽에 못 한 개 꽂히지 않은 소박한

19 돋보기는 '나'의 유일한 놀이 기구이다.

것인 반대로, 아내 방에는 천장 밑으로 쫙 돌려 못이 박히고, 못마다 화려한 아내의 치마와 저고리가 걸렸다. 여러 가지 무늬가 보기 좋다. 나는 그 여러 조각의 치마에서 늘 아내의 동체胴體[20]와, 그 동체가 될 수 있는 여러 가지 포즈를 연상하고 연상하면서 내 마음은 늘 점잖지 못하다.

그렇건만 나에게는 옷이 없었다. 아내는 내게 옷을 주지 않았다. 입고 있는 골덴 양복 한 벌이 내 자리옷이었고 통상복과 나들이옷을 겸한 것이었다. 그리고 하이넥[21]의 스웨터가 한 조각 사철을 통한 내 내의다. 그것들은 하나같이 다 빛이 검다. 그것은 내 짐작 같아서는, 즉 빨래를 될 수 있는 데까지 하지 않아도 보기 싫지 않게 하기 위한 것이 아닌가 한다. 나는 허리와 두 가랑이 세 군데 다 고무 밴드가 끼어 있는 부드러운 사루마다(속옷)를 입고 그리고 아무 소리 없이 잘 놀았다.

어느덧 손수건만해졌던 볕이 나갔는데 아내는 외출에서 돌아오지 않는다. 나는 요만 일에도 좀 피곤하였고 또 아내가 돌아오기 전에 내 방으로 가 있어야 될 것을 생각하고 그만 내 방으로 건너간다. 내 방은 침침하다. 나는 이불을 뒤집어쓰고 낮잠을 잔다. 한 번도 걷은 일이 없는 내 이부자리는 내 몸뚱이의 일부분처럼 내게는 참 반갑다. 잠은 잘 오는 적도 있다. 그러나 또 전신이 까칫까칫하면서 영 잠이 오지 않는 적도 있다. 그런 때는 아무 제목으로나 제목을 하나 골라서 연구하였다. 나는 내 좀 축축한 이불 속에서 참 여러 가지 발명도 하였고 논문도 많이 썼다. 시도 많이 지었다. 그러나 그것들은 내가 잠이 드는 것과 동시에 내 방에 담겨서 철철 넘치는 그 흐늑흐늑한 공기에다 비누처럼 풀어져서 온데간데없고, 한잠 자고 깨인 나는 속이 무명헝겊이나 메밀껍질로 띵띵 찬 한 덩어리 베개와도 같은 한 벌 신경이었을 뿐이고 뿐이고 하였다.

---

20 몸뚱이.

21 high necked. 목 둘레를 얕게 판.

그러기에 나는 빈대가 무엇보다도 싫었다. 그러나 내 방에서는 겨울에도 몇 마리의 빈대가 끊이지 않고 나왔다. 내게 근심이 있었다면 오직 이 빈대를 미워하는 근심일 것이다. 나는 빈대에게 물려서 가려운 자리를 피가 나도록 긁었다. 쓰라리다. 그것은 그윽한 쾌감에 틀림없었다. 나는 혼곤히 잠이 든다.

나는 그러나 그런 이불 속의 사색 생활에서도 적극적인 것을 궁리하는 법이 없다. 내게는 그럴 필요가 대체 없었다. 만일 내가 그런 좀 적극적인 것을 궁리해 냈을 경우에 나는 반드시 내 아내와 의논하여야 할 것이고, 그러면 반드시 나는 아내에게 꾸지람을 들을 것이고—나는 꾸지람이 무서웠다느니보다는 성가셨다. 내가 제법 한 사람의 사회인의 자격으로 일을 해 보는 것도, 아내에게 사설 듣는 것도.

나는 가장 게으른 동물처럼 게으른 것이 좋았다. 될 수만 있으면 이 무의미한 인간의 탈을 벗어 버리고도 싶었다.

나에게는 인간 사회가 스스러웠다. 생활이 스스러웠다. 모두가 서먹서먹할 뿐이었다.[22]

아내는 하루에 두 번 세수를 한다. 나는 하루 한 번도 세수를 하지 않는다. 나는 밤중 세 시나 네 시쯤 해서 변소에 갔다. 달이 밝은 밤에는 한참씩 마당에 우두커니 섰다가 들어오곤 한다. 그러니까 나는 이 18가구의 아무와도 얼굴이 마주치는 일이 거의 없다. 그러면서도 나는 이 18가구의 젊은 여인네 얼굴들을 거반 다 기억하고 있었다. 그들은 하나같이 내 아내만 못하였다.

열한 시쯤 해서 하는 아내의 첫 번 세수는 좀 간단하다. 그러나 저녁 일곱 시쯤 해서 하는 두 번째 세수는 손이 많이 간다. 아내는 낮에보다도

22 여기까지는 남자인 '나'의 생활을 그리고 있다. 이 작품의 특징 중의 하나는 남자(나)와 여자(아내)의 생활을 뒤섞어 묘사하기보다는 각각 나누어 묘사하는 점이다.

밤에 더 좋고 깨끗한 옷을 입는다. 그리고 낮에도 외출하고 밤에도 외출하였다.

아내에게 직업이 있었던가? 나는 아내의 직업이 무엇인지 알 수 없다. 만일 아내에게 직업이 없었다면 같이 직업이 없는 나처럼 외출할 필요가 생기지 않을 것인데, 아내는 외출한다. 외출할 뿐만 아니라 내객이 많다. 아내에게 내객이 많은 날은 나는 온종일 내 방에서 이불을 쓰고 누워 있어야만 된다.[23] 불장난도 못한다. 화장품 냄새도 못 맡는다. 그런 날은 나는 의식적으로 우울해 하였다. 그러면 아내는 나에게 돈을 준다. 50전짜리 은화다. 나는 그것이 좋았다. 그러나 그것을 무엇에 써야 옳을지 몰라서 늘 머리맡에 던져 두고 두고 한 것이 어느 결에 모여서 꽤 많아졌다. 어느 날 이것을 본 아내는 금고처럼 생긴 벙어리[24]를 사다 준다. 나는 한 푼씩 한 푼씩 그 속에 넣고 열쇠는 아내가 가져갔다. 그 후에도 나는 더러 은화를 그 벙어리에 넣은 것을 기억한다. 그리고 나는 게을렀다. 얼마 후 아내의 머리 쪽에 보지 못하던 누깔잠[25]이 하나 여드름처럼 돋았던 것은 바로 그 금고형 벙어리의 무게가 가벼워졌다는 증거일까. 그러나 나는 드디어 머리맡에 놓았던 그 벙어리에 손을 대지 않고 말았다. 내 게으름은 그런 것에 내 주의를 환기시키기도 싫었다.

아내에게 내객이 있는 날은 이불 속으로 암만 깊이 들어가도 비 오는 날만큼 잠이 잘 오지 않았다. 나는 그런 때 나에게 왜 늘 돈이 있나, 왜 돈이 많은가를 연구했다. 내객들은 장지 저쪽에 내가 있는 것을 모르나 보다. 내 아내와 나도 좀 하기 어려운 농을 아주 서슴지 않고 쉽게 해 던지는 것이다. 그러나 내 아내를 찾은 서너 사람의 내객들은 늘 비교적 점잖

---

23 아내의 저녁 세수, 그리고 집에 찾아오는 손님(내객). 이쯤 하면 아내의 직업이 무엇인지는 짐작할 수 있다.

24 저금통.

25 옛 여인들이 꽂았던 비녀.

왔다고 볼 수 있는 것이, 자정이 좀 지나면 으레 돌아들 갔다. 그들 가운데는 퍽 교양이 얕은 자도 있는 듯싶었는데, 그런 자는 보통 음식을 사다 먹고 논다. 그래서 보충을 하고 대체로 무사하였다.

나는 우선 아내의 직업이 무엇인가를 연구하기에 착수하였으나[26] 좁은 시야와 부족한 지식으로는 이것을 알아 내기 힘이 든다. 나는 끝끝내 내 아내의 직업이 무엇인가를 모르고 말려나 보다.

아내는 늘 진솔 버선[27]만 신었다. 아내는 밥도 지었다. 아내가 밥을 짓는 것을 나는 한 번도 구경한 일은 없으나 언제든지 끼니 때면 내 방으로 내 조석 밥을 날라다 주는 것이다. 우리 집에는 나와 내 아내 외의 다른 사람은 아무도 없다. 이 밥은 분명 아내가 손수 지었음에 틀림없다.

그러나 아내는 한 번도 나를 자기 방으로 부른 일은 없다. 나는 늘 윗방에서나 혼자서 밥을 먹고 잠을 잤다. 밥은 너무 맛이 없었다. 반찬이 너무 엉성하였다. 나는 닭이나 강아지처럼 말없이 주는 모이를 넓적넓적 받아먹기는 했으나 내심 야속하게 생각한 적도 더러 없지 않다. 나는 안색이 여지없이 창백해 가면서 말라들어 갔다. 나날이 눈에 보이듯이 기운이 줄어들었다. 영양 부족으로 하여 몸뚱이 곳곳의 뼈가 불쑥불쑥 내어 밀었다. 하룻밤 사이에도 수십 차를 돌쳐 눕지 않고는 여기저기가 배겨서 나는 배겨 낼 수가 없었다.

그렇기 때문에 나는 내 이불 속에서 아내가 늘 흔히 쓸 수 있는 저 돈의 출처를 탐색해 내는 일변, 장지 틈으로 새어 나오는 아랫방의 음성은 무엇일까를 간단히 연구하였다. 나는 잠이 잘 안 왔다.

깨달았다. 아내가 쓰는 그 돈은 내게는 다만 실없는 사람들로밖에 보이지 않는 까닭 모를 내객들이 놓고 가는 것이 틀림없으리라는 것을 깨달

---

26 작가 이상은 실제로 기생 금홍이와 오랫동안 동거를 한 적이 있다. 그래서 이 작품의 유곽 풍경이라든가 매춘부의 일상 묘사가 더욱 사실적으로 그려질 수 있었을 것이다.

27 새 버선.

았다. 그러나, 왜 그들 내객은 돈을 놓고 가나? 왜 내 아내는 그 돈을 받아야 되나? 하는 예의禮儀 관념이 내게는 도무지 알 수 없는 것이었다.

그것은 그저 예의에 지나지 않는 것일까? 그렇지 않으면 혹 무슨 대가일까? 보수일까? 내 아내가 그들의 눈에는 동정을 받아야만 할 한 가엾은 인물로 보였던가? 이런 것들을 생각하노라면 으레 내 머리는 그냥 혼란하여 버리고 버리고 하였다. 잠들기 전에 획득했다는 결론이 오직 불쾌하다는 것뿐이었으면서도 나는 그런 것을 아내에게 물어보거나 한 일이 참 한 번도 없다. 그것은 대체 귀찮기도 하려니와 한잠 자고 일어나는 나는 사뭇 딴 사람처럼 이것도 저것도 다 깨끗이 잊어버리고 그만두는 까닭이다.

내객들이 돌아가고, 혹 외출에서 돌아오고 하면 아내는 간편한 것으로 옷을 바꾸어 입고 내 방으로 나를 찾아온다. 그리고 이불을 들치고 내 귀에는 영 생동생동한 몇 마디 말로 나를 위로하려 든다. 나는 조소도 고소도 홍소도 아닌 웃음을 얼굴에 띠고 아내의 아름다운 얼굴을 쳐다본다. 아내는 방그레 웃는다. 그러나 그 얼굴에 떠도는 일말의 애수를 나는 놓치지 않는다.

아내는 능히 내가 배고파 하는 것을 눈치챌 것이다. 그러나 아랫방에서 먹고 남은 음식을 나에게 주려 들지는 않는다. 그것은 어디까지든지 나를 존경하는 마음일 것임에 틀림없다. 나는 배가 고프면서도 적이 마음이 든든한 것을 좋아했다. 아내가 무엇이라고 지껄이고 갔는지 귀에 남아 있을 리가 없다. 다만 내 머리맡에 아내가 놓고 간 은화가 전등불에 흐릿하게 빛나고 있을 뿐이다.

고 금고형 벙어리 속에 은화가 얼마만큼이나 모였을까? 나는 그러나 그것을 쳐들어 보지 않았다. 그저 아무런 의욕도 기원도 없이 그 단추 구멍처럼 생긴 틈바구니로 은화를 떨어뜨려 둘 뿐이었다.

왜 아내의 내객들이 아내에게 돈을 놓고 가나 하는 것이 풀 수 없는 의문인 것같이, 왜 아내는 나에게 돈을 놓고 가나 하는 것도 역시 나에게는 똑같이 풀 수 없는 의문이었다. 내 비록 아내가 내게 돈을 놓고 가는 것이 싫지 않았다 하더라도 그것은 다만 고것이 내 손가락 닿는 순간에서부터 고 벙어리 주둥이에서 자취를 감추기까지의 하잘것없는 짧은 촉각이 좋았달 뿐이지 그 이상 아무 기쁨도 없다.

어느 날 나는 고 벙어리를 변소에 갖다 넣어 버렸다.[28] 그때 벙어리 속에는 몇 푼이나 되는지 모르겠으나 고 은화들이 꽤 들어 있었다.

나는 내가 지구 위에 살며 내가 이렇게 살고 있는 지구가 질풍 신뢰의 속력으로 광대 무변의 공간을 달리고 있다는 것을 생각했을 때 참 허망하였다. 나는 이렇게 부지런한 지구 위에서는 현기증도 날 것 같고 해서 한 시바삐 내려 버리고 싶었다.[29]

이불 속에서 이런 생각을 하고 난 뒤에는 나는 고 은화를 고 벙어리에 넣고 넣고 하는 것조차 귀찮아졌다. 나는 아내가 손수 벙어리를 사용하였으면 하고 생각하였다. 벙어리도 돈도 사실은 아내에게만 필요한 것이지 내게는 애초부터 의미가 전연 없는 것이었으니까 될 수만 있으면 그 벙어리를 아내는 아내 방으로 가져갔으면 하고 기다렸다.

그러나 아내는 가져가지 않는다. 나는 내가 아내 방으로 가져다 둘까 하고 생각하여 보았으나 그즈음에는 아내의 내객이 워낙 많아서 내가 아내 방에 가 볼 기회가 도무지 없었다. 그래서 나는 하는 수 없이 변소에 갖다 집어넣어 버리고 만 것이다.[30]

나는 서글픈 마음으로 아내의 꾸지람을 기다렸다. 그러나 아내는 끝내 아무 말도 하지 않았다. 않았을 뿐만 아니라 여전히 돈은 돈대로 머리맡

---

28 '나'의 자의식 속에 아내에게서 받은 돈을 가지고 있다는 사실이 싫어진 심리적인 변화가 있음을 암시한다.

29 '나'의 자의식 과잉을 보여 주는 표현.

30 이런 행위는 어린아이들이 부모의 관심을 유발하기 위하여 일부러 오줌을 싸는 것 같은 일종의 '자해 행위'와 일맥상통한다.

에 놓고 가지 않나! 내 머리맡에는 어느덧 은화가 꽤 많이 모였다.

내객이 아내에게 돈을 놓고 가는 것이나 아내가 내게 돈을 놓고 가는 것이나 일종의 쾌감—그 외의 다른 아무런 이유도 없는 것이 아닐까 하는 것을 나는 또 이불 속에서 연구하기 시작하였다.

쾌감이라면 어떤 종류의 쾌감일까를 계속하여 연구하였다. 그러나 그것은 이불 속의 연구로는 알 길이 없었다. 쾌감, 쾌감, 하고 나는 뜻밖에도 이 문제에 대해서만 흥미를 느꼈다.

아내는 물론 나를 늘 감금하여 두다시피 해 왔다. 내게 불평이 있을 리 없다. 그런 중에도 나는 그 쾌감이라는 것의 유무를 체험하고 싶었다.

나는 아내의 밤 외출 틈을 타서 밖으로 나왔다. 나는 거리에서 잊어버리지 않고 가지고 나온 은화를 지폐로 바꾼다. 5원이나 된다. 그것을 주머니에 넣고 나는 목적지를 잃어버리기 위하여 얼마든지 거리를 쏘다녔다. 오래간만에 보는 거리는 거의 경이에 가까울 만큼 내 신경을 흥분시키지 않고는 마지않았다. 나는 금시에 피곤하여 버렸다. 그러나 나는 참았다. 그리고 밤이 이슥하도록 까닭을 잃어버린 채 이 거리 저 거리로 지향 없이 헤맸다. 돈은 물론 한 푼도 쓰지 않았다. 돈을 쓸 아무 엄두도 나서지 않았다. 나는 벌써 돈을 쓰는 기능을 완전히 상실한 것 같았다.

나는 과연 피로를 이 이상 견디기가 어려웠다. 나는 가까스로 내 집을 찾았다. 나는 내 방을 가려면 아내 방을 통과하지 않으면 안 될 것을 알고, 아내에게 내객이 있나 없나를 걱정하면서 미닫이 앞에서 좀 거북살스럽게 기침을 한 번 했더니, 이것은 참 또 너무도 암상스럽게 미닫이가 열리면서 아내의 얼굴과 그 등 뒤에 낯선 남자의 얼굴이 이쪽을 내다보는 것이다. 나는 별안간 내어 쏟아지는 불빛에 눈이 부셔서 좀 머뭇머뭇했다.

나는 아내의 눈초리를 못 본 것은 아니다. 그러나 나는 모른 체하는 수밖에 없었다. 왜? 나는 어쨌든 아내의 방을 통과하지 아니하면 안 되니까…….

나는 이불을 뒤집어썼다. 무엇보다도 다리가 아파서 견딜 수가 없었다. 이불 속에서는 가슴이 울렁거리면서 암만해도 까무러칠 것만 같았다. 걸을 때는 몰랐더니 숨이 차다. 등에 식은땀이 쭉 내밴다. 나는 외출한 것을 후회하였다. 이런 피로를 잊고 어서 잠이 들었으면 좋았다. 한잠 잘 자고 싶었다.

얼마 동안이나 비스듬히 엎드려 있었더니 차츰차츰 뚝딱거리는 가슴 동계動悸[31]가 가라앉는다. 그만해도 우선 살 것 같았다. 나는 몸을 들쳐 반듯이 천장을 향하여 눕고 쭈욱 다리를 뻗었다.

그러나 나는 또다시 가슴의 동계를 피할 수 없게 되었다. 아랫방에서 아내와 그 남자의, 내 귀에도 들리지 않을 만큼 낮은 목소리로 소곤거리는 기척이 장지 틈으로 전하여 왔던 것이다. 청각을 더 예민하게 하기 위하여 나는 눈을 떴다. 그리고 숨을 죽였다.

그러나 그때는 벌써 아내와 남자는 앉았던 자리를 툭툭 털고 일어섰고 일어서면서 옷과 모자 쓰는 기척이 나는 듯하더니 이어 미닫이가 열리고 구두 뒤축 소리가 나고 그리고 뜰에 내려서는 소리가 쿵하고 나면서 뒤를 따르는 아내의 고무신 소리가 두어 발짝 찍찍 나고 사뿐사뿐 나나 하는 사이에 두 사람의 발소리가 대문 쪽으로 사라졌다.

나는 아내의 이런 태도를 본 일이 없다. 아내는 어떤 사람과도 결코 소곤거리는 법이 없다. 나는 윗방에서 이불을 쓰고 누웠는 동안에도 혹 술이 취해서 혀가 잘 돌아가지 않는 내객들의 담화는 더러 놓치는 수가 있어도 아내의 높지도 낮지도 않은 말소리는 일찍이 한마디도 놓쳐 본 일이 없다. 더러 내 귀에 거슬리는 소리가 있어도 나는 그것이 태연한 목소리로 내 귀에 들렸다는 이유로 충분히 안심이 되었다.

그렇던 아내의 이런 태도는 필시 그 속에 여간하지 않은 사정이 있는

31 심장의 고동이 심하여 가슴이 울렁거리는 일.

듯싶이 생각이 되고, 내 마음은 좀 서운했으나 그보다도 나는 좀 너무 피로해서 오늘만은 이불 속에서 아무것도 연구하지 않기로 굳게 결심하고 잠을 기다렸다. 낮잠은 좀처럼 오지 않았다. 대문간에 나간 아내도 좀처럼 들어오지 않았다. 그러는 동안에 흐지부지 나는 잠이 들어 버렸다. 꿈이 얼쑹덜쑹 종을 잡을 수 없는 거리의 풍경을 여전히 헤맸다.

나는 몹시 흔들렸다. 내객을 보내고 들어온 아내가 잠든 나를 잡아 흔드는 것이다. 나는 눈을 번쩍 뜨고 아내의 얼굴을 쳐다보았다. 아내의 얼굴에는 웃음이 없다. 나는 좀 눈을 비비고 아내의 얼굴을 자세히 보았다. 노기가 눈초리에 떠서 얇은 입술이 바르르 떨린다. 좀처럼 이 노기가 풀리기는 어려울 것 같았다.[32] 나는 그대로 눈을 감아 버렸다. 벼락이 내리기를 기다린 것이다. 그러나 쌔근하는 숨소리가 나면서 부스스 아내의 치맛자락 소리가 나고 장지가 여닫히며 아내는 아내 방으로 돌아갔다.

나는 다시 몸을 돌쳐 이불을 뒤집어쓰고는 개구리처럼 엎드리고, 엎드려서 배가 고픈 가운데도 오늘밤의 외출을 또 한 번 후회하였다.

나는 이불 속에서 아내에게 사죄하였다. 그것은 네 오해라고…….

나는 사실 밤이 퍽이나 이슥한 줄만 알았던 것이다. 그것이 네 말마따나 자정 전인지는 정말이지 꿈에도 몰랐다. 나는 너무 피곤하였다. 오래간만에 나는 너무 많이 걸은 것이 잘못이다. 내 잘못이라면 잘못은 그것밖에 없다. 외출은 왜 하였더냐고?

나는 그 머리맡에 저절로 모인 5원 돈을 아무에게라도 좋으니 주어 보고 싶었던 것이다. 그뿐이다. 그러나 그것도 내 잘못이라면 나는 그렇게 알겠다. 나는 후회하고 있지 않나? 내가 그 5원 돈을 써 버릴 수가 있었

---

32 아내가 화를 낸 이유? 기둥서방(나)을 손님에게 들킨 점이 창피하고, 남편(나)에게 자기의 가장 추한 모습을 들킨 점이 화가 났기 때문이다.

던들 나는 자정 안에 집에 돌아올 수 없었을 것이다. 그러나 거리는 너무 복잡하였고 사람은 너무도 들끓었다. 나는 어느 사람을 붙들고 그 5원 돈을 내어 주어야 할지 갈피를 잡을 수가 없었다. 그러는 동안에 나는 여지없이 피곤해 버리고 말았던 것이다.

나는 무엇보다도 좀 쉬고 싶었다. 눕고 싶었다. 그래서 나는 하는 수 없이 집으로 돌아온 것이다. 내 짐작 같아서는 밤이 어지간히 늦은 줄만 알았는데, 그것이 불행히도 자정 전이었다는 것은 참 안된 일이다. 미안한 일이다. 나는 얼마든지 사죄하여도 좋다. 그러나 종시 아내의 오해를 풀지 못했다 하면 내가 이렇게까지 사죄하는 보람은 그럼 어디 있나? 한심하였다.

한 시간 동안을 나는 이렇게 초조하게 굴지 않으면 안 되었다. 나는 이불을 홱 젖혀 버리고 일어나서 장지를 열고 아내 방으로 비칠비칠 달려갔던 것이다. 내게는 거의 의식이라는 것이 없었다. 나는 아내 이불 위에 엎드러지면서 바지 포켓 속에서 그 돈 5원을 꺼내 아내 손에 쥐어 준 것을 간신히 기억할 뿐이다.

이튿날 잠이 깨었을 때 나는 내 아내 방 아내 이불 속에 있었다. 이것이 이 33번지에서 살기 시작한 이래 내가 아내 방에서 잔 맨 처음이었다.

해가 들창에 훨씬 높았는데 아내는 이미 외출하고 벌써 내 곁에 있지는 않다. 아니! 아내는 엊저녁 내가 의식을 잃은 동안에 외출한 것인지도 모른다. 그러나 나는 그런 것을 조사하고 싶지 않았다. 다만 전신이 찌뿌드드한 것이 손가락 하나 꼼짝할 힘조차 없었다. 책보보다 좀 작은 면적의 볕[33]이 눈이 부시다. 그 속에서 수없이 먼지가 흡사 미생물처럼 난무한다. 코가 콱 막히는 것 같다. 나는 다시 눈을 감고 이불을 푹 뒤집어쓰고 낮잠을 자기에 착수하였다. 그러나 코를 스치는 아내의 체취는 꽤 도

---

33 책보보다 작은 볕, 손수건만한 볕……. 이런 표현은 '나'의 자의식에 들어오면 볕도 물건(장난감)이 되고 마는 심리 상태를 보여 준다.

발적이었다. 나는 몸을 여러 번 여러 번 비비 꼬면서 아내의 화장대에 늘어선 고 가지각색 화장품 병들의 마개를 뽑았을 때 풍기는 냄새를 더듬느라고 좀처럼 잠은 들지 않는 것을 나는 어찌하는 수도 없었다.

견디다 못하여 나는 그만 이불을 걷어차고 벌떡 일어나서 내 방으로 갔다. 내 방에는 다 식어 빠진 내 끼니가 가지런히 놓여 있는 것이다. 아내는 내 모이를 여기다 두고 나간 것이다. 나는 우선 배가 고팠다. 한 숟갈을 입에 떠 넣었을 때 그 촉감은 참 너무도 냉회와 같이 써늘하였다. 나는 숟갈을 놓고 내 이불 속으로 들어갔다. 하룻밤을 비었던 내 이부자리는 여전히 반갑게 나를 맞아 준다. 나는 내 이불을 뒤집어쓰고 이번에는 참 늘어지게 한잠 잤다. 잘…….

내가 잠을 깬 것은 전등이 켜진 뒤다. 그러나 아내는 아직도 돌아오지 않았나 보다. 아니! 들어왔다 또 나갔는지 알 수 없다. 그러나 그런 것을 삼고三考하여 무엇하나? 정신이 한결 난다. 나는 밤일을 생각해 보았다. 그 돈 5원을 아내 손에 쥐어 주고 넘어졌을 때 느낄 수 있었던 쾌감을 나는 무엇이라고 설명할 수가 없었다. 그러나 내객들이 내 아내에게 돈 놓고 가는 심리며 내 아내가 내게 돈 놓고 가는 심리의 비밀을 나는 알아낸 것 같아서 여간 즐거운 것이 아니다. 나는 속으로 빙그레 웃어 보았다. 이런 것을 모르고 오늘까지 지내 온 내 자신이 어떻게 우스꽝스럽게 보이는지 몰랐다. 나는 어깨춤이 났다.

따라서 나는 또 오늘밤에도 외출하고 싶었다. 그러나 돈이 없다. 나는 또 엊저녁에 그 돈 5원을 한꺼번에 아내에게 주어 버린 것을 후회하였다. 또 고 벙어리를 변소에 갖다 처넣어 버린 것도 후회하였다. 나는 실없이 실망하면서 습관처럼 그 돈 5원이 들어 있던 내 바지 포켓에 손을 넣어 한번 휘둘러 보았다. 뜻밖에도 내 손에 쥐어지는 것이 있었다. 2원밖에 없다. 그러나 많아야 맛은 아니다. 얼마간이고 있으면 된다. 나는 그만한 것이 여간 고마운 것이 아니었다.

나는 기운을 얻었다. 나는 그 단벌 다 떨어진 골덴 양복을 걸치고 배고픈 것도 주제 사나운 것도 다 잊어버리고 활갯짓을 하면서 또 거리로 나섰다. 나서면서 나는 제발 시간이 화살 단 듯해서 자정이 어서 홱 지나 버렸으면 하고 조바심을 태웠다. 아내에게 돈을 주고 아내 방에서 자 보는 것은 어디까지든지 좋았지만 만일 잘못해서 자정 전에 집에 들어갔다가 아내의 눈총을 맞는 것은 그것은 여간 무서운 일이 아니었다.

나는 저물도록 길가 시계를 들여다보고 들여다보고 하면서 또 지향 없이 거리를 방황하였다. 그러나 이날은 좀처럼 피곤하지는 않았다. 다만 시간이 좀 너무 더디게 가는 것만 같아서 안타까웠다.

경성역 시계가 확실히 자정을 지난 것을 본 뒤에 나는 집을 향하였다. 그날은 그 일각 대문에서 아내와 아내의 남자가 이야기하고 섰는 것을 만났다. 나는 모른 체하고 두 사람 곁을 지나서 내 방으로 들어갔다. 뒤이어 아내도 들어왔다. 와서는 이 밤중에 평생 안 하던 쓰레질을 하는 것이었다. 조금 있다가 아내가 눕는 기척을 엿보자마자 나는 또 장지를 열고 아내 방으로 가서 그 돈 2원을 아내 손에 덥석 쥐어 주고 그리고—하여간 그 2원을 오늘 밤에도 쓰지 않고 도로 가져온 것이 참 이상하다는 듯이 아내는 내 얼굴을 몇 번이고 엿보고—아내는 드디어 아무 말도 없이 나를 자기 방에 재워 주었다. 나는 이 기쁨을 세상의 무엇과도 바꾸고 싶지는 않았다. 나는 편히 잘 잤다.

이튿날도 내가 잠이 깨었을 때는 아내는 보이지 않았다. 나는 또 내 방으로 가서 피곤한 몸이 낮잠을 잤다. 내가 아내에게 흔들려 깼을 때는 역시 불이 들어온 뒤였다. 아내는 자기 방으로 나를 오라는 것이다. 이런 일은 또 처음이다. 아내는 끊임없이 얼굴에 미소를 띠고 내 팔을 이끄는 것이다. 나는 이런 아내의 태도 이면에 엔간치 않은 음모가 숨어 있지나 않은가 하고 적이 불안을 느끼지 않을 수 없었다.

나는 아내의 하자는 대로 아내의 방으로 끌려갔다. 아내 방에는 저녁

밥상이 조촐하게 차려져 있는 것이다. 생각해 보면 나는 이틀을 굶었다. 나는 지금 배고픈 것까지도 긴가민가 잊어버리고 어름어름하던 차다.

나는 생각하였다. 이 최후의 만찬을 먹고 나자마자 벼락이 내려도 나는 차라리 후회하지 않을 것을. 사실 나는 인간 세상이 너무나 심심해서 못 견디겠던 차다. 모든 것이 성가시고 귀찮았으나 그러나 불의의 재난이라는 것은 즐겁다.

나는 마음을 턱 놓고 조용히 아내와 마주 이 해괴한 저녁밥을 먹었다. 우리 부부는 이야기하는 법이 없었다. 밥을 먹은 뒤에도 나는 말이 없이 부스스 일어나서 내 방으로 건너가 버렸다. 아내는 나를 붙잡지 않았다. 나는 벽에 기대 앉아서 담배를 한 대 피워 물고 그리고 벼락이 떨어질 테거든 어서 떨어져라 하고 기다렸다.

5분! 10분!

그러나 벼락은 내리지 않았다. 긴장이 차츰 풀어지기 시작한다. 나는 어느덧 오늘 밤에도 외출할 것을 생각하고 있었다. 돈이 있었으면 하고 생각하고 있었다.

그러나 돈은 확실히 없다. 오늘은 외출하여도 나중에 올 무슨 기쁨이 있나? 내 앞이 그저 아득하였다. 나는 화가 나서 이불을 뒤집어쓰고 이리 뒹굴 저리 뒹굴 굴렀다. 금시 먹은 밥이 목으로 자꾸 치밀어 올라온다. 메스꺼웠다.

하늘에서 얼마라도 좋으니 왜 지폐가 소낙비처럼 퍼붓지 않나, 그것이 그저 한없이 야속하고 슬펐다. 나는 이렇게밖에 돈을 구하는 아무런 방법도 알지는 못했다. 나는 이불 속에서 좀 울었나 보다. 왜 없느냐면서…….

그랬더니 아내가 또 내 방에를 왔다. 나는 깜짝 놀라 아마 이제서야 벼락이 내리려나 보다 하고 숨을 죽이고 두꺼비 모양으로 엎드려 있었다. 그러나 떨어진 입을 새어 나오는 아내의 말소리는 참 부드러웠다. 정다웠다. 아내는 내가 왜 우는지를 안다는 것이다. 돈이 없어서 그러는 게 아니냔다. 나는 실없이 깜짝 놀랐다. 어떻게 사람의 속을 환하게 들여다보는 고 해서 나는 한편으로 슬그머니 겁도 안 나는 것은 아니었으나 저렇게 말하는 것을 보면 아마 내게 돈을 줄 생각이 있나 보다. 만일 그렇다면 오죽이나 좋은 일일까. 나는 이불 속에 똘똘 말린 채 고개도 들지 않고 아내의 다음 거동을 기다리고 있으니까 '옜소'[34] 하고 내 머리맡에 내려뜨리는 것은 그 가뿐한 음향으로 보아 지폐에 틀림없었다. 그리고 내 귀에다 대고 오늘일랑 어제보다도 늦게 돌아와도 좋다고 속삭이는 것이다. 그것은 어렵지 않다. 우선 그 돈이 무엇보다도 고맙고 반가웠다.

어쨌든 나섰다. 나는 좀 야맹증이다. 그래서 될 수 있는 대로 밝은 거리로 돌아다니기로 했다. 그러고는 경성역 1, 2등 대합실 한곁 티룸[35]에를 들렀다. 그것은 내게는 큰 발견이었다. 거기는 우선 아무도 아는 사람이 안 온다. 설사 왔다가도 곧 돌아가니까 좋다. 나는 날마다 여기 와서 시간을 보내리라 속으로 생각해 두었다. 제일 여기 시계가 어느 시계보다도 정확하리라는 것이 좋았다. 섣불리 서투른 시계를 보고 그것을 믿고 시간 전에 집에 돌아갔다가 큰코를 다쳐서는 안 된다.

나는 한 부스에 아무것도 없는 것과 마주 앉아서 잘 끓은 커피를 마셨다. 총총한 가운데 여객들은 그래도 한 잔 커피가 즐거운가 보다. 얼른얼른 마시고 무얼 좀 생각하는 것같이 담벼락도 좀 쳐다보고 하다가 곧 나가 버린다. 서글프다. 그러나 내게는 이 서글픈 분위기가 거리의 티룸들의 그 거추장스러운 분위기보다는 절실하고 마음에 들었다. 이따금 들리는 날카로운, 혹은 우렁찬 기적 소리가 모차르트보다도 더 가깝다.[36]

나는 메뉴에 적힌 몇 가지 안 되는 음식 이름을 치읽고 내리읽고 여러 번 읽었다. 그것들은 아물아물하는 것이 어딘가 내 어렸을 때 동무들 이

34 여기 있소.

35 다방.

36 작가 이상은 실제 다방(티룸)을 운영한 적이 있다. 종로에서 '제비' 라는 다방도 했었고, '69' 라는 다방도 연 적이 있었다. 모차르트는 이상이 가장 좋아하는 음악가이다.

름과 비슷한 데가 있었다.

거기서 얼마나 내가 오래 앉았는지 정신이 오락가락하는 중에 객이 슬며시 뜸해지면서 이 구석 저 구석 걷어치우기 시작하는 것을 보면 아마 닫는 시간이 된 모양이다. 열한 시가 좀 지났구나, 여기도 결코 내 안주의 곳은 아니구나, 어디 가서 자정을 넘길까? 두루 걱정을 하면서 나는 밖으로 나섰다. 비가 온다. 빗발이 제법 굵은 것이 우비도 우산도 없는 나를 고생을 시킬 작정이다. 그렇다고 이런 괴이한 풍모를 차리고 이 홀에서 어물어물하는 수도 없고, 에이 비를 맞으면 맞았지 하고 그냥 나서 버렸다.

대단히 선선해서 견딜 수가 없다. 골텐 옷이 젖기 시작하더니 나중에는 속속들이 스며들면서 추근거린다. 비를 맞아 가면서라도 견딜 수 있는 데까지 거리를 돌아다녀서 시간을 보내려 하였으나, 인제는 선선해서 이 이상은 더 견딜 수가 없다. 오한이 자꾸 일어나면서 이가 딱딱 맞부딪는다. 나는 걸음을 재우치면서 생각하였다. 오늘 같은 궂은 날도 아내에게 내객이 있을라구, 없겠지, 하는 생각이 드는 것이다. 집으로 가야겠다. 아내에게 불행히 내객이 있거든 내 사정을 하리라. 사정을 하면 이렇게 비가 오는 것을 눈으로 보고 알아 주겠지.

부리나케 와 보니까 그러나 아내에게는 내객이 있었다. 나는 너무 춥고 척척해서 얼떨김에 노크하는 것을 잊었다. 그래서 나는 보면 아내가 덜 좋아할 것을 그만 보았다. 나는 감발자국 같은 발자국을 내면서 덤벙덤벙 아내 방을 디디고 내 방으로 가서 쭉 빠진 옷을 활활 벗어 버리고 이불을 뒤썼다. 덜덜덜덜 떨린다. 오한이 점점 더 심해 들어온다. 여전 땅이 꺼져 들어가는 것만 같았다. 나는 그만 의식을 잃어버리고 말았다.

이튿날 내가 눈을 떴을 때 아내는 내 머리맡에 앉아서 제법 근심스러운 얼굴이다. 나는 감기가 들었다. 여전히 으스스 춥고 또 골치가 아프고 입에 군침이 도는 것이 씁쓸하면서 다리 팔이 척 늘어져서 노곤하다. 아내는 내 머리를 쓱 짚어 보더니 약을 먹어야지 한다. 아내 손이 이마에 선뜻한 것을 보면 신열이 어지간한 모양인데, 약을 먹는다면 해열제를 먹어야지 하고 속생각을 하자니까 아내는 따뜻한 물에 하얀 정제약[37] 네 개를 준다. 이것을 먹고 한잠 푹 자고 나면 괜찮다는 것이다. 나는 널름 받아먹었다. 쌉싸름한 것이 짐작 같아서는 아마 아스피린[38]인가 싶다. 나는 다시 이불을 쓰고 단번에 그냥 죽은 것처럼 잠이 들어 버렸다.

나는 콧물을 훌쩍훌쩍 하면서 여러 날을 앓았다. 앓는 동안에 끊이지 않고 그 정제약을 먹었다. 그러는 동안에 감기도 나았다. 그러나 입맛은 여전히 소태처럼 썼다.

나는 차츰 또 외출하고 싶은 생각이 났다. 그러나 아내는 나더러 외출하지 말라고 이르는 것이다. 이 약을 날마다 먹고 그리고 가만히 누워 있으라는 것이다. 공연히 외출을 하다가 이렇게 감기가 들어서 저를 고생시키는 게 아니냔다. 그도 그렇다. 그럼 외출을 하지 않겠다고 맹세하고 그 약을 연복連服하여 몸을 좀 보해 보리라고 나는 생각하였다.

나는 날마다 이불을 뒤집어쓰고 밤이나 낮이나 잤다. 유난스럽게 밤이나 낮이나 졸려서 견딜 수가 없는 것이다. 나는 이렇게 잠이 자꾸만 오는 것은 내가 몸이 훨씬 튼튼해진 증거라고 굳게 믿었다.

나는 아마 한 달이나 이렇게 지냈나 보다. 내 머리와 수염이 좀 너무 자라서 훗훗해서 견딜 수가 없어서 내 거울을 좀 보리라고 아내가 외출한 틈을 타서 나는 아내 방으로 가서 아내의 화장대 앞에 앉아 보았다. 상당하다. 수염과 머리가 참 상당하였다.

오늘은 이발을 좀 하리라고 생각하고 겸사겸사 고 화장품 병들 마개를 뽑고 이것저것 맡아 보았다. 한동안 잊어버렸던 향기 가운데서는 몸이 배배 꼬일 것 같은 체취가 전해 나왔다. 나는 아내의 이름을 속으로만 한 번 불러 보았다. '연심이'[39] 하고…….

---

37 사실은 이 약이 문제이다.

38 해열제, 진통제, 소염제 등으로 이용되는 하얀 색의 분말이다.

39 작가 이상이 황해도 배천 온천 가서 요양할 때 만난 여인 이름이 금홍이고, 이 금홍이의 본명이 연심이다. 작가 자신도 모르는 사이에 연인의 본명을 작중 인물로 사용한 것이다.

오래간만에 돋보기 장난도 하였다. 거울 장난도 하였다. 창에 든 볕이 여간 따뜻한 것이 아니었다. 생각하면 5월이 아니냐.

나는 커다랗게 기지개를 한 번 켜 보고 아내 베개를 내려 베고 벌떡 자빠져서는 이렇게도 편안하고 즐거운 세월을 하느님께 흠씬 자랑해 주고 싶었다. 나는 참 세상의 아무것과도 교섭을 가지지 않는다. 하느님도 아마 나를 칭찬할 수도 처벌할 수도 없는 것 같다.

그러나 다음 순간 실로 세상에도 이상스러운 것이 눈에 띄었다. 그것은 최면약 아달린 갑[40]이었다. 나는 그것을 아내의 화장대 밑에서 발견하고 그것이 흡사 아스피린처럼 생겼다고 느꼈다. 나는 그것을 열어 보았다. 꼭 네 개가 비었다.

나는 오늘 아침에 네 개의 아스피린을 먹은 것을 기억하고 있었다. 나는 잤다. 어제도 그제도 그끄제도……. 나는 졸려서 견딜 수가 없었다. 나는 감기가 다 나았는데도 아내는 내게 아스피린을 주었다. 내가 잠이 든 동안에 이웃에 불이 난 일이 있다. 그때에도 나는 자느라고 몰랐다. 이렇게 나는 잤다. 나는 아스피린으로 알고 그럼 한 달 동안을 두고 아달린을 먹어 온 것이다. 이것은 좀 너무 심하다.

별안간 아뜩하더니 하마터면 나는 까무러칠 뻔하였다.[41] 나는 그 아달린을 주머니에 넣고 집을 나섰다. 그리고 산을 찾아 올라갔다. 인간 세상의 아무것도 보기가 싫었던 것이다. 걸으면서 나는 아무쪼록 아내에 관계되는 일은 일체 생각하지 않도록 노력하였다. 길에서 까무러치기 쉬우니까다. 나는 어디라도 양지가 바른 자리를 하나 골라 자리를 잡아 가지고 서서히 아내에 관하여서 연구할 작정이었다. 나는 길가의 돌창, 구경도 못한 진개나리꽃, 종달새, 돌멩이도 새끼를 까는 이야기, 이런 것만 생각하였다. 다행히 길가에서 나는 졸도하지 않았다.

---

40 쓴맛이 있고 냄새가 없는 흰 결정성 가루. 최면제나 진정제로 씀.
41 그토록 사랑하고 믿었던 아내에 대한 최초의 배신감 때문이다.

거기는 벤치가 있었다. 나는 거기 정좌하고 그리고 그 아스피린과 아달린에 관하여 연구하였다. 그러나 머리가 도무지 혼란하여 생각이 체계를 이루지 않는다. 단 5분이 못 가서 나는 그만 귀찮은 생각이 번쩍 들면서 심술이 났다. 나는 주머니에서 가지고 온 아달린을 꺼내 남은 여섯 개를 한꺼번에 질겅질겅 씹어 먹어 버렸다. 맛이 익살맞다. 그러고 나서 나는 그 벤치 위에 가로 기다랗게 누웠다.[42] 무슨 생각으로 내가 그따위 짓을 했나, 알 수가 없다. 그저 그러고 싶었다. 나는 게서 그냥 깊이 잠이 들었다. 잠결에도 바위틈으로 흐르는 물소리가 졸졸하고 언제까지나 귀에 어렴풋이 들려왔다.

내가 잠을 깼을 때는 날이 환히 밝은 뒤다. 나는 거기서 일주야[43]를 잔 것이다. 풍경이 그냥 노랗게 보인다. 그 속에서도 나는 번개처럼 아스피린과 아달린이 생각났다.

아스피린, 아달린, 아스피린, 아달린, 마르크, 말사스, 마도로스, 아스피린, 아달린.

아내는 한 달 동안 아달린을 아스피린이라고 속이고 내게 먹였다. 그것은 아내 방에서 이 아달린 갑이 발견된 것으로 미루어 증거가 너무나 확실하다.

무슨 목적으로 아내는 나를 밤이나 낮이나 재웠어야 됐나? 나를 밤이나 낮이나 재워 놓고, 그리고 아내는 내가 자는 동안에 무슨 짓을 했나? 나를 조금씩 조금씩 죽이려던 것일까? 그러나 또 생각해 보면 내가 한 달을 두고 먹어 온 것이 아스피린이었는지도 모른다. 아내는 무슨 근심되는 일이 있어서, 밤이면 잠이 잘 오지 않아서 정작 아내가 아달린을 사용한 것이나 아닌지? 그렇다면 나는 참 미안하다. 나는 아내에게 이렇게 큰 의혹을 가졌다는 것이 참 안됐다.[44]

---

42 아내에 대한 최대의 반항이다.

43 일주일. 7일.

44 아내에 대한 증오의 감정과 사랑의 감정이 반복적으로 찾아와 '나'가 번민하는 것이다.

나는 그래서 부리나케 거기서 내려왔다. 아랫도리가 홰홰 내어 저이면서 어찔어찔한 것을 나는 겨우 집을 향하여 걸었다. 여덟 시 가까이였다.

나는 내 잘못된 생각을 죄다 일러바치고 아내에게 사죄하려는 것이다. 나는 너무 급해서 그만 또 말을 잊어버렸다. 그랬더니 이건 참 큰일났다. 나는 내 눈으로 절대로 보아서 안 될 것을 그만 딱 보아 버리고 만 것이다.[45] 나는 얼떨결에 그만 냉큼 미닫이를 닫고 그리고 현기증이 나는 것을 진정시키느라고 잠깐 고개를 숙이고 눈을 감고 기둥을 짚고 섰자니까, 1초 여유도 없이 홱 미닫이가 다시 열리더니 매무새를 풀어헤친 아내가 불쑥 내밀면서 내 멱살을 잡는 것이다. 나는 그만 어지러워서 게서 나둥그러졌다. 그랬더니 아내는 넘어진 내 위에 덮치면서 내 살을 함부로 물어뜯는 것이다. 아파 죽겠다. 나는 사실 반항할 의사도 힘도 없어서 그냥 넙적 엎드려 있으면서 어떻게 되나 보고 있자니까, 뒤이어 남자가 나오는 것 같더니 아내를 한아름에 덥석 안아 가지고 방으로 들어가는 것이다. 아내는 아무 말 없이 다소곳이 그렇게 안겨 들어가는 것이 내 눈에 여간 미운 것이 아니다. 밉다.

아내는 너 밤새워 가면서 도둑질하러 다니느냐, 계집질하러 다니느냐고 발악이다. 이것은 참 너무 억울하다. 나는 어안이 벙벙하여 도무지 입이 떨어지지를 않았다. 너는 그야말로 나를 살해하려던 것이 아니냐고 소리를 한번 꽥 질러 보고도 싶었으나, 그런 긴가민가한 소리를 섣불리 입 밖에 내었다가는 무슨 화를 볼는지 알 수 없다. 차라리 억울하지만 잠자코 있는 것이 우선 상책인 듯싶이 생각이 들길래, 나는 이것은 또 무슨 생각으로 그랬는지 모르지만 툭툭 떨고 일어나서 내 바지 포켓 속에 남은 돈 몇 원 몇 십전을 가만히 꺼내서는 몰래 미닫이를 열고 살며시 문지방 밑에다 놓고 나서는, 나는 그냥 줄달음박질을 쳐서 나와 버렸다.

여러 번 자동차에 치일 뻔하면서 나는 그래도 경성역으로 찾아갔다.

---

45 두 번째 큰 실수이다.

빈 자리와 마주 앉아서 이 쓰디쓴 입맛을 거두기 위하여 무엇으로나 입가심을 하고 싶었다.

커피! 좋다. 그러나 경성역 홀에 한 걸음 들여놓았을 때 나는 내 주머니에는 돈이 한 푼도 없는 것을 그것을 깜박 잊었던 것을 깨달았다. 또 아뜩하였다. 나는 어디선가 그저 맥없이 머뭇머뭇하면서 어쩔 줄을 모를 뿐이었다. 얼빠진 사람처럼 그저 이리 갔다 저리 갔다 하면서…….

나는 어디로 어디로 들입다 쏘다녔는지 하나도 모른다. 다만 몇 시간 후에 내가 미쓰꼬시[46] 옥상에 있는 것을 깨달았을 때는 거의 대낮이었다.

나는 거기 아무 데나 주저앉아서 내 자라 온 스물여섯 해를 회고하여 보았다. 몽롱한 기억 속에서는 이렇다는 아무 제목도 불거져 나오지 않았다.

나는 또 내 자신에게 물어보았다. 너는 인생에 무슨 욕심이 있느냐고. 그러나 있다고도 없다고도 그런 대답은 하기가 싫었다. 나는 거의 나 자신의 존재를 인식하기조차도 어려웠다.

허리를 굽혀서 나는 그저 금붕어를 들여다보고 있었다. 금붕어는 참 잘들도 생겼다. 작은 놈은 작은 놈대로 큰 놈은 큰 놈대로 다 싱싱하니 보기 좋았다. 내리비치는 5월 햇살에 금붕어들은 그릇 바탕에 그림자를 내려뜨렸다. 지느러미는 하늘하늘 손수건을 흔드는 흉내를 낸다. 나는 이 지느러미 수효를 헤어 보기도 하면서 굽힌 허리를 좀처럼 펴지 않았다. 등이 따뜻하다.

나는 또 오탁汚濁의 거리를 내려다보았다. 거기서는 피곤한 생활이 똑 금붕어 지느러미처럼 흐늑흐늑 허우적거렸다.[47] 눈에 보이지 않는 끈적끈적한 줄에 엉켜서 헤어나지들을 못한다. 나는 피로와 공복 때문에 무너져 들어가는 몸뚱이를 끌고 그 오탁의 거리 속으로 섞여 가지 않는 수도

---

46 이 무렵 있었던 백화점. 지금의 신세계 본점 자리이다.

47 '나'와 금붕어는 일체감을 느낀다. 어항 속에 갇혀 있는 금붕어, 아내한테 구속되어 있는 나.

없다 생각하였다.

나서서 나는 또 문득 생각해 보았다. 이 발길이 지금 어디로 향하여 가는 것인가를…….

그때 내 눈앞에는 아내의 모가지가 벼락처럼 내려 떨어졌다. 아스피린과 아달린.

우리들은 서로 오해하고 있느니라. 설마 아내가 아스피린 대신에 아달린의 정량을 나에게 먹여 왔을까? 나는 그것을 믿을 수는 없다. 아내가 대체 그럴 까닭이 없을 것이니 그러면 나는 날밤을 새면서 도둑질을, 계집질을 하였나? 정말이지 아니다.

우리 부부는 숙명적으로 발이 맞지 않는 절름발이인 것이다.[48] 나나 아내나 제 거동에 로직(논리)을 붙일 필요는 없다. 변해辨解 할 필요도 없다. 사실은 사실대로, 오해는 오해대로 그저 끝없이 발을 절뚝거리면서 세상을 걸어가면 되는 것이다. 그렇지 않을까?

그러나 나는 이 발길이 아내에게로 돌아가야 옳은가 이것만은 분간하기가 좀 어려웠다. 가야 하나? 그럼 어디로 가나?

이때 뚜하고 정오 사이렌[49]이 울었다. 사람들은 모두 네 활개를 펴고 닭처럼 푸드덕거리는 것 같고 온갖 유리와 강철과 대리석과 지폐와 잉크가 부글부글 끓고 수선을 떨고 하는 것 같은 찰나! 그야말로 현란을 극한 정오다.

나는 불현듯 겨드랑이가 가렵다. 아하, 그것은 내 인공의 날개가 돋았던 자국이다. 오늘은 없는 이 날개. 머릿속에서는 희망과 야심이 말소된 페이지가 딕셔너리(사전) 넘어가듯 번뜩였다.

나는 걷던 걸음을 멈추고 그리고 일어나 한번 이렇게 외쳐 보고 싶었다.

---

48 '나'와 '아내'에 대한 결론이다.

49 '나'의 지금까지 이야기는 거의 밤의 이야기이다. 그런데 낮 열두 시 사이렌이다. 한낮 열두 시는 '나'에게는 정반대 구원의 개념이다.

날개야 다시 돋아라.

날자. 날자. 날자. 한 번만 더 날자꾸나.

한 번만 더 날아 보자꾸나.[50]

1936년 9월호 《조광》

50 작품의 주제를 마무리하는 결말이다. 혼돈에 빠져 있는 '나'의 자아가 눈을 뜨고 새로운 변신을 예고한다.

독서란 자기의 머리가

남의 머리로 생각하는 일이다.

- 쇼펜하우어

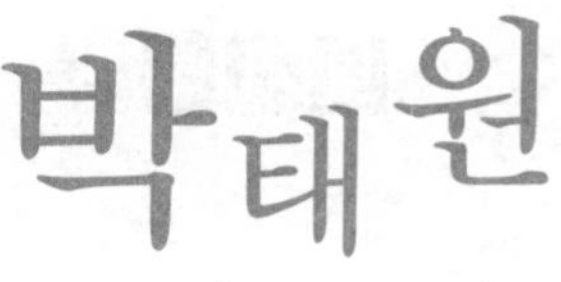

|1909 ~ 1987|

1909년 서울에서 태어나다. 1919년 경성사범부속 보통학교를 다니다가 1923년 경성제일고보에 편입학하다. 1926년 삼촌의 주선으로 이광수에게 문학 지도를 받아 재학 중《조선문단》,《동아일보》등에 시와 평론을 발표하기 시작하다. 1929년 일본 도쿄 호세이대학에 들어가다. 이해《동아일보》에 소설 〈해하의 일야〉를 연재하다. 1930년 호세이 대학을 중퇴하고 서울로 돌아와 잡지 《신생新生》에 단편 〈수염〉을 발표하면서 문단에 정식 데뷔하다. 1933년 '구인회'에 입회하고 1934년에 결혼하다. 이 무렵 〈소설가 구보씨의 1일〉, 〈천변풍경川邊風景〉 등을 발표함으로써 풍속 세태를 독특한 필치로 그려 내는 인기 작가로서 위치를 굳히다. 1941년 《매일신보》에 〈여인성장〉, 〈신역 삼국지〉를 연재하고 1942년《조광》에 〈수호지〉를 연재하다. 1947년 〈홍길동전〉을 쓰다. 1950년 6 · 25 전쟁 중 월북하여 1953년부터 평양 문과대 교수로 재직하던 중 1956년 남로당 계열로 몰려 숙청당하다. 1977년 완전 실명 전신불수 상태에서 〈갑오농민전쟁〉을 구술로 완성하다.

대|표|작

단편 〈수염〉(1930), 〈딱한 사람들〉(1934), 〈전말〉(1935), 〈비량〉(1936)과 중편 〈소설가 구보씨의 1일〉(1934), 장편 〈천변풍경〉(1936), 〈갑오농민전쟁〉(1986) 등이 있다.

미리보기

〈천변풍경〉은 1936년 《조광》에 연재한 장편소설로 총 50절로 구성되어 있는 작품이다. 어느 해 2월 초부터 다음해 1월까지 꼭 1년 동안 청계천변에 사는 사람들의 여러 가지 에피소드를 나열했다. 1930년대 모더니즘 소설의 대표적인 작품일 뿐만 아니라 박태원의 대표작이다.

이 작품은 제목 그대로 '청계천변' 이라는 공간을 무대로, 거기서 살고 있는 사람들의 풍경을 마치 ENG카메라로 찍듯이 묘사했다.

이야기는, 매일같이 여자들이 모이는 집합 장소인 빨래터와 남성들의 사교장이라고 할 수 있는 이발소를 중심으로 갖가지 장면들이 시시콜콜하게 그려진다.

마작으로 밤을 새고 주색잡기에 골몰하는 재력가 민 주사, 한약방 주인, 포목점 주인, 카페 여급 하나꼬, 결혼했다가 친정으로 쫓겨 온 이쁜이, 순박한 시골 처녀 금순이, 만돌 어멈이나 점룡 모친, 창수나 동팔이 같은 등장 인물의 삶을 통해 축첩 · 결혼 · 선거 · 직업 등 1930년대를 살아가는 서울 보통 사람들의 삶의 모습과 생활 풍속을 뛰어나게 묘사하고 있다.

〈천변풍경〉에는 특정한 주인공이 없다. 70여 명에 이르는 갖가지 인물들이 모자이크식으로 등장했다가 사라지는데 이러한 구성 방식은 이 작품에 홍미를 더해 준다. 즉 일정한 줄거리가 없으며, 소설의 일반적 구성

단계인 발단→전개→위기→절정→결말의 흐름을 따르지 않고 인물 각각의 에피소드가 나열된다.

1년 동안 청계천변에서 벌어지는 일상사가 작품의 주된 내용이고 각 절은 서로 상관없는 이야기로 이어지기도 한다.

학습길라잡이

구조분석

■ **갈래** 장편소설. 세태소설.
■ **주제** 1930년대 서울 보통 사람들의 삶과 애환.
■ **배경** 시간은 1930년대 어느 해. 공간은 청계천변을 중심으로 한 서울.
■ **시점** 전지적 작가 시점.

등장인물

약 70여 명(특정한 주인공이 없다).

■ **재봉이** 15, 6세. 이발소 사환. 이발소와 빨래터 골목에서 일어나는 대소 사건의 관찰자.
■ **민 주사** 재력 있는 50대 사법 서사. 계집질과 마작에 골몰하는 인물.
■ **하나꼬** 스무 살의 카페 여급. 손 주사, 은방 주인, 강 서방 등이 노린다.
■ **이쁜이** 천변 사람들의 축복 속에 결혼했으나 친정으로 쫓겨나는 여인. 점룡이가 짝사랑한 여인.
■ **금순이** 순박한 시골 색시. 기미꼬와 하나꼬 등과 함께 동거함.
■ **은방 주인** 순박한 시골 사람을 등치는 좋지 않은 인물.
■ **만돌 어멈** 포악한 남편과 사는 행랑 어멈.
■ **창수** 꾀 많은 한약국집 사환. 재봉이 또래.

플롯

■ **구성** 에피소드형. 모자이크형.

이 작품은 일반적 플롯 단계를 따르지 않고 에피소드와 에피소드를 연결하는 형식으로 구성하였다. 이런 구성 방식은 '모자이크 구성'이라고도 한다.

이것만은 놓치지 말자

계천은 어떤 곳?

청계천은 서울의 서북쪽 인왕산과 북악산 사이에서 발원하여 서울의 중심부를 뚫고 동쪽으로 흐른 다음 청량리 부근에서 남쪽으로 물길을 틀어 내려가다가는 사근동과 송정동, 성수동이 만나는 지점에서 중랑천과 합쳐져서 한강으로 흘러 드는 개천 이름이다. 원래 이름이 청풍계천淸風溪川인 청계천은 일제강점기 때 광화문 네거리에서 광교까지 복개된 데 이어, 1958년부터 여러 차례 복개 공사를 거쳐 폭 50m의 청계천로와 그 위로는 3·1고가도로가 놓여졌었다. 현재는 서울시가 복개한 도로를 뜯어 내고 청계천을 복원하는 공사를 진행 중이다. 60여 년 전 복개되기 전 청계천은 맑은 물이 흘렀고, 빨래터에는 아낙네들이 모여서 이야기꽃을 피우기도 했다. 〈천변풍경〉 제1절은 바로 이 청계천 빨래터 장면이다.

'구인회' 라는 문학 동인회

1933년 순수문학을 표방하고 김기림, 김유영, 이종명, 이효석, 이태준, 유치진, 조용만, 정지용, 이무영 등 문단의 중견급 작가 9명이 결성한 문학동인회이다. 이들은 계급주의 문학이나 공리주의 문학을 배격하고 순수문학을 표방했다. 얼마 후 이종명, 이효석, 김유영이 탈퇴하고 박태원, 이상, 박팔양, 김유정 등이 가입하였고 항상 회원은 9인을 유지했다. 1930년대 경향문학이 쇠퇴하고 문단의 주류가 된 이들은 순수문학을 확립하는 데 크게 기여하였으나 3, 4년 만에 해체하였다.

1. 이 작품이 발표될 무렵의 서울 풍경을 여러 가지 자료를 모아서 살펴보자.
2. 이 작품의 가장 중요한 현장은 빨래터와 이발소이다. 왜 이 두 장소가 중심 무대가 되고 있는지를 말해 보자.

천변풍경

✻♦

제3절 시골서 온 아이

소년은[1], 드디어, 그렇게도 동경하여 마지않던 서울로 올라오고야 말았다. 청량리를 들어서서 질편한 거리를 달리는 승합 자동차[2]의 창 너머로, 소년이 우선 본 것은 전차[3]라는 물건이었다. 시골 '가평'서 결코 볼 수 없었던 것이 그야 전차 한 가지가 아니다. 그래도 그는 지금 곧, 우선 저 전차에 한 번 올라타 보았으면 한다. 그러나 아버지는 어린 아들의 감격을 일일이 아랑곳하지 않고, 동관 앞 자동차부에서 차를 내리자, 그대로 그를 이끌어 종로로 향한다.

소년은 한길 한복판을 거의 쉴 사이 없이 달리는 전차에 가, 신기하지도 아무렇지도 않은 듯싶게 올라타고 있는 수많은 사람들의 얼굴에, 머리에, 등덜미에, 잠깐 동안 부러움 가득한 눈을 주었다.

"아버지. 우린 전차 안 타요?"

---

1 소년의 이름은 창수. 한약방 점원으로 취직하기 위하여 상경한다.

2 1930년대 서울 시내를 운행하던 버스를 가리킨다. 승합 자동차는 현재의 버스처럼 크지는 않았다. 포드 8인승, 14인승의 소형이었다. 한 번 타는 데 전차와 버스 요금은 5전, 경성역에 있는 공중전화 요금도 5전이었다.

3 이 무렵까지는, 전차가 서울 시민들의 가장 중요한 시내 교통수단이었다. 승합 자동차가 운행되기도 했고 '하이야'로 불리는 영업용 택시도 몇 대 있었고 인력거도 바쁘게 움직였지만 시민들은 전차를 가장 많이 이용했다.

"아, 바루 저긴데, 전찬 뭣 허러 타니?"

아무리 '바루 저기'라도 잠깐 좀 타 보면 어떠냐고, 소년은 적이 불평이었으나, 다음 순간, 그는 언제까지든 그것 한 가지에만 마음을 주고 있을 수 없게, 이제까지 시골구석에서 단순한 모든 것에 익숙하여 온 그의 어린 눈과 또 귀는 어지럽게도 바빴다.

전차도 전차려니와, 웬 자동차 자전거가 그렇게 쉴 새 없이 뒤를 이어서 달리느냐. 어디 장이 선 듯도 싶지 않건만, 사람은 또 웬 사람이 그리 거리에 넘치게 들끓느냐. 2층, 3층, 4층……. 웬 집들이 이리 높고, 또 그 위에는 무슨 간판이 그리 유난스리도 많이 걸려 있느냐.[4] 시골서 '영리하다' '똑똑하다' 바로 별명 비슷이 불려 온 소년으로도, 어느 틈엔가 제풀에 딱 벌려진 제 입을 어쩌는 수 없이, 마분지[5] 조각으로 고깔을 만들어 쓰고 무엇인지 종잇 조각을 돌리고 있는 사나이 모양에도, 그의 눈은 쉽사리 놀라고, 수많은 깃대잡이 아이놈들이 앞장을 서서, 몽당수염 난 이가 신나게 부는 날라리[6] 소리에도 어린이의 마음은 걷잡을 수 없게 들떴다.

몇 번인가 아버지의 모양을 군중 속에 잃어버릴 뻔하다가는 찾아내고 찾아내고 한 소년은, 종로 네거리[7] 광대한 건물 앞에 이르러 마침내 아버지의 팔을 잡았다.

"예가 무슨 집이에요, 아버지."

"저…… 화신상……, 화신상이란 데야."

"화신상요? 그래, 아무나 들어가요?"

"그럼, 아무나 들어가지."

그러나 아버지는, 아들이 지금 그 안에 들어갈 것을 허락지 않았다. 그

---

4 가평에서 갓 올라온 시골 소년 눈에 비친 서울 풍경이다. 전차, 자전거, 시장바닥같이 들끓는 인파, 줄지어 늘어선 3층집 4층집들…… 이것은 바로 1930년대 서울의 모습이다.

5 마분지馬糞紙. 빛이 누렇고 질이 낮은 종이.

6 우리 나라 고유의 관악기를 말한다. 구멍이 여덟 개 뚫린 목관 악기이다.

7 현재 종각역 앞 네거리.

는 겨우내 생각하고 또 생각한 나머지에 '마소 새끼는 시골로, 사람 새끼는 서울로'의 속담을 그대로 좇아, 아직 나이 어린 자식의 몸 위에 천만 가지 불안을 품었으면서도 '자식 하나 사람 만들어 보겠다'고 이내 그의 손을 잡고 '한성'으로 올라온 것이다. 지난번 올라왔을 때 들르지 못한 화신상회[8]에, 자기 자신 오래간만이니 잠깐 들어가 보고도 싶었으나, 그는 자식의 앞길을 결정하는 사무가 완전히 끝나기까지, 자기의 모든 거조[9]가 그렇게도 긴장되고 또 경건하기를 바랐다.

청계천[10]변, 한약국 주인 방에 가평서 올라온 부자는 주인 영감과 마주 대하여 앉았다.

"얘가 자제요니까?"

"네에, ……얘, 인사 여쭤라."

소년은 주인 영감의 짧은 아랫수염과 뒤로 제쳐진 귓바퀴에, 시골 구장 영감을 생각해 내며 한껏 긴장한 마음으로 공손히 절을 하였다. 그는 처음 보는 주인 영감 앞에서 몸 가지기가 거북한 것을 느끼지 않을 수 없었다. 아버지도 그의 앞에서는 보잘것없는 인물인 듯싶은 것이 또 마음에 부끄럽고 불안하였다. 그가 바로 검붉은 살빛까지 구장 영감과 흡사한 것에 비겨, 자기 아버지가 '시골뜨기'로 더구나 '애꾸'라는 것을 생각할 때, 소년은 제풀에 얼굴이 붉어졌다.

"너, 몇 살이지?"

---

8 화신상회는 종로 1가 네거리, 보신각 바로 건너편에 있었다. 평안도 용강에서 쌀장수와 인쇄소를 경영하던 20대 청년 박흥식이 서울로 진출해서 1931년에 이 화신상회를 매수한다. 그리고 1937년 현대식 건물을 신축하고 화신백화점으로 확장한다. 당시로서는 일본인이 경영하는 미쓰코시 백화점과 맞먹는 조선인 소유의 유일한 현대식 백화점이었다. 현재 이 자리에는 국세청 건물이 들어서 있다.

9 행동거지. 행동하거나 말하는 것.

10 종로와 을지로 사이를 흐르는 개천 이름이 청계천이다. 1960년대 이후 복개되고 그 위로 고가도로까지 놓였다가 2003년에 철거되었다. 옛날에는 이름 그대로 맑은 물이 흘렀다고 한다.

"네에, 이놈이 지금 열네 살이랍니다."

소년은, 자기가 대답할 수 있기 전에, 아버지가 대신 말하여 준 것이 또 불평이었다. 열네 살이면 처음 보는 이 앞에서도 능히 그러한 것을 제 입으로 대답할 수 있다. 어른이 대신 말하여 줄 때, 모르는 이는 아이가 똑똑치 못한 것같이 잘못 알지도 모른다. 그는 광대뼈가 약간 나온 주인 영감의 옆얼굴을 곁눈질하며, 만일 이름을 묻거들랑 아버지가 채 무어라기 전에 얼른,

"창수예요."

그렇게 대답하리라[11]고 정신을 바짝 차렸던 것이나, 주인 영감은 얼굴뿐이 아니라, 그 마음씨까지도 구장 영감을 닮아 심술궂은지, 슬쩍 그러한 것을 좀 물어 주는 일도 없이 조금 있다,

"문간에 나가 구경이래두 허렴. 어디 머언 데는 가지 말구……."

그리고 어른들은 어른들끼리만 무슨 은근한 이야기가 있으려는지, 새로이들 궐련을 피워 물었다.

소년은 곧 밖으로 뛰어나왔다. 그리고 신기롭게 주위를 둘러보았다. 이곳은 가평이 아니라 서울이다. 나는 그렇게 오고 싶어 마지않았던 서울에 기어코 오고야 말았다.—이 생각이 소년의 눈에 보이는 것, 귀에 들리는 것, 그 모든 것에 감격을 주었다. 아무리 시골서 처음 올라온 소년의 마음에라도, 결코 그다지는 신기로울 수 없고, 또 아름다울 수 없는 이곳 '천변풍경'[12]이 오직 이곳이 서울이라는 그 까닭만으로, 그렇게도 아름다웠고 또 신기하였다.

창수는, 우선, 개천 빨래터로 눈을 주었다. 한 20명이나 모여든 빨래꾼들—, 그들의 누구 하나 꺼리지 않고 제멋대로들 지절대는 소리와 또 쉴

---

11 비록 열네 살짜리 시골 소년이지만 자기를 주장하고 싶어하는 자아가 엿보인다.

12 이 작품의 배경인 1930년대 청계천 모습을 그리고 있다. '아름답지 못하다'고 표현한 것을 보면 번듯한 집과 상가 지역이 아니라 궁핍한 하층민들이 모여 사는 동리라는 추측이 가능하다.

사이 없이 세차게 놀리는 방망이 소리가, 그의 귀에는 무던히나 상쾌하다.

그는 눈을 들어, 이번에는 빨래터 바로 위 천변의, 나뭇장 간판이 서 있는 곳을 바라보았다. 그곳에는 이미 윷을 놀지 않는 젊은이들이, 철망 친 그 앞에 가 앉아서들 잡담을 하고, 더러는 몸들을 유난스러이 전후좌우로 놀려 가며 그것은 또 무슨 장난인지 서로 주먹을 들어 때리는 시늉을 한다. 그것이 권투[13]라는 것의 연습임을 배운 것은 그로써 며칠 뒤의 일이거니와 그러한 장난도 창수의 눈에는 퍽이나 재미스러웠다.

그러한 소년의 눈에, 천변을 오고 가는 모든 사람들이, 그 모두가 한결같이 잘나만 보이는 것도 또한 어찌할 수 없는 일이 아니냐. 임바네쓰[14] 입은 민 주사며, 중산모[15] 쓴 포목전 주인이며, 인력거 위에 날아갈 듯이 앉아 있는 취옥[16]이며, 그러한 모든 사람은 이를 것도 없거니와 다리 밑에 모여서들 지껄대고, 툭 치고, 아무렇게나 거적 위에 가 뒹굴고 그러는 깍정이떼[17]들도, 이곳이 결코 시골이 아니라 서울일진대, 그것들은 그만큼 행복일 수 있지 않느냐.[18]

더구나, 소년은, 줄창 이곳에만 있어, 오직 이곳 풍경만 사랑하지 않아도 좋을 것이다.

'암만 좋은 구경이래두 밤낮 본다면 물리고 만다…….'

그러고 이제 창수는 '화신상'도 가 볼 수 있고, '전차'도 탈 수 있고,

---

13 권투는 인기 최고 스포츠 중 하나였다. 전라남도 순천 출신의 서정권 선수 때문이었다. 서 선수는 1930년 전 일본 플라이급 챔피언이 된 후 1931년 프로로 전향하여 KO승 신기록을 세우기도 했다. 1932년 한국 프로권투 사상 최초로 미국 원정길에 올라 4연속 KO승 등의 기록을 남겼다.

14 망토. 악극 〈이수일과 심순애〉에 등장하는 대학생들이 입은 것과 같은 옷.

15 꼭대기가 둥글고 높은, 예식 때 쓰는 서양 모자.

16 흔한 기생 이름.

17 '깍정이'는 원래 서울 청계천과 마포 같은 도시 뒷골목에서 기거하며 구걸을 하는 사람들을 가리킨다. 이들은 대개 한두 명 단출하게 살지 않고 수십 명씩 떼를 지어 살았다.

18 시골 소년 창수의 시점으로 바라본 천변 사람들 모습이다. 탐욕스런 민 주사, 포목전 주인, 기생, 하다못해 깍정이떼까지도 살가운 이웃으로 보듬는 작가의 따뜻한 마음이 느껴진다.

옳지, 또 가만히 서만 있어도 3층 꼭대기, 4층 꼭대기로 데려다 준다는 '승강기'[19]라는 것이 있다지 않나. 수길이 말을 들으면 머리가 어찔하게 현기증이 나더라지만, 그것은 타는 법을 몰라 그럴 것이다.

'눈을 꼭 감고만 있으면 아무 상관이 없다…….'

창수는, 말로만 들었지 정작 눈으로 본 일은 없는 승강기라는 물건을 잠깐 머릿속에 아무렇게나 만들어 보느라 골몰이었으나, 어느 틈엔가 제 곁에 가 서너 명의 아이들이 모여 선 것을 깨닫고, 그들을 둘러보았다.

"얘가 시굴 아이다, 시굴 아이야."

7, 8세나 그밖에 더 안 된 아이가 옆에 있는 아이들을 둘러보고 그렇게 말하니까, 모두 고만고만한 또래의 딴 아이들이,

"그래 시굴 아이야, 시굴 아이……."

저마다 연방 고개를 끄덕이고, 열 한두 살이나 그렇게 된 계집아이 등에 업혀 있는 두세 살 된 갓난애조차, 잘 안 돌아가는 혀끝을 놀리어,

"시구라, 시구라."

하고, 빠안히 저를 쳐다보는 것에 소년은 그러한 것에도 쉽사리 붉어지는 제 얼굴을 아무렇게도 하는 수 없이, 문득, 등 뒤에서 요란스러이 울린 자전거 종소리에, 그만 질겁을 하여 한옆으로 허둥대며 비켜서는 꼴을 보고, 결코 그렇게는 놀라는 일이 없는 '서울 아이' 들이 '하, 하, 하' 하고 가장 재미있는 듯싶게 한바탕을 웃었을 때, 소년은 귀밑까지 새빨개 가지고 마음속에 끝없는 모욕을 느끼지 않으면 안 되었다.

그러나 저를 비웃은 아이는 옆에 모여 선 그 애들뿐이 아니다. 개천 건너 이발소 창 앞에 가 앉아, 저보다 좀 큰 아이[20]가 아까부터 제 편만 지켜보고 있었던 듯싶어

---

19 '화신상회' 에는 서울에 단 하나밖에 없는 엘리베이터가 있었다. 그래서 시골 사람들이 서울 올라올 때 꼭 들르는 3대 관광 명소 중 하나였다. 3대 관광 명소는 '창경원 밤 벚꽃놀이와 남산 팔각정, 그리고 화신백화점 엘리베이터' 이다.

20 이발소에서 일하는 아이. 이 작품 제2절 '이발소의 소년' 에 나온다.

“하, 하, 하…… 년석, 놀라기는…….”
하고, 그러한 말을 하더니, 눈이 마주치자,

“너, 약국에, 오늘 둘왔구나?”

아주 어른같이 그러한 것을 묻는다. 창수는 또 변변치 못하게 얼굴을 붉히며 가까스로 고개를 한 번 끄떡하고, 문득, 부모를 떠나 외따로이 이러한 곳에서 이제 어떻게 지내 가누 겁이 부썩 나며, 그저 아버지가 ‘전차’ 나 태 주고, ‘화신상’ 이나 구경시켜 주고, 또 ‘승강기’ 있다는 데로 데리고 가 주고, 그러한 다음에, 같이 집으로나 다시 내려갔으면, 그러면 퍽 좋겠다고 침을 몇 덩어리나 삼키며 저 혼자 속으로 생각하지 않으면 안 되었다.

소년이, 그렇게, 서울에서의 자기에 대하여, 눈곱만한 자신도 가질 수 없을 때, 그러나 아버지는 단 하룻밤이라 같이 묵어 주는 일이 없이, 그대로 무자비하게도 자기의 볼일만을 보러, 영등포라나 어디라나로 떠나 버렸으므로, 어린 창수는, 대체 혼자서 이제, 어찌하여야 좋을지, 끝없는 불안에 사로잡히고 말았다. 그야 아버지는 내일 아침 가평으로 돌아가기 전에 다시 한 번 이 한약국에를 들르마고, 그러한 말을 하였던 것이나, 그까짓 것이 그의 마음의 불안을 조금이라도 덜어 주는 것이 될 수는 없었다. 그래, 얼마 있다 주인 영감이 피죤[21] 한 갑 사 오라고 한 장의 1원 지폐를 내어 주었을 때, 담배 가게가 어디 가 붙어 있는지, 우선 그것부터 모르는 창수는 그만한 심부름에도 애가 쓰였다.

돈을 두 손으로 받아 들고 밖으로 나오는 그의 등에다 대고, 주인 영감은 생각난 듯이 한 마디 하였다.

“너, 담배 파는 데, 아니?”

“네.”

---

21 피죤 담배. 서울에는 1930년대 들어서야 비로소 일제 개피 담배인 궐련이 등장한다. 이때 등장한 담배 이름 중에 ‘피죤’ 은 고급, ‘마코’ 는 싼 담배였다. 이 담배 이름은 이상, 현진건, 염상섭 등 여러 작가의 소설 작품에도 등장한다.

얼떨결에 그렇게 대답하고, 또 얼굴을 붉히며 천변에 나와, 대체 어디로 발길을 향하여야 옳을지 분간을 못하고 있었을 때,

"너, 심부름 가니?"

개천 건너 이발소 창 앞에 가 그저 앉아 있는, 아까 그 아이가 말을 또 걸어, 그래,

"응."

하고 대답하니까,

"뭐어, 무슨 심부름."

"담배."

하니까, 마음씨는 착한 아이인 듯싶어,

"저기, 배다리[22] 가게서 판다."

일러 주는 그 말이, 이 경우의 창수에게는 퍽이나 고마웠다.

창수는 한달음에 다리 모퉁이 반찬 가게로 뛰어갔다.

"담배 한 갑 주세요. 마코요. ……아니, 저어, 피죤요."

아버지는 늘 마코만 태우신다. 구장 영감도 피죤을 태우는 것을 못 보았다. '쥔 영감' 은 참말 부잔가 보다. ……창수는 썩 지전을 내놓았다.

주인 영감이 1원 지폐를 그에게 주었던 것은, 혹은 따로 잔돈이 있었으면서도, 그러한 간단한 셈이라도 소년이 칠 줄 아나 어떤가—시험해 보려는 그러한 마음에서 나온 것일지도 모른다. 창수는, 그러나, 그러한 것에 서투르지 않다. 마침내 그는 한 갑의 담배와 아홉 개의 백통전[23]을 주인 영감 책상머리에 갖다 놓고, 제 딴에는 무슨 크나큰 일이나 치른 듯이 가만한 한숨조차 토하였던 것이나, 돈을 세어 보고 난 주인 영감이, 뜻밖에도 눈살을 찌푸리고서, 가장 못마땅한 듯이 그의 얼굴을 면구스럽게 쳐다보며,

---

22 배다리는, 홍수로 인해서 청계천 물이 불었을 때를 대비해서 만든 일종의 부교浮橋이다.

23 백동전白銅錢.

"너 을마 거슬러 온 거냐?"

한 마디 말에, 그만 창수의 얼굴은 어처구니없이 붉어지고,

"90, 90전이죠. 왜 저어……."

변변하지 못하게 말소리조차 더듬어지는 것을, 제 자신, 어쩌는 수 없이,

"그래 이게 90전이야?"

주인 영감이 거의 음성조차 높여 가지고, 그의 눈앞에 내 보이는, 그 거슬러 온 돈을 다시 한 번 세어 보아도, 역시 틀림없이 9푼이기는 하였으나, 성미 급하게 주인 영감이 마침내 집어서 보여 주는 그 중의 한 푼은 둘레는 거의 10전짜리만큼이나 하였어도, 역시 틀림없이 5전짜리 백통전이 분명하였다.

창수는 얼굴이 무서웁게까지 새빨개 가지고, 대체 이제 어찌해야 좋을 것인지 어림이 도무지 서지 않았다. 이제까지 시골에 있었어도 그는 이러한 경우를 당하여 본 일이 없었다. 그러한데, 이곳은 더구나, 누구라 하나 아는 사람을 가지지 못한 서울 한복판이 아니냐? 소년은 금방 울 것 같은 마음으로 5전짜리 백통전을 내려다보며, 얼마 동안을 바보같이 그곳에 가 서 있었다. 아무리 어려운 일, 아무리 힘드는 일이라도 좋았다. 대체, 이러한 경우에는 어떻게 하여야만 옳은 것인지, 우선 그것만 알아낼 수 있더라도 당장 살 것 같았다.[24]

그러하였던 까닭에, 그때 옆에서 장부를 뒤적거리고 있던 홍 서방이 비로소 말참견을 하여

"어여, 가게 한 번, 다시 갔다 오너라."

일러 주었을 때, 창수는 오직 그 말 한 마디로 금시에 소생이나 하여난 듯이, 가만히 숨쉬고 부리나케 다시 가게로 달음질쳐 갔던 것이다.

---

24 창수에게 들이닥친 첫 시련이다. 시골과는 달리 서울 생활이 무척 힘들 것임을 예고하는 대목이다. 이런 시련을 겪으면서 차츰 창수는 서울 생활에 적응하기 시작한다. 얼마의 세월이 흐른 후에 창수는 제법 닳아빠진 서울 사람처럼 변하게 된다.

그러나 그것은 부질없는 일이었다. 창수가 자신 없이 그것도 더듬어 가며 하는 말을 반찬 가게 주인은 결코 끝까지 들어 주지 않았다.

"애, 어림두 없는 소리는 허지두 말어라."

눈을 부라리며 한 마디 하였을 뿐으로, 다음은 마침 무엇을 사러 나온 칠성 아범을 보고, 자기가 이 장사를 열네 해를 하였어도 이제까지 단 '고린전'[25] 한 푼 셈을 틀려 본 일이 없었노라고, 그것을 역설하여 단순히 민 주사집 하인의 찬동을 어려웁지 않게 얻었다.

창수는 비애와, 애원과, 원망과⋯⋯ 그러한 온갖 감정이 뒤범벅을 한 눈을 들어, 얼마 동안 가게 주인의 얼굴만을 쳐다보았다. 그러나 그러한 것이 이 경우에 아무런 보람도 있을 턱 없이 그대로 하는 수 없는 발길을 옮겨 다시 약국 앞에까지 왔던 것이나, 그냥 문 안으로 들어설 용기가 나지 않은 채, 담에 가 시름없이 기대서려니까, 이제까지 목구멍 너머로 눌러 두었던 울음이 바로 제때나 만난 듯이 복받쳐 올랐다.

고생이 되어도 좋다고, 어떠한 일이든지 하겠다고, 그저 서울만 보내 달라고 어머니며 아버지를 졸랐던 어제까지의 자기가 자꾸 뉘우쳐졌다. 아버지가 볼일 보러 간 곳이 대체 어디쯤인지, 만약 찾아갈 수만 있다면 지금이라도 당장 그리로 달려가고 싶었다. 그리고 아버지에게 하소하면, 아버지는 물론 이러한 경우에도 반드시 '자기의 편' 일 것으로 어린 아들을 좀더 고생시키는 일 없이 다시 손을 이끌고 시골로 내려갈 것이다.

그러나, 이튿날 아침—차 시간이 촉박하여, 단 5분이라 지체할 수 없다고 분주하게 약국에를 들른 아버지는 결코 창수에게 그러한 말을 할 시간과 기회를 주지 않았다. 아버지는 그저, 주인 영감을 향하여 아무것도 배우지 못한 자식을 잘 좀 나무라여 주시고, 지도하여 주시어 어떻게 사람이 되게 하여 줍시사고 그러한 것을 또 당부하였고, 창수에게는 그저

---

25 아주 보잘것없는 푼돈을 가리킬 때 쓰는 말이다. 고린전의 '고린' 은 일본말로 고리(5리)이다. 그러니까 '5리' 는 1전도 못 되는, 정말 형편없이 작은 금액이다.

매사를 주인 어른 말씀대로만 꼭 해야 한다고, 집에 있을 때와는 다르니까 바짝 정신을 차려야 한다고, 그리고 또 몸 성히 잘 있어야 한다고 집을 나오기 전에도 몇 번씩 당부하던 그 말을 또 한 번 되풀이하였을 뿐으로, 서투른 솜씨로 후추를 연질하고 있는 아들의 모양을 잠깐 애달프게 또 일종 미더웁게 내려다본 뒤,

"얘애."

하고 은근히 아들에게,

"그저 한시 쉬지 말구, 일을 부지런히 해야 헌다."

그렇게 또 한 번 타이르고는, 다만 대문간까지라도 아들이 따라 나올 것을 허락하지 않았다.

그러한 아버지에게 창수는 겨우 입을 열어,

"아버지, 안녕히 내려가세요."

단 한 마디 인사말을 그것도 거의 들릴까 말까 하게 중얼거려 보았을 뿐으로, 순간에 떠도는 눈물을, 남몰래 소매 끝으로 씻은 그 다음에, 얼른 다시 고개를 들어 보았을 때는, 이미 아버지의 모양을 이 한약국 구석진 방에서 찾을 수 없었다. 창수는 별 까닭 없이 잠깐 그 안을 둘러보고, 그리고 이제 혼잣몸이 이곳에서 어찌나 지내 갈 것인가—문득, 끝없는 외로움과 또 애탐을 그는 마음 깊이 느끼지 않으면 안 되었다…….

(이하 줄임)

1936년 8월호 《조광》

좋은 책을 읽는 것은

과거의 가장 뛰어난 사람들과 대화를 나누는 것과 같다.

- 데카르트

|1907～1942|

강원도 평창군 봉평에서 태어나다. 경성제일고보를 거쳐 1930년 경성제국대학 법문학부 영문과를 졸업하다. 1928년 단편 〈도시와 유령〉을 《조선지광》에 발표하면서 문단에 나오다. 1930년 경성농고 영어교사를 거쳐 1934년 평양 숭실전문 교수를 지내는 한편 〈산〉, 〈들〉 같은 서정성 높은 작품을 발표하다. 1933년 '구인회'에 가입하다. 1940년 아내가 죽자 상심을 달래기 위하여 중국여행을 하고 돌아오다. 1942년 뇌막염으로 사망하다. 뛰어난 단편 작품을 많이 발표하여 이태준, 박태원 등과 함께 대표적인 단편작가로 평가받다. 호는 가산可山.

대|표|작

〈노령근해〉(1930), 〈돈〉(1933), 〈분녀〉(1936), 〈메밀꽃 필 무렵〉(1936), 〈산〉(1936), 〈낙엽기〉(1937), 〈장미 병들다〉(1938), 〈화분〉 (1939), 〈황제〉(1940), 〈벽공무한〉(1941) 등이 있다.

〈메밀꽃 필 무렵〉은 인간의 내면에 감추어져 있는 순수한 자연성을 허생원과 나귀를 통해 표현하고 있으며 은유적 문장과 시적인 서정 묘사, 과거를 되돌아보는 방식 등 표현 기법이 신선한 작품이다. 또한 이 작품에는, 옛 고향이 느껴질 만큼 생생하고 아름다운 시골 정경과 함께 지식인들이 흔히 쓰는 상투적인 관념어가 철저히 배제된 생활 토착어들이 자연스럽게 살아 있다.

1920년대 강원도 봉평에서 대화 장터까지 80리 길에 걸쳐 메밀꽃이 흐드러지게 핀 달밤의 산길이 작품의 공간 배경이다. 이 산길을 가는 동안 '아버지와 아들'의 만남이 이루어지는 정경을 한 폭의 수채화처럼 그려내고 있는 한편 강원도 산간 장터를 떠돌아다니는 장돌뱅이들의 애환을 통하여 인간 본연의 애정과 미의식을 승화시키고 있다. 80리 길이 공간적 배경이며 그 길을 함께하는 세 인물의 과거사가 시간적 배경이다.

젊어서는 한가락 했지만 이제는 초라하게 늙어 버린 장돌뱅이 허 생원이, 20여 년 전 정을 통한 성 서방네 처녀의 아들 '동이'가 바로 자신의 친자親子임을 확인하게 되는데, 이 과정에 달빛 젖은 메밀꽃이 흐드러지게 피어 있는 밤길 묘사로 분위기를 잡으면서 작품에는 시적인 정취가 그윽하게 풍겨 나온다. 짙은 서정적 묘사에다 암시와 추리를 더하여 주제를 간접적으로 부각시키는 묘사가 치밀하다. 대화 형식으로 플롯이 진행되며 지명地名을 반복함으로써 홍미를 고조시킨다. 파장 무렵의 시골 장터의 모습, 주인 허 생원을 닮은 나귀의 모습, 메밀꽃이 하얗게 핀 산길 묘사 등은 뛰어난 사실적 묘사이다. 낭만성과 탐미주의 성향이 어우러진 이효석의 대표작이라고 할 수 있는 작품이다.

학습길라잡이

구조분석

■ **갈래** 단편소설.
■ **주제** 장돌뱅이의 삶의 애환을 통한 인간의 본능과 애정.
■ **배경** 시간은 1920년대. 공간은 강원도 봉평-대화로 이어지는 밤길.
■ **시점** 3인칭 전지적 작가 시점.

등장인물

■ **허 생원** 가족도 친척도 없이 평생을 떠돌이로 사는 장돌뱅이. 성 서방네 처녀와의 인연을 잊지 못함.
■ **동이** 허 생원과 같은 젊은 장돌뱅이. 허 생원의 아들로 암시되는 외로운 청년.
■ **조 선달** 허 생원의 밤길 동무. 허 생원과 동업자. 장돌뱅이 생활을 청산하고 정착하고 싶어한다.

플롯

■ **발단** 봉평 장터의 파장 풍경. 충주집에서 동이를 나무라는 허 생원.
■ **전개** 달밤 대화 장터로 가는 80리 산길. 허 생원의 과거 회상. '동이'의 내력과 어머니 이야기에 대한 회상.
■ **절정** '동이'가 허 생원의 친아들임이 암시된다.
■ **결말** 제천으로 가겠다는 허 생원. '동이'와 함께 제천으로 가자고 제안함.

■ 이 작품은 두 개의 플롯이 교차하는 특이한 구성이다.
플롯Ⅰ 시간적 흐름(허 생원의 평생 내력 : 장돌뱅이 같은 떠돌이 삶)
플롯Ⅱ 공간적 흐름(봉평 장에서 대화 장으로 이동)

이것만은 놓치지 말자

'길'이 의미하는 것

〈메밀꽃 필 무렵〉의 가장 중요한 배경은 '길'이다. 봉평에서 대화로, 대화에서 제천으로 넘어가는 길은 단순한 교통로가 아니다. 장돌뱅이 허 생원의 삶을 상징하는 공간이다. 길이 있기에 성 서방네 처녀를 만날 수 있었고, 떠돌이 삶이기에 이별이 있었다. 또한 길이 있기에 친아들로 확인되는 동이를 만날 수 있었다. '길'은 만남과 헤어짐, 새로운 만남이라는 전체의 구조와 밀접한 관련을 갖는 배경인 동시에 장돌뱅이 떠돌이 허 생원의 삶의 방식을 형상화하기도 한다. 그래서 "난 거꾸러질 때까지 이 길 걷고 저 달 볼 테야." 라는 허 생원의 말은 예사롭지 않다.

'허 생원'과 '나귀'의 관계

나귀는 허 생원을 닮은, 허 생원과 정서적으로 융합하는 존재로 등장한다. 나귀의 외모와 행동, 과거 내력이 두루 허 생원과 흡사하다. 허 생원의 성격과 작품상의 효과를 살리기 위해서 나귀의 외모나 과거 내력을 허 생원과 흡사하게 설정한 것이다. 나귀의 목뒤 털과 눈곱 낀 젖은 눈은 바로 허 생원의 모습이요, 암나귀를 보고 발광하는 늙은 나귀는 충주집을 찾아가는 허 생원의 행위와 같고, 단 한 번의 인연 때문에 강릉집 피마에게 새끼를 보게 한 나귀의 운명은 허 생원이 성 서방네 처녀와 단 하룻밤의 인연에서 동이를 얻게 된 것과 같다. 이렇게 허 생원과 나귀의 관계는 단순한 묘사에 머물지 않고 작품의 주제와도 결합하고 있다.

1. 동이가 허 생원의 '친아들' 이라는 것을 암시한 대목은 어느 대목인가?
2. 이 작품이 우리 문학사상 가장 뛰어난 단편으로 평가받는 이유 중 한 가지는 시적 · 서정적 이미지를 뛰어나게 묘사한 데 있다. 그런 구절들을 하나하나 예를 들어 설명해 보자.
3. 허 생원과 나귀를 비슷하게 묘사한 점을 찾아서 비교해 보자.
4. 이 작품의 가장 중요한 배경은 '달밤' 이다. 작가가 '달밤' 으로 표현하려고 한 것은 무엇인지 살펴보자.

메밀꽃 필 무렵

◉

여름 장이란 애시당초[1]에 글러서, 해는 아직 중천에 있건만 장판[2]은 벌써 쓸쓸하고 더운 햇발이 벌여 놓은 전[3] 휘장 밑으로 등줄기를 훅훅 볶는다. 마을 사람들은 거지반 돌아간 뒤요, 팔리지 못한 나무꾼패가 길거리에 궁싯거리고들[4] 있으나 석유 병이나 받고 고기 마리나 사면 족할 이 축들을 바라고 언제까지든지 버티고 있을 법은 없다. 츱츱스럽게[5] 날아드는 파리 떼도 장난꾼 각다귀[6]들도 귀찮다. 얽둑빼기[7]요 왼손잡이인 드팀전[8]의 허 생원은 기어코 동업의 조 선달에게 낚아 보았다.

"그만 거둘까?"

"잘 생각했네. 봉평 장에서 한 번이나 흐뭇하게 사 본 일 있었을까. 내일 대화 장에서나 한몫 벌어야겠네."

"오늘 밤은 밤을 패서 걸어야 될걸."

"달이 뜨렷다?"[9]

---

1 어떤 일이 시작된 맨 처음의 단계. 애당초.
2 장이 서는 곳.
3 가게.
4 별로 할 일도 없이 머뭇거리고.
5 매우 귀찮게.
6 남을 착취하여 먹고사는 사람을 가리키는 말. 여기서는 '장난꾼'이라는 수식어가 붙어 있으므로 직업적인 각다귀보다는 '장난 삼아' 장돌뱅이 물건을 훔치는 아이들을 뜻하고 있다.
7 얼굴이 얼금얼금 얽은 사람.
8 갖가지 피륙을 파는 가게.

절렁절렁 소리를 내며 조 선달이 그날 산 돈[10]을 따지는 것을 보고 허 생원은 말뚝에서 넓은 휘장을 걷고 벌여 놓았던 물건을 거두기 시작하였다. 무명 필과 주단 바리[11]가 두 고리짝에 꼭 찼다. 멍석 위에는 천 조각이 어수선하게 남았다.

다른 축[12]들도 벌써 거진 전들을 걷고 있었다. 약바르게 떠나는 패도 있었다. 어물장수도, 땜장이도, 엿장수도, 생강장수도 꼴들이 보이지 않았다. 내일은 진부와 대화에 장이 선다. 축들은 그 어느 쪽으로든지 밤을 새며 6, 70리 밤길을 타박거리지 않으면 안 된다. 장판은 잔치 뒷마당같이 어수선하게 벌어지고, 술집에는 싸움이 터져 있었다. 주정꾼 욕지거리에 섞여 계집의 앙칼진 목소리가 찢어졌다. 장날 저녁은 정해 놓고 계집의 고함소리로 시작되는 것이다.

"생원, 시침을 떼두 다 아네……. 충주집[13]말야."

계집 목소리로 문득 생각난 듯이 조 선달은 비죽이 웃는다.

"화중지병[14]이지. 연소패들을 적수로 하구야 대거리[15] 가 돼야 말이지."

"그렇지두 않을걸. 축들이 사족을 못쓰는 것두 사실은 사실이나, 아무리 그렇다군 해두 왜 그 동이 말일세, 감쪽같이 충주집을 후린[16] 눈치거든."

"무어, 그 애숭이가? 물건 가지구 나꾸었나 부지. 착실한 녀석인 줄 알았더니."

"그 길만은 알 수 있나……. 궁리 말구 가 보세나그려. 내 한턱 씀세."

---

9 달이 뜨니 밤길이 훤할 것이라는 것을 암시하고 있다. 또 '달' 을 강조하는 의미도 있다.
10 사고파는 것을 바꾸어 표현한 경우이다. 물건을 팔면서 '산다' 고 한다. '쌀을 사러 간다' 고 할 것을 반대로 '쌀을 팔러 간다' 고 하는 경우와 같다.
11 말이나 소에 짐을 싣는 단위.
12 패거리.
13 충주집은 시장통에 있는 '술집' 이름이기도 하고 이 술집 주인 여자를 가리키기도 한다.
14 '그림의 떡' 이라는 뜻.
15 맞서서 대드는 것.
16 그럴듯한 말로 남을 꾀어 들이다.

그다지 마음이 당기지 않는 것을 쫓아갔다. 허 생원은 계집과는 연분이 멀었다. 얽둑빼기 상판을 쳐들고 대어 설 숫기도 없었으나[17] 계집 편에서 정을 보낸 적도 없었고, 쓸쓸하고 뒤틀린 반생이었다. 충주집을 생각만 하여도 철없이 얼굴이 붉어지고 발밑이 떨리고 그 자리에 소스라쳐 버린다. 충주집 문을 들어서서 술좌석에서 짜장 동이를 만났을 때는 어찌된 서슬엔지 발끈 화가 나 버렸다. 상 위에 붉은 얼굴을 쳐들고 제법 계집과 농탕치는[18] 것을 보고서야 견딜 수 없었던 것이다. 녀석이 제법 난질꾼[19]인데 꼴사납다. 머리에 피도 안 마른 녀석이 낮부터 술 처먹고 계집과 농탕이야. 장돌뱅이 망신만 시키고 돌아다니누나. 그 꼴에 우리들과 한몫 보자는 셈이지. 동이 앞에 막아서면서부터 책망이었다. 걱정두 팔자요 하는 듯이 빤히 쳐다보는 상기된 눈망울에 부딪칠 때, 결김[20]에 따귀를 하나 갈겨 주지 않고는 배길 수 없었다. 동이도 화를 쓰고 팩 하고 일어서기는 하였으나, 허 생원은 조금도 동색[21]하는 법 없이 마음먹은 대로는 다 지껄였다.

"어디서 주워 먹은 선머슴인지는 모르겠으나, 네게도 아비 어미 있겠지. 그 사나운 꼴 보면 맘 좋겠다. 장사란 탐탐하게[22] 해야 되지, 계집이 다 무어야. 나가거라, 냉큼 꼴 치워."

그러나 한 마디도 대거리하지 않고 하염없이 나가는 꼴을 보려니, 도리어 측은히 여겨졌다. 아직도 서름서름한 사인데 너무 과하지 않았을까 하고 마음이 섬찟해졌다.

"주제도 넘지. 같은 술손님이면서두 아무리 젊다구 자식 낳게 된 것을

---

17 수줍어하다.
18 남녀가 희롱하며 놀다.
19 아내가 아닌 여자와 정을 통하는 남자를 비하해서 부르는 이름이다.
20 무의식중. 느끼지 못하는 사이.
21 동색動色. 얼굴빛이 변하다.
22 '탐탁하게'의 사투리.

붙들고 치고 닦아 셀 것은 무어야 원."

충주집은 입술을 쫑긋하고 술 붓는 솜씨도 거칠었으나, 젊은애들한테는 그것이 약이 된다나 하고 그 자리는 조 선달이 얼버무려 넘겼다.

"너 녀석한테 반했지? 애숭이를 빨면 죄 된다."

한참 법석을 친 후이다. 담도 생긴데다가 웬일인지 흠뻑 취해 보고 싶은 생각도 있어서 허 생원은 주는 술잔이면 거의 다 들이켰다. 거나해짐을 따라 계집 생각보다도 동이의 뒷일이 한결같이 궁금해졌다. 내 꼴에 계집을 가로채서는 어떡할 작정이었누 하고 어리석은 꼬락서니를 모질게 책망하는 마음도 한편에 있었다. 그렇기 때문에 얼마나 지난 뒤인지 동이가 헐레벌떡거리며 황급히 부르러 왔을 때는, 마시던 잔을 그 자리에 던지고 정신 없이 허덕이며 충주집을 뛰어나간 것이다.

"생원 당나귀가 바[23]를 끊구 야단이에요."

"각다귀들 장난이지 필연코."

짐승도 짐승이려니와 동이의 마음씨가 가슴을 울렸다. 뒤를 따라 장판을 달음질하려니 거슴츠레한 눈이 뜨거워질 것 같다.

"부락스런 녀석들[24]이라 어쩌는 수 있어야죠."

"나귀를 몹시 구는 녀석들은 그냥 두지는 않을걸."

반평생을 같이 지내 온 짐승이었다. 같은 주막에서 잠자고, 같은 달빛에 젖으면서 장에서 장으로 걸어다니는 동안에 20년의 세월이 사람과 짐승을 함께 늙게 하였다. 가스러진[25] 목뒤 털은 주인의 머리털과도 같이 바스러지고, 개진개진 젖은 눈은 주인의 눈과 같이 눈곱을 흘렸다. 몽당비처럼 짧게 쓸리운 꼬리는, 파리를 쫓으려고 기껏 휘저어 보아야 벌써 다리까지는 닿지 않았다. 닳아 없어진 굽을 몇 번이나 도려내고 새 철을 신겼는지 모른다. 굽은 벌써 더 자라나기는 틀렸고 닳아 버린 철 사이로

---

23 마대 같은 것으로 꼬아 만든 밧줄.

24 말을 잘 듣지 않는 아이들.

25 헐어지고 잘게 조각이 나다.

는 피가 빼짓이[26] 흘렀다. 냄새만 맡고도 주인을 분간하였다. 호소하는 목소리로 야단스럽게 울며 반겨한다.

어린아이를 달래듯이 목덜미를 어루만져 주니 나귀는 코를 벌름거리고 입을 투르르거렸다. 콧물이 튀었다. 허 생원은 짐승 때문에 속도 무던히는 썩였다. 아이들의 장난이 심한 눈치여서 땀 밴 몸뚱어리가 부들부들 떨리고 좀체 흥분이 식지 않는 모양이었다. 굴레가 벗어지고 안장도 떨어졌다. 요 몹쓸 자식들, 하고 허 생원은 호령을 하였으나 패들은 벌써 줄행랑을 논 뒤요 몇 남지 않은 아이들이 호령에 놀래 비슬비슬 멀어졌다.

"우리들 장난이 아니우. 암놈을 보고 저 혼자 발광이지."

코흘리개 한 녀석이 멀리서 소리를 쳤다.

"고 녀석 말투가……."

"김 첨지 당나귀가 가 버리니까 온통 흙을 차고 거품을 흘리면서 미친 소같이 날뛰는걸. 꼴이 우스워 우리는 보고만 있었다우. 배를 좀 보지."

아이는 앵돌아진 투로 소리를 치며 깔깔 웃었다. 허 생원은 모르는 결에 낯이 뜨거워졌다.[27] 뭇 시선을 막으려고 그는 짐승의 배 앞을 가려 서지 않으면 안 되었다.

"늙은 주제에 암샘을 내는 셈야. 저놈의 짐승이."

아이의 웃음소리에 허 생원은 주춤하면서 기어코 견딜 수 없어 채찍을 들더니 아이를 쫓았다.[28]

"쫓으려거든 쫓아 보지. 왼손잡이[29]가 사람을 때려."

---

26 조금씩 스며 나오는.

27 당나귀의 성기는 배 아래쪽에 달려 있다. 그것을 뜻하는 말을 듣자 허 생원의 얼굴이 빨갛게 달아올랐다. 이런 대목이 이효석 작품에 자주 보이는 '원시주의'이다. 원시주의는 성적性的인 면에서 인간과 동물이 같다는 것이다.

28 애들은 당나귀를 놀렸지만 허 생원은 자기가 놀림 받은 것으로 이해했다. 그래서 애들에게 화를 내는 것이다.

29 허 생원이 왼손잡이라는 것은 사소한 설정같아 보인다. 그러나 이 작품의 결말을 장식하는 아주 중요한 모티브가 되고 있다. 장돌뱅이에다 얽둑빼기, 그리고 왼손잡이. 허 생원에 대한 세 가지 중요한 설명이다.

줄달음에 달아나는 각다귀에는 당하는 재주가 없었다. 왼손잡이는 아이 하나도 후릴 수 없다. 그만 채찍을 던졌다. 술기도 돌아 몸이 유난스럽게 화끈거렸다.

"그만 떠나세. 녀석들과 어울리다가는 한이 없어. 장판의 각다귀들이란 어른보다도 더 무서운 것들인걸."

조 선달과 동이는 각각 제 나귀에 안장을 얹고 짐을 싣기 시작하였다. 해가 꽤 많이 기울어진 모양이었다.

드팀전 장돌림[30]을 시작한 지 20년이나 되어도 허 생원은 봉평 장을 빼놓은 적은 드물었다.[31] 충주 제천 등의 이웃 군에도 가고, 멀리 영남 지방도 헤매기는 하였으나, 강릉쯤에 물건 하러 가는 외에는 처음부터 끝까지 군내를 돌아다녔다. 닷새만큼씩의 장날에는 달보다도 확실하게 면에서 면으로 건너간다.[32] 고향이 청주라고 자랑삼아 말하였으나 고향에 돌보러 간 일도 있는 것 같지는 않았다. 장에서 장으로 가는 길의 아름다운 강산이 그대로 그에게는 그리운 고향이었다. 반날 동안이나 뚜벅뚜벅 걷고 장터 있는 마을에 거지반 가까웠을 때 거친 나귀가 한바탕 우렁차게 울면—더구나 그것이 저녁녘이어서 등불들이 어둠 속에 깜박거릴 무렵이면 늘 당하는 것이건만—허 생원은 변치 않고 언제든지 가슴이 뛰놀았다.

젊은 시절에는 알뜰하게 벌어 돈푼이나 모아 본 적도 있기는 있었으나, 읍내에 백중[33]이 열린 해 호탕스럽게 놀고 투전을 하고 하여 사흘 동안에 다 털어 버렸다. 나귀까지 팔게 된 판이었으나 애끓는 정분에 그것만은 이를 물고 단념하였다. 결국 도로아미타불로 장돌림을 다시 시작할

---

30 여러 장터로 물건을 팔러 다니는 장사꾼.

31 왜 허 생원은 봉평 장은 빼놓은 적이 드물까? 작가는 이런 궁금증을 독자에게 던지고 있다.

32 영화에서는 이런 작품을 로드 무비road movie라고 부른다. 이 작품은 로드 무비와 같은 '로드 노블road novel'의 구성을 택하고 있다.

33 백중百中. 절기의 하나. 음력 7월 보름.

수밖에는 없었다. 짐승을 데리고 읍내를 도망해 나왔을 때는 너를 팔지 않기 다행이었다고 길가에서 울면서 짐승의 등을 어루만졌던 것이었다. 빚을 지기 시작하니 재산을 모을 염은 당초에 틀리고 간신히 입에 풀칠을 하러 장에서 장으로 돌아다니게 되었다.

호탕스럽게 놀았다고는 하여도 계집 하나 후려 보지는 못하였다. 계집이란 쌀쌀하고 매정한 것이었다. 평생 인연이 없는 것이라고 신세가 서글퍼졌다. 일신에 가까운 것이라고는 언제나 변함없는 한 필의 당나귀였다.

그렇다고는 하여도 꼭 한 번의 첫 일을 잊을 수는 없었다. 뒤에도 처음에도 없는 단 한 번의 괴이한 인연! 봉평에 다니기 시작한 젊은 시절의 일이었으나 그것을 생각할 적만은 그도 산 보람을 느꼈다.

"달밤이었으나 어떻게 해서 그렇게 됐는지 지금 생각해도 도무지 알 수 없어."[34]

허 생원은 오늘 밤도 또 그 이야기를 끄집어내려는 것이다. 조 선달은 친구가 된 이래 귀에 못이 박히도록 들어 왔다. 그렇다고 싫증을 낼 수도 없었으나 허 생원은 시치미를 떼고 되풀이할 대로는 되풀이하고야 말았다.

"달밤에는 그런 이야기가 격에 맞거든."

조 선달 편을 바라는 보았으나 물론 미안해서가 아니라 달빛에 감동하여서였다. 이지러는 졌으나 보름을 갓 지난 달은 부드러운 빛을 흐뭇이 흘리고 있다. 대화까지는 80리의 밤길, 고개를 둘이나 넘고 개울을 하나 건너고 벌판과 산길을 걸어야 된다. 길은[35] 지금 긴 산허리에 걸려 있다. 밤중을 지난 무렵인지 죽은 듯이 고요한 속에서 짐승 같은 달의 숨소리가 손에 잡힐 듯이 들리며, 콩 포기와 옥수수 잎새가 한층 달에 푸르게 젖었

---

34 허 생원에게 가장 중요한 '그 일'도 '달밤'에 일어났다. '달밤과 '메밀꽃'은 이 작품의 가장 중요한 요소이다.

35 여기서부터 10여 행은 우리 나라 단편 소설 가운데서도 으뜸으로 평가받는 대목이다. '짐승 같은 달의 숨소리'라는 표현은 시각을 청각으로 표현한 절묘한 묘사이고, '소금을 뿌린 듯한 메밀꽃'이라는 묘사는 '달빛에 젖어드는 콩 포기 옥수수 잎새'와 함께 시각화視覺化에 성공하고 있다.

다. 산허리는 온통 메밀밭이어서 피기 시작한 꽃이 소금을 뿌린 듯이 흐뭇한 달빛에 숨이 막힐 지경이다. 붉은 대궁이 향기같이 애잔하고 나귀들의 걸음도 시원하다. 길이 좁은 까닭에 세 사람은 나귀를 타고 외줄로 늘어섰다. 방울 소리가 시원스럽게 딸랑딸랑 메밀밭께로 흘러간다. 앞장선 허 생원의 이야기 소리는 꽁무니에 선 동이에게는 확적히는 안 들렸으나, 그는 그대로 개운한 제멋에 적적하지는 않았다.

"장 선 꼭 이런 날 밤이었네. 객줏집[36] 토방[37]이란 무더워서 잠이 들어야지. 밤중은 돼서 혼자 일어나 개울가에 목욕하러 나갔지. 봉평은 지금이나 그제나 마찬가지지. 보이는 곳마다 메밀밭이어서 개울가가 어디 없이 하얀 꽃이야. 돌밭에 벗어도 좋을 것을, 달이 너무나 밝은 까닭에 옷을 벗으러 물방앗간으로 들어가지 않았나. 이상한 일도 많지. 거기서 난데없는 성 서방네 처녀와 마주쳤단 말이네. 봉평서야 제일가는 일색이었지."

"팔자에 있었나 부지."[38]

아무렴 하고 응답하면서 말머리를 아끼는 듯이 한참이나 담배를 빨 뿐이었다. 구수한 자줏빛 연기가 밤 기운 속에 흘러서는 녹았다.

"날 기다린 것은 아니었으나 그렇다고 달리 기다리는 놈팽이가 있는 것두 아니었네. 처녀는 울고 있단 말야. 짐작은 대고 있으나 성 서방네는 한창 어려워서 들고날 판인 때였지. 한집안 일이니 딸에겐들 걱정이 없을 리 있겠나? 좋은 데만 있으면 시집도 보내련만 시집은 죽어도 싫다지……. 그러나 처녀란 울 때같이 정을 끄는 때가 있을까. 처음에는 놀라기도 한 눈치였으나 걱정 있을 때는 누그러지기도 쉬운 듯해서 이럭저럭 이야기가 되었네……. 생각하면 무섭고도 기막힌 밤이었어."[39]

---

36 장사꾼 물건을 위탁받아 팔거나 매매를 알선하는 집.

37 처마 밑의 흙마루.

38 허 생원 이야기 중간중간에 조 선달의 대꾸가 끼어든다. 허 생원의 혼잣소리가 장황해질 듯 하면 한두 마디 반응을 보이는 것이다. 이런 상대방의 대꾸가 있어 잠시 숨을 돌리게 되고 한결 허 생원의 추억을 따라가는 재미도 있다.

39 성 서방네 처녀와 허 생원 사이에 심상치 않은 '사건'이 있었음을 암시하고 있다.

"제천인지로 줄행랑을 놓은 건 그 다음날이렷다."[40]

"다음 장도막[41]에는 벌써 온 집안이 사라진 뒤였네. 장판은 소문에 발끈 뒤집혀 고작해야 술집에 팔려가기가 상수[42]라고 처녀의 뒷공론[43]이 자자들 하단 말이야. 제천 장판을 몇 번이나 뒤졌겠나. 허나 처녀의 꼴은 꿩 귀먹은 자리야. 첫날밤이 마지막 밤이었지. 그때부터 봉평이 마음에 든 것이 반평생을 두고 다니게 되었네. 반평생인들 잊을 수 있겠나."

"수 좋았지. 그렇게 신통한 일이란 쉽지 않어. 항용 못난 것 얻어 새끼 낳고, 걱정 늘고 생각만 해두 진저리가 나지……. 그러나 늘그막바지까지 장돌뱅이로 지내기도 힘드는 노릇 아닌가? 난 가을까지만 하구 이 생계와두 하직하려네. 대화쯤에 조그만 전방이나 하나 벌이구 식구들을 부르겠어. 사시장천 뚜벅뚜벅 걷기란 여간이래야지."

"옛 처녀나 만나면 같이나 살까……. 난 거꾸러질 때까지 이 길 걷고 저 달 볼 테야."[44]

산길을 벗어나니 큰길로 틔어졌다. 꽁무니의 동이도 앞으로 나서 나귀들은 가로 늘어섰다.

"총각두 젊겠다. 지금이 한창 시절이렷다. 충주집에서는 그만 실수를 해서 그 꼴이 되었으나 설게 생각 말게."[45]

"처, 천만에요. 되려 부끄러워요. 계집이란 지금 웬 제격인가요. 자나깨나 어머니 생각뿐인데요."

허 생원의 이야기로 실심해 한 끝이라 동이의 어조는 한풀 수그러진

---

40 조 선달의 대꾸는 단순한 말대꾸가 아니다. 허 생원의 이야기를 돋우기도 하고 그 이야기가 빨리 진행되도록 거들기도 한다. 이는 판소리 공연에서 창을 하는 사람 옆에서 흥을 돋우는 고수鼓手와 같은 역할이다.

41 이번 장날과 다음 장날 사이.

42 상수常數. 정해진 운명.

43 앞에 나서지 않고 뒤에서 이러쿵저러쿵 말하는 것.

44 허 생원은 성 서방네 처녀를 평생 잊지 못하고 있다.

45 허 생원이 과거의 추억에서 현실로 돌아왔다.

것이었다.

"아비 어미란 말에 가슴이 터지는 것도 같았으나 제겐 아버지가 없어요. 피붙이라고는 어머니 하나뿐인걸요."

"돌아가셨나?"

"당초부터 없어요."

"그런 법이 세상에……."

생원과 선달이 야단스럽게 껄껄들 웃으니 동이는 정색하고 우길 수밖에는 없었다.

"부끄러워서 말하지 않으려 했으나 정말예요. 제천 촌에서 달도 차지 않은 아이를 낳고[46] 어머니는 집을 쫓겨났죠. 우스운 이야기나, 그러기 때문에 지금까지 아버지 얼굴도 본 적 없고 있는 고장도 모르고 지내 와요."

고개가 앞에 놓인 까닭에 세 사람은 나귀를 내렸다. 둔덕은 험하고 입을 벌리기도 대근하여 이야기는 한동안 끊겼다. 나귀는 건듯하면 미끄러졌다. 허 생원은 숨이 차 몇 번이고 다리를 쉬지 않으면 안 되었다. 고개를 넘을 때마다 나이가 알렸다. 동이 같은 젊은 축이 그지없이 부러웠다. 땀이 등을 한바탕 쭉 씻어 내렸다.

고개 너머는 바로 개울이었다. 장마에 흘러버린 널다리[47]가 아직도 걸리지 않은 채로 있는 까닭에 벗고 건너야 되었다. 고의[48]를 벗어 띠로 등에 얽어매고 반 벌거숭이의 우스꽝스런 꼴로 물 속에 뛰어들었다. 금방 땀을 흘린 뒤였으나 밤 물은 뼈를 찔렀다.

"그래 대체 기르긴 누가 기르구?"

"어머니는 하는 수 없이 의부를 얻어 가서 술장사를 시작했죠. 술이 고주래서 의부라고 전 망나니예요. 철들어서부터 맞기 시작한 것이 하룬들 편한 날 있었을까. 어머니는 말리다가 채이고 맞고 칼부림을 당하고 하니

46 이 대목은 허 생원과 동이의 인연을 암시하는 단서이다.
47 널빤지로 건너지른 다리.
48 남자가 입는 여름 홑바지.

집 꼴이 무어겠소. 열여덟 살 때 집을 뛰쳐나와서부터 이 짓이죠."

"총각 낫세론 섬[49]이 무던하다고 생각했더니 듣고 보니 딱한 신세로군."

물은 깊어 허리까지 찼다. 속 물살도 어지간히 센데다가 발에 채이는 돌멩이도 미끄러워 금시에 휩칠[50] 듯하였다. 나귀와 조 선달은 재빨리 거의 건넜으나 동이는 허 생원을 붙드느라고 두 사람은 훨씬 떨어졌다.

"모친의 친정은 원래부터 제천이었던가?"

"웬걸요. 시원스리 말은 안 해 주나 봉평이라는 것만은 들었죠."

"봉평, 그래 그 아비 성은 무엇이구?"

"알 수 있나요. 도무지 듣지를 못했으니까."

"그, 그렇겠지."

하고 중얼거리며 흐려지는 눈을 까물까물하다가 허 생원은 경망하게도 발을 빗디디었다.[51]

앞으로 고꾸라지기가 바쁘게 몸째 풍덩 빠져 버렸다. 허우적거릴수록 몸을 건잡을 수 없어 동이가 소리를 치며 가까이 왔을 때는 벌써 퍽이나 흘렀었다. 옷째 쫄딱 젖으니 물에 젖은 개보다도 참혹한 꼴이었다. 동이는 물 속에서 어른을 해깝게 업을 수 있었다. 젖었다고는 하여도 여윈 몸이라 장정 등에는 오히려 가벼웠다.

"이렇게까지 해서 안됐네. 내 오늘은 정신이 빠진 모양이야."

"염려하실 것 없어요."

"그래 모친은 아비를 찾지는 않는 눈치지?"

"늘 한번 만나고 싶다고는 하는데요."

"지금 어디 계신가?"

---

49 '섬'은 '얼굴에 나타나는 연륜'을 뜻하는 봉평 사투리이다.

50 물살에 휩쓸릴.

51 동이 어머니의 고향이 봉평이라는 말을 듣는 순간 허 생원은 충격을 받는다. 그래서 발을 헛디디고 물에 빠진다. 동이의 잔등에 업힌 허 생원은 동이가 어쩌면 자기의 아들일는지 모른다는 기대감이 든다.

"의부와도 갈라져 제천에 있죠. 가을에는 봉평에 모셔 오려고 생각 중인데요. 이를 물고 벌면 이럭저럭 살아갈 수 있겠죠."

"아무렴, 기특한 생각이야. 가을이랬다?"

동이의 탐탁한 등허리가 뼈에 사무쳐 따뜻하다. 물을 다 건넜을 때는 도리어 서글픈 생각에 좀더 업혔으면도 하였다.

"진종일 실수만 하니 웬일이요, 생원."

조 선달이 바라보며 기어코 웃음이 터졌다.

"나귀야. 나귀 생각하다 실족을 했어. 말 안 했던가. 저 꼴에 제법 새끼를 얻었단 말이지. 읍내 강릉집 피마[52]에게 말일세. 귀를 쫑긋 세우고 달랑달랑 뛰는 것이 나귀새끼같이 귀여운 것이 있을까. 그것 보러 나는 일부러 읍내를 도는 때가 있다네."

"사람을 물에 빠뜨릴 젠 딴은 대단한 나귀새끼군."

허 생원은 젖은 옷을 웬만큼 짜서 입었다. 이가 덜덜 갈리고 가슴이 떨리며 몹시도 추웠으나 마음은 알 수 없이[53] 둥실둥실 가벼웠다.

"주막까지 부지런히들 가세나. 뜰에 불을 피우고 훗훗이 쉬어. 나귀에겐 더운 물을 끓여 주고. 내일 대화 장 보고는 제천이다."

"생원도 제천으로?"

"오래간만에 가 보고 싶어. 동행하려나, 동이?"[54]

나귀가 걷기 시작하였을 때, 동이의 채찍은 왼손에 있었다.[55] 오랫동안

---

52 다 자란 암말. 빈마牝馬라고도 한다. 읍내 강릉집에서 새끼를 얻은 '나귀' 처럼 허 생원은 성 서방네 처녀와 단 하룻밤 인연으로 아들을 얻었을는지도 모른다는 상상을 하고 있다.

53 허 생원의 마음이 가벼워진 것은 동이와의 깊은 인연을 확인했기 때문이다. 작가는 그 이유를 "알 수 없이"라고 했으나 독자는 글 속에 숨은 뜻을 파악할 수 있어야 한다. 작가는 '관찰자' 시점으로 그 의미를 다 밝히지 않는다. 그러나 독자들은 그것을 감춘 의미를 찾아내야 하고 그것이 작품을 읽는 또 다른 즐거움이다.

54 동이 어머니를 만나고 싶어진 허 생원의 관심이 드러난다.

55 허 생원도 왼손잡이, 동이도 왼손잡이. 이 작품 앞부분에 있던 왼손잡이 허 생원에 대한 묘사가 사소한 것이 아님을 알 수 있다.

아둑시니[56]같이 눈이 어둡던 허 생원도 요번만은 동이의 왼손잡이가 눈에 띄지 않을 수 없었다.

걸음도 해깝고[57] 방울 소리가 밤 벌판에 한층 청청하게 울렸다.

달이 어지간히 기울어졌다.

1936년 10월호 《조광》

56 어둠의 귀신.

57 가볍고.

독서처럼 값싸게 주어지는

영속적인 쾌락은 또 없다.

- 몽테뉴

1902년 군산시 임피면에서 태어나다. 서당에 다니다가 1914년 임피보통학교를 졸업하다. 1918년 중앙고보를 마치고 1922년 일본 와세다 대학 부속고등학원에 입학하나 관동대지진으로 학업을 중단하다. 1923년 《동아일보》 학예부 기자가 되다. 1925년 《조선문단》에 데뷔작 〈세길로〉를 발표하다. 1926년 개벽사開闢社로 직장을 옮기다. 1935년 직장 생활을 청산하고 개성으로 가 작은형의 금광업을 도우며 창작에 몰두하다. 1938년 일제의 눈을 피해 상경, 1945년 봄 고향 임피에 피해 있다가 8 · 15해방을 맞다. 1949년 〈탁류〉의 인세 수입 37원과 몇 편 소설 원고료를 합해 익산시 주현동에 집을 마련하다. 1950년 무리한 집필로 폐병이 악화되어 치료비 때문에 집을 처분하고 토담집 초가를 사서 이사하다. 1950년 6 · 25사변 일어나기 보름 전 1950년 6월 11일 별세하다. 호는 백릉白菱.

대|표|작

〈레디메이드 인생〉(1934), 〈치숙〉(1936), 〈탁류〉(1937), 〈천하태평〉(1939), 〈민족의 죄인〉(1946).

〈치숙〉은 무능한 인텔리를 풍자하고 고발하는 작품이다. 아저씨는 일본에 가서 대학에도 다녔고 나이가 서른셋인데도 철이 들지 않아 딱하다. 착한 아주머니를 내쫓고, 신교육을 받은 여자와 살림을 차린다. 사회주의 운동을 하다가 감옥살이하고 풀려났을 때는 폐병 환자가 되었다. 식모 살이로 제법 돈을 모은 아주머니가 쓸모없이 된 아저씨를 위하여 갖은 고생을 다해 가며 간호한 결과 병세가 좋아지자, 또 사회주의 운동을 하겠다고 한다. 아주머니가 가엾어서 내가 아저씨더러 정신 좀 차리라고 해도 막무가내다. 도리어 일본인 주인의 눈에 들어 일본 여자와 결혼하여 잘살아 보겠다는 나를 딱하다고 한다.

보통학교 4학년 학력, 스물한 살 난 주인공 '나'는, 대학 공부까지 마쳤지만 무능한 지식인인 오촌 고모부를 신랄하게 비판하고 매도한다. 그러나 작가가 이 작품에서 노리는 것은 바보 같은 삶을 사는 고모부가 아니다. 오히려 극히 이기주의적이고 개인주의적인 의식 구조를 가진 소년이다. 이 소년이 현실에 안주해서 살아가고 있는 모순된 삶의 방식이다. 이것을 고모부를 비판하는 '나'를 통해서 역설적으로 비판하려는 것이다. 작가는 주인공 고모부를 신념에 찬 인물로, 화자인 조카(나)는 무지하고 세속적인 인물로 묘사하고 각기 다른 인생관을 보여 준다. 어쩌면 일제의 검열을 피하기 위한 고도의 표현 기법인지도 모른다.

〈치숙〉에서 특별히 눈여겨 볼 점은 '풍자'와 '반어'가 많이 사용된다는 점이다. 반어적인 기법, 다시 말하면 '칭찬'은 '비난'인 것이다. 작가는 '내'가 살아가는 생활 방식을 칭찬하고 아저씨의 비현실적인 사고방식을 비난한다. 그러나 속내를 들여다보면 실은 '나'를 은근히 비판하면서 아저씨에게 긍정적인 평가를 하고 있다. 작가는 칭찬과 비난을 서로 뒤바꿔 놓음으로써 표현의 극대화를 노리고 있고, 이것이 이 작품을 성공하도록 이끈 가장 큰 요인이 되고 있다.

구조분석

- **갈래** 단편소설. 풍자소설. 고발소설.
- **주제** 일제에 동화하려는 현실주의적인 '나'와 사회주의 사상을 가진 아저씨와의 갈등.
- **배경** 시간은 일제강점기. 공간은 군산과 서울.
- **시점** 1인칭 관찰자 시점.

등장인물

- **나** 보통학교 4학년을 마치고 일본인 상점 점원으로 일하는 소년. 일제가 통치하는 식민지 상황을 전적으로 인정하는 한편, 기꺼이 일본화하겠다는 인물.
- **아저씨** 대학을 나온 지식인이지만 무기력한 룸펜. 사회주의 운동을 하다가 감옥살이하고, 이제 병까지 든 몸으로 폐인이 다 된 인물.

플롯

- **구성** 역순행적 구성.
- **발단** 사회주의 운동으로 감옥살이하고 나와 폐병에 걸려 아파 누워 있는 고모부 아저씨에 대한 소개.
- **전개** 아주머니가 고생한 이야기와 '나'의 성장 과정.
- **위기** 스스로, 철저하게 일본인처럼 살아가겠다고 생각하는 '나'의 의지.
- **절정** 나'와 아저씨의 갈등과 대립.
- **결말** 아저씨에 대한 '나'의 실망.

이것만은 놓치지 말자

판소리 같은 첫 대목

〈치숙〉은 학력과 연령이 크게 차이가 나는 화자의 시점을 통해 실패한 지식인의 행적을 서술하고 있다. 일반적으로 전달되는 인물과 전달하는 인물 사이에 지식, 교양, 성격, 신분상의 격차가 클수록 더 강력한 풍자 효과가 나타난다. 탈춤에서 말뚝이 같은 하찮은 인물이 양반의 허구성을 폭로하고 그 권위를 통렬하게 비판하는 것도 풍자 효과를 극대화하는 한 방법이다.

〈치숙〉의 첫 대목이 판소리 사설의 화법을 그대로 흉내내고 있는 듯한 점은 이 작품에서 놓치지 말아야 할 부분이다.

〈치숙〉의 문체

〈치숙〉은 풍자적, 반어적 문체이다. 풍자나 반어의 효과를 내기 위해 작가는 비슷한 사건이나 말을 중언부언 반복하기도 하고 비어와 속어를 사용한다. 문장의 형식도 친근한 대화체 문장을 사용함으로써 갈등을 빚고 있는 '나'와 '아저씨'의 의식의 감정적 충돌을 유도하고 있다.

깊이 생각하기

1. 이 작품에서 사용하고 있는 반어적 기법과 풍자적 기법이 어떤 표현 효과를 가져오는지 실제 문장을 들어 가며 설명해 보자.
2. 대화체 문장이 일반 소설 문장에 비해 장점은 무엇이며 단점은 무엇인가?
3. 작가는 사회주의자에 대하여 어떤 시각을 갖고 있는지 구체적인 구절을 예로 들어 알아보자.

치숙

우리 아저씨[1] 말이지요, 아따 저 거시키,[2] 한참 당년[3]에 무엇이냐 그놈의 것, 사회주의라더냐, 막걸리라더냐, 그걸 하다 징역 살고 나와서 폐병으로 시방 앓고 누웠는 우리 오촌 고모부 그 양반…….

머, 말두 마시오. 대체 사람이 어쩌면 글쎄……. 내 원! 신세 간데없지요.

자, 10년 적공十年積功,[4] 대학교까지 공부한 것 풀어먹지도 못했지요, 좋은 청춘 어영부영 다 보냈지요, 신분에는 전과자라는 붉은 도장[5] 찍혔지요, 몸에는 몹쓸 병까지 들었지요, 이 신세를 해 가지굴랑은 굴속 같은 오두막집 단간 셋방 구석에서 사시장철[6] 밤이나 낮이나 눈 딱 감고 드러누웠군요.[7]

재산이 어디 집 터전인들 있을 턱이 있나요. 서발 막대 내저어야 짚검불 하나 걸리는 것 없는 철빈鐵貧[8]인데.

우리 아주머니가, 그래도 그 아주머니가 어질고 얌전해서 그 알뜰한

1 제목이 치숙痴叔이므로 이 작품의 화자는 '조카'라는 걸 알 수 있다.
2 말하는 도중에 갑자기 그 다음 말이 생각나지 않을 때 내는 군말. 용법이 다양하다.
3 한창때.
4 아주 많은 공을 들임.
5 전과 경력이 있음을 의미한다.
6 사철 어느 때나 항상.
7 이 대목은 '나'가, 비록 아저씨가 대학을 나왔지만 결국 점원인 자기보다도 경제 능력이 없다는 사실을 냉소적으로 꼬집는 부분이다.
8 지독한 가난.

남편 양반 받드느라 삯바느질이야, 남의 집 품빨래야, 화장품 장사야, 그 칙살스런[9] 벌이를 해다가 겨우겨우 목구멍에 풀칠을 하지요.

어디로 대나 그 양반은 죽는 게 두루 좋은 일인데 죽지도 아니해요.

우리 아주머니가 불쌍해요. 아, 진작 한 나이라도 젊어서 팔자를 고치는 게 아니라, 무슨 놈의 수난 후분後分[10]을 바라고 있다가 고생을 하는지.

근 20년 소박[11]을 당했지요. 20년을 서러운 청춘 한숨으로 보내고서 다 늦게야 송장 여대치게 생긴 그 양반을 그래도 남편이라고 모셔다가는 병 수종 들으랴, 먹고살랴, 애가 진하고 다니는 걸 보면 참말 가엾어요.

그게 무슨 죄다 짐이람? 팔자, 팔자 하지만 왜 팔자를 고치지를 못하고서 그래요. 죄선朝鮮 구식 부인네들은 다 문명을 못하고 깨지를 못해서 그러지.

그 양반이 한시바삐 죽기나 했으면 우리 아주머니는 차라리 신세 편하리다. 심덕 좋겠다, 솜씨 얌전하겠다 하니 어디 가선들 제가 일신 몸 가누고 편안히 못 지내요?

가만있자, 열여섯 살에 아저씨네 집으로 시집을 갔다니깐 그게 내가 세 살 적이니 꼬박 열여덟 해로군. 열여덟 해면 20년 아니요.

그때 우리 아저씨 양반은 나이 어리기도 했지만 공부를 한답시고 서울로, 동경으로 10여 년이나 돌아다녔고, 조끔 자라서 색시 재미를 알 만하니까는 누가 이쁘달까 봐 이혼하자고 아주머니를 친정으로 쫓고는 통히 불고不顧[12]를 하고…….

공부를 다 마치고 오더니만 그담에는 그놈의 짓에 디립다 발광해 다니면서 명색 학생 출신이라는 딴 여편네를 얻어 살았지요. 그 여편네는 나도 몇 번 보았지만 쌍판대기라고 별반 출 수도 없이 생겼습디다. 그 인물

---

9 잘고 더러운.

10 늙은 뒤의 운수. 말년 운.

11 아내를 박대하는 것. 친정으로 내쫓기도 했음.

12 돌보지 않는 것.

로 남의 첩이야? 일색 소박은 있어도 박색 소박은 없다더니, 사실 소박맞은 우리 아주머니가 그 여편네께다 대면 월등 이뻤다우.

그래 그 뒤에, 그 양반은 필경 붙들려 가서 5년이나 전중이[13]를 살았지요. 그동안에 아주머니는 시집이고 친정이고 모두 폭 망해서 의지가지없이[14] 됐지요.

그러니 어떻게 해요? 자칫하면 굶어 죽을 판인데.

할 수 없이 얻어먹고 살기도 해야 하려니와 또 아저씨 나오는 것도 기다려야 한다고 나를 발련 삼아[15] 서울로 올라왔더군요. 그게 그러니까 아저씨가 나오던 전해로군.

그때 내가 나이는 어려도 두루 날뛴 보람이 있어서 이내 구라다상네 식모로 들어갔지요.

그 무렵에 참 내가 아주머니더러 여러 번 권면勸勉을 했지요. 그러지 말고 개가改嫁를 가라고. 글쎄 어린 소견에도 보기에 퍽 딱하고 민망합디다. 계제에 마침 또 좋은 자리가 있었고요. 미네상이라고, 미쓰꼬시[16] 앞에서 바나나 다다끼우리(投賣)[17]를 하는 인데 사람이 퍽 좋아요. 우리 집 다이쇼(主人)도 잘 알고 허는데, 그이가 늘 날더러 죄선 오깜상[18]하구 살았으면 좋겠다고, 중매 서 달라고 그래쌌어요.

돈은 모아 둔 게 없어도 다 벌어먹고 살 만하니까 그런 사람 만나서 살면 아주머니도 신세 편할 게 아니냐구요.

그런 걸 글쎄 몇 번 말해도 숭헌 소리 말라고 듣질 않는 걸 어떡하나요.

아무튼 그런 것 말고라도 참, 흰소리가 아니라 이날 이때까지 내가 그 아주머니 뒤도 많이 보아주었다우. 또 나도 그럴 만한 은공이 없잖아 있

---

13 징역살이하는 사람.
14 오갈 데 없이.
15 연줄 삼아.
16 현재 서울 신세계백화점 본점 자리.
17 떨이 값으로 싸게 파는 장사.
18 아내.

구요.

내가 일곱 살에 부모를 잃었지요. 그러고 나서 의탁할 곳이 없이 됐는데, 그때 마침 소박을 맞고 친정살이를 하는 그 아주머니가 나를 데려다가 길러 주었지요.

그때만 해도 그 집이 그다지 군색하게 지내든 안 했으니깐요. 아주머니도 아주머니지만 종조할머니며 할아버지도 슬하에 딴 자손이 없어서 나를 퍽 귀여워하셨지요. 열두 살까지 그 집에서 자랐군요. 4년이나마 보통학교도 다녔고.

아마 모르면 몰라도 그 집안이 그렇게 치패致敗[19]하지만 안 했으면 나도 그냥 붙어 있어서 시방쯤은 전문학교까지는 다녔으리다. 이런 은공이 있으니까 나도 그걸 저버리지 않고, 그래서 내 깜냥에는 갚을 만치 갚느라고 갚은 셈이지요.

허기야 요새도 간혹 아주머니가 찾아와서 양식 없다는 사정을 더러 하군 하는데 실로 정말이지 좀 성가시기는 해요. 그러는 족족 그 수응을 하자면 내 일을 못하겠는걸. 그래 대개 잘라 떼기는 하지요.

그렇지만 그 밖에, 가령 양 명절[20] 때면 고깃근이라도 사 보낸다든지, 또 오면가면 이야기 낱이라도 한다든지, 그런 걸 결단코 범연히 하든 않으니까요.

아무튼 그래서, 아주머니는 꼬박 1년 동안 구라다상네 집 오마니[21]로 있으면서 월급 5원씩 받는 걸 그래도 고스란히 저금을 하고, 또 틈틈이 삯바느질을 맡아다가 조금씩 벌어 보태고, 또 나올 무렵에 구라다상네 양주가 퍽 기특하다고 돈 7원을 상급賞給으로 주고, 그런 게 이럭저럭 돈 백 원이나 존존히 됐지요.

그 돈으로 방 한 간 얻고 살림 나부랭이도 조금 장만하고, 그래 놓고서

19 살림이 아주 결딴이 난 지경.

20 추석과 설.

21 조선인 식모를 일본인들이 부르는 호칭.

마침 그 알랑꼴랑한 서방님이 놓여 나오니까 그리로 모셔 들였지요.

놓여나는 날 나도 가서 보았지만 가막소 문 앞에 막 나서자 아주머니가 기다리고 있으니까 그래도 눈물이 핑! 돌던데요. 전에 그렇게도 죽을 둥 살둥 모르고 좋아하던 첩년은 꼴도 안 뵈구요. 남의 첩년이란 건 다 그런 거지요 뭐.

우리 아저씨 양반은 혹시 그 여편네가 오지 않았나 하고 사방을 휘휘 둘러보던데요. 속이 그렇게 없다니까. 여편네는커녕 아주머니하구 나하고 그 외는 어리친[22] 개새끼 한 마리 없드라.

그래 막 자동차에 올라타려다가 피를 토했지요. 나중에 들었지만 가막소 안에서 달포 전부터 토혈을 했다나 봐요.

그래 다 죽어 가는 반송장을 업어 오다시피 해다가 뉘어 놓고, 그날부터 아주머니는 불철주야로 할 짓 못할 짓 다해 가면서 부스대고 날뛴 덕에 병도 차차로 차도가 있고 그러더니 인제는 완구히 살아는 났지요 뭐. 참 시방은 용[23] 꼴인걸요, 용 꼴.

부인네 정성이 무서운 겝디다. 꼬박 3년이군. 나 같으면 돌아가신 부모가 살아 오신데도 그 짓 못해요.

자, 그러니 말이지요. 우리 아저씨라는 양반이 작히나 양심이 있고 다 그럴 양이면, 어허, 내가 어서 바삐 몸이 충실해져서 어서 바삐 돈을 벌어다가 저 아내를 편안히 거느리고 이 은공과 전날의 죄를 갚아야 하겠구나……. 이런 맘을 먹어야 할 게 아니냐구요? 아주머니의 은공을 갚자면 발에 흙이 묻을세라 업고 다녀도 참 못다 갚지요.

그러고 저러고 간에 자기도 인제는 속 차려야지요. 허기야 속을 차려서 무얼 하재도 전과자니까 관리나 또 회사 같은 데는 들어가지 못하겠지

22 '어리친' 은 '정신이 흐릿한 상태' 를 말한다. 아무것도 찾아볼 수 없음을 비유한 표현.

23 '용을 쓰다' 의 용. 한꺼번에 집중해서 내는 센 힘. 여기에서는 힘을 완전히 회복했다는 뜻으로 쓰였음.

만 그야 자기가 저지른 일인 걸 누구를 원망할 일도 아니고, 그러니 막 벗어붙이고 노동이라도 해야지요. 대학교 출신이 막벌이 노동이란 게 꼴 가관이지만 그래도 할 수 없지, 머.

그런 걸 보고 가만히 나를 생각하면, 만약 우리 종조할아버지네[24] 집안이 그렇게 치패를 안 해서 나도 전문학교나 대학교를 졸업을 했으면 혹시 우리 아저씨 모양이 됐을지도 모를 테니 차라리 공부 많이 않고서 이 길로 들어선 게 다행이다……, 이런 생각이 들어요.

사실 우리 아저씨 양반은 대학교까지 졸업하고도 인제는 기껏 해 먹을 게란 막벌이 노동밖에 없는데, 요 보통학교 4년 겨우 다니고서도 시방 앞길이 환히 트인 내게다 대면 고쓰까이(小使)[25]만도 못하지요.

아, 그런데 글쎄 막벌이 노동을 하고 어쩌고 하기는커녕 조금 바시시 살아날 만하니까 이 주책꾸러기 양반이 무슨 맘보를 먹는고 하니, 내 참 기가 막혀!

아아니, 그놈의 것 하구는 무슨 대천지 원수[26]가 졌단 말인지, 어쨌다고 그걸 끝끝내 하지 못해서 그 발광인고? 그러나마 그게 밥이 생기는 노릇이란 말이지, 명예를 얻는 노릇이란 말이지, 필경은 붙잡혀 가서 징역사는 놀음? 아마 그놈의 것이 아편하구 꼭 같은가 봐요. 그렇길래 한 번 맛을 들이면 끊지를 못하지요.

그렇지만 실상 알고 보면 그게 그다지 재미가 난다거나 맛이 있다거나 그런 것도 아니더군 그래요. 부랑당패던데요. 하릴없이 부랑당팹니다.

저 서양 어디선가, 일하기 싫어하는 게으름뱅이 몇 놈이 양지짝에 모여 앉아서 놀고 먹을 궁리를 했더라나요. 우리 집 다이쇼가 다 자상하게 이야기를 해 줍디다.

---

24 할아버지 형제들.

25 심부름하는 사람. 사환.

26 대천지원수戴天地怨讐. 한 하늘 아래 함께 머리를 두고 살 수 없는 철저한 원수.

게, 그 녀석들이 서로 구론[27]을 하기를, 자 이 세상에는 부자가 있고 가난한 사람이 있고 하니 그건 도무지 공평한 일이 아니다. 사람이란 건 이목구비하며 사지 육신을 꼭 같이 타고났는데 누구는 부자로 잘살고 누구는 가난하다니 그게 될 말이냐. 그러니 부자가 가진 것을 우리 가난한 사람들하고 다 같이 고르게 나눠 먹어야 경우가 옳다.

야, 그거 옳은 말이다. 야! 그 말 좋다. 자 나눠 먹자.

아, 이렇게 설도[28]를 해 가지고 우— 하니 들고일어났다는군요.

아니, 그러니 그게 생 날부랑당[29]놈의 짓이 아니고 무어요?

사람이란 것은 제가끔 분지복[30]이 있어서 기수氣數[31]를 잘 타고나든지 부지런하면 부자가 되는 법이요, 복록을 못 타고나든지 게으른 놈은 가난하게 사는 법이요. 다 이렇게 마련인데 그거야말로 공평한 천리인 것을, 댑다 불공평하다께 될 말이요? 그러고서 억지로 남의 것을 뺏어 먹자고 들다니 그놈들이 부랑당이지 무어요.

짓이 부랑당 짓일 뿐만 아니라, 또 만약에 그러기로 들면 게으른 놈은 점점 더 게으름만 부리고 쫓아다니면서 부자 사람네가 가진 것만 뺏어 먹을 테니 이 세상은 통으로 도적놈의 판이 될 게 아니요? 그나마, 부자 사람네가 모아둔 걸 다 뺏기고 더는 못 먹여 내는 날이면 그때는 이 세상 망하는 날이 아니요?

저마다 남이 농사지어 놓으면 그걸 뺏어 먹으려고 일 않고 번둥번둥 놀 것이고 남이 옷감 짜 놓으면 그걸 뺏어다가 입으려고 번둥번둥 놀 것이고, 그럴 테니 대체 곡식이며 옷감이며 그런 것이 다 어디서 나올 데가 있어야지요. 세상 망할 밖에!

---

27 구두로 하는 논쟁.
28 말로써 설득하여 이끄는 것.
29 떼를 지어 몰려다니며 남의 재물을 마구 빼앗는 무리.
30 태어날 때 이미 정해진 복.
31 운수.

글쎄 그놈의 짓이 그렇게 세상 망쳐 놓을 장본인 줄은 모르고서 가난한 놈들, 그 중에도 일하기 싫은 게으름뱅이들이 위선 당장 부잣집 사람네 것을 뺏어 먹는다니까 거기 혹해 가지굴랑 너도나도 와와 하니 참섭[32]을 했다는구료.

바로 저 '아라사'[33]가 그랬대요.

그래서 아니나다를까 농군들이 곡식을 안 만들기 때문에 사람이 수만 명씩 굶어 죽는다는구료. 빠안한 이치지 뭐.

위선 먹기는 곶감이 달다[34]고 그 지랄들을 했다가 잘코사니야![35]

아, 그런데 그 못된 놈의 풍습이 삽시간에 동서양 각국 안 간데없이 퍼져 가지굴랑 한동안 내지[36]에도 마구 굉장히 드세게 돌아다녔고, 내지가 그러니까 멋도 모르는 죄선 영감상들도 덩달아서 그 숭내를 냈다나요. 그렇지만 시방은 그새 나라에서 엄하게 밝히고 금하고 한 덕에 많이 머츰해졌고 그런 마음먹는 사람은 별반 없다나 봐요.

그럴 게지 글쎄. 아, 해서 좋을 양이면야 나라에선들 왜 금하며 무슨 원수가 졌다고 붙잡아다가 징역을 살리나요. 좋고 유익한 것이면 나라에서 도리어 장려하고 잘할라치면 상급도 주고 그러잖아요.

활동사진이며 스모[37]며 만자이[38]며 또 왓쇼왓쇼[39]랄지, 세이레이 낭아시[40]랄지 라디오 체조랄지 이런 건 다 유익한 것이니까 나라에서 설도[41]도 하고 그러잖아요.

---

32 언제든지 끼어들어 간섭하는 것.

33 러시아.

34 앞일은 생각하지 않고 당장 눈앞의 이익을 좇는 것을 말한다.

35 얄미운 사람이 불행을 당하거나 봉변당하는 것을 고소하게 여길 때 하는 말.

36 내지內地는 일본 본토.

37 일본 씨름.

38 만담.

39 일본의 전통적인 축제.

40 우란분 행사의 하나.

41 설도說道. 사람이 지켜야 할 바른 도리를 설명하고 이끌어 줌.

나라라는 게 무언데? 그런 걸 다 잘 분간해서 이럴 건 이러고 저럴 건 저러라고 지시하고, 그 덕에 백성들을 제가끔 제 분수대로 편안히 살도록 애써 주는 게 나라 아니요?

그놈의 것 사회주의만 하더라도 나라에서 금하지를 않고 저희가 하는 대로 두어 두었어 보아? 시방쯤 세상이 무엇이 됐을지…….

다른 사람들도 낭패 본 사람이 많았겠지만 위선 나만하더라도 글쎄 어쩔 뻔했어! 아무 일도 다 틀리고 뒤죽박죽이지.

내 이상과 계획은 이렇거든요.

우리 집 다이쇼가 나를 자별히 귀여워하고 신용을 하니깐 인제 한 10년만 더 있으면 한밑천 들여서 따로 장사를 시켜 줄 눈치거든요.

그러거들랑 그것을 언덕 삼아 가지고 나는 30년 동안 예순 살 환갑까지만 장사를 해서 꼭 10만 원을 모을 작정이지요. 10만 원이면 죄선 부자로 쳐도 천석꾼이니 머, 떵떵거리고 살 게 아니냐구요.

그리고 우리 다이쇼도 한 말이 있고 하니까 나는 내지인 규수한테로 장가를 들래요. 다이쇼가 다 알아서 얌전한 자리를 골라 중매까지 서 준다고 그랬어요. 내지 여자가 참 좋지요.

나는 죄선 여자는 거저 주어도 싫어요.

구식 여자는 얌전은 해도 무식해서 내지인하고 교제하는 데 안 됐고, 신식 여자는 식자가 들었다는 게 건방져서 못쓰고, 도무지 그래서 죄선 여자는 신식이고 구식이고 다 제발이어요.

내지 여자가 참 좋지 머. 인물이 개개 일자로 이쁘겠다, 얌전하겠다, 상냥하겠다, 지식이 있어도 건방지지 않겠다, 좀이나 좋아!

그리고 내지 여자한테 장가만 드는 게 아니라 성명도 내지인 성명으로 갈고, 집도 내지인 집에서 살고, 옷도 내지 옷을 입고 밥도 내지 식으로 먹고, 아이들도 내지인 이름을 지어서 내지인 학교에 보내고…….[42]

내지인 학교라야지 죄선 학교는 너절해서 아이를 버려 놓기나 꼭 알맞지요.

그리고 나도 죄선 말은 싹 걷어치우고 국어[43]만 쓰고요.

이렇게 다 생활법식부터도 내지인처럼 해야만 돈도 내지인처럼 잘 모으게 되거든요.

내 이상이며 계획은 이래서 20만 원짜리 큰 부자가 바로 내다뵈고 그리로 난 길이 환하게 트이고 해서 나는 시방 열심으로 길을 가고 있는데, 글쎄 그 미쳐 살기 든 놈들이 세상 망쳐 버릴 사회주의를 하려 드니 내가 소름이 끼칠 게 아니라구요? 말만 들어도 끔찍하지!

세상이 망해서 뒤집히면 그래 나는 어쩌란 말인구? 아무것도 다 허사가 될 테니 그런 억울할 데가 있드람?

머 참 우리 집 다이쇼 말이 일일이 지당해요. 여느 절도나 강도나 사기나 그런 죄는 도적이면 도적을 해 가는 그 당장, 그 돈만 축을 내니까 오히려 죄가 가볍지만, 그놈의 것 사회주의인지 지랄인지는 온 세상을 뒤죽박죽을 만들어 놓고 나라를 통째로 소란하게 하니까 도저히 용서할 수가 없대요.

용서라니! 나 같으면 그런 놈들은 모조리 쓸어다가 마구 그저 그냥…….

그런 일을 생각하면, 털어놓고 말이지 우리 아저씬가 그 양반도 여간 불측스러 뵈질 않아요. 사실 아주머니만 아니면 내가 무슨 천주학이라고, 나쁜 병까지 앓는 그 양반을 찾아다니나요. 죽는대도 코도 안 풀어 붙일걸.

그러나마 전자의 죄상을 다 회개를 하고 못된 마음은 씻어 버렸을 제 말이지, 머 흰 개꼬리 3년이라더냐,[44] 종시 그 모양인걸요.

그러니깐 그가 밉살머리스러워서, 더러 들렀다가 혹시 마주 앉아도 우정[45] 뻐끝 저린 소리나 내쏘아 주고 말을 다잡아 가지굴랑 꼼짝 못하게스

---

42 필요 이상으로 내지(일본 본토)를 칭찬하고 내지의 문물을 칭찬하는 이 부분에서 작가는 이중 풍자를 하고 있다.

43 여기서 국어는 물론 일본어이다.

44 "개꼬리 3년 묵혀도 소꼬리 안 된다"라는 속담과 같은 표현.

45 일부러.

리 몰아세워 주군 하지요.

저번에도 한번 혼을 단단히 내주었지요. 아, 그랬더니 아주머니더러 한다는 소리가, 그 녀석 사람 버렸더라고, 아무짝에도 못 쓰게 길이 들었더라고 그러더라나요.

내 원, 그 소리 듣고 하도 어처구니가 없어서!

대체 사람도 유만부동[46]이지 그 아저씨가 날더러 사람 버렸느니 아무짝에도 못 쓰게 길이 들었느니 하더라니, 원 입이 몇 개나 되면 그런 소리가 나오는 구멍도 있누?

죄선 벙어리가 다 말을 해도 나 같으면 할 말 없겠더구먼서도, 하면 다 말인 줄 아나 봐?

이를테면 그게 명색 훈계 비슷한 거렷다? 내게다가 맞대 놓고 그런 소리를 하다가는 되잡혀서 혼이 날 테니까 슬며시 아주머니더러 이르란 요량이던 게지?

기가 막혀서……. 하느님이 사람의 콧구멍 두 개로 마련하기 참 다행이야.[47]

글쎄 아무려면 내가 자기처럼 다 공부는 못하고 남의 집 고조(小僧)[48] 노릇으로 반또(番頭)[49] 노릇으로 이렇게 굴러먹을 값이, 이래 보여도 표창을 두 번이나 받은 모범 점원이요, 남들이 똑똑하고 재주 있고 얌전하다고 칭찬이 놀랍고 앞길이 환히 트인 유망한 청년인데, 그래 자기 눈에는 내가 버린 놈이고 아무짝에도 못 쓰게 길이 든 놈으로 보였단 말이지?

하하, 오옳지! 거 참 그렇겠군. 자기는 자기 하는 짓이 옳으니까 나의 하는 짓은 다 글렀단 말이렷다.

그러니까 나도 자기처럼 그놈의 것 사회주의인지 급살 맞을[50] 것인지

---

46 모든 것이 서로 맞지 않음.

47 만약 콧구멍이 하나였으면 막혀 죽었을 거라는 뜻.

48 점원.

49 수위. 정문을 지키는 사람.

나 하다가 징역이나 살고 전과자나 되고 폐병이나 앓고 다 그랬더라면 사람 버리지도 않고 아무짝에도 못 쓰게 길든 놈도 아니고 그럴 뻔했군 그래!

흥! 참…….

제 밑 구린 줄 모르고서 남더러 어쩌구저쩌구 한다는 게 꼭 우리 아저씨 그 양반을 두고 이른 말인가 봐.

그날도 실상 이랬더라우. 혼을 내주었더니 아주머니더러 그런 소리를 하더란 그날 말이요.

그날이 마침 내가 쉬는 날이길래 아주머니더러 할 이야기도 있고 해서 아침결에 좀 들렀더니, 아주머니는 남의 혼인집으로 바느질을 해 주러 갔다고 없고 아저씨 양반만 여전히 아랫목에 가서 드러누웠어요.

그런데 보니깐 어디서 모두 뒤져 냈는지 머리맡에다가 헌 언문 잡지를 수북이 쌓아 놓고는 그걸 뒤져요.

그래 나도 심심삼아 한 권 집어 들고 떠들어 보았더니 머 읽을 맛이 나야지요.

대체 죄선 사람들은 잡지 하나를 해도 어찌 모두 그 꼬락서니로 해 놓는지.

사진도 없지요, 망가(漫畵)도 없지요. 그러고는 맨판 까탈스런 한문 글자로다가 처박아 놓으니 그걸 누구더러 보란 말인고? 더구나 우리 같은 놈은 언문도 그런대로 뜯어보기는 보아도 읽기에 여간만 페롭지가 않아요.

그러니 어려운 언문하고 까다로운 한문하고를 섞어서 쓴 글을 뜻을 몰라 못 보지요. 언문으로만 쓴 것은 소설 나부랭이인데 읽기가 힘이 들 뿐만 아니라 또 죄선 사람이 쓴 소설이란 건 재미가 있어야죠. 나는 죄선 신문이나 죄선 잡지하구는 담 쌓고 남 된 지 오랜걸요.

잡지야 머 《킹구》나 《쇼넹구라부》 덮어 먹을 잡지가 있나요. 참 좋아

---

50 갑자기 닥쳐오는 재앙.

요. 한문 글자마다 가나[51]를 달아 놓았으니 어떤 대문을 척 펴 들어도 술술 내리읽고 뜻을 훵하니 알 수가 있지요. 그리고 어떤 대문을 읽어도 유익한 교훈이나 재미나는 소설이지요.

소설 참 재미있어요. 그 중에도 기꾸지깡(菊池寬)[52] 소설……. 어쩌면 그렇게도 아기자기하고도 달콤하고도 재미가 있는지. 그리고 요시가와 에이지(吉川英治),[53] 그의 소설은 진찐바라바라[54]하는 지다이모노(時代物)인데, 마구 어깻바람이 나구요.

소설이 모두 그렇게 재미가 있지요, 망가가 많지요, 사진이 많지요, 그러고도 값은 좀 헐하나요. 15전이면 바로 고 전달치를 사 볼 수 있고 보고 나서는 5전에 도로 파는데요.

잡지도 기왕 하려거든 그렇게나 해야지 죄선 사람들은 제엔장 큰소리는 곧잘 하더구만서도 잡지 하나 반반한 거 못 만들어 내니!

그날도 글쎄 잡지가 그 꼴이라, 아예 글을 볼 멋도 없고 해서 혹시 망가나 사진이라도 있을까 하고 책장을 후루루 넘기노라니깐 마침 아저씨 이름이 있겠다요! 하두 신통해서 쓰윽 펴 들고 보았더니 제목이 첫 줄은 경제 · 사회…… 무엇 어쩌구 쇠눈깔씩만한 글자로 박아 놓고 그 옆에다 가는 사회…… 무엇 어쩌구 잔 주[55]를 달아 놨겠지요.

그것만 보아도 벌써 그럴듯해요. 경제는 아저씨가 대학교에서 경제를 배웠다니까 경제 속은 잘 알 것이고, 또 사회는, 그것 역시 사회주의를 했으니까 그 속도 잘 알 것이고, 그러니까 경제하고 사회주의하고 어떻게 서로 관계가 되는 것이며 어느 편이 옳다는 것이며 그런 소리를 썼을 게 분명해요.

---

51 일본 글자.

52 일본 근대문학을 개척한 작가. 일본의 대표적 종합잡지인 《문예춘추》를 창간했고 '아쿠다카와 문학상'을 제정했다.

53 일본의 역사 소설가. 대표작에는 《삼국지》, 《미야모토 무사시》가 있다.

54 칼싸움.

55 큰 주석 아래 더 자세하게 다는 작은 주.

머, 보나 안 보나 속이야 빠안하지요. 대학교까지 가설랑 경제를 배우고도 돈 모을 생각은 않고서 사회주의만 하고 다닌 양반이라 경제가 그르고 사회주의가 옳다고 우겨 댔을 게니깐요.

아무튼 아저씨가 쓴 글이라는 게 신기해서 좀 보아 볼 양으로 쓰윽 훑어봤지요. 그러나 웬걸, 읽어 먹을 재주가 있나요. 글자는 아주 어려운 자만 아니면 대강 알기는 알겠는데 붙여 보아야 대체 무슨 뜻인지를 알 수가 있어야지요.

속이 상하길래 읽어 보자던 건 작파[56]하고서 아저씨를 좀 따잡고 몰아셀 양으로 그 대목을 차악 펴 놨지요.

"아저씨?"

"왜 그러니?"

"아저씨가 여기다가 경제 무어라구 쓰구 또, 사회 무어라구 썼는데, 그러면 그게 경제를 하란 뜻이요, 사회주의를 하라는 뜻이요?"

"뭐?"

못 알아듣고 뚜릿뚜릿해요. 자기가 쓰고도 오래돼서 다 잊어버렸거나 혹시 내가 말을 너무 까다롭게 내기 때문에 섬뻑 대답이 안 나왔거나 그랬겠지요. 그래 다시 조곤조곤[57] 따졌지요.

"아저씨! 경제란 것은 돈 모아서 부자되라는 거 아니요? 그런데 사회주의라는 것은 모아 둔 부자 사람의 돈을 뺏어 쓰는 거 아니요?"

"이 애가 시방!"

"아아니, 들어 보세요."

"너, 그런 경제학, 그런 사회주의 어디서 배웠니?"

"배우나마나, 경제라는 것은 돈 많이 벌어서 아껴 쓰고 나머지 모아 두는 게 경제 아니요?"

---

56 도중에 그만두다.

57 하나하나 자세하게.

"그건 보통, 경제한다는 뜻으로 쓰는 경제고, 경제학이니 경제적이니 하는 건 또 다르다."

"다른 게 무어요? 경제는, 돈 모으는 것이고 그러니까 경제학이면 돈 모으는 학문이지요."

"아니란다. 혹시 이재학理財學[58]이라면 돈 모으는 학문이라고 해도 근리近理[59]할지 모르지만 경제학은 그런 게 아니란다."

"아아니, 그렇다면 아저씨 대학교 잘못 다녔소. 경제 못하는 경제학 공부를 5년이나 했으니 그거 무어란 말이요? 아저씨가 대학교까지 다니면서 경제 공부를 하고도 왜 돈을 못 모으나 했더니 인제 보니깐 공부를 잘못해서 그랬군요!"

"공부를 잘못했다? 허허. 그랬을는지도 모르겠다. 옳다 네 말이 옳아!"

이거 봐요 글쎄. 단박에 꼼짝 못하잖나. 암만 대학교를 다니고, 속에는 육조를 배포했어도 그렇다니깐 글쎄…….

"아저씨?"

"왜 그러니?"

"그러면 아저씨는 대학교를 다니면서 돈 모아 부자되는 경제 공부를 한 게 아니라 모아 둔 부자 사람네 돈 뺏어 쓰는 사회주의 공부를 했으니 말이지요……."

"너는 사회주의가 무얼루 알구서 그러냐?"

"내가 그까짓 걸 몰라요?"

한바탕 주욱 설명을 했지요.

내 얼굴만 물끄러미 올려다보고 누웠더니 피쓱 한 번 웃어요. 그러고는 그 양반이 하는 소리겠다요.

---

58 재정학. 국가나 지방자치단체가 행정이나 공공 정책을 시행하기 위하여 자금을 만들어 관리하고 이용하는 경제 활동을 가리킴.

59 이치에 거의 맞는 것.

"그게 사회주의냐? 부랑당이지."

"아아니, 그럼 아저씨두 사회주의가 부랑당인 줄은 아시는구려?"[60]

"내가 어째 사회주의가 부랑당이랬니?"

"방금 그러잖았어요?"

"글쎄, 그건 사회주의가 아니라 부랑당이란 그 말이다."

"거 보시우! 사회주의란 것은 그렇게 날부랑당이어요. 아저씨두 그렇다구 하면서 아니시래요?"

"이 애가 시방 입심 겨룸을 하재나!"

이거 봐요. 또 꼼짝 못하지요? 다 이래요 글쎄…….

"아저씨?"

"왜 그러니?"

"아저씨두 맘 달리 잡수시요."

"건 어떻게 하는 말이야?"

"걱정 안 되시우?"

"날 같은 사람이 걱정이 무슨 걱정이냐? 나는 네가 걱정이더라."

"나는 머 버젓하게 요량이 있는걸요."

"어떻게?"

"이만저만한가요!"

또 한바탕 주욱 설명을 했지요. 이 얘기를 다 듣더니 그 양반 한다는 소리 좀 보아요.

"너두 딱한 사람이다!"

"왜요?"

"……."

"아아니, 어째서 딱하다구 그러시우?"

"……."

---

60 이 대목부터 전개에서 절정으로 들어간다.

"네? 아저씨."

"……."

"아저씨?"

"왜 그래?"

"내가 딱하다구 그러셨지요?"

"아니다. 나 혼자 한 말이다."

"그래두……."

"이애!"

"네?"

"사람이란 것은 누구를 물론허구 말이다, 아첨하는 것같이 더러운 게 없느니라."

"아첨이요?"

"저…… 위로는 제왕, 밑으로는 걸인, 그 모든 사람이 우선 시방 이 제도의 이 세상에서 말이다, 제가끔 제 분수대루 살아가는 데 있어서 말이다, 제 개성을 속여 가면서꺼정 생활에다가 아첨하는 것같이 더러운 것이 없고, 그런 사람같이 가련한 사람은 없느니라. 사람이라는 것은 밥 두 그릇이 하필 밥 한 그릇보다 더 배가 부른 건 아니니까."[61]

"그건 무슨 뜻인데요."

"네가 일본인 여자와 결혼을 해서 성명까지 갈고 모든 생활 법도를 일본화하겠다는 것이 말이다."

"네, 그게 좋잖아요?"

"그것이 말이다. 진실로 깊은 교양이나 어진 지혜의 판단에서 우러나온 것이라면 그도 모를 노릇이겠지. 그렇지만 나는 보매 네가 그런다는 것은 다른 뜻으로 그러는 것 같다."

---

61 이 대목은 나이 어린 '나'에게 하는 충고라기보다는 1930년대 들어 변절하는 지식인들이 늘자 이들의 지조 없음을 통렬하게 비판하는 내용으로 봐야 한다.

"다른 뜻이라니요?"

"네 주인의 비위를 맞추고 이웃의 비위를 맞추고 하자고……."

"그야 물론이지요! 다이쇼의 신용을 받아야 하고 이웃 내지인들하구두 좋게 지내야지요. 그래야 할 게 아니겠어요?"

"……."

"아저씨는 아직두 세상 물정을 모르시오. 나이는 나보담 많구 대학교 공부까지 했어도 일찌감치 고생살이를 한 나만큼 세상 물정은 모릅니다. 시방이 어느 세상인데 그러시우?"

"이애!"

"네?"

"네가 방금 세상 물정이랬지?"

"네."

"앞길이 환하니 틔었다구 그랬지?"

"네."

"환갑까지 10만 원 모은다구 그랬지?"

"네."

"네가 말하려는 세상 물정하구 내가 말하려는 세상 물정하구 내용이 다르기도 하지만 세상 물정이란 건 그야말로 그리 만만한 게 아니다."

"네?"

"사람이라는 것은 제아무리 날고 뛰어도 이 세상에 형적 없이 그러나 세차게 주욱 흘러가는 힘, 그게 말하자면 세상 물정이겠는데, 결국 그것의 지배하에서 그것을 따라가지 별수가 없는 거다."

"네?"

"쉽게 말하면 계획이나 기회를 아무리 억지루 만들어 놓아도 결과가 뜻대로는 안 된단 말이다."

"젠장, 아저씨두……. 요전 《킹구》라는 잡지에도 보니까, 나폴레옹이라는 서양 영웅이 그랬답디다. 기회는 제가 만든다고, 그리고 불가능이란 말은 바보의 사전에서나 찾을 글자라구요. 아, 자꾸자꾸 계획하구 기회를 만들고 해서 분투 노력해 나가면 이 세상일 안 되는 일이 어디 있나요? 한 번 실패하거든 갑절 용기를 내 가지고 다시 일어서지요. 칠전팔기 모르시요?"

"나폴레옹도 세상 물정에 순응할 때는 성공했어도 그것에 거슬리다가 실패를 했더란다. 너는 칠전팔기해서 성공한 몇 사람만 보았지, 여덟 번 일어섰다가 아홉 번째 가서 영영 쓰러지고는 다시 일어나지 못한 숱한 사람이 있는 건 모르는구나."

"그래두 인제 두구 보시우. 나는 천하 없어두 성공하구 말 테니……. 아저씨는 그래서 더구나 못써요. 일해 보기도 전에 안 될 줄로 낙심 먼저 하구……."

"하늘은 꼭 올라가 보구래야만 높은 줄 아니?"

원 마지막 가서는 할 소리가 없으니깐 동에도 닿지 않는 비유를 가져다 둘러대는 걸 보아요. 그게 어디 당한 말인구? 안 올라가 보면 머 하늘 높은 줄 모를 천하 멍텅구리도 있을까?

그만해 두려다가 심심하길래 또 말을 시켰지요.

"아저씨?"

"왜 그래?"

"아저씨는 인제 몸 다 충실해지면 어떡허실려우?"

"무얼?"

"장차……."

"장차?"

"어떡허실 작정이세요?"

"작정이 새삼스럽게 무슨 작정이냐?"

"그럼 아저씨는 아무 작정 없이 살아가시우?"

"없기는?"

"있어요?"

"있잖구."

"무언데요?"

"그새 지내 오던 대루……."

"그러면 저 거시키, 무엇이냐 도루 또 그걸……?"

"그렇겠지."

"아저씨?"

"……."

"아저씨?"

"왜 그래?"

"인제 그만두시우."

"그만두라구?"

"네."

"누가 심심소일루 그리는 줄 아느냐?"

"그러잖구요?"

"……."

"아저씨?"

"……."

"아저씨?"

"왜 그래?"

"아저씨 올에 몇이지요?"

"서른셋."

"그러니 인제는 그만큼 해 두고 맘잡아서 집안일 할 나이두 아니요?"

"집안일을 해서 무얼 하나?"

"그러기루 들면 그 짓은 해서 또 무얼 하나요?"

"무얼 하려구 하는 게 아니란다."

"그럼, 아무 희망이나 목적이 없으면서 그래요?"

"목적? 희망?"

"네."
"개인의 목적이나 희망은 문제가 다르니까…… 문제가 안 되니까……."
"원, 그런 법도 있나요?"
"법?"
"그럼요!"
"법이라!"
"아저씨?"
"……."
"아저씨"
"왜 그래?"
"아주머니가 고맙잖습디까?"
"고맙지."
"불쌍하지요?"
"불쌍? 그렇지, 불쌍하다면 불쌍한 사람이지!"
"그런 줄은 아시누만?"
"알지."
"알면서 그러시우?"
"고생을 낙으로, 그 쓰라린 맛을 씹고 씹고 하면서 그것에서 단맛을 알아내는 사람도 있느니라. 사람도 있는 게 아니라 사람마다 무슨 일에고 진정과 정신을 꼬박 거기다가만 쓰면 그렇게 되는 법이니라. 그러니까 그쯤 되면 그때는 고생이 낙이지. 너희 아주머니만 두고 보더라도 고생이 고생이면서도 고생이 아니고 고생하는 게 낙이란다."
"그렇다고 아저씨는 그걸 다행히만 여기시우?"
"아아니."
"그렇거들랑 아저씨두 아주머니한테 그 은공을 더러는 갚아야 옳을 게 아니요?"
"글쎄, 은공을 모르는 건 아니지만……."

“그러니 인제 병이나 확실히 다 나신 뒤엘라컨…….”

“바빠서 원…….”

글쎄 이 한다는 소리 좀 보지요? 시치미 뚝 떼고 누워서 바쁘다는군요!

사람 속 차릴 여망 없어요. 그저 어디로 대나 손톱만치도 쓸모는 없고 남한테 사폐만 끼치고 세상에 해독만 끼칠 사람이니, 머 하루바삐 죽어야 해요. 죽어야 하고 또 죽어서 마땅해요. 그런데 글쎄 죽지를 않고 꼼지락 꼼지락 도루 살아나니 성화라구는, 내…….

1938년 10월 《동아일보》

〈탁류〉에 등장하는 정 주사는 군산 미두장 하바꾼이다. 이 무능력한 아버지를 둔 정초봉은 보통학교를 졸업하고 아버지 친구인 박제호의 약방에서 점원으로 일한다. 다소곳한 행동과 예쁜 얼굴로 인해 박제호와 남승재, 고태수 등 남자들의 마음을 사로잡는다.

제호에게는 신경질적인 부인이 있고, 태수는 가난한 홀어머니 손에서 자란 은행원이다. 그는 항상 부자인 체하며 지내지만 은행에서 돈을 몰래 빼내 꼽추 장형보를 시켜 미두에 투기를 하고 있다. 만약 돈을 잃어 들통이 나면 자살하면 그만이라고 생각한다. 승재는 어려서 부모를 여의고 외갓집에서 공부를 하고 있다. 장래 의사가 되는 것이 꿈이다. 외가 친척인 의사가 죽으면서 친구인 의사에게 승재를 천거해 군산에 내려오게 된다. 그분의 병원에서 일을 도우면서 초봉이네 집에서 하숙을 하며 의사시험 볼 준비를 한다. 가난한 병자를 도우며 가난하게 사는 청년이다.

초봉은 서로 사랑하는 마음을 키워 가고 있는 승재가 있으나, 약방을 그만두고 서울로 가서 제약회사를 하려는 제호를 따라가려던 계획이 실패하자 태수와 정을 통한 한 참봉의 아내 김씨의 중매로 태수의 청혼을 받아들인 아버지 결정을 따르겠다고 다짐한다. 초봉의 신랑이 될 태수가 결혼 전에 화류병을 고치려고 병원으로 오자 승재는 그의 정체를 알고는 초봉이가 가엾게 생각되어 상심한다.

결국 초봉과 태수는 결혼을 하고 승재는 초봉의 집에서 나와 하숙을 옮기는데, 언니 초봉과 성격이 딴판인 동생 계봉의 방문을 자주 받는다. 결혼 후 초봉은 승재를 향한 미련과, 돈 때문에 결혼하였다는 생각 때문에 괴롭기도 했지만 잘 대해 주는 태수가 있어서 잠시나마 행복을 느낀다.

태수는 평생 소원이었던 초봉과의 결혼이 성공하자 자기의 비행이 들통나면 자살을 하겠다는 마음을 다시 다진다. 형보는 초봉의 미모에 홀려서 태수를 빨리 죽게 하고 자신이 초봉을 차지하겠다고 다짐한다. 그런 어느 날, 홍업회사에서 당좌계를 찾는 전화가 오고 태수의 비행은 내일이면 들통이 난다. 이것을 알게 된 태수는 죽을 결심을 하고 집으로 간다. 집에 오자 한 참봉의 아내 김씨가 계집아이를 보내와 김씨 집으로 가서 만난다. 형보는 이 두 사람의 관계를 잘 알고 있으므로 또 하나의 계책으로 한 참봉에게 익명으로 전화를 해 현장을 덮치게 하고 그 사이 형보는 잠자고 있던 초봉을 범한다.

태수와 김씨는 한 참봉에게 살해당한다. 초봉은 신혼살림을 부모님 살림 밑천으로 드리고 마음 좋은 아저씨 제호를 찾아 서울로 가다가 기차간에서 제호를 만나 온천에서 제호에게 몸을 허락한다. 초봉은 제호와 서울에서 살림을 차리고 매달 제호에게서 받은 돈을 집에 보내면서 지내다가 딸 송희를 낳는다. 그러나 초봉의 깊은 마음속에는 항상 승재가 있었다.

송희를 낳은 초봉은 지나치게 아이에게 집념을 보인다.

회사 운영에 돈이 부족한 제호는 아내 친척에게서 돈을 얻어 쓴다. 그래서 친정에서 요양하던 아내가 오게 되자 강짜가 심한 아내에게 들통이 날 것 같아 초봉이 자꾸만 신경 쓰인다. 그래서 초봉을 떼어 버리려고 한다. 그러던 중 태수가 미두를 하다 남겨 준 돈을 가지고 미두와 고리대금을 한 형보는 운 좋게도 큰돈을 번다. 그래서 초봉을 찾아온다. 형보는, 송희가 자기 딸이라고 하면서 죽은 태수가 유언으로 초봉을 맡겼다고 제호에게 억지를 부린다. 제호는 이 이야기를 듣고 양심은 찔리지만 좋은 기회라고 생각하고 초봉을 양보하고 물러나겠다고 한다.

초봉은 남자들이 싫어졌다. 그러나 간악한 형보의 성격을 잘 아는 까닭에 친정에 돈을 대 주고 동생들 교육을 시켜 주겠다는 다짐을 받고 마음에도 없는 형보의 여자가 된다. 그런데도 초봉의 마음속에는 승재에 대한 환상이 자주 고개를 쳐든다.

계봉은 서울로 올라와 초봉과 함께 살면서 형보의 돈으로는 공부하기가 싫어 백화점에 취직한다. 계봉과 함께 살게 된 형보는 계봉의 성숙한 몸매에 군침을 흘리고, 초봉은 형보가 일을 저지를까 근심한다. 초봉은 자기가 죽더라도 동생 계봉이 송희를 잘 키울 것이라는 믿음이 생기자 형보를 죽이고 자기도 죽을 결심을 한다. 한편 초봉과의 일을 옛 추억으로 잊고 계봉을 사랑하기 시작한 승재는 의사시험에 합격하여 서울로 올라온다. 계봉과 만난 승재는 서로 사랑하는 마음을 확인하고 청혼을 한다. 계봉에게서 언니 초봉의 가엾은 사정을 들은 승재는 힘을 합쳐 초봉을 형보의 손아귀에서 빼내려는 계책을 세운다. 계봉과 승재가 초봉을 만나러 집에 가자 초봉은 이미 형보를 죽인 뒤였다. 승재가 도와주려고 오리라는 것을 알 수 없었던 초봉은 승재가 아직도 자신을 사랑하고 있다는 생각에 기쁨을 느꼈다. 그래서 형보의 살해를 너무 빨리 실행한 것을 후회한다.

계봉은 초봉에게 자수를 권유한다. 한참 울던 끝에 초봉은 승재가 시키는 대로 하겠다는 말을 한다. 그러자 그 뜻을 아는 승재는 대답할 말이 없었으나 애원하는 초봉이를 거절할 용기가 없어 다녀오라고 다정하게 말한다. 초봉의 슬픈 얼굴이 잠시 미소 짓는 듯 환해진다. 승재는 안타까운 마음으로 초봉과 '내일' 을 기약한다.

학습길라잡이

구조분석

■ **갈래** 장편소설. 세태소설. 풍자소설.

■ **주제** ① 탁류 같은 세파에 휩쓸린 한 여인의 비극적인 삶을 통해 어둡고 혼탁한 식민지 시대상을 고발하고 풍자함.
② 가난한 식민지 어두운 현실을 살아가는 가련한 여인의 삶.

■ **배경** 시간은 일제강점기. 공간은 군산과 서울.

■ **시점** 전지적 작가 시점.

등장인물

■ **정초봉** 여주인공. 정 주사의 맏딸. 수동적 성격의 소유자. 식민 치하 가난한 가족을 위하여 자신을 희생하는 비극적 인물.

■ **정계봉** 초봉의 동생. 언니와는 반대로 능동적이고 개방적인 여인.

■ **정 주사** 미두전에 빌붙어 사는 대표적 도시 하층민. 딸을 팔아 자신의 안일을 추구하는 무능한 아버지.

■ **고태수** 은행원. 호색하고 방탕한 남자. 한탕주의 기질을 가지고 있으며 부도덕한 생활을 하는 인물. 초봉과 결혼하나 장형보에게 살해된다.

■ **장형보** 고태수의 친구. 못생긴 꼽추. 어려서부터 정신적으로 비틀리고 잔악하고 교활한 인물. 초봉이 죽임.

■ **남승재** 예비 의사. 부드러운 사회주의자. 긍정적인 인물. 가난한 사람을 위하여 노력하고 정의로운 삶을 추구하는 사람.

플롯

■ **구성** 19개의 소제목으로 이루어진 모자이크식 구성.

■ **발단** 예쁘고 순박한 처녀 초봉을 노리는 남자들.

■ **전개** 초봉의 불행과 기구한 삶.

■ **위기** 장형보의 등장.

■ **절정** 초봉이 장형보를 죽임.
■ **결말** 초봉의 자수.

이것만은 놓치지 말자

풍자문학

풍자諷刺란 글자 그대로 풀이해 보면 '바람(風)에 실려 오는 말言을 찌른다(刺)'는 뜻이다. 사전에는 "무엇에 빗대어 재치 있게 깨우치거나 비판함"(동아새국어사전)이라고 되어 있다. 한마디로 말하면 '잘못된 것을 꼬집는 것'이라고 할 수 있다. 그러면 '풍자문학'이란 무엇일까? 왜 채만식을 풍자작가라고 할까? 풍자문학은 사회와 시대의 모순점과 불합리함을 조롱하고 멸시하고 분노하고 증오하는 여러 정서 상태를 표현해서 이를 비판하고 고발하는 문학 양식이다. 그런 뜻에서 채만식은 우리 문학사에서 흔치 않은 풍자작가이다.

왜 금강을 첫머리에서 그렸을까?

맑게 시작하다가 온갖 혼탁함에 뒤섞여 더럽혀지는 강물의 모습, 탁류가 쏟아져 들어오는 군산의 실태는 말하자면 1930년대 우리 나라의 축소판이었다. 특히 미두장(쌀 시장)은 일제에 시달리는 우리 경제의 모습을 가장 잘 보여 주는 장소였다. 군산의 미두장은 호남평야 쌀을 일본으로 가져가는 곳이었다. 쌀값의 변동을 노리고 투기하는 사람도 많아 여러 사람들이 미두 투기에 손을 댔다가 망하곤 했다. 정 주사가 한없이 몰락한 것도, 고태수가 은행 돈을 횡령하고 결국 죽음에 이르게 되는 것도 결국은 이 쌀 투기 때문이다. 주인공들이 모두 불행한 삶을 살게 된 것도 캐고 들어가 보면 이 미두장터 때문이다.

1. 이 작품의 제목 '탁류'가 상징하는 의미가 무엇인지 생각해 보자.
2. 이 작품의 배경인 군산의 일본인 거주 '신흥 중심지'와 '빈민가'인 조선인 거주 지역이 갖는 대립적인 도시 풍경이 지니는 의미를 토론해 보자.
3. 작가는 '정 주사'의 사람 됨됨이를 어떻게 그리고 있는지 예를 들어 설명해 보자.

탁류

✲✖

인간 기념물

금강…….[1]

이 강은 지도를 펴 놓고 앉아 가만히 들여다보노라면, 물줄기가 중동께서[2] 남북으로 납작하니 째져 가지고는—한강이나 영산강도 그렇기는 하지만—그것이 아주 재미있게 벌어져 있음을 알 수 있다. 한번 비행기라도 타고 강줄기를 따라가면서 내려다보면 또한 그럼직할 것이다.

저 준험한 소백산맥이 제주도를 건너보고 뜀을 뛸 듯이, 전라도의 뒷덜미를 급하게 달리다가 우뚝…… 또 한 번 우뚝…… 높이 솟구친 갈재蘆嶺와 지리산 두 산의 산협 물을 받아 가지고 장수로, 진안으로, 무주로, 이렇게 역류하는 게 금강의 남쪽 줄기다. 그놈이 영동永同 근처에서는 다시 추풍령과 속리산의 물까지 받으면서 서북으로 좌향을 돌려 충청좌우도忠淸左右道의 접경을 흘러간다.

그리고 북쪽 줄기는 좀 단순해서, 차령산맥이 꼬리를 감추려고 하는 경기 충청의 접경 진천 근처에서 청주를 바라보고 가느다랗게 흘러내려오다가 조치원을 지나면 거기서 비로소 오래 두고 서로 찾던 남쪽 줄기와

---

1 금강은 맑은 강인 동시에 한 많은 강이다. 불행한 역사를 지닌 백제의 강이다. 금강은 또 탁류 속으로 빠져 들기 전 아름다운 영혼의 소유자인 초봉이를 상징하기도 한다.

2 중간쯤에서.

마주 만난다.

이렇게 어렵사리 서로 만나 한데 합수진 한 줄기 물은 게서부터 고개를 서남으로 돌려 공주를 끼고 계룡산을 바라보면서 우줄거리고 부여로…… 부여를 한 바퀴 휘 돌려다가는 급히 남으로 꺾여 단숨에 논메〔論山〕, 강경이〔江景〕까지 들이닫는다.

여기까지가 백마강이라고, 이를테면 금강의 색동이다. 여자로 치면 흐린 세태에 찌들지 않은 처녀 적이라고 하겠다.

백마강은 공주 곰나루熊津에서부터 시작하여 백제 흥망의 꿈 자취를 더듬어 흐른다. 풍월도 좋거니와 물도 맑다.

그러나 그것도 부여 전후가 한창이지, 강경에 다다르면 장꾼들의 흥정하는 소리와 생선 비린내에 고요하던 수면의 꿈은 깨어진다. 물은 탁하다.

예서부터가 옳게 금강이다. 향은 서서남西西南으로, 빗밋이[3] 충청 · 전라 양도의 접경을 골타고 흐른다.

이로부터서 물은 조수까지 섭쓸려 더욱 흐리나 그득하니 벅차고, 강 넓이가 훨씬 퍼진 게 제법 양양하다.

이름난 강경벌은 이 물로 해서 아무 때고 갈증을 잊고 촉촉하다.

낙동강이니 한강이니 하는 다른 강들처럼 해마다 무서운 물난리를 휘몰아 때리지 않아서 좋다. 하기야 가끔 홍수가 나기도 하지만.

이렇게 에두르고 휘돌아 멀리 흘러온 물이, 마침내 황해 바다에다가 깨어진 꿈이고 무엇이고 탁류째[4] 얼러 좌르르 쏟아져 버리면서 강은 다하고, 강이 다하는 남쪽 언덕으로 대처大處[5] 하나가 올라앉았다.

이것이 군산群山이라는 항구요, 이야기는 예서부터 실마리가 풀린다.

---

3 비스듬하고 밋밋하게.

4 탁류라는 이 작품의 제목은, 처음 맑던 강물이 점차 탁하게 바뀌어 가는 것을 암시하고 있다. 강물이 탁해지는 가장 큰 원인은 일제의 탄압이다. 일제의 가혹한 수탈로 인해 등장인물들은 걷잡을 수 없이 기구하고 비극적인 삶의 탁류 속으로 빠져 들어간다.

5 시골 사람의 입장에서 볼 때 '도회지'를 '큰 곳'이라는 뜻으로 이르는 말.

그러나 항구라서 하룻밤 맺은 정을 떼치고 간다는 마도로스의 정담이나, 정든 사람을 태우고 멀리 떠나는 배 꽁무니에 물결만 남은 바다를 바라보면서 갈매기로 더불어 운다는 여인네의 그런 슬퍼도 달코롬한 이야기는 못 된다.

벗어붙이고 농사면 농사, 노동이면 노동을 해 먹고 사는 사람들과 마찬가지로, '오늘'이 아득하기는 일반이로되, 그러나 그런 사람들과도 또 달라 '명일明日'이 없는 사람들……. 이런 사람들은 어디고 수두룩해서 이곳에도 많이 있다.

정 주사丁主事[6]도 갈 데 없이 그런 사람이다.

정 주사는 시방 미두장米豆場[7] 앞 큰길 한복판에서, 다 같은 '하바꾼(절치기꾼)'[8]이로되 나이배 젊은 애송이한테, 멱살을 당시랗게 따잡혀 가지고는 죽을 봉욕을 당하는 참이다.

시간은 오후 2시 반, 후장後場의 대판 시세 이절大阪時勢二節이 들어오고 나서요, 절기는 바로 5월 초생.

싸움은 퍽 단출하다. 안면 있는 사람들이 없는 바는 아니지만, 누구 하나 나서서 말리지도 않는다.

지나가던 상점의 심부름꾼 아이 하나가 자전거를 반만 내려서 오도카니 바라보고 섰는 것이 그림의 첨경添景 같아 더욱 호젓하다.

휘둘리는 정 주사의 머리에서, 필경 낡은 맥고모자[9]가 건뜻 떨어져 마침 부는 바람에 길바닥을 대구루루 굴러간다. 미두장 정문 앞 사람 무더기 속에서 웃음소리가 와아 하고 터져 나온다.

---

6 남자의 성에 붙여 그를 높여 부르는 호칭이다. 김 주사, 정 주사.

7 '미두'는 일제 시대 때 있었던 제도. 그 전날 미곡의 시세 변동을 이용하여 현물 없이 약속으로만 거래하는 일종의 투기 행위이다. 그것을 매매하는 장소가 미두장이다.

8 미두장에서 밑천 없이 투기하는 사람.

9 밀짚으로 만든, 차양이 넓은 여름 모자.

미두장[10]은 군산의 심장이요, 전주통全州通이니 본정통本町通[11]이니 해안통海岸通이니 하는 폭넓은 길들은 대동맥이다. 이 대동맥 군데군데는 심장 가까이, 여러 은행들이 서로 호응하듯 옹위하고 있고 심장 바로 전후좌우에는 중매점仲買店[12]들이 전화 줄로 거미줄을 쳐 놓고 앉아 있다.

정 주사는 자리하고도 이런 자리에서 봉변을 당하는 참이다. 그러나 미두장 앞에서 일어난 싸움이란 빤히 속을 알조다. 그런 싸움은 하루에도 으레 한두 패씩은 얼러붙는다.

소위 '총을 놓았다'는 것인데, 밑천 없이 안면만 여겨 돈을 걸지 않고 '하바'를 하다가 지고서 돈을 못 내게 되면, 그래 내라거니 없다거니 하느라고 시비가 되어, 툭탁 치고받고 한다. 촌이라면 앞뒷집 수탉끼리 암컷 샘에 후두둑후두둑 하는 닭싸움만치나 예삿일이다.

해서 아무리 이런 큰길바닥에서 의관깨나 한 사람들끼리 멱살을 움켜잡고 얼러붙은 싸움이라도 그리 할 일이 없어서 심심한 사람이 아니면 별반 구경하는 사람도 없다.

다 알고 지내는 같은 '하바꾼'들은 싸움을 뜯어말리기커녕, 중매점 처마 밑으로 미두장 정문 앞으로, 넌지시 비켜서서, 흰머리가 희끗희끗 장근[13] 50의 중늙은이 정 주사가 자식뻘밖에 안 되는 애송이한테 그런 해거[14]를 당하는 것을 되레 고소하다고 빈정거리기만 한다.

—밑천도 없어 가지고 구성없이 덤벼들어, 남 골탕 멕이기 일쑤더니, 그저 잘꾸사니야!

---

10 군산의 미두장은 호남 평야에서 생산되는 우리 쌀을 일본으로 실어가기 위하여 갖은 수탈과 기만이 벌어지는 현장이기도 하다.

11 이 작품의 공간적 배경인 군산은 식민지 사회의 구조적 모순을 안고 있는 전형적인 도시 구조이다. '전주통'이니 '본정통'이니 하는 일본인들의 거주지인 신흥 도시와 한국인들이 거주하던 빈민가를 대립적 구도로 설정하여 작가는 도시 하층민들의 몰락과 이를 극복하기 위한 힘겨운 삶의 모습을 리얼하게 그려 내고 있다.

12 미두를 사고파는 일을 중개하여 주고 수수료를 받던 가게.

13 장근將近. 거의.

14 해괴한 경우.

—정 주산지 고무래 주산지 인제는 제발 시장 근처에 오지 말래요.

—저 영감님 저러다가는 생죽음하겠어!

—어쩔라구들 저래!

—두어 두게. 제 일들 제가 알아서 할 테지. 때 가면 둘 다 콩밥[15]인걸.

정 주사는, 멱살을 잡은 애송이의 팔목에 가 대룽대룽 매달려 발돋움을 친다. 목을 졸려서 얼굴빛은 검푸르게 죽고, 숨이 막혀 캑캑 기침을 뱉는다.

낡은 맥고모자는 아까 벌써 길바닥에 굴러 떨어졌고, 당목 홑두루마기는 안팎 옷고름이 뜯어져서 잡아 낚는 대로 주정뱅이처럼 펄럭거린다.

"여보게 이 사람, 여보게!"

"보긴 무얼 보라구 그래? 보아야 그 상판이 그 상판이지 별것 있나? ……잔말 말구 돈이나 내요."

"글쎄 여보게, 이건 너무 창피하지 않은가! 이걸 놓고 조용조용 이야기를 하세그려, 응? 이건 놓게."

"흥! 놓아 주면 뺑소니를 칠 양으루? 어림없어…… 돈 내요. 안 내면 깝대기를 벳겨 놀 테니……."

"글쎄 이 사람아! 이런다구 없는 돈이 어디서 솟아나나?"

"요—런 얌체 빠진 작자 같으니라구! 왜, 그럼 돈두 없으면서 덤볐어? 덤비기를……. 그랬다가 요행 바루 맞으면 올개미 없는 개장수를 할 양으루? ……그리구 고 꼴에 허욕은 담뿍 나서, 머? 50전이야 차마 하겠나? 1원은 해야지? ……고런 어디서 ……아이구! 그저 요걸 그저……."

애송이는 뺨을 한 대 갈길 듯이, 멱살 잡지 않은 바른편 팔을 번쩍 쳐들어 넓죽한 손바닥을 들이대면서 얼러멘다. 정 주사는 그것을 피하려고 고개를 오므라뜨리면서 엉겁결에 손을 내민다. 그 꼴이 하도 궁상스럽대

15 이 시절엔 감옥의 죄수가 먹는 음식은 콩이 많이 들어 있었다. 그래서 '콩밥'은 감옥살이 한다는 뜻으로 쓰는 속어임.

서 하하하 웃음소리가 사방에서 터져 나온다.

그때 마침 ××은행 군산 지점의 당좌계에 있는 고태수高泰洙[16]가, 잠깐 다니러 나왔는지 맨머리로 귀 위에 철필대를 꽂고 슬리퍼를 끌고 미두장 앞을 지나다가 싸움 열린 것을 보더니 멈칫 발길을 멈춘다. 그러자 또, 미두장 안에서는 중매점 '마루강〔丸江〕'의 '바다지〔場立〕'로 있는 곱사 장형보張亨甫[17]가 끼웃이 밖을 내다보다가, 태수가 온 것을 보고 메기같이 째진 입으로 히죽히죽 웃는다.

"자네 장래 장인 방금 죽네, 방금 죽어. 어여 쫓아가서 말리게. 괜히 소복 입구 장가들게 되리! ……어여 가서 뜯어말리라니깐 그래!"

모여 섰던 사람들은, 태수를 아는 사람이고 모르는 사람이고, 모두 돌려다보면서 빙긋빙긋 웃는다.

태수는 형보더러 눈을 흘기면서도 함께 웃는다. 그는 형보 말대로 싸움을 말려 주고는 싶어도 형보가 방정맞게 여럿이 듣는 데서 그런 말을 씨월거려 놔서 차마 열적어 선뜻 내닫지 못하는 눈치다. 그러나 그것도 잠깐이요, 형보한테 빙긋 한 번 더 웃어 보이고는 싸움 열린 길 가운데로 슬리퍼를 직직 끌고 건너간다.

"이건 무얼 이래요! ……점잖찮게스리. 이거 노시오."

태수는 정 주사의 멱살을 잡은 애송이의 팔목을, 말하는 말조보다는 우악스럽게 훑으려 쥔다.

정 주사는 점직해서[18] 안 돌아가는 고개를 억지로 돌리고, 애송이는 좀 머쓱하기는 하면서도 멱살은 놓지 않는다.

"아—니, 이런 경우가 어디 있어요? ……나이깨나 좋이 먹어 가지구는……."

"노라면 놔요!"

---

16 훗날 정 주사의 큰딸 초봉이와 혼인한다.

17 꼽추. 영혼마저 비뚤어진 인물. 초봉이 주변에 모여드는 독충 같은 존재 중 하나.

18 부끄럽고 미안해서.

버럭 소리를 지르면서 태수는 쥐었던 애송이의 팔목을 잡아 낚는다.

"……잘잘못은 누게 있던지, 그래 댁은 부모도 없수? 젊은 친구가 나이 자신 분한테 이런 행패를 하게."

몰아 대면서 거듭떠보는 태수의 눈살은 졸연찮게[19] 팽팽하다.

애송이는 할 수 없이 멱살을 놓고 물러선다.

"그렇지만 경우가 그렇잖거던요!"

"경우가 무슨 빌어먹을 경우람? 누구는 그 속 모르는 줄 아우? 하바하다가 총 놨다구 그러지? ……여보, 그렇게 경우가 밝구 하거든 애여 경찰서루 가서 받아 달래구려!"

"허어, 참!"

애송이는 더 성구지 못하고 돌아서서 미두장 정문께로 가면서, 혼자 무어라고 두런두런 두런거린다.

정 주사는 검다 희단 말이 없이 모자를 집어 들고 건너편의 중매점 앞으로 간다. 중매점 문 앞에 두엇이나 모여 섰던 하바꾼들은, 정 주사의 기색이 하도 암담한 것을 보고 입때까지 조롱하던 낯꽃을 얼핏 고쳐 갖는다.

"담배 있거들랑 한 개 주게!"

정 주사는 누구한테라 없이 손을 내밀면서 한데를 바라보고 우두커니 한숨을 내쉰다.

여느 때 같으면,

"담배 맡겼수"

하고 조롱을 하지 단박에는 안 줄 것이지만, 그 중 하나가 아무 말도 없이 마코[20] 한 개를 꺼내 준다.

정 주사는 담배를 받아 붙여 물고 연기째 길게 한숨을 내뿜으면서 넋을 놓고 먼 하늘을 바라본다.

---

19 갑작스럽게.

20 이 시절 사람들이 많이 피던 담배였던 모양이다. 이태준, 김유정 소설 등에도 등장한다.

광대뼈가 툭 불거지고, 홀쭉 빠진 볼은 배가 불러도 시장만 해 보인다. 기름기 없는 얼굴에는 5월의 맑은 날에도 그늘이 진다. 분명찮은 눈을 노상 두고 깜작거리는 것은 괜한 버릇이요, 그것이 마침감으로 꼴이 더 궁상스럽다.

못생긴 노랑수염이 몇 낱 안 되게 시늉만 자랐다. 그거나마 정 주사는 잊지 않고 자주 쓰다듬는다.[21]

정 주사가 낙명이 되어 한숨만 거듭 쉬고 서서 있는 것이 그래도 보기에 딱했던지 마코를 선심 쓰던 하바꾼이 부드러운 말로 위로를 하는 것이다.

"어서 댁으루 가시오. 다아 이런 데 발을 딜여 놓자면 그런 창피 저런 창피 보기도 예사지요. 옷고름이랑 저렇게 뜯어져서 못 쓰겠소. 어서 댁으루 가시오."

정 주사는 대답은 안 하나 비로소 정신이 들어, 모양 창피하게 된 두루마기 꼴을 내려다본다. 옆으로 위로하던 하바꾼이 한 번 더 선심을 내어 중매점 안으로 들어가더니 핀을 얻어 가지고 나와서, 두루마기 고름 뜯어진 것을 제 손으로 찍어매 준다.

미두장 정문 옆으로 비켜서서 형보와 무슨 이야기를 하느라고 고개를 맞대고 있던 태수가, 정 주사가 서 있는 앞을 지나면서 일부러 외면을 해 준다. 정 주사도 외면을 한다.

태수가 저만치 멀리 갔을 때 정 주사는 비로소,

"으흠."

가래 끓는 목 가다듬을 한 번 하더니 ××은행이 있는 데께로 천천히 걸어간다. 다섯 자가 될락말락한 키에 가슴을 딱 버티고 한 팔만 뒷짐을 지고, 그리고 짝 바라진 여덟 팔자 걸음으로 아장아장 걸어가는 맵시란 누구더러 보라고 해도 시장스런 꼴이다.

---

21 노랑수염을 자주 쓰다듬는 모습으로 정 주사가 경망하고 경솔한 사람이란 것을 알 수 있다.

푸른 지붕을 이고 섰는 ××은행 앞까지 가면 거기서 길은 네거리가 된다. 이 네거리에서 정 주사는 바른편으로 꺾이어 동녕고개 쪽으로 해서 자기 집 '둔뱀이'로 가야 할 것이지만, 그러지를 않고 왼편으로 돌아 선창께로 가고 있다.

뒤에서 보고 있던 하바꾼이, 빈정거리는 말인지 걱정하는 말인지 혼잣말로, 저 영감 자살하구 싶은가 봐? 그러길래 집으루 안 가고 선창으루 나가지, 하고 웃으면서 돌아선다.

앞뒷동이 뚝 잘려서 도무지 어떻게 할 도리가 없는 게 정 주사네다. 그러나마 식구가 자그마치 여섯.

스물한 살 먹은 맏딸 초봉初鳳[22]이를 우두머리로, 열일곱 살 먹은 작은딸 계봉桂鳳[23]이, 그 아래로 큰아들 형주炯柱. 이 애가 열네 살이요, 훨씬 떨어져서 여섯 살 먹은 병주炳柱, 이렇게 사남매에, 정 주사 자기네 내외 해서 옹근 여섯 식구다.

이 여섯 식구가, 아이들까지도 입은 자랄 대로 다 자라, 누구 할 것 없이 한 그릇 밥을 내놓지 않는다. 그러니, 한 달에 쌀 온통 한 가마로는 모자라고 소불하[24] 엿 말은 들어야 한다.

또, 나무도 사 때야 하지, 아무리 가난하기로 등짐장수처럼 길가에서 솥단지밥을 해 먹는 바 아니니 소금만 해서 먹을 수는 없고, 하다못해 콩나물 1전어치나 새우젓 꽁댕이라도 사 먹어야지, 옷감도 더러는 끊어야지, 집세도 치러야지.

그런데다가 정 주사의 부인 유씨라는 이가 자녀들에 대한 승벽이 유난스러워, 머리를 싸매 가면서 공부를 시키는 판이다. 그래서 맏딸 초봉이는 보통학교를 마친 뒤에 사립으로 된 3년제의 S여학교를 다녀 작년 봄에

---

22 아버지 말씀을 거역하지 못하는 수동적인 성격이다.

23 초봉이와 반대로 개방적이고 능동적인 성격이다.

24 적게 잡더라도.

졸업을 했고, 계봉이는 그 S여학교 3학년에 다니는 중이고, 형주가 명년 봄이면 보통학교를 마치는데, 저는 인제 서울로 올라가서 어느 상급학교엘 다니겠노라고 지금부터 조르고 있고 한데, 그러고도 유씨는 막내동이 병주를 지난 4월에 유치원에 들여보내지 못한 게 못내 원통해서, 요새로도 생각만 나면 남편한테 그것을 뇌사리곤 한다.

이러한 적지 않은 세간살이건만, 정 주사는 명색 가장이랍시고 벌어들인다는 것이 가용의 10분지 1도 대지를 못한다.

일찍이 정 주사는 겨우 굶지나 않는 부모의 덕에, 선비네 집안의 가도대로 하늘 천 따 지의 천자를 비롯하여 사서니 삼경이니를 다 읽었다.[25] 그러고 나서 세태가 바뀌니 '신학문'도 해야 한다고 보통학교도 졸업은 했다.

정 주사의 선친은 이만큼 '남부끄럽지 않게' 아들을 공부시켰다. 그러나 조업[26]은 짙은 것이 없었다. 그것도 있기만 있었다면야 달리 찢길 데가 없으니 고스란히 정 주사에게로 물려 내려왔겠지만 별로 우난 것이 없었다.

지금으로부터 열두 해 전, 정 주사가 강 건너 서천 땅에서 이곳 군산으로 이사를 해 올 때, 그의 선대의 유산이라고는 선산先山 한 필에, 논 4천 평과 집 한 채 그것뿐이었었다. 그때 정 주사는 그것을 선산까지, 일광지지만 남기고 모조리 팔아서 빚을 뚜드려 갚고 나니, 겨우 이곳 군산으로 와서 8백 원짜리 집 한 채를 장만할 밑천과 돈이나 한 2, 3백 원 수중에 떨어진 것뿐이었었다.

정 주사의 선친은 그래도 생전시에 생각하기를, 아들을 그만큼이나 흡족하게 '신구 학문'을 겸해 가르쳤으니 선비의 집 자손으로 어디 내놓아도 낯 깎일 일이 없으리라고 안심을 했고, 돌아갈 때도 편안히 눈을

---

25 사서 삼경을 읽은 정도면 상당한 한학 수준이다.

26 조업祖業. 조상 때부터 내려오는 가업.

감았다.

미상불 24, 5년 전, 한일합방 바로 그 뒤만 해도 한 문장이나 읽었으면, 4년짜리 보통학교만 마치고도 '군서기' 노릇은 넉넉히 해 먹을 때다.

그래서 정 주사도 그렇게 했었다. 스물세 살에 그곳 군청에 들어가서 서른다섯까지 옹근 열세 해를 군서기를 다녔다. 그러나 열세 해 만에 도태를 당하던 그날까지 별 수 없는 고원이었었다.

아무리 연조가 오래서 사무에 능해도, 이력 없는 한낱 고원이 본관이 되고, 무슨 계係의 주임이 되고, 마지막 서무주임을 거쳐 군수가 되고, 이렇게 승차를 하기는 용이찮은 노릇이다. 더구나 정 주사쯤의 주변으로는 거의 절대로 가망 없을 일이다.

정 주사는, 청춘을 그렇게 늙힌 덕에 노후老朽라는 반갑잖은 이름으로 도태를 당하고 말았다. 그러고 보니 처진 것은, 누구 없이 월급쟁이에게는 두억시니[27]같이 붙어 다니는 빚뿐이었었다.

그 통에, 정 주사는 화도 나고 해서 생화도 구할 겸 얼마 안 되는 전장을 팔아 빚을 가리고 이 군산으로 떠나왔던 것이요, 그것이 꼭 열두 해 전의 일이다.

군산으로 건너와서는, 은행을 시초로 미두 중매점이며 회사 같은 데를 7년 동안 두고 서너 군데나 드나들었다. 그러다가 마침내 정말 노후물의 처접을 타고 영영 월급 세민층에서나마 굴러 떨어지고 만 것이 지금으로부터 다섯 해 전이다.

그런 뒤로는 미두꾼으로, 미두꾼에서 다시 하바꾼으로.

5월의 하늘은 티끌도 없다.

오후 한나절이 겨웠건만 햇볕은 늙지 않을 듯이 유장하다.

훤하게 터진 강심에서는 싫지 않게 바람이 불어온다. 5월의 바람이라

---

27 모질고 악하게 따라다니는 귀신.

도 강바람이 되어서 훈훈하기보다 선선하다.

날이 한가한 것과는 딴판으로, 선창은 분주하다.

크고 작은 목선들이 저마다 높고 낮은 돛대를 웅긋중긋 떠받고 물이 안 보이게 선창가로 빽빽이 들이밀렸다.

칠산 바다에서 잡아 가지고 들어온 젓조기가 한창이다. 은빛인 듯 싱싱하게 번쩍이는 준치도 푼다.

배마다 셈 세는 소리가 아니면, 닻 감는 소리로 사공들이 아우성을 친다. 지게 진 짐꾼들과 광주리를 인 아낙네들이 장 속같이 분주하다.

강안江岸으로 뻗친 찻길에서는 꽁지 빠진 참새같이 방정맞게 생긴 기관차가, 경망스럽게 달려 다니면서 빽빽 성급한 소리를 지른다. 그럴라치면 멀찍이 강심에서는 커다랗게 드러누운 기선이, 가끔 가다가 우웅 하고 내숭스럽게 대답을 한다.

준설선이 저보다도 큰 크레인을 무겁게 들먹거리면서 시커먼 개흙을 파 올린다.

마도로스의 정취는 없어도 항구는 분주하다.

정 주사는 이런 번잡도 잊은 듯이 강가로 다가서서 초라한 수염을 바람에 날리고 있다.

강심으로 똑딱선이 통통거리면서 떠온다. 강 건너로 아물거리는 고향을 바라보고 섰던 정 주사는 눈이 똑딱선을 따른다.

그는 열두 해 전 용댕이(龍塘)에서 가권을 거느리고 저렇게 똑딱선으로 건너오던 일이 우연히 생각났다. 곰곰이 생각은 잦아지다가, 그래도 그때는 지금보다는 나았느니라 하면, 옛날이 그리워진다. 이윽고 기름기 없는 눈시울로 눈물이 괸다.

정 주사가 미두의 속을 알기는, 중매점의 사무를 보아 주던 때부터지만 그것에 손을 대기는 훨씬 뒤엣일이다.

그가 처음 군산으로 올 때만 해도, 집은 내 것이겠다, 아이들이라야 셋이라지만 모두 어리고, 또 그런대로 월급도 받거니와 집을 사고 남은 돈이 2, 3백 원이나 수중에 있어, 그다지 군졸하게 지내지는 않았었다.

그러던 것이, 한 해 두 해 지나노라니까 아이들은 자라고 학비까지 해서 용은 더 드는데, 직업을 바꿀 때마다 월급은 줄고, 그러는 동안에 오늘이 어제보다 못한 줄은 모르겠어도, 금년이 작년만 못하고, 작년이 재작년만 못한 것은 완구히 눈에 띄어, 살림은 차차 꿀려 들어가기 시작했다. 하다가 마침내 푸달진 월급자리나마 영영 떨어지고 나니, 손에 기름은 말랐는데, 식구는 우그르하고 7, 8년 월급 장사로 다시금 빗밖에 남은 것이 없었다.[28]

정 주사는 두루두루 생각했으나 별수가 없고, 그때는 벌써 은행에 저당 들어간 집을 팔아 은행 빚을 추린 후에, 나머지 한 3백 원이나를 손에 쥐었다. 이때부터 정 주사는 미두를 하기 시작했었다.

미두를 시작하고 보니, 바로 맞는 때도 있고 빗맞는 때도 있으나, 바로 맞아 이문을 보는 돈은 먹고사느라고 없어지고 빗맞을 때에는 살 돈이 떨어져 나가곤 하기 때문에 차차로 밑천이 졸아들었다.

그래서, 제주 말이 제 갈기를 뜯어먹는다[29]는 푼수로, 이태 동안에 정 주사의 본전 3백 원은 스실사실 다 밭아 버리고 말았다. 그러나 3백 원 밑천을 가지고 이태 동안이나 갉아먹고 살아온 것은 헤펐다느니보다도, 오히려 정 주사의 담보 작고 큰돈 탐내지 못하는 규모 덕이라 할 것이었었겠다.

밑천이 없어진 뒤로는 전날 미두장에서 사귄 친구라든지, 혹은 고향에서 미두를 하러 온 친구가 소위 미두장 인심이라는 것으로, 쌀이나 한 백석, 50원 증금證金으로 붙여 주면, 그놈을 가지고 약삭빨리 요리조리 돌려놓아 가면서 한 달이고 두 달이고 매일 돈 1원씩, 2, 3원씩 따먹다가 급기야는 밑천을 떼고 물러서고, 이렇게 하기를 한 1년이나 그렁저렁 지내

---

28 일제 강점기 대다수 서민들이 궁핍한 하층민으로 영락하는 과정도 정 주사네와 비슷하다.

29 제 살 잡아먹는다는 뜻.

왔다.

그러다가 다시, 오늘 이날까지 꼬박 이태 동안은, 그것도 사람이 궁기가 드니까 그렇겠지만 어느 누구 인사말로라도 쌀 한번 붙여 주마고 하는 친구 없고, 해서 마치 무능한 고관 퇴물이 ××원으로 몰려가듯이, 밑천 없는 정 주사는, 그들의 숙명적 코스대로 하릴없이 하바꾼으로 굴러 떨어져, 미두장이의 하염없는 여운을 읊고 지내는 판이다.

그러나 많고 적고 간에 그것도 노름인데, 그러니 하는 족족 먹으란 법은 없다. 가령 부인 유씨의 바느질삯 들어온 것을 한 1원이고 옭아 내든지, 미두장에서 어릿어릿하다가 안면 있는 친구한테 개평으로 1, 2원이고 떼든지 하면, 좀이 쑤셔서도 하바를 하기는 하는데, 그놈이 운수가 좋아도 세 번에 한 번쯤은 빗맞아서 액색한 그 밑천을 홀랑 불어먹고라야 만다. 노름이라는 것은 잃는 것이 밑천이요, 그러므로 잃을 줄 알면서도 하는 것이 미두꾼의 담보란다.

하바를 할 밑천이 없으면 혹은 개평이라도 뜯어 밑천을 할까 하고, 미두장엘 간다. 그렇지 않더라도 먹고 싶은 담배나 아편의 인에 몰리듯이 미두장에를 가 보기라도 않고서는 궁금해 못 배긴다.

정 주사도 어제 오늘은 달랑 돈 10전이 없으면서 그래도 요행수를 바라고 아침부터 부옇게 달려 나와 비잉빙 돌고 있었다.

그러나 수가 있을 턱이 없고, 그럭저럭 장은 파하게 되어 오고, 초조한 끝에,

"에라 살판이다."

하고 전에 하던 버릇을 다시 내어, 그야말로 올가미 없는 개장수를 한번 하잤던 것이 계란에도 뼈가 있더라고 고놈 꼭 생하게만 된 후장이절[30]의 대판 시세가, 옜다 보란 듯이 달칵 떨어져서, 필경은 그 흉악한 봉욕을 다 보게까지 되었던 것이다.

---

30 오후에 거래되는 미두 시세.

정 주사는 마침 만조가 되어 축제 밑에서 늠실거리는 강물을 내려다 본다.

그는, 죽지만 않을 테라면은 시방 그대로 두루마기를 둘러쓰고 풍덩 물로 뛰어들어 자살이라도 해 보고 싶은 마음이다.

젊은 녀석한테 대로상에서 멱살을 따잡혀, 들을 소리, 못 들을 소리 다 듣고 망신을 한 것이야 물론 창피다. 그러나 그러한 창피까지 보게 된 이 지경이니 장차 어떻게 해야 살아가느냐 하는 것이, 창피고 체면이고 다 접어놓고, 앞을 서는 걱정이다.

"어린 자식들을 데리고 어떻게 살아가나?"

이것은 아무리 되씹어도 별 뾰족한 수가 없고, 죽어 없어져서, 만사를 보지 않고, 듣지 않고, 생각지 않고 하는 도리뿐이다.

미상불 그래서 정 주사는 막막한 때면,

"죽고 싶다."

"죽어 버리자."

이렇게 벼른다. 그러나 막상 죽자고 들면 죽을 수가 없고, 다만 죽자고 든 것만이 마치 염불이나 기도처럼 위안과 단념을 시켜 준다. 이러한 묘리를 체득한 정 주사는 그래서 이제는 죽고 싶어하는 것이 하나의 행티[31]가 되어 버렸던 것이다.

정 주사는 흥분했던 것이 사그라지니 그제야 내가 왜 청승맞게 강변에 나와서 이러고 섰을꼬 하는 싱거운 생각에, 슬며시 발길을 돌이킨다. 그러나 언제 갈 데라야 좋으나 궂으나 집뿐인데, 집안일을 생각하면 다시 걸음이 내키지를 않는다.

어제 저녁에 싸라기 한 되로 콩나물죽을 쑤어 먹고는 오늘 아침은 판판 굶었다. 시방 집으로 간댔자, 처자들의 시장한 얼굴들이 그래도 행여

---

31 행짜를 부리는 버릇.

하고, 가장이요 부친인 자기를 기다리고 있을 판이다. 다만 17전짜리 현미 싸라기 한 되라도 사 가지고 갔으면, 들어가는 사람이나 기다리는 식구들이나 기운이 나련만 그것조차 마련할 도리가 없다.

정 주사는 ××은행 모퉁이까지 나와 미두장께를 무심코 돌려다보다가 얼른 외면을 하면서,

"내가 네깐 놈의 데를 다시는 발걸음인들 허나 보아라!"

누가 굳이 오라고를 할세 말이지, 그러나 이렇게 혼자서라도 옹심을 먹어 두어야 조금은 속이 후련해진다.

그것은 이번이 처음이 아니다.

그저 가끔 밑천 없이 하바를 하다가 도화[32]를 부르고는 젊은 사람들한테 여지없이 핀잔을 먹고, 그런 끝에 그 잘난 수염도 잡아 끄들리고 그 밖에도 별별 창피가 비일비재다.

그래서 작년 가을에는, 내가 이럴 일이 아니라 차라리 벗어붙이고 노동을 해 먹는 게 옳겠다고, 크게 용단을 내어 선창으로 나와서 짐을 져 본 일이 있었다.

그러나 체면이라는 것 때문에 일껏 용기를 내 가지고 덤벼든 막벌이 노동도 반나절을 못하고 작파해 버렸다. 힘이 당해 낼 수가 없었던 것이다. 그는 반나절 동안 배에서 선창으로 퍼 올리는 짐을 지다가 거진 죽어 가지고 집으로 돌아가서는 그 길로 탈이 난 것이, 10여 일이나 갱신 못하고 앓았다. 집안에서들은, 여느 그저 몸살이거니 하고 걱정은 했어도, 그날 그러한 기막힌 내평[33]이 있었다는 것은 종시 알지 못했다.

그런 뒤로부터 막벌이 노동을 해 먹을 생심은 다시는 내지도 못했다. 못하고 그저 창피하나따나, 벌이야 있으나 없으나 종시 미두장의 방퉁이꾼으로 지냈고, 양식을 구하지 못하는 날은 처자식들을 데리고 앉아 굶

---

32 도화導禍. 화를 부르다.

33 속사정.

고, 이렇게를 사는 참이다.

입만 가졌지 손발이 없는 사람……. 이것이 정 주사다.

진도라고 하는 섬에서 나는 개하며, 금강산의 만물상이며, 삼청동 숲속에서 울고 노는 새들이며, 이런 산수고 생물이고 간에 천연으로 묘하게 생긴 것이면 '천연기념물' 이라고 한다.

그럴 바이면 입만 가졌지 수족이 없는 사람, 정 주사도 기념물 속에 들기는 드는데, 그러나 사람은 사람이니까 '천연기념물' 은 못 되고 그러면 '인간기념물' 이겠다.

정 주사는 내키지 않는 걸음을 천천히 걸어 전주통이라고 부르는 동녕고개를 지나 경찰서 앞 네거리에 이르렀다. 거기서 그는 잠깐 망설인다. 탑삭부리 한 참봉네 집 싸전가게를 피하자면, 좀 돌더라도 신흥동으로 둘러 가야 한다.

그러나 묵은 쌀값을 졸릴까 봐서 길을 피해 가고 싶던 그는 도리어, 약차하면 졸릴 셈을 하고라도 눈치를 보아 외상 쌀이나 더 달래 볼까 하는 억지가 나던 것이다.

정 주사는 요새 정거장으로부터 시작하여 새로 난 소화통이라는 큰길을 동쪽으로 한참 내려가다가 바른손 편으로 꺾여 개복동 복판으로 들어섰다.

예서부터가 조선 사람들이 모여 사는 곳이다.

지금은 개복동과 연접된 구복동을 한데 버무려 가지고, 산상정山上町이니 개운정開運町이니 하는 하이칼라 이름을 지었지만, 예나 시방이나 동네의 모양다리는 그냥 그 대중이고 조금도 개운開運은 되질 않았다. 그저 복판에 포도 장치도 안 한 15칸짜리 토막길이 있고, 길 좌우로 연달아 평지가 있는 둥 마는 둥하다가 그대로 사뭇 언덕비탈이다.

그러나 언덕비탈의 언덕은 눈으로는 보이지를 않는다. 급하게 경사진 언덕비탈에 게딱지 같은 초가집이며 낡은 생철집 오막살이들이, 손바닥만한 빈틈도 남기지 않고 콩나물 길 듯 다닥다닥 주어 박혀, 언덕이거니 짐작이나 할 뿐인 것이다. 그 집들이 콩나물 길 듯 주어 박힌 동네 모양새에서 생긴 이름인지, 이 개복동서 그 너머 둔뱀이로 넘어가는 고개를 콩나물고개라고 하는데, 실없이 제격에 맞는 이름이다.

개복동, 구복동, 둔뱀이 그리고 이편으로 뚝 떨어져 정거장 뒤에 있는 '스래(京浦里)' 이러한 몇 곳이 군산의 인구 7만 명 가운데 6만도 넘는 조선 사람들의 거의 대부분이 어깨를 비비면서 옴닥옴닥 모여 사는 곳이다. 면적으로 치면 군산부의 몇 십분지 일도 못 되는 땅이다.

그뿐 아니라 정리된 시구市區 라든지, 근대식 건물로든지, 사회 시설이나 위생 시설로든지, 제법 문화 도시의 모습을 차리고 있는 본정통이나, 전주통이나, 공원 밑 일대나, 또 넌지시 월명산月明山 아래로 자리를 잡고 있는 주택 지대나, 이런데다가 빗대면 개복동이니 둔뱀이니 하는 곳은 한 세기나 뒤떨어져 보인다. 한 세기라니, 인제 한 세기가 지난 뒤라도 이 사람들이 제법 고만큼이나 문화다운 살림을 하게 되리라 싶질 않다.

개복동 복판으로 들어서서 콩나물고개까지 거진 당도한 정 주사는 길옆 왼편으로 있는 탑삭부리 한 참봉[34]네 싸전가게를 넘싯 들여다본다. 실상은 눈치를 보자는 생각뿐이요, 정작 쌀 외상을 더 달라고 하리라는 다부진 배짱은 못 먹었기 때문에, 사리기부터 하던 것이다.

"정 주사 안녕하시우?"

탑삭부리 한 참봉은 마침 쌀을 사러 온 아이한테 봉지쌀 한 납대기를 되어 주느라고 꾸부리고 있다가 힐끔 돌아다보고 인사를 한다는 것이 탑삭부리 수염에 푹 파묻힌 입에서 말이 한 개씩 한 개씩 따로따로 떨어져 나온다.

"네에, 재미 좋시우? 한 참봉……."

---

34 조선 시대 능陵이나 원園 등에 속했던 벼슬이다. 하지만 여기 등장하는 한 참봉은 그저 어른 대접으로 부르는 호칭이다.

정 주사는 기왕 눈에 뜨인 길이라 가게 안으로 들어선다. 정 주사는 이 싸전과 주인을 볼 때마다 샘이 나고 심정이 상한다.

정 주사가 처음 군산으로 와서 '큰샘거리[大井洞]' 서 살 때 탑삭부리네는 바로 건너편에다가 쌀, 보리, 잡곡 같은 것을 동냥해 온 것처럼 조금씩 벌여 놓고, 오도카니 앉아 낱되질을 하고 있었다. 거래는 그때부터 생겼다.

그런데 그러던 것이, 소리도 없이 바스락바스락 일어나더니, 작년 봄에는 지금 이 자리에다가 가게와 살림집을 안팎으로 덩시렇게 지어 놓고, 겸해서 전화까지 때르릉때르릉 매어 놓고, 아주 한다 하는 대상이 되었던 것이다. 제 말로도 한 1, 2만 원 잡았다고 하니까, 내숭꾸러기라 3, 4만 원 좋이 잡았으리라고 정 주사는 생각한다.

털보 한 서방 혹은 탑삭부리 한 서방이 '한 참봉' 으로 승차한 것도 돈을 그렇게 잡은 덕에 부지중 남이 올려 앉혀 준 첩지 없는 참봉이다.

이렇게 겨우 10여 년간에 남은 팔자를 고치리만큼 잘되었는데 자기의 몰락된 것을 생각하면 나도 차라리 그때부터 천여 원의 그 밑천으로 장사나 했더라면 하는 후회가 들어, 그래 샘이 나고 심정이 상하던 것이다.

정 주사는 나도 장사를 했더면 꼭 수를 잡았으리라고 믿지, 어려서부터 상고판으로 돌아다닌 사람과, 걸상을 타고 앉아 붓대만 놀리던 '서방님' 이 판이 다르다는 것은 생각하려고도 않는다.

"시장에서 나오시는군? ……그래 오늘은……."

탑삭부리 한 참봉은 방금 되어 준 쌀값 받은 돈을 가게 방문턱 안에 있는 나무궤짝 구멍으로 딸그랑 집어넣고, 손바닥을 탁탁 털면서 돌아선다. 이 사람은 돈은 모았어도, 손금고 한 개 사는 법 없고, 처음 장사 시작할 때 쓰던 나무궤짝을 손때가 새까맣게 오른 채 그대로 쓰고 있다. 그놈을 가지고 돈을 모았대서 복궤라고 되레 자랑을 한다.

"……오늘은 재수가 좋아서, 우리 집 묵은 셈이나 좀 해 주게 되셨수?"

"재순지 무언지, 말두 마시우! ……거 원 기가 맥혀!"

정 주사는 눈을 연신 깜짝깜짝하면서 아까 당한 일을 무심코 탄식한다.

"왜? ……또 빗맞었어?"

"전 백 환이나 날린걸!"

정 주사는 속으로 아뿔싸! 하고 슬끔 이렇게 둘러댄다. 그는 지금도 늘 몇백 석씩 쌀을 붙여 두고 미두를 하는 듯이 탑삭부리 한 참봉을 속여 온다. 그래야만 다 체면이 차려진다는 것이다.

"허어! 그렇게 육장 손만 보아서 됐수!"

한 참봉은 탑삭부리 수염 속에가 내숭이 들어서 정 주사의 형편이며 속을 빤히 알면서도 짐짓 속아 주는 것이다.

알고서 말로만 속는 담에야 해 될 것이 없는 줄을 그는 잘 아는 사람이다.

그럴 뿐 아니라 정 주사와는 10년 넘겨서의 거래에, 작년치 쌀 한 가마니 값과 또 금년 음력 정월에 준 쌀 두 말 값이 밀렸다고 그것을 양박스럽게 조를 수는 없는 처지다. 그래서 실상인즉 잘렸느니라고 속으로 기역자를 그어놓은 판이요, 다만 장사하는 사람의 투로, 지날 결에 말이나 한 번씩 비쳐 보는 것이다. 그렇게 하면 묵은 것은 받지 못하더라도, 다시는 더 외상을 달래지 못하는 이익이 있대서…….

"거참! ……그놈이 바루 맞기만 했으면 나두 셈평을 펴구, 한 참봉 묵은 셈조두 닦어 디리구 했을 텐데……."

정 주사는 입맛을 다시고 눈을 깜짝거리다가 다시,

"……가만 계시우. 오래잖어서 다아 치러 주리다……. 설마 잊기야 하겠수? 아무 염려 마시구……."

정 주사는 언제고 외상값 이야기면 첫마디가 떨어지기가 무섭게 지레 겁이 나서 미리 방패막이를 하느라고 애를 쓴다. 그는 갚을 돈이 없어 미안하다거나 걱정이라기보다도 졸리기가 괜히 무색해서 못 견디는 사람이다.

"……원, 요새 같을래서는 도무지, 세상이 귀찮어서……. 그놈 글쎄 번번이 시세가 빗맞어 가지굴랑 낭패를 보구 하니! ……그러잖어두 자식들은 많구 살림은 옹색한데……."

"허! 정 주사는 그래두 걱정 없지요! 자손이 번족하겠다, 무슨 걱정이겠수?"

"말두 마시우. 가난한 사람이 자식만 많으면 소용 있나요? 차라리 없는 게 맘이나 편치."

"그런 말씀 마슈. 나는 돈냥 있는 것두 다아 싫으니, 자식이나 한 개 두었으면 좋겠습디다."

"아니야, 거 애여 자식 많이 둘 게 아닙디다."

"사람이 자손 자미두 없이 무슨 맛으로 산단 말씀이오?"

"건 속 모르는 말씀……."

"거 참 모르는 말씀을 하시는군! ……정 주사두 지끔 자녀가 하나두 없어 보시우?"

"허허……. 한 참봉두 가난은 한데 쓸데없이 자식만 우쿠르르해 보시우? ……자식두 멕여 살려야 말이지……."

둘이는 제각기 제게는 옳은 말이다. 그러나 제각기 저편이 하는 말은 속 답답한 소리다.

탑삭부리 한 참봉은 나이 40이 넘어 50줄에 앉았으되, 자녀간 혈육이 없다. 그는 그래서, 돈 아까운 줄도 모르고 2, 3년 이짝은 첩을 얻어 치가를 하고 자주 갈아세우고 해 보아도 나이 점점 늙기만 하지 이내 눈먼 딸자식 하나 낳지 못했다.

"어디, 오래간만에 한 수 배워 보실려우?"

마침 심부름 나갔던 사환 아이가 돌아오는 것을 보고, 우두커니 넋을 놓고 섰던 탑삭부리 한 참봉이 시름을 싹 씻은 듯 정 주사더러 장기를 청한다.

"참 한 참봉, 그새 수나 좀 늘었수?"

정 주사는 그러잖아도, 장기나 두던 끝에 어물쩍하고 쌀 외상을 달래볼까 싶어, 먼저 청하려던 차라 선뜻 응을 한다.

"정 주사 장기야 하두 시언찮어서, 원."

"죽은 차車 물러 달라구 떼나 쓰지 마시우."

둘이는 이렇게 서로 장담을 하면서 앞서거니 뒤서거니 가겟방으로 들어간다.

그러자 안채로 난 널문이 열리면서 안주인 김씨가, 곱게 단장을 한 얼굴을 들이민다.

"아이! 정 주사 오셨군요!"

김씨는 눈이 먼저 웃으면서, 야불야불하니 예쁘장스럽게 생긴 온 얼굴에 웃음을 흩뜨린다.

정 주사도 웃는 낯으로 인사를 하면서 곱게 다듬은 모시 진솔로 위아래를 날아갈 듯이 차리고 나선 김씨를 올려본다. 김씨는 남편보다도 나이 훨씬 처져 서른 살이 갓 넘었다. 그런데다가 얼굴 바탕이며 몸매가 이쁘장스럽고 맵시도 있거니와, 아기를 낳지 않아서 그런지 나이보다도 훨씬 앳되어 고작 24, 5세밖에는 안 되어 보인다. 몸치장도 거기에 맞게 잘한다.

그래서 겉늙고 탑삭부리진 남편과 대해 놓고 보면 며느리나 소실 푼수밖에 안 된다.

"애기 어머니두 안녕허시구? ……그리구 참……."

김씨는 깜빡, 긴한 생각이 나서 가겟방 앞으로 다가 들어온다.

"……댁에 큰애기가, 아이유 어쩌믄 그새 그렇게 아담스럽구 이뻐졌어요! 내 정 주사를 뵈믄 추앙을 좀, 그리찮어두 흠씬 해 드릴려던 참이랍니다!"

"거 무얼, 그저……."

정 주사는 좋기는 하면서도 어색해서 어물어물하고, 김씨는 들입다 흔감을,

"글쎄, 허기야 그 애기가 저어, 초봉이던가? 응 그래 초봉이야……. 어렸을 때두 이쁘기는 했지만, 어느 결에 그렇게 곱게 피구 그랬어요? 나는 요전번에 이 앞으루 지내문서 인사를 하는데, 첨엔 깜박 몰라보았군요! 거저 다두욱 다둑해 주구 싶게 이쁘더라니깐요……. 내가 아들이 있다믄 글쎄 억지루 뺏어다가라두 며누리를 삼겠어! 호호호."

명랑하게 째불거리고 웃고 하는 데 섭쓸려 탑삭부리 한 참봉도 정 주사도 따라 웃는다.

"그러니 진작 아이를 하나 낳으면 좋았지?"

탑삭부리 한 참봉이 웃으면서 일변 장기를 골라 놓으면서 농담 삼아 아내를 구슬리던 것이다.

"진작 아니라, 시집 오던 날루 낳어두 고작 열댓 살밖에 안 되겠수……. 저어 초봉이가 올해 몇 살이지요? 스무 살? 그렇지요?"

"스물한 살이랍니다! ……거 키만 엄부렁하니 컸지, 원 미거해서……."

정 주사는 대답을 하면서 탑삭부리 한 참봉의 곰방대에다가 방바닥에 놓인 쌈지에서 담배를 재어 붙여 문다.

"아이! 나는 꼭 샘이 나서 죽겠어! 다른 집 사남매 오남매보다 더 욕심이 나요!"

"정 주사 조심허슈. 저 여편네가 저러다가는 댁의 딸애기 훔쳐 오겠수, 흐흐흐흐……."

"허허허……."

"훔쳐 올 수만 있대문야 훔쳐라두 오겠어요……. 정말이지."

"저엉 그러시다면야 못 본 체할 테니 훔쳐 오십시오그려, 허허허."

"호호, 그렇지만 그건 다아 농담의 말씀이구, 내가 어디 좋은 신랑을 하나 골라서 중매를 서 드려야겠어요."

"제발 좀 그래 주십시오. 집안이 형세는 달리는데 점점 나이는 들어 가구……. 그래 우리 마누라허구 앉으면 그리잖어두 그런 걱정을 한답니다."

"아이 그러시다뿐이겠어요! ……과년한 규수를 둔 댁에서야 내남 없이 다아 그렇지요. 그럼 내가, 이건 지낼 말루가 아니라, 그 애기한테 꼬옥 가합한 신랑을 하나 골라 디리께요."

"저 여편네 큰일났군……."

장기를 딱딱 골라 놓고 앉았던 탑삭부리 한 참봉이 한마디 거드는 소리다.

"……중매 잘못 서면 빰이 세 대야!"

"그 대신 잘 서믄 술이 석 잔이라우."

"그런가? 그럼 술이 생기거들랑 날 주구, 빰은 이녁이 맞구 그릴까?"

"술두 빰두 다 당신이 차지허시우. 나는 덮어 놓구 중매만 잘 설 터니……. 글쎄 이 일은 다른 중매허구는 달라요. 내가 규수를 좋게 보구 반해서, 호호, 정말 반했다우. 그래서, 자청해설랑 중매를 서는 거니깐, 그렇잖어요? 정 주사."[35]

"허허, 그거야 원 어찌 되어서 서는 중매던 간에, 가합한 자리나 하나 골라 주시오."

"자아, 그 이 얘기는 그만했으면 됐으니 인제는 어서 장기나 둡시다. 두시오, 먼점."

탑삭부리 한 참봉이 장기가 급해서 재촉이다.

"저이는 장기라면 사족을 못 써요! ……나 잠깐 나갔다 와요. 정 주사, 천천히 노시다 가시구, 그건 그렇게 알구 계서요?"

"네에, 믿구 기대리지요."

"거 참, 나갈 길이거던 장으루 둘러서 도미라두 한 마리 사다가 찜을 하던지 해서, 고 서방 먹게 해 주구려? ……요새 찬이 좀 어설픈 모양이더군그래?"

탑삭부리 한 서방은 벌써 정신은 장기판으로 가서 있고 입만 놀린다. 고 서방이란 이 집에 하숙을 하고 있는 은행의 태수 말이다.

정 주사는 도미찜 소리에 침이 꼴깍 넘어가고 시장기가 새로 드는 것 같았다.

---

35 한 참봉 부인의 호들갑스러운 행태를 보면 곧 초봉이 혼사가 진행될 거라는 사실을 짐작하게 되는데, 이 혼사가 평탄치 않을 것이란 점도 예상할 수 있다.

생활 제1과

정거장에서 들어오자면 영정榮町으로 갈려 드는 세거리 바른편 귀퉁이에 있는 제중당濟衆堂이라는 양약국이다.

차려 놓은 품새야 대처면 아무 데고 흔히 있는 평범한 양약국이요, 규모도 그다지 크지는 못하다. 그러나 제중당이라는 간판은, 주인이요 약제사요 촌사람의 웬만한 병론病論이면 척척 의사질까지 해내는, 박제호朴濟浩[36]의 그 말대가리같이 기다란 얼굴과, 30부터 대머리가 훌러덩 벗겨져서 가뜩이나 긴 얼굴을 겁나게 더 길어 보이게 하는 대머리와, 데데데데하기는 해도 입담이 좋은 구변과, 그 데데거리는 말끝마다 빠뜨리지 않는 군가락 '제—기할 것!' 소리와, 팥을 가지고 앉아서라도 콩이라고 남을 삶아 넘기는 떡심과……. 이러한 것들로 더불어 10년 이짝 이 군산 바닥에는 사람의 얼굴로 치면 마치 큼직한 점이 박혔다든가, 핼끔한 애꾸눈이라든가처럼 특수하게 인상이 박히고 선전이 되고 한, 만만찮은 가게다.

가게에는 지금 제호의 기다란 얼굴은 보이지 않고, 초봉이가 혼자 테이블을 타고 앉아서 낡은 부인 잡지를 들여다보고 있다.

초봉이는 시방 집안일이 마음에 걸려 진득이 있을 수가 없다. 종시 돈이 변통되지 못하면 어찌하나 싶어 초조하던 것이다. 그래서 그는 잊고 앉아 절로 시간이 가게 하느라고 잡지의 소설 한 대문을 읽는 시늉은 하나 마음대로 정신이 쏠려지지는 않았다.

기둥에 걸린 둥근 괘종이 네 시를 친다. 벌써 네 신가 싶어 고개를 쳐들면서 가볍게 한숨을 내쉬는데, 마침 협수룩하게 생긴 촌사람 하나가 철이른 대팻밥모자를 벗으면서 끼웃이 들어선다.

"어서 오십시오."

---

36 초봉이의 불행한 인생을 만드는 데 한몫하는 인물이다.

초봉이는 사뿐 일어서서 진열장 뒤로 다가 나온다. 가게 사람이 손님을 맞이하는 여느 인사지만 말소리가 하도 사근사근하면서도 뒤끝이 자지러질 듯 무령하게 사그러지는 그의 말소리가, 약 사러 들어선 촌사람의 주의를 끌어 더욱 어릿거리게 한다.

초봉이의 그처럼 끝이 힘없이 스러지는 연삽한 말소리와 그리고 귀가 너무 작은 것을, 그의 부친 정 주사는 그것이 단명短命 할 상이라고 늘 혀를 차곤 한다.

말소리가 그럴 뿐 아니라 얼굴 생김새도 복성스러운 구석이 없고 청초하기만 한 것이 어디라 없이 불안스럽다. 티끌 없이 해맑은 바탕에 오뚝 날이 선 코가 우선 눈에 뜨인다. 갸름한 하장[37]이 아래로 좁아 내려가다가 급하다 할 만치 빨랐다.

눈은 둥근 눈이지만 눈초리가 째지다가 남은 것이 있어 길어 보이고, 거기에 무엇인지 비밀이 잠긴 것 같다.

윤곽과 바탕이 이러니 자연 선도 가늘어서 들국화답게 초초하다. 그래서 보는 사람으로 하여금 웬일인지 위태위태하여 부지중 안타까운 마음이 나게 하던 것이다.[38]

이와 같이 말하자면 청승스런 얼굴이나 그런 흠을 많이 가려 주는 것이 그의 입과 턱이다. 조그맣게 그려진 입이, 오긋하니 동근 주걱턱과 아울러 그저 볼 때도 볼 때지만 무심코 해죽이 웃을 적이면 아담스런 교태가 아낌없이 드러난다.

그는 의복이야 노상 헙수룩한 검정 치마에 흰 저고리를 받쳐 입고 다니지만, 나이가 그럴 나이라 굵지 않은 몸집이 얼굴과 한가지로 알맞게 살이 오르고 피어나, 미상불 화장품 장사까지 겸하는 양약국에는 마침 좋은 간판감이다.

---

37 얼굴 아래쪽.

38 여러 가지 필요 이상으로 자세히 설명하는 초봉이의 외모에서 독자는 초봉이의 앞날이 불행할 것이란 예상을 할 수 있어야 한다.

올 2월, 초봉이가 이 가게에 나와 있으면서부터 보통 약도 약이려니와 젊은 서방님네가 사지 않아도 괜찮은 것이면서 항용 살 수 있는 화장품이며 인단, 카올, 이런 것은 전보다 세곱, 네곱이나 더 팔렸다.

주인 제호는 그러한 제 이문이 있기 때문에 초봉이를 소중하게 다루기도 하려니와 또 고향이 같은 서천이요, 교분까지 있는 친구 정영배—정주사의 자녀라는 체면으로라도 함부로 할 수는 없는 처지다. 그러나, 그런 관계나 저런 타산 말고라도 이쁘게 생긴 초봉이를 제호는 이뻐한다.

일곱 살 먹은 어린아이가 다리를 삐었다고, 마치 병원에 온 것처럼이나 병론을 하는 촌사람한테 20전짜리 옥도정기 한 병을 팔고 나니 가게는 다시 빈다. 늘 두고 보아도 장날이 아니면, 바로 세 시 요맘 때면 언제든지 손님의 발이 뜬다.

초봉이는 도로 테이블 앞으로 가서 잡지장을 뒤지기도 내키지 않고 해서, 뒤 약장에 등을 기대고 우두커니 바깥을 내다본다.

그는 혹시 모친이 올까 하고 아침에 가게에 나오던 길로 기다렸고, 지금도 기다린다. 아침을 못 해 먹었으니, 그새라도 혹시 양식이 생겨서 밥을 해 먹었으면, 알뜰한 모친이라 점심을 내오는 체하고 벤또[39]에다가 밥을 담아다 주었을 것이다. 그러나 이제껏 소식이 없는 것을 보면, 그대로 굶고 있기가 십상이다.

초봉이 제 한 입이야 시장한 깐으로 하면, 그래서 먹자고 들면, 가게에 전화도 있고 하니 매식집에서 무엇이든지 청해다가 먹을 수는 있다. 그러나 그는 집안이 죄다 굶고 앉았는데, 저 혼자만 음식을 사 먹을 생각은 염에도 나지를 않았다. 모친이 밥을 내오기를 기다리는 것도, 집에서 밥을 먹었기를 바라는 생각이다.

시름없이 섰는 동안에, 추레한 부친의 몰골, 바느질로 허리가 굽은 모친, 배가 고파서 비실비실하는 동생들의 애처로운 꼴, 이런 것들이 자꾸

39 도시락.

만 눈앞에 얼찐거리면서 저절로 눈가가 따가워진다.

아까 옥도정기 한 병을 팔고 받은 10전박이 두 푼이 손에 쥐어진 채 잘랑잘랑한다.

늘 집에서 밥을 굶을 때, 가게에 나와서 물건 판 돈이라도 돈을 손에 쥐어 보면 생각이 나듯이, 이 돈 20전이나마도 집에 보내 줄 수 있는 내 것이라면 오죽이나 좋을까 싶어, 곰곰이 손바닥이 내려다보여진다.

그는 지금 만일 계봉이든지 형주든지 동생이 배가 고파하는 얼굴로 시름없이 가게를 찾아온다면, 앞뒤 생각할 겨를이 없이 손에 쥔 20전을 선뜻 주어 보냈을 것이다. 그런 생각이 나던 참이라 무심코 동생들이 혹시 가게 앞으로 지나가지나 않나 하고, 오고 가는 아이들을 유심히 본다.

물론 그렇게 할 수 있다면, 아예 집으로 보내 주기라도 할 도리를 생각하겠지만, 그러나 소심한 초봉이[40]로, 거기까지는 남의 것을 제 마음대로 손을 댈 기운이 나지 않았다.

길 건너편 샛골목에서 행화가 나오더니 해죽이 웃고 가게로 들어선다.

"혼자 계시능구마? ……쥔 나리는 어데 갔능기요?"

"어서 오세요. 벌써 아침나절에 나가시더니, 여태……."

초봉이도, 손님이라기보다 동무처럼 마음을 놓고 웃는 낯으로 반겨 맞는다.

본시야 초봉이가 기생을 안다거나 사귄다거나 할 일이 있었을까마는 가게에서 일을 보자니까, 자연 그러한 여자들도 손님으로 접촉을 하게 되고, 그러는 동안에 그가 단골 손님이면 낯을 익히게 된다.

행화는, 처음 가게에 나오던 때부터 정해 놓고 며칠만큼씩 가루우유를 사 가고 가끔 화장품도 사 가고 전화도 빌려 쓰고 했는데, 그럴 때면 주인 제호가, 행화 행화 하면서 이야기도 하고 농담도 하고 하는 바람에 초봉

---

40 이 작품에 등장하는 인물들 중 좋은 사람들은 대체로 소심하고 소극적이다. 초봉이가 대표적인 예다. 반대로 고태수, 박제호 같이 나쁜 인물들은 하나같이 적극적이고 악착같다.

이도 자연 그의 이름까지 알게 된 것이다.

초봉이는 몇몇 단골로 다니는 기생 가운데, 이 행화를 제일 좋아한다. 그것은 행화가 얼굴이 도렴직하니 코 언저리로 기미가 살풋 앉은 것까지도 귀인성이 있고, 말소리가 영남 사투리로 구수한 것도 마음에 들지만, 다른 기생들처럼 생김새나 하는 짓이나가 빤질거리지 않고 숫두룸한 게 실없이 좋았다.

행화도 초봉이의 아담스러운 자태며, 말소리 그것이 바로 맘씨인 것같이 사근사근한 말소리에 마음이 끌려, 볼일을 보려고 가게에 나오든지 또 가게 앞으로 지날 때라도 위정[41] 들러서 잠시잠시 한담 같은 것을 하기를 즐겨 한다.

"우유는 누가 먹길래 늘 이렇게 사 가세요?"

초봉이는 행화가 달라는 대로 가루우유를 한 통 요새 새로 온 놈으로 골라 주면서, 궁금하던 것이라 마침 생각이 난 길에 지날 말같이 물어본다.

"예? 누구 멕이는가고?"

행화는 우유 통을 받아 도로 초봉이한테 쳐들어 보이면서 장난꾼같이 웃는다.

"……우리 아들 멕이제! ……우리 아들, 하하하하."

"아들? 아들이 있어요?"

초봉이는 기생이 아들이 있다는 것이 어쩐지 이상했으나, 되물어 놓고 생각하니, 기생이니까 되레 일찍이 아이를 둔 것이겠지야고 싶어, 이번에는 고개를 끄덕거린다.

"와? 기생이 아들 있다니 이상해서? 하하하. 기생이길래 아들딸 낳기 더 좋지요? 서방이가 수두룩한걸, 하하하."

초봉이는 말이 그만큼 노골적으로 나가니까, 얼굴이 붉어는지면서도 같이 따라서 웃는다.

---

41 일부러.

"아갸! 어짜문 저 입하구 턱하구가 저리두 이쁘노! 다른 데도 이쁘지만……. 예? 올게(올에) 몇 살이지요?"

"스물한 살."

"아이고오! 나는 열아홉이나, 내 동갑으루 봤더니……."

"몇인데요? 스물?"

"예."

"네에! 그런데 아들을 났어?"

"하하하……. 내 쇡였소. 우리 아들이 아니라, 내 동생이라요."

"동생?……. 어쩌믄!"

초봉이는 탄복을 한다. 기생이면 호화롭기나 하고 천한 것으로만 알던 초봉이는 기생에게서 그런 인정을 볼 수 있는 것이 놀라웠다. 그는 행화가 다시 한 번 치어다보였다.

치어다보면서 곰곰이 생각하니, 인정이야 일반일 것이니 그렇다 하겠지만, 천한 기생이라면서 어린 몸으로 그만큼 집안을 꾸려 나간다는 것이 초봉이 자신에 비해서 사람이 장한 성싶었다.

마침 제약실에서 안으로 난 문이 열리더니, 제호의 아낙 윤희允姬가 나오는 것을 보고 행화는 눈을 째긋하면서 씽하니 나가 버린다.

"아직 안 오셨어?"

윤희는 가시같이 앙상한 얼굴을 기다란 모가지로 연신 기웃거리면서,

"……어디 가서 무얼 허구 여태 안 오는 거야! 사람 속상해 죽겠네! ……자동차에 치여 죽었나? 또 기집년의 집에 가 자빠졌나?"

아무래도 한바탕 짓거리가 나고라야 말 징조다.

10년 전 제호는 어느 제약회사에 취직을 하고 있었고, 윤희는 ××여자전문학교에 다닐 때, 이미 처자가 있고 나이 열한 살이나 맏인 제호와 윤희는 연애가 어울려서, 제호는 본처를 이혼하고 윤희는 개업할 자금을 내놓고, 두 사람은 결혼을 했었다. 그러나 달콤하던 것은 그 돈을 밑천 삼아 이 군산으로 내려와서 제중당을 시작하던 그 당시 2, 3년이었지, 시방

은 윤희한테는 가시 같은 히스테리가 남았을 뿐이요, 제호는 아낙이 죽기나 했으면 제발 덕분 시원할 지경이다.

그러한 판에 초봉이가 여점원 겸 사무원으로 와서 있는 담부터는 윤희의 신경은 더욱 날카로워지고, 범사에 초봉의 일을 가지고 남편을 달달 볶아 댄다.[42]

초봉이도 그러한 눈치를 잘 안다. 그래서 그는 털털하고도 시원스러운 제호한테는 턱 미더움이 생겨, 장차 몇 해고 약제사의 시험을 칠 수 있는 정도에 이르는 날까지 붙어 있을 생각이었었고, 또 그리 할 결심이었지만, 요새 와서는 윤희로 해서 늘 불안이 생기고, 이러다가는 장래가 길지 못할 것 같아 낙심이 되기도 했다.

"그래 어디 갔는지두 몰른단 말이야?"

윤희는 제 속을 못 삭여 색색하고 섰다가 초봉이더러 볼썽사납게 소리를 지르던 것이다.

"모르겠어요. 어디 가시면 가신다구 말씀을 하셔야지요?"

초봉이는 괜한 일에 화풀이를 받기가 억울하나, 그렇다고 마주 성글 수도 없는 노릇이라 다소곳하고 대답이다.

마침 그러자 전화가 때르르 하고 운다. 윤희는 괜히 질겁을 해서 놀랐다가,

"집엣전화거든 날 주어."

하면서 전화통을 떼어 드는 초봉이에게로 다가선다.

(이하 줄임)

1937년 《조선일보》

---

42 초봉에게 심상치 않은 일이 일어날 것을 예고하고 있는 대목이다.